FRANCESCA PELUSO

LIES OF GLASS AND MAGIC

IMPRESS

© privat

Francesca Peluso wurde 1995 in Hessen geboren. Schon früh erwachte ihre Liebe zu Büchern, dem Lesen und Schreiben. Dabei hat sie eine Vorliebe für fantastische Welten, mutige Heldinnen und große Liebesgeschichten. Ihre Liebe für das gedruckte Wort veranlasste sie auch dazu, Buchwissenschaft im schönen Mainz zu studieren. Neben ihrem Studium ist sie begeisterte Tänzerin, Serienjunkie und Kaffeeliebhaberin.

Prolog

Britannia befand sich im Krieg.

Magier gegen Menschen und jene, die ihr eigenes Blut verraten hatten, um auf der Seite dieser minderwertigen Kreaturen zu kämpfen. Menschen, denen aus einem unerfindlichen Grund eine Krone zuteilwurde, die es ihnen erlaubte, über die Magier zu regieren.

In welcher Welt herrschte das Lamm über den Löwen?

Nicht in der Welt, die Erazmus dabei war zu erschaffen. Er würde nicht länger einem König folgen, der sich für etwas Besseres hielt, nur weil auf seinem Haupt ein goldener Gegenstand ruhte. Die Menschen waren schwach, töricht und unrein. Sie verdienten es nicht, die Krone von Britannia zu tragen und dieses glorreiche Land zu regieren.

»Euer Bruder ist hier, um Euch zu sehen, Lord Reys«, erklang die Stimme seiner getreuen Gefährtin Octavia Blac®kwood, die seine rechte Hand in diesem Krieg war. Sie verfolgten dieselben Ziele und teilten die gleichen Ansichten.

Erazmus wandte den Blick von der Karte Britannias ab, die in seinen privaten Gemächern an die Wand gemalt worden war und die er in den vergangenen Stunden unentwegt angestarrt hatte. Die feinen Linien halfen ihm beim Denken, beim Pläneschmieden. Sämtliche Sitze der Magiergilden waren darauf verortet. Eine Erinnerung für ihn, wofür er tagtäglich kämpfte. Als Erazmus den Kopf hob, sah er, wie schwarzer Nebel um Octavia herumschwirrte, so, wie es bei den Umbra oft der Fall war. Die Finsternis gehorchte ihnen. Die Begabtesten unter ihnen wurden »Schattengänger« genannt und besaßen eine besondere Fähigkeit, deren Ausübung König James Warbeck jedoch verboten hatte: jedes Wesen mit einem Schatten zu befehligen.

Erazmus war ein Schattengänger, doch setzte er seine besonderen Kräfte stets mit Bedacht ein, niemals aus Wut. Aus Wut zu handeln war dumm und Dummheit brachte den Tod. Er war zu Höherem bestimmt. Als Kind mochte er das noch nicht verstanden haben, aber heute war das anders.

Heute führte er diesen Krieg an. Den Krieg, der Britannia befreien sollte. Der den Gilden der Magier die Herrschaft zurückgeben und die Menschen auf ihren rechtmäßigen Platz verweisen würde: auf ihre Knie. Von seinen Anhängern wurde Erazmus als Pionier betrachtet. Egal, wie jung er sein mochte. Seine Vorstellungen von der Zukunft sprachen für ihn. Ebenso seine Bereitschaft, alles für diese Zukunft zu tun.

Erazmus lief durch den Flur in Richtung des kleinen Ratszimmers, wo er mit seinen Anhängern die Angelegenheiten der Umbra diskutierte. Ein runder Tisch stand an der Seite vor dem Kamin, umgeben von einigen Stühlen. Die Wände, an denen er vorbeiging, waren aus dicken Mauern gebaut. Graue Steinblöcke reihten sich aneinander, die Böden waren aus schwarzem Marmor gefertigt. Durch einen Rundbogen betrat er das Sitzungszimmer, das von Kerzen erhellt wurde.

Sein Bruder Bellamy war einer der wenigen, die nicht Erazmus' Gefolge angehörten und dennoch wussten, wo sich sein Anwesen Belfarsad befand. Obwohl er mit dem Rücken zu ihm stand, erkannte er seinen Bruder sofort. Das rote Haar war kurz geschnitten und ein langer brauner Mantel umhüllte seine schlanke Gestalt. Neben ihm stand etwas Großes, unter einem weißen Laken verborgen.

Erazmus breitete die Arme aus. »Bell, schön, dich zu sehen.« Er hatte seinen Bruder einige Monate nicht gesprochen. Seit der *wahre* Krieg begonnen hatte.

Langsam drehte sich Bellamy zu ihm um. Ein harter Zug lag um seinen Mund. Er war nur wenige Jahre älter als Erazmus und doch war er bereits ein gestandener Mann: Ende zwanzig, verheiratet und, wie Erazmus zu Ohren gekommen war, bald Vater. Bellamy war ein angesehenes Mitglied in den

Kreisen der Magier. Wohlhabend und mit dem richtigen Namen. Ihm stand die Welt offen und Erazmus hoffte, dass sein Bruder an seiner Seite stehen würde. So wie er es immer getan hatte.

Die braunen Augen seines Bruders lagen in diesem Moment auf ihm, aber es war pure Skepsis darin zu sehen. »Erazmus Reys. Weißt du, dass inzwischen jedes Kind beim Klang deines Namens erzittert? Du stehst für die Angst in diesem Land.«

Erazmus hob eine Augenbraue und verschränkte die Arme hinter dem Rücken. Sein Bruder war immer sehr moralisch gewesen, vertrat ganz die Ansichten ihres Vaters. Familie, Moral und Ehre. Dabei hatte dieser Mann von nichts davon eine Ahnung.

Langsam schüttelte er den Kopf. »Nicht für die Angst, Bruder. Sondern für die Veränderung.« Angst zu schüren war niemals seine Absicht gewesen. Doch Erazmus war nicht naiv. Man schuf kein neues Zeitalter ohne Opfer. Und er war bereit, viele zu opfern. Für ein besseres Britannia.

»Eine Veränderung, deren Weg unzählige Leichen pflastern. Willst du wirklich im ganzen Land für Angst und Schrecken sorgen?« Bellamy klang vorwurfsvoll, als würde er Erazmus für seine Taten verurteilen.

Eraszmus' Augen wurden bei den Worten seines Bruders schmal. Hinter seinem Rücken ballte er die Hände zu Fäusten. »Mich müssen nur jene fürchten, die sich mit den Menschen verbrüdert haben. Diese Kreaturen unterdrücken uns bereits seit dem ersten Magischen Krieg.«

Dieser Krieg lag Jahrhunderte zurück und hatte damit geendet, dass die Magier sich beinahe selbst zerstört hatten. Die Menschen hatten für den Frieden gesorgt. Zumindest besagte das die Überlieferung. Und das war auch der Grund gewesen, warum man den Menschen die Herrschaft übertragen hatte. Eine Schande und ein Verbrechen in Erazmus' Augen.

Bellamy kam einige Schritte auf ihn zu und warf die Hände in die Luft. »Und nun hast du einen zweiten Magischen Krieg angezettelt, bei dem Unzählige sterben werden!«

Erazmus schloss die Augen. Er hatte sich von seinem Bruder eine andere Begrüßung erhofft. Eine freundlichere. Doch aus Bellamy sprach schlicht die

Furcht. Furcht vor dem, was eine solch große Veränderung für die Welt bereithalten würde. Ihm fehlte es an Vorstellungskraft, um das neue Zeitalter sehen zu können.

»Warum bist du hier, Bellamy?«, fragte Erazmus mit ruhiger Stimme und bedachte seinen Bruder mit einem ausdruckslosen Blick. Er würde höflich und neutral bleiben, so wie seine Mutter es ihm beigebracht hatte.

Bellamy schüttelte heftig den Kopf. »Ich wollte dich zur Vernunft bringen, aber wie ich sehe, ist das zwecklos. Du wirst dich von deinem Weg nicht abbringen lassen.«

Ein Gedanke schoss Erazmus durch den Kopf und erstickte alle anderen: Hatte er seinen Bruder verloren? Erazmus konnte sich das nicht vorstellen. Nicht nach allem, was sie gemeinsam durchgestanden hatten. Selbst als man ihn verstoßen hatte, war Bellamy für ihn da gewesen. Sie waren Brüder. Jetzt und für immer.

Doch Erazmus war mehr als nur ein Bruder. Er war die Hoffnung aller Magier. Er war der Einzige, der sich erhoben hatte. Der das Wort ergriffen und Taten hatte folgen lassen, um sich gegen die Herrschaft der Menschen aufzulehnen. »Nein, das werde ich nicht. Dieser Weg ist der richtige. Wir sind Magier, wir sollten nicht im Dreck vor einem König buckeln, der ein Nichts ist.«

König James hatte es nicht verdient zu herrschen. Die Magier mochten den Menschen zahlenmäßig zwar weit unterlegen sein, aber das gab den Menschen nicht das Recht, deren Kräfte für ihre Zwecke zu missbrauchen. Jedes Mal, wenn Erazmus nur an den König dachte, bebte er vor Zorn, vor Scham. Dieser Mann hatte ihn zu einem Monster gemacht, zu einem Geschöpf aus Dunkelheit, und Erazmus' Magie zu einer Waffe geformt. Dieser König benutzte Magier und ihre Fähigkeit, wie es ihm beliebte. Das musste ein Ende finden, ein für alle Mal. Wer war er schon, dass er sich erdreistete, über die Magier zu bestimmen?

»Den Menschen wurde die Aufgabe des Herrschens anvertraut, weil sie sie nicht ausnutzen. Sie werden, im Gegensatz zu uns, nicht durch Machtgier und Neid beeinflusst«, beharrte Bellamy und sah seinen Bruder eindringlich an.

Doch die Worte prallten an Erazmus ab. Kopfschüttelnd sah er Bellamy an. Er hatte vergessen, dass sein Bruder ein Träumer und Optimist war. Er war naiv und glaubte stets an das Gute in jedem Wesen. Bellamy hatte nicht die Schrecken erlebt, die Erazmus hatte miterleben müssen. Sein Bruder kannte keine Züchtigung, keine Folter, keinen Überlebenswillen. Er hatte nicht im Dreck schlafen und bangen müssen, den nächsten Tag zu überleben. Erazmus war froh darum, dass Bellamy nichts davon hatte erdulden müssen. Doch nur darum konnte er die Augen vor der wahren Bedrohung verschließen.

»Natürlich werden sie das, Bruder. Sie sind lediglich zu schwach und können sich nicht das nehmen, was sie wollen. Auch sie streben nach Macht und Einfluss, nur sind ihnen die Hände gebunden. Im Gegensatz zu uns. Wir sind die mächtigsten Wesen in Britannia. Uns kann niemand aufhalten.«

Er sah, wie Bellamy die Zähne zusammenbiss und den Blick abwandte. Dabei glitt sein Blick aus dem Fenster, von dem aus man den Innenhof des Anwesens sehen konnte. Erazmus wusste nicht mit Sicherheit, was er dort erblickte, doch er vermutete, dass sich seine Verbündeten gerade für den Krieg vorbereiteten.

»Du hast eine beeindruckende Anzahl an Anhängern um dich gescharrt, Erazmus. Magier aus jeder der fünf Gilden.« Doch die Worte klangen nicht wie eine Anerkennung, sondern viel mehr wie ein Vorwurf.

»Alles Magier, die es leid sind, dem König zu folgen.« Denn obwohl jede der fünf Gilden mächtiger war als es den Menschen im Gesamten je möglich sein würde, waren sie alle dem Königshaus untertan. Auf einen Magier kamen tausend Menschen. Sie waren einfach zu wenige, um sich gegen die Tyrannei der Krone zu wehren. Doch unter Erazmus' Führung würde sich das ändern. Nicht die Anzahl seiner Anhänger bestimmte die Rechtfertigung für diesen Krieg, sondern ihre Überzeugung.

Ein dunkler Schatten huschte über Bellamys Gesicht. »Was ist mit den Magiern, die einen Menschen geheiratet haben? Die Kinder mit ihm oder ihr haben? Was geschieht mit ihnen? Sollen sie sich für eine Seite entscheiden? Mit diesem Krieg entzweist du Familien und reißt sie brutal auseinander.«

Erazmus schnaubte verächtlich. Allein die Vorstellung missfiel ihm. »Aus meiner Sicht haben sie dieses Schicksal verdient. Aber natürlich werde ich nicht zulassen, dass ihnen etwas geschieht – oder ihren Kindern. In jedem Kind aus einer solchen Verbindung fließt schließlich magisches Blut. Auch wenn es nur Halbblüter sind, gehören sie zu unserem Volk. Aber wenn du dich so sehr um diese Familien sorgst, dann sag das deinem Herrn. Es ist König James, der in diesen Kindern nur Abschaum sieht wegen der Magie, die in ihnen schlummert. Sie hätten die Reinheit der Menschen verloren, wie er es ausdrückt.«

Halbblüter gehörten dem Recht nach weder zu den Menschen noch zu den Magiern. Sie bildeten eine Gattung, die nirgendwo dazu gehörte. Ein Fehler in Erazmus' Augen, denn der Ausschluss der Halbblüter aus der Gesellschaft würde früher oder später dazu führen, dass sie sich gegen ihre Herrscher auflehnten, auch wenn er grundsätzlich dagegen war, dass sich Magier mit Menschen vereinigten. Die Magie folgte dem Ruf des Blutes. Wurde dieses verwässert, würde die Magie irgendwann aufhören zu existieren. Und das durfte niemals geschehen.

»Tust du das alles nur, weil man einst auch in dir nichts als Abschaum gesehen hat?«, fragte Bellamy mit belegter Stimme. Reue lag in seinen braunen Augen, als gäbe er sich die Schuld für alles, was geschehen war.

Erazmus wandte sich von ihm ab und schloss die Augen. Er wollte nicht an seine Kindheit denken. »Die Zeiten sind längst vorbei, Bruder. Ich halte nicht an Vergangenem fest, ich blicke in die Zukunft. In eine Zukunft, in der die Magier über Britannia herrschen und die Menschen ihnen dienen werden. So verlangt es das Gesetz des Stärkeren.«

Etwas anderes würde Erazmus niemals hinnehmen. Jede Gilde konnte sich selbst regieren. Dafür benötigte es keine Krone, keinen Thron, keinen König.

»Ich verstehe«, erwiderte Bellamy trocken. »Das ist also dein Ziel?«

Erazmus hatte nie ein Geheimnis aus seinen Absichten gemacht. Nicht, als er sein Elternhaus verließ und das Oberhaupt der Umbra wurde, nicht, als er an den Königshof berufen wurde, um im Senex zu dienen. Jeden Monat trafen sich die Oberhäupter der fünf Magiergilden mit den Abgesandten der fünf einflussreichsten Adelsfamilien der Menschen, um sich zu beraten. Ein jedes Oberhaupt besaß andere Fähigkeiten. Fähigkeiten, von denen Menschen nur träumen konnten.

Die Side, die in die Zukunft sehen konnten.

Die Sanitas, die der Heilmagie fähig waren.

Die Elementarier, die eines der vier Elemente befehligten.

Die Animagen, die sich in ein Tier verwandeln konnten.

Und die Umbra, die Herr über die Schatten waren.

»Das war es immer. Schließ dich mir an, Bell. Es könnte wie früher sein, als wir noch Kinder waren.«

Bis zu seinem zwölften Lebensjahr hatte Erazmus eine glückliche Kindheit gehabt, gemeinsam mit Bellamy. Erst danach, als sich seine Magie manifestiert hatte, war alles in die Brüche gegangen.

Ein wehmütiger Ausdruck trat in Bellamys Augen. »Die Zeiten waren schön, das stimmt. Es tut mir leid, wie es gekommen ist. Dass ich mich nicht gegen unseren Vater behaupten konnte.«

Erazmus hob die Hand und fuhr seinem Bruder mit dieser Geste über den Mund. »Das muss es nicht. Du warst ebenso ein Kind, wie ich es war.«

Bellamy schwieg. Ebenso Erazmus. Als befänden sie sich an einem Punkt, wo ein einziges unbedachtes Wort ihr brüderliches Band für immer zerstören könnte.

Nach einem kurzen Moment des Schweigens deutete Bellamy auf den Gegenstand, der unter dem weißen Leinentuch verborgen war. »Ich habe dir etwas mitgebracht.«

Erazmus betrachtete das weiße Laken mit hochgezogener Augenbraue. »Deine neueste Forschung? Wird dir die Arbeit in der Zitadelle nicht langsam langweilig?«

Das Forschungsinstitut des Landes war Erazmus schon immer ein Dorn im Auge gewesen. Magier und Menschen arbeiteten dort Hand in Hand zusammen. Als sein Bruder Teil davon wurde, hatte er es im ersten Moment nicht glauben können.

»Forschung und Wissenschaft werden niemals langweilig, Bruder«, grollte Bellamy mahnend. »In der Zitadelle vereinen wir die Technik der Menschen mit der Magie der Magier. Das ist die Zukunft.«

Über dieses Thema würden sie sich wohl niemals einig werden. Aber das spielte ohnehin keine Rolle mehr. »Du weißt, dass ich nichts von den Techniken der Menschen halte, aber sei's drum. Woran hast du gearbeitet? Glaubst du noch immer, dass du Portale in fremde Welten öffnen kannst?«

Das war der Traum seines Bruders. Bellamy glaubte fest daran, dass andere Welten und Reiche existierten, und versuchte seit Jahren eine Möglichkeit zu finden, dorthin zu reisen. Beide Brüder strebten nach Höherem, doch hatten sie verschiedene Wege eingeschlagen.

»Das tue ich und ich habe einen Weg gefunden«, verkündete Bellamy voller Stolz. Er riss das weiße Laken herunter und zum Vorschein kam ein Spiegel. Er war gut zwei Meter hoch und einen Meter breit. Der Rahmen war aus purem Gold und reich mit Ornamenten verziert.

Erazmus betrachtete den Spiegel argwöhnisch, dann hoben sich seine Mundwinkel. »Du brauchtest eine Tür, ein Medium.« Er war mit den Forschungen seines Bruders vertraut, die alle in Fehlversuchen geendet waren. Bis jetzt. Ohne einen Gegenstand, der als Durchgang fungierte, konnte das Portal sich nicht manifestieren.

»So ist es. Es hat nicht so funktioniert, wie ich es mir gedacht habe, aber es erfüllt seinen Zweck.«

Ein anerkennendes Lächeln breitete sich auf Erazmus' Gesicht aus. »Ich bin stolz auf dich, Bruder. Wie mir scheint, haben wir uns beide unsere Träume erfüllt. Wie funktioniert der Spiegel?«

Ein Leuchten trat in die Augen seines Bruders. »Der Spiegel von Albion ...«

»Albion?«, unterbrach Erazmus ihn erstaunt. »Du benennst ihn nach dem früheren Namen Britannias, wieso das?« Nach dem ersten Magischen Krieg, als die Warbecks an die Macht kamen, hatte der damalige König das Land Albion in Britannia umbenannt. Als Zeichen des Neubeginns.

Bellamy zuckte mit den Schultern. »Es erschien mir passend. Albion ist unser aller Ursprung, es sind unsere Wurzeln. Man sollte niemals vergessen, woher man kommt.«

Ein leises Lachen löste sich aus Erazmus' Kehle. »Wie gewohnt sehr poetisch, Bellamy. Also, was braucht es, um ein Portal in fremde Welten zu öffnen?« Er trat einige Schritte in den Raum, um sich neben Bellamy zu stellen, die Arme vor der Brust verschränkt, und begutachtete das Meisterwerk seines Bruders. Erazmus war größer als Bellamy und auch sonst sahen sie sich nicht ähnlich. Wo Bellamy die roten Locken ihres Vaters geerbt hatte, kam Erazmus ganz nach seiner Mutter: das dunkle Haar, die drahtige Figur und die schmale Nase. Optisch käme niemand auf die Idee, dass durch seine Adern auch das Blut der Magees floss. Nur im Sonnenlicht schimmerte auch bei ihm zart das Rot seines Erzeugers durch. Gut, dass er als Umbra selten das Licht aufsuchte.

»Sag schon: Wie funktioniert der Zauber?«

Bellamy sah ihn lange von der Seite an, dann nickte er unmerklich. »Es wäre wohl das Beste, wenn ich es dir zeigte.« Ein eigenartiger Ausdruck lag in seinen Augen und seine Stimme klang seltsam betrübt. Dann wandte er den Blick ab und betrachtete den Spiegel.

»Asche der Gefallenen, gestorben im Kampf.«

Bellamy griff in seinen Umhang und zog einen kleinen Lederbeutel hervor. Er griff mit einer Hand hinein und warf eine Handvoll Staub auf die glänzende Oberfläche des Spiegels.

»Tränen der Geknechteten, vergossen aus Schmerz.«

Erneut holte Bellamy etwas aus seiner Manteltasche. Dieses Mal war es eine filigrane Phiole. Mit einer Pipette gab er einige Tropfen der darin enthaltenen Flüssigkeit auf den Spiegel. Sie rann an dem Glas herunter, dabei begann sie zu leuchten und schien mit dem Spiegel zu verschmelzen.

»Blut der Seinen, gegeben aus Liebe.«

Er griff nach einem Dolch, der in einer Scheide an seinem Gürtel steckte, und zog sich mit einer schnellen Bewegung die Klinge über die Handfläche.

Erazmus holte tief Luft und kniff die Augen zusammen. »Blutmagie? Ich dachte, ihr Sanitas habt dieser Art von Magie abgeschworen, weil sie nicht rein genug ist und euch der Heilung verpflichtet. Wofür benötigst du Blut für diesen Zauber, Bell?« Seine Neugierde war geweckt, ebenso aber auch sein

Misstrauen. Blutmagie war eine mächtige Form der Magie, die ebenso gefürchtet war wie die Magie der Schattengänger.

»Es tut mir leid, Bruder. Du hast mir keine andere Wahl gelassen«, hauchte Bellamy, eine Träne rann ihm dabei über die Wange und er drückte seine Hand auf den Spiegel. Zurück blieb der blutige Abdruck seiner Finger. Das Glas begann erneut zu leuchten, wie die Oberfläche eines Sees, in der sich das Sonnenlicht spiegelte. Die Erde erbebte leicht und Wind kam auf.

Erazmus' Augen wurden schmal. Der Wind peitschte ihm ins Gesicht und brachte seine Haare durcheinander. »Der Spiegel *ist* kein Portal, oder?« Er wusste nicht, was genau sein Bruder mit dem Spiegel bezweckte, doch die verwendete Blutmagie verhieß nichts Gutes. Blut war immer unheilversprechend.

Bellamy neigte den Kopf. »Ein passenderer Name wäre wohl ›Gefängnis‹. Dein Gefängnis. Der König und der Senex wollen deinen Tod, doch das kann ich nicht zulassen. Der Spiegel von Albion ist die Lösung.« Es klang, als würde er Erazmus einen Gefallen erweisen.

Dessen Reaktion war eine andere: Ein Brüllen hallte durch den Sitzungsraum und Erazmus stand kurz davor, sich auf seinen Bruder zu stürzen. »Die Lösung?! Du hast mich verraten!«

Bellamy gehörte zu den Sanitas, den Heilern unter den Magiern und damit der wohl einzigen Gilde, die in den Augen des Königs überhaupt etwas wert und zu etwas nutze war. Bellamys Leben war damit im Vergleich zu dem der meisten anderen Magier unbeschwert. Sorglos, mochte man sagen. Die Sanitas hatten sich der Krone angeschlossen, um dieses sorglose Leben nicht missen zu müssen, statt gemeinsam mit ihren Brüdern und Schwestern der anderen Gilden in den Krieg zu ziehen. Sein Bruder hatte nie verstanden, wie Erazmus' Leben aussah. Er wusste nicht, wie es war, als Abschaum behandelt zu werden. Und nun hatte Bellamy ihn endgültig an die Krone verraten.

Das Glas des Spiegels begann zu pulsieren. Es wirkte, als würde es flüssig werden, der Spiegel sah auf einmal aus wie die Oberfläche eines Teichs, in den man einen Stein geworfen hatte – Kreise entstanden, die immer größer wurden und über den Rand des Spiegels hinaustraten. Die Magie breitete sich wellenförmig im Raum aus.

Eine Macht ergriff von Erazmus Besitz. Ebenso wie die Wut, die weiter durch seine Adern schoss. Bellamy hatte ihn mittels der Blutmagie an den Spiegel gebunden. Erazmus rief nach seinen Schatten. Finsternis tanzte im Raum, kämpfte gegen die Magie des Spiegels, die ihn zu sich zog. Erazmus wollte eins werden mit der Dunkelheit, wollte verschwinden, um seinem Gefängnis zu entkommen. Doch die Magie des Spiegels war stärker als er. Sie zerriss seine Schatten ebenso wie seine Magie.

Bellamy sah ihn traurig an und trat zur Seite. Weg von dem Spiegel und seinem Bruder, den er gerade hintergangen hatte. »Ich muss dir leider deine Magie nehmen. Britannia kann nicht riskieren, dass Erazmus Reys zurückkommt.«

»Nein!«, donnerte Erazmus' Stimme durch den Raum. Seine Anhänger mussten sein Wüten gehört haben, denn auf dem Flur wurden nun Schritte laut. Doch Erazmus spürte auch das Wirken von fremder Magie. Er trat ans Fenster und sah, wie die Krieger des Ordens, die Soldaten des Königs, den Innenhof einnahmen. Sein so gut verborgenes Anwesen war entdeckt und gestürmt worden. Sein eigener Bruder hatte seinen Aufenthaltsort verraten. Aber die Schwerter der Angreifer trafen auf die Magie der Umbra. Seine Anhänger würden ihn verteidigen. Ihn und seine Mission.

An der Seite der Ordenskrieger kämpften einige Magier. König James hatte die anderen Gilden auf seine Seite gezogen. Allen voran die Sanitas, angeführt von den Magees.

»Du hast mich verraten, deinen eigenen Bruder! Wie konntest du nur?!«

Bellamy wagte es nicht ihn anzusehen. »Ich handele im Namen von Britannia, Bruder. Du willst den Untergang unseres Landes heraufbeschwören.« Er hielt auf einmal ein goldenes Amulett in den Händen, in dessen Mitte ein dunkelroter Stein eingelassen war. Das Licht der Kerzen brach sich darin. Bellamy begann eine Beschwörungsformel zu murmeln. Erazmus erkannte die Wörter, es war ein Zauber, um einem Magier seine Kräfte zu nehmen. Doch solch mächtige Zauberei erforderte eigentlich die Macht von allen fünf Magiergilden.

In diesem Moment betraten vier Personen den Raum. Erazmus erkannte sie sofort als die Oberhäupter der Gilden. Gekommen, um einen großen Zauber zu entfachen. Erazmus stieß einen Schrei aus, als er spürte, wie die Magie seinen Körper verließ. Als würde man ihm seine Seele entreißen. Einen solchen Schmerz hatte er noch nie zuvor verspürt. Seine Magie wurde in dem dunkelroten Stein des Amuletts eingeschlossen, das Bellamy noch immer in seinen Händen hielt.

Verraten vom eigenen Bruder!

Das würde Erazmus ihm nie verzeihen.

Er berührte das Glas des Spiegels. Sein Körper drang wie durch Wasser in ihn ein. Er wehrte sich mit aller Kraft gegen die fremde Magie. Doch es half nichts.

Mit vor Wut verzerrtem Gesicht wandte er sich seinem Bruder zu. »Dafür wirst du büßen! Ich werde zurückkommen und mir alles nehmen, was du heute versuchst mir zu verwehren!«

Er war der mächtigste Magier Britannias. Das hier war nicht sein Ende. Er würde wiederkommen und dann würde nicht einmal der geliebte Gott der Menschen seine Feinde vor seinem Zorn bewahren können.

»Nein, das wirst du nicht«, widersprach Bellamy leise. »Erazmus Reys wird nur noch eine Erinnerung sein. Eine Schauergestalt in einem Märchen, welches man seinen Kindern erzählt.« Trauer lag in den braunen Augen seines Bruders.

»Sei verflucht, Bellamy! Dieser Spiegel wird mich nicht aufhalten können. Ich bin Erazmus Reys und das hier ist nicht mein Ende!«

Es waren seine letzten Worte, bevor der Spiegel ihn verschlang. Es war ein Versprechen, das Erazmus vorhatte zu halten.

I

Kriegerin des Ordens

Kapitel 1

Auf leisen Sohlen folgte sie ihrem Ziel durch die Straßen Londiniums. Es hatte bereits zu dämmern begonnen. Die einbrechende Dunkelheit sorgte dafür, dass sie regelrecht mit ihrer Umgebung verschmolz, was hilfreich war, doch gleichzeitig sah sie auch wesentlich schlechter. Besonders im Vergleich zu ihrem Zielobjekt. Dieses nahm seine Umgebung offenbar auch bei Nacht ausgezeichnet wahr.

Abrupt blieb Arissa stehen und kroch in den Schatten einer Hauswand. Sie befand sich in einem der Außenbezirke Londiniums, wo die ärmeren Bewohner der Stadt lebten. Die Straßen waren in dieser Gegend schmal, erinnerten viel mehr an Gassen, an manchen Stellen passten gerade einmal zwei Menschen aneinander vorbei. Das alte Pflaster war von Matsch bedeckt, es war von Rissen durchzogen und müsste dringend erneuert werden.

Der Mann, den sie seit seiner Ankunft in der Hauptstadt verfolgte – seit geschlagenen zwei Stunden –, stand im Eingang einer zwielichtigen Taverne. Das Licht der Laterne, die über der Tür angebracht war, erhellte sein Gesicht. Seine Pupillen zogen sich zusammen, wurden zu Schlitzen wie bei einem Tier. Langsam reckte er die Nase nach oben, als hätte er einen Geruch wahrgenommen.

Arissa hielt den Atem an, obwohl es unmöglich sein konnte, dass er sie gewittert hatte. Sie trug einen magischen Schild, der ihren Geruch verbarg, eingebunden in das Wappen des keltischen Kreuzes, das ihren Brustharnisch zierte. Das Wappen des Ordens, der Kriegerverband des Landes.

Was auch immer dieser Mann also gerochen hatte, sie konnte es nicht sein. Und dennoch wirkte er so, als wüsste er, dass ihn jemand verfolgte.

Der Mann betrat das Gasthaus. Arissa schritt aus dem Schatten und näherte sich langsam und vorsichtig der Taverne. Sie sah sich dabei um, konnte aber niemanden wahrnehmen, der die Instinkte des Mannes geweckt haben könnte. Sie war allein in der Gasse. Vielleicht war ihr Zielobjekt auch einfach übervorsichtig. Eine Eigenschaft, die ihm eventuell noch das Leben retten würde.

Von draußen vernahm sie bereits Stimmengewirr. Die Klänge einer Laute und verschiedener Trommeln mischten sich zu dem Gelächter der Gäste.

So sehr Arissa ihre Pflichten als Kriegerin liebte, so gut konnte sie sich in diesem Moment eine angenehmere Beschäftigung vorstellen, als zwielichtigen Gestalten durch ganz Londinium zu folgen. Warum hatte ausgerechnet sie diesen Auftrag zugeteilt bekommen? Nur weil sie bei den Übungskämpfen gestern gegen Darcy Astor verloren hatte. Das triumphierende Grinsen ihrer Kontrahentin hatte sie noch immer vor Augen und es ärgerte Arissa ungemein.

Nun musste sie einen Mann verfolgen, der sich bei seiner Überfahrt von Dyfflin aufs Festland nicht registriert und als blinder Passagier an Deck geschlichen hatte. Eigentlich war es nicht Aufgabe des Ordens, solchen Verstößen nachzugehen. Zumindest nicht, wenn es sich um einen Menschen gehandelt hätte. Doch ihr Zielobjekt war ein Magier. Das Königshaus und somit auch der Orden stuften es als höchst verdächtig ein, wenn ein Magier unter falschem Namen reiste. Denn das Misstrauen, das die Menschen den Magiern entgegenbrachten, reichte leider noch sehr tief. Die Adelshäuser hatten stets Angst vor Putschversuchen und einem Anschlag auf die Krone.

Warum auch immer der Mann nicht wollte, dass seine Reise in die Hauptstadt bekannt wurde – er hatte Pech gehabt. Er war aufgeflogen. Doch statt ihn sofort festzunehmen, sollte Arissa nun heimlich herausfinden, was der Mann eigentlich im Schilde führte.

Arissa kam sich vor, als verfolge sie einen Verbrecher. Aber das Einzige, was dieser Mann bisher verbrochen hatte, war, seine Überfahrt nicht bezahlt zu haben. Deswegen konnte man ihn kaum als Verräter brandmarken. Dennoch: Er war ein Magier. Und die weckten nun mal aufgrund ihrer Macht immer auch die Angst bei den normalen Bürgern des Landes. Jeder Mensch war ihnen gegenüber misstrauisch und die Bevölkerung Britannias froh darüber, dass die Zahl der Magier im Vergleich zu den Menschen gering war.

Arissa überprüfte, ob ihre Messer an Ort und Stelle an ihrem Waffengürtel befestigt waren und betrat dann ebenfalls die Taverne. Von draußen würde sie nichts über diesen Mann herausfinden können. Sie zog sich die schwarze Kapuze tiefer ins Gesicht. Unter dem langen Mantel trug sie die Uniform des Ordens: Armschützer und Schulterplatten, gefertigt aus Platin, darüber ein dunkelblauer Überwurf mit dem Brustharnisch. Ihre Beine steckten in ledernen Hosen und schweren Stiefeln.

Ihr schlug eine Mischung verschiedener Gerüche entgegen, bei der sich ihr der Magen umdrehte. Verbrannte Zwiebeln, Bier, Schweiß und Erbrochenes. Widerlich!

Arissa rümpfte die Nase und verzog das Gesicht. Kritisch ließ sie den Blick über die Menge schweifen – und entdeckte ihr Zielobjekt am Tresen. Vor ihm standen zwei Krüge Bier.

Sie setzte sich an einen Tisch in der Nähe der Tür, von wo aus sie die Theke gut im Blick hatte. Adrenalin rauschte durch ihre Adern. Bald würde sie erfahren, was dieser Mann in der Hauptstadt zu suchen hatte. Was so wichtig war, dass er dabei nicht beobachtet werden wollte. Ob er sich womöglich gegen seine Gilde verschworen hatte und geheime Informationen weitergeben wollte? Wirklich vorstellen konnte Arissa sich diese Möglichkeit allerdings nicht. Die Gilde eines Magiers war seine Familie. Eine Vereinigung, die auf den besonderen Kräften ihres Trägers beruhte. Jede der fünf Gilden in Britannia unterstand den Regeln ihres jeweiligen Anführers, ebenso aber auch dem Gesetz der Krone.

Sie musterte den Mann heimlich von oben bis unten. Sie schätzte ihn auf Ende zwanzig, dunkle Locken umrahmten sein Gesicht, sie hatten dieselbe Farbe wie seine braune Haut. Arissa wusste, dass er ein Animage war. Nicht, weil man es ihm ansehen konnte – optisch unterschied sich ein Magier nicht von einem Menschen –, nein, er war beim Wirken seiner Magie beobachtet worden. Doch im Bericht über diesen Mann war zu Arissas Missfallen nicht erwähnt worden, in welches Tier er sich verwandeln konnte, sondern nur, dass er es konnte. Eine schlampige Berichterstattung, über die sie sich die gesamte Mission über schon ärgerte. Dieser Mann trug also einen Tiergeist in sich, der es ihm erlaubte, sich in eben dieses Tier zu verwandeln. Animagen waren besonders schnell, besaßen ausgeprägte Sinne und waren selten allein unterwegs. Wie die meisten Tiere, waren sie Teil eines Rudels oder eines Schwarms. Und genau das machte ihr Zielobjekt noch geheimnisvoller, denn dieser Animage war offensichtlich allein gereist.

Aus einer Tür, die vermutlich zu den Toiletten führte, trat in diesem Moment ein Mann, der zielstrebig auf die Theke zusteuerte und sich direkt vor einen der zwei Bierkrüge setzte.

Arissa kniff die Augen zusammen. Dieser Mann passte nicht hierher. Die Taverne war heruntergekommen. Ein einziger Blick auf das Klientel hatte ihr genügt, um sicher zu sein, dass sich hier nur das niedere Volk traf. Auch wenn sich dieser Mann bemühte, sich den Kreisen anzupassen, indem er einen abgenutzten und beschmuddelten Umhang trug, war er dennoch gescheitert. Arissa konnte das Leder seiner Hosen beinahe von ihrem Platz aus riechen. Es war neu. Die schwarzen Stiefel waren von feinster Qualität. Niemand der hiesigen Gäste konnte sich solche Art kostbarer Kleidung leisten.

Ein reicher Mann, der sich des nachts in diese Gegend traute, war entweder dumm, lebensmüde oder naiv. Vielleicht auch alles drei zusammen. Sein schlaksiger Körper verriet ihr, dass er kein Kämpfer war. Sollte er in den engen Gassen überfallen werden, konnte er froh sein, wenn er mit dem Leben davonkäme.

Es gab noch eine Möglichkeit, um seine körperliche Unterlegenheit auszugleichen: durch eine andere Gabe, durch *Magie*. War dieser Mann womöglich ebenfalls ein Animage?

In diesem Moment bemerkte Arissa, dass die Unterhaltung der beiden Männer offensichtlich zu einer hitzigen Diskussion ausgeartet war. Als ihr

Zielobjekt aufgebracht die Arme in die Luft warf, drehte sich der zweite Mann kopfschüttelnd und schnaubend von ihm weg.

Arissa konnte nun sein Gesicht sehen und erkannte sofort, wer er war. Seinen Namen hatte sie zwar vergessen, aber sie wusste, dass er einem kleinen Kreis von Abgesandten angehörte, die im Namen der Gilde der Animagen am Königshof vorsprachen. Sie waren die Botschafter ihres Oberhauptes Hollis Arca, eine mächtige Eulen-Animage und das Clanoberhaupt der Familie Arca, die Dyfflin regierte.

»Kann ich dir etwas bringen?«, sprach sie plötzlich ein junger Mann an, der eine Schürze um die Hüften gebunden hatte.

Erschrocken schaute Arissa zu ihm auf und schüttelte den Kopf. »Nein. Nein, danke. Ich ...«, begann sie, doch wurde sofort von dem Kellner unterbrochen.

»Du beobachtest die beiden Männer am Tresen. Ja, das ist mir aufgefallen.« Er zog eine Augenbraue nach oben, doch seine Lippen umspielte ein amüsiertes Lächeln.

Arissa biss sich auf die Unterlippe. Sie hatte nicht angenommen, dass ihr irgendjemand im regen Treiben des Gasthauses Aufmerksamkeit schenkte. Ein Fehler, den sie nicht noch einmal begehen würde.

»Kennst du sie?«, fragte sie den Kellner geradeheraus. Zu leugnen, was er beobachtet hatte, würde ohnehin nichts bringen.

Er schüttelte den Kopf. »Ich habe noch nie einen von ihnen hier gesehen. Aber sie haben sich gestritten. Und der Name des Königs ist gefallen.«

Arissa sog scharf die Luft durch die Zähne. Sie redeten über den König? Das war kein gutes Zeichen. Man hatte ihr befohlen zu observieren. Herauszufinden, was dieser Mann vorhatte. Doch vielleicht blieb ihr dafür keine Zeit.

»Danke für die Information!« Sie kramte einige Schilling aus ihrer Tasche und warf sie auf den Tisch. Mit schnellen Schritten bahnte sie sich einen Weg zum Tresen. Die Männer bemerkten sie gar nicht, so sehr waren sie in ihr hitziges Gespräch vertieft.

»Wir müssen handeln, wenn wir unser Volk beschützen wollen!«, zischte ihr Zielobjekt gerade mit eindringlicher Stimme, was Arissa als Zeichen deutete, einzugreifen.

»Sagt mir, Gentleman, was verschlägt zwei Animagen so weit weg von zu Hause?«

Ruckartig fuhren zwei Köpfe zu ihr herum. Beide Männer sahen sie mit weit aufgerissenen Augen an, doch Arissa wartete keine weitere Reaktion ab. Ihr Vorteil war die Schnelligkeit. Ansonsten wäre sie zwei Magiern hoffnungslos unterlegen. Sie griff an ihren Waffengürtel und zog eines ihrer Messer heraus. Ohne mit der Wimper zu zucken, rammte sie die Klinge von oben durch die Hand des Botschafters, die auf dem Tresen lag. Er stieß einen spitzen Schrei aus, der ihr in den Ohren widerhallte. Das Messer blieb im Holz des Tresens stecken. Vos würde ihr später die Hölle heiß machen, dass sie einen Botschafter verletzt hatte, aber das war Arissa in diesem Moment einerlei.

Das Stimmengewirr im Raum verstummte schlagartig. Arissa spürte alle Blicke der Gäste auf sich, eine Mischung aus Sorge und Neugierde darin, doch sie kümmerte sich nicht um sie. Stattdessen wandte sie sich rasch dem zweiten Mann zu, der aufgesprungen und im Begriff war die Flucht zu ergreifen. Arissa konnte ihm bedenkenlos folgen. Der Botschafter würde das Messer nicht aus seiner Hand ziehen. Der Griff war aus Platin gefertigt, einem Material, das auf Magier wie Gift wirkte und ihnen schwere Verbrennungen zufügte. Also hetzte sie dem zweiten Mann hinterher, der gerade dabei war, durch die Tür nach draußen zu verschwinden. Sie zückte ein weiteres Messer und schleuderte es auf ihn, doch der Mann wich geschickt aus und stürmte weiter. Das Messer blieb im Türrahmen stecken.

»Verdammt!«, zischte sie. Auch dieser Animage war in der Dunkelheit im Vorteil. Er konnte besser hören, besser riechen und war viel schneller als sie.

Keine zehn Meter trennten sie voneinander, da bemerkte Arissa, wie der Mann zur Transformation ansetzte. Gleich würde sie herausfinden, welcher Tiergeist in ihm schlummerte.

Die Verwandlung wurde von glitzernden Sprenkeln begleitet, welche entfernt an ein Feuerwerk erinnerten. Die Luft war plötzlich elektrisch aufgeladen und ein Schauer rann Arissa über den Rücken. Zu ihrem Bedauern war an dem Ort, wo der Mann gestanden hatte, nichts mehr zu sehen. Stattdessen erhob sich ein dunkler Schatten in den Himmel.

Verdammter Mist! Er war eine verfluchte Eule!

Arissa reagierte schnell. Sie griff nach der Bola, die sie unter ihrem Mantel trug, und wirbelte sie über ihrem Kopf. Im richtigen Moment ließ sie die Wurfwaffe los. Die beiden Kugeln, die durch ein Seil miteinander verbunden waren, flogen durch die Luft.

Die rotierende Bola wickelte sich um den Körper der Eule und umschloss ihre Flügel. Wie ein Stein fiel der Vogel vom Himmel.

Arissa machte einen Satz nach vorn, fing das Tier auf und verhinderte so, dass es auf den Pflastersteinen aufschlug. Der Vogel versuchte nach ihrem Gesicht zu hacken, doch Arissa hielt ihn gerade weit genug von sich weg, um Verletzungen zu vermeiden. Ihren Unterarmen konnte der scharfe und spitze Schnabel des Tieres dank der Armschützer aus Platin nichts anhaben.

Kopfschüttelnd schnalzte sie mit der Zunge, während sie die kleine Eule betrachtete.

»Ihr dürft Euer Vorhaben nun dem Orden erklären. Ich bin mir sicher, dass General Vos Euch bereits erwartet.«

***

Ihr Auftrag war erfolgreich verlaufen, sie hatte die beiden Magier dem Orden übergeben. Ihr Lehrmeister, Korbinian Vos, hatte sie höchstpersönlich in Empfang genommen, um sie einer Befragung zu unterziehen. Beide Männer hatten Handschellen angelegt bekommen, um ihre Magie zu unterdrücken. Zu der Wunde in der Hand des Botschafters würde sich Arissa morgen einiges anhören dürfen.

Derweil befand sie sich bereits auf einer weiteren Mission. Keiner offiziellen, dafür einer weit wichtigeren. Einer, die ihr zur Abwechslung Vergnügen bereiten würde.

Der Teller gab ein leises Klirren von sich, als sie ihn auf dem über und über mit Papieren belegten Schreibtisch abstellte. Das Chaos kümmerte sie nicht, im Gegenteil: Sie setzte sich einfach auf die Unterlagen. Es war mitten in der Nacht und trotzdem konnte sie das Streichorchester hören, welches die Feier am Hofe musikalisch untermalte. Das Fest war noch immer in vollem Gange, so wie sie es erwartet hatte.

Eine Tür zu ihrer Linken wurde geöffnet und Sonnensteine, mit deren Hilfe die Menschen Licht erzeugten, aktiviert.

»Du hast Kuchen im Gesicht«, die Belustigung in der Stimme war deutlich zu hören.

Arissa lächelte ihm zu. »Kannst du mir das vorwerfen?«

Er kam auf sie zu, musterte mit zusammengekniffenen Augen die Papiere, auf denen sie sich niedergelassen hatte, und schaute ihr dann ins Gesicht.

Langsam schob sie sich ein weiteres Stück Kuchen in den Mund. Der Geschmack von Schokolade breitete sich auf ihrer Zunge aus und Arissa schloss genussvoll die Augen. »Ich habe den ganzen Tag gearbeitet und als ich beim Orden ankam, war das Abendessen bereits vorüber. Ich bin am Verhungern.«

Jasper seufzte theatralisch und begann seine reichlich bestickte Weste aufzuknöpfen. Seine dunkelblonden Locken waren ordentlich gekämmt und die Krone, die auf seinem Haupt ruhte, funkelte im Licht der Sonnensteine. Er war nicht rasiert und so zeichnete sich ein Bartschatten auf seinen Wangen ab.

»Du hast den Kuchen eigentlich nicht verdient. Immerhin hast du mich heute allein gelassen«, brummte er dann. Sein sehnsüchtiger Blick glitt vom Kuchen zu ihrem Mund und wieder zurück.

Arissa hob eine Augenbraue. »Es ist nicht meine Schuld, dass ich nicht für den Wachdienst auf dem Ball eingeteilt wurde. Stattdessen durfte ich Animagen jagen«, verkündete sie mit unverhohlenem Stolz in der Stimme.

Ein überraschter Ausdruck breitete sich auf Jaspers Gesicht aus, doch dann schüttelte er den Kopf. »Davon erfahre ich vermutlich noch früh genug.« Er klang wenig begeistert.

»Wahrscheinlich gleich morgen früh. Vos kümmert sich darum und wird dir Bericht erstatten.«

Eine Mischung aus Seufzen und Stöhnen entkam Jasper und er legte seinen Kopf auf ihrer Schulter ab.

Liebevoll strich Arissa ihm durch die Locken in seinem Nacken. Sie waren so weich. Wenn es nach ihr ginge, könnte sie Stunden damit verbringen, ihre Finger durch seine Haare gleiten zu lassen.

Jasper lehnte sich zurück und sah sie an. Seine freundlichen blauen Augen wirkten müde, doch auf seinen Lippen lag ein Lächeln, als er die Hand ausstreckte und ihr etwas Buttercreme aus dem Mundwinkel wischte. Er steckte sich den Daumen in den Mund und stöhnte vor Verzückung auf, als er die Creme auf der Zunge schmeckte.

»Gut, oder?«, fragte Arissa breit grinsend.

Niemand war ihr in die Quere gekommen, als sie erst in den Palast, anschließend in die Küche und zu guter Letzt in Jaspers Schlafzimmer geschlichen war. Sie war eine ausgebildete Kriegerin, kannte die Patrouillen in- und auswendig. Wenn sie zu Jasper wollte, gab es niemanden, der sie aufhalten konnte. Es war natürlich von Vorteil, dass der Hauptsitz des Ordens direkt neben dem Königspalast erbaut worden und der Weg somit nicht weit war.

»Fantastisch«, wisperte er und lehnte sich wieder nach vorn. Sein Mund fand ihren Hals und Arissa schloss die Augen.

Jaspers Lippen glitten wie Samt über ihre Haut hinweg, als er kleine Küsse darauf verteilte, kurz unter ihrem Ohr, direkt über ihrem Puls. Seine Hände fuhren über ihre Oberschenkel und spielten mit dem Saum ihrer Uniform.

Arissa hatte sich nicht die Mühe gemacht sich umzuziehen. Sie trug noch immer die ledernen Hosen und den Überwurf, darunter Schulterpanzer und Armschützer.

»Mhm«, murmelte sie zustimmend, neigte den Kopf weiter zur Seite, um Jasper mehr Raum zu bieten. Sie genoss seine Nähe, die Wärme seines Körpers.

»Hat denn heute eine der adeligen Damen geschafft, dein Interesse zu erregen?«, fragte sie dann. Eingelullt in die Aufmerksamkeit, die er ihr schenkte, musste sie sich in Erinnerung rufen, dass das, was sie hier taten, verboten war. Sie war eine Soldatin des Ordens und Jasper ... Er war Jasper Warbeck. König von Britannia. Ein Mann außerhalb ihrer Reichweite.

Jasper knurrte mürrisch und Arissa wusste, dass ihm dieser Themenwechsel nicht gefiel. Er hielt mit den Küssen inne und sah sie an. In seinen Augen war das Verlangen zu sehen.

»Fang bloß nicht damit an! Meine Mutter zwang mich mit jeder Frau zu tanzen, die ihrer Meinung nach als potenzielle Braut in Frage kommt. Es war grauenvoll. Ich trage die Krone noch nicht einmal zwei Jahre und schon will sie mich in eine Ehe drängen. Als hätte unser Land keine anderen Sorgen.«

Um Arissas Mundwinkel zuckte es. Ein kleiner Teil in ihr hatte Mitleid mit ihm, diese Feier schien für Jasper wenig unterhaltsam gewesen zu sein. Doch gleichzeitig war sie beruhigt, dass Jasper von keiner der Hofdamen angetan war.

Portia Warbeck, die Königinmutter und bis vor zwei Jahren noch Regentin von Britannia, hatte einmal mehr dabei versagt, ihren Sohn in den Stand der Ehe zu zwingen. Nach dem Tod ihres Gatten, des Königs, vor acht Jahren, hatte Lady Warbeck es sich zu ihrer Lebensaufgabe gemacht, die perfekte Frau für ihren einzigen Sohn zu finden. Denn, wie sie oft genug betonte, wünschte die Königinmutter sich beizeiten Enkelkinder. Ja, Enkel*kinder*. Mehrzahl. Am besten eine ganze Horde.

»Das amüsiert dich, oder? Ich leide stundenlang und spüre nun meine Füße vom vielen Tanzen nicht mehr und du findest das lustig!« Er sah sie aus zusammengekniffenen Augen an.

Arissa hob abwehrend die Hände. »Aber nicht doch. Ich würde mich niemals über die Qualen des Königs lustig machen.« Allerdings konnte sie das Grinsen kaum unterdrücken. Geschweige denn das heisere Lachen, das im selben Moment aus ihr heraussprudelte.

Jasper sah sie gespielt böse an, legte die Hände in ihre Kniekehlen und zog sie näher zu sich. »So benimmt man sich nicht in Anwesenheit des Königs.«

»Ich habe zur Wiedergutmachung Kuchen mitgebracht. Zählt das denn gar nicht?« Zur Demonstration hielt sie ihm den Teller mit dem Gebäck vor die Nase.

»Das ist der Kuchen, der beim Fest serviert wurde. Du schenkst mir also meinen eigenen Kuchen? Wie überaus nobel von dir.«

Arissa lehnte sich vor, sodass sie Jaspers Atem auf dem Gesicht spüren konnte. Ihre Lippen waren nur wenige Millimeter von seinen entfernt. »So bin ich nun mal«, wisperte sie, bevor sie ihren Mund auf seinen presste. »Und du hast dich im Übrigen noch gar nicht für den Kuchen bedankt. Du könntest mir deine Dankbarkeit auf die ein oder andere Art zeigen. Ich bin da ganz offen.«

Er lachte auf, Arissas liebstes Geräusch auf dieser Welt. Das verwegene Grinsen, das auf Jaspers Gesicht trat, war das Versprechen für eine kurze Nacht.

Kapitel 2

Schweiß klebte auf ihrer Stirn und ihre Brust hob sich in einem schnellen Rhythmus. Arissas Finger schlossen sich fester um den Griff des Schwertes. Sie würde nicht verlieren. Ihre Mundwinkel hoben sich kaum merklich, als sie auf ihren Gegner zustürmte. Die Klingen trafen mit einem lauten Klirren aufeinander. Arissa spürte die Wucht des Aufpralls bis in die Knochen, doch das kümmerte sie nicht. Eine geschickte Drehung und ein weiterer Schlag. Erneut wurde ihr Angriff pariert.

»Deine Angriffe waren schon mal besser.«

Arissa gab sich nicht die Mühe, William auf diese Stichelei zu antworten. Er mochte recht haben. Das Training hatte sie müde gemacht. Ebenso die vergangene Nacht.

Und dennoch würde sie nicht unterliegen. Sie war ein Mitglied des Ordens. Eine Kriegerin, ausgebildet für den Kampf. William war bei weitem nicht so gut wie sie, egal wie müde sie war.

»Du vergisst unsere Lektionen, mein Freund.«

Er holte zu einem Hieb aus, doch Arissa wich ihm geschickt aus. Sie umkreisten einander, wie Tiere ihre Beute. Williams Augen blitzten auf, als wäre er der mächtige Panther und sie die angsterfüllte Gazelle, die er mit Leichtigkeit besiegen würde. Doch er täuschte sich. Man hatte ihr beigebracht, den Feind in Sicherheit zu wiegen. Solange, bis der richtige Zeitpunkt gekommen war, um zuzuschlagen. Und genau auf diesen Moment wartete sie.

Arissa blickte nach oben. Die Sonne hatte ihren höchsten Punkt erreicht.

Eine wichtige Lektion ihrer Meister war es, stets das Umfeld in einen Kampf miteinzubeziehen. Ihr Training fand im Innenhof des Ordens statt. Hölzerne Kisten und andere Hindernisse lagen über die Rasenfläche verteilt und wurden zu jedem Training neu arrangiert, um einen Kampf in einem fremden Gebiet möglichst realistisch zu simulieren. Blindes Ausweichen oder ein unbedachter Schritt konnten in einem echten Kampf über Sieg oder Niederlage entscheiden.

Sie stieß ein Brüllen aus und rannte los. Ihr Herz schlug schnell in ihrer Brust, es war die Aufregung, die durch ihre Adern floss. Arissa rannte ein Podest hinauf, befand sich nun im Vorteil durch ihre erhöhte Position – dann sprang sie. William hob den Kopf, um sich dem Angriff von oben entgegenzusetzen. Doch im selben Moment musste er die Augen zusammenkneifen. Die Sonne blendete ihn. Das war ihre Chance. Der Moment, in dem der wahre Panther zuschlug. Als Arissa auf dem Boden aufkam, mit dem erhobenen Schwert in der einen Hand, griff sie blitzschnell mit der anderen nach Williams Hemdkragen. Sie hielt ihn fest und führte die Klinge an seinen Hals. Sie hatte William überrumpelt. Als Frau musste sie sich ihre Geschwindigkeit und Wendigkeit zunutze machen.

William lachte und ließ sein Schwert sinken. »Ich hätte dich nicht provozieren dürfen. Das war mein Fehler.«

Arissa schüttelte den Kopf. Sie ließ ihn los und steckte ihr Schwert zurück in die Scheide. »So schnell provozierst du mich nicht. Aber ich hatte eine kurze Nacht und nach einem langen Training steht mir nicht der Sinn.« Sie lächelte ihn an, sie wusste, dass es nicht der Hochmut gewesen war, der William zu Fall gebracht hatte. Er hatte die Lektionen ihrer Meister aus den Augen verloren. Ein Fehler, den sie nie begehen würde. Zu gut hatten ihre Meister sie ihnen eingetrichtert.

Die Lehre war hart, aber es hatte sich gelohnt. Vos war ein strenger Lehrmeister gewesen, unnachgiebig und eisern, doch Arissa war ihm für jede Lektion dankbar. Für die Chance, die er ihr gegeben hatte. Einst hatte sie andere Lektionen beigebracht bekommen. Lektionen der Magie. Doch das war nun vorbei.

»Wenn du immer so armselige Gegner wie ihn hast, wundert es mich nicht, dass du aus dem meisten Kämpfen als Siegerin hervorgehst«, hallte die gehässige Stimme von Darcy Astor zu ihnen herüber. Sie stand auf der Schlossmauer, zusammen mit zwei anderen Kriegern, und hielt ihren Wachdienst ab.

»Komm runter und ich zeige dir, wie armselig du selbst aussehen kannst«, rief William wütend zu ihr hoch.

Arissa legte ihm eine Hand auf die Schulter. »Du würdest verlieren«, wisperte sie. Darcy war zu gut, zu schnell und erbarmungslos. Bei einem Zweikampf war sie die wohl gefährlichste Gegnerin, die man im Orden finden konnte. Würden Arissa und sie sich im Kampf gegenüberstehen, man könnte nicht vorhersagen, wer gewinnen würde.

»Wenn du die Zeit hast, uns zuzusehen, Darcy, nimmst du deine Wache nicht so ernst, wie du solltest.« Mit schiefgelegtem Kopf blickte Arissa zur Mauer empor und schirmte dabei mit der Hand ihre Augen vor der Sonne ab.

Ein zorniges Knurren war die Antwort, bevor Darcy sich mit einem Ruck den langen blonden Zopf über die Schulter warf und sich abwandte.

Arissa und Darcy waren wie Feuer und Eis. Sie gerieten oft aneinander, sehr zum Leidwesen ihrer Lehrmeister. Sie waren beide zu sehr bestrebt, die Beste zu sein, um sich der anderen unterzuordnen.

»Hast du heute keinen Dienst?«, fragte William sie. Er hatte die Prüfung des Ordens zur selben Zeit abgelegt wie Arissa. Im Gegensatz zu ihr war er ein einfacher Bauernjunge gewesen, der dritte Sohn eines Gutsherrn, der kein Erbe zu erwarten hatte. Auf den nichts im Leben wartete, es sei denn, er schaffte sich sein eigenes Vermächtnis.

»Heute nicht mehr. Erst morgen habe ich Wachdienst bei der Lady Portia.«

Portia Warbeck war eine kluge und durchaus unterhaltsame Frau. Sie erzählte ihren Wachen Geschichten aus ihrer Kindheit und Legenden von Britannia. Sie war nicht auf den Mund gefallen und hatte Arissa mit ihrer derben Art schon mehr als einmal zum Schmunzeln gebracht. Obwohl es sich nicht ziemte, hatte Arissa während ihres Dienstes bereits Tränen gelacht, wenn Lady Portia aus dem Nähkästchen plauderte.

»Hast du heute noch etwas vor?« William war dabei sein Schwert zu polieren. Für ihn war das Training wohl noch nicht vorbei oder er bereitete sich auf seinen späteren Dienst vor.

Arissa warf den lang geflochtenen Zopf über ihre Schulter auf den Rücken. Einzelne dunkle Strähnen lösten sich daraus und fielen ihr ins Gesicht. »Ich statte der Zitadelle einen Besuch ab.« Es waren einige Tage vergangen, seit sie ihren Bruder zuletzt gesehen hatte.

William lachte leise. »Was verschlägt eine Lady wie dich in die Zitadelle? Testest du neue Waffen?«

Bei diesen Worten erstarb das Lächeln auf ihren Lippen. Sie war keine Lady mehr. *Du bist eine Schande.* Exakt diese Worte hatte ihr Vater ihr vor vielen Jahren an den Kopf geworfen.

»Nein, ich besuche nur meinen Bruder. Er ist Mitglied.« Auch wenn ihr Bruder ein Magier und Teil der Gilde der Elementarier war, hatte er sich dazu entschieden, sein Leben der Forschung zu widmen.

Sie hatten sich beide für ein anderes Leben entschieden als ihnen vorherbestimmt gewesen war. Aus unterschiedlichen Gründen, doch das spielte keine Rolle. Weder im Orden noch in der Zitadelle galt das Gesetz des Stärkeren. Hier urteilte man nicht über die Schwächeren. Man beschützte sie, weil sie auf Schutz angewiesen waren. Ganz anders, als Arissa und ihr Bruder aufgewachsen waren. Es hatte lange gedauert, bis sie die Regeln des Ordens verstanden und verinnerlicht hatte.

»Oh, ich wusste nicht, dass dein Bruder der Zitadelle angehört«, wisperte William und wurde rot. »Ich hatte angenommen, weil er Elementarier ist, würde er in Auld Reekie leben. Ach, ich würde nur zu gern einmal dorthin reisen! Vielleicht bringt mich irgendwann ein Auftrag des Königs dorthin. Die Stadt und die umliegende Landschaft sollen beeindruckend sein.«

Wehmütig verzog Arissa das Gesicht bei der Erinnerung daran. William hatte recht. Auld Reekie lag hoch oben im Norden von Britannia und war der Sitz ihrer Familie. Sie war zuletzt vor vier Jahren dort gewesen, als sie ihrer Familie den Rücken gekehrt hatte, um dem Orden beizutreten.

»Wenn es dich einmal dorthin verschlagen sollte, musst du auf jeden Fall den Whiskey probieren. Auf das Familienrezept sind wir de Fays sehr stolz.« Nicht, dass sie selbst jemals davon probiert hätte. Mit vierzehn war sie noch zu jung dafür gewesen, aber der Whiskey ihrer Familie war im ganzen Land bekannt.

William nickte euphorisch. »Das werde ich.« Dann senkte er den Blick. »Stimmt es, dass die Elementarier kampfeslustig sind, beinahe schon barbarisch, selbst untereinander? Ich bin leider noch nie einem begegnet.« Seine Stimme war leise und Arissa sah ihm an, dass es ihm viel abverlangt hatte, diese Frage zu stellen.

Sie dachte darüber nach. Vor ihrem inneren Auge tauchten ehemalige Freunde und Bekannte auf, Kameraden ihres Vaters. Egal, welches Element sie kontrollierten, Elementarier suchten stets den Kampf.

»Dem kann ich nicht widersprechen. Elementarier lieben den Streit, sie lieben das Kämpfen. Wirklich zufrieden sind sie nur, wenn sie jemanden verprügeln dürfen.«

William machte große Augen, dann lachte er leise. »Verprügeln? So nennt ihr es, wenn sich zwei Magier bekriegen?«

Arissa konnte gut nachfühlen, warum dieses Verhalten bei Nicht-Magiern auf Verständnislosigkeit traf. Warum sollte man sich bekämpfen, wenn man doch ebenso gut in friedlicher Koexistenz leben konnte?

»Sie bekriegen sich nicht. Sie messen sich. In der Gilde der Elementarier herrscht das Gesetz des Stärkeren. Das Oberhaupt ist der Magier, der sich gegen die anderen behaupten konnte. Der Anführer kann aber jederzeit herausgefordert und also auch ersetzt werden.«

In den anderen Magiergilden war das anders. Dort wurde das Oberhaupt durch Wahl bestimmt oder das Recht zu herrschen vererbt. Nicht so bei den Elementariern. Sie führten lieber einen Wettstreit, um herauszufinden, wer es verdient hatte, zu regieren.

»Und dein Vater ist im Moment dieses Oberhaupt?«, fragte William vorsichtig. Er strich sich über das kurze blonde Haar. Zögernd nickte Arissa. Auch wenn sie William seit vier Jahren kannte, hatten sie bisher extrem selten von ihrer Familie gesprochen. Ganz besonders nicht von Conrad de Fay.

Er war der mächtigste Magier, den diese Gilde je hervorgebracht hatte, und rein zufällig Arissas Vater. Er beherrschte das Element Erde und genauso wie dieses Element war er besonders stur und unnachgiebig. Wenn ihr Vater wütend war, bebte wortwörtlich die Erde.

Auf Williams Gesicht breitete sich ein Anflug von Mitgefühl aus. Etwas, was Arissa fast unbekannt war. Sie kannte kein Mitleid. Dieses Gefühl hatte man ihr selten entgegengebracht. Die Welt der Magier war eine harte Welt, besonders die der Elementarier. Eine Gefühlsregung wie Mitleid gab es unter ihnen schlichtweg nicht.

»Es tut mir leid, ich hätte das nicht ansprechen sollen. Als Immunda war es bestimmt nicht leicht …«, begann William, doch Arissa unterbrach ihn sofort.

»Ist schon in Ordnung.« Sie sprach nicht gern über ihre Familie oder über das, was sie war: eine Immunda. Eine Magierin, die keinerlei Magie beherrschte. Arissa war ein schwarzes Schaf, ein Schandfleck, ein Nichtsnutz.

Schritte erklangen und als sie den Kopf hob, sah sie den König mit seinen Leibwächtern den Innenhof passieren. Wie immer nahm sie jedes Detail an ihm wahr. Die dunkelblonden Locken, die sich gerade wild um sein Gesicht kringelten, da er keine Krone trug, die freundlichen blauen Augen. Das Grübchen im Kinn. Sie liebte jedes Merkmal an ihm.

Beinahe gleichzeitig mit William versank sie in eine tiefe Verbeugung, als der König an ihnen vorüberschritt. Er nickte dem Soldaten zu und wandte sich dann an Arissa. »Lady de Fay«, sagte er, ohne sie dabei wirklich anzusehen. Die Wachen beachteten sie gar nicht, sie folgten schweigend ihrem Herrn, zurück zum königlichen Palast.

Arissa seufzte und ließ ihre Schultern kreisen. Ein Schmerz breitete sich in ihrem linken Schulterblatt aus. »Ich habe genug für heute«, stöhnte sie. »Wenn Darcy dich noch einmal dumm anmacht, zahle ich es ihr beim nächsten Übungskampf heim, versprochen.«

***

Ihre freien Nachmittage verbrachte Arissa gern mit ihrem Bruder. Seit er in der Zitadelle tätig war, sah sie ihn mindestens zweimal pro Woche. Mal trafen sie sich zum Essen, manchmal spazierten sie einfach durch die Straßen Londiniums und erzählten sich von ihrem Alltag, oder Arissa saß schweigend in Edmunds Laboratorium, während dieser in seine Forschungen vertieft war. Es störte sie nicht einmal, wenn er sie dabei die meiste Zeit ignorierte.

Die Zitadelle lag, ebenso wie der Palast des Königs, an der Themse, die durch ganz Londinium floss und die Stadt in zwei Teile teilte. Arissa musste nur die Tower Bridge überqueren und schon war sie bei ihrem Bruder. In der Zitadelle waren Gäste allerdings nicht gern gesehen. Die dort arbeitenden Magier und Menschen blieben lieber unter sich und machten ein Riesengeheimnis um ihre Forschungen. Arissa war es einerlei, was sie dort trieben. Es sei denn, Edmund überraschte sie mit neuen Waffen oder Utensilien für den Orden. Diese zu testen, war jedes Mal ein großer Spaß, auch wenn nicht alles immer so funktionierte, wie es sollte.

Arissa betrat die Zitadelle. Dass ihr Eingang unbewacht war, kam ihr jedes Mal aufs Neue merkwürdig vor. Allerdings grenzte der Orden direkt an den Palast, damit seine Krieger den Schutz der Königsfamilie und ihres Hofes jederzeit garantieren konnten. In den Gängen des Schlosses, in den Innenhöfen oder Gärten, egal, wohin man ging, wimmelte es nur so von Ordenskriegern. Doch hier schien niemand Angst vor Dieben, Einbrechern oder Angreifern zu haben.

Lächelnd nickte sie zwei Magiern zu, die sie von ihren früheren Besuchen kannte, und tigerte durch die Flure des gigantischen Gebäudekomplexes zu Edmunds Labor, das er sich mit Charles Magee teilte. Charles war über die Jahre zu Edmunds bestem Freund geworden. Er war ebenfalls Magier und gehörte der Gilde der Sanitas an. Charles und Edmund teilten dieselbe Neugierde und dieselbe Bürde, irgendwann eine Gilde anführen zu müssen.

Arissa erreichte ihr Ziel und klopfte kurz gegen das dunkle Holz der Tür. Dahinter waren leise Stimmen zu hören und ein gedämpftes »Herein« ertönte. Sie öffnete die Tür und betrat den Raum. Es war etwas stickig, was die beiden Genies darin vermutlich nicht einmal bemerkt hatten. Wann hatten sie zuletzt gelüftet?

»Ich hätte nicht gedacht, dass du heute die Zeit findest, mich zu besuchen. Hat Vos keinen Auftrag für dich?«

Edmund blickte nicht einmal von seinem Schreibtisch auf, doch Arissa sah das Lächeln auf seinem Gesicht, während sie die wenigen Meter zu ihm überbrückte und direkt hinter ihm stehen blieb.

»Man könnte meinen, du möchtest mich nicht hier haben.«

Ein Poltern erklang aus der anderen Ecke des Raumes und Arissa fuhr herum. Charles war beladen mit einigen seltsam aussehenden Gegenständen, von denen ihm einer heruntergefallen war. Er trug sie zum einzig freien Tisch im Raum und legte sie darauf ab.

»Falls Ed dich nicht hier haben möchte, kann er ja gehen. Mich freut es jedenfalls dich zu sehen, Arissa«, sagte der Magier und zwinkerte ihr zu. Das Strahlen auf seinem Gesicht machte das Grübchen in seiner linken Wange sichtbar. Das rote Haar fiel ihm wirr in die Stirn und ließ ihn jünger wirken, als er war.

»Danke, Charlie. Wenigstens einer, der sich freut.« Arissa schnippte ihrem Bruder gegen den Hinterkopf, was dieser mit einem bösen Blick quittierte. Er rieb sich über die Stelle und seufzte.

»Ich freue mich auch dich zu sehen. Nur sind wir hier sehr beschäftigt und es täte mir leid, wenn du einfach nur herumsitzt.«

Dass die beiden beschäftigt waren, sah Arissa selbst. Überall lagen Papiere, Dokumente und Schriftrollen herum. Reagenzgläser standen auf einem Tisch beim Fenster und die bunten Flüssigkeiten darin leuchteten in der Nachmittagssonne. Modelle von kleinen Flugapparaten und Ballons hingen von der Decke und setzten bereits Staub an, während direkt neben der Tür einige Kisten, Koffer und zusammengerollte Landkarten standen.

Arissas Mundwinkel hoben sich kaum merklich. »Im Grunde *stehe* ich hier herum, wenn wir es genau nehmen.«

»Das macht es nicht besser«, bemerkte Ed lachend.

»Woran arbeitet ihr zwei da eigentlich?« Sie beäugte die Koffer und Landkartenröhren, die Charles neben der Tür sortierte.

»Wir erstellen eine Route«, erklärte dieser breit grinsend.

»Wollt ihr etwa wandern gehen? Ihr beide?« Das konnte Arissa sich beim besten Willen nicht vorstellen. Sie hatte Edmund schon häufiger gefragt, ob er ihr nicht beim Training im Orden Gesellschaft leisten wolle. Ed hatte jedes Mal abgelehnt. Er war froh, das harte Training der Elementarier endlich hinter sich gelassen zu haben. Charles und er waren wahre Stubenhocker. Sie verbrachten ihre Zeit lieber mit Büchern und Experimenten in ihrem Studierzimmer, als an der frischen Luft zu sein.

»Unsinn! Wir führen eine Expedition nach Dyfflin an«, erklärte Edmund ihren Plan.

»Und was wollt ihr in Dyfflin?«, fragte Arissa erstaunt. Dyfflin war die Hauptstadt des Gebietes der Animagen und lag jenseits des Erisischen Meers.

»Den Spiegel von Albion finden.«

Stille breitete sich im Raum aus und Arissa sah Edmund zweifelnd an. Sie öffnete den Mund und schloss ihn wieder, bevor sie leise lachte. »Ihr reist über den Ozean, um nach einem Gegenstand zu suchen, den es gar nicht gibt?« Das war natürlich äußerst sinnvoll … Ja, wirklich.

Edmund warf ihr einen vernichtenden Blick zu und Charles seufzte leise. »Nur weil du nicht an seine Existenz glaubst, bedeutet das nicht, dass es ihn nicht gibt«, versuchte ihr Bruder sie zu belehren.

Arissa war diese Diskussion nicht unbekannt. Es gab unzählige mystische oder magische Artefakte, Relikte oder Gegenstände, die Edmund und Charlie erforschen wollten und über die sie recherchierten, obwohl die meisten Bewohner Britannias davon überzeugt waren, dass es sich um reine Legenden handelte. Arissa gehörte definitiv mit zu den Skeptikern.

»Es gibt keinerlei Beweise, dass es ihn gibt.«

»Natürlich gibt es Beweise. Da drüben.« Charles, der gerade eine übergroße Landkarte zusammenrollte, deutete mit dem Kinn auf die Wand hinter Edmunds Schreibtisch. Dort klebten einige Zettel und Zeichnungen. Sie waren mit bunten Fähnchen markiert und mit Schnüren miteinander verbunden und erinnerten Arissa entfernt an eine Schnitzeljagd.

Sie lehnte sich über ihren Bruder und betrachtete die verschiedenen Zettel – Bleistiftzeichnungen von einem Spiegel. Daneben waren in feinsäuberlicher Handschrift einige Notizen geschrieben worden. Die Handschrift gehörte nicht ihrem Bruder, so viel konnte Arissa sagen.

»Als *Beweis* würde ich diese Skizzen hier nicht bezeichnen. Es ist ein Spiegel darauf zu sehen, na und? Es könnte ein ganz gewöhnlicher Spiegel sein. Woher habt ihr das?«

»Es sind die Aufzeichnungen meines Großvaters«, erwiderte Charles etwas zu euphorisch.

Arissa sah ihn stirnrunzelnd an. »Ein weiteres Indiz dafür, dass der Spiegel nur ein Mythos ist.«

»Ich tue mal so, als hätte ich das nicht gehört.«

»Ich mag deinen Großvater, Charlie, wirklich. Aber Bellamy erscheint mir doch etwas ... sagen wir, senil.«

Bellamy Magee war das einstige Oberhaupt der Sanitas und einer der Begründer der Zitadelle. Er war in seiner Jugend ein wahres Genie gewesen und allein die Erfindungen, die er für den Orden entwickelt hatte, waren revolutionär gewesen. Doch mit der Zeit war dieser brillante Magier leider etwas ... *verrückt* geworden.

»Er ist einfach nur alt«, verteidigte Charles seinen Großvater und stemmte die Arme in die Hüften.

»Und verwirrt«, hielt Arissa dagegen.

»Kannst du ihm das vorwerfen? Er ist fast achtzig.«

Auch wenn Arissa Charles um die Beziehung zu seinem Großvater, der ihn erst darauf gebracht hatte, der Zitadelle beizutreten, beneidete, konnte sie seine Überzeugung von dessen Worten nicht teilen. Sie war Bellamy Magee schon mehrfach begegnet und jedes dieser Treffen hatte die Meinung, die Arissa von diesem Mann hatte, nur bestärkt. Er war zwar freundlich und höflich, doch auch alt, vergesslich und sein Verstand war offenkundig nicht mehr der beste.

»Du weißt, dass ich an die Existenz des Spiegels glaube, aber was Bellamy betrifft, hat sie recht. Er hat mir mal erzählt, dass er Erazmus Reys persönlich gekannt habe«, gab Edmund zu bedenken und hielt sich die Hand vor den Mund, um ein Grinsen dahinter zu verstecken.

Arissa konnte sich nicht so gut beherrschen und prustete los. »Ja, und ich trinke jeden Dienstag Tee mit dem Schlossgeist von Auld Reekie.«

»Und danach schwimmen wir mit dem Ungeheuer von Loch Ness.« Nun stimmte auch Edmund in ihr Lachen mit ein.

Charles hatte die Arme vor der Brust verschränkt und schüttelte langsam den Kopf. »Das ist gar nicht lustig.«

Doch, das war es. Denn wenn Bellamy dieserart fantastische Geschichten erzählte, blieb er dabei todernst und bekam gar nicht mit, dass niemand ihm glaubte.

»Erazmus Reys ist genauso ein Mythos wie der Spiegel von Albion. Nimm es mir nicht übel, Charlie, aber dein Großvater erzählt gern Geschichten. Wahr sind sie deswegen noch lange nicht«, sagte Arissa mit sanfter Stimme, wie um die Wogen zu glätten.

»Er ist mit dem Alter etwas vergesslich geworden und durcheinander, das mag sein, aber ich glaube ihm.«

»Warum? Nur weil er dein Großvater ist?«

Charles schüttelte den Kopf und nahm eine hölzerne Schatulle aus einer der Kisten, die bei der Tür standen. »Ich bin Wissenschaftler, nur aufgrund familiärer Bindungen werde ich nicht naiv. Vor einigen Wochen haben wir die alten Laboratorien von Bellamy geräumt, weil er nicht mehr in der Lage ist, an seinen Forschungen zu arbeiten. Die Räume hat seit Jahren niemand mehr betreten, da war mein Großvater sehr strikt und eigen. Beim Ausmisten habe ich alte Aufzeichnungen von ihm gefunden, seine gesamten Forschungsberichte über den Spiegel, laut denen er sogar die Pläne dafür entworfen hat.«

»Bellamy soll den Spiegel von Albion erschaffen haben?«, fragte Arissa erstaunt.

Charles nickte zögernd. »Als ich ihn darauf angesprochen habe, wurde er sehr nervös und irgendwie ... seltsam. Auf weitere Nachfragen hin reagierte er sogar richtig ungehalten. Daher habe ich es aufgegeben, ihn nach dem Spiegel zu fragen. Aber ich habe das hier gefunden«, er öffnete die kleine Schatulle und holte ein goldenes Amulett mit einem roten Stein in der Mitte daraus hervor. Er hielt es in die Höhe. Das Schmuckstück schimmerte in einem warmen Goldton, das Rot des Steins ließ Arissa an die Farbe von frischem Blut denken. Sie schauderte kurz.

»Was ist das? Ein Familienerbstück?« Sie trat nah an Charles heran und griff nach dem Amulett. Ein Pulsieren ging von ihm aus und Arissa spürte den Anflug von Elektrizität. Ein Zeichen dafür, dass von dem Stein Magie ausging.

Dieses Pulsieren, die elektrische Ladung, konnten nur Magier fühlen. Auch wenn Arissa eine Immunda war, floss in ihr das Blut ihrer Vorfahren und erlaubte ihr, fremde Magie wahrzunehmen.

»Angeblich ist das der Schlüssel, um den Spiegel zu finden und seine Macht freizulassen.« Charles' Augen begannen zu leuchten und auf seinem Gesicht breitete sich ein stolzes Grinsen aus. Triumphierend sah er zu Arissa hinab.

»Seine Macht?« Es gab unzählige Geschichten über den Spiegel von Albion und seine angeblichen Kräfte. Manche Magier behaupteten, der Spiegel sei von den ersten Magiern erschaffen worden und die Tür zum Mittelpunkt der Welt. Manche Menschen sagten, er sei ein Geschenk Gottes und der Zutritt zum Jenseits. Wieder andere sprachen ihm unheilige Mächte zu, die als Waffe benutzt werden könnten. Und jetzt kam noch die Geschichte hinzu, dass Bellamy Magee ihn erschaffen hatte. Vernünftige Leute aber, zu denen Arissa sich zählte, leugneten schlichtweg seine Existenz.

»Bellamy ist der Meinung, dass er Portale zu fremden Welten öffnen könne, hat mir Charlie erzählt«, mischte sich ihr Bruder ein.

Fremde Welten? Als würden das Jenseits oder der Mittelpunkt der Welt nicht reichen. Nein, jetzt gab es auch noch andere Dimensionen. Das wurde immer besser ... Nur leider nicht glaubwürdiger.

»Und das glaubt ihr ihm? Das klingt doch noch verrückter als die Geschichte über Erazmus Reys.« Tatsächlich eine wahre Schauergeschichte, die die großen Geschwister unter der Bettdecke ihren kleinen Brüdern und Schwestern erzählten. Erazmus Reys – ein mächtiger Magier, der gegen die Krone rebelliert hatte und gescheitert war, nachdem er beinahe Britannia vernichtet hatte. Es gab jedoch auch für diesen Mythos keinerlei Beweise.

Charles tätschelte Arissa die Wange und schüttelte kaum merklich den Kopf. Arissa schlug nach seiner Hand und unterdrückte ein Fauchen. »So wirst du nicht mehr reden, wenn wir den Spiegel gefunden haben. Ich werde beweisen, dass mein Großvater kein seniler Schwätzer ist, sondern ein Genie.« Er hatte sie schon immer für eine Ungläubige gehalten. Und damit hatte er absolut recht.

Doch Arissa war nicht ignorant, sie war bereit, sich eines Besseren belehren zu lassen. Zumindest, wenn es Beweise dafür gab. Also ließ sie sich nicht provozieren, zuckte nur mit den Schultern und legte die rechte Hand aufs Herz. »Ich schwöre feierlich, falls ihr den Spiegel mit diesem Ding«, sie zeigte auf das goldene Amulett, »wirklich finden solltet und er das kann, was Bellamy sagt, werde ich mich bei euch und ihm höchstpersönlich entschuldigen. Auch wenn ich nicht glaube, dass das je geschehen wird.«

Edmund erhob sich lachend von seinem Stuhl und legte einen Arm um ihre Schultern. »Warum bist du bloß so pessimistisch?«

»Ich bin nicht pessimistisch, sondern realistisch. Die einzige lebende Person, die den Spiegel angeblich gesehen hat – von dem Erschaffungskram fange ich gar nicht erst an –, ist Charlies Großvater. Und eine einzige Quelle, noch dazu die, die die Legende selbst erschaffen zu haben meint, reicht mir nicht, um all das zu glauben. So einfach ist das.«

»Du bist und bleibst eine Skeptikerin«, seufzte Charles und verstaute das Schmuckstück sorgfältig wieder in der Schatulle.

»Wie lange wird eure Expedition andauern?«

»Bis wir den Spiegel gefunden haben.«

»Also für immer und ewig?«, stichelte Arissa. Sie erntete dafür zwei böse Blicke. »Spaß beiseite, wie lange glaubt ihr, werdet ihr unterwegs sein?«

»Geplant sind zwei Wochen«, antwortete Edmund.

»Und wann geht's los?«

»In zwei Tagen.«

Empört drehte sich Arissa zu ihrem Bruder um und boxte ihm in die Rippen. »Und wann wolltest du mir davon erzählen?«

»Autsch«, brummte er und rieb sich über die schmerzende Seite. »Morgen bei unserem Mittagessen.«

Als wäre das eine zufriedenstellende Antwort, sah er Arissa reumütig an. Doch die verzog nur verärgert das Gesicht. Edmund von etwas abzubringen war jedoch vergeudete Zeit. Er war ein Dickkopf durch und durch.

»Dann hoffe ich, ihr findet, wonach ihr sucht.«

Zwei Wochen ohne Edmund würden für sie schwer werden. Seit er vor zwei Jahren nach Londinium gekommen war, gab es keine Woche, in der sie sich nicht gesehen hatten. Sie würde es überleben, aber vermissen würde Arissa ihren *kleinen* Bruder.

»Das werden wir«, verkündete Charles siegessicher grinsend. »Das verspreche ich dir.«

Kapitel 3

Zwei Tage später war Arissa zum Wachdienst der Königinmutter eingeteilt. Sie hatte sich am Morgen von Charles und Edmund verabschiedet, die mit einer Gruppe von weiteren zwölf Mitgliedern der Zitadelle sowie zwei Kriegern des Ordens nach Deva Victrix aufgebrochen waren, von wo aus sie ein Schiff nach Dyfflin bringen würde. Als Elementarier, der das Wasser befehligte, würde Edmund ihre Reise beschleunigen. Sie würden in wenigen Stunden das Erisische Meer überquert haben. Er hatte versprochen, ihr aus der Hauptstadt der Animagen zu schreiben und Arissa hoffte sehr, dass er es nicht vergessen würde. Falls doch, würde es bei seiner Rückkehr Ärger geben!

Ein hohes Lachen riss sie aus ihren Gedanken und Arissa blickte auf. Mit hochgezogener Augenbraue betrachtete sie die Szenerie vor sich. Vier Frauen saßen auf bunten Picknickdecken im Palastgarten. Stickrahmen, Bücher und einen Hafenspieler um sich, während sie die Fruchttörtchen nur so verschlangen.

»Lady Portia, so etwas dürft Ihr doch nicht über Euren Sohn sagen!«, stieß Lady Alderidge gerade lachend aus. Der Champagner spritzte dabei über den Rand ihres Glases.

»Natürlich darf ich das. Ich habe den Jungen geboren und seinetwegen achtundzwanzig Stunden Wehen ertragen. Er mag die Krone tragen, aber er bleibt mein Sohn.« Die Königinmutter wedelte mit ihrem Stickrahmen vor dem Gesicht ihrer Hofdame herum, als würde sie damit ihren Standpunkt betonen wollen.

Arissas Mundwinkel zuckten. Sie hörte gern zu, wenn Lady Portia von Jasper sprach. Auf diese Weise erfuhr Arissa Dinge über ihn, die sie nicht gewusst hatte – und die er ihr wohl auch niemals verraten würde. Leider hatte sie nicht von Anfang an zugehört und somit nicht mitbekommen, worüber sich die Hofdame echauffiert hatte. Ihr Blick fiel auf den Rahmen in Portias Hand. Magier und Menschen vertraten in Hinblick auf die Erziehung ihrer Kinder verschiedene Ansichten, besonders, was die Mädchen anbelangte. Sie war in Strategie und Kampftechniken unterrichtet worden, während Menschenmädchen ihres Alters lernen mussten, richtig zu sitzen, richtig zu sprechen und die schönen Künste zu meistern. Magier machten sich nichts aus diesen Dingen. Noch heute hatte Arissa keine Ahnung, wie man nähte, strickte oder Socken stopfte.

»Aber dennoch, er ist der König.«

»Tut doch nicht so, als würdet Ihr das Getratsche über meinen Sohn nicht lieben, Lady Alderidge. Und insgeheim hofft Ihr doch, dass Jasper einer Eurer fünf Töchter den Hof machen wird.« Die Königinmutter grinste ihre Hofdame unverhohlen an und prostete ihr dann zu.

Lady Alderidge wirkte im ersten Moment peinlich berührt, doch dann lachte sie. »Wer wäre nicht gern die Schwiegermutter des Königs?«

»Ich fürchte, dass ich für dieses Amt nicht infrage komme«, lachte nun auch Lady Howard, die mit drei Söhnen gesegnet war.

Arissa war immer wieder fasziniert davon, wie viel fruchtbarer die Menschen waren im Vergleich zu den Magiern. Aus diesem Grund gab es von ihnen auch nur so wenige. Sie und Edmund gehörten zu den seltenen Geschwisterpaaren, die es innerhalb der Gilden gab.

»Schweren Herzens muss ich Euch zustimmen, meine Liebe«, verkündete Lady Portia mit gespieltem Bedauern. »Denn Eure Söhne könnten mir wohl kaum Enkelkinder schenken.«

»Leider nein, es sei denn, Jasper hat eine Schwester, von der wir nichts wissen und die wir mit einem meiner Söhne verheiraten könnten.«

Die Damen fingen laut zu lachen an und Arissa schloss für einen kurzen Moment die Augen. So sehr sie die Königinmutter schätzte, sie konnte sich

Besseres vorstellen, als in den Gärten herumzustehen und ihr und ihren Gesellschafterinnen beim Tratschen zuzuhören. Es langweilte sie enorm. Und einige Themen störten sie auch. Zum Beispiel, wenn es um Jasper und das Heiraten ging.

Bald würde Jasper einundzwanzig werden und nach den Gesetzen des Landes musste er sich dann eine Braut suchen. Alle Damen des Hofes wussten das und schlichen bei jeder sich bietenden Gelegenheit um ihn herum. Arissa hasste das mindestens genauso sehr wie Jasper selbst.

»Aber im Ernst, meine Damen: Dieses Land braucht ein starkes Königspaar, das es anführt«, sagte Lady Portia in diesem Moment, als hätte sie Arissas Gedanken gelesen. »Es wird höchste Zeit, dass Jasper heiratet und einen Erben hervorbringt.«

Das flaue Gefühl, das sich bereits in Arissas Magen ausgebreitet hatte, wurde von Sekunde zu Sekunde schlimmer. Sie fürchtete, sie würde sich auf dem Rasen übergeben müssen, wenn sie weiter mitanhören musste, wie die Damen über Jaspers Zukunft entschieden.

Eine Zukunft, in der Arissa keinen Platz hatte.

Nicht nur, weil sie im Rang weit unter Jasper stand. Das war nicht das eigentliche Problem. Er war der König und selbst wenn er eine Bürgerliche heiraten wollte, gab es niemanden, der ihm diesen Wunsch verweigern durfte.

Ihre Beziehung aber war aufgrund ihres Blutes nicht möglich. Wie Lady Portia bereits erwähnt hatte, erwartete man von Jasper einen Erben, der Britannia eines Tages regieren würde. Doch den Thron des Landes konnte nur ein *Mensch* besteigen.

Immunda hin oder her, es floss Magie durch ihre Adern. Und mit ihrem Blut würde sie auch die Möglichkeit weitergeben, Magie zu wirken. Ihre Kinder könnten ebenso magisch werden wie der Rest ihrer Familie. Sie wären Elementarier, mächtige Magier, die ein Element beherrschen würden wie Arissa das Schwert. Für ihre Nachkommen würde es immer außer Frage stehen, Britannias Krone zu erben. Und darum war es Arissa nicht möglich, Königin zu werden. Da spielte es keine Rolle, dass sie den König liebte und dass der König sie liebte.

Schritte auf dem Gras rissen Arissa aus ihren trüben Gedanken.

»Das nächste Mal teile ich Darcy zu diesem Dienst ein. Sie wird es lieben, den neuesten Gerüchten des Hofes zu lauschen.«

Arissa wandte den Kopf und sah zu ihrem Lehrmeister auf. Sie hatte Vos kommen hören, auch wenn er so leise ging, dass die Hofdamen, die nur wenige Meter von ihnen entfernt saßen, sein Auftauchen noch nicht bemerkt hatten.

Ein Grinsen umspielte Arissas Lippen und vergessen waren die Gedanken. »Oh, und wie sie es lieben wird.«

»Habt ihr zwei euch schon wieder in die Haare gekriegt?«, fragte Vos und seine weißen Augenbrauen zogen sich zusammen.

»Ach, das war nicht der Rede wert.«

Vos nickte. Er hatte die Hände hinter dem Rücken verschränkt. Auch wenn er seine besten Jahre lange hinter sich hatte, war er ein stattlicher Mann, der das Schwert an seinem Waffengürtel zu führen wusste wie niemand sonst. Er war der beste Schwertkämpfer Britannias. Sein seit vielen Jahren weiß gewordenes Haar passte zur blassen Farbe seiner Augen, mit denen er rein gar nichts sehen konnte. Arissas Meister war blind von Kindesbeinen an. Das hatte ihn jedoch nicht daran gehindert, seinem Leben Bedeutung einzuhauchen. Seine Sinne waren schärfer als die von anderen Menschen, beinahe so scharf wie die von Animagen, wenn sie sich in ihrer Tiergestalt befanden. Er hatte Arissa über die Jahre vieles beigebracht und ihr mit diesem Wissen mehr als einmal das Leben gerettet.

»Dein Bruder hat die Stadt verlassen.« Es war keine Frage, sondern eine Feststellung. Vos wusste immer, was in Londinium vor sich ging. Er war vermutlich sogar besser über den Klatsch innerhalb des Palastes informiert als die Hofdamen der Königin.

»Das hat er, auch wenn ich nicht glaube, dass seine Suche, die der Grund dafür ist, erfolgreich sein wird.« Dennoch hatte sie Edmund und Charles viel Erfolg gewünscht – und sie fest umarmt. Die beiden würden enttäuscht sein, wenn sie in zwei Wochen unverrichteter Dinge wieder nach Hause kommen würden.

»Manchmal ist der Weg wichtiger als das Ziel.«

Arissa zuckte mit den Schultern, obwohl sie wusste, dass Vos es nicht sehen konnte. Irgendwie würde er es wahrnehmen.

»Ich habe eine Beschwerde über dich erhalten«, wechselte Vos überraschend das Thema. Doch seine Stimme klang nicht so, als würde Arissa Ärger bekommen.

Sie hob eine Augenbraue. »Etwa schon wieder von Darcy?«

»Nein, von einem überaus empörten Botschafter, der behauptet, du hättest seine Hand verstümmelt.«

Arissa stutzte. Dann schnaubte sie. »Ich habe ihn nicht *verstümmelt*, ich habe ihm lediglich glatt eine Klinge durch die Hand gejagt.«

Vos drehte seinen Kopf leicht in ihre Richtung, ohne etwas zu erwidern, doch Arissa wusste nur aufgrund dieser kleinen Geste, dass er ihr Verhalten nicht duldete.

»Besteht er darauf, dass ich mich entschuldige?« Was sie tun würde, immerhin ging es um die diplomatische Beziehung zu einer Magiergilde. Doch wirklich leid tat es ihr nicht, immerhin war sie auf einer Mission gewesen und dieser Mann ein Verdächtiger.

»Nicht nötig. Seine Wunde wurde von den Sanitas gut geheilt und ich konnte ihn milde stimmen.«

Die Heilmagie der Sanitas war wirklich ein Geschenk Gottes. Arissa war froh, dass Moridunum, die Stadt, in der sich die Magiergilde niedergelassen hatte, nicht weit von der Hauptstadt entfernt lag. Viele Sanitas lebten sogar in Londinium, wo ihre besonderen Fähigkeiten häufig benötigt wurden. Wie Charles. Wenn Arissa es beim Training übertrieben oder bei einem Einsatz Verletzungen davongetragen hatte, erbarmte er sich jedes Mal und heilte sie. Als zukünftiges Oberhaupt der Sanitas waren seine Kräfte erstaunlich.

»Versuch doch bitte, bei deinem nächsten Auftrag keinen Botschafter zu verletzen, verstanden?«

»Ich werde mir Mühe geben, garantieren kann ich allerdings für nichts.«

Vos Mundwinkel hoben sich kaum merklich. Er lachte nie, oder zumindest hatte Arissa ihn noch nie lachen sehen. Diese Reaktion war das Höchste der

Gefühle. Das schmälerte jedoch nicht Arissa Zugewandtheit zu diesem Mann. Er hatte sie ohne Vorurteile aufgenommen, ihr so vieles beigebracht und sie zu einer starken Kriegerin ausgebildet.

»Darf ich erfahren, was diese beiden Animagen für Absichten hatten? Und wer der andere Magier war?« Sie hatte den Botschafter und den blinden Passagier zwar im Orden abgeliefert, aber was Vos bei seiner Befragung erfahren hatte, ging sie nichts an.

Vos Lippen verzogen sich zu einer schmalen Linie und eine Falte erschien zwischen seinen Augenbrauen. »Bei deiner Zielperson handelt es sich um Hollis Arcas Neffen. Er berichtete uns von einigen Unstimmigkeiten unter den Clans der Animagen.«

»Welche Unstimmigkeiten?«, fragte Arissa alarmiert.

»Es wäre möglich, dass Hollis Arca demnächst in ihrer Position herausgefordert wird.«

Arissa kniff die Augen zusammen. »Aber die Animagen *wählen* ihr Oberhaupt. Arcas Amtsperiode ist noch nicht vorüber.«

»Das bleibt abzuwarten.«

Unstimmigkeiten in den Reihen einer Magiergilde fielen für gewöhnlich nicht in den Zuständigkeitsbereich des Ordens. Oder den der Krone. Eine Angelegenheit, die nur eine Gilde betraf, wurde auch von dieser geregelt.

»Ich hoffe sehr, dass Hollis Arca an der Macht bleiben wird. Sie ist eine kluge Frau.«

»Das ist sie, daher traue ich es ihr zu, die Angelegenheit allein zu regeln.«

Daran hatte auch Arissa keinen Zweifel. Zwischen ihr und ihrem Lehrmeister wurde es still, also wandte sie sich wieder der Königinmutter und ihren Hofdamen zu. Es wurde noch immer gekichert, gelacht und sehr viel getrunken.

»Ich bin so froh, dass meine Tochter nach mir kommt«, plauderte gerade Lady Thornton drauf los. Ihre langen roten Locken waren kunstvoll am Hinterkopf zusammengesteckt.

»Da stimme ich Euch zu. Amberly ist eine Augenweide und sieht aus wie Ihr vor zwanzig Jahren.«

Ein stolzes Lächeln breitete sich bei dem Kompliment der Königinmutter auf Lady Thorntons Gesicht aus.

»Danke, Hoheit.«

»Es ist nur die Wahrheit. Ich bin selbst sehr froh, dass Jasper mehr nach mir kommt.«

Während die Hofdamen kicherten, merkte Arissa, wie sich Vos neben ihr anspannte. »Nicht nur Ihr«, wisperte er.

Arissa verstand jedes Wort, obgleich Vos eher laut gedacht zu haben schien.

»Wie war der Vater des Königs?«, fragte Arissa leise. Sie selbst war Henry Warbeck nie begegnet und Jasper nach ihm fragen, wollte sie auch nicht. Immerhin wusste Arissa ganz genau, wie schmerzhaft eine Beziehung zwischen Vater und Kind sein konnte.

Vos schwieg, als müsste er überlegen, was er über den ehemaligen König sagen durfte. »Henry war ein sehr misstrauischer Mensch«, setzte er dann an. »Er war voller Vorurteile gegenüber Magiern und ihren Kräften. Während der Regentschaft seines Vaters und auch in den ersten Jahren seiner eigenen Herrschaft war das Ausüben von Magie beinahe gänzlich verboten. Nur die Sanitas und die Side durften unter den Augen des Ordens ihre Kräfte benutzen. Und das auch nur nach den Wünschen und auf Geheiß des Königs.«

Arissa konnte sich eine solche Welt nicht einmal vorstellen. Eine Welt, in der ein Magier nicht das tun durfte, wozu er geboren worden war.

»Wie hat sich das wieder geändert?«

Vos drehte seinen Kopf zu Lady Portia herum. »Vieles haben wir ihr zu verdanken. Sie hat Henry auf den rechten Weg geführt. Ihm sein Misstrauen genommen und ihm gezeigt, dass Menschen und Magier durchaus friedlich koexistieren können. Es war ein langer Weg, bis es den Magiern wieder erlaubt war, Magie zu praktizieren. Und dennoch standen sie immer unter der Kontrolle der Krone.«

»Ihr mochtet den alten König nicht, oder?«

»Henry war von Angst und Paranoia zerfressen. Gefühle, von denen sich ein König nicht besitzen lassen sollte. Er fürchtete sich vor der Macht der

Magier und rechnete ständig damit, dass sie gegen ihn rebellieren würden. Jahrelang sprach er davon, dass ein dritter Magischer Krieg ausbrechen würde. Einer, wie zu Zeiten seines Vaters, König James. Dazu ist es, Gott sei Dank, nicht gekommen.«

»Wir sind weit von einem dritten Magischen Krieg entfernt.« In Britannia herrschte Frieden. Solange Arissa zurückdenken konnte. Es gab hin und wieder Uneinigkeiten oder kleinere Aufstände, aber nichts, was man als »Krieg« betiteln konnte. Seit Jasper an der Macht war, lebten Magier und Menschen friedlich nebeneinander.

»Es kann schneller geschehen, als man glaubt.«

»Das würde der König nicht zulassen«, beharrte Arissa. Sie wusste, wie wichtig Jasper der Frieden in Britannia war, was er alles dafür tun würde, um diesen Zustand zu bewahren.

Vos nickte. »Er kommt eben sehr nach seiner Mutter.«

Arissa pflichtete ihm innerlich bei. Jasper war keineswegs wie sein Vater. Er war weder misstrauisch noch zerfressen von Angst. Nein, Jasper ähnelte diesem Mann in keiner Weise.

***

Arissa stand im Innenhof des Palastes und überwachte das Training der jungen Rekruten. Keiner von ihnen war älter als fünfzehn. Und einige stellten sich nicht gerade vielversprechend an, aber genauso hatte auch sie angefangen, daher urteilte Arissa nicht.

Ganz im Gegensatz zu Darcy, die neben ihr stand und zu ihrem Leidwesen den Unterricht mit überwachte.

»Schilde hoch! Wie oft muss ich das eigentlich noch sagen, bevor ihr es endlich umsetzt?«, schrie sie gerade die sich verteidigenden Neulinge an, die sich gegen eine Gruppe von Angreifern verteidigen sollten.

Arissa schüttelte den Kopf. Sie war für die Angreifer zuständig und kontrollierte deren Umgang mit dem Breitschwert. Der Schweiß klebte bereits auf Stirn und Nacken der Rekruten, was der Anstrengung und der brennenden Sonne geschuldet war.

»Wenn ihr bei eurem ersten echten Einsatz sterben wollt, dann nur weiter so!« Darcy fuhr sich frustriert durch die blonden Haare und sah aus, als würde sie ihren Schützlingen jeden Moment den Kopf abreißen. Oder ihnen den Schild, welchen sie ihrer Meinung nach definitiv zu wenig einsetzten, direkt ins Gesicht rammen. »Himmel, waren die Rekruten im letzten Jahr auch so untalentiert?«

Arissa zuckte mit den Schultern. »Das sind sie doch am Anfang alle. Untalentiert und vor allem ungeübt. Es kann eben nicht jeder ein Wunderkind sein wie du oder hat das Kämpfen von Kindesbeinen an gelernt. Und wenn du sie noch mehr verängstigst, werden sie es nie lernen.«

Darcy wandte sich ihr zu. Abneigung blitzte in ihren Augen, während sie die Nase rümpfte. »Wie soll ich sie deiner Meinung nach denn behandeln? Nett und freundlich darum bitten, dass sie den Schild etwas höher halten, damit sie nicht aufgespießt werden?« Sie schüttelte schnaubend den Kopf. »Die Rekruten lernen durch Schmerz, anders geht es nicht. Sie müssen einfach begreifen, was auf dem Spiel steht.«

»Du meinst, so wie du, als ich dich bei unserer Abschlussprüfung in den Dreck geworfen habe? Schmerz muss ein wahnsinnig guter Lehrmeister für dich gewesen sein«, gab Arissa in spitzem Tonfall zurück.

Darcy knurrte sie an. »Halt bloß die Klappe. Ich habe dich seitdem oft genug besiegt.«

»Das hängt von deiner Definition des Wortes ›oft‹ ab.«

Inzwischen war Darcy rot angelaufen und Arissa fürchtete schon, dass ihre Kameradin sich in der nächsten Sekunde auf sie schmeißen würde. »Du hattest einfach Glück. So wie jetzt auch: Du hast die talentierteren Rekruten bekommen.«

Arissa schaute mit hochgezogener Augenbraue auf die Lehrlinge. Talent hatte sie bisher tatsächlich bei keinem von ihnen entdecken können. Durchhaltevermögen oder Willensstärke, ja. Aber Talent … kein bisschen.

»Das hat nichts mit Glück zu tun. Du bist einfach keine gute Lehrerin.«

»Ach, und du bist besser?«

Arissa zuckte mit den Schultern. »Ich schreie meine Novizen nicht permanent an und sie scheinen schnell genug zu lernen. Immerhin gewinnen sie seit drei Einheiten gegen deine Gruppe.«

Jeder mochte andere Lehrmethoden haben, Arissa war mit ihrer zufrieden. Möglicherweise half manchen Rekruten eine härtere Hand, aber eben nicht jeder kam damit zurecht. Sie hatte damals von Vos schnell gelernt, ohne dass ihr Lehrmeister sie hatte anschreien müssen. Sie wusste also aus eigener Erfahrung: Es ging auch anders.

»Nächste Woche sind *meine* Rekruten die Angreifer, dann werden wir ja sehen, ob deine Gruppe sich immer noch behaupten kann«, zischte Darcy.

»Von mir aus.« Arissa zuckte wieder mit den Schultern. Darcy hatte sie ab dem Zeitpunkt nicht ausstehen können, als Vos sie zu seiner Sekundantin gemacht hatte. Dieser Posten war heißbegehrt gewesen und jeder aus ihrer Einheit hatte angenommen, dass Vos Darcy wählen würde. Hatte er aber nicht.

Aufeinandertreffender Stahl und das Schlagen auf metallene Schilde war zwischenzeitlich das Einzige, das zu hören war. Na ja, abgesehen von den donnernden Kommandos, die Darcy noch immer brüllte, auch wenn Arissa das Gefühl hatte, dass sich ihre Kontrahentin ein wenig mehr zurückhielt.

»Dein Romeo ist hier«, richtete sich Darcy auf einmal wieder an sie.

Verwirrt sah Arissa sie an. Romeo? Sprach sie etwa von William? Innerhalb des Ordens ging das Gerücht um, dass er etwas für sie empfand. Es kümmerte sie jedoch nicht, was die anderen Krieger dachten. Doch als sie sich in die Richtung umdrehte, in die Darcy wies, erstarrte sie.

Nicht William kam auf sie zu. Drei Gestalten näherten sich ihnen mit schnellen Schritten. Alle drei hatten denselben Ausdruck: verschlossen und angespannt, als wäre etwas vorgefallen. Korbinian Vos, der Botschafter der Animagen und – Jasper.

Arissa starrte erst Jasper, dann wieder Darcy an. Doch die Kriegerin verzog keine Miene, sondern neigte nur respektvoll den Kopf, als ihr Lehrmeister und der König an sie herantraten.

Wusste sie es? Woher?

Tausend Gedanken schossen Arissa durch den Kopf, sodass sie sich etwas zu spät verneigte.

»Lady de Fay, es gibt Neuigkeiten.«

Arissa blickte zu Jasper auf. Sie kannte ihn zu gut, um nicht zu merken, dass seine Stimme angespannt klang. In seinen blauen Augen lag etwas Eigenartiges. Eine Mischung aus Sorge und Mitleid.

Ein ungutes Gefühl breitete sich in Arissas Magen aus. Irgendetwas stimmte hier ganz und gar nicht.

»Darcy wird das Training allein fortführen. Arissa, du begleitest uns«, verkündete Vos.

Darcys finsterer Blick traf sie, bevor Arissa den Männern ins Innere des Palastes folgte. Sie fühlte sich wie ein Kind, das bei etwas Verbotenem erwischt worden war. War etwa ihr Verhältnis zu Jasper aufgeflogen? Das konnte sich Arissa kaum vorstellen. Warum sollte das den Botschafter der Animagen kümmern?

Vos hatte ihr zwar versichert, dass er die Angelegenheit mit dem Botschafter geklärt habe, aber vielleicht hatte der sich zusätzlich bei Jasper über sie beschwert. Immerhin hatte Arissa ihn verletzt, auch wenn man ihn bereits wieder geheilt hatte.

Sie merkte, wie ihre Handflächen feucht wurden und sich ein Kloß in ihrem Hals bildete. Situationen, auf die sie sich nicht vorbereiten konnte, lagen ihr überhaupt nicht. Und sie hatte keine Ahnung, was sie erwartete, nachdem sie das Ratszimmer betreten hatten.

Vos bedeutete ihr, sich zu setzen. Was höchst ungewöhnlich war. Es war das Ratszimmer des Königs, der sich immer zuerst setzte – Jasper aber stand noch. Sie tat es trotzdem.

»Was ist vorgefallen?«, fragte sie und ihre Stimme klang wie das Piepsen einer Maus. Verschwunden war die mutige Kriegerin und Arissa fühlte sich in ihre Zeit auf Auld Reekie zurückversetzt. Das ärgerte sie enorm. Also straffte sie die Schultern und atmete tief durch.

Ihr Blick traf den von Jasper und sie forderte ihn stumm auf, ihr zu sagen, was hier vor sich ging.

»Wir haben Neuigkeiten aus dem Westen erhalten, aus Dyfflin«, begann Jasper dann. Eine Information, die Arissa nicht weiterhalf. Sie schaute zum

Botschafter der Animagen hinüber und fragte sich, was das Ganze mit ihm zu tun haben mochte.

»Unsere Krieger sind nicht beim zweiten Kontrollpunkt ihrer Reise angekommen«, übernahm Vos. Seine weißen Augen waren nicht auf sie gerichtet und trotzdem wusste Arissa, dass er auf jede ihrer Regungen, selbst auf ihre Atemzüge, achtete.

Die Zusammenhänge waren ihr noch immer nicht ganz klar. Sie wusste von keinem Spähtrupp, der in Dyfflin oder in anderen Gebieten der Animagen stationiert war. Sie war bloß eine Soldatin, einzelne Truppenbewegungen waren ihr nicht bekannt. Man schien ihr ihre Verwirrung anzusehen und sogar anzumerken, denn Vos fuhr fort: »Die Krieger, die das Forschungsteam der Zitadelle begleitet haben.«

»Hollis Arca hat bereits einen Suchtrupp ausgeschickt, doch die Rabengestaltwandler konnten bisher niemanden ausfindig machen«, kam nun der Botschafter der Animagen zu Wort.

Arissa riss erschrocken die Augen auf. *Das Forschungsteam der Zitadelle.* Mitgefühl und Sorge. Nun verstand sie.

»Was ist mit meinem Bruder?«

Ihre Stimme war nicht mehr als ein Flüstern. Zu sehr hatte die Angst von ihr Besitz ergriffen.

»Das ist es ja«, sagte Jasper in ruhigem Ton und setzte sich neben sie. Er war zu einfühlsam. So würde er nie mit einem anderen Ordenskrieger sprechen. Doch Arissa konnte sich gerade keine Sorgen darum machen, dass sein Verhalten zu offensichtlich war. Ihre Gedanken drehten sich einzig und allein um Edmund.

»Wir wissen es nicht. Wir haben Nachricht von der Zitadelle bekommen, auch sie haben den Kontakt verloren.«

Stumm starrte sie Jasper an. Fassungslosigkeit überschwemmte sie, doch Arissa drängte sie zurück. Das hier war Britannia und die Animagen standen im Dienst der Krone. Es war keine aussichtslose Situation, so wie ihre Gefühle es ihr gerade vorspielen wollten.

Es stimmte, sie hatte noch keinen Brief von Edmund erhalten, auch wenn er versprochen hatte sich zu melden, sobald er in Dyfflin angekommen war. Aber das war nicht ungewöhnlich. Wenn Edmund in seine Forschungen vertieft war, vergaß er vieles. Selbst sein Essen konnte tagelang unberührt bleiben.

»Die Gruppe kann wohl kaum vom Erdboden verschluckt sein«, versuchte Arissa verzweifelt Logik in das alles zu bringen. Es musste sich um ein großes Missverständnis handeln. Edmund und sein Team hatten bestimmt nur vergessen, den Kontrollpunkt über eine geänderte Reiseroute zu informieren.

Vos neigte den Kopf. »Natürlich nicht, aber bisher konnten sie nicht ausfindig gemacht werden. Nicht einmal eine Fährte, nicht die leiseste Spur konnten die Animagen finden.«

Ein Zittern erfasste Arissa und sie ballte die Hände auf ihrem Schoß zu Fäusten. »Gab es geänderte Reisepläne? Vielleicht ein Unwetter oder einen anderen Grund, warum sie die Route ändern mussten?« Sie musste ganz die Kriegerin sein, keinesfalls die Schwester, die sich Sorgen machte. Das würde ihr nicht weiterhelfen. Ein Unwetter würde auch das Fehlen einer Spur erklären, denn sämtliche Gerüche oder Fußspuren wären vom Regen fortgewaschen worden.

Jasper schüttelte langsam dem Kopf. »Der Zitadelle ist nichts bekannt und die Animagen haben bestätigt, dass die Route passierbar war.« Er tauschte einen Blick mit dem Botschafter, der Arissas Herz für einen Moment aussetzen ließ.

»Was noch?«

Sie sah Jasper an, dass er ihr etwas verschwieg. Er mochte versuchen sie zu schützen, aber Arissa würde bald aus der Haut fahren, wenn man ihr nicht sagte, was hier los war. Es ging um ihren Bruder, verdammt noch mal!

»Die Unstimmigkeiten zwischen den Animagen sind eskaliert. Es herrscht Bürgerkrieg in Dyfflin«, sagte Vos langsam.

»Was?«, Arissa klang aufgebracht.

Ein Bürgerkrieg – und ihr Bruder und Charles hatten sich ausgerechnet in dieses Gebiet begeben. Mit zwölf weiteren Unbewaffneten und mit nur zwei Ordenskriegern als Geleitschutz.

»Wir haben soeben die Nachricht aus Dyfflin erhalten. Dort ist der Kriegszustand ausgerufen worden. Das Gebiet ist für Menschen nicht mehr zugänglich. Nur noch Animagen dürfen die Stadt und die umliegenden Ländereien betreten«, sprach Vos weiter.

Sie wusste um die Gesetze dieses Landes. Betraf ein Konflikt nur eine einzige Gilde, dann durfte sich die Krone nicht einmischen. Aber hier ging es nicht nur um die Animagen.

Arissa biss die Zähne zusammen. »Wir müssen aber weiter nach ihnen suchen lassen. Sie befinden sich in einer äußerst gefährlichen Lage. Auf keinen Fall dürfen sie in den Krieg hineingezogen werden.«

Nicht ihr kleiner Bruder, der von Kriegen nichts wissen wollte und stattdessen seine Nase lieber in Bücher steckte!

»Der Orden muss geschickt werden, um sie zu suchen. Die Zitadelle steht unter dem Schutz der Krone. Wenn ihre Mitglieder in Gefahr sind, müssen wir eingreifen.«

»Ich bin ganz Eurer Meinung, Mylady«, erwiderte Jasper und sie sah ihm an, wie viel Mühe es ihn kostete, neutral zu bleiben. »Doch es gibt ein Problem. Arca hat ihnen von den Aufständen berichtet und sie gebeten, zurück nach Londinium zu gehen. Sie haben sich geweigert und sind die Reise trotzdem angetreten.«

Mit großen Augen starrte Arissa Jasper an. Langsam dämmerte ihr, worauf er hinauswollte, und sie schüttelte nur den Kopf. Wollte damit verhindern, dass er die nächsten Worte laut aussprach.

»Lady Arca«, sprach nun der Botschafter weiter, »erlaubte diese Expedition auf ihrem Land nur unter der Bedingung, dass alle Mitglieder auf den Schutz der Krone verzichteten. Sie wollte verhindern, dass sich von außen in Angelegenheiten unserer Gilde eingemischt wird, falls die Situation eskalieren sollte. Was leider geschehen ist.«

»Was soll das heißen?«, verlangte Arissa zu wissen. Sie war kurz davor aufzustehen und ihren Stuhl gegen die nächste Wand zu donnern. Ihre Fingernägel hinterließen bereits halbmondförmige Abdrücke in ihren Handflächen, so fest ballte sie ihre Hände zu Fäusten.

»Sie haben sich bewusst gegen den Schutz der Krone entschieden«, sagte Jasper mit ruhiger Stimme. »Mir und auch dem Orden sind die Hände gebunden. Die Expedition befindet sich auf dem Territorium der Animagen und außerhalb meines direkten Einflussgebietes.«

»Aber es herrscht dort ein Bürgerkrieg! Wir müssen etwas unternehmen. Nicht nur meines Bruders wegen, sondern auch wegen Charles und der anderen!« Ihre Stimme wurde immer lauter und Arissa wusste, dass sie den König des Landes nicht anschreien durfte. Vor allem nicht vor Mitgliedern seines Hofes und gar Außenstehenden. Doch es war ihr egal.

»Ein Bürgerkrieg, der nur die Animagen betrifft. Nicht die Menschen. Die Krone darf sich nicht in Streitigkeiten unter Magiern einmischen, so lautet das Gesetz. Lady Arca hat ihre Tore geschlossen. Dem Orden ist es nicht gestattet, weiter nach ihnen zu suchen«, Jasper klang autoritär, auch wenn Arissa den Zwiespalt in seinen Augen sehen konnte.

»Was bedeutet das?«, fragte sie Jasper, ohne das Zittern aus ihrer Stimme verbannen zu können.

»Euer Bruder und der Rest der Gruppe gelten von nun an als verschollen.«

Kapitel 4

Verschollen. Verschollen. Verschollen.

Das Wort hallte immer und immer in Arissas Kopf wider.

Was bedeutete »verschollen« überhaupt? Doch lediglich, dass eine Person nicht auffindbar war und der Kontakt zu ihr fehlte. Es bedeutete nicht gleich, dass Edmund entführt worden war oder irgendwo tot in den Wäldern von Dyfflin lag.

Arissa versuchte wirklich, nicht vom Schlimmsten auszugehen, auch wenn es ihr schwerfiel. Ihre Hände waren schon ganz rot, so sehr knetete sie sie. Ihre rege Fantasie half ihr auch leider nicht dabei, sich zu beruhigen. Ständig schossen neue angsteinflößende Bilder vor ihrem inneren Auge vorbei und sie malte sich Szenen aus, was Edmund und Charles alles zugestoßen sein konnte.

Seit der Unterredung im Ratszimmer des Königs waren einige Stunden vergangen. Stunden, in denen Arissa versucht hatte, ihren Aufgaben und Pflichten als Kriegerin des Ordens nachzukommen. Aber es ging nicht. Sie war abgelenkt und ruhelos.

»Es macht schon keinen Spaß gegen dich zu kämpfen, wenn du bei der Sache bist, aber so abgelenkt ist es eine Qual«, hatte Darcy ihr an den Kopf geworfen. Ihre Schwerter waren mit einem harten Schlag aufeinandergeprallt. Arissa hatte den Aufprall in ihrem ganzen Körper gespürt. Sie konnte froh sein, dass Darcy nicht mit voller Kraft zugeschlagen hatte. Als hätte sie gespürt, dass Arissa mit ihren Gedanken woanders gewesen war. In diesem

Zustand war sie keine ernstzunehmende Gegnerin gewesen und weder sie noch Darcy hatten etwas lernen können bei diesem Kampf.

Kurze Zeit später war Darcy so genervt von Arissa gewesen, dass sie Vos herbeigeholt hatte. Ihr Lehrmeister hatte Arissas Dienst für den Tag als beendet erklärt und sie auf ihr Zimmer geschickt. Wie ein kleines Mädchen, das Unsinn angestellt hatte.

Die erste Stunde in ihrem Zimmer hatte Arissa nur an die Wand gestarrt. Und eben ihre Hände geknetet. Dieses Verhalten war ihr selbst so zuwider gewesen, dass sie etwas hatte tun müssen. Vor ihr auf dem kleinen Tisch vorm Fenster lagen nun mehrere Landkarten von Britannia ausgebreitet. Eine von der Stadt Dyfflin, eine von den umliegenden Wäldern und eine vom gesamten westlichen Festland. Um ihren Bruder, Charles und die anderen Mitglieder der Zitadelle zu finden, brauchte sie einen Plan.

Arissa könnte sich ohrfeigen, dass sie nicht insistiert hatte, von Edmund und Charles die genaue Reiseroute zu erfahren. Sie hatte von Vornherein nichts von dieser Expedition gehalten – doch das wurde ihr nun zum Verhängnis. Ihr Bruder brauchte sie. Zuvor musste sie jedoch erst die Erlaubnis bekommen, überhaupt nach ihm suchen zu dürfen.

Ein Klopfen an der Tür ließ Arissa zusammenfahren. Sie war so in die Karten vertieft und darauf, die möglichen Routen mit dem Zeigefinger nachzufahren, dass sie womöglich sogar das Piepsen einer Maus erschreckt hätte.

»Herein«, krächzte sie und senkte gleich wieder den Blick auf die Karten. Ob die Chance bestand, dass sie einmal allein mit dem Botschafter der Animagen sprechen könnte, um die Perspektive eines Ortskundigen auf diese Region zu erfahren und sich so ein genaueres Bild davon machen zu können?

Geistesabwesend schaute sie auf und ihr Blick fiel auf Jasper, der im Türrahmen stand. Sie lächelte. »Ich dachte, du müsstest nicht anklopfen. Das hier ist immerhin dein Schloss«, zog sie ihn auf.

Jasper reagierte nicht auf ihren versuchten Scherz, sondern ging direkt auf sie zu und betrachtete sie mit gerunzelter Stirn. »Geht es dir gut?«

Arissa nickte nur knapp und markierte einen weiteren Weg auf der Karte, den Edmund möglicherweise genommen hatte. Jasper trat näher an sie heran. Sie spürte die Wärme seines Körpers im Rücken. Sein Duft nach Pergament und Leder beruhigte ihre angespannten Nerven sofort, doch die innere Unruhe konnte auch Jasper ihr nicht nehmen.

Er schlang die Arme um ihre Mitte und legte sein Kinn auf ihrer Schulter ab. Ein kleiner Teil in ihr wagte sich zu wünschen, dass Jasper gekommen war, um ihr zu sagen, dass ihr Bruder gefunden worden war, dass alles gut sei. Aber eine solche Optimistin war Arissa nicht. Sie war davon überzeugt, dass man ihren Bruder finden würde, aber nicht *einfach so*. Nicht ohne einen geplanten Einsatz.

»Es tut mir leid, dass ich es dir nicht unter vier Augen sagen konnte. Vos und der Botschafter kamen zu mir und dein Meister bestand darauf, es dir umgehend mitzuteilen. Er wollte es eigentlich selbst tun, aber ich …« Jasper musste den Satz nicht beenden, damit Arissa verstand, was er ihr sagen wollte. Er hatte es nicht ertragen können, nicht für sie da zu sein. Im Ratszimmer war ihr aufgefallen, wie Jasper sich zusammengerissen hatte, um nicht nach ihrer Hand zu greifen.

»Schon in Ordnung«, war alles, was Arissa hervorbrachte. Das Liebste wäre ihr immer noch, die Neuigkeit wäre nie ausgesprochen worden, weil sie gar nicht wahr wäre. Aber schlechte Nachrichten hörte sie lieber aus Jaspers Mund als von irgendjemandem sonst.

»Was tust du da?«, fragte Jasper dann neugierig, während er über ihre Schulter lugte.

Arissa holte tief Luft. »Ich plane eine weitere Suche, um Edmund und die anderen zu finden.«

»Arissa …«, setzte Jasper an, doch sie ließ ihn nicht zu Wort kommen.

»Ich weiß, dass der Orden sich nicht einmischen darf. Zumindest nicht offiziell. Aber wir wissen doch beide, dass das Unsinn ist. Dort sind Menschen in Gefahr und du solltest umgehend eingreifen. Nicht nur wegen der Mitglieder der Expedition. Die Krone könnte zwischen den Clans der Animagen vermitteln.«

Sie drehte sich in seinen Armen um und sah zu ihm auf. Jaspers Gesichtsausdruck war angespannt. Seine Augen glitten zwischen den Karten auf dem Tisch und ihr hin und her. Dann seufzte er.

»Auch wenn ich dir zustimme, kann ich das nicht ohne weiteres entscheiden. Die Gesetze habe ich selbst erlassen, um den Magiern mehr Entscheidungsgewalt zu geben. Wenn Hollis Arca nicht um meine Hilfe bittet und sich dieser Bürgerkrieg nicht auf die umliegenden Städte ausbreitet, dann sind mir die Hände gebunden.« Er hauchte ein »Leider« hinterher.

Arissa biss sich auf die Unterlippe und atmete tief durch. »Du könntest Arca ja wenigstens fragen.«

»Du weißt doch selbst, wie stolz Magier sind. Ich will ihr nicht auf die Füße treten, indem ich ihr meine Hilfe anbiete. Es ist ihre Entscheidung.«

Missmutig kniff Arissa die Augen zusammen und trat einen Schritt zurück. »Es ist doch nichts Verwerfliches daran, jemandem seine Hilfe anzubieten. Und ich glaube auch nicht, dass Arca dich aufgrund ihres Stolzes nicht um Hilfe bittet. Sie glaubt, diesen Krieg allein führen zu können. Vielleicht kann sie das, vielleicht aber auch nicht. Aber dieses Vielleicht ist mir ein Dorn im Auge, wenn es um die Unversehrtheit meines Bruders geht.«

Niemand würde sie daran hindern, Edmund sicher nach Hause zu bringen. Sollten die Animagen doch ihren dummen Krieg führen, das würde Arissa nicht davon abhalten, jeden Stein auf ihrem Land umzudrehen, falls es nötig war, um ihren Bruder zu finden.

»Wenn sie glaubt, allein mit dieser Situation fertig zu werden, dann werde ich mich da nicht einmischen«, beharrte Jasper.

»Dann willst du gar nichts tun?« Sie wollte nicht so vorwurfsvoll klingen, aber die Frage war gestellt, bevor Arissa sich bremsen konnte.

»Ich habe lange mit dem Botschafter der Animagen diskutiert und Möglichkeiten ausgearbeitet, wie man helfen könnte. Doch die Gesetze unseres Landes sind in diesem Fall sehr eindeutig.«

»Aber …?«, fragte Arissa. Sie konnte den Einwand klar und deutlich zwischen den Zeilen hören, auch wenn Jasper das Wort nicht ausgesprochen hatte. Sie kannte ihn einfach zu gut. Und sie hoffte außerdem inständig, dass er mit einer Lösung daherkommen würde. Er konnte die Sache doch nicht einfach so hinnehmen.

»Morgen findet das monatliche Treffen des Senex statt. Ich bringe die Angelegenheit vor den Rat. Ich werde den Animagen meine Hilfe anbieten. Ob sie zustimmen oder nicht, liegt allerdings nicht an mir. Der Senex könnte jedoch mit einem Mehrheitsbeschluss erwirken, dass ich den Orden nach Dyfflin schicken darf, um deinen Bruder und seine Begleiter zu finden.« Der Senex existierte seit Ende des ersten Magischen Krieges. Doch erst seit der Regentschaft von König Jasper wurden die Stimmen der Gildenanführer wieder ernst genommen und ihre Meinung respektiert.

So sehr Arissa es auch zu schätzen wusste, dass Jasper den Senex um Zustimmung bitten wollte, versetzte ihr das Eintreffen der Oberhäupter der Magiergilden auf der anderen Seite einen Stich. Jeden Monat, wenn die Ratssitzungen stattfanden, befand sich Arissa weit weg auf Mission. Das hatte sie sich so gewünscht, um nicht auf ihren Vater treffen zu müssen.

Dieses Mal würde sie ihm nicht aus dem Weg gehen können. Der Senex würde unter anderem über das Schicksal ihres Bruders entscheiden und mit ihrem Vater würden dafür die wohl vier mächtigsten Magier Britannias in die Stadt kommen.

William hatte ihr einmal erzählt, dass die Bewohner Londiniums nervöser und streitlustiger waren, wenn der Senex tagte. Arissa würde das morgen zum ersten Mal selbst beurteilen können.

Ihr Herz verkrampfte sich bei dem Gedanken an den nächsten Tag und ein flaues Gefühl breitete sich in ihrem Magen aus. Seit Arissa ihre Heimat verlassen hatte, hatte sie Conrad de Fay nicht mehr gesehen. Aus dem kleinen, verschmähten Mädchen, das er gekannt hatte, war eine junge, starke und geachtete Frau geworden. Doch vermutlich würde ihr Vater ihr gar keine Beachtung schenken. Ein harter Zug legte sich um ihren Mund und Arissa schloss die Augen.

»Ist alles in Ordnung?«, fragte Jasper leise. Er griff nach ihrer Hand und sein Daumen malte kleine Kreise auf ihrem Handrücken.

»Ja, ich musste nur gerade an meinen Vater denken«, gestand sie. Ihre Position im Orden, die Sekundantin von Vos zu sein, all das war in den Augen ihres Vaters nichts wert. Immerhin bestand der Orden aus Menschen und Halbblütern, die der Magie abgeschworen hatten. Die einen so unwürdig wie die anderen in den Augen ihres Vaters.

»Du könntest Vos bitten, dich für eine Patrouille in der Stadt einzuteilen. Dann wirst du ihm nicht begegnen.«

Arissa schüttelte den Kopf. »Nein, nein, auf keinen Fall. Ich muss hier sein. Ich werde mich sogar freiwillig melden, um als Wache für die Sitzung eingeteilt zu werden.«

»Bist du dir sicher, Arissa?«

»Ja. Ich könnte es nicht ertragen, das Urteil erst Stunden später zu erfahren.« Sie würde die Begegnung mit ihrem Vater überleben. Sie musste sich diesem Mann stellen, in der Hoffnung, ihren Bruder zu finden. Wenigstens darauf konnte sie sich verlassen: Als Wasserelementarier war Edmund der Erbe des Hauses de Fay. Ihr Vater würde nichts unversucht lassen, um seinen Sohn zurückzubekommen.

»Glaubst du denn, dass sie sich auf deine Seite stellen werden?«, fragte Arissa tonlos. Sie betete dafür.

»*Du* sprichst doch immer davon, dass die Magier sich loyal gegenüberstehen. Die Animagen befinden sich im Krieg, nun ist die Loyalität der anderen Gilden gefragt. Ich hoffe darauf, dass sowohl die Anführer der Gilden als auch die Adelshäuser verstehen, dass wir die Streitigkeiten unter den Clans in Dyfflin beenden müssen, bevor der Konflikt auf andere Gebiete übergreift und Unschuldige in Gefahr geraten. Im Zuge unseres Eingreifens könnten wir auch nach deinem Bruder suchen.« Jasper zog sie in seine Arme und strich ihr beruhigend über den Rücken.

Arissa nickte zögernd. Jasper kannte die Magier nicht so gut, wie er glaubte. Magier *waren* loyal. Loyal bis aufs Blut. Doch nicht anderen Gilden gegenüber. Einen Elementarier kümmerte es nicht, wenn sich Animagen gegenseitig umbrachten. Eine Sanitas interessierte sich nicht für das Leid einer Umbra. Jeder war sich selbst der Nächste. Vor hundert Jahren mochte das noch anders gewesen sein. Vor dem zweiten Magischen Krieg, als das Band zwischen den Gilden noch stärker gewesen war. Nun war es dünn wie Papier.

»Ich hoffe inständig, dass du recht hast und dass sie es dem Orden gestatten werden, einen Suchtrupp zu schicken.«

»Die Lords des Senex werden mir sicherlich zustimmen«, bekräftigte Jasper seine Hoffnung. Wenn er von den »Lords« sprach, wusste Arissa, dass er den menschlichen Adel meinte. Doch sie glaubte nicht daran, dass diese Lords Jaspers Meinung teilten. Warum sollten sie ein Risiko eingehen, indem sie sich in einen Krieg innerhalb einer Magiergilde einmischten? Welchen Vorteil hatten sie davon? Keiner von ihnen würde dem freiwillig zustimmen.

Jasper legte seinen Finger unter ihr Kinn und zwang Arissa damit, ihn anzusehen. Seine blauen Augen leuchteten voller Tatendrang und Entschlossenheit. »Ich werde mein Möglichstes tun, um deinem Bruder zu helfen. Sollte der Senex mein Anliegen ablehnen, dann ist es so. Aber ich werde nichts unversucht lassen. Ich verspreche es dir.«

Seine Lippen fanden ihren Mund und für einen kurzen Moment vergaß Arissa die Angst, die ihr Herz fest im Griff hatte. Sie vergaß die Schrecken, die auf der anderen Seite des Erisischen Meeres lauerten, und verlor sich ganz und gar in diesem Moment.

***

Mit hinter dem Rücken verschränkten Armen stand Arissa neben einem anderen Soldaten auf der linken Seite der Tür im großen Sitzungssaal. Auf der rechten Seite standen zwei weitere Soldaten des Ordens.

Arissa hatte ihr langes dunkles Haar zu einem Zopf geflochten. Bei dieser Aufgabe war sie ganz die Kriegerin. Vergessen waren die gestohlenen Stunden mit Jasper. Nun war er der König und sie zu seinem Schutz abkommandiert.

Sonnensteine erhellten das Zimmer, in dem es gespenstisch still war, nachdem alle ihre Plätze eingenommen hatten. Jasper saß am Kopf eines langen Tisches. Ihm gegenüber hatte Korbinian Vos Platz genommen. Zu seiner Rechten saßen die Abgeordneten der fünf hochrangigsten Adelshäuser der

Menschen, die Lords, und zu seiner Linken die fünf Oberhäupter der Gilden. Die Lords waren Jaspers engste Vertraute und im Besitz der fünf wohlhabendsten Gebiete des Landes. An ihren Tuniken prangten goldene Orden für ihre tapferen Dienste, um die Arissa allerdings leider wenig wusste.

Arissa blickte zu ihrem Vater, der bisher keine Notiz von ihr genommen zu haben schien. Entweder hatte er nicht auf die Krieger im Saal geachtet oder beschlossen, sie einfach zu ignorieren.

Stattdessen spürte sie den Blick von Jasper auf sich. Er beobachtete sie, schätzte ab, wie gut sie sich in Anbetracht der Umstände hielt. Doch Arissa würde nicht zusammenbrechen. Sie war eine ausgebildete Kriegerin. Sie würde das schaffen. Ihrem Bruder zuliebe.

»Wollen wir dann mit der Sitzung des Senex beginnen?«, durchbrach die Stimme von Lord Thornton die Stille. Er regierte über York und die umliegenden Gebiete. Die Ländereien waren fruchtbar und die Familie Thornton versorgte fast ganz Britannia mit Weizen und Gerste.

»Mylords, Myladys, der Senex muss heute über eine wichtige Angelegenheit sprechen. Britannia wird von Gefahren im Westen bedroht.« Jasper sah jeden Anwesenden der Reihe nach direkt an, doch selbst von ihrer Position aus konnte Arissa sehen, dass der Blick des Königs eine Spur zu lang auf ihrem Vater verweilte – und auch Arissa nahm sich die Zeit ihn anzusehen.

Conrad de Fay war älter geworden und sein dunkles Haar länger, als Arissa es in Erinnerung hatte. An den Schläfen zeigten sich die ersten grauen Strähnen. Es reichte bis zu seinen Schultern und die vorderen Strähnen hatte er am Hinterkopf zusammengebunden. Seine breiten Schultern ließen erahnen, dass nicht nur beeindruckende magische Kräfte in ihm steckten. Interessanterweise wirkte ihr Vater im Moment beinahe gelangweilt. Seine blauen Augen, die keine seiner Kinder geerbt hatten, waren ausdruckslos, die Hände auf der Tischplatte vor ihm zusammengefaltet.

Arissa hatte erwartet, dass ihr Vater wutentbrannt und aufgebracht den Palast betreten würde – dem war nicht so. Auch jetzt sah sie ihm den Zorn, von dem sie glaubte, dass er in seinem Inneren toben musste, nicht an. Sein einziger Sohn und Erbe war verschollen, Conrad de Fay stand vermutlich kurz davor, ein Erdbeben über die Hauptstadt zu jagen. Oder wusste er womöglich noch gar nichts von Edmunds Verschwinden?

»Welche Bedrohung aus dem Westen meint Ihr, Majestät?«, fragte nun Lord Duncan, eine Spur zu scharf für Arissas Geschmack. Der Lord und seine Familie lebten im westlichsten Teil des Königreiches. Ihr Gebiet war durch ein gigantisches Waldgebiet, den Oakwood Forest, mit dem Gebiet der Animagen verbunden.

»Ganz ruhig, Lord Duncan. Ich spreche nicht von Euch«, beruhigte ihn Jasper. »Die Krone hat erfahren, dass es Unstimmigkeiten und Revieransprüche zwischen den verschiedenen Clans der Animagen gibt, die die Herrschaft von Hollis Arca bedrohen. Unter den Animagen ist ein Bürgerkrieg ausgebrochen.« Der König sah zu eben genannter Magierin.

Hollis Arca war erst vor wenigen Minuten in Londinium angekommen. Wie sie selbst gesagt hatte, sei sie eigentlich nicht in der Lage, den Problemen den Rücken kehren, um einer Sitzung beizuwohnen. Sie müsse für ihr Volk da sein. Jasper hatte sie daran erinnert, dass sie dem Ruf des Königshauses Folge zu leisten habe. Egal wann. Aber er könne verstehen, dass sie in Dyfflin gebraucht werde. Umso wichtiger sei die heutige Sitzung des Senex. In der es, im Übrigen, um ihre Belange ginge.

Die Anführer aller Gilden hatten eine ähnliche Körperhaltung eingenommen wie Conrad de Fay. Keiner ließ sich anmerken, ob ihm der Ruf des Königs gefiel oder nicht. Die Magier hielten sich zurück, so wie immer, wenn sie unter Menschen waren. Den Adligen war diese Art der Zurückhaltung fremd. Nicht umsonst hatte Lord Thornton als Erster das Wort ergriffen, und das in Anwesenheit des Königs.

Eine tiefe Falte erschien auf dem Gesicht von Lord Alderidge, als er sich auf seinem Stuhl vorbeugte und Hollis Arca besorgt musterte. »Was genau geht in den Landen der Animagen vor sich?«, wollte der königliche Berater wissen.

Arca antwortete ihm nicht, stattdessen blickte sie zu Jasper. Als überließe sie ihm die Entscheidung, was er dem Senex erzählen wollte – und was nicht.

»Der Clan der Walshs stiftet Unruhe in Dyfflin«, war alles, was Jasper entgegnete.

»Was kümmern uns die Angelegenheiten der Animagen?«, ergriff wieder Lord Thornton das Wort. »Wenn es um interne Konflikte geht, haben sie es von jeher allein geregelt. Wir mischen uns nicht in ihre Belange ein und sie sich nicht in die unseren. Erst wenn die Streitigkeiten andere Gilden oder Menschen betreffen, greift der Orden ein.« Sein Blick glitt dabei zu Vos, der schweigend der Sitzung lauschte.

Lord Thornton schien wenig von der Ratssitzung und deren Thematik zu halten, das war offensichtlich. Vielleicht war ihm ein Krieg innerhalb einer magischen Gilde, die sich am anderen Ende des Königreichs befand, einfach nicht wichtig genug.

Arissa hätte diesem ungehobelten Mann am liebsten höchstselbst die Ernsthaftigkeit der Lage erklärt, doch sie riss sich zusammen. Sie schwieg. Natürlich. Sie würde es Jasper überlassen, in ihrem Interesse zu sprechen. Er würde es schaffen, den Senex davon zu überzeugen, einen Suchtrupp zu schicken. Vielleicht würde es ihm auch gelingen, den Animagen zu helfen. Jasper war klug, Arissa vertraute ihm.

»Ich fürchte, genau das ist geschehen, mein Freund«, sprach Jasper mit milder Stimme. Sein Blick fand den von Arissa. Es dauerte nur einen Wimpernschlag, dann war der Blickkontakt wieder vorüber, aber Arissa schöpfte aus diesem kurzen Moment Kraft.

»Was wollt Ihr damit sagen, Majestät?« Lord Carson sah den König verwirrt an. »Was ist geschehen?«

»Einige Mitglieder der Zitadelle haben sich vor ein paar Tagen auf den Weg zu einer Forschungsreise gemacht. Da sie das Territorium der Animagen durchqueren mussten, baten sie um eine Audienz bei Hollis Arca. Diese erlaubte ihnen, ihr Land zu betreten, konnte ihnen aber aufgrund der schwierigen Situation kein Geleit zur Verfügung stellen, das für ihre Sicherheit garantierte. Von den Mitgliedern dieser Expedition fehlt seitdem jede Spur.«

Eine gespenstische Stille breitete sich in dem Sitzungszimmer aus. Die eine Hälfte der Bewohner Britannias belächelte das Wirken der Zitadelle, während die andere ihre Erfindungen zu schätzen wusste.

Dann wurden Stimmen laut. »Wie konnte man ihnen den Zutritt auf ein solch gefährliches Land gewähren?«, »Warum suchen die Animagen nicht nach ihnen?«, »Es ist ihre Pflicht, als Teil des Senex einen Suchtrupp zusammenzustellen!«, »Der Orden muss sofort eingreifen!«, »Vielleicht können die Side den Aufenthaltsort der Gruppe ausfindig machen!«

Es waren die Adligen, die das Wort ergriffen hatten. Anderes hatte Arissa nicht erwartet. Noch waren die Stimmen laut und fordernd, doch sobald bekannt werden würde, dass die Mitglieder der Zitadelle eigenmächtig und mit dem Wissen um die Gefahr gehandelt hatten, würden sie verlangen, jegliche Bemühungen sofort einzustellen. Fähnlein im Wind.

Die Magier schwiegen noch immer. Vermutlich, weil sie längst über die wahre Situation informiert waren.

Arissa sah zu ihrem Vater. Noch immer verzog Conrad de Fay keine Miene. Als wäre ihm das Schicksal seines Sohnes egal. Arissa kniff die Augen zusammen. Irgendetwas stimmte hier nicht. Wusste er am Ende gar nicht, dass Edmund Teil der Expedition gewesen war und war deshalb so gefasst?

Die Stimmen wurden immer lauter und die Aussagen immer vorwurfsvoller. Gehetze gegen die Magier vonseiten der Menschen. Es wurde persönlich, auf einer Ebene, die Arissa dazu brachte sich zu fragen, warum genau diese Männer überhaupt Teil des Senex sein durften.

»Wollt Ihr den anwesenden Lords nicht sagen, dass die Herren der Zitadelle sich gegen die ausdrückliche Warnung von Lady Arca hinweggesetzt haben, Eure Majestät?« Es war das erste Mal, dass sie das Wort ergriff: Vesper Sellar. Eine Frau Mitte dreißig mit weißblondem Haar, das zu großen Locken gedreht war. Sie war anmutig und in ihren braunen Augen lauerte etwas Raubtierhaftes, wie Arissa fand. Die Anführerin der Side war eine kluge Frau, und so wie alle Mitglieder dieser Gilde umschwebte sie eine geheimnisvolle und mysteriöse Aura. Die Side blieben stets unter ihresgleichen, Außenstehende bekamen kaum Einblicke in ihre Magie oder Visionen, sie verrieten nichts von sich und mischten sich nirgendwo ein. Umso erstaunlicher und ungewöhnlicher: Vesper Sellar ergriff Partei für das Oberhaupt der Animagen. Vielleicht schlichtweg aus dem Grund, weil ihr diese Sitzung zu langweilig wurde. Oder aber die Sterne hatten ihr etwas zugeflüstert und sie wusste mehr als alle anderen in diesem Raum …

Jasper räusperte sich und Arissa bemerkte, wie er leicht den Rücken durchdrückte. Sicherlich hatte er nicht mit so scharfen Worten seiner menschlichen Berater gerechnet. »Es ist, wie Lady Sellar sagt. Es gibt keinen Grund, den Animagen oder gar Hollis Arca persönlich Vorwürfe zu machen. Bitte, Mylady, berichtet selbst, was geschehen ist.«

Alle Augen richteten sich nun auf die kleinste Frau im Raum. Hollis Arca war in den Fünfzigern, rundlich und kurvig, mit einer Haut so dunkel wie Mahagoni. Ebenso dunkel waren ihre Augen, doch wo Sellars Blick raubtierhaft und lauernd war, wirkte der von Arca warm und freundlich. Es war schwer vorstellbar, dass diese Magierin in der Lage war, sich in die Gestalt eines Raubvogels zu verwandeln. Auch wenn ihre Tiergestalt eine Eule war, so waren Arca und ihre Familie doch nicht zu vergleichen mit so manch anderen Animagen, die wahre Raubtiere und Fleischfresser in und um Dyfflin verkörperten.

Jeder Magier ähnelte zu einem gewissen Teil auch unverwandelt dem Tiergeist, den er in sich trug. Rehe, Hirsche oder Elche waren friedfertige Magier, zum Teil mieden sie die Gesellschaft anderer, waren eher scheu. Hunde wiederum waren sehr gesellige Artgenossen. Und manche Raubtiere waren eben genau das: Jäger in Magiergestalt.

Als Arca anhob zu sprechen, war ihre Stimme ruhig, sie schien von den Worten der Adligen nicht beschämt oder gar verärgert zu sein. »Die Anhänger der Zitadelle erreichten Dyfflin vor wenigen Tagen. Ich empfing Edmund de Fay und Charles Magee an meinem Hof. Ich schilderte ihnen die aktuelle Situation der Animagen und wies sie auf die Gefahr durch einen Angriff des Clans der Walshs hin. Doch sowohl Mister de Fay als auch Mister Magee schlugen meinen Rat in den Wind und auch die anderen Mitglieder der Expedition blieben voller Zuversicht und wollten ihren Weg fortsetzen. Während die Ordenskrieger in Dyfflin zurückblieben, unterzeichneten die Forschenden eine Erklärung, dass sie die Warnung verstanden hatten. Als ich wenig später nach ihrem Aufbruch von einem Angriff der Walshs auf das

Waldgebiet hörte, in dem sich die Reisenden befinden mussten, schickte ich umgehend Späher aus, doch sie fanden schon keine Spur der Expeditionsteilnehmer mehr.«

Erneut kehrte Stille im Raum ein. Zu hören, was geschehen war – erneut –, brachte Arissas große Sorge um Edmund mit einem Schlag zurück. Warum, um alles in der Welt, hatte er Arcas Warnung ignoriert? Warum war er so leichtfertig gewesen?

»Mit Verlaub, Majestät«, setzte nun Lord Howard an. Sein Herrschaftsgebiet lag Londinium am nächsten. Cambridge war eine Stadt, die durch Handel zu Reichtum gekommen war. »Wenn die Forscher Lady Arcas Warnung wissentlich ignoriert haben, warum sind wir dann hier? Mit dem Unterschreiben der Erklärung haben sie bestätigt, dass sie um die Gefahr wussten. Die Mitglieder der Zitadelle haben sehr leichtsinnig gehandelt. Ist es richtig, nun andere wegen dieses Leichtsinns in Gefahr zu bringen?«

Arissa hielt den Atem an. Sie konnte Lord Howard nicht einmal widersprechen. Würde es nicht um Edmund und Charles gehen, würde sie seine Meinung teilen. Doch es ging um ihren Bruder!

Eine tiefe Falte zeigte sich zwischen Jaspers Augenbrauen, bevor er sich erhob. »Charles Magee und Edmund de Fay, die diese Expedition leiten, haben auf den Schutz der Krone verzichtet. Und doch befinden sie sich in einem Gebiet, in dem ein Bürgerkrieg tobt. Sie benötigen unsere Hilfe – ebenso wie die Animagen selbst.«

»Ihr schlagt vor, dass die Menschen sich in eine Unstimmigkeit innerhalb *einer* Magiergilde einmischen, verstehe ich das richtig?«, fragte nun Mavis Blackwood. Das jüngste Mitglied des Senex, abgesehen von Jasper. Sie war das Oberhaupt der Umbra, der Schattengänger, und die gefürchtetste aller Magiergilden. Jeder glaubte, dass die Magier der Umbra die Dunkelheit auch in ihrem Herzen trugen. Auch wenn die Fähigkeiten dieser Gilde durchaus unheimlich und furchteinflößend waren, kannte Arissa keinen von ihnen näher, um dieses Gerücht bestätigen zu können.

Mavis Blackwood war eine schöne Frau, schwarzes, seidiges Haar umrahmte ihr herzförmiges Gesicht. Ihre vollen roten Lippen standen in starkem Kontrast zu ihrer alabasterfarbenen Haut. Elegant gekleidet in einem modischen Grün, wirkte die Magierin gar nicht wie ein *Monster,* wie so manch einer die Umbra hinter ihrem Rücken nannte.

Arissa sah die Skepsis in Jaspers blauen Augen. Er schien auch vor der Magierin auf der Hut zu sein, vielleicht, weil sie ihm unberechenbar erschien. Er nickte bloß.

Blackwood legte den Kopf schief, zeigte jedoch keinerlei Regung in ihrem schönen Gesicht. »Bei allem Respekt, Majestät, Ihr selbst wart es, der die Gesetze für den Umgang zwischen Magiern und Menschen festlegte. Laut diesen ist es uns untersagt, in die Belange anderer Gilden einzugreifen, solange wir nicht bedroht sind. Wir Umbra sind die direkten Nachbarn der Animagen und ich sehe bisher keinen Grund dafür, in deren Auseinandersetzung einzugreifen.« Melodisch, sanft und doch entschlossen – so zerbrach Mavis Blackwood Arissas Hoffnung, ihren Bruder doch noch finden zu können.

»Mich interessieren diese Gesetze nicht!«, donnerte es mit einem Mal durch das Ratszimmer. »Ich will meinen Sohn zurück!«

Zu Arissas Leidwesen kamen diese Worte jedoch nicht von ihrem Vater, sondern von Zachary Magee, Oberhaupt der Sanitas und Charles' Vater. Rote Flecken hatten sich auf dem Gesicht des Magiers gebildet und seine Augen sprühten vor Zorn. Es fehlte nur noch, dass er mit der Faust auf den Tisch schlug.

»Ich kann Eure Sorge verstehen, Lord Magee, aber die Gesetze sind nun mal eindeutig. Euer Sohn hat leichtsinnig gehandelt und mit seiner Unterschrift das Eingreifen vonseiten des Senex ausgeschlossen. Seine Forschungen sind ihm offenbar wichtiger als sein Schutz und der seiner Begleitpersonen. Mit dieser Entscheidung müssen wir uns nun abfinden.« Mavis Blackwood ließ sich von den harschen Worten des Magiers nicht beeindrucken. Ihre Stimme klang noch immer freundlich.

»Sie hat recht. Es handelt sich um Belange der Animagen. Ich werde keine meiner Truppen in Gefahr bringen, weil es in ihrem Gebiet Streitigkeiten um die Führung gibt.« Dass Lord Thornton nicht zustimmen würde, war zu erwarten gewesen. Der Sitz seiner Familie befand sich im Norden. Sein Gebiet grenzte an Auld Reekie an, den Sitz der Elementarier. Warum sollte es ihn kümmern, was weit im Westen geschah?

»Mir ist bewusst, dass die Gesetze – meine Gesetze – klar definieren, wann der Orden eingreifen darf und wann nicht, und doch bitte ich hiermit den Senex um eine Ausnahme. Zumindest, wenn die Animagen unsere Hilfe in Anspruch nehmen möchten. Falls nicht, stelle ich darüber hinaus den Antrag, dass der Orden nach den Mitgliedern der Zitadelle suchen darf.«

Es war die letzte Chance. Sollte die Mehrheit des Senex Jaspers Anträgen zustimmen, würde es dem Orden erlaubt werden, sich auf das Gebiet der Animagen zu begeben und ihren Bruder zu suchen, um gleichsam die Aufstände des rebellierenden Clans einzudämmen. Arissa kaute auf ihrer Unterlippe herum, so angespannt war sie und so blank lagen ihre Nerven.

Jasper sah seine Ratsmitglieder an. Es gab elf Stimmen: fünf Magier, fünf Lords und seine eigene. Weder die Mitglieder der Zitadelle noch die des Ordens hatten ein Mitspracherecht in der Politik des Landes. Elf Stimmen, es gäbe also immer eine Mehrheit. Meistens stimmten alle Magier für dasselbe, ebenso wie die Menschen auf der anderen Seite – und es war an Jasper, eine endgültige Entscheidung zu treffen.

»Wofür ich meine Stimme geben werde, steht damit fest.« Jaspers Blick traf den von Arissa und sie nickte ihm kaum merklich zu. So viel Dankbarkeit verspürte sie für ihn, auch wenn noch nichts entschieden war.

»Ich bin dagegen«, begann Lord Duncan die Abstimmung.

»Ich ebenfalls. Wir sollten den Animagen die Chance geben, diese Rebellion allein in den Griff zu bekommen«, pflichtete ihm Lord Thornton bei. »So leid es mir tut, aber ich möchte keinen meiner Leute wegen der Leichtsinnigkeit von zwei jungen Magiern in Gefahr bringen.«

»Wenn es auf meinem Land zu Aufständen kommen würde, wäre ich über Hilfe dankbar. Außerdem bin ich der Meinung, dass wir zwei so intelligente Wissenschaftler nicht sich selbst überlassen dürfen. Ich bin dafür, dass der Orden sie suchen geht«, verkündete Lord Howard seine Entscheidung.

Lord Alderidge schüttelte den Kopf. »Ich bin gegen ein Eingreifen vonseiten des Ordens.«

»So fällt auch meine Stimme aus«, schloss sich Lord Carson an. Der Adel hatte sich entschieden, vier Stimmen gegen die Anträge des Königs. Nun folgten die Stimmen der Gildenanführer.

»Die Side haben nichts dagegen, wenn der Orden nach den Vermissten sucht.« Vesper Sellar nickte aufmunternd in Jaspers Richtung. Dann sah sie zur Tür, wo Arissa stand. Ein Ruck ging durch Arissas Körper. Hatte sie Jaspers Blicke zuvor bemerkt, oder war das Starren der Magierin reiner Zufall?

»Mir ist es egal, ob sich die Krone in die Angelegenheit der Animagen einmischt, aber ich will meinen Sohn zurück. Der Orden soll sofort mit der Suche beginnen!« Zachary Magee wirkte mehr als entschlossen, Charles bald wieder in die Arme zu schließen. Arissa hoffte dasselbe bei ihrem Bruder.

»Die Umbra beteiligen sich gern an der Suche. Wenn selbst der König die Gesetze außen vorlässt, stimmen auch wir dafür«, tönte Mavis Blackwood.

Fünf Stimmen dafür. Ein Gefühl großer Hoffnung durchströmte Arissa.

Hollis Arca schüttelte langsam den Kopf. »Ich bin Euch sehr dankbar für das Angebot, Eure Majestät. Doch es handelt sich hierbei um eine reine Angelegenheit der Animagen. Ihr habt uns Gilden die Entscheidungsfreiheit zurückgegeben und ich möchte nicht, dass nun die Krone eingreift oder Krieger des Ordens mein Land betreten. So hat die Unterdrückung der Magier schon einmal begonnen. Ein Eingreifen der Krone würde Misstrauen unter den Animagen schüren in Bezug auf ihre Handlungsfreiheit und Selbstbestimmtheit und das kann ich nicht gebrauchen«, verkündete das Oberhaupt der Tiergestaltwandler mit fester Stimme. Ihr Kopf fuhr zu Zachary Magee herum, als sie weitersprach. Mitgefühl lag in ihren dunklen Augen. »Die Zitadelle hat sich bereitwillig für ihren Weg entschieden. Ich habe nach ihren Mitgliedern suchen lassen, doch ohne Erfolg. Nun möchte ich keine Ordenskrieger im Oakwood Forest herumwandern lassen, wo fast ein Dutzend Forscher verschwunden ist. Ich stimme dagegen.«

Arissa starrte das Oberhaupt der Animagen fassungslos an. In diesem Moment war es ihr nicht mehr möglich, ihre Mimik zu kontrollieren. Mit dieser Gegenstimme hatte sie schlichtweg nicht gerechnet. Arissa hatte angenommen, dass Hollis Arca froh sein würde, wenn der Orden ihr bei den Aufständen half. Und wenn schon nicht das, dann wenigstens, dass sie gestatten würde, dass ein Suchtrupp ihr Land betrat, um nach Edmund und den anderen zu suchen. Arissa hatte sich offenbar gründlich getäuscht.

Auch wenn sie es nicht wollte, schoss Arissas Blick zu ihrem Vater. Conrad de Fay starrte vor sich auf die Tischplatte. Beinahe hätte sie das Wort ergriffen und ihn angefleht endlich etwas zu sagen. Es ging hier um Edmund!

So wie sie starrten nun auch alle anderen ihren Vater an. Die letzte Stimme. Die letzte Entscheidung.

»Ich kenne die Walshs, kenne ihren Blutdurst«, begann Conrad de Fay. »Noch vor hundert Jahren herrschten sie über die Gilde der Animagen. Ich akzeptiere Arcas Entscheidung, auf die Hilfe der Krone zu verzichten. Zudem bin ich davon überzeugt, dass eine Suche nach den Mitgliedern der Zitadelle aussichtslos ist. Wenn die Animagen sie nicht finden konnten, wird es auch dem Orden nicht gelingen.«

Arissa musste all ihre Willenskraft aufbieten, um nicht auf der Stelle zusammenzubrechen. Was redete ihr Vater da?

Als er den Kopf hob, sah er sie direkt an. Der Blick seiner blauen Augen bohrte sich in ihren. Eine Spur von Trauer, gepaart mit Entschlossenheit lag darin.

»Mein Sohn ist nicht verschollen, mein Sohn ist tot. Ebenso wie alle anderen Teilnehmer dieser Expedition. Ich stimme gegen die Anträge des Königs.«

Mit diesen Worten hatte Conrad de Fay es einmal mehr geschafft, Arissas Herz zu brechen.

Kapitel 5

»Edmund ist tot?!«, entfuhr es Arissa nicht einmal eine Stunde später, als sie ihren Vater in seinen Gemächern aufsuchte. Ihre Stimme war vorwurfsvoll und laut.

Für einen kurzen Moment zeigte sich Überraschung auf Conrad de Fays Gesicht. Er hatte nicht mit einer so deutlichen Reaktion gerechnet. Ein harter Zug legte sich um seinen Mund.

»Was tust du hier?«

Kein Hallo.

Kein Wie geht es dir.

Kein Es tut mir leid.

Arissa wusste nicht, womit sie gerechnet hatte, aber die Kälte in der Stimme ihres Vaters ließ sie für einen Moment beinahe vergessen, warum sie gekommen war.

»Ich bin hier, um deine Meinung zu ändern. Wie kannst du Edmund einfach im Stich lassen?« Vergessen war der Schmerz von damals, sie hieß den Zorn von heute willkommen.

Die Augen ihres Vaters wurden schmal. »Ich habe meine Entscheidung getroffen, Mädchen. Und ich meinte, was ich sagte.«

»Aber Edmund könnte noch am Leben sein!«

Ein Schnauben war die Antwort. »Hast du die Lektionen des Ordens über die Gilden etwa vergessen? Habe ich dir nicht selbst von den Walshs erzählt?«

Natürlich erinnerte sich Arissa an die Lektionen ihrer Lehrer und ihres Vaters. Wie könnte sie sie jemals vergessen? Sie biss die Zähne zusammen. Wie herablassend ihr Vater mit ihr sprach, ärgerte sie.

»Das hast du, jedoch …«

»Wenn du dich also erinnerst«, unterbrach er sie forsch, »warum verschwendest du dann meine Zeit? Wenn die Mitglieder der Expedition auf die Walshs getroffen sind, ist die Wahrscheinlichkeit, dass sie überlebt haben, gering. Wenn nicht gar gleich null. Die Walshs sind wilde Bestien in der Gestalt von Wölfen. Hollis Arca hatte Glück, dass sich die Zahl der Walshs im letzten Magischen Krieg enorm dezimiert hat, andernfalls wäre sie niemals zum Oberhaupt der Animagen gewählt worden. Doch sie scheinen sich erholt zu haben und fordern nun ihr Gebiet zurück.«

Arissa konnte es nicht fassen. Sie verstand genau, was ihr Vater zwischen den Zeilen sagte: Er verstand den Aufstand unter den Animagen. Er verstand ihn nicht nur, sondern respektierte die Walshs dafür, dass sie ihre Position in der Herrscherhierarchie zurückforderten.

»Dann willst du nicht einmal *hoffen*, dass Edmund noch lebt?« Ihre Stimme war kaum mehr als ein Flüstern. Sie wusste ganz genau, dass sie ihren Vater nicht umstimmen konnte, wenn er diesen entschlossenen Gesichtsausdruck an den Tag legte.

»Hoffen? Was bringt mir diese Hoffnung?«

»Er ist dein Sohn.«

Das war die falsche Antwort gewesen. Arissa spürte, wie der Boden unter ihr bebte. Gläser, die auf einem Tisch neben dem Fenster standen, klirrten, ein Bild fiel von der Wand und das Glas zersprang in tausende Stücke.

»Glaubst du etwa, das weiß ich nicht?!«, schrie er ihr entgegen und kam einige Schritte auf sie zu.

Arissa hatte Mühe, bei der Erschütterung ihr Gleichgewicht zu halten, während ihr Vater unerschütterlich wie der Fels in der Brandung dastand.

»Mein Sohn sollte mein Erbe antreten! Aber dieser törichte Junge wollte ja unbedingt ein Mitglied der Zitadelle werden, anstatt in Auld Reekie an meiner Seite zu regieren.«

»Willst du etwa sagen, dass er selbst die Schuld daran trägt, was jetzt geschehen ist?«

Conrad de Fay schüttelte den Kopf. »Du magst mich für gefühllos halten …«

»Gefühllos?«, entfuhr es Arissa, ohne dass sie über ihre Worte nachdenken konnte. Ein kaltes Lachen entkam ihr. »Ich halte dich für vieles, Vater, grausam, stolz und herzlos. Gefühllos allein reicht da nicht aus.«

Ein weiteres Beben folgte, das den Palast erzittern ließ. Arissa wollte ihm befehlen damit aufzuhören, aber sie schwieg. Es war die Art ihres Vaters, seiner Wut Ausdruck zu verleihen und es würde nur schlimmer werden, wenn sie ihn tadelte.

»Ich bin das Oberhaupt der Elementarier. Die Sicherheit meiner Leute aufs Spiel zu setzen, nur weil ich meinen Sohn finden will, steht mir nicht zu. Edmund hat vorgezogen, sich seiner Forschung zu widmen, anstatt seinem eigenen Volk zu dienen. Ich hatte gehofft, dass er stärker wäre, aber das ist er nicht. Edmund hätte niemals die Elementarier anführen können, dafür ist er gar nicht mächtig genug. Dein Bruder hat mich sehr enttäuscht.«

Genau wie du. Doch das sprach Conrad de Fay nicht laut aus.

»Und weil Edmund dich enttäuscht hat, lässt du ihn nun im Stich? Wie kannst du nur?!«

Ihr Vater schien von ihrem Ausraster vollkommen unbeeindruckt, nur der harte Zug um seinen Mund ließ auf eine emotionale Reaktion schließen. Doch er sagte nichts dazu.

Arissa schnaubte und lachte dann trocken auf. »Und wer wird deine geliebten Elementarier nach dir regieren, wenn Edmund nun nicht mehr infrage kommt, weil er dich ach so sehr enttäuscht hat?«, sie spie ihm die Worte regelrecht entgegen. Dass sie in den Augen ihres Vaters eine Enttäuschung war, war für Arissa nichts Neues. Doch dass nun auch Edmund ihn nicht zufriedenstellen konnte, war lächerlich!

Die Erde hörte abrupt auf zu zittern. De Fay ging zu dem kleinen Tisch hinüber und schenkte sich ein Glas Wasser ein, als wäre nichts gewesen. »Die Nachfolge ist bereits geregelt.«

Arissas Augen weiteten sich. Ihre Mutter war erneut schwanger? Hätte man ihr noch davon erzählt oder hätte sie erst davon erfahren, wenn das Kind bereits geboren worden war?

»Mutter erwartet ein Kind?« Arissa hatte Mühe, die Worte zu formen, ihr Mund war trocken und ein Gefühl großer Beklommenheit hatte von ihr Besitz ergriffen.

Lachend fuhr de Fay zu ihr herum. »Natürlich nicht. Trotzdem werden die Elementarier auch weiterhin in den Händen der de Fays bleiben.«

Ach ja?

Arissa konnte dem Gedankengang ihres Vaters nicht folgen. Er hatte keine Geschwister, keine weiteren Nachfahren. Wer sollte also herrschen? Oder hatte sie irgendwelche entfernten Verwandten vergessen?

»*Du* bist eine de Fay, Arissa. Auch wenn du eine Immunda bist«, sein Gesicht verzog sich vor Abscheu, als er dieses Wort aussprach, »deine Kinder werden die Magie in sich tragen. Mit dem richtigen Mann an deiner Seite. Du wirst mich nach Auld Reekie begleiten und einen Elementarier heiraten, mit dem du die Blutlinie der de Fays fortführen wirst.«

Die Welt stand für einen Augenblick still.

Arissa glaubte, verlernt zu haben, wie man atmete. Wie man dachte. Geschweige denn überhaupt einen Finger rührte.

Mit einem einzigen Satz hatte Conrad de Fay ihr das Angebot unterbreitet, auf das Arissa bis zu ihrem zwölften Lebensjahr so sehr gehofft hatte: seine Nachfolge anzutreten und den Namen de Fay mit Stolz zu tragen. Eine Elementarierin zu sein, auch wenn ihr nicht ein Funken Magie gehorchte. Endlich gleichberechtigter, ebenbürtiger Teil seiner Familie zu sein.

Und gleichzeitig schaffte ihr Vater es, alles, was sie in den vergangenen Jahren erreicht hatte, mit Füßen zu treten. Ihre Leistungen im Orden, ihre Geduld, ihre Fähigkeiten und den Respekt, den sie sich verdient hatte, auf eine Ebene herabzuwürdigen, die weniger wert war als das Leben einer Dirne. Denn dafür wollte Conrad de Fay sie benutzen: als Körper, der sein Enkelkind austragen sollte, in dem hoffentlich das Blut seiner Vorfahren floss. Mächtiges Blut, reines Blut. Das Blut eines Magiers.

Mit großen Augen starrte Arissa ihren Vater an. »Du musst verrückt sein«, sagte sie in einem gefährlich ruhigen Ton.

Ihr Vater musste den Verstand verloren haben.

Erst hatte er sie verstoßen und nun das!

Arissa zitterte vor Wut. Vor Scham.

Sie war nicht mehr das kleine Mädchen, das die Liebe ihrer Familie mehr als alles andere in ihrem Leben wollte und brauchte. Früher hatte sie sich nach der Zuneigung und dem Respekt, die man ihr so lange verwehrt hatte, regelrecht verzehrt, doch heute war das anders. Sie hatte ihren eigenen Weg gefunden, stand fest, unabhängig und selbstbewusst im Leben.

»Zügle deine Zunge, du bist nichts weiter als eine Wächterin«, zischte de Fay.

Sein Ton brachte Arissas Blut weiter in Wallung und sie ballte die Hände zu Fäusten. Langsam schüttelte sie den Kopf.

»Ich weiß genau, wer ich bin, aber nicht, für wen du dich hältst, auf dass du eine solche Forderung an mich stellst ...«, begann sie, doch wurde direkt unterbrochen.

»Ich bin dein gottverdammter Vater!«

»Das bist du nicht!«, widersprach Arissa ihm scharf. »Du magst mich gezeugt haben, aber ein Vater bist du mir nie gewesen. Du hast mich verstoßen, als ich dich am meisten gebraucht habe. Hast mich für etwas Unwürdiges gehalten, nur weil ich keine Magie hervorgebracht habe. Und jetzt erdreistest du dich, mich für deine Erbfolge zu missbrauchen?« Arissa verstummte. Sie konnte ihren Vater nur weiterhin kopfschüttelnd ansehen.

»Glaubst du denn, es fällt mir leicht, dich zurück in den Schoß der Familie zu lassen?« De Fay sah genauso wütend aus, wie Arissa sich fühlte.

»Ach, dir fällt es schwer mich wieder aufzunehmen? Dass ich nicht lache! Du weißt gar nicht, wie verrückt du klingst! Ich kann auf dein ach so großzügiges Angebot verzichten«, fauchte sie, drehte sich entschlossen zur Tür, ergriff die Klinke und stürmte hinaus. Sie konnte keine weitere Sekunde in der Gegenwart ihres Vaters verbringen.

Mit einem Mal überkam sie Genugtuung. Der bittersüße Geschmack von

Rache breitete sich in ihrem Inneren aus. Endlich konnte sie es ihrem Vater heimzahlen, indem sie durch ihre Verweigerung dafür sorgte, dass die de Fays nicht mehr die Gilde der Elementarier anführen würden.

Die Tür fiel laut hinter ihr ins Schloss und Arissa ging eiligen Schrittes. Sie wollte nur noch zurück auf ihr Zimmer.

»Vorsicht!«, erklang auf einmal eine Stimme und Arissa hob erschrocken den Kopf. Sie war so von Wut besessen gewesen, dass sie nicht auf ihr Umfeld geachtet hatte.

Sie schaute in die braunen Augen von Vesper Sellar. Erneut funkelte etwas Raubtierhaftes darin. Irgendwie war Arissa erstaunt, dass sie zu der Magierin hinabschauen musste. Die Frau verströmte eine Machtaura, die sie größer wirken ließ.

»Tut mir leid, ich habe nicht aufgepasst«, murmelte Arissa, sie stand noch immer komplett neben sich.

Ein verständnisvolles Lächeln breitete sich auf dem schönen Gesicht der Side aus. Ihr kleiner, aber kurviger Körper war in ein weißes Kleid mit einem tiefen Ausschnitt gehüllt.

»Ihr seid die Tochter von Conrad de Fay, nicht wahr?«

Überrascht nickte Arissa.

Sie hatte nicht gewusst, dass Vesper Sellar wusste, wer sie war oder besser gesagt, wie sie aussah.

»Und die Sekundantin von Korbinian Vos, wenn ich mich nicht irre. Wie überaus ungewöhnlich.« Vesper Sellars Stimme klang neugierig, aber Arissa konnte auch deutlich eine Spur Anerkennung heraushören. Und das half ihrem geschundenen Herzen ein klein wenig.

»Das ist korrekt, Mylady.«

Automatisch hob Arissa ihr Kinn, drückte den Rücken durch und nahm die Haltung einer Kriegerin ein, so wie man es ihr jahrelang beigebracht hatte.

»Eine außergewöhnliche Frau«, murmelte Sellar und ihr rechter Mundwinkel hob sich. Plötzlich begann die Luft zu flimmern, als wäre sie elektrisch aufgeladen, und es wurde kalt.

»Zwischen zwei Seelen, zwischen zwei Leben. Ob sie sich für eines von beiden entscheiden kann?

Zwischen zwei Stämmen, zwischen zwei Ären. Wer hier wohl den Krieg begann?

Zwischen zwei Welten, zwischen zwei Herzen. Rettung oder Verderben war ihre Wahl von Anfang an.

Schicksal mein, Schicksal dein.

Verbunden seid ihr, doch kannst du unterscheiden zwischen Wahrheit und Schein?«

Eine Gänsehaut breitete sich auf Arissas Körper aus und ein eisiger Schauer rann ihr den Rücken hinunter. Die Stimme der Side hatte sich verändert, ebenso ihre Augen. Das Braun darin hatte zu leuchten begonnen, war zu einem ungewöhnlichen Silber geworden. Arissa konnte die Magie spüren, die von dem Oberhaupt der Side ausging.

In Arissas Kopf setzte die so dringend benötigte Klarheit ein, als hätte man einen Eimer kalten Wassers über ihr ausgeleert. Und sie verstand, was gerade geschehen war. Vesper Sellar, Oberhaupt der Side, hatte eine Prophezeiung ausgesprochen. Eine Prophezeiung, die ihr, Arissa, galt. Eine Prophezeiung, die Arissa nicht wirklich verstand und das, was sie davon begriff, wollte sie nicht wahrhaben. Welten, Stämme, Schicksal. Das musste ein Irrtum sein.

Kopfschüttelnd sah sie die Magierin an, bevor sie sich an ihr vorbeischob und Vesper Sellar samt ihrer Vorhersage den Rücken kehrte. Noch nie hatte Arissa so schnell ihr Zimmer erreicht.

***

»Er wird seine Meinung nicht ändern. Er wird nichts unternehmen, um Edmund zu retten. Für ihn ist mein Bruder tot.«

Das zuzugeben fiel Arissa schwer und ihr Herz stimmte ihr zu, indem es sich schmerzhaft in ihrer Brust zusammenzog.

»Dann hast du mit deinem Vater gesprochen?«, fragte Jasper vorsichtig, als sie am Abend zusammen in seinem Zimmer waren.

Arissa stand am Fenster, drückte die Stirn gegen das kühle Glas, während

Jasper auf dem Sofa der kleinen Sitzgruppe Platz genommen hatte. Auch wenn sie mit dem Rücken zu ihm stand, konnte Arissa seinen besorgten Blick auf sich spüren.

»Das habe ich, es hat nur nichts genützt. Er ist ein Mistkerl wie eh und je. Egal, was ich sage, er wird mir nicht helfen.« Sie traute sich kaum, Jasper zu sagen, welches Angebot ihr Vater ihr stattdessen unterbreitet hatte.

»Und mein Schloss wurde deswegen von einem Erdbeben heimgesucht.«

Arissa dreht sich zu Jasper um, ihre Wangen vor Scham gerötet. »Entschuldige. Du weißt, wie Elementarier sind.«

Jasper lachte leise. »Du bist nicht so.«

Natürlich war sie nicht so. Sie war ja auch keine Magierin. Besaß keine Magie, die es ihr erlaubte, ein Element zu befehligen. Arissa hatte sich immer gefragt, welche Gabe die ihre gewesen wäre. Gewünscht hätte sie sich das Element Feuer. Sie wusste nicht einmal genau warum, es gefiel ihr einfach – die Hitze, die Funken und vor allem das entfesselte Leben, das in einer Flamme steckte.

»In einer anderen Welt oder zu einer anderen Zeit wäre ich genauso gewesen«, flüsterte sie.

»Unsinn. Du bist nicht annähernd so aufbrausend wie dein Vater. Ich bin froh, dass du nicht sein Temperament geerbt hast. Ich hätte jedes Mal Angst um sämtliche Kristallgläser und Spiegel und Fensterscheiben des Schlosses, wenn wir uns streiten würden.«

Er meinte es gut, wollte sie mit seinen Worten trösten, aufheitern, stattdessen versetzte es Arissa einen Stich. Sie hatte nicht nur nicht die Kräfte eines Elementariers erhalten, sondern auch das Wesen der Magier war ihrem in keiner Weise ähnlich.

»Der Senex hat sich entschieden. Was bedeutet das nun für meinen Bruder?«, fragte Arissa.

Jasper ließ die Schultern hängen und fuhr sich müde mit der Hand über den Mund. »Es tut mir so leid, aber es gibt nichts, was ich jetzt noch tun kann.«

»Doch, das kannst du. Du bist der König. Du könntest dich über den Entscheid des Senex hinwegsetzen. Edmund, Charles und die anderen sind noch am Leben, das weiß ich. Und sie brauchen Hilfe. Du kannst ihnen diese Hilfe gewähren«, sagte Arissa eindringlich und griff nach Jaspers Hand. Drückte sie kurz und fest.

Er wandte den Blick ab und ein harter Zug legte sich um seinen Mund. »Das kann ich nicht.«

»Wieso nicht?«, wollte sie wissen.

»Ich weiß, dass es um deinen Bruder geht, aber ich kann Arcas Standpunkt verstehen. Sie würde sich von mir bedroht fühlen, wenn ich trotz allem jetzt eingreife, und das will ich nicht.«

Arissa trat einen Schritt von ihm weg. »Dann willst du Edmund nicht retten, weil du Hollis Arca nicht brüskieren willst?«

Jasper schüttelte den Kopf. »Das hat nichts mit Arca zu tun. Ich darf nicht die Leben von Ordenskriegern oder den Soldaten der Lords riskieren, um ein Dutzend Leben zu retten. *Eventuell* zu retten. Und schon gar nicht kann ich einfach zugunsten der Minderheit entscheiden. Mein Augenmerk als König muss immer auf dem Wohle der Allgemeinheit liegen.«

Es hätten auch die Worte von Lord Thornton sein können. Jasper vertrat dieselben Ansichten wie sein Berater. Arissa schwieg einen Moment, spürte die Blicke des Königs auf sich.

Wut flammte in ihr auf, doch sie wusste auch, dass sie nicht wirklich wütend auf Jasper war. Sie konnte seine Haltung nachvollziehen und sogar verstehen. Nur war es ihr nicht möglich, sie auch zu akzeptieren. Es ging hier schließlich um Edmund. Doch Jasper konnte nicht wissen, wie weit sie bereit war zu gehen, um ihrem Bruder zu helfen. Er hatte keine Geschwister. Er kannte ihre tiefe Verbundenheit nicht. Sie wusste, wann sie sich geschlagen geben musste.

»Verstehe«, presste Arissa darum mühsam hervor.

»Bist du wütend auf mich?«, fragte er besorgt.

Das war sie nicht. Er war in diesem Moment nicht ihr Liebhaber, nicht ihr Freund. Er war der König Britannias und als dieser hatte das Wohl des Volkes und das Einhalten der Gesetze oberste Priorität.

Sie schüttelte den Kopf und zwang sich zu einem Lächeln. »Bin ich nicht, mach dir keine Gedanken.«

Jasper sah sie voller Mitleid an, sagte aber nichts mehr dazu. Stattdessen wechselte er das Thema: »Hat dein Vater sonst noch etwas gesagt?«

»Er will, dass ich mit ihm zurück nach Auld Reekie gehe und einen Elementarier heirate, um die Blutlinie der de Fays fortzuführen«, platzte es aus Arissa heraus. Ihr Vorhaben, diese Information nebenbei in ihr Gespräch einfließen zu lassen und das auf möglichst sensible Art und Weise, war somit hinfällig geworden.

Es wurde still im Zimmer.

Arissa traute sich nicht Jasper anzusehen. Ihr war dieses Thema furchtbar unangenehm und sie schämte sich außerdem dafür, dass sie ihren Vater trotz allem nicht vollends hassen konnte. Sie wollte unbedingt vermeiden, dass Jasper ihre Unsicherheit bemerkte.

Natürlich war sie wütend, verletzt und gedemütigt. Ein Vater sollte mehr für seine Tochter wollen als die bloße Zeugung von Nachkommen. Doch gleichzeitig keimte eine Hoffnung in ihr auf, die sie nicht mehr gespürt hatte, seit sie zwölf Jahre alt gewesen war. Die Hoffnung auf Zugehörigkeit zu ihrer Familie. Es war albern und dumm, das wusste Arissa. Ihr Vater würde sie auch dann nicht lieben, wenn sie ein Leben nach seinen Wünschen führen und das tun würde, was er von ihr verlangte. Doch es bestand wenigstens die geringe Chance, dass er sie eines Tages akzeptieren würde. Nur dass Arissa diesen Weg niemals beschreiten würde.

»Muss ich jemanden in das Zimmer deines Vaters schicken, um seine Leiche zu beseitigen?«

Erschrocken fuhr Arissa nun doch zu Jasper herum und sah ihn mit großen Augen an. »Was? Nein! Natürlich nicht.«

Ein Nicken war die Antwort. »Wie hast du dann auf dieses … *Angebot* reagiert? Andere Männer hätten für eine solche Dreistigkeit deine Messer zu spüren bekommen.«

Arissa konnte ihm nicht widersprechen. Zuletzt hatte sie ein Messer durch die Hand eines königlichen Botschafters gejagt und es war ihr egal gewesen. Nicht ein Funken Reue war in ihr aufgeglommen.

Sie ging hinüber zur Sofagruppe und ließ sich gegenüber von Jasper nieder. »Ich bin gegangen.«

»Einfach so? Ohne etwas zu tun oder zu sagen?«

»Ich habe ihn angeschrien. Ich hätte vermutlich doch mit meinen Messern auf ihn losgehen sollen.«

Jasper sah sie kurz dann, dann schüttelte er den Kopf. »Ich fasse es einfach nicht. Was fällt deinem Vater ein?! Ich verspüre ernsthaft den Drang, ihm einen Besuch abzustatten. Wie kann er es wagen, so etwas von dir zu verlangen, wo er sich die letzten Jahre einen Dreck um dich gekümmert hat?«

Arissa schwieg. Dieselbe Frage hatte auch sie sich gestellt, doch eine zufriedenstellende Antwort würde sie wohl nie bekommen.

»Du wirst doch nicht mit ihm gehen, oder?« Er hatte eine Augenbraue hochgezogen und sah sie skeptisch an. Mit den Händen fuhr er sich durch die dunkelblonden Locken und stand dann vom Sofa auf, um sich vor Arissa hinzuknien. Seine Hände fuhren ihre Unterschenkel hinauf und umfassten dann ihre Knie. »Arissa, sieh mich an.«

Sie tat es.

»Ich will nicht, dass du gehst. Ich will nicht, dass du versuchst, es deinem Vater recht zu machen. Ich will nicht, dass du auch nur mit dem Gedanken spielst, einen anderen zu heiraten.«

Alles, was er sagte, entsprach auch Arissas Wünschen. Sie wollte Londinium nicht verlassen, wollte Jasper nicht verlassen. Es kam ihr nicht einmal in den Sinn, an andere Männer zu denken. Sie wollte nur Jasper.

Doch wirklich haben konnte sie ihn nicht.

»Du wirst bald eine andere heiraten. Ich weiß, dass deine Mutter bereits Vorbereitungen für deine Verlobung trifft.«

Jasper ließ die Schultern hängen und Trauer legte sich auf seine Gesichtszüge, er schloss die Augen. »Ich weiß. Und ich weiß auch, dass es mir nicht zusteht, dich zu bitten, bei mir zu bleiben. Nicht, wenn es nichts gibt, was ich dir bieten kann. Ich darf dich nicht heiraten, darf dich im Grunde nicht einmal lieben. Und doch tue ich es.«

Arissa beugte sich vor, strich mit den Fingern über seine Wange und legte dann die Handfläche darauf. Es quälte sie, Jasper so zerrissen und verwundbar zu sehen. Als wäre es ihr eigener Schmerz.

»Ich liebe dich auch.«

Er war der Erste gewesen, zu dem sie die drei Worte gesagt hatte. Auch wenn sie ihn am Anfang nicht einmal hatte leiden können – doch Arissa hatte ihre Meinung über Jasper schnell geändert, als er sich dem Training des Ordens angeschlossen hatte. Bei ihren gemeinsamen Lektionen war er nicht als verwöhnter Prinz aufgetaucht, sondern als bodenständiger junger Mann, der bescheiden war und lernen wollte.

Arissa hatte gewiss nie geplant, eine Liaison mit dem zukünftigen König zu beginnen. Doch sie hatte nichts gegen ihre Gefühle unternehmen können. Sie wusste: Ihre Liebe durfte nicht sein, doch ihr Herz schien dieses Gesetz nicht zu kümmern. Auch Jasper schien nichts von den Regeln zu halten, zumindest nicht, wenn es um sie ging. Waren sie beide normalerweise pflichtbewusst und moralisch, so vergaßen sie beides, wenn sie zusammen waren.

»Auch ich will nicht gehen«, sagte sie dann. Egal, wie aussichtslos ihre Situation war, Arissa konnte ihn nicht verlassen.

Ein Lächeln breitete sich auf Jaspers Gesicht aus und er drehte den Kopf, um einen Kuss in Arissas Handfläche zu hauchen, die noch immer an seiner Wange lag.

»Und doch werde ich gehen müssen«, wisperte sie.

Verwirrt kniff er die Augen zusammen. »Was meinst du?«

»Ich habe über die Entscheidung des Senex nachgedacht. Dir sind die Hände gebunden. Du darfst den Orden nicht dazu aufrufen, meinen Bruder zu suchen. Also werde *ich* gehen. Nicht als Kriegerin oder Soldatin, sondern als Schwester. Ich muss Edmund finden und ich hoffe, dass du mich dabei unterstützt.«

Jasper sah sie eine Zeit lang an, sein Kiefer war angespannt und sie sah, dass er mit sich rang. »Du bittest mich darum, dich allein und unbewaffnet in ein Kriegsgebiet ziehen zu lassen?«

Arissa nickte entschlossen. Sie war eine Kriegerin, sie war für den Krieg ausgebildet worden. Davor hatte sie keine Angst.

Ein erschöpftes Seufzen war die Antwort. »Ich weiß, dass du Edmund finden möchtest. Und ich werde dir dabei nicht im Weg stehen. Komm nur wieder zu mir zurück.«

Ein Stein fiel Arissa vom Herzen. Sie griff nach Jaspers Händen, zog sie an ihre Lippen und hauchte einen Kuss darauf. »Danke.«

»Du wirst aber nicht als Zivilistin gehen.«

Verwirrt hob sie eine Augenbraue. »Aber ich darf nicht die Uniform des Ordens tragen, wenn du keinen Krieg mit den Animagen riskieren willst.«

Jasper zog seinen goldenen Siegelring vom Finger: ein geschwungener Wyvern mit einem roten Rubin an der Stelle, wo das Auge der Bestie lag.

»Du gehst als Gesandte der Krone nach Dyfflin. Niemand wird dich aufhalten, niemand wird Fragen stellen oder dich behelligen. Ein Affront gegen dich wäre ein Affront gegen mich.« Er griff nach ihrer Hand und streifte ihr den Ring über. Er war ihr viel zu groß, doch das störte Arissa nicht. Es fühlte sich so an, als hätte Jasper ihr soeben einen Antrag gemacht – was er natürlich nicht hatte. Nicht konnte. Aber Arissa konnte sich in diesem kurzen Moment vorstellen, wie sich die Frau fühlen musste, der das Glück zuteilwerden würde.

Ohne darüber nachzudenken, lehnte sich Arissa noch weiter vor und presste ihre Lippen auf seine. Der Kuss war nicht süß oder leidenschaftlich, viel mehr hart und fordernd.

»Bist du dir sicher?«, fragte sie dann. Ihre Lippen nur Millimeter von seinen entfernt.

»Du wirst sowieso keine Ruhe geben, solange du es nicht versucht hast. Also ja, ich bin mir sicher.« Diesmal war er es, der sie küsste. Seine Lippen fuhren über ihre Wange, ihr Kinn, und endeten wieder auf ihren Lippen. »Tu mir nur einen Gefallen.«

Arissa lehnte sich zurück. Wollte in diese wunderschönen blauen Augen blicken. »Alles«, versprach sie ihm.

Ein Schatten legte sich auf Jaspers Gesicht und Arissa hatte kurz das Gefühl, dass sie ihr Versprechen bereuen würde.

»Ich weiß, dass ich dir nichts zu bieten habe, was dir oder unserer Liebe gerecht wird. Ein Leben an meiner Seite als meine Königin ist die einzige

Sache auf der Welt, die ich dir nicht ermöglichen kann. Aber es gibt eine andere Position, die ich dir einräumen will. Dir und niemandem sonst. Eine Position, die es dir erlaubt, bei mir zu bleiben. Für immer.«

Sie war sich nicht sicher, worauf Jasper hinauswollte, aber es konnte nichts ganz und gar Unverwerfliches sein, denn sie erkannte den Zwiespalt, mit dem ihr Liebster rang. Es verlangte ihm offenbar viel ab, seinen Gedanken laut auszusprechen.

»Wenn du zurückkommst, wenn du Edmund gefunden hast, werde meine Mätresse. Werde die Mätresse des Königs.«

Kapitel 6

»Danke, dass du mich begleitest«, sagte Arissa am nächsten Morgen zu Vos. Ihr Lehrmeister nickte nur. Der Stock in seiner Hand half ihm dabei, sich zurechtzufinden. Im Orden oder auch im Palast brauchte Vos ihn nicht, aber an anderen Orten konnte er sich so besser orientieren. Der Gehstock ließ ihn wie einen gebrechlichen Mann wirken, wie ein leichtes Opfer, doch in Wahrheit verbarg sich in der Krücke ein Schwert, gefertigt aus Platin. Arissa hatte bisher noch jeden Kampf gegen Vos binnen Minuten verloren, sobald er den Stock als Waffe einsetzte. Ja, sie war von einem blinden Mann mit Gehstock verprügelt worden. Mehrmals.

»Ich habe dir eine Überfahrt auf dem Schiff, das heute Nachmittag nach Dyfflin fährt, organisiert. Dein Gepäck wurde bereits an Bord gebracht. Statt deiner Messer aus Platin sind welche aus Stahl dabei. Und ein Schwert. Du darfst dich als Gesandte der Krone nicht mit Messern kleiden, die Magiern enormen Schaden zufügen können.«

Arissa lächelte. »Du denkst aber auch wirklich an alles.« Am liebsten hätte sie Vos umarmt, aber das würde ihr Lehrmeister nicht erlauben. Korbinian Vos mochte es, so emotionslos und griesgrämig wie nur möglich zu wirken. Eine liebevolle Umarmung seiner Sekundantin passte da nicht ins Bild.

Sie hatten die Zitadelle erreicht. In den unteren Stockwerken befanden sich die Laboratorien der Wissenschaftler, in den oberen Stockwerken ihre Schlafzimmer. Doch der Mann, zu dem sie wollten, war separat untergebracht. Er war in einem Alter, in dem er weder Treppen noch längere Wege bewältigen konnte. Daher bewohnte er ein Zimmer im Erdgeschoss, das direkten Zugang zu den Gärten hatte. In einem von ihnen saß er auch in diesem Moment. In einem kleinen Garten, in dem exotische Kräuter und Pflanzen für die Experimente der Forscher angebaut wurden. Zusammen mit einer älteren Frau, die wohl seine Pflegerin war, hatte Bellamy Magee auf einer eisernen Bank Platz genommen und hielt eine Tasse in den Händen, von der Dampf aufstieg. Über seinen Beinen lag trotz der warmen Temperaturen eine Decke.

»Bellamy sieht aus, als hätte er einen guten Tag und alle seine Sinne beisammen. Vielleicht hast du Glück und bekommst die Informationen, die du brauchst.«

Arissa schaute zu Bellamy und seiner Pflegerin, die ihm aus einem Buch vorlas. Bellamy lachte leise und nahm dann einen Schluck aus seiner Tasse. Seine weißen Haare waren kurz geschnitten. Arissa wusste, dass sie einmal rot und lockig gewesen waren. Trotz seines Alters war die Ähnlichkeit zu Charles unverkennbar. Als säße eine sehr viel ältere Version ihres Freundes vor ihr.

»Lord Magee«, sagte Vos, als sie nähertraten.

Bellamy blickte auf und Erkenntnis trat in seine braunen Augen. »General Vos, Euch habe ich heute nicht erwartet.« Sein Blick wanderte zu Arissa, doch er schien sie nicht zu erkennen. »Und wer ist Eure Begleitung?«

Arissa lächelte den alten Mann an. »Ich bin Arissa de Fay, eine Freundin Eures Enkels Charles.«

Kurz schien Bellamy verwirrt und drehte den Kopf zu seiner Pflegerin, die ihm beruhigend eine Hand auf die Schulter legte und mit sanfter Stimme sagte: »Charles, der Sohn von Zachary, erinnert Ihr Euch? Wir haben erst letzte Woche mit ihm zu Mittag gegessen. Er ist auch hier in der Zitadelle tätig.«

Die Augen des alten Mannes begannen zu leuchten. »Charlie, ja, genau. Wie schön, dass ich eine Freundin von ihm kennenlerne.«

Ein Kloß bildete sich in Arissas Hals. Wie es wohl war, sein Gedächtnis nach und nach zu verlieren? Mitglieder seiner Familie nicht mehr zu erkennen, sie schlichtweg auszulöschen? Arissa spürte, wie ihre Augen zu brennen begannen.

»Setzt Euch doch«, forderte Bellamy sie freundlich auf und deutete auf die beiden leeren Stühle am kleinen Gartentisch.

Vos hielt den Stock ein Stück vor sich, stieß damit erst leicht gegen den Fuß des Tisches, dann gegen eines der Stuhlbeine. So orientiert, setzte er sich. Arissa nahm neben ihm Platz.

Die Pflegerin schenkte beiden eine Tasse Tee ein. Der Duft von Pfefferminz breitete sich in der Luft aus und beruhigte Arissas Nerven ein wenig.

»Darf ich Euch einige Fragen stellen, Lord Magee?« Arissa musste zur Sache kommen. In wenigen Stunden würde sie Londinium verlassen und sie hatte noch einige Vorbereitungen zu treffen. Sie brauchte ihre Antworten jetzt.

»Selbstverständlich.« Er lächelte sie an und Arissa wendete wehmütig den Blick ab. Er erinnerte sie zu sehr an Charlie.

»Wie Ihr wisst, sind Charles und mein Bruder Edmund auf einer Forschungsreise ...«, sie tauschte einen Blick mit Bellamys Pflegerin, die daraufhin nickte. Also wusste Bellamy von der Expedition und vom Verschwinden der Mitglieder der Zitadelle. »... verschwunden. Ich brauche Eure Hilfe, um sie wiederzufinden.«

Bellamy legte den Kopf schief, sah sie aus neugierigen und wachen Augen aufmerksam an. Sie hatte offenbar wirklich einen seiner guten Tage erwischt. »Wie kann ich Euch helfen?«

»Charles hat Eure alten Aufzeichnungen über den Spiegel von Albion gefunden und anhand dessen diese Expedition geplant. Wenn Ihr mir davon erzählen würdet, dann könnte ich genauer nach ihnen suchen. Erinnert Ihr Euch daran, was Ihr über den Spiegel geschrieben habt? Wo er sich befindet?«

Von jetzt auf gleich änderte sich Bellamys Stimmung. Er riss die Augen auf, begann mit dem Oberkörper vor und zurück zu wippen und hörte nicht auf, sich mit den Händen durch die Haare zu fahren. »Spiegel, Spiegel, Spiegel«, murmelte er leise und Arissa hatte Sorge, dass er einen Anfall erleiden würde. Aber sie musste Gewissheit bekommen.

Darum sprach sie mit ruhiger Stimmte weiter. »Genau, der Spiegel von Albion. Charles erzählte mir, dass Ihr ihn erschaffen habt. Wisst Ihr, wo man ihn finden kann?«

Bellamy schrie auf einmal laut und irre auf und warf die Tasse, die er in den Händen gehalten hatte, von sich. Die Pflegerin eilte erschrocken zu ihm und Arissa riss furchterfüllt die Augen auf. General Vos zuckte kaum merklich zusammen und umklammerte seinen Gehstock fester.

»Ganz ruhig, Lord Magee«, versuchte die Pflegerin ihn zu beruhigen. »Es ist alles gut.« Sie fasste ihn nicht an, vielleicht, weil sie wusste, dass er in einem solchen Zustand keine Berührung ertrug.

Bellamy schüttelte den Kopf. Immer und immer wieder. »Nein, nein! Er darf ihn nicht finden!«

Arissa runzelte die Stirn. »Warum nicht?«

»Nicht den Spiegel, auf keinen Fall den Spiegel!«, zeterte Bellamy weiter und sein Blick glitt panisch umher. Seine Augen wirkten wirr, als hätte er den Fokus verloren, den Bezug zur Realität.

»Beruhigen Sie sich, Lord Magee«, versuchte es die Pflegerin weiter.

Und auch wenn Arissa sich kaum traute, weitere Fragen zu stellen, brauchte sie Antworten, wenn sie Edmund und Charles finden wollte. »Was ist mit dem Spiegel?«

»Sie dürfen ihn nicht öffnen, nicht öffnen!«

Öffnen?

Arissa sah verwirrt zu Vos, doch dieser saß bewegungslos auf seinem Stuhl. Er konnte Bellamy nicht sehen, konnte ihn nur hören. Die Panik in der Stimme des alten Mannes.

Was meinte Bellamy? Wie *öffnete* man einen Spiegel? Arissa verstand die Worte nicht. Vielleicht hatte sie ihr Glück überstrapaziert und Bellamy war in seinem Geisteszustand doch nicht in der Lage, ihr zu helfen.

»Ich denke, das reicht nun«, sagte die Pflegerin in ernstem und bestimmtem Ton. »Ihr merkt, wie sehr ihn dieses Thema aufregt. Es ist nicht gut für seine Gesundheit.«

»Aber …«, wollte Arissa einwenden, doch wurde unterbrochen.

»Es tut mir leid, aber es geht nicht.« Entschuldigend sah die Pflegerin Arissa an. »Ich habe alle Aufzeichnungen, die ich finden konnte, für Euch zusammengepackt. Ihr dürft sie mitnehmen. Vielleicht helfen sie Euch, Charles zu finden.

Aber weitere Fragen erträgt Lord Magee nicht.« Mit diesen Worten reichte die Pflegerin Arissa zwei kleine Bücher, die auf dem Gartentisch gelegen hatten.

Arissa nahm sie dankbar entgegen, nickte, und auch Vos hatte sich bereits erhoben. »Wir danken für den Empfang und den Tee. Hoffentlich geht es Lord Magee bald besser.«

Mit einem traurigen Ausdruck in den Augen kniete sich Arissa vor Bellamy, der noch immer etwas panisch und verloren wirkte, doch er hatte aufgehört herumzuschreien. Sie legte ihm eine Hand aufs Knie und hoffte, damit keine Grenze zu überschreiten. »Ich werde ihn finden, versprochen. Alle beide werden wohlbehalten nach Hause zurückkehren«, sagte sie mit leiser Stimme.

»Ihn?«, fragte Bellamy und sah sie verständnislos an.

Ein Stich fuhr in Arissas Herz. Er hatte schon wieder vergessen, dass er überhaupt einen Enkel hatte.

»Ihr bringt mir meinen Bruder zurück«, sagte der Lord dann auf einmal und ein Lächeln breitete sich auf seinem Gesicht aus. »Ich habe ihn so lange nicht gesehen. Ob er mir wohl verziehen hat?«

Arissa wusste nicht, was sie darauf erwidern sollte. »Ich...«

»Ihr müsst jetzt wirklich gehen!«

»Ich vermisse meinen Bruder. Wie schön es sein wird, ihn wiederzusehen.« Bellamy sah sie bei seinen Worten nicht an. Sein Blick war in die Ferne gerichtet, vielleicht in die Vergangenheit. Er wirkte nicht so, als wäre er anwesend. Arissa kniff die Augen zusammen. Es half ihr nicht weiter, noch länger zu bleiben. Sie würde keine nützlichen Informationen von Bellamy bekommen, nicht, wenn er in diesem Zustand war. Und sie wollte es auch auf keinen Fall wieder verschlimmern.

So verabschiedete sie sich eilig von der Pflegerin und trat gemeinsam mit Vos den Rückweg an.

»Ich wusste gar nicht, dass Bellamy einen Bruder hat«, bemerkte sie. Sie konnte Bellamy noch immer hören. Er erzählte gerade von seiner Kindheit, wobei Arissa nicht sicher war, ob das der Wahrheit entsprach oder ob sein verwirrter Verstand ihm Dinge einredete.

Vos' Miene war ausdruckslos. »Den hat er auch nicht.«

Arissa öffnete den Mund, schloss ihn dann aber wieder. Sie blieb stehen und drehte sich noch einmal um zu Bellamy. Der Mann tat ihr unheimlich leid. Sein Verstand war nicht mehr derselbe wie früher. Arissa mochte sich nicht ausmalen, wie es war, jeden Tag ein Stück seiner selbst zu verlieren.

Sie schaute auf die beiden Notizbücher in ihren Händen, die die Pflegerin ihr gegeben hatte. Arissa konnte sich nicht vorstellen, dass etwas Wichtiges darinstand, sonst hätten Charles und Edmund sie doch auf ihre Reise mitgenommen. Da sah sie, dass zwischen den Seiten ein Zettel herausragte, den sie nun hervorzog. Er musste aus Versehen dort gelandet sein. Es handelte sich um einen Erlass des Königs zu Zeiten des ersten Magischen Krieges und der Gründung des Senex. Arissas Blick glitt über die Zeilen.

»So erschaffe ich den Senex, einen unabhängigen Rat, der Britannia mit seiner Weisheit und Stärke führen soll. In diesen Rat berufe ich die Oberhäupter der großen Familien des Landes, bestehend aus dem Adel der Menschen und den Gilden der Magier. Gemeinsam sollen sie ein Königreich erschaffen, glorreicher und ehrenvoller als wir es vorgefunden haben, mit der Befugnis, die Krone zu leiten und die Entscheidungen des Königs zu revidieren. Unter der Herrschaft des Hauses Warbeck soll Britannia gedeihen, in einem ewig andauernden Zeitalter des Friedens.«

Unterschrieben waren die Worte von Alfred Warbeck, der nach dem ersten Magischen Krieg zum König ernannt worden war, weil er Britannia den Frieden gebracht hatte.

Arissa drehte sich noch einmal um zu Bellamy Magee. Wie er an diese Aufzeichnung gelangt war, die wohl besser im königlichen Palast aufgehoben wäre, war Arissa ein Rätsel. Ihre Mundwinkel hoben sich leicht. Dieser Mann war voller Geheimnisse. Ein Widerspruch in sich. Bellamy Magee hatte offenbar einen ebenso großen Hang zum Mystischen wie sein Enkelsohn.

Ein Stich ging Arissa durchs Herz. Sie würde Charles und Edmund finden! Wenn nicht für sich, dann für Bellamy. Charlie hatte eine enge Bindung zu seinem Großvater und beide hatten es verdient, sich wieder in die Arme nehmen zu können. Wer weiß, wie lange es Bellamy noch vergönnt sein würde.

II

GESANDTE DER KRONE

Kapitel 7

Arissa konnte die Stadtmauer von Dyfflin bereits sehen. Unzählige Vogelschwärme zogen ihre Kreise am Himmel. Die Tore waren wie angekündigt geschlossen und vierbeinige Kreaturen patrouillierten davor, deren Aussehen Arissa aus der Distanz nicht erkennen konnte. Der Hafen der Stadt war außerhalb ihrer Mauern erbaut worden, sodass Arissa Dyfflin selbst gar nicht betreten würde. Doch das musste sie auch gar nicht.

Auf dem Schiff, das sie von Londinium über die Themse und dann über das Erisische Meer gebracht hatte, war abgesehen von ihr nur die Besatzung an Bord gewesen. Das Handelsschiff brachte Weizen und Baumaterialien nach Limerick und machte lediglich einen kurzen Halt in Dyfflin, wo Arissa von Bord gehen würde. Das Schiff wurde am Hafen vertäut und der Kapitän sprach anschließend mit zwei Männern an Land. Sie tauschten Papiere und Dokumente aus, bevor die Mannschaft das Schiff verlassen durfte. Arissa zog sich die Kapuze ihres Umhangs tiefer ins Gesicht und ging ebenfalls von Deck.

Auf dem Pier kamen ihr Animagen in ihrer Tiergestalt entgegen. Ein Hirsch, zwei Hunde und sogar ein Bär. Alle gekennzeichnet durch goldgelbe Augen. Arissa hielt den Atem an, als der gigantische Grizzly an ihr vorbei stapfte. Er hob den Kopf und schnüffelte in ihre Richtung. Die Schulterhöhe dieses Tiers betrug gut und gern einen Meter. Richtete er sich auf, kam der Bär bestimmt auf das Doppelte. Ein Hieb dieser Bestie könnte sie töten. Wer sich freiwillig mit Animagen anlegte, musste verrückt sein. Kein Mensch hatte eine Chance gegen ihre Art von Magie. Doch der Bär interessierte sich glücklicherweise nicht für sie.

Arissa hob den Kopf und betrachtete wieder die Vögel am Himmel. Von hier unten konnte sie die verschiedenen Arten nicht ausmachen, aber das Flugverhalten der Tiere ließ darauf schließen, dass sie eine Patrouille bildeten.

In ihrer Tasche trug sie alle Aufzeichnungen von Bellamy bei sich, Edmunds Briefe und den Lagebericht des Ordens über den letzten Verbleib der Mitglieder der Expedition, damit sie wusste, wo sie mit ihrer Suche beginnen musste.

Ihr Ziel war der Oakwood Forest im Norden, wo ihr Bruder und Charles verschwunden waren. Ein gefährliches Gebiet, so viel stand fest. Doch Arissa war kampferfahren und wusste sich an jedes Territorium anzupassen. Das Einzige, was ihr noch fehlte, war ein Pferd. Zu Fuß würde sie einfach zu lange brauchen, um den großen Wald zu durchkämmen.

Arissa hatte den kleinen Marktplatz am Hafen erreicht, hier waren einige Stände mit Lebensmitteln aufgebaut. Die Händler waren wohl nicht mehr rechtzeitig in die Stadt gekommen, bevor Hollis Arca die Tore hatte schließen lassen. Oder sie nutzten die Chance, Reisenden, die auf der Durchreise waren, ihre Ware anzupreisen. Reisende wie Arissa. Sie steuerte auf einen Stand zu, unter dessen kleinem Vorbau drei Pferde standen und genüsslich ihren Hafer fraßen.

»Verzeihung, wäre es möglich, eines der Tiere zu erwerben oder vorübergehend zu leihen?«, fragte Arissa den Händler, der sie daraufhin nur verblüfft ansah.

»Ich glaube nicht, dass sie das gernhaben.«

Die Pferde drehten die Köpfe in ihre Richtung und Arissa blickte in drei goldgelbe Augenpaare.

Röte schoss ihr ins Gesicht und sie stammelte hastig eine Entschuldigung. Es waren so viele Animagen und damit auch Magie um sie herum, dass Arissa nicht eindeutig bestimmen konnte, woher sie kam.

Ein Kreischen über ihr ließ Arissa zusammenzucken. Sie hob den Kopf. Eine gigantische Eule zog über ihr ihre Kreise, bevor sie zu einem Sturzflug ansetzte und – direkt auf sie niedersauste! Arissa wollte bereits nach ihren

Messern greifen, hielt sich aber rechtzeitig zurück. Noch bevor das Tier den Boden erreicht hatte, verschwand die Gestalt in einem Regen aus bunten Sprenkeln und leuchtenden Farben.

Hollis Arca stand vor ihr. Sie musterte sie neugierig aus ihren dunklen Augen. »Mich wundert es gar nicht, Euch in Dyfflin anzutreffen, Lady de Fay«, erklang die vertraute Stimme der Magierin.

»Lady Arca«, begrüßte Arissa das Oberhaupt der Animagen und neigte den Kopf. Dass die Magierin sie aus der großen Distanz so genau erkannt hatte, war ihren scharfen Augen als Eule zu verdanken.

Die Animage setzte ein undurchsichtiges Lächeln auf und verschränkte die Arme hinter dem Rücken. Ihr Blick wanderte von dem Händler zu Arissa und wieder zurück. »Besorgt Lady de Fay bitte ein Pferd.« Der Mann nickte eifrig und verschwand. Der forschende Blick der Gildenanführerin wanderte wieder zu Arissa.

»Was führt Euch nach Dyfflin?« Obwohl ihre Worte freundlich klangen, konnte Arissa die Strenge darin hören. Das Misstrauen. Arissa konnte es ihr nicht übelnehmen, immerhin war sie Vos' Sekundantin und eine Kriegerin des Ordens. Sie war wohl eine der Letzten, die Arca in ihrem Gebiet haben wollte.

Versöhnlich hob Arissa die Hände. »Ich bin nicht im Auftrag des Ordens hier, falls Ihr das glaubt.«

Die Animage legte den Kopf schief und für einen kurzen Moment erinnerte sie Arissa auch in ihrer menschlichen Gestalt an eine Eule. Ihr aufmerksamer Blick glitt dabei über Arissas Gestalt hinweg und blieb schließlich an ihren erhobenen Händen hängen. »Gewiss seid Ihr das nicht. Abgesehen davon, dass es Euch untersagt ist, lässt mich der Ring an Eurem Finger einen anderen Schluss ziehen.«

Arissa ballte instinktiv die linke Hand zur Faust und ließ sie sinken. Am liebsten hätte sie sie hinter dem Rücken versteckt. Sie hatte das Gefühl, dass sie etwas besaß, was keiner sehen durfte. Ein kindisches Verhalten, schließlich hatte Hollis Arca den Ring bereits entdeckt. Arissa war es einfach so sehr gewohnt, alles, was mit Jasper zu tun hatte, streng geheim zu halten.

»Ich wollte Euch unter keinen Umständen verärgern, Mylady, meine Anwesenheit hat nichts mit den Animagen zu tun, das verspreche ich Euch.«

»Ihr seid eine Schwester, die um ihren Bruder besorgt ist. Das verstehe ich nur zu gut. Vermutlich von allen Magiern am besten. Wie ihr wisst, zählt bei den Animagen nicht das Gesetz des Stärkeren«, ein wissender Ausdruck trat auf das Gesicht der Magierin. Das Gesetz des Stärkeren war alles, was Arissa gekannt hatte, bis sie dem Orden beigetreten war. »Wir Animagen kümmern uns umeinander, besonders um die Hilflosen und Kranken. Ein Clan würde niemals einen der ihren verstoßen, nur weil er schwach ist.«

Arissa zwang sich zu einem Lächeln. Sie wusste um die Treue der Animagen und die tiefe Verbundenheit innerhalb eines Clans. Seine Mitglieder standen bedingungslos füreinander ein, eine Charaktereigenschaft, die vor allem die Elementarier nicht kannten.

»Dann versteht Ihr hoffentlich, dass ich keine andere Wahl habe, als meinen Bruder zu suchen.«

Ein Schatten huschte über Arcas Gesicht. »Und wenn ich Euch sage, dass die Chancen, ihn lebend zu finden, gering sind?«

Ein schweres Gewicht legte sich auf Arissas Brust und hinderte sie daran zu atmen, doch sie nickte. »Ich muss trotzdem wissen, was mit Edmund geschehen ist.« Auch wenn sie ungeheure Angst davor hatte, am Ende nur seine Leiche zu finden. Daran wollte sie nicht denken, konnte es einfach nicht.

»Ihr ähnelt Eurem Vater tatsächlich in keiner Weise.«

Ohne dass sie es wollte, zuckten Arissas Mundwinkel und ihr Herz wurde wieder etwas leichter.

»Ihr wisst, wo Ihr die Suche beginnen müsst?«

Arissa nickte.

»Und Ihr wisst auch, dass der Oakwood Forest das Hoheitsgebiet der Wolfsgestaltwandler ist?«

Arissa war noch nie einem Wolfsmagier begegnet, geschweige denn, dass sie gegen einen gekämpft hatte, aber das spielte auch keine Rolle. Das, was zwischen ihr und ihrem Bruder stand, war dieser Wald und alles, was darin lebte. Egal, wie gefährlich die Suche auch war, nichts würde Arissa aufhalten. Also nickte sie wieder.

»Ich kann Euch nicht sagen, welchen Weg sie gewählt haben. Sie waren auf der Suche nach dem Spiegel von Albion. Großer Schwachsinn, wenn Ihr mich fragt. Der Spiegel wurde Gerüchten zufolge zuletzt vor fünfzig Jahren gesehen. Wenn die Side ihn mit ihrer Magie nicht finden können, wie sollten ihn dann die Mitglieder der Zitadelle aufspüren? Aber sei's drum.« Arca machte eine wegwerfende Handbewegung und Arissa konnte ihr nicht einmal widersprechen. Sie war derselben Meinung gewesen, die sie auch mehrfach Edmund gegenüber erwähnt hatte. Arissa hatte diese Suche für aussichtslos gehalten. Dass sie überdies so große Gefahren barg, hatte sie nun erfahren. Und Bellamys alarmierende, wenn auch verrückte letzte Worte, die ihr noch im Kopf herumspukten, verstärkten diese Gewissheit.

»Der junge Magee hatte ein Amulett bei sich, von dem starke Magie ausging. Er behauptete, dass es auf irgendeine Weise mit dem Spiegel verbunden sei. Sie wollten den Magieimpulsen folgen, doch wohin sie sie geführt haben, kann ich nicht sagen. Der arme Junge war so erpicht darauf, die Erfindung seines Großvaters wiederzufinden, dass ihm alle Gefahren egal waren.«

All das waren Informationen, die Arissa längst kannte. Sie war nicht unvorbereitet nach Dyfflin aufgebrochen. Dennoch wusste sie es zu schätzen, dass Hollis Arca alles, was sie wusste, mit ihr teilte, ohne dass sie danach fragen musste.

Arissa konnte sich das Gespräch zwischen Arca, Edmund und Charles bildlich vorstellen. Wie dickköpfig ihr Bruder gewesen sein und wie hartnäckig Charlie darauf bestanden haben musste, trotz aller Warnungen und Unwahrscheinlichkeiten nach dem Spiegel zu suchen. Und warum das alles? Nur, um den Namen des großen Bellamy reinzuwaschen, um zu beweisen, dass er nicht verrückt, sondern, im Gegenteil, ein Genie war?

»Ich begreife nicht, warum sie Eure Warnung nicht ernstgenommen haben«, sagte Arissa leise.

Arca zuckte mit den Schultern. »Ich ebenso wenig. Wir Animagen gelten im Grundsatz als loyal und friedfertig. Doch mit der Zeit haben die anderen

Gilden vergessen, dass wir auch Klauen und Zähne besitzen. Es mochte eine Zeit gegeben haben, als wir keines von beiden benutzen durften, aber diese Zeiten sind vorbei. Die Walshs wollen ihre Herrschaft zurück, ganz gleich, ob ich rechtlich gesehen das Oberhaupt der Animagen bin. Es ist ihnen egal, wer sich ihnen in den Weg stellt. Ich bete dafür, dass Euer Bruder und seine Gefolgsmänner ihnen nicht begegnet sind.«

Arissas Magen zog sich zusammen. Schon der Bär eben auf dem Pier hatte sie in Panik versetzt – dabei war er friedlich gewesen. Wenn sie einem Rudel Wölfe über den Weg laufen würde, das auf Konflikt aus war, wäre das ihr Ende. Ebenso wie das von Edmund und Charles, sollten sie den Walshs tatsächlich begegnet sein.

»Dickköpfe sind sie, alle beide«, murmelte Arissa wütend.

Arca lachte trocken auf. »Besonders dieser rothaarige Träumer. Der Apfel fällt nicht weit vom Stamm. Jeder Magee, dem ich über die Jahre begegnet bin, zeigte diese Eigenschaft.«

Die Magees gehörten zu den mächtigsten Magiern in ganz Britannia, ähnlich wie die de Fays. Es waren beides starke Blutlinien, die sich in der Geschichte kein einziges Mal durch die Vereinigung mit einem Menschen verwässert hatten. Stolze Magier, die sich viel auf ihr reines Blut einbildeten.

»Glaubt *Ihr* an die Mächte des Spiegels, Lady Arca?« Arissa kam nicht umhin, diese Frage zu stellen. In den vergangenen Tagen hatte sie einiges über dieses Relikt erfahren. Was Mythos und was Wahrheit war, hatte sie bis jetzt nicht herausfinden können. Charles und Edmund waren überzeugt davon, dass der Spiegel existierte. Doch was genau er zu wirken in der Lage war, hatten auch sie nicht zu sagen vermocht. Bellamy Magee war Arissa kaum eine Hilfe gewesen. Die Angst in seinen Augen, als sie den Spiegel erwähnt hatte, sorgte noch immer dafür, dass ihr kalte Schauer über den Rücken liefen.

»Ich kenne Bellamy Magee, seit ich ein kleines Mädchen war. Er war ein großer Magier mit noch größeren Ambitionen. Doch er war kein Lügner, Lady de Fay.«

Bei den Worten der Animage hob Arissa eine Augenbraue. »Warum glaubt Ihr dann, dass die Suche vergeblich ist?«

»Habt Ihr Euch nie gefragt, warum niemand den Spiegel je gesehen hat? Und warum alle Schriften über ihn verschwunden sind?«

Arissa zögerte. Genau diese Fragen schwirrten ihr seit Tagen im Kopf herum. Bellamys spärliche und überdies verwirrende Aufzeichnungen waren alles, was auf die Existenz des Spiegels hindeutete. Mehr gab es nicht. Und auch diese wären ganz in Vergessenheit geraten, wenn Charles sie nicht gefunden hätte. So als hätte jemand *gewollt*, dass alles, was mit dem Spiegel zu tun hatte, verschwand.

Als Arissa nichts auf die Frage erwiderte, atmete Arca hörbar aus. »Manchmal ist es besser, einem Geheimnis nicht auf den Grund zu gehen.«

***

Kurze Zeit später saß Arissa auf einem schwarzen Hengst. Sie hatte Dyfflin den Rücken gekehrt und war unterwegs nach Norden. Der Oakwood Forest verband die Ländereien rund um Dyfflin miteinander: Castlebar, den Sitz von Lord Duncan und seiner Familie im Nordwesten, Limerick im Süden, wo die Carsons regierten, und er erstreckte sich bis hoch in die Berge im Nordosten. Ein Gebiet, das von den meisten Magiern und Menschen gleichermaßen gemieden wurde. Dort oben lag Belfarsad, die Residenz der Umbra.

Arissa wollte versuchen, die gefährlichsten Gebiete und die Orte, wo erst kürzlich Walshs gesichtet worden waren, zu meiden. Es würde allerdings alles andere als einfach werden. Allein darum, weil Edmund und seine Kameraden diese Gefahr ganz offensichtlich nicht gekümmert hatte und sie sich genau ins Zentrum des Waldes begeben hatten. Allein dafür würde Arissa ihm die Hölle heiß machen, sobald sie ihn gefunden hatte.

Wenn sie ihn denn fand …

Arissa wollte es sich nicht eingestehen, aber der Pessimismus ihres Vaters und auch der von Hollis Arca nagte an ihr und ihrer Hoffnung, ihren Bruder lebend zu finden. Da war eine kleine, gemeine Stimme in ihrem Kopf, die sie davon abhalten wollte, an dieser Hoffnung festzuhalten.

Wenn Edmund am Leben war, warum nahm er keinen Kontakt zu ihr auf?

Vielleicht, weil er es nicht konnte. Vielleicht wurden sie von den Walshs gefangen gehalten. Die Walshs befanden sich mit den Arcas und anderen Clans der Animagen im Krieg, nicht mit der Krone. Vielleicht würden sie Edmund und die anderen Mitglieder der Zitadelle als Trumpf ausspielen, wenn ihnen kein anderer Ausweg mehr blieb, um ihre alte Position zurückzubekommen. Dann würden sie möglicherweise Forderungen an die Krone oder die Zitadelle stellen. Charles Magee und Edmund de Fay waren immerhin wertwolle Gefangene. Vielleicht würden die Walshs ihren Vater und Zachary Magee sogar zu einer Zusammenarbeit zwingen im Austausch für ihre Söhne. Normalerweise kooperierten Animagen nicht mit den anderen Gilden. Und insbesondere die Wölfe waren viel zu stolz, um andere Magier um Unterstützung zu bitten. Aber es wäre immerhin möglich in dieser besonderen Situation – wer kannte schon die konkreten Pläne dieser Bestien?

Genau, es waren *Bestien*. Und warum sollten sie die Mitglieder der Zitadelle am Leben lassen, wenn sie entgegen allen Warnungen in ihr Gebiet eindrangen?

Arissa hatte das Gefühl, gegen die Stimme in ihrem Kopf, die wie ihre Vernunft klang, zu verlieren. Wütend schüttelte sie den Kopf und griff fester nach den Zügeln ihres Pferdes. »Ach, sei doch still!«, zischte sie der Stimme zu. Inzwischen führte sie schon Selbstgespräche, diese Reise bekam ihr ganz offensichtlich nicht.

Um sie herum war das Zwitschern von Vögeln zu hören, ab und an knackte ein Ast im Unterholz, aber da ihr Hengst nicht scheute, nahm Arissa an, dass es sich um kleinere Waldtiere handelte.

Ihre Gedanken begannen wieder zu wandern. Ihr Blick glitt zu ihrer linken Hand. Der goldene Siegelring passte dank des Lederhandschuhs perfekt auf ihren Finger.

Wenn du zurückkommst, wenn du Edmund gefunden hast, werde meine Mätresse. Werde die Mätresse des Königs.

Jaspers Worte waren eine Mischung aus Flehen, Bitten und Hoffen gewesen. Nervosität, gemischt mit Liebe. Noch immer hatte Arissa sein Gesicht vor Augen, als er ihr das Angebot unterbreitet hatte. Sie war in dem Moment viel zu überrumpelt gewesen, um dessen Tragweite wahrhaftig begreifen zu können. Die Mätresse des Königs ... Es war ein offizieller Titel, mit dem sogar eigene Ländereien und ein Hausstand einhergingen. Sie wäre am Hofe vielleicht nicht geschätzt, aber doch anerkannt. Es gäbe außer Jasper niemanden, der ihr etwas zu befehlen hätte. Allerdings würde möglicherweise ihre Mitgliedschaft im Orden infrage gestellt werden. Als Mätresse des Königs schickte es sich nicht, ein Schwert zu führen und im Notfall in den Krieg zu ziehen.

Dennoch: Es klang wie die perfekte Lösung für ihr Problem.

Eine gemeinsame Zukunft als Eheleute gab es für sie beide nicht. Sie würden niemals gemeinsam vor den Traualtar treten, niemals die Geburt ihres ersten Kindes feiern und sie würde niemals neben ihm auf einem Thron sitzen. All das war der zukünftigen Königin Britannias vorbehalten. Einer Menschenfrau von Adelsgeschlecht.

Als Mätresse wäre sie die Frau im Hintergrund. Eine Gestalt im Schatten. Die Liebe des Königs und sein Herz mochten in diesem Moment ihr gehören. Doch für wie lange?

Es gab so vieles, was Arissa an Jaspers Angebot Angst einjagte. Panische Angst, die ihr die Kehle zuschnürte und sie beinahe erstarren ließ.

Als König war es seine Pflicht, zu heiraten und einen Thronerben hervorzubringen. Konnte sie einfach dabei zusehen, wie er einer anderen das Versprechen von ewiger Liebe gab und ihr einen Ring an den Finger steckte? Konnte sie es aushalten zu wissen, dass er bei einer anderen Frau lag und mit ihr ein Kind zeugte? Kinder änderten doch alles. Vielleicht würde er sich mit der Zeit in die Mutter seines Erben verlieben ... Allein bei dem Gedanken daran begannen Arissas Augen zu brennen. Nein, daran durfte sie jetzt nicht denken! Sie würde niemals sein Kind unter ihrem Herzen tragen, mehr noch, sie würde niemals Mutter sein, denn als Mätresse des Königs wäre es ihr untersagt, einen Ehemann zu haben. Auch wenn Arissa in ihrem jungen Leben noch gar nicht an Kinder gedacht hatte, war es natürlich eine große Entscheidung, die sie nicht leichtfertig treffen durfte. Vielleicht würde sie später Kinder haben wollen, wer konnte das zu diesem Zeitpunkt schon sagen?

Und was würde sie dafür bekommen, Jaspers Mätresse zu sein?

Ihr Blick verschmolz mit dem Gold des Ringes. Der kleine Rubin leuchtete in der Nachmittagssonne.

Arissa hielt inne und legte den Kopf schief. Irgendetwas stimmte nicht.

Das Zwitschern der Vögel war verstummt. Die Luft um sie herum war wie elektrisch aufgeladen und erst jetzt merkte sie, dass der Hengst unruhiger war als vorhin.

Verdammter Mist!

Sie klopfte dem Tier auf den Hals. »Alles gut, mein Junge. Du brauchst keine Angst zu haben.«

Arissa ließ ihren Blick aufmerksam umherwandern, kniff die Augen zusammen, um schärfer sehen zu können. Sie konnte kein Tier entdecken, nicht einmal einen Vogel oder irgendwelche Insekten.

Die Stille des Waldes wirkte plötzlich bedrohlich.

Arissa schrie auf, als eine Gruppe Rebhühner aus einem Busch zu ihrer Linken hervorgeschossen kam. Der Hengst stieg, doch sie konnte sich gerade noch im Sattel halten.

Dann hörte sie das Knurren.

Ein eisiger Schauer lief ihr über den Rücken.

Das Tier unter ihr schnaubte und trat unruhig auf der Stelle. Als ein Heulen erklang, ging das Pferd durch und galoppierte los.

Arissa griff hastig nach den Zügeln, um nicht herunterzufallen. Sie presste die Oberschenkel an die Seiten des Hengstes und ihr ganzer Körper war angespannt.

Und dann sah sie sie. Graues Fell blitzte zwischen den Sträuchern am Wegesrand auf.

Es waren fünf. Vielleicht mehr.

Wölfe.

Noch wusste Arissa nicht, wie viele von ihnen Animagen waren, da die Magier oft mit gewöhnlichen Tieren umherstreiften. Durch die Geschwindigkeit ihres Pferdes und ihre rasenden Gedanken, konnte sie sich nicht darauf konzentrieren, ob Magie in der Luft flimmerte oder nicht.

Ein weiteres Heulen zerriss die Stille des Waldes und Arissa gab ihrem Pferd zu verstehen, noch schneller zu laufen. Von rechts sprang ein großer Schatten aus dem Gebüsch und landete fast geräuschlos auf dem schmalen Waldweg hinter ihr. Arissa hielt den Atem an. Bei einem panischen Blick zurück nahm sie wahr, dass dieser Wolf enorm groß war. Er fletschte die scharfen Zähne und seine Augen funkelten in unheilvollem Gelb.

Ein Animage.

Arissa drehte ruckartig den Kopf wieder nach vorn und spornte ihr Pferd weiter an. Der Magier in Wolfsgestalt rannte schon auf gleicher Höhe mit ihnen. Er schnappte nach den Beinen des Hengstes.

Arissa stieß verzweifelte Flüche aus, als das restliche Rudel sich zu seinem Anführer gesellte und nun rechts und links neben ihr herjagte. Überall sah Arissa nur noch Zähne und goldgelbe Augen.

Ihr eigener Schrei ging Arissa durch Mark und Bein. Ein Wolf war hinter ihr auf dem Pferd gelandet. Seine Zähne hatten sich in ihrem Umhang verbissen. Beinahe wäre sie durch den Ruck vom Pferd gefallen, doch sie hielt sich krampfhaft aufrecht. Der Stoff zog sich um ihren Hals zusammen und raubte ihr die Luft. Obwohl sie um das Risiko wusste, löste sie eine Hand von den Zügeln und griff nach ihrer Kehle. Fummelte an dem Verschluss des Umhangs herum, bis er endlich nachgab und sich löste. Dann zog sie ihr Schwert und stieß den Wolf mit einem einzigen gezielten Hieb vom Pferd. Der Wolf jaulte auf, als er mitsamt dem Umgang über den Waldboden rollte.

Ihr Pferd steigerte das Tempo noch. Es hatte Todesangst, was Arissa ihm nicht verdenken konnte. Würden sie langsamer, würde das Wolfsrudel sie nieder- und in Stücke reißen.

Der Weg vor ihnen wurde immer schmaler und bewucherter – er glich vielmehr einem Dickicht als einem Pfad. Zweige und Äste peitschten Arissa ins Gesicht und verfingen sich in ihrem langen Zopf. Sie bemerkte den Schmerz kaum, auch wenn sie fühlen konnte, dass Dornen ihre Haut aufrissen.

Das Unterholz sorgte allerdings dafür, dass auch die Wölfe langsamer wurden und nicht mehr nebeneinander hinter ihnen herjagen konnten. Einige von ihnen fielen zurück und Arissa atmete erleichtert auf.

Sie konnte schon das Ende des schmalen Pfades sehen. Die Nachmittagssonne strahlte ihnen von einer kleinen Lichtung entgegen. Irgendwie glaubte Arissa daran, dass sie, wenn sie das Unterholz nur verlassen hatten, den Wölfen entkommen könnten – doch wie sehr sollte sie sich irren.

Auf einmal wurde der Weg zur Lichtung von zwei weiteren Wölfen blockiert, die die Köpfe in den Nacken legten und laut aufheulten.

Ein Ruck ging durch Arissas Körper, als der Hengst abrupt stoppte und scheute. Dieses Mal konnte sie sich nicht im Sattel halten. Sie verlor den Halt, ließ die Zügel los und konzentrierte sich darauf, ihren Sturz abzufangen und sich über die Seite abzurollen.

Ihr Gesicht landete trotzdem auf dem Waldboden, Gras und Dreck flogen ihr entgegen und die Luft wurde aus ihren Lungen gepresst. Doch Zeit zum Verschnaufen blieb Arissa nicht. So schnell sie konnte, kam sie auf die Beine und griff nach ihrem Schwert.

Der Hengst wurde von drei Wölfen bedrängt und Arissa konnte die Panik in den Augen des Tieres sehen. Vermutlich zeigte sich dieselbe Panik in ihren eigenen. Die Zügel des Pferdes hatten sich in einem Ast verfangen und das arme Tier war den Wölfen hilflos ausgeliefert. Sie war geübt darin, sich gegen jegliche Angreifer zu verteidigen, nur wilde Wölfe hatten nicht zu ihrem Training gehört. Einerlei, ihr blieb nichts anderes übrig, als das zu geben, was sie konnte.

Mit gezogenem Schwert sprang Arissa auf die zwei Wölfe zu, die sie umkreisten, und drängte sie ein Stück zurück. Dann zog sie eine kleine Kugel aus der Tasche und warf sie auf die Wölfe, die den Hengst eingekesselt hatten. Es knallte laut und Rauch stieg auf, was die Tiere zurückweichen ließ. Mit einem Hieb durchtrennte Arissa die Zügel und sofort schoss der Hengst an ihr vorbei und galoppierte den Weg zurück, den sie gekommen waren.

Arissa blieb keine Zeit, sich über die mangelnde Loyalität des Pferdes zu beschweren. Sie musste hier weg. Sie nutzte die kurzzeitige Verwirrung der Wölfe und schlug sich, so schnell sie ihre Beine trugen, ins Dickicht durch.

Schon bald vernahm sie hinter sich wieder das Heulen der Wölfe. Hörte, wie sie durch das Unterholz hinter ihr herjagten. Arissa rannte noch schneller.

Ihre Lungen brannten wie Feuer. Als sie eine Felswand vor sich aufragen sah, kam ihr das wie ein Hoffnungsschimmer vor.

Im Rennen steckte Arissa das Schwert zurück in die Scheide auf ihrem Rücken. Sie brauchte beide Hände zum Klettern, sie musste schnell sein. Vielleicht würden die Animagen sich in ihre menschliche Gestalt zurückverwandeln und sie weiterverfolgen, sie durfte keine Zeit verlieren.

Arissa nahm Bewegungen im Augenwinkel wahr, die Wölfe hatten aufgeholt. Gegen diese Tiere konnte sie selbst mit ihrer guten Kondition beim Laufen nicht gewinnen. Aber möglicherweise beim Klettern ...

Mit einem großen Satz sprang ein Wolf von rechts auf sie zu. Arissa wich ihm aus, verlor dabei aber beinahe das Gleichgewicht – und definitiv wertvolle Zeit. Nur noch wenige Meter trennten sie von der Felswand. Ihre Augen suchten nach einer geeigneten Stelle zum Hochklettern.

Dort drüben!

Der Felsen mochte wie eine unüberwindbare Mauer aussehen, doch er würde Arissa nicht aufhalten. Von hier unten wirkte es sogar so, als gäbe es auf der Hälfte der Strecke eine kleine Plattform oder war es gar eine Höhle im Stein?

Arissa hatte die Felswand erreicht und ihre Finger suchten sofort nach Stellen, an denen sie sich hinaufziehen konnte. Das Heulen hinter ihr wurde lauter – und wütender, schien ihr. Sie zog sich gerade nach oben, als scharfe Zähne nach ihrem Bein schnappten. Von oben trat sie nach dem Wolf und traf ihn am Kopf – er jaulte auf und taumelte zurück.

Sie kletterte unermüdlich weiter den Fels nach oben, suchte sich mühsam Vorsprung für Vorsprung, rutschte mehrmals ab, fing sich in letzter Sekunde, und riss sich die Hände am scharfkantigen Stein auf. Unter ihr liefen die Wölfe knurrend auf und ab, suchten verbissen nach einer Möglichkeit ihr zu folgen. Darauf, sich zurückzuverwandeln, waren sie offenbar noch nicht gekommen. Zum Glück für Arissa.

Das Herz in ihrer Brust schlug in einem viel zu schnellen Takt und Adrenalin rauschte durch ihre Adern. Das half ihr, durchzuhalten. Arissa streckte gerade die Hand aus, suchte sich eine Stelle, um sich weiter nach oben zu ziehen, da bröckelte der Stein unter ihren Fingern. Sie verlor den Halt.

Sie sah sich bereits fallen, direkt in die aufgerissenen Mäuler der Wölfe unter ihr.

Da wurde ihr Sturz auf wundersame Weise abgefangen.

Ein Ruck ging durch ihren Körper, als eine Hand sich fest um ihre schloss. Ihr Körper wurde heftig gegen die harte Felswand geschleudert. Sie schrie schmerzerfüllt auf.

Unter ihr heulten die Wölfe. Es klang voller Zorn, sie waren aufgebracht, um ihre Beute gebracht worden zu sein.

Mit weitaufgerissenen Augen starrte Arissa nach oben. Über einen Felsvorsprung blickte ein junger Mann aus ernsten braunen Augen zu ihr hinab. Rotbraunes Haar fiel ihm in die Stirn.

»Hab dich«, erklang seine dunkle Stimme und ein Grübchen zeigte sich in seiner rechten Wange, bevor er sie zu sich hinaufzog und ihr damit das Leben rettete.

Kapitel 8

Mit einem Ruck wurde Arissa über den Rand der Felswand gezogen. »Uff«, erklang es aus zwei Kehlen, als sie mit Wucht gegen ihren Retter prallte und sie gemeinsam auf dem Boden landeten. Die Luft wurde aus ihren Lungen gepresst und kleine Steinchen bohrten sich in ihre Handballen. Keuchend hob Arissa den Kopf und blickte direkt in die Augen ihres Retters. Er musterte sie besorgt, als wollte er sich davon überzeugen, dass sie unverletzt war. Mit den Armen stützte sie sich zu beiden Seiten seines Körpers ab. Sein Atem streifte ihr Gesicht und mit einem Mal wurde Arissa bewusst, wie nah sie sich waren.

Das Heulen der Wölfe unter ihnen holte sie beide prompt zurück in die Realität und Arissa stand hastig auf. Der Fremde vermied es, Arissa weiter anzusehen, stattdessen stand auch er auf und klopfte sich den Staub von der Kleidung.

Arissas Blick glitt über den Rand der Felsen hinweg nach unten, wo die Wölfe weiter ihre Runden zogen, doch keiner schien die ernste Absicht zu haben, ihnen zu folgen.

»Hier oben sind wir in Sicherheit. Der Felsen gehört zu einem anderen Clan und noch trauen sich die Wölfe nicht, die Kavanaghs gegen sich aufzubringen.« Er sprach mit einem Lächeln in der Stimme, was Arissa wohl beruhigen sollte, doch sie sah ihn nur verständnislos an.

»Die Kavanaghs sind ein Bärenclan, mit dem legt man sich lieber nicht an«, erklärte er ihr mit einem Grinsen auf dem Gesicht.

Sie nickte.

Auch Arissa begann, sich Staub und Dreck von Hose und Tunika zu klopfen. Letztere war an einigen Stellen eingerissen und sie spürte das Brennen einiger Kratzer auf Gesicht und Händen, doch ansonsten war sie unversehrt.

Dank ihm.

Ihr Blick huschte erneut zu dem Fremden. Arissa versuchte ihn freundlich anzulächeln, ihr Misstrauen wegzudrängen. »Danke, dass du mir geholfen hast. Die Biester hätten mich glatt zum Abendessen verspeist.«

Er erwiderte das Lächeln. »Gern geschehen.«

Auch wenn dieser Mann ein Fremder war und Arissa sich fragte, was er im Oakwood Forest zu suchen hatte, schlugen seltsamerweise keine Alarmglocken in ihrem Kopf. Viel eher war sie neugierig auf ihren Retter.

»Wer bist du?«, platzte es aus ihr heraus.

Der junge Mann hob belustigt eine Augenbraue. Trotz der einbrechenden Dämmerung konnte Arissa rotgoldene Reflexe in seinem eher dunklen Haar erkennen, ein sanfter Bartschatten zierte seine Wangen, als wäre er in den vergangenen drei Tagen nicht dazu gekommen sich zu rasieren.

»Mein Name ist Raz und wie heißt du?« Seine Stimme klang freundlich und es versteckte sich ein neugieriger Unterton darin.

Raz ... Ein seltsamer Name. Ein seltsamer Name für einen seltsamen Mann. Arissa legte den Kopf schief, musterte ihn. Er sah nicht aus wie ein Wanderer oder wie jemand, der an diesen Ort, in diesen Wald gehörte. Sie sah weder Ausrüstung noch Proviant oder Waffen an ihm. Arissa konnte nichts entdecken, was dieser Mann bei sich trug, bis auf die Kleidung an seinem Leib, die überdies mehr schlecht als recht passend für diesen Ort wirkte. Ein ursprünglich mal weißes Leinenhemd, das leicht verschmutzt war, und dessen weite Ärmel längst aus der Mode gekommen waren, eine dunkelrote, filigran bestickte Weste und ein cremefarbenes Halstuch, wie sie es sonst nur von Adeligen kannte, die Beine steckten in schwarzen Lederhosen und die dunklen Stiefel waren schlammbespritzt. Er war zu elegant gekleidet für einen Ausflug in den Wald, so viel stand fest. War er auch von den Wölfen verfolgt worden und hatte dabei sein Pferd und mit ihm seine Ausrüstung verloren?

Als der Fremde mit dem seltsamen Namen sie erneut mit hochgezogener

Augenbraue ansah, bemerkte Arissa, dass sie ihm noch eine Antwort schuldig war. Sie räusperte sich und richtete sich etwas mehr auf.

»Ich bin Arissa de Fay.«

Die Augen ihres Gegenübers weiteten sich für einen Moment, bevor ein Lächeln seine Lippen umspielte. »De Fay? Was macht eine Elementarierin auf dieser Seite des Ozeans?«

Er wusste, wer sie war. Arissa zögerte. Langsam wanderte ihre Hand in Richtung ihres Schwertgriffs – doch noch verspürte sie nicht die Notwendigkeit, ihn anzugreifen oder sich verteidigen zu müssen. Von ihm ging keine Gefahr aus. Warum Arissa sich da so sicher war, konnte sie selbst nicht sagen.

Ihr Retter wusste, dass sie eine de Fay war und damit einer Magiergilde angehörte. Das war eine ganze Menge mehr, als sie über ihn wusste. War er selbst ein Magier oder ein Mensch, gar ein Adliger, worauf seine Kleidung schließen lassen könnte? Arissa spürte keinerlei Magie an ihm. Da war kein Flirren in der Luft oder elektrische Ladung. Trotzdem blieb ihr Verstand auf der Hut.

»Ich habe einen Auftrag zu erfüllen. Und was macht ein Adliger mitten im Oakwood Forest?« Sie setzte alles auf eine Karte.

Sein rechter Mundwinkel zuckte und für eine Sekunde wurde wieder das Grübchen sichtbar. »Ich gehöre nicht dem Adel an.«

»Wer oder was bist du dann?«

»Ein Mischling.«

Arissas Mund öffnete sich leicht, während sie ihn erstaunt anstarrte. Ein *Mischling?* Eine ungewöhnliche Bezeichnung für ein Halbblut. Zur Hälfte Magier und zur Hälfte Mensch. Darauf wäre sie nicht gekommen. Halbblüter waren eine Seltenheit und die Gesetze sehr streng, was die Ausübung ihrer Magie betraf. Kein Magier akzeptierte das verwässerte Blut in seiner Gilde und auf der anderen Seite duldeten die Menschen niemanden unter ihresgleichen, der über magische Fähigkeiten verfügte, egal wie gering sie ausgeprägt sein mochten. Darum hatten Halbblüter nur zwei Möglichkeiten: entweder, sie verzichteten ganz auf ihre Magie und trugen einen aus Platin gefertigten Armreif, der sie an der Ausübung derselben hinderte, und führten damit ein mehr oder weniger normales Leben unter den Menschen, oder sie schlossen sich einer Gilde an, von der sie jedoch meist nicht sonderlich freundlich behandelt wurden.

Die Armreife waren eine Erfindung der Zitadelle gewesen. Magische Relikte, die auf Drängen von König James entstanden waren. Er hatte den Halbblütern befohlen, sich für eine Seite zu entscheiden. War diese lebenseinschneidende Entscheidung einmal gefallen, konnte sie nicht zurückgenommen werden. Aus diesem Grund konnte der Armreif auch nicht von seinem Träger selbst wieder entfernt werden. Jeder andere war dazu in der Lage, doch nicht das Halbblut, das ihn trug.

Arissa hatte keinen Reif an Raz' Handgelenk gesehen, allerdings waren seine Hemdsärmel auch sehr lang. Vielleicht trug er auch keinen und gehörte damit einer Magiergilde an. Allerdings konnte sie keine Magie bei ihm spüren. Möglicherweise waren seine magischen Fähigkeiten aber auch einfach so gering, dass sie für andere kaum wahrnehmbar waren. Wenn dem so war, gehörte er vermutlich den Animagen an – denn er befand sich unbewaffnet, aber unbescholten auf ihrem Territorium. War er ein Kavanagh? Was Sinn ergeben würde, weil er sich auf diesem Felsen befand. Tausend Fragen schossen ihr durch den Kopf – da ließ ein wütendes Heulen sie zusammenzucken. Vorsichtig ging sie einen Schritt auf den Vorsprung zu und versuchte nach unten zu spähen.

»Und du bist dir ganz sicher, dass sie nicht hier hochkommen?«

Vor ihrem inneren Auge sah Arissa schon, wie ein Dutzend Animagen in ihrer menschlichen Form die Felswand erklommen und sie dann – wieder in Wolfsgestalt – angriffen. Allein würde sie es unmöglich mit so vielen Magiern aufnehmen können und da Raz keinerlei Waffen bei sich trug, würde er ihr keine Hilfe sein.

»Sie haben keinen Grund dazu«, war seine schlichte Antwort.

»Sie haben mich gejagt und dafür bestand auch kein Grund.«

Raz lachte leise und Arissa fuhr irritiert zu dem Fremden herum. »Du bist in ihr Revier eingedrungen, natürlich hatten sie einen Grund, dich zu jagen.«

»Wenn dem so ist, müssen wir dann auch damit rechnen, dass gleich ein Bär hinter uns auftaucht?« Arissa wusste nicht, ob sie lieber gegen ein Rudel Wölfe oder einen wildgewordenen Grizzly kämpfen wollte. Sie hatte noch genau die Größe des Bären am Hafen von Dyfflin vor Augen. Er war gigantisch gewesen.

Erst Wölfe und nun Bären ...

Himmel, wohin hatte es sie nur verschlagen?

»Nein, die Kavanaghs verteidigen ihr Revier nicht so, wie die Wölfe es tun. Es ist keine Paarungszeit und sie haben auch keine Jungen, wir sind also sicher.«

Arissa blinzelte unsicher, während sie Raz zuhörte. Warum wusste er so viel über das Verhalten von Animagen? »Du bist ein Animage, oder?« Nichts anderes ergab in Arissas Augen einen Sinn, sie musste ihn einfach so direkt danach fragen.

Lachend schüttelte er den Kopf. »Nein, bin ich nicht.« Obwohl er lachte, entdeckte Arissa in seinen Augen eine Traurigkeit, die ihr einen Stich versetzte. Am liebsten hätte sie sich auf die Zunge gebissen für ihre Unverblümtheit. Sie hatte nicht das Gefühl, als würde er lügen, was ihre Anfangsvermutung bestärkte, dass er sich als Halbblut für ein menschliches Leben ohne Magie entschieden haben musste.

»Also, was genau tust du in diesem Wald? Und warum hast du deine Magie nicht gegen die Animagen eingesetzt?« Raz verschränkte die Arme hinter dem Rücken und sah sie auffordernd an. »Nicht, dass du Magie zu brauchen scheinst.« Sein Blick glitt an ihrem Waffengürtel hinauf bis zu dem Breitschwert auf ihrem Rücken.

Da waren sie wieder ... die Fragen, die Arissa am meisten hasste. Doch in diesem Moment hatte sie das Gefühl, dass Raz sie verstand. Ein Halbblut durchlief sicherlich ganz ähnliche Erfahrungen wie eine Immunda. »Ich besitze keine Magie. Aber wie du bereits herausgefunden hast, brauche ich sie auch nicht, um mich zu verteidigen.«

Ein Schatten huschte über seine Augen, doch er war sofort wieder verschwunden. Trotzdem bereitete sich Arissa darauf vor, entweder Misstrauen zu ernten für das, was sie war, oder auf Abscheu zu stoßen. Die Reaktion war immer abhängig davon, ob sie mit einem Menschen oder einem Magier sprach. Wie ein Halbblut auf sie reagieren würde, wusste sie allerdings nicht. Sie hatte damit bislang keine Erfahrung gemacht.

»Du bist eine Immunda«, schlussfolgerte er in neutralem Ton. Arissa vermochte nicht zu sagen, wie er dazu stand.

Sie nickte und setzte ebenfalls eine ausdruckslose Maske auf, um ihm nicht zu zeigen, wie sehr sie diese Bezeichnung verabscheute. »Keine Magie, um mich zu verteidigen, also auch keine Magierin.« Sie wedelte unbeholfen mit den Händen, als würde sie irgendwelche Taschenspielertricks vorführen wollen.

Raz' Stirn legte sich in Falten und er sah sie verständnislos an. »Du bist eine Immunda – das macht dich automatisch auch zu einer Magierin.«

Verdutzt öffnete Arissa den Mund und schloss ihn wieder. Ein Stich fuhr ihr direkt ins Herz. »Nein, das macht mich zu einer Ausgestoßenen. Eine Magierin ohne Magie ist ein Niemand.« Ihr Mund war mit einem Mal staubtrocken und sie spürte eine Enge in der Brust.

»Wer sagt das?«

»Jeder, den du fragst.«

Ihre Stimme klang seltsam belegt, sie hörte es selbst. Arissa hatte bis jetzt gar nicht bemerkt, wie weit sie ihre Mauern trotz der Tatsache, dass sie Raz überhaupt nicht kannte, abgebaut hatte. Wie ehrlich sie ihm gegenüber war. Es erstaunte und erschreckte sie in diesem Moment gleichermaßen.

Sie sah, wie er für eine Erwiderung ansetzte, doch Arissa wollte das Thema nicht weiter vertiefen. Also kam sie ihm zuvor. »Ich bin im Oakwood Forest, weil ich jemanden suche.«

Vielleicht kannte er sich hier aus und konnte ihr verraten, in welche Richtung sie am besten weitergehen sollte, wenn sie die Wölfe – und die Bären – meiden wollte?

»Du suchst jemanden hier in diesem Wald? Hat dieser *Jemand* sich verlaufen?« Er sah sie von der Seite an, die Arme noch immer hinter dem Rücken verschränkt. Seine Körperhaltung erinnerte Arissa an ihre früheren Lehrer in Auld Reekie.

»Ich hoffe, dass es nur das ist.«

»Vielleicht kann ich dir bei deiner Suche helfen.«

Verblüfft sah sie Raz an. Er kannte sie überhaupt nicht und wollte ihr helfen? Damit hatte Arissa nicht gerechnet. Aber wenn sie ehrlich war, wollte sie auch nicht, dass er sie auf ihrer Suche begleitete. Sie kannte ihn schließlich ebenso wenig.

»Das tätest du am besten damit, indem du mir sagst, auf welchem Weg ich sowohl Wölfe als auch Bären vermeiden kann.«

»Ich fürchte, auf gar keinem«, sagte er nun lachend. »Du befindest dich entweder auf dem einen oder dem anderen Territorium.«

Das war nicht die Antwort, die Arissa hatte hören wollen. Sie verzog missmutig das Gesicht und seufzte tief. Mit der Fußspitze kickte sie einen Stein über den Rand des Vorsprungs. Ein leises Klacken verriet, wie er über den Felsen nach unten sprang und letztendlich auf dem Boden aufkam.

»Du siehst ihm ähnlich«, sagte Raz auf einmal.

Irritiert blickte Arissa über die Schulter zu ihm. »Wem?«

Er wusste, dass sie eine de Fay war. Kannte er ihren Vater? Wirklich ähnlich sah sie Conrad de Fay allerdings nicht. Nur die dunklen Haare hatte sie von ihm.

»Ich kenne seinen Namen nicht, aber dem einen jungen Mann, der mit einer kleinen Gruppe unterwegs war. Ich nehme an, er ist es, den du suchst.«

Ruckartig fuhr Arissa zu ihm herum und überbrückte die wenigen Meter, die sie trennten. Direkt vor ihm blieb sie stehen und sah hoffnungsvoll zu Raz auf.

»Du hast meinen Bruder gesehen? Und die anderen Mitglieder der Zitadelle?«

»Zitadelle?«, murmelte Raz fragend, bevor er den Kopf kaum merklich schüttelte und sie ansah. »Das habe ich, ja, erst vor wenigen Tagen. Was haben Mitglieder der Zitadelle im Oakwood Forest zu suchen?«

Adrenalin rauschte durch Arissas Adern. »Sie waren auf der Suche nach etwas.«

»Wonach?«

»Nach einem magischen Relikt, einem Spiegel.«

Raz' Augen wurden auf einmal schmal, er nickte. »Sie suchen den Spiegel von Albion. Wie kommen sie darauf, dass er hier ist?«

»Es hat etwas mit einem Amulett zu tun, aber das spielt keine Rolle. Kannst du mir sagen, wo du sie zuletzt gesehen hast?«

Endlich hatte sie eine Spur. Eine Spur, die sie hoffentlich zu Edmund führen würde. Wenn Raz sich erinnern konnte, wo er ihnen begegnet war, konnte Arissa dort mit ihrer Suche beginnen. Vielleicht würde sie Spuren oder Hinweise finden, in welche Richtung sie gegangen waren.

Statt ihre Frage zu beantworten, schwieg Raz einen Augenblick. Dann fragte er: »Dieses Amulett ... Hat es einen roten Stein in der Mitte?«

Arissa sah ihn verblüfft an. Woher zum Teufel wusste er das? »Ja«, brachte sie hervor. Misstrauen regte sich in ihr. »Woher weißt du davon?«

Raz zuckte mit den Schultern. »Ich habe etwas darüber gelesen.«

Obwohl diese Antwort sie nicht wirklich zufriedenstellte, nickte Arissa. »Also, kannst du mir sagen, wo du sie gesehen hast?«

Raz' Mundwinkel hoben sich, das Grübchen kam zum Vorschein, als er Arissa ansah, als wäre sie ... Ja, was – seine Erlösung? Arissa wusste selbst nicht, warum ihr ausgerechnet das durch den Kopf ging bei seinem Blick. Aber etwas in ihrem Inneren flüsterte ihr dieses Wort plötzlich zu. Doch warum? Woher kam dieses Gefühl? Bei seinem intensiven Blick lief ihr ein Schauer über den Rücken.

»Das kann ich, natürlich. Es ist ein Fußmarsch von wenigen Stunden von hier entfernt, in der Nähe einer Höhle. Hast du eine Karte dabei? Dann kann ich dir den Ort zeigen.«

Arissa schüttelte ernüchtert den Kopf. »Ich habe keine mehr dabei«, antwortete sie leise. Die Landkarte befand sich in der Satteltasche des davongelaufenen Pferdes.

»Kennst du dich ein wenig hier aus? Dann könnte eine Wegbeschreibung reichen.«

Erneut schüttelte sie den Kopf. Aber sie war nicht dumm, sie würde den Weg bestimmt finden. Hoffentlich allerdings, ohne Wölfen oder anderen wilden Tieren in die Arme zu laufen.

Ein Lächeln breitete sich auf Raz' Gesicht aus. »Dann lass mich dir den Weg zeigen. Ich werde dich zu deinem Bruder bringen.«

Eine starke Hoffnung keimte in Arissa auf. Sie hatte es gewusst: Sie würde ihren Bruder finden. Was für ein Glück, dass alles genau so gekommen war – die Verfolgung durch die Wolfsanimagen, ihre Rettung durch Raz auf dem Felsen. Etwas Besseres hätte ihr gar nicht passieren können. Raz war genau das, was sie gebraucht hatte.

»Aber ich habe eine Bedingung«, fuhr Raz fort. Arissa sah ihn erwartungsvoll und ein wenig misstrauisch an. »Das Amulett geht in meinen Besitz über, sobald ich dir gezeigt habe, wo dein Bruder sich befindet.«

Auch wenn Arissa keine Ahnung hatte, was er damit anfangen wollte und sie das Amulett ohnehin nicht einfach so verschenken konnte – immerhin gehörte es ihr gar nicht –, nickte sie eifrig. Sie musste nicht eine Sekunde überlegen, um der Bedingung zuzustimmen. Nur dieser winzige Gegenstand stand zwischen ihr und ihrem Bruder? Und eine Nacht, denn mittlerweile war es zu dunkel, um sich auf den Weg zu machen, sie würden den nächsten Morgen abwarten müssen. Edmund und Charles würden es schon verschmerzen, das Schmuckstück abzugeben.

***

Als die Nacht hereinbrach, zog ein starker Wind auf. Auf dem Felsvorsprung waren sie kaum vor dem Sturm geschützt, sodass ihnen die Böen heftig ins Gesicht peitschten. Ein Heulen erklang und Arissa konnte nicht sagen, ob es der Wind oder die Wölfe waren. Sie wagte sich an den Vorsprung und schaute hinab, konnte aber wegen der Dunkelheit nichts erkennen. Vielleicht waren die Animagen noch dort, vielleicht aber auch nicht.

Arissa tigerte über das schmale Plateau und rieb sich über die Arme. »Wie bist du hier oben gelandet?«, fragte sie Raz.

Raz saß mit dem Rücken gegen die Felswand und sah ihr aufmerksam zu, während sie von einer Seite zur anderen lief. »Auf eine ganz ähnliche Weise wie du. Ich habe mich im Wald verlaufen und als die Wölfe auf mich aufmerksam wurden, bin ich hier hochgeklettert.«

»Und wie lange lebst du schon hier oben?«

Er lachte leise. »Erst zwei Tage. Am Tag verkriechen sich die Wölfe. Ich hatte also Zeit, um Beeren und Pilze zu sammeln.« Raz griff nach einer leicht gebogenen Baumrinde, die er als Gefäß benutzte. Darin lagen Blaubeeren und wilde Erdbeeren. »Bediene dich, wenn du Hunger hast.«

Sie kannten sich erst seit zwei Stunden und er bot ihr sein letztes, spärliches Essen an. Arissa lächelte ihn an, schüttelte aber den Kopf. »Danke, aber noch bin ich nicht hungrig.« Aus der Tasche an ihrem Waffengürtel zog sie getrocknetes Fleisch und hielt es Raz hin. »Aber du siehst aus, als hättest du seit Wochen nichts Richtiges gegessen.« Den Rest ihres Reiseproviants hatte Arissa bedauerlicherweise in den Satteltaschen des Pferdes verstaut.

»Danke«, erwiderte Raz und griff nach dem Fleisch. Er biss hinein und schloss die Augen. »Ich kann mich gerade nicht daran erinnern, wann ich zuletzt etwas so Gutes gegessen habe.«

Arissas Lächeln wurde breiter. Es stimmte: Die Palastköche waren die besten in ganz Londinium. Auch wenn es nur getrocknetes Fleisch war, schmeckte es vorzüglich. Doch einen solch glückseligen Ausdruck hatte sie noch bei keinem gesehen, nur, weil er in ein Stück getrocknetes Fleisch biss.

»Ich werde es den Köchen ausrichten.«

Raz hob den Kopf und sah sie an, während er genüsslich kaute. »Dieses Fleisch stammt nicht aus Auld Reekie«, stellte er nachdenklich fest.

»Woher willst du das wissen?«, fragte Arissa verblüfft nach.

»In Auld Reekie züchten sie Hochlandrinder. Das hier schmeckt stark nach Chillingham Rind, wenn ich mich nicht irre. Davon gibt es nur noch zwei größere Herden und die gehören dem Königshaus.«

Arissa blinzelte verwirrt und lachte dann. »Und das erkennst du nur anhand des Geschmacks?« Sie wusste nicht einmal, dass nur noch zwei Herden dieser besonderen Rinder existierten. Wenn das überhaupt stimmte.

»Ich achte eben auf die Details«, bemerkte Raz schulterzuckend.

»Auf die Details, ja? Ich fürchte, mein Gaumen ist nicht so sensibel wie deiner. Für mich schmeckt jedes Trockenfleisch gleich.«

Ein Lachen drang aus seiner Kehle. Tief und heiser. »Mag sein, aber wenn man die Information dazu nimmt, dass du nach Mitgliedern der Zitadelle suchst und an deinem Finger der Siegelring der Warbecks steckt, kann auch ein nicht so sensibler Gaumen darauf kommen, dass du aus Londinium stammst. Dass es sich also um Fleisch von Chillingham Rindern handelt, ist dann nur naheliegend.«

Er achtete in der Tat auf die Details. Arissa schüttelte langsam den Kopf. »Ich bin beeindruckt.« Am liebsten würde sie ihn als Besserwisser bezeichnen, aber das war er nicht. Er prahlte nicht mit seinem Wissen, er beobachtete und hörte lediglich genau zu und schlussfolgerte klug. Und Arissa war überrascht, wie viel er wusste. Über die Wölfe, die Bären und nun auch über die Rinderzucht auf dem Kontinent.

»Das musst du nicht sein, ich bin bloß aufmerksam. Und du machst mich neugierig. Ich habe das Gefühl, du steckst voller Widersprüche.«

»Inwiefern?«

Raz stopfte sich das letzte Stück Fleisch in den Mund, kaute und schluckte. »Du bist eine Immunda, betrachtest dich selbst aber nicht als Magierin. Du bist eine de Fay, lebst aber in Londinium und nicht in Auld Reekie. Du trägst Waffen bei dir, die du vermutlich auch zu führen weißt. Doch du trägst auch den Siegelring des Königs, der dich als Gesandte der Krone kennzeichnet, die für die Einhaltung des Friedens steht«, beendete er seine Aufzählung. »Ich hoffe, du verstehst das nicht falsch, aber *das* macht dich interessant. Du klingst wie ein Rätsel. Ich mag Rätsel.«

Sie klang wie ein Rätsel? Dabei wusste er noch nicht einmal, dass sie eine Kriegerin des Ordens war. Dennoch: *Er* war ein verdammtes Mysterium! Sie wusste so gut wie nichts über ihn. »Haben wir jetzt genug über mich gesprochen? Was ist mit dir? Wie kommt es, dass du im Oakwood Forest umherirrst?«

Raz' Miene verdüsterte sich und er wandte den Blick ab. »Ich kann dir nicht sagen, wie ich hier gelandet bin – weil ich es selbst nicht weiß. In dem einen Moment habe ich noch mit meinem Bruder gestritten, im nächsten wachte ich allein im Wald auf.«

Ein harter Zug lag um seinen Mund und Arissa wusste nicht, was sie dazu sagen sollte. Wie war das möglich?

»Das klingt sehr verwirrend. Sobald ich bei *meinem* Bruder bin, können wir versuchen, dich nach Hause bringen, wenn du möchtest. Deine Familie vermisst dich sicher schon.«

Raz' Kopf fuhr zu ihr herum und Traurigkeit lag in seinem Blick. »Das wage ich zu bezweifeln, aber ich danke dir dennoch für das Angebot.«

Der Wind nahm zu und mit ihm kam die Kälte. Ein Schauer lief Arissa über den Rücken. »Du hast neben den Beeren nicht zufällig Feuerholz gesammelt?«

»Leider nein. Und zu allem Überfluss ist es nun auch schon so dunkel, dass man die Hand vor Augen nicht mehr sieht.«

Dagegen konnte Arissa etwas tun. Sie zog zwei Sonnensteine aus ihrer Tasche und stieß sie gegeneinander. Funken flogen und die entzündeten Steine tauchte das Plateau in einen angenehmen Lichtschein. Im Licht der Sonnensteine schimmerten die rotbraunen Reflexe in Raz' Haaren.

»Sie spenden zwar keine Wärme, aber immerhin müssen wir nicht im Dunkeln sitzen.«

Aber frieren würden sie. Und zwar jämmerlich. Arissa hatte nicht angenommen, dass es um diese Jahreszeit noch so kalt werden würde. In Londinium war es bei Nacht wärmer als hier.

Auch Raz schien die Kälte zuzusetzen, er zitterte, auch wenn er sich nicht beschwerte. Arissa ging zu ihm und setzte sich direkt neben ihr.

Erstaunt sah er sie an und wich ein Stück von ihr weg. »Beruhige dich, wenn wir schon kein Feuer haben, muss Körperwärme reichen.« Sie rückte ihm nach, sodass ihre Schulter seine berührte.

Sie spürte, wie Raz' Körper sich anspannte und hörte ihn nicht einmal mehr atmen. War ihre Gegenwart so irritierend für ihn? Sie drehte den Kopf zu ihm. Er sah sie nicht an. Sein Blick war stur nach vorn gerichtet und er hatte die Beine eng an seinen Körper gezogen, umschlang sie mit seinen Armen. Er war größer als sie. Arissa könnte ihren Kopf perfekt auf seiner Schulter ablegen. Doch sie tat es nicht. Stattdessen starrte auch sie jetzt nach vorn in die Dunkelheit.

»Besser?«, fragte sie nach einigen Minuten des Schweigens, als sie spürte, wie der direkte Körperkontakt die Kälte ein wenig vertrieb.

Er nickte und Arissa bemerkte, wie er sie anblickte. Seine Anspannung hatte nachgelassen. »Ich wollte dich nicht beleidigen. Nur bin ich Nähe nicht gewohnt.« Seine Ellbogen ruhten jetzt auf seinen angezogenen Knien und er hatte die Hände gefaltet.

»Du musst dich nicht rechtfertigen«, sagte sie nur. Es würde eine lange Nacht werden. »Du solltest versuchen zu schlafen.« Denn morgen würde Arissa darauf bestehen, sofort loszuziehen, um zu Edmund und den anderen zu gelangen. Dafür brauchten sie beide ihre ganze Kraft.

»Du musst deinen Bruder wirklich sehr lieben.«

Arissa drehte den Kopf in Raz' Richtung. »Natürlich. Ich durchquere nicht für jeden ein Gebiet, in dem Wölfe und Bären versuchen mich zu töten.«

Ein trauriges Lächeln erschien auf seinem Gesicht und Arissa erinnerte sich daran, was Raz über seinen eigenen Bruder gesagt hatte.

»Ich bin mir sicher, dass auch dein Bruder dich liebt. Es war bestimmt nur ein Missverständnis. In einem Streit sagen wir oft Dinge, die wir nicht so meinen, nur um den anderen zu verletzen.«

Er lehnte den Kopf gegen die Felswand und starrte hinauf in den Nachthimmel. Sterne funkelten in der Dunkelheit und der Mond stand hoch. »Leider vergessen wir dabei, dass wir uns damit auch selbst verletzen.«

Arissa dachte an Edmund. Sie hatten sich nur als Kinder wirklich gestritten, später waren es eher spielerische Neckereien gewesen. Einen handfesten Streit hatte sie bisher nur mit ihrem Vater geführt. Und das sehr häufig. Sie wagte jedoch zu bezweifeln, dass Conrad de Fay seine harten Worte heute bereute. Oder wie Raz es ausgedrückt hatte, bemerkt hatte, dass er sich selbst verletzt hatte.

»Du solltest ebenfalls schlafen«, unterbrach Raz ihre Gedanken. Alle Melancholie war aus seiner Stimme verschwunden, er klang aufgeräumt. »Morgen bringe ich dich zu deinem Bruder.«

Kapitel 9

Arissa öffnete die Augen und spürte direkt ihre steifen Glieder. Ihr Kopf ruhte auf Raz' Schulter und seiner wiederum lehnte an ihrem. Erschrocken wollte Arissa von ihm wegrutschen, traute sich aber nicht sich zu bewegen, aus Angst, er würde zur Seite kippen und auf dem harten Stein landen.

Doch da spürte sie, wie Raz sich neben ihr bewegte. Sie hielt still und tat so, als würde sie noch schlafen und erst jetzt mit ihm wach werden. Ihre Körper waren eng aneinandergeschmiegt.

Arissa war noch nie neben einem anderen Mann als Jasper eingeschlafen. Sie schielte hinab auf ihre Hände, wo der goldene Siegelring im Sonnenlicht funkelte.

»Guten Morgen«, erklang Raz' kratzige Stimme. Sie war noch rau vom Schlaf und Arissa kam nicht umhin festzustellen, wie verführerisch sie klang.

Jetzt rutschte sie von ihm weg und stand hastig auf. »Morgen.« Ihre Knochen knackten, als sie sich streckte und sie verzog das Gesicht.

»Bereit, deinen Bruder wiederzusehen?«, fragte er sie. Er saß noch immer auf dem Boden und blickte zu ihr hinauf. Ein zaghaftes Lächeln hatte sich auf seinem Gesicht ausgebreitet.

Eifrig nickte Arissa. »Wir können jederzeit aufbrechen.«

Sie teilten sich die übrigen Beeren und einen Rest getrockneten Fleisches aus Arissas Tasche und machten sich dann an den Abstieg. Es waren keine Wölfe zu sehen – oder Bären.

»Und du bist dir sicher, dass die Wölfe tagsüber nicht hierherkommen?« Arissa suchte festen Halt mit ihren Füßen und schaute zu Raz empor, der einige Meter über ihr an der Felswand hing. Er kletterte nicht so schnell wie sie, aber ihn hatte man vermutlich auch nicht Jahre lang getriezt und trainiert, genau solche Hindernisse zu meistern.

»Das waren sie zumindest die letzten Tage nicht«, brachte er keuchend hervor.

Arissa war besorgt. Es klang, als wäre er schon jetzt am Ende. Raz bemerkte ihren Blick und zwang sich zu einem Lächeln. »Meine Kondition war schon mal besser. Tut mir leid, wenn du auf mich warten musst.«

Würde sie sich nicht an einer Felswand festklammern, hätte Arissa nur mit den Schultern gezuckt. Sie sprang die letzten Meter hinab auf den Waldboden und landete geschickt auf den Füßen.

Kurze Zeit später stand auch Raz neben ihr. Auf seiner Stirn stand der Schweiß und er atmete schwer.

»Ich muss wieder in Form kommen, früher bin ich nicht so schnell außer Atem gekommen«, versuchte er zu scherzen.

Arissa wusste nicht, was er mit »früher« meinte, er war ja noch so jung wie sie. Raz sah überdies sportlich aus: mit schlanken, langen Beinen und schmalen Hüften, aber breiten Schultern. Seine Statur war drahtig, dabei nicht so muskulös, wie Jasper es war.

Raz räusperte sich und Arissa sah ihm ins Gesicht. Röte schoss in ihre Wangen. Er hatte sie tatsächlich beim Starren erwischt, wie peinlich! Dabei interessierte sie sich gar nicht für ihn. Immerhin würde *sie* bald die Mätresse des Königs sein, verdammt noch mal!

»In welche Richtung?«, fragte sie und versuchte damit die unangenehme Situation zu überspielen.

Raz grinste amüsiert, sagte aber nichts dazu. Stattdessen zeigte er in Richtung Westen. »Dort entlang.«

»Kennst du dich im Oakwood Forest gut aus?« Sie betraten den Wald und Arissa versuchte ganz genau auf alle Geräusche zu achten. Aber sie war auch neugierig, was Raz anging.

Er zuckte mit den Schultern. »Nur die Orte, an denen ich bereits gewesen bin. Der Sitz der Walshs befindet sich in nordwestlicher Richtung. Mir ist jedoch aufgefallen, dass es sie immer weiter nach Süden zieht.«

Arissa nickte. »Sie nähern sich wohl Dyfflin.«

»Warum sollten sie das tun?«

»Hast du es denn nicht mitbekommen? Die Walshs haben Hollis Arca den Krieg erklärt.« Als Raz nur erstaunt und gleichzeitig verwirrt die Augenbrauen hob, fügte Arissa hinzu: »Unter den Animagen ist ein Bürgerkrieg ausgebrochen.«

»Mhm«, machte Raz und fuhr sich mit der Hand über das Kinn. »Kennst du als Gesandte der Krone die Einzelheiten?«

Sie schüttelte den Kopf. »Angeblich wollen die Walshs die Herrschaft über die Gilde zurückerlangen, mehr ist auch mir nicht bekannt. Hollis Arca ist jedenfalls rechtmäßig zum Oberhaupt der Animagen gewählt worden und sie wird ihre Befehlsgewalt nicht ohne weiteres abgeben.«

»Ein untypisches Verhalten«, bemerkte Raz.

»Von Arca?«

»Nein, von den Animagen an sich. Es hat solch eine Situation schon einmal gegeben, das ist allerdings Jahre her. Damals betraf es Uneinigkeiten über die Herrschaft der Animagen zwischen den Walshs und dem Clan der Hirsche.«

Arissa ertappte sich dabei, wie sie Raz gern zuhörte. Er hatte eine angenehme Stimme und er wusste so viel, dass sie sich manchmal unterlegen fühlte. »Was ist damals geschehen?« Sie konnte sich nicht daran erinnern, aber möglicherweise hatten die Animagen ihre Auseinandersetzung damals auch nicht nach außen getragen. Auch jetzt war es nur so in den Mittelpunkt gerückt, weil die Mitglieder der Zitadelle inmitten eines Bürgerkriegs verschwunden waren.

»Damals beantragten die Walshs schlicht eine vorgezogene Neuwahl und konnten so ihre Herrschaft etablieren. So verlangt es doch auch das Gesetz der Animagen. Ich verstehe nicht, warum sie es nicht erneut auf diesem Weg probieren.«

Auch Arissa wusste darauf keine Antwort. Ebenso wenig hatten die Walshs eine zweite Option gewählt, auch wenn sie für Animagen eher ungewöhnlich war. Dennoch: Hätte es sich um Elementarier gehandelt, hätte das Oberhaupt des einen Clans den amtierenden Herrscher zu einem Zweikampf herausgefordert und die Sache wäre entschieden gewesen.

»Du weißt wirklich eine ganze Menge über die Animagen«, bemerkte sie nachdenklich.

»Ich interessiere mich eben für die Geschichte des Landes und der Gilden. Du könntest mich auch alles über die Sanitas oder die Side fragen. Bei den Elementariern bist du vermutlich besser informiert als ich«, bemerkte er grinsend.

Sicherlich hatte er recht, auch wenn Arissa Geschichte immer gehasst hatte. Jahreszahlen oder die Namen vergangener Oberhäupter auswendig zu können, war ihr zu langweilig gewesen. Unterricht in Waffentraining und Kriegsstrategie hatten ihr immer mehr gelegen.

»Wie kommt es, dass eine Gesandte der Krone so viele Waffen bei sich trägt? Das frage ich mich die ganze Zeit schon.«

Arissa biss sich auf die Innenseite ihrer Wange, bevor sie antwortete. Sie kannte Raz erst seit wenigen Stunden, doch ihr Instinkt sagte ihr, dass sie ihm vertrauen konnte.

»Ich bin zwar als Gesandte der Krone unterwegs, aber eigentlich gehöre ich dem Orden an.«

Raz blieb stehen und sah sie erstaunt an. »Du bist eine Kriegerin des Ordens?« Seine Stimme klang seltsam gepresst und sein Körper war auf einmal angespannt.

»Ja.«

»Wieso?«

»Du willst die Wahrheit?«

Raz nickte.

»Wenn du im Alter von 14 Jahren verbannt wirst, dir dein Titel und dein Erbe entzogen werden, dann hast du gar keine andere Wahl als einen Weg zu finden, um zu überleben. Der Orden war dieser Weg für mich«, brachte sie durch zusammengebissene Zähne hervor. »Aber ich bereue keine Sekunde, ihn gegangen zu sein.«

Raz überbrückte die wenigen Meter zu ihr und seine Haltung hatte sich erneut verändert. Die Anspannung war verschwunden. Es lag kein Mitgefühl in seinen Augen, wie Arissa erwartet hatte, sondern Verständnis.

»Deine Eltern haben dich rausgeworfen, weil du eine Immunda bist?« Arissa antwortete nicht, was Raz allerdings als Ja akzeptierte. »Ich halte zwar nicht viel vom Orden, aber in Anbetracht der Umstände, schien dieser Weg der richtige für dich gewesen zu sein.«

»Das war er«, flüsterte Arissa.

»Manchmal sind die Wege unserer Eltern nicht die unseren. Ich bin auch nicht das geworden, was mein Vater sich für mich gewünscht hat. Und ich weiß, wie es ist, wenn man als Kind gezwungen wird, sein Zuhause zu verlassen, weil man eine Enttäuschung ist.«

Schmerz war aus seinen Worten herauszuhören, doch Raz' Miene war ausdruckslos. Erstaunt sah Arissa ihn an. Sie hatten mehr gemeinsam, als sie angenommen hatte. Als Halbblut hatte Raz bestimmt ähnliche Erfahrungen gemacht wie sie als Immunda. Sie waren beide Ausgestoßene.

»Es tut mir …«, Arissa verstummte mitten im Satz.

Raz sah sie fragend an, doch sie hielt sich nur einen Finger an die Lippen und bedeutete ihm, leise zu sein. Im Unterholz hatte etwas geknackt.

Da! Schon wieder!

Raz hatte es dieses Mal auch gehört und seine Augen wurden schmal. Er taxierte die umliegenden Bäume und Arissa behielt das Dickicht im Auge.

Sie waren nicht allein, da war sie sich sicher.

Doch handelte es sich um gewöhnliche Waldtiere oder Animagen? Waren sie bereits in Gefahr, ohne es bemerkt zu haben?

Mit einem Satz schoss ein Wolf aus dem Dickicht hervor und baute sich auf dem Weg vor ihnen auf. Seine Augen leuchteten goldgelb. Weitere Wölfe tauchten auf und sie heulten. Es folgten Antworten aus der Ferne.

»Schwert oder Messer?«, fragte Arissa, während sie nach ihrem Breitschwert auf dem Rücken griff.

Raz sah sie ruhig an. »Schwert«, sagte er und Arissa reichte ihm die Waffe. Sie selbst zog zwei größere Messer aus ihrem Waffengürtel.

»Heute scheint nicht unser Glückstag zu sein«, bemerkte sie trocken.

»Eher nicht.«

»Haben wir eine Chance gegen ein Rudel Wölfe?«

Raz legte den Kopf schief und wog das Schwert in seinen Händen, um ein Gefühl für sein Gewicht zu bekommen. »Das kommt darauf an, ob sie auf der Jagd sind oder nicht.«

»Dann hoffen wir mal, dass diese Biester nicht hungrig sind.«

Arissa und Raz waren eingekreist. Ein Dutzend Wölfe hatte sich um sie versammelt. Sie knurrten sie an, einigen troff bereits der Speichel zwischen den scharfen Zähnen hindurch und das Kinn hinunter.

Ihre Hände schlossen sich fester um die Griffe ihrer Messer. Raz hielt das Breitschwert zum Kampf erhoben. Rücken an Rücken drehten sie sich langsam im Kreis. Dabei suchten ihre Augen nach einem möglichen Fluchtweg.

Auf einmal verwandelte sich einer der Wölfe. Bunte Funken waren an der Stelle zu sehen, wo eben noch ein Tier gestanden hatte. Als sie sich verflüchtigten, tauchte ein breitschultriger Mann mittleren Alters auf, der sie finster anschaute.

»Was macht Ihr in unserem Revier?«, fragte er und es klang wie das Knurren eines Wolfes. »Seid Ihr Spione von Arca?«, wollte der Mann wissen, der Arissa und Raz weiterhin misstrauisch musterte.

Arissa schüttelte den Kopf. »Das sind wir nicht. Wir stehen in keiner Beziehung zu Hollis Arca. Wir sind lediglich auf der Suche nach jemandem.« Sie hatte ihre kämpferische Haltung nicht aufgegeben, denn auch die Wölfe knurrten sie weiterhin an. Würde sie ihre Messer herunternehmen, würde sie sie im Falle eines spontanen Angriffs vielleicht nicht schnell genug wieder heben können.

»Wir sind nicht Eure Feinde«, fügte Raz hinzu.

»Ach wirklich? Das sieht aber so aus.« Der Animage betrachtete ihre Waffen und rümpfte dann die Nase. »Immerhin kein Platin«, murmelte er mehr zu sich selbst.

Arissa war einmal mehr froh, dass Vos daran gedacht hatte, ihre Waffen auszutauschen.

»Ihr habt recht«, erwiderte Raz zu Arissas Erstaunen und ließ das Schwert sinken, bevor er es auf dem Boden ablegte und als Zeichen seiner Friedfertigkeit die Hände hob. »Keine Waffen, wir wollen keinen Ärger mit Euch.«

Raz sah Arissa aufmunternd an. Die starrte ihn nur an, als hätte er den Verstand verloren. Alles in ihr sträubte sich dagegen, ihre Verteidigung gegen die Wölfe aus der Hand zu geben. Doch nicht nur Raz sah sie skeptisch an, auch der Blick des Animagen ruhte nur auf ihr. Eine seiner Augenbrauen hob sich kaum merklich, er wartete auf ihre Reaktion.

Arissa brummte und biss die Zähne aufeinander. Dann steckte sie widerwillig die Messer zurück in ihren Waffengürtel und hob ebenfalls die Hände.

Der Animage nickte und als wäre das ihr Signal gewesen, verwandelten sich auch vier der Wölfe zurück in ihre menschliche Gestalt. Die anderen sieben blieben Wölfe und waren es wahrscheinlich wirklich. Arissa beäugte die Animagen skeptisch. Zwei von ihnen würde sie ausschalten können, falls die Magier sie angreifen sollten. Doch was wäre damit gewonnen?

»Seid ihr Menschen?«, richtete der Anführer der Animagen das Wort an sie.

»Nein, sind wir nicht«, kam Raz Arissa zuvor.

»Aber ihr seid auch keine Animagen.«

»Das ist richtig.«

Das ist richtig? Erstaunt sah Arissa Raz an.

»Wir sind lediglich ein paar Wanderer auf der Durchreise«, sprach Raz einfach weiter. »Wie meine Gefährtin bereits erwähnte, sind wir auf der Suche. Und zwar nach ihrem Bruder. Er und seiner Kameraden haben sich vor einigen Tagen in diesem Wald verirrt.«

Arissa trat einen Schritt vor, wollte dem Animagen sagen, dass sie im Auftrag der Krone hier sei, um ihren Bruder zu finden, doch Raz packte sie rasch am Arm, zog sie zurück und schüttelte kaum merklich den Kopf.

Auch wenn sie seine Reaktion nicht verstand, schwieg sie. Und sie drehte unauffällig Jaspers Siegelring nach innen, sodass der Wyvern nicht mehr zu sehen war.

»Wir haben hier nur Späher von Arca gesichtet. Andere Reisende haben unser Land nicht betreten«, erwiderte der Animage ausweichend, er wirkte misstrauisch, schien Raz' Worten nicht zu glauben.

»Aber ich selbst bin ihnen hier begegnet«, beharrte Raz. »Es handelt sich um Mitglieder der Zitadelle«, fügte er hinzu.

»Ich sage es dir noch einmal, Junge: Wir haben keine Reisenden getroffen. Wenn es stimmt, was du sagst, dann sind sie vielleicht einem unserer anderen Grenztrupps begegnet. Aber mir persönlich ist kein Mitglied der Zitadelle unter die Augen getreten.«

Arissas Hände ballten sich zu Fäusten. Sagte dieser Wolfsanimage die Wahrheit? Raz hatte sie doch gesehen, war es da möglich, dass dieser Mann nichts davon mitbekommen hatte, dass die Gruppe die Animagen hatten umgehen können?

»Wenn das so ist, erlaubt uns einfach, unsere Suche fortzuführen.«

Der Animage legte den Kopf schief und musterte sie ausgiebig. »Das kann ich nicht allein entscheiden.« Er nickte seinen Kameraden zu.

Arissa trat einen Schritt vor Raz. Sie war es gewohnt, andere mit ihrem Körper – notfalls auch mit ihrem Leben – zu schützen. So hatte man es ihr im Orden beigebracht.

Der Mann vor ihr hob überrascht eine Augenbraue, griff aber trotzdem nach ihrem Oberarm.

»Wehr dich nicht dagegen«, flüsterte Raz ihr zu und ließ sich selbst von zwei Animagen in Gewahrsam nehmen.

Arissa unterdrückte ein Knurren, tat aber nichts, als die zwei anderen nach ihr griffen und sie zwischen sich platzierten. Einer von ihnen drehte sich grinsend zu Raz um. Seine Zähne blitzten dabei auf, und Arissa konnte unverkennbar die Züge seiner Wolfsgestalt ausmachen. »Sollte ein Gentleman seine Lady nicht bis aufs Blut verteidigen?«

Sie wollte ihm bereits gehörig die Meinung sagen, da kam Raz ihr erneut zuvor. »Sie ist nicht *meine Lady,* allerdings braucht sie auch keinen Schutz. Ehrlich gesagt mache ich mir eher Sorgen um Euch als um sie.«

Arissa sah ihn erstaunt an. Sie war es nicht gewohnt, dass ein Mann so schnell ihre Kampffertigkeiten akzeptierte. Jasper wollte sie immer beschützen, obwohl Arissa seine Hilfe nicht benötigte.

Die Wache brummte nur und zog Arissa grob mit sich. Sie protestierte lautstark und sie nahm wahr, wie Raz' Augen schmal wurden.

»Aber *wenn* sie meine Lady wäre«, sagte er nun in einem gefährlich ruhigen Ton, »wäret Ihr tot, wenn Ihr auch nur in ihre Richtung atmen würdet.«

Raz warf ihr einen Blick zu und Arissa hielt den Atem an. Ihr kam es so vor, als spräche er direkt zu ihr. Die Art und Weise, wie Raz das gesagt hatte, ließ Arissa keine Sekunde daran zweifeln, dass er seine Worte ernst meinte. Die Frau an seiner Seite würde einen sehr ernsthaften und glaubwürdigen Beschützer hinter sich haben, so viel stand fest.

Doch Arissa brauchte keinen Beschützer. Sie sah ihre beiden Wachen böse an und riss sich aus dem zu festem Griff. »Ich kann allein laufen, danke«, zischte sie.

Einer der Magier knurrte sie an und seine blauen Augen wechselten kurz zu Goldgelb. Doch Arissa schreckte nicht zurück. »Vorsicht, Mädchen!«, warnte der Animage sie.

Hätte Arissa ihre Waffen griffbereit, wären sie spätestens jetzt zum Einsatz gekommen. Aber sie wusste auch, dass der Griff zu ihren Messern das Letzte gewesen wäre, was sie in ihrem Leben getan hätte.

Ein Blick zu Raz verriet ihr, dass er gerade kommentarlos seine Hände fesseln ließ, also stand auch Arissa einfach da, während ihre Handgelenke mit einem dünnen Seil umwickelt wurden.

Diese Aktion verlief überhaupt nicht nach Plan.

»Bringen wir sie ins Lager«, bestimmte der Animage, der offenbar der Anführer der Patrouille war. Unsanft wurde Arissa von einem ihrer wölfischen Aufpasser geschubst, sodass sie einige Schritte vorwärts taumelte. Wie sehr wünschte sie, dass sie ihm die Zähne zeigen könnte!

»An Eurer Stelle würde ich etwas sanfter mit ihr umgehen«, bemerkte Raz. »Ihr habt schon einen Krieg mit Euresgleichen angezettelt, wollt Ihr noch einen Streit mit den Elementariern vom Zaun brechen?«

Arissa fuhr zu ihm herum und sah ihn wütend an. Warum verriet er diesen Fremden so viel?!

Die Blicke ihrer Wachen richteten sich nun auf Arissa. »Was hat sie mit den Elementariern zu schaffen?«, wollte der Anführer wissen.

»Halt die Klappe!«, zischte Arissa in dem Moment, in dem Raz sagte: »Sie ist eine de Fay.«

Die Wölfe starrten sie mit großen Augen an. Dann wechselten sie besorgte Blicke.

»Ihr seid Conrad de Fays Tochter?«

Sie warf Raz einen zornigen Blick zu, nickte aber.

»Dann entschuldige ich mich ehrlich für diese Behandlung, leider haben wir jedoch keine andere Wahl, Mylady. Wir werden Euch zu unserem Lager bringen. Da können wir in Ruhe über alles diskutieren. Der Oakwood Forest ist dafür nicht der richtige Ort«, erklärte der Anführer entschieden. »Mein Name ist übrigens Cassius Walsh.« Er legte sich eine Hand aufs Herz und neigte leicht den Kopf vor ihr.

Als die Gruppe sich wieder in Bewegung setzte – dieses Mal wurde niemand geschubst oder angerempelt –, ging Arissa direkt neben Raz.

»Wieso hast du das getan?«, zischte sie ihm zu.

Seine Miene war ausdruckslos und doch wirkte er gelassen, dabei waren sie Gefangene von Wolfsgestaltwandlern. »Das könnte deine einzige Chance sein, lebend hier rauszukommen.«

Überrascht hielt sie inne. »*Meine* einzige Chance? Und was ist mit dir?«

Raz zuckte mit den Schultern. »Lass das meine Sorge sein.«

Sie würde ihn nicht zurücklassen. Er war der Einzige, der sie zu Edmund und Charles führen konnte. Raz würde das Lager der Wölfe mit ihr zusammen verlassen – andernfalls würde Arissa jedes ihr zur Verfügung stehende Mittel nutzen, um das zu erreichen. Ihre Herkunft, den Familiennamen oder Jaspers Ring. Ganz gleich, was es sie kostete.

Der Weg durch den Wald war lang und Arissa versuchte sich die Route einzuprägen, um schnell zu sein, falls ihnen auf ihr noch unbekannte Art die

Flucht gelingen sollte. Während sie gingen, friemelte sie an dem Seil herum, das um ihre Handgelenke geschlungen war. Sie brauchte etwas zu tun.

Die Animagen vor und hinter ihnen sprachen und lachten miteinander, während ihre tierischen Freunde wie treue Hunde neben ihnen herliefen. Die Tiere hechelten und es wurden Köpfe getätschelt. Arissa musste sich erst daran gewöhnen. Die Wölfe wurden von den Magiern wie Familie behandelt.

Eine Berührung an ihrer Hand ließ Arissa aufsehen. Raz' Finger berührten sanft die ihren und er sah sie ernst an.

»Geht es dir gut?«, erklang seine gedämpfte Stimme und eine Sorgenfalte war auf seiner Stirn zu sehen.

Sie nickte.

Man hatte sie gefangengenommen, ihre Hände gefesselt und brachte sie Gott weiß wo hin – klar, ihr ging es gut.

Auch Raz schien zu merken, dass das die falsche Frage gewesen war. Er sagte aber nichts weiter, zog seine Hand jedoch wieder zurück.

Der Wald wurde etwas lichter und der Weg vor ihnen breiter. Der plattgetrampelte Pfad wich einer ausgebauten Straße. Durch den Oakwood Forest verliefen mehrere von ihnen, damit die Kutschen einfacher reisen und Lieferungen schneller transportiert werden konnten.

Die Gruppe erreichte eine Kreuzung, von der aus der Anführer sie nach links führte. Sonnenlicht fiel durch das dichte Blätterdach und malte Schatten auf den Weg vor ihnen.

»Was zum ...«, stieß der Animage neben Arissa noch aus, doch weiter kam er nicht.

Direkt neben seinem Fuß explodierte etwas und er schrie auf.

Arissa warf sich zur Seite auf den Waldboden, wartete auf fliegende Steine oder Splitter, doch es folgte – nichts. Rauch stieg auf und es roch etwas verbrannt.

»Wir werden angegriffen!«, schrie jemand, als ein weiterer Knall ertönte.

Die wilden Wölfe heulten auf, rannten wild durcheinander. Einer von ihnen sprang über Arissa hinweg, die ihre gefesselten Arme über den Kopf hob, um sich vor den scharfen Krallen zu schützen.

Raz neben ihr fragte alarmiert: »Was ist das?« und half ihr wieder auf die Beine.

Auf einmal waren in dem Tohuwabohu die bunten Funken der Transformation auszumachen. Die Animagen verwandelten sich in ihre Tiergestalt.

»Sind das Bomben?«, rief Raz, der versuchte Arissa mit seinem Körper abzuschirmen, entsetzt. Sie waren komplett in Rauch gehüllt, sodass niemand ausmachen konnte, aus welcher Richtung der nächste Knall ertönen würde.

Arissa kniff die Augen zusammen und starrte auf den Weg vor ihnen. Am Boden machte sie einen kleinen Gegenstand aus, den sie schon einmal irgendwo gesehen hatte. Sie griff danach – es war ein kleiner Sprengkörper.

»Sie werden noch den Wald in Brand stecken!«, hörte sie einen Animagen rufen.

Arissa schüttelte den Kopf. »Das sind einfache Knallkörper.« Sie kannte diese Erfindung, hatte sie selbst schon einmal miterlebt.

»Was ist das?«, wollte Raz wissen und betrachtete skeptisch das angekokelte Metallteilchen in Arissas Hand.

»Eine Erfindung der Zitadelle. Die machen einen Heidenkrach, brennen aber nicht. Doch bei den empfindlichen Ohren der Animagen können sie ernstzunehmende Schäden anrichten.«

Wie auf ein Stichwort folgten weitere Explosionen – die Wölfe und Animagen heulten schmerzerfüllt auf. Auch Arissa und Raz hatten das Bedürfnis sich die Ohren zuzuhalten, was mit ihren gefesselten Händen nur leider nicht möglich war.

»Die Wölfe verfallen in Panik«, stellte Raz fest.

»Verständlicherweise.«

Das Rudel lief blind durcheinander, der Rauch musste in ihren Augen brennen und das laute Knallen hatte bestimmt schon für das ein oder andere geplatzte Trommelfell gesorgt.

»Wir müssen hier weg«, schrie der Anführer. »Lauft Richtung Osten!«

Arissa wollte die Verwirrung nutzen, um mit Raz in den Wald zu fliehen, doch da war einer der Animagen bereits bei ihnen und zerrte sie mit den

Zähnen an ihrer Tunika mit sich. Sie, Raz und Walsh liefen an der Spitze der Gruppe, die anderen Animagen und die wilden Wölfe waren ihnen gleich auf den Fersen. Ein Wolf holte auf und rannte nun direkt neben ihr. Arissa sah, dass Blut aus seinem Ohr floss.

Der Weg war von gefallenen Blättern bedeckt, was zu dieser Jahreszeit untypisch war. Etwas blitzte zwischen dem Laub auf. Arissa riss entsetzt die Augen auf.

»Halt!«, schrie sie aus vollem Hals. »Das ist eine Falle!«

Doch es war zu spät. Der Wolf mit dem blutigen Ohr rannte weiter, bis ein hässliches metallisches Klacken erlang, gefolgt vom Schmerzensschrei des Tiers.

Fangeisen. Überall auf dem Weg waren Fangeisen verteilt, einzig für die Jagd geschaffen. Es war eine grausame Art, Tiere zu fangen, denn in die Falle zu geraten, war ungeheuer qualvoll. Knochen brachen, Haut zerfetzte und kein Tier der Welt war in der Lage allein wieder aus der Falle zu entkommen.

Ein weiterer Schmerzensschrei erklang – der nächste Wolf ging zu Boden.

»Verflucht!«, brüllte Walsh neben ihr und sah fassungslos zu den verletzten Tieren.

»Nicht weiterlaufen, hier liegen überall Fangeisen herum!«, rief Arissa, bevor sie zu dem verletzten Wolf rannte, der ihr am nächsten war.

Sein Wimmern klang schrecklich und Arissa ließ sich vor ihm auf die Knie fallen. Mitleid und Schrecken schwemmten über sie hinweg bei dem jämmerlichen Anblick des Wolfes.

»Ihr seid das Alphatier, versucht Euer Rudel zu beruhigen, bevor es weitere Verletzte gibt«, hörte Arissa Raz in ihrem Rücken zu Walsh sagen. Dann kniete er sich neben sie. »Arissa, sei vorsichtig.«

»Er braucht Hilfe«, war das Einzige, was sie zu erwidern hatte. Sie wollte nach der Falle greifen, doch da drehte der Wolf mit einem Ruck den Kopf zu ihr und knurrte sie an. Geifer tropfte von seinen Zähnen und er schnappte nach Arissa.

Blitzschnell zog Raz sie an den Schultern zurück und brachte sie außer Reichweite des verwundeten Wolfes. Seine Hände waren frei, was Arissa verwirrt nur nebenbei bemerkte. Er zog sie in seine Arme und hielt sie fest. »Er sieht so aus, als würde er dir jeden Moment die Hand abbeißen.«

Arissa konnte die Wärme seines Körpers spüren, was den Schock darüber schmälerte, dass der Wolf sie beinahe gebissen hätte.

Sanft löste sich Arissa aus Raz' Armen, legte ihm unbeholfen eine der noch immer gefesselten Hände auf den Arm und lächelte schwach. »Ich versuche ihm zu helfen.«

»Ich glaube nicht, dass er das weiß.« Das Tier war wie von Sinnen, hatte Schmerzen. Da war es normal, dass es so aggressiv reagierte – es wollte sich verteidigen.

Wieder knurrte der Wolf, als Arissa sich ihm erneut näherte. Sie hob die gefesselten Hände nach oben. Zeigte ihre Handflächen als Zeichen dafür, dass sie ihm nichts tun wollte. »Ganz ruhig, ich tue dir nichts, versprochen. Aber wir müssen das Fangeisen entfernen.«

Das Knurren wurde leiser und Arissa traute sich nach dem Eisen zu greifen. Es war kalt unter ihren Fingern, doch sie spürte auch das warme Blut des Wolfes, das das Metall rot färbte.

»Das könnte jetzt etwas wehtun«, warnte sie den Wolf. Mit aller Kraft zog sie an dem Eisen. Der Wolf heulte auf. Es war ein herzzerreißender Laut, der Arissa durch Mark und Bein ging. »Entschuldige«, murmelte sie. »Irgendwie muss dieses Ding doch aufgehen.«

Um sie herum herrschte aufgeregtes Treiben. Es waren mittlerweile noch mehr Wölfe und auch verwandelte Animagen in die Falle gegangen und daher noch mehr verletzt als nur diese beiden. Die Animagen kauerten bei den Verletzten und redeten beruhigend auf sie ein.

Raz kam Arissa zur Hilfe und begutachtete die Falle. »Wir ziehen gleichzeitig, jeder von einer Seite.«

Arissa nickte und umklammerte mit den Händen eine der Eisenkrallen.

»Sei vorsichtig, die Zacken sind scharf!«, warnte Raz sie, bevor er ihr das Zeichen gab, zu ziehen.

Das Fangeisen krächzte, ein metallisches Klirren ertönte – mit vereinten Kräften schafften sie es tatsächlich, die Falle zu entsperren. Die beiden

Krallen schossen auseinander und Arissa konnte die Kraft dahinter spüren. Sobald sie losließen, würde die Falle wieder zuschnappen. Der Wolf zog seinen Hinterlauf heraus. Blut sickerte in den Waldboden.

Arissa merkte, wie sie durch die Feuchtigkeit des Blutes auf dem Eisen abrutschte. Sie schnitt sich die Handfläche an den scharfen Kanten der Falle auf und verzog schmerzhaft das Gesicht.

Raz nickte ihr einmal zu und sie ließen die Falle gleichzeitig los. Mit einem lauten Knall schnappte sie wieder zu.

Der Wolf jaulte und leckte sich über sein verletztes Bein. Der Knochen war gebrochen und es sah gar nicht gut aus. Raz fuhr dem Tier beruhigend durchs Fell und murmelte unverständliche Worte.

»Wer legt im Wald Fangeisen aus?«, fragte Arissa leise, während sie ihre verletzte Hand an die Brust hielt.

»Ich weiß es nicht, aber ich kann mir nicht vorstellen, dass es Hollis Arca war. Sie ist doch selbst eine Animage und alle Tiere sind ihr heilig. Diese Fallen schaden nicht nur den Wölfen, sie können auch Eulen und ihren Verbündeten gefährlich werden. Aber vielleicht …«, Raz verstummte mitten im Satz. »Hast du dich verletzt?«

»Nicht der Rede wert«, beteuerte Arissa und zuckte mit den Schultern.

»Zeig«, verlangte Raz und griff nach ihrer Hand. Er löste bei der Gelegenheit den Knoten des Seils und Arissas Hände waren endlich wieder frei.

Der Schnitt war tief und Blut quoll aus der Wunde hervor, doch erst wenn das Adrenalin in ihren Adern nachlassen würde, würde sie auch den Schmerz spüren.

Raz zog scharf die Luft ein und griff nach seinem weißen Hemd. Er riss beherzt ein Stück davon ab und wickelte es um Arissas Handgelenk. »Die Wunde muss gereinigt und vielleicht auch genäht werden.«

Ihre Verletzung empfand sie als zweitrangig, wichtiger war es, herauszufinden, wer es auf die Wölfe abgesehen hatte.

Kapitel 10

Das Lager der Wölfe befand sich auf einer kleinen Lichtung im Wald. Es bestand aus mehreren zerfallenen Häusern, einigen Zelten, und in der Mitte war eine große Feuerstelle aufgeschichtet worden.

Als sie mit den verletzten Animagen und Wölfen das Lager erreichten, wurden sie mit lautem Heulen empfangen. Von überall tauchten wilde Wölfe auf, schmiegten sich an die Beine ihrer Kameraden und drückten ihre Schnauzen gegen sie. Die Tiere wimmerten mitleidig.

»Bringt die Verwundeten zu Balthazar, vielleicht kann er ihnen helfen«, befahl Cassius Walsh. Er hatte wieder seine menschliche Gestalt angenommen. Seine Haut war aschfahl, Schweiß klebte ihm auf der Stirn und er wirkte plötzlich um Jahre gealtert.

»Leben keine Sanitas hier?«, fragte Raz, der mit einem Animagen zusammen einen verwundeten Wolf trug.

Walsh schnaubte herablassend. »Die Zeiten, in denen die Sanitas jede Gilde aufgesucht haben, sind vorbei. Sie haben sich nach Moridunum zurückgezogen. Manche von ihnen leben auch in der Hauptstadt. Hauptsache nahe beim König, um ihm die Stiefel zu lecken.«

Raz nickte kaum merklich.

»Ihr könnt ihn mir übergeben, ich übernehme den Rest«, bedeutete ihm Walsh dann, auch wenn er selbst so wirkte, als könnte er Pflege gebrauchen.

Arissa trat an Raz heran, unsicher, was sie tun sollte. Sie waren den Verwundeten keine Hilfe. Nur ein Sanitas wäre in der Lage, Heilmagie zu praktizieren. Aber Walsh hatte leider recht. Die Gilde hatte ihren Hauptsitz seit Jahren nicht verlassen, nur nach Londinium hatte es einige von ihnen auf Wunsch der Krone verschlagen.

»Es ist eine Erfindung der Zitadelle, richtig?«, wisperte Raz Arissa zu, während er noch näher an sie herantrat.

»Die Knallkörper schon, aber die Fangeisen hätte jeder beliebige Schmied herstellen können. Darüber finden wir die Verantwortlichen nicht.«

»Was die Knallkörper anbelangt – sind sie jedem zugänglich?«, wollte Raz wissen.

»Normalerweise nicht. Alle Waffen, die die Zitadelle herstellt, sind nur für den Orden und die Krone bestimmt.«

Raz drehte den Kopf zu ihr und hob eine Augenbraue.

»Glaubst du denn, dass dein Bruder und seine Gefährten die Knallkörper hierhergebracht haben?«, wollte Raz wissen.

Arissa zuckte mit den Schultern. »Warum sollten sie? Die Knallkörper bieten weder Schutz noch dienen sie als Waffe. Sie waren im Grunde ein schiefgegangenes Experiment. Ich kann mir nicht vorstellen, dass mein Bruder sie mit nach Dyfflin genommen hat.« Was auf der anderen Seite bedeutete, dass sie auf einem anderen Weg hierher gefunden haben mussten. Sie blickte zu Raz, der die Augen zusammengekniffen hatte. Er dachte nach, das sah sie ihm an.

»Komm gar nicht erst auf die Idee!«, sagte Arissa entschieden. »Weder der Orden noch die Krone haben etwas damit zu tun.«

Raz brummte unwillig, er schien bei weitem nicht so überzeugt zu sein wie Arissa. Doch die hatte keinerlei Zweifel an der Unschuld der Krone und des Ordens. »Wenn sie nichts damit zu tun haben, muss es jemand anderes sein. Nur wer …?«

»Lady de Fay«, erklang eine Stimme. Es war ein Animage in Menschengestalt. »Cassius Walsh möchte Euch sprechen.« Mit dem Kinn deutete er auf eines der Zelte in einiger Entfernung. Es war mit Abstand das größte.

»Wir kommen.«

Sie folgten dem Gestaltenwandler, wobei Arissa sich im Lager umsah.

Kinder und Frauen konnte sie nicht ausmachen. Vermutlich waren sie in Sicherheit auf dem Landsitz der Walshs.

»Es hat bereits Tote gegeben?«, hörte sie Raz' aufgebrachte Stimme. Als Arissa nach ihm schaute, entdeckte sie ein paar Erdhaufen, in die jemand kleine Holzkreuze gesteckt hatte.

Der Animage, der sie begleitete, nickte traurig. »So hat das Ganze überhaupt erst angefangen. Diese drei Animagen haben wir vor sechs Wochen tot im Wald gefunden. Ihre Haut war zerfetzt, überall darauf waren Krallenspuren und sehr tiefe Wunden zu sehen, als hätte man versucht, ihnen ganze Stücke Fleisch herauszupicken.« Qual und Wut in seiner Stimme gaben sich die Hand.

Herauszupicken?

Er glaubte also, dass Hollis Arca und ihr Clan dahintersteckte. Eulen mochten im Vergleich zu Wölfen klein sein, doch ihre Krallen und Schnäbel waren messerscharf. Sie waren die gefürchteten Räuber der Lüfte und konnten ihren Feinden enormen Schaden zufügen.

»Irgendetwas stimmt hier nicht«, zischte Arissa Raz zu, als sie das Zelt betraten.

»Das glaube ich auch«, murmelte er.

Etwa zwei Dutzend Animagen hatten sich in dem Zelt versammelt. Einige saßen auf dem Boden und eine kleine Gruppe hatte sich vor Cassius Walsh und einem älteren Mann versammelt und gestikulierte aufgebracht. Viele Stimmen redeten wild durcheinander. Aus der einen sprach Panik, aus der anderen Wut. Doch alle waren getränkt von der Trauer um den erneuten Angriff auf die Wölfe.

»Das war Arca! Dieses Eulenbiest hat es auf uns abgesehen!«, schrie jemand.

»Wir müssen zurückschlagen!«, forderte ein anderer.

»So jemand darf nicht die Gilde der Animagen anführen!«

»Erst die toten Animagen und nun das – diese Frau muss sterben für die Verbrechen, die sie begangen hat!«, herrschte ein Animage in diesem Moment Walsh an, seine Augen hatten bereits das Goldgelb der Wölfe angenommen.

»Wir sollten Dyfflin sofort einnehmen und sie stürzen!«

Arissa wollte protestieren, wollte den Wolf anschnauzen, was er sich bei diesem Vorhaben nur denke, aber Raz kam ihr zuvor. »Tut das nicht«, sagte er mit ruhiger Stimme.

Stille legte sich über das Zelt und sämtliche Köpfe drehten sich in ihre Richtung. In den Blicken der meisten Animagen lag Skepsis. Sie kannten Arissa und Raz nicht. Brachten ihnen verständlicherweise Misstrauen entgegen.

»Und warum nicht, Junge?« Es war Cassius Walsh, der ihn das fragte.

Raz trat einen Schritt vor, die Arme hinter dem Rücken verschränkt. »Ganz einfach: Ihr macht Euch verwundbar, wenn Ihr Krieg gegen Eure eigene Gilde führt. Da draußen lauern andere Gefahren, bedrohlichere Gefahren. Ihr solltet versuchen, die Angelegenheit mit Hollis Arca auf eine friedliche Art zu klären.«

Arissa hätte beinahe erleichtert aufgeatmet. Sie und Raz vertraten dieselbe Meinung. So kämpfte sie wenigstens nicht allein.

Ein Wolf fuhr zu ihnen herum und fletschte die Zähne.

»Sie hat uns angegriffen! Wir würden uns nur verteidigen.«

»Nicht mehr, wenn ihr sie angreift«, widersprach Raz. Seine Stimme war noch immer ruhig, als wüsste er, dass jedes zu laut gesprochene Wort einen Tumult heraufbeschwören würde. Er wandte sich nun direkt an Walsh. »Ich bin mit den Geschichten über den stolzen Wolfsclan der Familie Walsh aufgewachsen. Ihr regiertet die Animagen eine lange Zeit. Jeder Magier kennt den Eifer, mit dem ihr eure Liebsten verteidigt, weiß um euren Blutdurst, wenn euch jemand Unrecht tut. Grausam wart ihr in der Vergangenheit nur euren Feinden gegenüber – aber die Eulen sind *nicht* eure Feinde.«

Knurren erklang aus verschiedenen Kehlen und Arissa rückte näher an Raz heran, aus Sorge, dass sich gleich sämtliche Wölfe in diesem Zelt auf ihn stürzten.

»Jeder, der uns angreift, ist unser Feind«, erwiderte Walsh. Doch auch er sprach mit ruhiger und gefasster Stimme, ließ sich nicht von Hass und Wut seiner Kameraden mitreißen.

»Nur, wenn ihr das zulasst. Krieg ist eine Möglichkeit, diese Sache zu beenden, aber ich glaube, es gibt einen besseren Weg. Einen Weg ohne Blutvergießen. Ich kenne Hollis Arca nicht, aber …«

»Aber ich«, unterbrach Arissa ihn und trat direkt neben Raz. Sie schaute in die Runde und suchte dann den Blickkontakt zu ihrem Anführer. »Ich habe sie in einer Ratssitzung des Senex erlebt. Sie ist für alle Animagen eingestanden. Nur ihr habt Ihr es zu verdanken, dass keine Ordenskrieger Euer Land betreten. Dass die Krone sich nicht in Eure Angelegenheiten einmischt. Jeder weiß, dass es Aufstände gibt, dass Arca auf einem geschwächten Posten sitzt, und trotzdem wollte sie keine Hilfe annehmen, die ihre Macht garantiert hätte. Weil sie weiß, dass die Animagen ihr das nie verzeihen würden. Hollis Arca ist keine Frau, die auf ihr eigenes Wohl aus ist. Ihre Entscheidungen traf sie für Eure gesamte Gilde«, versuchte Arissa, die Anführerin der Animagen ins rechte Licht zu rücken.

Cassius' Augen wurden schmal. »Ganz recht, wir hätten sie in Stücke gerissen, wenn sie die Hilfe der Krone angenommen hätte.«

Arissa hob das Kinn und ihr Blick wurde hart. »Niemand von euch wäre übriggeblieben, der das hätte tun können. Das Überleben Eures Clans habt Ihr Hollis Arca zu verdanken.« Das mochte etwas drastisch klingen, aber sie war die Einzige in diesem Zelt, die bei der Ratssitzung dabei gewesen war. Sie konnte die Geschehnisse etwas ausschmücken. Und so falsch waren ihre Worte nicht. Hätte Arca der Krone erlaubt zu helfen und wären die Ordenskrieger daraufhin den Eulen zu Hilfe geeilt, hätten sie die Walshs mit deutlicher Überzahl angegriffen, wenn diese sich nicht ergeben hätten. Und so, wie Arissa die Wölfe einschätzte, hielten diese nicht viel von Kapitulation.

»Sie greift unsere Leute an und du erwartest, dass wir diese Frau huldigen wie eine Heilige?«, herrschte ein Animage aus den hinteren Reihen sie an.

Arissa schüttelte langsam den Kopf. Sie nahm sich Raz zum Vorbild und versuchte so ruhig wie möglich zu bleiben. »Nein, das erwarte ich nicht. Ich erwarte, dass Ihr Euch zusammen an einen Tisch setzt und die Sache aufklärt.«

»Die Zeit des Redens ist vorbei«, rief ein anderer Wolf und erntete dafür einstimmige Zurufe. Das Zelt wurde erfüllt von lautem Geheule und Arissa zuckte zusammen.

»Wenn die Animagen einen Krieg führen und dieser Krieg sich ausbreitet, wird die Krone früher oder später gezwungen sein, einzugreifen«, durchbrach auf einmal Raz' laute Stimme das Heulen der Wölfe. Er sprach mit einer nun gefährlich ruhigen Stimme. »Es leben genügend Menschen in Eurem Umkreis, die leicht in die Auseinandersetzungen involviert werden könnten. Wie lange, glaubt Ihr, schauen die Ratsherren Duncan und Carson dabei zu, wenn vor ihrer Schwelle Krieg geführt wird? Sie werden die Krieger des Ordens schicken und diese werden jeden vernichtend schlagen, der nicht sofort kapituliert. Ihr würdet wieder wie Tiere behandelt werden. Eingesperrt in Käfigen. Wollt Ihr das?« Raz sah dem Anführer der Wölfe nun direkt in die Augen.

Arissa blickte betreten zu Boden. Raz hatte recht. Sobald Menschen in diesen Krieg involviert wären, würde der Orden einschreiten. Mit dem Befehl, jeden zu eliminieren, der nicht sofort die Waffen niederlegte.

»Das geschieht nur, wenn wir gegen Arca verlieren. Aber das werden wir nicht«, erklang es vonseiten der Animagen.

Arissa verlor langsam die Geduld, doch sie riss sich weiterhin zusammen. »Ich kann mir beim besten Willen nicht vorstellen, dass sie diesen Hinterhalt geplant hat. Warum sollte sie Fallen im Wald aufstellen? Selbst wenn sie sich gegen euren Clan zur Wehr setzen wollte, um ihre Herrschaft zu zementieren – ihre Verbündeten könnten ebenfalls in die Fallen hineingeraten.«

»Und trotzdem hat sie es getan«, sagte Walsh. Und er klang dabei so, als wäre er tief enttäuscht von Arcas Verhalten.

»Warum bloß seid Ihr Euch da so sicher?«, wollte Arissa aufgebracht wissen.

»Wer sollte es sonst gewesen sein? Die Walshs befinden sich mit niemandem sonst im Zwist.«

Arissa schluckte schwer. Sie wollte ihre nächsten Worte nicht laut aussprechen. Sie war überzeugt davon, dass Hollis Arca nicht für diese Fallen und Knallkörper verantwortlich war. Auch wenn sie der Animage nur wenige Male in ihrem Leben begegnet war, vertraute sie ihr auf eine gewisse Art. Doch das würde bedeuten, dass es jemand anderes gewesen war. Jemand, der es so aussehen ließ, als wäre Arca die Übeltäterin. Was bedeutete, dass ...

»Dieser Krieg hat mit toten Wölfen begonnen. Enden wird er mit gefallenen Eulen.«

Das Heulen der Wölfe setzte bei Cassius Walshs letzten Worten wieder ein und Arissa hätte sich am liebsten die Ohren zugehalten, so laut tönte es.

»Ihr würdet lieber Eure eigene Art abschlachten, als nach den wahren Schuldigen zu suchen?«, herrschte Raz Walsh an.

»Was geht es Euch an?«

Arissa schaute zu Raz. Er hatte nun die Hände zu Fäusten geballt und ein harter Zug lag um seinen Mund. Er wirkte aufgebracht, beinahe wütend, doch auch dafür hatte er sich noch immer erstaunlich gut im Griff. »Ich kann es nicht ertragen, wenn Magier sich untereinander töten. Wir sollten aus dem ersten Magischen Krieg gelernt haben. Wir sind keine Feinde. Unsere Feinde sind jene, die unsere Magie nicht verstehen, sie nicht akzeptieren.«

Mit weitaufgerissenen Augen sah Arissa ihn an. Glaubte er wirklich, dass die Menschen hinter diesen Angriffen steckten? Arissa konnte es einfach nicht glauben, leugnen konnte sie es jedoch auch nicht. Auch ihr war dieser Gedanke gekommen, auch wenn sie ihn nicht zu Ende gedacht hatte. Laut ausgesprochen hätte sie ihn schon gar nicht.

»Wir befinden uns aber nicht im Streit mit den Menschen«, knurrte Cassius Walsh leise.

»Und wer sonst sollte von einem Bürgerkrieg unter den Animagen profitieren?«, wollte Raz von ihm wissen. »Die Animagen bestimmen ihr Recht zu herrschen durch Wahl. Hollis Arca hat die letzte gewonnen. Jeder, der das anficht, könnte schlicht Neuwahlen beantragen. Und doch wurde es so dargestellt, als würdet Ihr gegen Arca rebellieren. Und warum? Weil die Walshs in ganz Britannia für ihren Blutdurst bekannt sind. Ihr habt über Jahrzehnte hinweg Euer Land lediglich gegen jene verteidigt, die Euch Schaden wollten. Dafür habt Ihr einen teuren Preis bezahlt. Wie viele Wölfe sind noch übrig im Vergleich zum letzten Magischen Krieg? Die Hälfte? Weniger? Ihr werdet zum Sündenbock gemacht und merkt es nicht einmal.«

»Hältst du uns für Narren?«, keifte ein Wolf Raz an.

Raz schüttelte langsam den Kopf und hob abwehrend die Arme nach oben. »Nein, ich halte Euch für blind. Ihr wollt keinen Krieg, das sagt Ihr selbst.

Und doch stiftet Euch jemand genau dazu an und Ihr lasst Euch einfach benutzen.«

Rufe erklangen, Beleidigungen wurden ausgesprochen, das Ganze begleitet von wütendem Knurren.

»Die toten Wölfe müssen gerächt werden«, beharrte Cassius Walsh, der sein Rudel mit einer einfachen Handbewegung zum Schweigen brachte.

»Das müssen sie«, pflichtete Raz ihm bei. »Für jeden toten Wolf sollten zehn Köpfe rollen. Doch die Eulen haben dieses Verbrechen nicht begangen.«

»Wie erklärst du dir dann, was geschieht?«

»Ich sehe Euren Wunsch nach Vergeltung, den Wunsch nach Rache. Würde ich wollen, dass sich die Animagen gegenseitig vernichten, würde ich mir genau das zunutze machen. Ich würde Euch und Arca gegeneinander aufbringen. Den Hass und das Misstrauen nähren, bis Wölfe und Eulen aufeinander losgehen wie die Tiere. Dabei würde ich mich zurücklehnen und dem Spektakel zusehen.«

Gespenstische Stille breitete sich im Zelt aus. Auch Arissa hielt den Atem an. Der Plan, von dem Raz sprach, ergab Sinn. Und doch war er auf so vielerlei Arten falsch.

Cassius Walsh trat vor, bis er nur noch wenige Zentimeter von ihnen entfernt stand. Seine Augen leuchteten in einem bedrohlichen Goldgelb. »So handelt kein Magier! Wir sind keine Feiglinge, wir führen unsere Kriege selbst!«

Raz neigte den Kopf. Arissa sah, wie seine Mundwinkel sich kaum merklich hoben. »So ist es. Dies sind nicht die Taten von Magiern, sondern von Menschen.«

»Wer ist es?«, verlangte Walsh aufgebracht zu wissen.

»Das kann ich noch nicht sagen, aber ich werde es herausfinden.«

Arissa trat an Raz' Seite. »Und ich werde ihm dabei helfen.«

Raz sah sie an und seine braunen Augen leuchteten. Sie nickte ihm zu und griff nach seiner Hand.

Auch Arissa war nun davon überzeugt, dass dieser Bürgerkrieg inszeniert worden war. Ob die Menschen dahintersteckten oder doch ein anderer Clan, würden sie herausfinden. Eine Aufgabe nach ihrem Geschmack als Kriegerin des Ordens, als Gesandte der Krone.

»Das ist Unsinn. Die Menschen verfolgen nicht den Weg nach noch mehr Macht, sie sind ohnehin die Herrschenden. Wie erklärt Ihr Euch diesen Widerspruch?«, mischte sich da der Wolf neben Walsh ein. Falten zierten sein in die Jahre gekommenes Gesicht, sein Haar war weiß und er ging an einem Stock. Offensichtlich war er blind. Die Ähnlichkeit zu Cassius Walsh war nicht zu leugnen. Dieselbe Nase, das markante Kinn und auch die Augenfarbe: dasselbe Blau.

»Vater«, sagte Walsh und wollte den alten Mann zurückhalten, doch dieser ging auf Raz zu und sah ihn an.

»Gestatten, Balthazar Walsh, mein Vater«, stellte Walsh ihn vor. Arissa nickte dem alten Wolf zu, während Raz den Kopf neigte.

»Auch mein Bruder sagte mir einst, dass die Menschen das Recht zu herrschen erhielten, weil es sie nicht nach Macht dürste«, erklärte Raz. »Schon damals hielt ich diese Ansicht für falsch. Ich sage Euch dasselbe, was ich ihm gesagt habe: Menschen sind in Wirklichkeit noch machtbesessener, noch gieriger als wir Magier. Sie sind nur zu schwach, um sich das zu nehmen, was sie wollen. Zwietracht ist darum die Sprache, die sie sprechen. Misstrauen die Luft, die sie atmen. Und Verrat das Blut, das durch ihre Adern fließt.«

Kälte breitete sich in Arissa aus und sie sah Raz erschrocken an. Warum hatte er es plötzlich so sehr auf die Menschen abgesehen? In Raz' Augen loderte ein Feuer, das sie sich nicht erklären konnte. Doch für einen kurzen Moment huschte ein Schmerz über Raz' Züge. Hatte er selbst Leid durch die Hand von Menschen erfahren?

Balthazar Walsh legte den Kopf schief und musterte Raz ausgiebig. »Die Art, wie du sprichst ... Das, was du sagst, es erinnert mich an jemanden ...«, setzte der alte, blinde Wolf an.

»Es ist einfach die Wahrheit«, fuhr Raz dem Animagen über den Mund.

Arissa war unsicher und zwiegespalten, was sie glauben sollte. Wollte Raz die Animagen gegen die Menschen aufbringen? Auf der anderen Seite glaubte auch sie, dass Arca unschuldig war. Zwischen Magiern und Menschen gab es Unstimmigkeiten, das war unbestreitbar, und es würde sie vermutlich immer geben. Aber musste gleich stimmen, was Raz sagte?

Sollten die Menschen für die toten Animagen verantwortlich sein, würde es schlimm enden. Doch eins zur Zeit, nahm sich Arissa vor. Zuerst mussten die Walshs Frieden mit Hollis Arca schließen. Dafür würde sie sorgen.

***

Einige Stunden später befand sich Arissa in einem kleinen Zelt, was als Lazarett benutzt wurde. Sie saß auf einer Pritsche und hatte die Beine von sich gestreckt, während ein Animage ihre Wunde nähte. Neben ihr lagen Wölfe und Animagen, alle, die bei dem Überfall verletzt worden waren. Gebrochene Knochen, geplatzte Trommelfelle oder zerfetzte Haut. Mit ihrer kleinen Schnittwunde an der Hand war es ihr unangenehm, überhaupt hier zu sein. Aber sowohl Raz als auch Cassius Walsh hatten darauf bestanden, dass sie die Wunde nähen ließ.

Letzterer zog in diesem Moment die Plane des Zelts zurück und betrat den Innenraum. Ein Lächeln lag auf seinen Lippen, als er Arissa ansah. »Geht es Euch besser?«

Ein leises Lachen entkam ihr. »Mir ging es nie schlecht.« Sie hatte wirklich schon schwerere Verletzungen davongetragen. Eine weitere Narbe fiel an ihr nicht einmal sonderlich auf.

Cassius Walsh nickte und setzte sich gegenüber von ihr auf eine leere Pritsche. Der Animage, der Arissa verarztet hatte, nickte seinem Anführer zu und wandte sich dem nächsten Verwundeten zu.

»Ich habe mich mit Hollis Arca in Verbindung gesetzt. Es muss eine Möglichkeit geben, diese Fehde zu beenden, ohne weitere Leben zu riskieren.«

Überrascht sah Arissa ihn an, ihre Augen begannen zu strahlen. »Das ist der richtige Weg«, pflichtete sie ihm bei. Erleichterung durchflutete ihren Körper. Vielleicht war der Krieg zwischen den Animagen schon bald vorbei. Sie faltete die Hände im Schoß und betrachtete den weißen Verband, den man ihr umgelegt hatte.

Walsh schnaubte erheitert. »Auch wenn Ihr versucht den Ring zu verbergen, Lady de Fay, erkenne ich das Siegel der Krone, wenn ich es sehe.« Er klang gleichzeitig amüsiert wie tadelnd.

Arissa bedeckte reflexartig den Ring mit der anderen Hand. »Es tut mir leid, dass ich es Euch gegenüber nicht erwähnt habe, aber …«

Walsh hob die Hand. »Das muss es nicht. Ich wollte Euch um einen Gefallen bitten.«

»Was für einen Gefallen?«

Er blickte ihr tief in die Augen. »Ihr seid eine Gesandte der Krone, aber auch eine Magierin. Nur Ihr seid in der Lage herauszufinden, was hier wirklich passiert ist. Wenn es stimmt, dass weder Arca noch wir diesen Krieg begonnen haben, muss etwas anderes, *jemand* anderes dahinterstecken. Ich möchte, dass Ihr herausfindet, wer oder was es ist.«

Arissas Kehle wurde trocken und sie senkte den Blick auf den goldenen Siegelring mit dem Wyvern. Der rote Stein leuchtete im Sonnenlicht, das durch eine Öffnung des Zeltes schien.

»Glaubt *Ihr*, dass die Krone etwas damit zu tun hat?« Vorstellen konnte sie es sich nicht. Jasper war es wichtig, jeglichen Krieg zu verhindern. Er hatte mit diesen Überfällen garantiert nichts zu tun.

»Ich weiß es nicht«, antwortete Walsh schulterzuckend. »Bevor wir Euch begegnet sind, waren wir davon überzeugt, dass Arca die Verantwortliche ist. Ich kann weder für sie noch für einen anderen Clan die Hand ins Feuer legen. Das Misstrauen wurde geweckt und es ist schwer, es wieder abzulegen.«

Arissa nickte zustimmend. Ihre Welt war von Misstrauen zerfressen. Sie rechnete es Cassius Walsh und den Wölfen hoch an, dass sie nun versuchten darüber hinwegzukommen. Wenn die Magier versuchten dem Frieden eine Chance zu geben, dann würde sie dasselbe tun. »Falls jemand Nicht-Magisches hinter den Angriffen auf die Animagen steckt, werde ich mich darum kümmern. Ich finde heraus, was geschehen ist.«

»Danke. Sollte sich dieser Verdacht nicht bestätigen und es war ein anderer Clan, dann werden wir uns persönlich darum kümmern.« Ein harter Zug legte sich um Walshs Mund und ließ keine Spekulationen dahingehend zu, *wie* die Wölfe sich um den Verantwortlichen kümmern würden.

»Ich bin froh, dass Ihr Vernunft walten lasst.«

Walsh erhob sich und sein Blick glitt über die Verletzten im Zelt. »Ich habe einen Botschafter zu Hollis Arca geschickt. Die Eulen sollten morgen hier eintreffen. Wenn Ihr möchtet, dürft Ihr beide bleiben und dem Gespräch beiwohnen.«

Eine Last legte sich auf Arissas Brust, die ihr die Luft zum Atmen nahm. Ein weiterer Tag, den sie hier verbringen würde. Ein weiterer Tag, an dem sie nicht nach Edmund würde suchen können.

»Das ist eine große Ehre, jedoch …«

»Ihr wollt Euren Bruder suchen, ich verstehe das.«

Arissa stand nun ebenfalls auf und sah das Oberhaupt der Wolfsanimagen entschuldigend an. »Ich komme zurück, sobald es mir möglich ist. Allerdings glaube ich auch nicht, dass ich die Richtige bin, um zwischen Euren Clans zu vermitteln. Ich bin eine Kriegerin, keine Diplomatin.«

Cassius Walsh lachte leise auf. »Da mögt Ihr recht haben. Euer Freund ist es aber.«

»Raz?«, fragte Arissa verwirrt.

Ein Nicken war die Antwort. »Seine Worte waren der ausschlaggebende Grund für unser Umdenken. Er hat mich und mein Rudel überzeugt. Ein wirklich kluger Junge.«

»Das ist er.«

Ein Schatten huschte über Walshs Gesicht, als er weitersprach. »Doch er trägt viel Leid und Schmerz mit sich. Ich frage mich, was ihm widerfahren ist.«

Nicht nur Ihr, dachte Arissa, nicht nur Ihr.

Dann verabschiedete Cassius Walsh sich von ihr und Arissa beschloss, nach Raz zu suchen.

Sie fand ihn direkt gegenüber dem Zelt, aus dem sie gerade gekommen war, auf dem Boden sitzend. Seine Augen fanden sie sofort, denn er hatte von seiner Position aus alles gut im Blick.

»Alles wieder heil«, sagte Arissa als sie ihn erreicht hatte, und hielt demonstrativ ihre verbundene Hand hoch.

Raz nickte zufrieden. »Gut so.«

Sie setzte sich neben ihn und nahm all ihren Mut zusammen, um ihn auf ein Thema anzusprechen, welches ihr seit Stunden im Kopf herumschwirrte. »Was haben sie dir angetan?«, fragte sie mit leiser Stimme.

»Wovon sprichst du?«

Arissa winkelte die Beine an und legte ihren Kopf auf den Knien ab. »So, wie du von den Menschen sprichst, von ihrem Misstrauen, ihrem Verrat, müssen sie dir etwas Schreckliches angetan haben. Falls du nicht darüber reden willst, ist das in Ordnung, aber ich würde gern verstehen, warum du so schlecht von ihnen denkst.«

»Ich denke schlecht von ihnen, weil sie schlecht *sind*«, erwiderte er angespannt.

Sie drehte den Kopf in seine Richtung und schüttelte leicht den Kopf. »Nicht alle Menschen sind schlecht. Ich habe viele Kameraden im Orden, denen ich mein Leben anvertrauen würde.« Selbst Darcy zählte dazu, obwohl sie sich oft in die Haare bekamen. Auch Arissa war in ihrem Leben Menschen begegnet, die sie verabscheut hatten, weil sie magisches Blut in sich trug. Doch auch Magier hatten sie auf diese Weise behandelt, weil sie eine Immunda war. In Arissas Augen gab es kein ausschließliches Gut oder Böse in beiden Gattungen.

»Dann hast du bessere Erfahrungen mit ihnen gemacht als ich. Ich habe die Menschen von ihrer schlimmsten Seite kennengelernt. Eine Ausnahme ist mir nie begegnet.«

Wind kam auf und brachte seine dunklen Haare durcheinander. Am liebsten hätte Arissa die Hand ausgestreckt und wäre mit den Fingern hindurch gefahren, um sie wieder in Ordnung zu bringen. Doch sie tat es nicht.

»Aber es gibt sie«, erwiderte sie stattdessen. »Die Ausnahmen. Du kannst nicht alle über einen Kamm scheren, nicht jeder von ihnen ist schlecht.«

Raz schwieg, als würde er über ihre Worte nachdenken müssen. Dabei lag sein Blick die ganze Zeit auf ihr, dann schüttelte er den Kopf. »Wie heißt er?«, wollte er wissen.

»Wie bitte?«

»Du denkst an jemand Bestimmten, das sehe ich dir an. Wer ist es?«

Arissa erstarrte. Woher wusste er, dass es in ihrem Leben jemanden gab? Sie hatten nie ein Wort darüber verloren, womit hatte sie sich verraten?

»Wie kommst du darauf, dass ich an jemanden denke?«

Ein wissendes Lächeln umspielte Raz' Lippen und er strich sich die Haare zurück. Arissa folgte jeder seiner Bewegungen mit den Augen. »Dein Blick ist voller Sehnsucht, deine Wangen leicht gerötet und du spielst seit geraumer Zeit mit dem Ring an deinem Finger.«

»Oh«, war alles, was Arissa dazu sagen konnte. Doch unterbrach sie sofort das Spielen mit Jaspers Ring. Sie wusste selbst nicht, warum sie das tat. Normalerweise trug sie keinen Schmuck, vielleicht war sie es einfach nicht gewöhnt und der Ring störte sie.

Raz' Augen wurden schmal, dann seufzte er. »Er ist es, habe ich recht?«

»Wer?«

Mit dem Kinn deutete Raz auf den goldenen Siegelring an Arissas Finger. »Ich habe mich von Anfang an gefragt, wie es kommt, dass eine einfache Kriegerin des Ordens zu einer Gesandten der Krone wird.«

Arissa konnte Raz' Blick nicht standhalten. Er sah sie nicht enttäuscht oder vorwurfsvoll an und dennoch lag etwas in seinem Blick, was Arissa Schuldgefühle bereitete. »Es ist nicht so, wie du denkst«, wisperte sie. Dabei war es vermutlich genauso, wie Raz dachte.

»Dann hast du kein Verhältnis mit dem König Britannias?«

»Ich …«, begann sie, verstummte dann aber. »Ich liebe ihn.« Sie wandte sich ihm wieder zu und zuckte hilflos mit den Schultern.

Erstaunt sah Raz sie an. Sein Kopf lag schief und sein Blick war so intensiv, dass Arissa sich regelrecht nackt fühlte. Trotzdem hielt sie ihm stand.

»Warum?«

»Du willst wissen, warum ich ihn liebe?«, fragte sie atemlos zurück.

Raz nickte. »Ich würde es gern verstehen.«

»Warum?«, war sie es nun, die diese Frage stellte.

»Ich bin ihr nie begegnet. Der Liebe, meine ich. Ich weiß nicht, wie sie sich anfühlt.«

Er wusste nicht, wie sich Liebe anfühlte? Arissa schluckte schwer, ihre Brust zog sich schmerzhaft zusammen. Sie kannte verschiedene Arten von Liebe. Die Liebe zu Edmund beruhte auf gemeinsamen Erinnerungen, Lachen und Akzeptanz. Die Liebe zu ihren Freunden im Orden begründete sich auf denselben Interessen, auf Solidarität und unzweifelhaftem Vertrauen. Die Liebe zu Jasper jedoch war anders.

»Ich konnte ihn zuerst nicht leiden. Wie die meisten Magier war ich Menschen, besonders Mitgliedern des Hofes, gegenüber misstrauisch, doch er hat dieses Misstrauen ausgelöscht. Zuerst kam der Respekt, dann die Freundschaft und letztendlich die Liebe.«

Sie selbst hatte nicht verstanden, wie sich ihre Affäre mit Jasper hatte entwickeln können. Sie war plötzlich einfach da gewesen. Die Gefühle, das Knistern, bis sie beide sich nicht mehr voneinander hatten fernhalten können.

»Wie wurde aus der Freundschaft Liebe?«, wollte Raz wissen. Er lauschte ihr, als würde Arissa ihm den Sinn des Lebens erklären. Als wüsste sie die geheimsten Dinge über die Welt und wäre bereit, diese Geheimnisse mit ihm zu teilen.

»Bis ich Jasper begegnet bin, gab es genau zwei Leute, die mich so akzeptiert haben, wie ich bin. Mein Bruder Edmund und Korbinian Vos, der General des Ordens. Jasper hat eine Version von mir gesehen, die ich nicht einmal selbst sehen konnte. Er sah die Kriegerin, lange bevor ich es tat. Ich war ehrgeizig, doch nur weil ich mir selbst etwas beweisen wollte. Ich wollte allen zeigen, dass ich keine Versagerin war. Doch er sah mein wahres Potenzial.«

Arissa musste an ihre Anfangszeit im Orden denken. Sie hatte trainiert und trainiert, dabei immer das Gesicht ihres Vaters vor Augen, der sie eines Tages vielleicht doch noch voller Stolz würde ansehen können. Nie war es ihr in den Sinn gekommen, dass sie eine ausgezeichnete Ordenskriegerin sein könnte.

»Du bist keine Versagerin, Arissa«, erwiderte Raz mit sanfter Stimme, doch in seinen Worten schwang der Ernst der Lage mit.

»Ich weiß, auch wenn ich mich sehr lange wie eine gefühlt habe. Jasper hat dafür gesorgt, dass ich das erkannt habe.«

»Und deswegen liebst du ihn?«

Ohne es zu wollen, lächelte Arissa. Sie musste an Jasper denken und all die Kleinigkeiten, die sie an ihm mochte. »Nicht nur. Ich liebe es, wie ich mich in seiner Gegenwart fühle, als könnte ich Berge versetzen. Ich liebe es, wie er mich ansieht, als wäre ich die einzige Frau auf dieser Welt für ihn.« Die Sehnsucht in ihr nahm plötzlich überhand. Sie vermisste Jasper. Vermisste es, neben ihm zu liegen, ihn im Arm zu halten, mit ihm zu reden.

Raz senkte den Kopf, betrachtete seine ineinander verschränkten Hände. Er wurde seltsam still.

»Er gab mir das Gefühl, gut genug zu sein«, flüsterte Arissa. Wobei sie sich nicht sicher war, warum sie in der Vergangenheitsform sprach. Stirnrunzelnd sah sie auf den goldenen Ring hinab. Hatte sich etwas zwischen ihr und Jasper verändert?

»Es ist schade, dass es einen Menschen benötigte, um dich das sehen zu lassen. Du bist gut genug. Das warst du immer.«

Erstaunt sah sie Raz an und hob eine Augenbraue. »Du kennst mich doch gar nicht, Raz.«

»Und doch habe ich das Gefühl, dich schon eine Ewigkeit zu kennen.« Der Blick aus seinen braunen Augen lag unverfroren auf ihr und seine Mundwinkel zuckten nach oben. Das Grübchen in seiner Wange kam zum Vorschein und Arissa hielt den Atem an. Sie fühlte sich seltsam. Als wäre sie im Begriff, etwas Verbotenes zu tun.

Raz schüttelte den Kopf und lachte leise. »Tut mir leid, das hätte ich nicht sagen sollen. Ich wollte dich nicht in Verlegenheit bringen.« Er kratzte sich am Hinterkopf.

Arissa fuhr sich durch die langen Haare und leckte sich über ihre trockenen Lippen. »Schon in Ordnung.«

Mit einem Seufzen hob Raz den Kopf und sah in den Himmel. »Ich war schon immer jemand, der zu tief in andere hineingesehen hat. Das liegt daran, dass ich früh in meinem Leben realisiert habe, dass immer mehr dahintersteckt, als auf den ersten Blick zu sehen ist.«

»Und was hast du bei mir entdeckt?«, sprudelte es aus Arissa heraus, bevor sie in der Lage war, die Frage zurückzuhalten.

Ein Lächeln umspielte Raz' Lippen. »So einiges«, murmelte er.

Arissa wollte nachhaken, verkniff sich jedoch weitere Fragen. Sie befand sich auf gefährlichem Terrain, das spürte sie tief in sich.

In Raz' Gegenwart fühlte sie sich seltsam leicht, ungezwungen und frei. Sie hatte das unbestimmte Gefühl, das könnte sie eines Tages noch zu einer Dummheit verleiten.

Kapitel 11

Am nächsten Morgen war im Lager der Wölfe die Aufregung zu spüren. Hollis Arca und ihre Gefolgsleute würden bald eintreffen und die Walshs bereiteten sich darauf vor.

»Mich wundert es, um ehrlich zu sein, dass Ihr nicht sofort aufgebrochen seid, um Euren Bruder zu finden, Lady de Fay.« Cassius Walsh trat neben Arissa, die das Treiben in dem kleinen Lager beobachtete.

Sie sah zu ihm auf und zwang sich zu einem Lächeln. Ihr Blick glitt zu ihrer rechten Hand, an dem Jaspers Ring steckte. »Das wollte ich, aber dieser Ring hat eine Bedeutung.« Mehrere, wenn Arissa ehrlich war. Unter anderem die, dass sie bei ihrer Rückkehr Jaspers Mätresse werden würde. »Ich bin eine Gesandte der Krone und hier liegt ein Zwist vor, der geklärt werden muss. Auch wenn ich Euch nicht direkt helfen kann, vertraut Ihr auf Raz' Meinung. Daher kann ich ihn nicht einfach mitnehmen. Ihr wolltet, dass er bleibt, also bleiben wir. Solange, wie es nötig ist. Mein Bruder und seine Kameraden werden warten müssen.«

Arissa hoffte nur, dass Edmund und Charles es ihr verzeihen würden. Dass niemand von ihnen verletzt und auf Hilfe angewiesen war. Sie betete dafür, dass die Mitglieder der Expedition sich einen Unterschlupf gesucht hatten und dort ausharrten.

»Euer Begleiter verbringt viel Zeit mit meinem Vater«, bemerkte Walsh stirnrunzelnd.

»Wundert Euch das?«

Ein Lachen war die Antwort und der Wolf kratzte sich am Kinn. »Ein wenig. Mein Vater ist nicht gerade der umgänglichste Magier, den ich kenne.«

»Raz scheint mit jedem auszukommen«, bemerkte Arissa schulterzuckend und ihr Blick suchte automatisch nach Raz. Er stand bei Balthazar Walsh, sie unterhielten sich etwas abseits von den anderen Wölfen. Es stimmte, Raz verbrachte viel Zeit mit dem alten Wolf. Arissa würde zu gern wissen, worüber er sich mit ihm unterhielt.

»Sie kommen«, unterbrach Walsh Arissas Gedanken und sie drehte den Kopf zu ihm.

Sie wusste nicht, woran er es festgemacht hatte, sie konnte niemanden kommen sehen – da wurde auf einmal die Sonne verdeckt. Sie blickte zum Himmel und sah einen Schwarm Vögel. Etwa drei Dutzend waren es, die ihre Kreise über dem Lager der Wölfe zogen. Arissa erkannte die Eulen sofort, mit ihnen gereist waren jedoch auch Raben und Krähen. In diesem Moment setzte eine der Eulen zum Sturzflug an und landete direkt vor Arissas Füßen.

Die Kriegerin wich erschrocken zurück. An die Geschwindigkeit von Animagen würde sie sich wohl niemals gewöhnen.

Ein buntes Lichtermeer umgab die Gestalt, bis an derselben Stelle eine kleine, rundliche Frau stand. Hollis Arca hatte die Arme um den Oberkörper geschlungen und betrachtete Arissa mit schiefgelegtem Kopf. »Lady de Fay, welch Überraschung, Euch hier anzutreffen. Hattet Ihr Erfolg bei Eurer Suche?« Ihr Blick glitt dabei zu Cassius Walsh, der als Zeichen des Respekts den Kopf neigte. Die Animage ignorierte ihn.

Arissa trat einen Schritt auf die Magierin zu und lächelte. »Lady Arca, schön, Euch zu sehen. Leider nicht, mir kam etwas dazwischen.« Mit einer umfassenden Geste schloss sie das gesamte Lager mit ein.

»Das sehe ich. Und ich habe auch davon gehört, dass Ihr für mich gesprochen habt. Ich danke Euch. Von einer Kriegerin des Ordens habe ich das nicht erwartet.«

Arissa nickte zögerlich. »Ich bin mehr als nur eine Kriegerin.«

»In der Tat.«

Dann wandte sich Arca Cassius Walsh zu. Beim Eintreffen der Eulen war eine fast schon gespenstische Stille über das Lager hereingebrochen. Wilde Wölfe waren nähergetreten und beobachteten gespannt die Szenerie. Die Animagen befanden sich alle in ihrer menschlichen Gestalt und neigten demutsvoll die Köpfe vor dem Oberhaupt ihrer Gilde.

»Ihr wolltet mit mir sprechen, Cassius. Nun sprecht«, forderte sie den Wolfsanimagen auf.

Der trat vor. »Hollis, ich weiß, dass es Unstimmigkeiten zwischen den Eulen und den Wölfen gegeben hat, doch Lady de Fay und ihr Begleiter haben uns die Augen geöffnet. Wir sind nicht für diesen Krieg verantwortlich, Oberhaupt. Wir haben keinen Streit mit den Eulen gesucht.«

»Und doch ist es zu einem Krieg zwischen uns gekommen.«

»Weil man unseren Clan angegriffen hat. Es gab Tote. Die Leichen waren übersäht mit Wunden, die von Krallen und Schnäbeln herrührten. Was hättet Ihr an meiner Stelle vermutet?«

Bei diesen Worten legten die Wölfe die Köpfe in den Nacken und stießen ein schmerzliches Heulen aus. Als trauerten sie um ihre gefallenen Brüder.

»Ist das wahr?« Hollis Arca sah zu Arissa hinüber.

Diese zuckte nur mit den Schultern. »Ich habe die Leichen nicht gesehen, nur ihre Gräber. Aber ich glaube den Wölfen.«

»Warum?«

Darauf wusste Arissa keine Antwort. Sie vertraute auf ihr Bauchgefühl, aber das allein würde Arca wohl nicht reichen, um den Walshs Glauben zu schenken.

»Weil man tiefsitzenden Schmerz nicht vorspielen kann«, erklang plötzlich Raz' Stimme. »Wir waren dabei, als die Wölfe in einen Hinterhalt getrieben wurden. Sie sind nicht hierfür verantwortlich, ebenso wenig wie ich glaube, dass Ihr es seid.« Raz stellte sich direkt neben Arissa, seine Hand streifte dabei ganz leicht die ihre.

Arissa erstarrte. Sie wusste nicht, ob es Zufall war oder Absicht, aber sie reagierte nicht darauf. Sie räusperte sich und wandte sich wieder Arca zu. »Ich habe gesehen, wie Ihr für die Animagen im Senex eingestanden seid. Ihr wollt keinen Krieg, weder mit Euresgleichen noch mit den Menschen.«

Arcas Gesichtszüge wurden weicher und sie nickte. »Das möchte ich in der Tat nicht. Was glaubt Ihr also, was geschehen ist?«

Arissa hob den Kopf und sah zu Raz. Er schaute sie bereits an. Seine Miene verriet nichts, doch in seinen braunen Augen konnte Arissa etwas auflodern sehen.

»Wir glauben, dass Ihr manipuliert wurdet«, sagte er dann. »Von wem, ist noch unklar. Man hat Euch Schaden zugefügt, Euch verletzt. Eure Trauer in blinden Zorn verwandelt. Doch Zorn macht uns blind und dumm und Dummheit bringt uns um.«

»Weise Worte für einen so jungen Mann.« Die Augen der Animage wurden schmal, die Pupillen zogen sich zu Schlitzen zusammen. Goldgelb leuchteten ihre Iriden auf, als sie Raz neugierig musterte.

»Weisheit hat nichts mit dem Alter zu tun.«

Cassius Walsh trat vor und der Schmerz über den Verlust seiner Clangefährten war deutlich in seinem Gesicht zu sehen. »Verzeiht, Mylady, aber wir konnten keine anderen Schlüsse ziehen, als wir unsere toten Kameraden aufgefunden haben. Die Wunden waren zu eindeutig.«

Arcas Miene verfinsterte sich, doch ihre Augen nahmen wieder ein dunkles Braun an. Sie schwieg einen Augenblick, als müsse sie darüber nachdenken, wie man diese Situation am besten lösen konnte. »Wir müssen herausfinden, was hier wirklich geschehen ist«, sagte sie in ernstem Ton. »Bis dem so ist, werden wir bleiben. Für Eure Verwundeten haben wir ein wenig Proviant mitgebracht. Heilkräuter und Verbandsmaterial sind ebenfalls dabei.« Hollis Arca deutete auf einen Pferdewagen, der langsam über einen schmalen Waldweg auf sie zugerollt kam. Ein Mann saß auf dem Kutschbock und hielt die Zügel der beiden Pferde in der Hand.

»Das ist sehr freundlich von Euch«, bedankte sich Cassius Walsh.

Der Wagen kam neben ihnen zum Stehen und Hollis Arca schaute zu dem Mann hinauf. Ihre Augen wurden schmal. »Wo ist Petyr?«, wollte Arca wissen. »Ich hatte ihn damit beauftragt, den Wagen herzubringen, nicht Euch.«

Der Mann, der offenbar nicht Petyr war, zog auf einmal blitzschnell ein

Schwert unter seinem Umhang hervor und sprang vom Wagen herunter. Direkt vor Hollis Arca. Die Klinge der Waffe funkelte bedrohlich im Sonnenlicht.

»Was zum …?«, setzte Arca an, mit vor Entsetzen aufgerissenen Augen.

»Vorsicht!««, riefen Cassius Walsh und Raz wie aus einem Mund.

»Lady Arca!«, schrie Arissa und stieß die Animage geistesgegenwärtig aus dem Weg, um sie vor der niederfahrenden Klinge des Angreifers zu schützen. Dabei stolperte Arca und landete unsanft auf dem Waldboden. Die Messer gezogen, parierte Arissa jeden Schlag des Mannes. Um sich herum hörte sie das Schlagen von Flügeln und im nächsten Moment schwang sich der Eulenschwarm wieder in den Himmel. Das wütende Heulen von Wölfen erklang.

»Wer seid Ihr?«, verlangte Arissa zu wissen. Sie schätzte den Mann auf Mitte vierzig. Er sah recht gewöhnlich aus mit seinem hellbraunen Haar und den dunklen Augen. Niemand, dem sie schon einmal begegnet war.

Als der Mann ihr nicht antwortete, sondern mit zusammengekniffenen Augen auf Arca blickte, die wie erstarrt auf dem Boden lag und zu ihnen aufsah, ging Arissa auf den Angreifer los. Dieser wich ihr aus. Arissas Klinge traf ihn nur am Arm und schlitzte seine Haut auf.

»Aus dem Weg!«, zischte der Mann ihr zu. Er wollte zu Arca gelangen, doch auch diese verwandelte sich in einem bunten Funkenregen in eine Eule und erhob sich in die Lüfte.

»Nur über meine Leiche.«

»Wie du willst.«

»Arissa!«, hörte sie Raz noch rufen, doch sie konzentrierte sich ganz auf ihr Ziel. Der Mann stürmte auf sie zu, sie ging in die Knie und verlagerte ihr Gewicht, um sich auf den Angriff vorzubereiten.

Dann warf sie eines ihrer Messer. Der Mann knurrte, wich aber erfolgreich aus. Er warf sich zur Seite, was Arissa hatte kommen sehen. Mit einem Satz war sie bei ihm, riss ihn zu Boden und entwaffnete ihn. Sein Schwert flog durch die Luft.

Ihr Kontrahent war stark, Arissa jagte ihm das verbliebende Messer in den rechten Oberarm, um seine Bewegungen einzugrenzen, und schlug ihm dann ins Gesicht. Er konnte nicht gewinnen. Nicht, wenn ein Rudel Wölfe und unzählige Eulen an ihrer Seite waren, um ihn an der Flucht zu hindern.

»Ich frage Euch erneut: Wer seid Ihr?«

Blanker Hass sprühte aus den Augen des Mannes. Sein Gesicht wurde zornesrot und die Pupillen zogen sich zusammen.

»Sprecht!«, herrschte Arissa ihn an. Ihre Faust traf erneut sein Gesicht. Die Lippe des Mannes platzte auf und Blut lief ihm übers Kinn. Färbte seine Zähne rot.

Er lachte verächtlich, doch dann kniff er die Augen zusammen und setzte all seine Kraft in den nächsten Schlag.

Arissa spürte seine Faust, bevor sie die Bewegung gesehen hatte. Mit dem verletzten Arm hatte er ihr gegen das Kinn geschlagen. Sie taumelte zurück.

Der Mann kroch von ihr weg, zog etwas aus seiner Tasche. Sein Blick glitt zu den Wölfen, die sich in Angriffsstellung begeben hatten. Sie knurrten laut und hatten die Zähne gefletscht. Über ihnen kreischten Eulen, Raben und Krähen.

Arissa glaubte, dass der Mann eine weitere Waffe ziehen würde und kam schnell wieder auf die Füße. Doch der Angreifer ging nicht wieder auf sie los, sondern öffnete ein kleines Fläschen und schluckte dessen Inhalt in schnellen Zügen.

Verwirrt sah Arissa ihn an und trat einen Schritt auf ihn zu.

»Lang lebe der Nexus und Tod den Magiern!«, brüllte der Mann. Nur Sekunden später fiel er vornüber auf die Knie und stöhnte auf. Seine Augen waren weit aufgerissen, seine Glieder krampften unaufhörlich. Schaum sammelte sich in seinem Mund und seine Lippen wurden blau. Es sah fürchterlich aus. Die Haut nahm eine hellrote Färbung an und Arissa wich hastig einen Schritt zurück.

»Hast du ihn angefasst, nachdem er das Gift genommen hat?«, Raz tauchte an ihrer Seite auf, fasste sie jedoch nicht an. Seine Augen waren weit aufgerissen vor Schock.

Arissa schüttelte den Kopf. »Er hat sich selbst vergiftet.« Sie konnte es nicht glauben. Noch nie hatte sie jemanden an Gift sterben sehen, geschweige denn dabei zusehen müssen, wie jemand sich selbst das Leben nahm. So schnell würde sie diesen Anblick nicht wieder vergessen.

»Er war ein Attentäter«, sagte Raz nur und legte Arissa einen Arm um die Schulter. Er drehte sie von dem Leichnam des Mannes weg. Arissa ließ es zu.

Das Schlagen von Flügeln erklang wieder und Hollis Arca verwandelte sich zurück. »Habt Dank, Lady de Fay«, sagte die Animage, Arissa nickte nur.

»Ich denke, wir wissen nun, wer für die Anschläge auf uns verantwortlich ist. Nur: Wer oder was ist der Nexus?« Cassius Walsh, von einigen Wölfen flankiert, betrachtete mit schmalen Augen den Toten.

Arissa löste sich von Raz und sah ihn mit einem Kopfschütteln an. »Ich weiß es nicht. Aber wir werden es herausfinden.«

»›Tod den Magiern‹ ist recht eindeutig, wenn Ihr mich fragt. Bei den Verantwortlichen muss es sich um Menschen handeln. Warum auch immer sie uns schaden wollen.«

»Das wissen wir nicht«, widersprach Arissa. »Der Tote könnte genauso gut ein Halbblut oder ein Immunda gewesen sein. Wir werden es nicht mehr herausfinden. Und selbst wenn er ein Mensch gewesen ist, wissen wir nicht, wer sein Auftraggeber war. Nicht alle Menschen wollen die Magier vernichten.«

»Lady de Fay hat recht«, pflichtete Hollis Arca ihr entschieden bei. »Wir wissen zwar noch nicht, was genau hier vor sich geht, aber es wird höchste Zeit es herauszufinden. Nach diesem Anschlag umso mehr. Ich bin bereit, Frieden mit den Walshs zu schließen, wenn sie sich meiner Herrschaft beugen.«

»Das tun wir, Oberhaupt«, verkündete Cassius Walsh und legte sich zur Untermauerung seiner Aussage eine Hand auf die Brust.

Arca nickte, dann wandte sie sich an Arissa. »Ich werde den Senex kontaktieren und den König darüber informieren, was hier geschehen ist. Und auch, welche Rolle Ihr dabei gespielt habt.«

»Ich dachte, Ihr wolltet die Hilfe der Krone nicht.«

»Ich erbitte keine Hilfe von Jasper Warbeck, ich will Antworten von ihm haben. Als König ist es seine Pflicht, alle Bewohner Britannias zu schützen. Auch die Animagen, auf die es eindeutig jemand abgesehen hat.«

»Seine Majestät wird sich sicherlich umgehend darum kümmern. Ihm ist der Frieden zwischen Menschen und Magiern wichtig«, betonte Arissa. Und darum war sie sich auch sicher, dass Jasper ebenso dringend wissen wollte, wer hinter den Angriffen auf die Wolfsanimagen steckte.

Wenn sie erst wieder mit Edmund, Charles und den anderen Mitgliedern der Zitadelle in der Hauptstadt war, würde sie höchstpersönlich dafür sorgen, dass der Orden dieser Sache nachging.

***

Sie hatten es geschafft. Gemeinsam hatten sie den Bürgerkrieg zwischen den Animagen für den Moment verhindert. Wahrhaftiger Stolz flammte in Arissas Brust auf und ein Lächeln schlich sich auf ihr Gesicht. Die Dämmerung war hereingebrochen. Ein Lagerfeuer erhellte die Lichtung und überall wimmelte es von Animagen. Manche in ihrer Tierform, andere in Menschengestalt. Dazwischen sah man verschiedene wilde Tiere, die sich der kleinen Feier angeschlossen hatten.

»Danke, Lady de Fay. Wir stehen in Eurer Schuld. Ebenso in Eurer, Raz«, sagte Cassius Walsh und reichte jedem einen Becher Met.

»Wir haben gern geholfen«, erwiderte Arissa.

»Ich habe eine Nachricht an den Senex gesendet. Für Eure Abreise wird alles vorbereitet. Zachary Magee kommt hierher, falls Mitglieder der Zitadelle verletzt sein sollten.«

»Danke«, sagte Arissa und drückte die Hände von Hollis Arca.

»Jasper Warbeck hat mir persönlich geschrieben. Er wird Magee begleiten.«

Arissas Augen weiteten sich. Ihr Herz schlug schneller. Sie spürte Raz' Blick auf sich und ihr Magen zog sich kurz zusammen. Statt einer Antwort nickte sie Arca nur zu.

»Es werden Euch morgen einige Wölfe begleiten. Nur zur Sicherheit«, warf Cassius Walsh ein und nickte Raz zu, der wie ein stummer Begleiter hinter Arissa stand.

»Richtet Eurem Vater meine Grüße aus«, erwiderte Raz.

Die Animagen verließen sie, um mit ihren Kameraden zu feiern. Raz und

Arissa wandten sich von dem Treiben ab und setzten sich auf einen Baumstamm, etwas abseits vom Lagerplatz.

»Wir sind ein gutes Gespann«, platzte es aus ihr heraus.

Raz wandte sich ihr zu und seine Mundwinkel hoben sich. Er hielt einen Becher in der Hand, von dem er allerdings noch nichts getrunken hatte. »Das sind wird«, pflichtete er ihr bei. »Die erste Hürde haben wir geschafft, nun folgt die zweite.«

Ein flaues Gefühl breitete sich in Arissas Magen aus. Sie hatte wertvolle Zeit auf ihrer Suche nach Edmund vergeudet. Zeit, in der sie ihn und seine Gruppe hätte finden können. Vielleicht war einer von ihnen verletzt und benötigte dringend Hilfe. Arissa hatte einfach Angst, zu spät zu kommen.

Raz stupste sie mit der Schulter an. »Wir werden deinen Bruder finden, Rissa.«

Rissa?

Arissa schaute auf und ihr Herz wurde schwer. So hatte Edmund sie immer genannt, als sie noch Kinder waren. Es war schön, den Kosenamen nach all der langen Zeit wieder zu hören. Seltsamerweise mochte sie es sogar besonders, dass Raz ihn benutzte. Bei ihm klang es … Ja, wie? Wie ein Versprechen? Als sagte er es voller Zuneigung.

Ein Kloß bildete sich in ihrem Hals und sie musste den Blick von Raz abwenden. Nervös kaute sie auf ihrer Unterlippe.

»Wovor hast du Angst?«, fragte er sie mit leiser Stimme.

Arissa dachte darüber nach. Auch wenn sie dafür betete, ihren Bruder zu finden, lastete eine Schwere auf ihrer Brust, war da eine kleine Stimme in ihrem Kopf, die ihr sagte, dass sie scheitern würde. Sie dachte an Edmunds Gesicht, an seinen Geruch, an sein Lachen. »Ihn zu vergessen«, wisperte sie und ihre Kehle wurde eng.

»Was genau an ihm?«

»Seine Stimme. Ich flehe Gott an, dass ich niemals seine Stimme vergessen werde«, gab sie zu. Edmunds Stimme war die einzige, die ihr gegenüber immer freundlich war. Gerade in den Momenten, in denen Arissa diese Freundlichkeit so dringend gebraucht hatte. Sie schluckte und schüttelte den

Kopf. »Wie ist das bei dir? Vermisst du deinen Bruder nicht?« Sie hatten seit ihrer Nacht auf dem Felsvorsprung nicht mehr über Raz' Bruder gesprochen und Arissa packte die Neugierde.

Raz schwieg eine Weile, ein harter Zug lag um seinen Mund. »Doch, aber auf eine andere Art als du deinen.«

Arissa hob eine Augenbraue. »Was meinst du damit?«

»Wir haben uns auseinandergelebt, uns verändert. Ich vermisse meinen Bruder von damals, nicht den Menschen, zu dem er geworden ist.« Raz fuhr sich durch die Haare und sein Blick wirkte abwesend.

»Das tut mir leid«, wisperte Arissa.

»Ich erinnere mich noch genau an seine letzten Worte an mich. Ich werde sie wohl niemals vergessen.«

»Waren es gute Worte?«

»Nein«, gab Raz zu. »Aber sie haben mich angetrieben. Haben mich überleben lassen, als ich glaubte, es wäre vorbei.«

Arissa sah ihn voller Mitleid an. Sie konnte sich nicht vorstellen, wie sich Raz gefühlt haben musste, völlig allein und schutzlos in diesem Wald, aber mit dem Wissen, von seinem eigenen Fleisch und Blut hintergangen worden zu sein. Edmund würde ihr so etwas niemals antun und sie ihm auch nicht. Sie waren Geschwister und unter Geschwistern musste man doch zusammenhalten.

Wie konnte Raz' Bruder nur so grausam sein?

»Reib es ihm unter die Nase, wenn du ihn das nächste Mal siehst«, bemerkte Arissa und lächelte schwach. »Du hast es aus diesem Wald geschafft und für die Animagen bist du so etwas wie ein Held.«

Für mich bist du jedenfalls einer, fügte sie in Gedanken hinzu. Denn Raz würde ihr helfen, Edmund zu finden. Raz hatte sie verstanden und sie nicht für das verurteilt, was sie war. Das würde sie ihm nie vergessen. Und er hatte es geschafft, den Keil zwischen den Animagen zu entfernen.

Ein Grinsen schlich sich auf Raz' Gesicht. »Oh, glaub mir, das werde ich.«

Sie lachte leise und sah hinauf in den Nachthimmel. »Manchmal vermisse ich es, ein Kind zu sein. Das Streiten war noch nicht so schlimm.«

»Das ist es, was du am Kindsein vermisst?«, fragte Raz amüsiert, als hätte Arissa von allen Dingen, die man an seiner Kindheit vermissen konnte, das Schlechteste ausgesucht.

»Unter anderem. Was ist es bei dir?«

»Meine Kindheit ist nicht in Bildern gespeichert. Sondern in Empfindungen, im Duft warmen Gebäcks, dem Licht des Tages, das auf meiner Haut kribbelte, während mein Bruder und ich draußen Verstecken gespielt haben. Der Textur des Teppichs unter meinen nackten Füßen, kurz bevor es Zeit war, ins Bett zu gehen«, fing Raz an zu erzählen und Arissa schloss die Augen.

Ihr war, als könne sie das Gras unter ihren Füßen spüren, wenn sie sich einmal wieder mit Edmund hinausgeschlichen hatte, um zu spielen. Sie hörte die Stimme ihrer Mutter, die ihnen Geschichten erzählte und sie roch das Salz des Meeres. Ein Lächeln breitete sich auf ihrem Gesicht aus. »Du hast absolut recht.« Sie hatte sich wirklich keinen guten Grund ausgesucht, ihre Kindheit zu vermissen.

»Das habe ich häufiger«, lachte Raz.

Bei ihrer nächsten Frage wurde Arissas Stimme leiser, sie behielt die Augen geschlossen. »Glaubst du wirklich, dass die Menschen hinter dem Angriff auf die Animagen stecken?«

Ein mitleidiger Ausdruck trat auf Raz' Gesicht. Vermutlich ahnte er, wie hart es sie treffen würde, wenn Magier und Menschen erneut gegeneinander kämpfen würden. »Ja. Allerdings steht für mich nicht fest, ob es einer oder mehrere waren. Wir kennen die genauen Umstände noch nicht, also versuche dir jetzt nicht den Kopf darüber zu zerbrechen. Im Moment kannst du nichts daran ändern.«

»Wieso bist du so unglaublich aufmerksam und findest für alles die richtigen Worte?«, fragte sie und öffnete die Augen, um Raz anzusehen.

»So aufmerksam bin ich gar nicht. Zumindest nicht mehr als andere. Menschen sind leicht zu lesen. Als würden ihre Emotionen mit ihrem Blut durch ihren Körper fließen und sie wären von unzähligen Wunden zerschnitten. Und dennoch scheint es niemandem aufzufallen. Denn keinen scheren die Wunden der anderen, jeder achtet bloß auf seine eigenen.«

Erneut war Arissa von seinen Worten gleichermaßen erstaunt wie fasziniert. Er beschrieb die Welt auf eine Art und Weise, die so erschreckend war, aber gleichzeitig wie ein Traum klang.

Raz hob den Blick und Arissa hielt den Atem an. Seine braunen Augen leuchteten und Arissa wurde jetzt erst bewusst, wie nahe sie sich waren. Ihre Schultern berührten sich und ihre Gesichter waren nur wenige Zentimeter voneinander entfernt.

Unbewusst senkte sie die Lider und starrte auf seine Lippen. Bis ihr klar wurde, dass Raz dasselbe tat.

Der beste Kuss war jener, der zuerst zwischen den Augen getauscht wurde, immer und immer wieder, bevor er die Lippen erreichte.

Erschrocken drehte Arissa den Kopf weg und strich sich eine Haarsträhne hinters Ohr. Was tat sie hier nur? Sie liebte einen anderen, verdammt noch mal!

Doch warum fühlte sie sich so sehr zu Raz hingezogen?

Es war, als würde er sie ganz ohne Worte verstehen und doch konnte sie mit ihm über alles reden. War er derjenige, auf den sich Vesper Sellars Prophezeiung bezog? War Raz das zweite Herz?

Ein Stich fuhr ihr durchs Herz und sie merkte den Anflug eines schlechten Gewissens. Du brauchst Raz nicht, du hast Jasper, wisperte eine kleine Stimme in ihrem Kopf.

Arissa nickte kaum merklich.

Sie liebte Jasper. Sie hatte sich für ihn entschieden, lange bevor sie Raz überhaupt kennengelernt hatte. Ganz egal, was Sellar zu ihr gesagt hatte, sie würde Jasper nicht hintergehen. Das konnte sie gar nicht.

»Morgen werden wir deinen Bruder finden«, sagte Raz, seine Worte wurden von einem seltsamen Unterton begleitet, den Arissa nicht zuordnen konnte.

»Ja«, stimmte sie ihm zu.

Beide klangen, als wären sie noch nicht bereit, ihre gemeinsame Reise zu beenden. Eine Zeit lang war es still zwischen ihnen. Es war eine angespannte Stille, als läge jedem von ihnen etwas auf der Zunge, doch keiner von ihnen traute sich es laut auszusprechen.

Raz war der Erste, der das Schweigen brach. »Er kommt, um dich zu holen«, sagte er mit belegter Stimme. Er sah Arissa nicht an, sein Blick war gen Himmel gerichtet.

Langsam schüttelte Arissa den Kopf. »Er kommt nicht meinetwegen.« Sie war sich absolut sicher. Jasper kam wegen der Streitigkeiten unter den Animagen. Dass sie ebenfalls hier war und er sie so auf der Heimreise begleiten würde, war nur ein Nebenprodukt dieses Umstandes.

»Würdest du das denn wollen?«

Arissa sah Raz an und seufzte. »Ich sagte dir doch, dass Jasper sich für den Frieden einsetzt. Er kommt wegen der Animagen, nicht meinetwegen.«

»Das beantwortet meine Frage nicht.«

»Nein, würde ich nicht«, antwortete Arissa und war erstaunt, dass sie es wirklich so meinte. Der Grund war ihr in diesem Moment noch nicht ganz klar, doch sie merkte, wie Raz sie erstaunt ansah. Der Blick seiner braunen Augen war so intensiv, dass er ihr einen Schauer über den Rücken jagte.

Schnell fügte sie hinzu: »Ich bin ein großes Mädchen. Mich muss niemand holen kommen, geschweige denn beschützen.«

Kapitel 12

»Dort oben ist es.« Raz deutete mit der Hand auf einen felsigen Weg, der hinauf in eine Höhle führte. Sie waren einige Stunden durch den Wald marschiert, die Wölfe wie treue Begleiter an ihrer Seite. Nun waren sie endlich am Ziel.

»Da hast du sie gesehen?«

Raz nickte. Seine Augen waren auf den schmalen Weg gerichtet. Ein Wolf stieß Arissa mit der Schnauze gegen das Bein und sie tätschelte ihm den Kopf. In ihren Tiergestalten konnte sie die Animagen nicht auseinanderhalten, aber das war auch nicht wichtig.

»Worauf warten wir dann noch?«, fragte sie und griff nach Raz' Hand. Alles in ihr kribbelte und sie wollte keine Zeit mehr verlieren. »Edmund ist dort oben.«

»Arissa, warte!«, brachte Raz hastig hervor und seufzte tief. »Ich muss dir etwas sagen.«

Arissa blieb stehen und sah ihn stirnrunzelnd an. Er wirkte bedrückt. Doch das Herz schlug ihr viel zu schnell in der Brust und Adrenalin schoss ihr durchs Blut, als dass sie jetzt noch Geduld aufbringen könnte. Endlich würde sie ihren Bruder wiedersehen, nach all der Sorge um ihn.

»Können wir das auf später verschieben?« Sie wollte ihn nicht zurückweisen, doch sie hatte schon so viel Zeit verschwendet, jetzt wollte sie nur noch zu Edmund.

»Nein, können wir nicht.«

In dem Moment knurrte der Wolf, der direkt neben Arissa stand. Seine goldgelben Augen blitzten auf und sein Kopf schoss in Richtung der Höhle. Arissa ließ Raz' Hand los und rannte den Weg hinauf. Der Wolf musste etwas gewittert haben, was ihn irritiert hatte. Womöglich spürte er Gefahr.

»Warte! Arissa!«

Sie ignorierte Raz und rannte einfach weiter. Doch sie hörte, wie er ihr folgte. Kleine Steine knirschten unter ihren Stiefeln und rollten den Weg hinab.

Direkt am Höhleneingang lagen zwei Gestalten. Arissa eilte auf sie zu. Die Männer lehnten gegen den harten Stein der Höhle, die Augen geschlossen. Im ersten Moment dachte Arissa, sie würden schlafen. Doch dann sah sie das getrocknete Blut auf ihrer Kleidung. Sie tastete erst gar nicht nach einem Puls, diese Männer waren seit einigen Tagen tot, das erkannte Arissa an der Haut, die ausgetrocknet war und grünlich schimmerte, als Zeichen der inneren Fäulnis, die bereits eingesetzt hatte im Zuge der Zersetzung des Körpers.

»O mein Gott! Was ist hier geschehen?« Arissa presste sich entsetzt die Hand auf den Mund. Sie kannte die beiden Männer nicht. Aber sie hatten Familie, Freunde. Irgendjemanden, der auf ihre Rückkehr wartete. Eine Rückkehr, die niemals eintreffen würde. Mit einem Mal hatte sie das Gefühl, nicht mehr atmen zu können. Arissa ging weiter, in die Höhle hinein und da entdeckte sie – ihn. Einen gigantischen Spiegel mit filigran ausgearbeitetem Rahmen aus Gold. Die Oberfläche war von Staub bedeckt, ein blutiger Handabdruck war darauf zu erkennen. Ihr Herz blieb stehen und sie merkte, wie sich ein Schrei ihre Kehle hinaufbahnte. Sie öffnete den Mund, doch kein Laut kam heraus.

Vor dem Spiegel lag eine leblose Gestalt, mit dem Gesicht nach oben. Sein lockiges, rotes Haar würde Arissa unter Tausenden wiedererkennen. Charles' braune Augen waren weit aufgerissen, der Mund zu einem stummen Schrei verzerrt.

Arissa fiel neben ihm auf die Knie und griff nach seiner Hand. Sie war eiskalt. »Bitte nicht. Charlie!«, wisperte sie und sie merkte, wie Tränen in ihre Augen schossen.

Charles Magee war die Kehle aufgeschlitzt worden. Die Vorderseite seines weißen Hemdes war über und über mit Blut besudelt.

Ein lautes Schluchzen entkam Arissa und sie kniff die Augen zusammen. Wäre sie doch nur früher gekommen. Vielleicht hätte sie all das hier verhindern können. Sie beugte sich vor und fuhr mit der Hand über das Gesicht der Leiche, um ihre Augen zu schließen. »Leb wohl, Charles Magee. Es tut mir leid, dass ich dir nicht geglaubt habe. Du hast den Spiegel gefunden und bewiesen, dass weder du noch dein Großvater ein Spinner ist«, flüsterte sie und Tränen liefen ihr dabei über die Wangen.

Sie traute sich kaum den Kopf zu heben und nach Edmund zu suchen. Zu sehr ängstigte sie sich vor dem Anblick ihres womöglich toten Bruders.

»Arissa«, erklang Raz' leise Stimme hinter ihr und sie spürte, wie er ihr eine Hand auf die Schulter legte.

Doch Arissa schüttelte sie ab. Sie hatte sich geschworen, Edmund zu finden. Das würde sie tun, selbst wenn sie nur seinen toten Körper finden sollte. Dann würde sie ihn nach Auld Reekie bringen, um ihn bei ihren Vorfahren zu begraben.

Sie hob den Kopf und schaute sich in der dämmrigen Höhle um. Ihre Augen hatten sich jedoch bereits an das Zwielicht gewöhnt. Und so machte sie, das Herz schmerzerfüllt zusammengezogen, nach und nach acht Leichen in der kleinen Höhle aus. Doch Edmund war nicht darunter. Eine Woge von Erleichterung breitete sich in ihr aus, gefolgt von dem schlechten Gewissen, was Charlie und die anderen betraf.

Dann schaute Arissa wieder zu dem Spiegel. War es wirklich der Spiegel von Albion? Er sah aus wie ein gewöhnlicher Spiegel. Glas, Metall, Gold. Herkömmliche Materialien für einen herkömmlichen Spiegel.

Doch dann blieb Arissas Welt mit einem Mal stehen und sie verlor beinahe das Bewusstsein. Das Glas des Spiegels leuchtete auf und eine schemenhafte Gestalt war darin zu erkennen.

»Edmund!«, schrie sie aus vollem Hals. Sie sah sich wild um, doch Edmund stand nicht neben ihr. Sie lief auf den Spiegel zu und blieb kurz davor stehen. Ihr Bruder schaute sie mit angstgeweiteten Augen an. Er war dort. Dort *im*

Spiegel. Mit den Händen trommelte er gegen das Glas. Sie sah an seinen Lippenbewegungen, dass er ihren Namen rief, doch hören konnte sie keinen einzigen Ton.

Sie legte ihre Hände auf das kühle Glas des Spiegels, direkt über die von Edmund. Sie spürte ihn nicht. Keine Wärme, nichts. Er stand ihr direkt gegenüber und doch auch wieder nicht.

»Edmund! Edmund! Kannst du mich hören?« Ihre Stimme war von Panik und Angst zerfressen. Arissa wusste nicht, was hier geschehen war, aber nicht einmal in ihren schlimmsten Albträumen hätte sie sich diesen Ausgang vorstellen können. Er nickte zum Zeichen, dass er sie verstehen konnte. Als er jedoch etwas sagte, musste Arissa traurig den Kopf schütteln. »Ich kann dich leider nicht verstehen.« Wie gern hätte sie seine Stimme gehört, mit ihm gesprochen. »Hab keine Angst, ich werde dich befreien, versprochen.«

Edmunds braune Augen weiteten sich und er zeigte auf etwas, was sich offenbar hinter Arissa befand. Blitzschnell drehte sie sich um – aber da war nichts. Mit ihr in der Höhle waren lediglich Raz und einige der Wölfe. Die Wölfe schnüffelten über den Boden, sie hielten die Köpfe gesenkt und jaulten leise.

»Sie sind Freunde«, wisperte Arissa, um ihren Bruder zu beruhigen. Dann schluchzte sie und fuhr sich mit den Händen über die Augen, um die Tränen fortzuwischen. »Oh Edmund, wie hole ich dich da nur wieder raus?« Arissa fuhr mit den Fingern über das Glas, dann den Rand entlang, doch sie wusste nicht einmal, wonach sie überhaupt suchte.

»Was ist nur passiert?« Sie schaute erwartungsvoll zu ihrem Bruder auf, doch auch wenn sie sehen konnte, wie er seine Lippen bewegte, konnte sie seine Worte nicht hören.

Edmund starrte sie an. In seinen Augen loderte der Zorn. So hatte sie ihren Bruder noch nie erlebt. Seine Hände ruhten von der anderen Seite auf dem Spiegelglas, während seine Lippen immer wieder ein und dasselbe Wort formten.

Arissa kniff die Augen zusammen. »Lauf?«, fragte sie verwirrt.

Edmund nickte und deutete hinter sie.

Langsam drehte Arissa sich um. Sie entdeckte Raz, der vor Charlies Leichnam auf dem Boden kniete. Neben Charlie lag das goldene Amulett, das Arissa noch gar nicht bemerkt hatte. Zu sehr war sie von dem toten Körper ihres Freundes abgelenkt gewesen.

»Raz«, brachte sie hervor.

Er griff gerade nach dem Schmuckstück, doch bevor seine Finger das Amulett berührten, schaute er zu ihr auf. Sein Blick wirkte gequält und in seinen braunen Augen lag Mitgefühl.

»Es tut mir leid, Arissa«, wisperte er und griff nach dem Amulett.

Arissas Welt geriet in diesem Moment völlig aus dem Gleichgewicht und alles, was sie für wahr gehalten hatte, zersprang vor ihren Augen in tausend Lügen.

***

»Was zum …?!«

Magie wirbelte um sie herum. Zuerst loderte sie in allen Farben auf, Arissa hatte nie zuvor etwas Schöneres gesehen, dann schoss aus dem dunkelroten Stein des Amuletts Finsternis hervor. Dicke, schwarze Nebelschwaden, die auf Raz zusteuerten.

Arissa schrie auf. Was passierte hier? Würde die Dunkelheit ihm etwas zuleide tun? Sie wirkte so gegenständlich.

Raz schloss die Augen, streckte beide Arme aus und auf seinem Gesicht erschien ein Lächeln. Arissa hatte ihn während ihrer gemeinsamen Zeit noch nie so glücklich gesehen.

Die Nebelschwaden bewegten sich weiter. Krochen in ihn hinein. Arissas Augen wurden groß. Die Luft um sie herum vibrierte, die feinen Härchen auf ihren Armen richteten sich auf, als sie die Elektrizität der Magie spürte. Und was für eine Magie das war. Sie war stark, sehr stark. Nicht einmal in Anwesenheit ihres Vaters hatte Arissa je so mächtige Magie gespürt.

Was geschah hier?

Mit einem Mal war die Dunkelheit verschwunden.

Raz hielt das Amulett noch immer in den Händen. Der dunkelrote Stein war nun farblos und zersprang in diesem Moment in unzählige Teile. Er rieselte als feiner Staub zu Boden, als hätte er seinen Zweck erfüllt.

Schatten krochen aus Raz' Händen, als er das Schmuckstück achtlos auf den Boden warf.

Schatten!

Es waren wahrhaftig Schatten, die er heraufbeschwor. Genauso, wie ein Umbra es tun würde.

»Wer bist du?«, fragte Arissa mit erstickter Stimme. Stocksteif stand sie vor dem Spiegel, spürte sein kühles Glas in ihrem Rücken. Doch ihr Körper war nicht in der Lage sich zu bewegen.

Raz' braune Augen fanden ihre. Sein Blick war sanft, auch wenn um seinen Mund ein harter Zug lag. Gleichzeitig lag noch etwas anderes in seinem Blick ... war es – Bedauern?

»Ich bin Erazmus Reys«, sagte er dann in einem ruhigen Ton.

Erazmus Reys.

Erazmus Reys.

Erazmus Reys.

Arissa kannte diesen Namen. Zuletzt hatte sie mit Edmund und Charles über diesen Mann gesprochen. Über den bösen Magier mit dem Namen Erazmus Reys, der die Macht über Britannia hatte an sich reißen wollen. Der gefürchtetste Magier, der je gelebt hatte.

Doch Erazmus Reys war nur ein Mythos. Eine Figur aus einem Schauermärchen. Er existierte nicht wirklich. Und wenn, dann müsste er heute mindestens siebzig Jahre alt sein.

Arissa schüttelte panisch den Kopf. Immer wieder. »Das ist nicht möglich. Erazmus Reys existiert nicht.«

Raz lächelte traurig und trat einen Schritt auf sie zu. »Ich bin so real, wie du es bist. Ich war nur eine sehr lange Zeit eingesperrt. An einem dunklen Ort, an dem die Zeit stillsteht. Es tut mir leid, dass dein Bruder nun dasselbe Schicksal erleiden muss.« Sein Blick glitt zu dem Spiegel. Verachtung und Hass loderten für einen kurzen Moment in seinen braunen Augen auf.

Arissa folgte seinem Blick und starrte in die weit aufgerissenen Augen ihres Bruders, der jetzt wieder panisch mit den Fäusten gegen den Spiegel hämmerte. Er schrie ihr irgendetwas zu, was sie aber nicht verstehen konnte. Edmund hatte sie warnen wollen, doch Arissa war für diese Warnung blind gewesen.

»Das kann nicht sein. Wie konnte das passieren? Der Spiegel ...«, begann sie, doch Raz unterbrach sie.

»Der Spiegel von Albion war ein Gefängnis, das Bellamy Magee erschaffen hat. Er verbündete sich mit James Warbeck und hinterging mich seinerzeit, um mich auf ewig einzusperren. Er raubte mir meine Magie und verbannte mich in den Spiegel.« Wut und Schmerz huschten über Raz' Gesicht und er ballte die Hände zu Fäusten.

»Aber wie?«, wollte Arissa wissen. Sie verstand es nicht. Bis eben hatte sie weder an die Existenz des Spiegels noch an die von Erazmus Reys geglaubt. Nun musste sie feststellen, dass beides offenbar der Wahrheit entsprach.

Ein dunkler Schatten legte sich auf Raz' Gesicht. »Um diesen Spiegel zu öffnen, werden eine Zauberformel und einige besondere Zutaten benötigt: Asche, Tränen und Blut. Die Person, die den Zauber spricht und von der das Blut stammt, ist dieselbe Person, die den Spiegel wieder öffnen kann. Sie und alle die, die dasselbe Blut teilen. Bellamy Magee benutzte sein Blut, um mich gefangen zu nehmen. Sein Enkel wiederum das seine, um mich zu befreien.«

Langsam schüttelte Arissa den Kopf. Das ergab doch keinen Sinn. »Aber warum hat Charles dich befreit?«, sprach sie ihre Verwirrung nun laut aus.

»Es war gar nicht seine Absicht. Er wollte ein Portal öffnen, was er im Grunde auch getan hat. Er sprach die Formel aus und durch sein Blut öffnete er die Tür zu meinem Gefängnis. Als er erkannte, was es in Wahrheit mit dem Spiegel auf sich hatte, wer ich bin, da war es bereits zu spät.«

»Was ist dann passiert?« Arissas Stimme brach am Ende der Frage. Sie traute sich kaum die Antwort anzuhören, aber sie musste es wissen. Musste wissen, wie ihr Bruder ein Gefangener des Spiegels geworden war.

»Als ich befreit wurde, stand das Portal des Spiegels offen, doch es kam zu einem Kampf. In dem Handgemenge versuchte Charles mich zurück in den

Spiegel zu drängen, stattdessen wurde dein Bruder hineingestoßen. Der Spiegel schloss sich wieder.«

Sie konnte es nicht glauben. Seine Worte wollten einfach nicht zu ihr durchdringen. Edmund war ein Gefangener des Spiegels und nach dem, was Raz ihr gerade erzählt hatte, konnte nur die Person ihn befreien, die den Spiegel geöffnet hatte. Mit ihrem Blut. Charles. Die Magees.

Arissa sah zu den Wölfen, die sie begleitet hatten, wollte wissen, wie sie auf diese Wendung reagierten. Doch was sie erblickte, war nur ein weiterer Schlag ins Gesicht. Keiner von ihnen schien verwundert oder gar verängstigt. Niemand machte Anstalten einzugreifen. Die Animagen hatten die Köpfe geneigt, als huldigten sie ihrem König.

Als sie wieder zu Raz schaute, war die Wut aus seinem Blick verschwunden. Stattdessen lag erneut Wärme darin. Doch war es genau diese Wärme, die irgendetwas in Arissa zerbrechen ließ. Jede Unterhaltung zwischen ihnen, jedes Wort und jede Tat, alles, was sie miteinander erlebt und geteilt hatten, all das war reine Lüge gewesen.

»Du hast mich angelogen«, entkam es ihr. Arissa wartete auf die Angst, auf die Panik, die in ihr aufsteigen müsste. Doch nichts geschah. Sie war außerstande sich zu bewegen, noch irgendetwas zu fühlen.

»Nein, das habe ich nicht, auch wenn du das jetzt natürlich denken musst.«

»*Du* bist Erazmus Reys?!«, brachte sie mühsam und ungläubig hervor. Der Name klang falsch auf ihrer Zunge. Hinterließ einen fahlen Nachgeschmack.

»Ich habe dir vielleicht nicht alles über mich erzählt, aber was ich dir erzählt habe, entspricht der Wahrheit.«

»Du sagtest, du hießest Raz.«

Er nickte. »Die Kurzform von Erazmus. Meine Mutter und mein Bruder haben mich als Kind so genannt.«

In Gedanken ging Arissa jedes ihrer Gespräche durch, jede klitzekleine Information, die sie aus ihm herausbekommen hatte.

»Und das mit dem Halbblut, wie willst du mir das erklären?« Ein Halbblut würde niemals so mächtige Magie hervorbringen, wie er es offenbar konnte.

»Ich habe nie gesagt, dass ich ein Halbblut bin. Ich sagte, ich sei ein *Mischling*. Zu meiner Zeit nannte man Magier Mischlinge, deren Eltern aus unterschiedlichen Gilden stammten. Mein Vater gehörte zu den Sanitas, meine Mutter war eine Umbra. Das macht mich zu einem Mischling.«

Arissa hielt den Atem an. Es stimmte, was er sagte. Sie war es gewesen, die einfach falsch kombiniert hatte, dass er ein Halbblut sei. Wütend über sich selbst schüttelte sie den Kopf. Es war absurd, Raz als Erazmus Reys zu betrachten. Sie konnten nicht ein und dieselbe Person sein. Einer von ihnen war real, der andere nicht. Durfte es nicht sein.

Raz oder *Erazmus* riss sie aus ihren Gedanken: »Ich bin ein Mischling und ich bin ein Bastard. Der Bastardsohn von Gilderoy Magee.«

Arissa erstarrte. »Magee? Dann bist du mit Charles verwandt?!« Langsam drehte sie den Kopf zu Charles' leblosem Körper. Betrachtete seine roten Locken. Und auf einmal erkannte Arissa eine gewisse Ähnlichkeit zwischen den beiden. Auch Raz' Haare hatten einen rötlichen Schimmer, beide hatte dieses Grübchen und war nicht auch ihre Nase dieselbe?

Raz hatte die Arme hinter dem Rücken verschränkt und trat jetzt neben Charles. Zu seinem Körper, der reglos am Boden lag. »Er ist der Enkel meines Bruders und derjenige, der mich aus dem Spiegel befreit hat.«

In Arissas Ohren summte es. Sie konnte all diese Informationen nicht verarbeiten. Es ergab für sie keinerlei Sinn, was hier geschah.

»Aber wie …?«

»Man nennt es Blutmagie«, unterbrach er sie. »Ich sagte dir bereits, dass nur Bellamy Magees Blut und das Blut seiner Nachfahren und Verwandten den Spiegel hatte öffnen können.«

Blutsverwandt. Raz war zur Hälfte ein Magee. Was bedeutete, dass Bellamy Magee sein Halbbruder war. Bellamy hatte ihr bei ihrem Besuch selbst von seinem Bruder erzählt, doch sie hatte das für Schwachsinn gehalten. Selbst Vos hatte bestätigt, dass der senile Sanitas ein Einzelkind sei. Wie konnte es sein, dass niemand von Raz wusste?

Arissa blickte wieder zu Charles. Ihr Freund war tot. All die Menschen und Magier der Zitadelle waren tot. Doch sie waren nicht Opfer von Räubern oder

Wegelagerern geworden – eine dunkle Ahnung in Arissa sagte ihr, dass der Schuldige genau in diesem Moment vor ihr stand.

Mit von Tränen verschleiertem Blick sah sie zu Raz auf. Er hatte gesagt, dass er ihr helfen wollte, doch in Wahrheit hatte er sie in eine Falle gelockt. Er hatte von Anfang an gewusst, was sie hier vorfinden würde: ein Schlachtfeld. Ihr Blick glitt zu Edmund, der seine Hände gegen das Glas des Spiegels drückte. Sorge und Unglaube standen in sein Gesicht geschrieben. Er würde so lange dort drinnen bleiben, bis ein Magee ihn mithilfe der Zauberformel wieder daraus befreite.

»Und wie dankst du es ihm?«, flüsterte sie.

Raz' Miene wurde hart und sein Kiefer spannte sich an. »Das war nicht meine Absicht. Als ich aus dem Spiegel befreit war und sie erkannten, wer ich bin, griffen sie mich an. Ich habe mich nur verteidigt.« Wie um seine Aussage zu untermauern, glommen die Schatten wieder auf und tanzten um seine Fingerspitzen.

Arissa konnte ihre Augen nicht von den schwarzen Rauchschwaden abwenden. Er war ein Umbra. Ein Schattengänger. Allein diese Tatsache war zu viel für sie. Raz, von dem sie angenommen hatte, dass er sie verstanden hatte, dass er dieselben Schmerzen erlitten hatte wie sie, hatte nur ein falsches Spiel mit ihr gespielt. »Aber du sagtest, dass du keine Magie besäßest.«

Die Schatten verschwanden, als Raz die Hände ineinander verschränkte. »Und das habe ich auch nicht – bis eben gerade. Meine Magie war in dem Amulett eingesperrt, das dein Bruder und seine Gruppe bei sich trug. Aber genauso wenig wie du Magie brauchst um zu töten, benötige ich sie dazu.«

Er sprach vom Töten, als wäre es nichts. An seinen Händen, die Arissa so sanft gehalten hatten, klebte so viel Blut. Das Blut unschuldiger Menschen. Das Blut von Charles. Raz trug den Geruch von Blut und Tod wie ein teures Parfüm an sich.

»Und nun? Tötest du jetzt mich, weil ich zu viel weiß?«

Sie stand zusammengesunken wie ein Häuflein Elend vor dem Spiegel. Warum konnte sie sich nicht rühren? Sie sollte Raz töten. Auf der Stelle.

»Wie kommst du darauf?«, fragte Raz erstaunt.

»Weil du Erazmus Reys bist! Jedes Kind kennt die Geschichten über dich. Über den Fanatiker, der die Macht an sich reißen wollte und dabei über Leichen ging.« Auch wenn sie das nur für eine Legende gehalten hatte – bis heute. Arissa wünschte sich, es wäre eine Legende geblieben.

»Das erzählt die Geschichte über mich? Bellamy hat wirklich ganze Arbeit geleistet.« Raz lachte freudlos auf und fuhr sich mit den Händen über das Gesicht.

»Was redest du da?«

Er trat nah an sie heran. Seine braunen Augen waren sanft, so wie Arissa sie kannte, und doch stand nun eine völlig andere Person vor ihr. »Ich werde dir nichts tun, Arissa.«

»Warum sollte ich dir noch glauben?«

»Erst wenn der Löwe lernt zu schreiben, wird die Geschichte aufhören, den Jäger als Helden zu feiern.«

Da war sie wieder, Raz' bevorzugte Waffe: Worte. Mit ihnen konnte er umgehen wie Arissa mit ihren Messern. Er benutzte sie, als wären sie die dekadenteste aller Waffen.

»Du bist kein Held«, wisperte sie. Er war nicht das Opfer in dieser Geschichte. Wenn alle Erzählungen über Erazmus Reys stimmten, dann war er das Monster, das besiegt werden musste. Er war ein Monster, sie eine Kriegerin. Arissas Beine zitterten.

»Nein, ich bin kein Held. Ich wollte auch nie einer sein. Aber wir beide stehen auf derselben Seite.«

Arissa lachte laut auf und schüttelte den Kopf. »Das tun wir mit Sicherheit nicht.« Und das würden sie auch nie. Sie würde niemals unschuldige Lebewesen töten, egal, ob sie Magier waren oder Menschen.

Die Wölfe kamen näher. Arissa konnte ihre Unruhe spüren. Raz fuhr einem von ihnen über den Kopf, als wäre der Animage sein treuer Begleiter. »Doch, denn *du bist eine Magierin* und ich werde niemals die Hand gegen meinesgleichen erheben.«

Würde er nicht? Arissa sah sich in der Höhle um, die geschwängert vom Duft des Todes war. »Aber das hast du doch längst.«

»Wie ich bereits sagte, habe ich mich nur verteidigt. Sie haben ihre Wahl getroffen und mussten die Konsequenzen tragen.«

»Und wenn ich mich entscheide, dieselbe Wahl wie sie zu treffen? Tötest du mich dann?« Arissa hielt den Atem an. Die Frage war gestellt, doch ob sie die Antwort würde ertragen können, wusste sie nicht. Sie hatte sich gut mit Raz verstanden. Sich auf unerklärliche Weise zu ihm hingezogen gefühlt, was sich gleichermaßen falsch wie richtig angefühlt hatte.

Raz sah sie lange an. Er wirkte selbst in diesem Moment nicht bedrohlich. Nicht wie jemand, der aus Wut andere verletzte, der Menschen tötete, nur weil sie keine Magie in sich trugen.

»Nein«, antwortete er dann leise.

Erstaunt sah Arissa ihn an. »Warum nicht?«

»Du wirst mich nicht angreifen.«

»Woher willst du das wissen? Ich bin eine Kriegerin des Ordens!«

Raz' Mundwinkel hoben sich, für einen kurzen Moment zeigte sich sogar das Grübchen in seiner Wange. »Du weißt, wer ich bin, und trotzdem hast du bisher nicht dein Schwert gezogen. Bei jeder Bedrohung, der wir gemeinsam begegnet sind, ging deine Hand instinktiv zu einem deiner Messer. Aber jetzt ...« Er ließ den Satz unvollendet und schaute hinab zu ihren Händen.

Kälte schoss durch ihren Körper und ihr wurde bewusst, dass er recht hatte. Arissa senkte den Blick. Ihre Hände umklammerten nicht den Griff eines ihrer Messer. Ihre Arme hingen schlaff an ihren Seiten herab.

Da erklang ein Heulen vom Eingang der Höhle. Raz' fuhr herum und seine Augen wurden schmal. »Ich werde nun gehen. Wie es scheint, ist die Kavallerie im Anmarsch. Dein kleiner König scheint es eilig gehabt zu haben.«

Jasper!, schoss es Arissa panisch durch den Kopf.

Sie musste Jasper beschützen. Erazmus Reys war unberechenbar und er hatte schon einmal gegen die Krone rebelliert. Arissa musste ihren König schützen.

Raz wandte sich ihr wieder zu. »Wir werden uns bald wiedersehen, Rissa«, sagte er leise, ein Lächeln auf den Lippen, bevor er die Hände hob, die Schatten heraufbeschwor und er und die Wölfe sich in ihrer Dunkelheit auflösten.

Arissa blieb allein zurück. Allein mit den Leichen derer, die sie zu suchen gekommen war. Allein mit ihrem Bruder, der in einem gläsernen Gefängnis eingesperrt war und den sie unter allen Umständen daraus befreien musste. Allein mit ihrem schmerzenden Herzen, das sich anfühlte, als hätte sie gerade einen Teil ihrer selbst verloren.

III

Mätresse des Königs

Kapitel 13

»Erazmus Reys lebt also«, sagte Jasper mit fester Stimme und durchschnitt damit die Stille im Sitzungsraum. Anlässlich der Situation hatte der König seine menschlichen Berater, Vos und Arissa versammelt.

»Es sollte wohl besser heißen, *Reys gibt es wirklich.*« Korbinian Vos saß ruhig auf seinem Stuhl. Beide Arme hatte er auf seinem Gehstock abgestützt. »Niemals hätte ich geglaubt, dass der alte Magee die Wahrheit sagt.«

Ich auch nicht, hätte Arissa am liebsten laut gesagt. Doch sie dachte es nur und schwieg. Bei dieser Ratssitzung war sie nur eine stille Teilnehmerin, es sei denn, sie würde direkt angesprochen werden. Ihre Gedanken drehten sich sowieso nicht um Raz oder darum, was der Rat gegen ihn unternehmen wollte. Sie dachte ununterbrochen an Edmund und daran, wie sie ihn aus dem gläsernen Gefängnis wieder befreien konnte.

»Wie kann es sein, dass wir die Geschichten über ihn nur für Legenden und Mythen gehalten haben?« Jasper klang erschöpft. Mit beiden Händen fuhr er sich übers Gesicht, welches von dunklen Schatten gezeichnet war. Seit zwei Tagen waren sie zurück in Londinium und seit zwei Tagen wirkte der König, als könnte er im Stehen einschlafen.

Besorgt musterte Arissa ihn. Sie musste sich zügeln, nicht nach seiner Hand zu greifen, was aufgrund der Distanz zum Glück auch gar nicht möglich gewesen wäre. Jasper hob den Kopf und ihre Blicke trafen sich. Ein kaum merkliches Lächeln trat auf sein Gesicht und er nickte ihr kurz zu. Als wollte er sagen, dass mit ihm alles in Ordnung sei.

Aber sie wusste, dass das eine Lüge war.

»Der zweite Magische Krieg ist fünfzig Jahre her, Majestät. Die genauen Umstände seiner Anfänge, die Gründe des Aufstandes der Magier und wie der Krieg letztendlich wieder endete, sind bis heute nicht geklärt, da alle Aufzeichnungen und Protokolle über das Kriegsgeschehen und damit auch über Erazmus Reys verschwunden sind«, bemerkte Lord Alderidge und zuckte hilflos mit den Schultern.

Keiner der Anwesenden Lords war alt genug, um sich selbst an die Details des Krieges erinnern zu können. Einige waren zu der Zeit noch gar nicht auf der Welt gewesen.

»Das weiß ich ja alles. Und dennoch: Wie kann das bloß sein? Wie können wir alle so getäuscht worden sein? Ganz Britannia?«

Arissa räusperte sich und Jasper sah sie aufmerksam an und bedeutete ihr zu sprechen. »Mit Verlaub, mein König, Reys war ebenso erstaunt darüber, dass man ihn für einen Mythos hält. Er sagte so etwas wie, dass Bellamy Magee ganze Arbeit geleistet habe.« Auch wenn Arissa sich nicht sicher war, ob sie Raz' Worten in dieser Hinsicht wirklich Glauben schenken sollte. Doch er hatte auf sie ehrlich erstaunt gewirkt. Auf der anderen Seite hatte er vorher auch nicht den Eindruck erweckt, als wäre er in Wahrheit ein machtbesessener Bösewicht.

Lord Alderidge mischte sich mit nachdenklicher Stimme wieder ein. »Bellamy Magee ist, *war* ein einflussreicher Mann und gehörte dem Senex an. Er hätte demnach Zugang zum Palast, zu den Bibliotheken und damit zu sämtlichen geschichtlichen Aufzeichnungen gehabt.«

Den alten Magee selbst danach zu fragen, wäre sinnlos. Nur zu gut erinnerte sich Arissa an ihr Gespräch mit ihm. Bellamy Magee hatte nur noch wenige klare Momente. Er würde ihnen keine Hilfe sein.

»Die einzigen noch existierenden Aufzeichnungen über diese Zeit stammen von Bellamy Magee selbst«, sagte nun Vos. Er hielt eines der Notizbücher in den Händen, die Arissa vor einiger Zeit von der Pflegerin bekommen hatte. Sie hatte sie nach ihrer Rückkehr durchgesehen, um Anhaltspunkte für die Zauberformel zu finden, die Edmund befreien könnte. Aber darüber hatte nichts in den Büchern gestanden. »Dort stand auch geschrieben, wie der Spiegel in den Oakwood Forest gelangt ist«, fuhr Vos fort.

Arissa hob den Kopf. Darüber hatte sie gar nicht mehr nachgedacht. Sie wusste, dass Raz von seinem Bruder dort eingesperrt worden war, doch für sie hatte es so geklungen, als hätte all das nicht im Oakwood Forest, sondern in Belfarsad stattgefunden. Das *war* merkwürdig: Wie war der Spiegel im Anschluss also in den Wald gekommen?

»Der Spiegel von Albion sollte, nachdem man Erazmus Reys gefangen genommen hatte, nach Londinium gebracht werden. Wo er jedoch nie angekommen ist. Die Route verlief, laut der Aufzeichnungen des alten Magees, direkt durch den Oakwood Forest. Man hat nach dem Relikt suchen lassen, doch es nie wieder aufgefunden.«

»Bellamy Magee muss sich vor dem Senex verantworten!«, fiel Lord Carson wütend ein, er schlug mit der Faust auf den Tisch. »Er hat Britannia in Gefahr gebracht, indem er die Aufzeichnungen manipuliert hat. Nur, um den Namen seiner Familie zu retten.« Der Lord wirkte so hasserfüllt, dass Arissa ihm zutraute, jeden Moment auf dem Boden auszuspucken.

»Lord Carson«, ging Vos dazwischen, »mit Verlaub, ich habe vor kurzem persönlich mit Lord Magee gesprochen und muss verlauten lassen, dass sein Gesundheitszustand das leider nicht zulässt. Er weiß an den meisten Tagen nicht einmal, dass er einen Sohn hat, geschweige denn einen Enkel. Wie soll er sich da an eine Tat erinnern, die fünfzig Jahre zurückliegt?«

»Alles Humbug! Wer sagt uns, dass er diese Krankheit nicht nur vortäuscht? Er ist ein Mitglied der Sanitas, sie sollen ihn gefälligst heilen, damit er uns Rede und Antwort stehen kann.«

»Lord Carson, beruhigt Euch. Auch die Sanitas können nicht jede Krankheit heilen und die, unter der Bellamy Magee leidet, gehört unglücklicherweise zu den unheilbaren. Dennoch werden wir natürlich erneut das Gespräch mit ihm suchen, um zu versuchen, mehr Licht ins Dunkel zu bringen. Beizeiten. Wir werden Zachary Magee dazu bitten, damit er seinem Vater dabei eine emotionale Stütze sein kann. Andernfalls fürchte ich, dass Bellamy Magee zu schnell in einen verzweifelten und dadurch hoch verwirrten Zustand verfallen könnte, wie bei meinem letzten Gespräch mit ihm. Doch noch trauert die ganze Familie, geben wir ihnen etwas Zeit.«

»Zeit ist genau das, was wir *nicht* haben, General Vos«, beharrte Lord Carson und funkelte den Schwertmeister wütend an.

»Hättet Ihr Euren Sohn verloren, Lord Carson, würdet auch Ihr auf Diskretion und Privatsphäre bestehen. Gönnt der Familie einige Tage Ruhe.« Vos ließ sich von den Worten des Lords nicht beirren.

Arissa konnte ihrem Meister nur zustimmen. Zu deutlich stand ihr die Tragödie noch vor Augen: Als Zachary Magee mit dem königlichen Gefolge und Jasper in der Höhle eingetroffen war, war er am Boden zerstört gewesen. Er hatte die Leiche seines Sohns festgehalten, dabei geweint und gebrüllt. Arissa hatte nur dabei zusehen und selbst nicht mit dem Weinen aufhören können. Jasper hatte sie gehalten, versucht ihr Trost zu spenden, aber es war ihm nicht gelungen.

Zurück in Londinium hatten die Magees sich zurückgezogen. Wenn sie ehrlich war, glaubte sie, dass sich nach diesem traumatischen Vorkommnis alle Sanitas beizeiten nach Moridunum zurückziehen würden. Sie hatte die Angst in Zachary Magees Augen gesehen, als der Name *Erazmus Reys* gefallen war.

Zu Recht.

Auch wenn sie es nicht wahrhaben wollte, zweifelte Arissa nicht daran, dass Erazmus Reys Rache an den Magees nehmen würde. Stellvertretend für seinen Bruder. Und womöglich auch an ihm, so verwirrt sein Geisteszustand auch immer sein mochte. Er hatte ihn in den Spiegel gesperrt. In ein Gefängnis, in dem er fünfzig lange Jahre allein zugebracht hatte und in dem er offensichtlich nicht gealtert war.

»Halten die Magees sich noch immer in der Zitadelle auf?«, wollte Lord Alderidge wissen. Vos nickte.

»Sie haben den Spiegel dorthin gebracht, um ihn von den Meistern der Zitadelle erforschen zu lassen.«

»Der Spiegel von Albion ist also ein Gefängnis. Wie haben Charles Magee und Edmund de Fay es geschafft, Erazmus Reys dort herauszuholen?«, fragte

Lord Howard, wie um das Gespräch in eine etwas andere Richtung zu lenken. Er wandte sich dabei an Arissa. »Lady de Fay, Ihr seid eine treue Kriegerin des Ordens und wart vor Ort. Wir wissen alle, was geschehen ist, dennoch stellt sich jeder von uns die Frage, wie es so weit kommen konnte.«

Alle Augenpaare im Raum waren nun auf Arissa gerichtet – von wegen *stille Teilnehmerin!* Sie war als Augenzeugin hier. Und vielleicht, weil man jemandem die Schuld zuschreiben musste.

Arissa sah zu ihrem Lehrmeister hinüber. Vos' farblose Augen waren wie immer nicht fokussiert, doch er hatte sein Gesicht in ihre Richtung gewendet und Arissa wusste, dass er ihr genau zuhörte. »Ich weiß es nicht«, begann sie zu sprechen und seufzte. »Auch ich war völlig ahnungslos, was Erazmus Reys betrifft. Niemals hätte ich für möglich gehalten, dass es ihn tatsächlich gibt.«

Sie kam sich vor wie bei einem Verhör. Dabei waren die Worte des Lords freundlich und auch seine Miene ließ nicht darauf deuten, dass er ihr für irgendetwas die Schuld gab.

»Ich war nicht dabei, als sie Erazmus Reys befreiten. Ich kam … zu spät.« Die letzten Worte flüsterte sie nur noch. Dann schluckte Arissa einmal schwer und drückte den Rücken etwas durch, bevor sie fortfuhr. »Reys selbst sagte mir, der Spiegel würde mit einem Ritual und Blutmagie geöffnet, aber davon verstehe ich rein gar nichts.« Sie war keine Sanitas, nicht einmal eine echte Magierin. Die geheimen Kräfte der Gilden waren ihr unbekannt. Wobei sie nicht der Ansicht war, dass der Spiegel nur von einem Sanitas geöffnet werden konnte, sondern in diesem speziellen Fall von jedem, der mit der Person blutsverwandt war, die die Zauberformel gesprochen hatte. All das hatte sie auch Zachary Magee gesagt, der den Spiegel und damit auch Edmund in seine Obhut genommen hatte. Doch ohne die Formel bestand laut dem Sanitas keine Möglichkeit, ihren Bruder zu befreien.

Die Lords tauschten besorgte Blicke untereinander. Auf Sorge folgte Angst, und die Angst würde in Hass und Zorn gegenüber den Magiern münden.

Zorn macht uns blind und dumm und Dummheit bringt uns um.

Arissa schüttelte kaum merklich den Kopf. Sie wollte Raz' Stimme gänzlich aus ihren Gedanken vertreiben, aber es gelang ihr einfach nicht.

»Was hat Erazmus Reys als Nächstes vor?«, fragte Lord Thornton sie.

»Ich weiß es nicht«, hauchte Arissa. Sie fühlte sich wie eine Versagerin. Sie hatte Raz nicht durchschaut und ihn als Erazmus Reys nicht aufhalten können. Sie hatte rein gar nichts tun können.

Lord Thornton schob seinen Stuhl mit einem Quietschen nach hinten, als er aufstand. »Wenn wir ehrlich sind, können wir alle uns vorstellen, was er vorhat. Reys war das Oberhaupt der Umbra. Er wird nach Belfarsad gehen und sein Recht zu Herrschen zurückfordern. Und danach … danach Gnade uns Gott. Er wird da weitermachen, wo er damals aufgehört hat – er wird danach streben, die Herrschaft über ganz Britannia zu erlangen. Mit großer Wahrscheinlichkeit unerbittlicher als vor seinem Gefängnis, denn er muss ungeheuer zornig sein. Wir haben keine Zeit zu verlieren.«

Es wurde gemurmelt, mit den Köpfen genickt und besorgte Blicke getauscht.

»Ich sehe es wie Lord Thornton«, pflichtete Lord Carson ihm bei. »Wir sollten sofort handeln und den Orden zu den Umbra schicken. Reys wird sich dort aufhalten. Ihm muss Einhalt geboten werden. Ihm und jedem, der auf seiner Seite steht.«

Zischend atmete Arissa durch die Zähne aus und sah den Lord wütend an. »Ihr wollt Euch gegen eine ganze Gilde stellen, nur weil Ihr annehmt, dass er an seinen uralten Plänen festhält? Das ist Wahnsinn!« So schützte man niemanden, so wurden Kriege begonnen. Auf Blut folgte mehr Blut und es würde niemals ein Ende nehmen. Zumindest kein gutes.

»Schweig, Mädchen!«, herrschte Lord Carson sie an. »Vielleicht habt auch Ihr längst die Seiten gewechselt. Reys hatte schließlich tagelang Zeit, Euch für sich zu gewinnen. Wer weiß, welche Magie er gewirkt hat, ohne dass Ihr Euch hattet wehren können, wie wir alle wissen. Möglicherweise ist diese *Immunda* seine Spionin.« Bei den letzten Worten schaute er triumphierend in die Runde der Anwesenden.

Arissa wurde von flammendem Zorn gepackt. »Wie könnt Ihr es wagen, mir Untreue vorzuwerfen!? Ihr seid nicht dort gewesen, Ihr habt die Leichen der Magier und Menschen nicht gesehen. Ich bin eine Kriegerin des Ordens.

Wenn es in meiner Macht steht, werde ich immer versuchen einen Krieg zu verhindern. Meine Treue gilt einzig Britannia!«

»Und trotzdem habt Ihr Reys nicht getötet, als Ihr es doch hättet können. Ich frage mich, warum ...«

Arissa ballte die Hände zu Fäusten und funkelte Lord Carson verachtend an. »Ich hätte Euch gern dabei zugesehen, wie Ihr es wagt und schafft, das Schwert gegen den mächtigsten dunklen Magier aller Zeiten zu erheben. Ihr, Lord Carson, wäret bestimmt mit seinem Kopf auf einem Speer zurückgekommen, nicht wahr?« Sie konnte den Spott nicht aus ihrer Stimme verbannen. Ihr war es in diesem Moment vollkommen egal, dass sie das Wort gegen einen königlichen Berater erhob und ihn beleidigte. Sie würde sich nicht des Verrats bezichtigen lassen, nur weil die Lords offenbar einen Sündenbock brauchten.

»Ihr kleines ...«, begann Lord Carson. Sein Gesicht war puterrot angelaufen.

Soll er doch platzen, dachte Arissa grimmig. Doch sowohl ihre Gedanken als auch Lord Carsons Satz wurden von Lord Duncan unterbrochen, der seine Stimme erhob. »Majestät, wir müssen handeln«, sagte der Lord von Castlebar mit ernster Miene. »Entsendet den Orden nach Belfarsad, spürt Reys auf und beendet den Krieg, bevor er richtig beginnen kann.«

Jetzt erhob sich Lord Howard und schüttelte den Kopf. »*Wir* sind die mächtigste Instanz des Landes. Warum haben wir solche Angst vor einer einzelnen Person, von der nur Gerüchten zufolge Gefahr droht? Wenn wir den Orden Reys hinterherschicken, ohne Beweise, dass er überhaupt gegen die Krone agiert, sind wir nicht besser, als man es diesem Magier nachsagt.«

»Ich stimme dem Lord zu«, betonte Vos, der lange geschwiegen hatte, mit eindringlichem Ton. »Wir wissen nicht, welche Mythen über Reys der Wahrheit entsprechen und welche nicht. Ich würde vorschlagen, das Gespräch mit ihm zu suchen.«

»Ihr wollt ihn zum Tee einladen, General? Was folgt als Nächstes: ein Ball zu Reys' Ehren?«, zischte Lord Duncan.

»An Tee hatte ich gar nicht gedacht, aber wo Ihr es erwähnt, halte ich es für eine gute Idee.« Um Vos' Mundwinkel zuckte es und auch Arissa musste sich ein Schmunzeln verkneifen. »Wir sollten nicht vergessen, dass Reys dabei geholfen hat, die Aufstände unter den Animagen zu stoppen.«

»Außerdem hatte er bereits eine sehr günstige Chance, dem König zu schaden. Doch er hat sie nicht ergriffen«, warf Arissa ein. Wieder dachte sie an den Moment in der Höhle zurück. Noch immer wurde ihr ganz kalt bei dem Gedanken daran. »Jedoch ist er verschwunden, bevor der König mit seinem Gefolge in der Höhle eingetroffen war.«

»Das nenne ich allerdings nicht löblich, Mädchen, sondern feige«, funkelte Lord Duncan sie an.

Sie schüttelte den Kopf. »Feige wäre es nur dann, wenn wir mit Sicherheit sagen könnten, dass Reys den König überhaupt vernichten will. Aber das können wir nicht.« Als feige würde sie Raz ganz gewiss nicht betiteln. Als einen Trickser, einen Blender vielleicht, aber nicht als Feigling. »Ich bin mir ganz sicher: Wäre es seine Absicht, dem König zu schaden, hätte er es vor zwei Tagen getan.«

»Vielleicht war Reys schlicht vernünftig genug, es nicht gegen ein ganzes Gefolge aufzunehmen. Schließlich war er in der Unterzahl«, lachte Lord Carson auf und warf Arissa einen spöttischen Blick zu.

Sie schüttelte den Kopf. »Reys wusste genau, dass der König lediglich von einigen Ordenskriegern und Sanitas begleitet wurde. Zudem hatte er die Wolfsanimagen an seiner Seite. Dazu die Magie eines Umbra in sich, die für den Kampf geschaffen ist. Im Gegensatz zu der der Sanitas. Und er hatte das Überraschungsmoment auf seiner Seite. Hätte er den König töten wollen, glaubt mir, Mylord, es wäre ihm gelungen.« Allein bei dem Gedanken daran zog sich alles in Arissa zusammen. Die Vorstellung, dass Jasper hätte verletzt, gar getötet werden können, jagte ihr eine Heidenangst ein. Sie blickte auf und traf in diesem Moment auf den Blick aus Jaspers blauen Augen. Er wirkte ernst, sie erkannte die Besorgnis darin. Ihm war die Gefahr, in der er geschwebt war, offenbar bis jetzt gar nicht bewusst gewesen.

»Er mag vielleicht nicht den König angegriffen haben, aber Ihr könnt nicht leugnen, dass er Mitglieder der Zitadelle getötet hat«, ließ Lord Duncan nicht locker. »Wie erklärt Ihr dieses Verbrechen?«

Arissa sah den Lord direkt an und zuckte mit den Schultern. »Ich kann und möchte hier nicht für Erazmus Reys sprechen. Daher stimme ich General Vos zu und sage: Fragt ihn selbst. Er ist ein Magier und damit ein Teil der Bevölkerung Britannias. Unsere Gesetze gelten auch für ihn, ebenso wie unsere Rechte, und ein Strafverfahren ohne Anhörung ist nicht gestattet, soweit ich unterrichtet bin.«

Lord Duncan tauschte einen undefinierbaren Blick mit Lord Thornton während Lord Carson schnaubte. Er lief, wenn möglich, noch röter an. Eine Ader an seiner Stirn pochte und Arissa hatte das Gefühl, dass, wenn Blicke töten könnten, sie augenblicklich von ihrem Stuhl gefallen wäre.

»Das ist ein Risiko, das wir nicht tragen können«, brüllte Lord Carson dann. »Vielleicht wissen wir nicht, wer Erazmus Reys wirklich ist oder was er vorhat, aber sollten wir wirklich darauf spekulieren, dass er sich an die Gesetze unseres Landes hält? Ich glaube nicht. Wir sollten sofort handeln und ihn gefangen nehmen. Ihn und alle Umbra, die sich ihm anschließen wollen.«

Bis auf Lord Howard und Vos nickten die anwesenden Berater, einige eifrig, andere verhaltener, und Arissa bekam es mit der Angst zu tun. Sie wollten einen Krieg. Sie wollten gegen die Umbra angehen, nur weil Raz einer von ihnen war. Das durfte auf gar keinen Fall geschehen!

»Jasper«, hauchte Arissa und sah den König, der die Diskussion bisher stumm verfolgt hatte, mit großen Augen an. »Lass das nicht zu.« Sie schüttelte flehentlich den Kopf. Sie wusste, wie viel ihm die Meinung seiner Berater bedeutete, doch sie hoffte inständig, dass er heute nicht auf sie hören würde.

»Wie könnt Ihr es wagen, den König beim Vornamen zu nennen?!«, schrie in diesem Moment Lord Carson wutentbrannt.

Arissas Blick ruhte noch immer auf Jasper. Er hatte sie ebenfalls angesehen, doch nun fuhr sein Kopf zu dem Lord herum. Wut blitzte in seinen blauen Augen auf und auch auf seiner Stirn pochte unheilvoll eine Ader.

»Es ist genug jetzt, Lord Carson!«, rief Jasper. »Ich werde den Orden nicht aussenden, ich werde die Umbra nicht auf diese Weise brüskieren. Sie haben mir die Treue geschworen. Diesem Schwur vertraue ich.« Jasper erhob sich, stützte sich mit den flachen Händen auf der Tischplatte ab und sah einem nach dem anderen fest in die Augen. »Ich stimme Lord Howard voll und ganz zu: Ich werde keine Entscheidung aus Angst heraus treffen. Damit wirken wir schwach. Noch kennen wir Reys nicht oder die mögliche Gefahr, die von ihm ausgeht. Doch natürlich werden wir ihn im Auge behalten.«

Dann wandte er sich erneut mit bedrohlich ruhiger Stimme an Lord Carson. »Und Ihr, Mylord, hütet Eure Zunge. Es ist Euch nicht gestattet, so mit der Mätresse des Königs zu sprechen.«

Es wurde still im Raum. Gespenstisch still.

Selbst Arissa hielt den Atem an und sah Jasper mit weitaufgerissenen Augen an.

Mätresse des Königs.

Er hatte sie soeben vor den Augen seines Rates in diese Position erhoben. Ein Teil von ihr wollte ihn schütteln, ihn anschreien, dass er das nicht einfach so hatte tun können. Sie hätten vorher noch einmal darüber reden müssen, über ihre Zukunft und die Konsequenzen. Doch ein anderer Teil fühlte sich ganz hilflos, wusste nicht, was er tun oder sagen sollte. Arissa fühlte sich innerlich leer. Regelrecht schockiert von Jaspers Offenbarung.

Doch ihre Gefühle spielten in diesem Moment keine Rolle. Sie war nun unwiderruflich die Mätresse des Königs.

***

»Mätresse des Königs«, murmelte Vos und sah sie mit mit hochgezogenen Augenbrauen an. »Ich hätte niemals geglaubt, dass Ihr einmal diese Position einnehmen würdet.«

Arissa sah ihren Lehrmeister erwartungsvoll und ein bisschen ängstlich an. »Seid Ihr wütend auf mich?«

Die Angst, ihren Meister enttäuscht zu haben, nagte an ihr. Alles, was Arissa wollte, war, Vos stolz zu machen. Er war ihr Vertrauter, ihr Meister und auch ihr Freund. Er hatte etwas in ihr gesehen, sie gefördert und unterstützt. Hatte an sie geglaubt und ihr Kraft geschenkt. Ihn zu enttäuschen, würde sie nicht ertragen.

Vos schwieg eine lange Zeit, doch dann schüttelte er den Kopf. »Nein, das bin ich nicht. Aber ich glaube, dass diese Position Euch sehr viel abverlangen wird. Als Immunda musstet Ihr Euch Euren Platz innerhalb des Ordens hart erkämpfen, Euch den Respekt der Kameraden erarbeiten. Das war ein steiniger Weg. Nun gehört Euch auch noch die Gunst des Königs. Das wird es Euch in Zukunft nicht leicht machen. Mit Ansehen und Einfluss wächst auch die Anzahl Eurer Neider, nicht nur innerhalb des Ordens, auch innerhalb des Senex. Ihr habt gesehen, wie die Lords auf die Neuigkeit reagiert haben, sie sind nicht begeistert, dass der König eine Magierin als Geliebte auserwählt hat.«

All das war Arissa bewusst. Als Immunda war ihr ein Schicksal zuteilgeworden, das schwerer wog als das eines Menschen oder Magiers. Sie war eine Ausgestoßene gewesen, ein Niemand, eine Schande. Hatte härter arbeiten und kämpfen müssen als jeder andere. Doch es war ihr gelungen. »Glaubt Ihr, alle Lords werden dem König weiterhin die Treue halten? Er hat sich sehr deutlich gegen die Wünsche einiger entschieden, was den Umgang mit Erazmus Reys betrifft.«

Vos machte eine wegwerfende Handbewegung. »Es ist nicht das erste Mal, dass der König die Meinungen seiner Lords ignoriert. Als König ist es sein gutes Recht, eigene Entscheidungen zu treffen.«

Arissa biss sich auf die Innenseite ihrer Wange. »Aber er hat sie vor den Kopf gestoßen. Glaubt Ihr nicht, dass das Konsequenzen nach sich ziehen wird?«

»Alle unsere Entscheidungen ziehen Konsequenzen nach sich, Arissa. Der König wusste, worauf er sich einlässt. Ich persönlich teile seine Entscheidung. Die Umbra womöglich anzugreifen, nur weil wir *annehmen*, dass Erazmus Reys sich bei ihnen versteckt hält und geheime Pläne schmiedet, wäre schlicht und ergreifend falsch, um nicht zu sagen verantwortungslos.«

Arissa nickte nachdenklich und sah dabei aus dem Fenster. Aus dem Hof drangen Kampfgeräusche zu ihnen empor. Stahl, der auf Stahl traf, und das angestrengte Stöhnen der Kontrahenten. Sie saßen in Vos' Arbeitszimmer im Orden. Arissa war froh gewesen, den Sitzungssaal des Königs verlassen zu dürfen. Sie war gemeinsam mit Vos gegangen, als nach ihrer Ernennung als

Mätresse durch den König unter den Lords eine laute Diskussion entbrannt war. Diese Sitzung war noch lange nicht vorüber. Jasper tat ihr leid. Was es an der Aussage, dass sie von nun an seine Mätresse sei, zu erklären gab, wusste Arissa zwar nicht, aber sie hatte sich seinem Wunsch gefügt und den Saal verlassen.

»Glaubt auch Ihr, dass Reys wirklich ein solch schlechter Magier ist, wie die Geschichte uns glauben machen will?« Arissa hatte ihn immerhin kennengelernt. Sie hatte ihn gemocht, ihm vertraut und sich mit ihm verbunden gefühlt. Allerdings Raz, nicht Erazmus Reys. Das der, den sie kennengelernt hatte und der Magier aus der Legende ein und dieselbe Person sein sollten, wollte einfach nicht in ihren Kopf.

Vos' Gesicht zeigte Richtung Fenster, auch wenn Arissa wusste, dass ihr Lehrmeister dort nichts sehen konnte. Er schien tief in Gedanken versunken zu sein, bevor er antwortete: »Die Geschichte wird von jeher von den Siegern erzählt. Das dürft Ihr nie vergessen. Wir wissen nicht, was zwischen Reys und seinem Bruder vorgefallen ist. Oder was Reys verbrochen hat, um diese Strafe zu verdienen. Alles, was wir wissen, beruht auf Legenden und Mythen. Vielleicht erzählen sie die Wahrheit, vielleicht lenken sie uns aber auch in eine gewollte Richtung. Von wem? Wer weiß das schon … Meiner Meinung nach haben wir darum nicht das Recht, ihn zu verurteilen.«

»Andererseits … Man wird ihn nicht grundlos eingesperrt haben«, murmelte Arissa.

»Das sicher nicht«, pflichtete Vos ihr bei. »Dennoch erlaube ich mir kein Urteil über einen Mann, dem ich nie persönlich begegnet bin, den ich nie persönlich habe wirken sehen, dessen Pläne ich nicht aus seinem eigenen Mund gehört habe. Und ich weigere mich schlicht, Angst vor einer Märchengestalt zu haben.«

»Was können wir tun, um einen Krieg zu verhindern?«, wollte Arissa von ihrem Lehrmeister wissen. »Die Berater des Königs scheinen besessen von dem Gedanken, sich mit den Umbra anzulegen.«

Vos fuhr sich mit der Hand übers Kinn, dann wandte er sich ihr zu. »Ihr seid die Mätresse des Königs. Euch vertraut er. Ihr genießt seine Gunst und könnt ihn in gewisse Bahnen lenken. Wenn Ihr Reys wirklich vertraut, dann gebt dem König einen Grund, es ebenfalls zu tun.«

»Eine solche Macht habe ich nicht über ihn«, warf Arissa ein. Und das wollte sie auch gar nicht. Sie liebte Jasper, das war alles, was für sie zählte. Ihn zu beeinflussen oder gar zu manipulieren, kam für sie nicht infrage. Das war nicht die Essenz ihrer Beziehung. Sie beruhte auf Vertrauen und Respekt.

»Ich glaube, Ihr unterschätzt Euren Einfluss. Sprecht mit dem König, Arissa. Er wird Euch Gehör schenken, da bin ich mir sicher.«

Arissa dachte über die Worte des Generals nach. Dass Jasper ihr zuhören würde, stand außer Frage. Ob er jedoch ihre Meinung bezüglich Reys teilen würde, stand auf einem anderen Blatt. Noch mochte er nicht die Ansichten der Mehrzahl seiner Lords teilen, aber er hatte Angst vor Erazmus Reys. Das hatte Arissa in seinen Augen gesehen.

»Habt Ihr zufällig schon einmal vom *Nexus* gehört?«, fragte sie Vos auf einmal, weil ihr urplötzlich der Anschlag auf die Animagen in den Sinn kam.

Vos legte den Kopf schief, er dachte nach. »Nein, dieses Wort ist mir noch nie zu Ohren gekommen. Was soll das sein?«

»Das gilt es herauszufinden«, murmelte Arissa. Doch zuerst musste sie sich um andere Dinge kümmern. Vielleicht war es an der Zeit, dass Jasper Raz kennenlernte. Nicht Erazmus Reys, den bösen Magier aus der Legende, sondern Raz, den Mischling, der Arissa das Leben gerettet hatte.

Kapitel 14

Ein paar Stunden später war Arissa auf dem Weg zu Jaspers privaten Gemächern. Es war das allererste Mal, dass sie keinen geheimen Weg durch das Schloss suchen musste, um zu ihm zu gelangen. Sie war nun seine Mätresse. Wenn die königlichen Berater Bescheid wussten, mussten auch Jaspers persönliche Wachen um ihre neue Position wissen. Sie würden Arissa ohne Bedenken zum König lassen. Endlich mussten sie sich nicht mehr verstecken. Es hätte ein Gefühl von Freiheit und Leichtigkeit sein müssen, das durch ihre Adern floss, aber so richtig befreit fühlte Arissa sich nicht. So viele Gedanken kreisten in ihrem Kopf herum.

Die Wachen vor Jaspers Tür sahen sie mit hochgezogenen Augenbrauen an, stellten sich ihr jedoch nicht in den Weg. »Seine Majestät nimmt gerade ein Bad«, sagte einer von ihnen.

Arissa nickte und deutete mit dem Kinn auf die Tür. »Das ist in Ordnung, Seine Majestät erwartet mich.« Jasper erwartete sie zwar nicht, aber er hatte bestimmt nichts dagegen, wenn sie ihm beim Baden Gesellschaft leisten würde. Es war ohnehin zu lange her, dass sie Zeit zu zweit verbracht hatten. Seit ihrer Rückkehr noch Londinium hatte Jasper keine Zeit für sie gehabt.

Arissa schloss die Tür hinter sich und ging schnurstracks in Richtung Badezimmer. Zwei Bedienstete standen vor der Badezimmertür und sahen sie mit großen Augen an. Sie schenkte ihnen ein zögerliches Lächeln und strich sich eine dunkle Haarsträhne hinters Ohr. »Ihr dürft nun gehen, ich werde mich um den König kümmern.«

Die beiden jungen Männer tauschten einen vielsagenden Blick und verließen ihren Posten. Arissa atmete tief durch und öffnete die Tür.

»Ich sagte doch, dass ich keine Hilfe benötige«, erklang Jaspers leicht entnervte Stimme aus der Wanne. Ein Tuch lag über seinen Augen, die dunkelblonden Locken waren nass und wirkten dadurch viel dunkler als sonst, ansonsten sah sie nur seine breiten Schultern, die noch aus dem Wasser ragten.

Arissa musste lächeln. Ihre Schritte hallten von den dunklen Fliesen wider. »Ich denke, bei mir wirst du eine Ausnahme machen«, sagte sie leise.

Jasper erschrak und nahm sofort den Lappen von seinem Gesicht. »Arissa«, hauchte er, dann entspannte er sich sichtlich wieder. »Ich dachte, du wärst noch bei Vos.«

»Ich komme gerade von dort. Hätte ich gewusst, was mich erwartet, wäre ich früher gekommen.« Sie stand nun direkt neben der Wanne. Ihr Blick glitt über ihn hinweg. Normalerweise wäre das der Moment, in dem sie sich ausziehen und ihm Gesellschaft leisten würde. Jaspers Blick nach zu urteilen, erwartete er auch genau das von ihr. Begierde lag in seinen blauen Augen, doch Arissa zögerte.

Sie wusste genau, was passieren würde, wenn sie zu ihm in die Wanne stieg. Doch bereit war sie dazu nicht. Nicht, solange Raz' Gesicht, seine zarten Berührungen und klugen Worte noch immer ihre Gedanken bevölkerten. Es fühlte sich falsch an, Jasper nahezukommen, wenn sie an einen anderen Mann dachte.

»Konntest du die Lords beruhigen?«, fragte sie stattdessen und ging langsam durch den Raum. Schnupperte hier an einem Flakon, rückte dort eine Vase zurecht und legte ein Handtuch zusammen. Alles, um ihre Finger und ihre Gedanken beschäftigt zu halten.

Jaspers Blick folgte ihr. Verwirrung war darin zu erkennen, doch er sagte nichts zu ihrem abweisenden Verhalten. »Das konnte ich. Zukünftig werden sie dir den gebührenden Respekt zollen.«

Arissa hob eine Augenbraue. »Mir ist es einerlei, ob sie mich respektieren. Ihre Meinung spielt für mich keine Rolle.«

»Das sollte es aber. Sie sind die mächtigsten Männer dieses Landes. Ich bin zwar der König, aber auf sie angewiesen. Sie so vor den Kopf zu stoßen, war nicht meine Absicht, doch wie Lord Carson mit dir gesprochen hat, konnte ich nicht erdulden. Er ist zu weit gegangen.«

Die Worte des Lords waren nicht nett gewesen, keine Frage, aber Arissa hatte sich schon Schlimmeres anhören müssen. Wenn sie den Respekt dieser Männer wollte, durfte sie sich nicht von Jasper verteidigen lassen, sondern musste für sich selbst einstehen.

»Wie konntest du sie milde stimmen?« Gerade Lord Carson hatte ausgesehen, als würde er jeden Augenblick explodieren. Eine willkommene Abwechslung, wenn man Arissa fragte.

Ein seltsamer Ausdruck huschte über Jaspers Gesicht und er wandte den Blick ab. »Das braucht dich nicht zu kümmern«, war alles, was er dazu sagte.

Seine karge Erwiderung weckte Arissas Misstrauen, doch drängen wollte sie ihn auch nicht. Früher oder später würde Jasper ihr von dem Gespräch mit den Lords berichten, da war sie sich sicher.

»Habt ihr noch einmal über Reys gesprochen?«

Jasper nickte und fuhr sich mit beiden Händen durch die nassen Haare. Wassertropfen liefen sein Gesicht hinunter und über seine Brust. »Die Lords hatten noch einiges zu dem Thema zu sagen. Leider«, seufzte er.

»Aber sie haben nicht geschafft, dich umzustimmen, oder?« Sie konnte sich nicht vorstellen, dass Jasper Lord Carsons Vorschlag zustimmen würde. Er hatte selbst gesagt, dass er auf den Treueschwur der Umbra vertraute.

Ein harter Zug legte sich um Jaspers Mund und er starrte mit zusammengekniffenen Augen auf das Wasser. »Umgestimmt haben sie mich nicht. Noch nicht. Ich will, dass der Frieden in diesem Land Bestand hat. Doch ich erinnere mich an die Geschichten, die mein Vater mir über den Krieg zwischen Reys und meinem Großvater erzählt hat. Bis vor kurzem waren es für mich nur Mythen gewesen, doch jetzt glaube ich sie. Und nicht nur ich. Die Lords sehen in Erazmus Reys eine große Bedrohung für uns alle und wenn ich ehrlich bin, würde auch ich ihn lieber früher als später hinter Gittern sehen«, wisperte er dann. Durch das klare Wasser konnte Arissa sehen, dass er seine Hände zu Fäusten ballte. Er sah sie nicht an.

Arissa erschrak. Woher kam der plötzliche Sinneswandel, der harte Ton in seiner Stimme? Wie hatten die Lords es geschafft, Jasper in diese Stimmung zu versetzen? Oder waren die Erzählungen seines Vaters, an die er sich erinnert hatte – oder an die er erinnert *worden* war – und die jetzt offenbar Wirklichkeit geworden waren, der ausschlaggebende Grund für sein Umdenken?

Wie auch immer, Arissa wusste, dass sie ihn nicht direkt danach fragen konnte, sie musste klüger vorgehen. Sie ging auf ihn zu und kniete sich neben die Wanne, eine tiefe Sorgenfalte auf der Stirn. »Dann willst du ihn wirklich jagen lassen? Verstehe meine Frage bloß nicht falsch, aber worauf begründest du das? Auf Verbrechen, die er vor fünfzig Jahren begangen hat? Und das auch nur vielleicht, denn es gibt doch keine Beweise für oder gegen ihn, da ohnehin alle Aufzeichnungen verschwunden sind. Also, was verleitet dich dazu, deine sonst so besonnene Art bei Reys aufzugeben? Sorgst du dich nicht darum, dass du damit dein Gesicht verlieren könntest?«

Jasper sah sie nur stumm an. Auf seinem Gesicht zeigten sich Emotionen von Verunsicherung bis Zorn, doch er blieb ruhig. »Er ist *Erazmus Reys*, Arissa. In seinem Fall müssen andere Regeln gelten. Muss ich ein anderer sein. Zu unser aller Schutz.«

Erschöpft von dem Gespräch warf Arissa die Hände nach oben. Sie schaffte es nicht mehr, sich zurückzuhalten. »Aber alles, was du über ihn weißt, stammt aus einer Legende.« Sie konnte die Angst der Menschen ja sogar verstehen. Doch niemand wusste wirklich, was vor fünfzig Jahren geschehen war. Hatten sie das Recht, über jemanden zu urteilen, ihn seiner Freiheit zu berauben – erneut –, gegründet lediglich auf wilde Vermutungen und die dumme Angst vor dem Unbekannten?

Ein dunkler Schatten huschte über Jaspers Gesicht, während er nach einem Handtuch griff und sich aus der Wanne erhob. Wasser platschte über den Rand, als er sich schwungvoll den Stoff um die schmalen Hüften schlang. »Ich kann mir einfach nicht vorstellen, dass mein Großvater als damaliger

König Bellamy Magee gestattet hätte, Reys grundlos einzusperren. Und dass er davon gewusst haben muss, ist ja wohl eine Selbstverständlichkeit.«

Arissa schaute zu, wie Jasper aus der Wanne stieg und nach einem zweiten Handtuch griff, um seine Haare zu trocknen. Wasser lief seinen Oberkörper hinab und sammelte sich als kleine Pfütze zu seinen Füßen. Doch dieser Anblick konnte die unterdrückte Wut in ihren Adern nicht mildern. »Ich konnte mir auch nie vorstellen, dass man Animagen als Schoßtiere gehalten und Umbra als Meuchelmörder herangezogen hat. Und trotzdem hat dein Großvater genau das getan«, presste sie hervor und erinnerte Jasper an die Verbrechen von König James und damit an eine der dunkelsten Stunden Britannias.

»Ich bin nicht wie er«, zischte Jasper und fuhr zu ihr herum. Mit nassen Haaren und halbnackt sah er nicht bedrohlich aus, doch die Wut in seinen Augen zeigte, wie nah ihm dieses Thema ging.

»Dann beweise es.«

Sie sahen sich lange an. Eine stumme Diskussion führend. In seinen Augen loderte der Zorn, in ihren etwas anderes. Auch wenn Arissa ihre Gefühle in diesem Moment nicht eindeutig benennen konnte.

Dann ließ Jasper das Handtuch sinken und setzte sich mit einem Seufzen auf die Ottomane, die in der Ecke des Raumes stand. Arissa schien die stumme Debatte gewonnen zu haben. Vielleicht hatte Vos recht und sie besaß doch mehr Einfluss auf ihn, als sie angenommen hatte. »Wie denn? Indem ich einfach *nichts* tue?«

Sie setzte sich zu ihm und legte ihm eine Hand aufs Knie. »Abwarten ist nicht nichts tun.«

»Du schlägst also vor, dass ich darauf warte, dass Reys den ersten Schritt macht?« Er fuhr sich über die Augen.

»Nein, das meine ich nicht. Ich würde vorschlagen, ihn hierher einzuladen.«

Jasper riss die Augen auf und sah sie erschrocken an. »Wie bitte?«

»Ich habe gehört, dass deine Mutter mal wieder einen Ball plant. Er soll noch diese Woche stattfinden. Lade Erazmus Reys dazu ein. Zeige Größe, versuche auf ihn zuzugehen.«

Ein verwirrter Ausdruck breitete sich auf Jaspers Gesicht aus. »Was soll das bringen?«

»Mit deiner Menschenkenntnis und Aufmerksamkeit wirst du herausfinden, ob er eine Bedrohung für dich ist oder wirklich kein falsches Spiel spielt und einfach nur wieder frei unter seinesgleichen leben will. So oder so hast du versucht einen friedvollen Weg zu finden. Alles andere liegt nicht in deinen Händen.«

»Bei dir klingt das alles so einfach. Was wird der Senex dazu sagen?«

Ein bitterer Geschmack breitete sich auf Arissas Zunge aus. Seit wann kümmerte sich Jasper so sehr darum, was der Senex zu seinen Beschlüssen sagte? Dabei war sie sich sicher, dass er gar nicht von allen Mitgliedern sprach. »Die Magier sind nicht dein Problem, sondern die Mehrzahl deiner Lords«, murmelte sie.

Jasper zuckte mit den Schultern. »Da hast du recht. Sie werden es nicht gutheißen, wenn sie Tisch an Tisch mit Erazmus Reys sitzen müssen.«

Was diese Lords guthießen oder nicht, war Arissa vollkommen egal. Sie wollte einen Krieg verhindern. Ob sie dabei einigen hochrangigen Mitgliedern des Rates auf die Füße trat, spielte für sie keine Rolle. Auch sie sollten den Frieden doch dem Krieg vorziehen.

Sie rutschte näher an Jasper heran, legte beide Hände auf seinen nackten Oberkörper und malte mit den Fingern kleine Kreise auf seiner Brust. Sie spürte, wie Jasper sich unter ihren Berührungen entspannte.

Arissa beugte sich vor, sodass ihre Lippen direkt oberhalb seines Ohres lagen. »Stell dir vor, wie deine Berater dich feiern werden, wenn du es schaffst, Erazmus Reys als Verbündeten zu gewinnen«, hauchte sie.

Jasper umfasste ihre Taille und schob sie sanft von sich weg. »Und du glaubst, das funktioniert?«

In ihrem Körper breitete sich pure Entschlossenheit aus. »Wir werden es nicht herausfinden, wenn wir es nicht versuchen.«

***

Seit einigen Stunden fristete Arissa ihr Dasein beim Polieren von Waffen. Sie hatte sich freiwillig für diesen Dienst gemeldet, denn sie war froh, etwas zu tun zu haben. So war sie abgelenkt und musste nicht ständig an Edmund denken. Es machte ihr zu schaffen, dass es nichts gab, was sie für ihn tun konnte. Es lag schlichtweg nicht in ihrer Macht. Doch die Magees, ihre einzige Hoffnung, hatten gerade andere Sorgen, was Arissa sogar verstehen konnte. Ihre Aufgaben als Kriegerin des Ordens halfen ihr dabei, einen kühlen Kopf zu bewahren. Auch als Mätresse des Königs hatte sie darauf bestanden, weiterhin dem Ordnen zu dienen und ihren Pflichten nachzukommen. Das würde sie sich niemals nehmen lassen, auch nicht von Jasper.

Neben ihr saß seit einiger Zeit übrigens niemand Geringeres als Darcy. Doch statt wie gewöhnlich aufeinander loszugehen oder sich gegenseitig zu beleidigen, war Darcy bisher ungewöhnlich freundlich gewesen. Mit einem Pfeifen hatte sie den Raum betreten und Arissa von oben bis unten gemustert.

»Begibt sich allein auf die Suche nach ihrem Bruder, einigt die Animagen und trifft dabei auf den Mythos Erazmus Reys«, hatte Darcy mit einem Hauch Anerkennung in der Stimme gesagt. »Ich gebe es ungern zu, aber ich bin beeindruckt. Schade, dass ich nicht dabei gewesen bin. Es klingt nach einem spannenden Abenteuer.«

Arissa hatte ihr Erstaunen kaum verbergen können. Doch sie hatte dieses regelrechte Lob stillschweigend hingenommen.

Darcy hatte ihr im Anschluss unzählige Fragen über ihre Reise gestellt, allem voran natürlich über Erazmus Reys. Darcy hatte *alles* wissen wollen. Wie er war, wie er aussah, wie sich seine Magie zeigte. Einfach alles. Ihr Interesse war Arissa irgendwann auf die Nerven gegangen und dennoch war es zur Abwechslung angenehm, sich normal mit Darcy unterhalten zu können.

»Bist du wirklich sicher, dass es eine gute Idee ist, Erazmus Reys zum königlichen Ball einzuladen?«, fragte Darcy Arissa auf einmal.

»Hast du einen besseren Vorschlag?«

Darcy legte das Messer, das sie gerade poliert hatte, weg und verschränkte die Arme vor der Brust. »Ich verstehe dein Bedürfnis nach Frieden, wirklich, das tue ich. Aber ich kann mich auch noch gut an die Erzählungen meiner

Großmutter über ihn erinnern. Und nach dem, was sie zu sagen hatte, scheint Reys dein Bedürfnis nach Frieden nicht zu teilen.«

Reys' Taten aus diesen Geschichten mochten unentschuldbar sein, aber es war noch immer nicht geklärt, ob er sie überhaupt begangen hatte. Und wenn, dann hätte er doch auch aus seinen Fehlern lernen können. Wenn Arissa an die Zeit zurückdachte, als sie noch nicht gewusst hatte, wer Raz wirklich war – sie hätte für ihn gebürgt. Raz hatte die Unstimmigkeiten zwischen den Animagen geklärt. Er schien die Bedürfnisse und Wünsche anderer zu kennen, bevor sie selbst davon wussten. Arissa war sich sicher, dass er im Grunde seines Herzens dasselbe wollte wie sie. Ob als Raz oder Erazmus Rey. »Das ist so nicht richtig. Reys strebte nach Selbstbestimmung für die Magier und Gleichheit vor den Menschen. Ich bin mir fast sicher, dass er nie vorgehabt hat, einen Krieg zu beginnen. Wenn es einen friedlichen Weg gegeben hätte, um sein Ziel zu erreichen, wäre er dafür bestimmt offen gewesen.«

Raz war kein Tyrann. Er war nicht der Böse, für den ihn die ganze Welt hielt. Natürlich, auch sie wusste nicht, was vor fünfzig Jahren geschehen war, aber sie wusste, wie er heute war. Oder zumindest glaubte Arissa das. Er war aufmerksam, hatte sich ihre Sorgen und Ängste angehört und versucht zu helfen. Warum sollte es jetzt anders sein?

»Du scheinst dir da sehr sicher zu sein«, sagte Darcy mit hochgezogener Augenbraue.

Arissa starrte auf ihre Hände. Auf das Schwert, das sie in den Händen hielt und in dessen Schneide sich das Sonnenlicht brach, das durchs Fenster schien. »Das bin ich«, hauchte sie. Sie wusste zwar nicht, warum sie sich so sicher war, aber sie vertraute auf dieses Gefühl.

»Eigentlich müsste ich ihm dankbar sein«, bemerkte Darcy auf einmal und betrachtete die Waffen auf dem Tisch vor sich. »Reys hat die Aufstände zwischen den Animagen beendet. So muss ich mir wenigstens keine Sorgen mehr machen.« Es war das erste Mal, dass Darcy so offen mit Arissa sprach und auch nur den Hauch von echten Gefühlen ihr gegenüber zeigte.

»Warum machst du dir Sorgen um die Animagen?«, fragte Arissa verwirrt.

Darcy war nicht der Typ, der sich um Magier sorgte. Zumindest hatte sie das nie in Arissas Anwesenheit getan.

Darcy hob den Blick, ein angespannter Ausdruck auf dem Gesicht. »Weil ich zur Hälfte Animage bin.«

Arissa sah sie fassungslos an. »Du bist ... Du bist ...«

»Ein Halbblut«, beendete Darcy den Satz und schob einen Ärmel ihres Hemds nach oben. Ein schmaler silberner Reif kam zum Vorschein. Noch nie hatte Arissa einen solchen Reif aus der Nähe gesehen. Das magische Relikt, das die Kräfte eines Halbbluts bannte. Einmal diesen Weg gewählt, war der Träger oder die Trägerin nicht in der Lage, den Reif selbstständig wieder zu entfernen.

»Ich hatte keine Ahnung, dass du zum Teil magisches Blut in dir trägst«, sagte Arissa leise. Ihre Wangen wurden heiß und sie schämte sich, dass sie so wenig über Darcy wusste.

Die zuckte nur mit den Schultern. »Wir Halblüter sind wie Bastarde. Man verschweigt unsere Existenz, weil wir für die Erbfolge unbedeutend sind.« Ein leises Lachen entkam Darcy und sie lehnte sich in ihrem Stuhl zurück. »Ich für meinen Teil bin beides, Bastard und Halbblut.«

Ein Gewicht drückte auf Arissas Brust und sie spürte, wie ihre Kehle sich zusammenschnürte. »Warum hast du dich für das Leben als Mensch entschieden?« Hätte sie selbst die Wahl gehabt, hätte sie sich immer für die Magie entschieden. Noch heute träumte sie manchmal von einem Leben, in dem ihr ein Element gehorchen würde.

»Müsstest gerade du das nicht am besten verstehen? Animagen sind nicht halb so machtbesessen wie Elementarier, aber sie legen sehr viel Wert auf Treue und Loyalität. Meine bloße Existenz war eine Beleidigung für die Familie meines Vaters, weil er sein Versprechen gegenüber seiner Gefährtin gebrochen hatte. Sobald sich meine Kräfte gezeigt hatten, habe ich meine Chance ergriffen und den Reif gewählt.« Mit zusammengekniffenen Augen spielte sie an dem schmalen Reif herum und drehte ihn mehrmals. »In Londinium wusste niemand, dass ich Magie in mir trage, und der Orden war die Möglichkeit für einen Neubeginn. Nur Vos und die obersten Generäle wissen von meiner Herkunft.«

Arissa war noch nie einem Halbblut begegnet. Sie hatte geglaubt, dass Raz eines war, aber das hatte sich als Irrtum entpuppt. Unter den Elementariern gab es keine Halbblüter, oder zumindest keine bekannten. Ein jeder von ihnen war auf Macht aus und die Verbindung zwischen einem Magier und einem Menschen schwächte diese. Jedes Halbblut, das aus einer solchen Verbindung hervorgegangen wäre, wäre schwächer als ein Reinblüter und damit unwürdig.

Dass jedoch auch die treuen Animagen ihre Halbblüter nicht anerkannten, hatte Arissa nicht gewusst. Sie hatte angenommen, dass diese Gilde magisch-menschliche Nachkommen akzeptierte. »Das muss schwer für dich gewesen sein«, flüsterte Arissa. Sie wollte zu gern nach Darcys Hand greifen, doch wusste genau, dass ihre Kameradin das nicht zulassen würde.

Darcy schnaubte und warf Arissa einen genervten Blick zu. »Ich komme damit klar, glaub mir. Magie war nichts, was ich mir für mich gewünscht habe.«

Magie vielleicht nicht, aber Akzeptanz und Liebe, schoss es Arissa durch den Kopf. Und diesen Wunsch kannte sie nur zu gut. Doch Darcy war eine stolze und unabhängige Frau, die diese Wünsche niemals offen preisgeben würde. Arissa akzeptierte das.

Die anhaltende Stille zwischen ihnen wurde beinahe unangenehm, als es an der Tür klopfte. Das war ungewöhnlich, denn jeder Krieger betrat den Aufenthaltsraum, wie es ihm gelüstete, schließlich war er für alle da.

»Herein«, sagte Arissa verwundert und legte das Schwert beiseite.

Die Tür wurde geöffnet und Arissa sah erschrocken auf zu dem unerwarteten Gast. Hastig stand sie auf und verbeugte sich. Darcy neben ihr tat es ihr gleich.

»Königinmutter. Was verschafft uns die Ehre Eures Besuches?«

Lady Portia Warbeck betrat das Zimmer und sah sich neugierig um. Stirnrunzelnd, aber mit einem Schmunzeln auf den Lippen, betrachtete sie die Waffensammlung, die vor den Kriegerinnen auf dem Tisch lag. Dann wanderte ihr Blick zu Arissa. Langsam glitten ihre Augen, die denen ihres Sohnes ähnelten, über Arissas Gestalt hinweg.

Arissa kam sich vor wie eine Ware, die begutachtet wurde. Still wie eine Statue blieb sie stehen und wartete darauf, bis die Königinmutter das Wort ergriff. Ihr Magen begann bereits nervös zu rebellieren.

»Mein Sohn hat mich darüber in Kenntnis gesetzt, dass er Euch als seine offizielle Mätresse auserkoren hat.«

Bei dieser Offenbarung starrte Darcy sie mit weitaufgerissenen Augen an und pfiff dann durch die Zähne. Arissas Wangen wurden heiß. Der offene Umgang mit ihr als Mätresse war zu neu für sie. Sie hatte keine Zeit gehabt, sich darauf vorzubereiten. Herauszufinden, was das für sie und ihre Beziehung zu Jasper bedeutete. Geschweige denn, wie es ihre Stellung am Hofe beeinflussen würde.

»Ich sage Euch, was ich auch Jasper gesagt habe: Der Zeitpunkt ist außerordentlich ungünstig.« Ein tadelnder Blick traf Arissa und sie neigte schuldbewusst den Kopf, obwohl sie rein gar nichts für die Situation konnte. »Dennoch: Was geschehen ist, ist geschehen und wir müssen nun das Beste daraus machen.« Sie klatschte in die Hände und die Türen öffneten sich erneut.

»Lady Howard«, begrüßte Arissa die Hofdame der Königinmutter und knickste vor ihr.

»Als Mätresse des Königs werdet Ihr an sämtlichen Empfängen, Bällen oder Ernennungen teilnehmen. Daher wollte ich sichergehen, dass Ihr vorbereitet seid. Lady Howard ist meine treueste Hofdame und steht Euch von nun an zur Seite. Auf meinen Wunsch hin wird sie Euch die Etikette des Hofes beibringen.« Lady Portia lächelte Arissa an und hob beschwichtigend die Hände. »Das soll kein Affront Euch gegenüber sein, Lady de Fay. Vielmehr eine Hilfestellung. Der Hof kann grausam sein und Fehltritte werden in unseren Reihen hart bestraft.«

Arissa nickte nur. Sie wusste, wie erbarmungslos das höfische Leben sein konnte. Seine Mitglieder waren allesamt darauf bedacht, aus dem Leid der anderen Profit zu schlagen. Es war eine Schlangengrube und wenn man nicht aufpasste, wurde man bei lebendigem Leib gefressen.

»Es ist üblich, dass die Mätresse des Königs zuerst der Königin vor versammeltem Hofe vorgestellt wird, bevor sie den Titel wahrhaftig tragen darf. Da Jasper noch unverheiratet ist, entfällt dieses Ritual, doch beim nächsten Ball werdet Ihr von Jasper offiziell dem Hof präsentiert.«

Arissa wechselte einen schnellen Blick mit Darcy. Ihre Kameradin hob eine Augenbraue und verzog leicht das Gesicht. Sie schien nicht viel von diesem Brauch zu halten. Arissa ebenso wenig und sie merkte, wie ihre Handflächen schwitzig wurden. Sie würde dem versammelten Hof vorgestellt werden? Etwas Schlimmeres konnte sie sich kaum vorstellen. Sich auf großen Veranstaltungen, in Menschenansammlungen und dergleichen herumzutreiben, gehörte nicht zu ihren Stärken.

»Außerdem habe ich den Hofschneider rufen lassen. Als Mätresse könnt Ihr nicht in der Uniform des Ordens herumlaufen. Das schickt sich nicht. Auf den Bällen wird erwartet, dass Ihr geschmackvolle Kleider tragt.«

»Kleider?!«, entkam es Arissa entsetzt. Aus den Augenwinkeln sah sie, wie Darcy versuchte ein Lachen zu unterdrücken. Sie war nie die Art Frau gewesen, die gern Kleider trug. Das Leder ihrer Rüstung und der Stahl ihrer Waffen hatten ihr immer genügt.

»Ja, Kleider. Es mag ungewohnt für Euch sein, aber es ist notwendig. Bei der Wahl der Stoffe und des Schnittes dürft Ihr natürlich mitentscheiden. Lady Howard wird Euch beratend zur Seite stehen. Nicht wahr?«

Lady Howard nickte. Die Hände hatte sie übereinandergelegt, während sie Arissa neugierig betrachtete. »Ich glaube nicht, dass es schwer werden wird, Lady de Fay für einen Ball zurechtzumachen. Mit dieser Figur und ihren langen dunklen Haaren wird sie vieles tragen können.« Sie lächelte Arissa an, woraufhin diese rot wurde.

Jaspers Mutter lachte leise. »Da stimme ich Euch zu. Mein Sohn hatte schon immer einen tadellosen Geschmack. Der Ball findet in zwei Tagen statt. Wie wichtig er ist, muss ich Euch wohl nicht sagen.«

Lady Portia spielte nicht auf Arissas Ernennung als Mätresse an, sondern auf die Anwesenheit von Erazmus Reys. Arissas Herz schlug schneller, wenn sie nur daran dachte, dass sie ihn in zwei Tagen wiedersehen würde. An dem Tag, an dem sie gleichzeitig vor allen als des Königs Mätresse präsentiert werden würde.

»Nein, das ist in der Tat nicht nötig«, flüsterte Arissa. Ihre Kehle war trocken und sie hatte einen Kloß im Hals.

Die Königinmutter wandte sich zur Tür, drehte sich jedoch noch einmal um. »Es kommen schwierige Zeiten auf uns zu. Ich hoffe sehr, dass Ihr wisst, worauf Ihr Euch eingelassen habt.«

»Das hoffe ich auch«, hörte Arissa Darcy mehr zu sich murmeln.

Arissas Mut sank. Sie war zu einer Magierin erzogen worden, zu einer Anführerin. Dann zu einer Kriegerin und Soldatin. Sie würde es auch meistern, eine neue Rolle zu erlernen.

Schließlich war der Platz an Jaspers Seite alles, was sie jemals gewollt hatte …

Kapitel 15

Mit einem *solchen* Kleid hatte Arissa nicht gerechnet. Die Damen des Hofes trugen pompöse, ausladende Kleider, gefertigt aus schweren Stoffen. Doch dieses hier war völlig anders.

Arissa hatte gemeinsam mit Lady Howard verschiedene Stoffe begutachtet. Samt war ihr zu schwer, ebenso Brokat. Der einzige Vorteil dieser Kleider wäre gewesen, dass man getrost sämtliche Waffen unter den weiten Röcken hätte verstecken können. Doch im Falle eines Falles wollte Arissa vorbereitet sein. In ausladenden Kleidern würde sie nicht kämpfen können. Ihr Kleid musste so geschnitten sein, dass sie einem Angreifer bei Bedarf ins Gesicht treten konnte.

Lady Howard war von dieser Anforderung zuerst schockiert gewesen, doch sie hatte schnell eingesehen, dass Arissa kein zartes Pflänzchen war. Daher hatte sie Chiffon vorgeschlagen, weil der Stoff zwar zart war, aber auch nicht so schnell knitterte. Der kaum zu erahnende Schlitz an der Vorderseite erlaubte Arissa eine großzügige Bewegungsfreiheit.

»Ich muss gestehen, das Kleid steht dir ausgesprochen gut«, bemerkte Darcy, als sie gemeinsam zum Festsaal gingen. Darcy war ihr als Leibwache für den Abend zugeteilt.

Arissa fuhr sanft über den zarten Stoff in Kornblumenblau. Lady Howard war der Ansicht, dass der blasse Blauton hervorragend zu Arissas dunklen Haaren passte.

»Ich hätte trotzdem lieber meine Rüstung an.« Sie warf einen sehnsuchtsvollen Blick auf Darcy, die in ihrer Ordensuniform neben ihr herlief.

»Ab und zu ein Kleid zu tragen, wird dich schon nicht umbringen«, lachte Darcy und machte eine wegwerfende Handbewegung.

»Da bin ich mir noch nicht so sicher.« Arissa fühlte sich irgendwie ... nackt. Und das lag nicht am tiefen Ausschnitt und dem langen Schlitz des Kleides, sondern an den fehlenden Waffen. Die Hofdame der Königinmutter hatte ihr untersagt, offen Waffen bei sich zu tragen. Das gehöre sich nicht für die Mätresse des Königs. Mit diesen Worten hatte sie jedoch nicht die Kriegerin in Arissa überzeugen können und so hatten sie einen Kompromiss gewählt. In einem Holster um ihren linken Oberschenkel trug Arissa einen Dolch. Die Handketten, die auf den ersten Blick wie Schmuck wirkten, waren mit Stahl verstärkt und würden ihre Schläge härter machen. Um ihre Hüften waren silberne Ketten geschlungen, die in einem spitzen Pendel endeten, das auf Höhe von Arissas Knien baumelte. Auch damit könnte sie im Notfall zustechen. Lady Howard hatte dem zugestimmt, denn die Waffen waren als solche nicht zu erkennen.

Als Arissa sich nun im Saal umsah, passte sie dennoch nicht zum restlichen Hof. Seine Mitglieder trugen aufwendige Stoffe und Schnitte. Die Kleider waren ausladend und reichlich bestickt. Sie fiel auf, auch wenn sie das nicht vorgehabt hatte. Blicke folgten ihr. Wohl zum einen, weil niemand wusste, wer sie war, und zum anderen, weil ein Mitglied des Ordens ihr auf Schritt und Tritt folgte.

Arissa sah sich weiter neugierig im Saal um. Sie erkannte einige der Lords mit ihren Ehefrauen. Sie waren umringt von anderen Höflingen und unterhielten sich miteinander. Einige junge Damen standen beisammen und tuschelten und kicherten, sobald ein junger Mann von edlem Geblüt an ihnen vorbeilief. Es war noch früh am Abend und noch nicht alle Gäste waren versammelt. Insbesondere einer fehlte noch.

»Er ist noch nicht da«, sagte Darcy in diesem Moment, die Arme vor der Brust verschränkt.

»Die Umbra kommen erst mit den Schatten der einbrechenden Dunkelheit. So funktioniert das mit dem Schattengehen.«

Darcy sah sie mit gerunzelter Stirn an. »Eigentlich habe ich von deinem

Romeo gesprochen. Aber ja, auch unser Staatsfeind Nummer eins ist noch nicht erschienen.«

»Oh … ähm, ja, der König und seine Mutter müssten jeden Augenblick kommen.« Arissa biss sich auf die Innenseite ihrer Wange.

Natürlich sprach Darcy von Jasper. Immerhin war er der König und damit die wichtigste Person am heutigen Abend.

»Wie glaubst du, wird der heutige Abend verlaufen?«, fragte Darcy. »Wird es ein nettes Pläuschchen, eine kleine Rauferei oder doch ein mittelgroßes Desaster werden?«

Arissa warf ihrer Kameradin einen finsteren Blick zu. »Dein Sarkasmus hilft hier nicht. Es wird schon alles gutgehen.« Arissas Nerven lagen ohnehin schon blank. Sie hatte keine Ahnung, was sie von dem Fest erwarten sollte. Raz und Jasper in einem Raum zu sehen … Das könnte wirklich in einem Desaster enden. Sie betete dafür, dass ihr ungutes Gefühl sie betrog.

Sie hatte noch nicht entschieden, wie sie auf Raz reagieren sollte. Freundlich? Ob sie das überhaupt konnte, nach allem, was er getan hatte? Aber wie sollte sie sonst reagieren, wenn ihr Ziel doch war, den Frieden zwischen ihm und dem Königshaus zu bewahren.

Ihr oberstes Ziel musste es sein, Jasper davon zu überzeugen, dass Raz nicht der Böse war, für den das ganze Land ihn hielt. Er war keine Bedrohung, zumindest glaubte Arissa das. Vielleicht hatte er vor fünfzig Jahren gegen Jaspers Großvater, König James, rebelliert – und wenn dem so sein sollte, dann war das sicherlich aus einem Grund geschehen, wie Arissa annahm. Die Gerüchte um die Unterdrückung der Magier durch die Menschen kannte immerhin auch jedermann in Britannia. Noch dazu war Jasper eine ganz andere Art von König, als James es den Erzählungen nach gewesen war. Jasper war gütig und verständnisvoll. Er hatte den Magiergilden seit seiner Amtsübernahme schon vieles von dem zugestanden, was seine Vorgänger ihnen verwehrt hatten.

Raz würde einsehen müssen, dass es seinesgleichen unter Jaspers Herrschaft gut ging. Dass sie freie und geduldete Bürger Britannias waren, die für sich selbst entscheiden durften. Das und nichts anderes wollte Jasper für sein Land.

»Abwarten, meine Liebe. Der Abend hat gerade erst begonnen. Und wenn wir schon von Desaster sprechen, da drüben kommt dein Vater«, Darcy zeigte mit dem Kinn zu den Türen des Bankettsaals, durch die gerade die Delegation der Elementarier schritt. Vorweg Lord Conrad de Fay.

Arissas Kehle wurde trocken, als sie ihren Vater betrachtete und an ihr letztes Gespräch dachte. Conrad de Fay sah miesepetrig aus wie immer. Seine Mundwinkel waren nach unten gezogen, seine Augen kalt. Arissa krallte ihre Hände in den dünnen Stoff ihres Kleides. Sie hoffte inständig, dass Lady Howard recht behalten würde und das Kleid nicht knitterte.

»Wer ist der junge Mann an seiner Seite?«, fragte Darcy und lehnte sich zu Arissa hinüber. »Er sieht gut aus.«

Mit schiefgelegtem Kopf musterte Arissa den Mann, der neben ihrem Vater ging. Sie kannte ihn nicht. Oder zumindest erkannte sie ihn nicht. Vielleicht war sie ihm vor Jahren schon einmal begegnet und die Zeit hatte ihn verändert.

»Ich will es nicht wissen.«

»Das wirst du wohl müssen, fürchte ich, denn sie kommen geradewegs auf uns zu.«

Die Miene ihres Vaters änderte sich auch bei Arissas Anblick nicht. Wenn möglich wurde sie sogar noch finsterer.

»Tochter«, begrüßte er sie. In seinen Worten war keine Liebe zu finden, die das Wort eigentlich implizieren sollte.

»Vater«, erwiderte Arissa die Begrüßung in demselben kalten Ton.

Sie lieferten sich ein Blickduell, das von Missbilligung und Abneigung nur so triefte. Dann schnaubte ihr Vater verächtlich, erklärte das Duell damit für beendet und deutete auf den Mann neben sich. »Darf ich vorstellen: Das ist Lord Murray, ein sehr begabter Feuerelementarier.«

Der Mann neigte den Kopf und lächelte Arissa zaghaft an. Sie verstand sofort, wer dieser Mann war. Oder besser, wer er, sollte es nach Conrad de Fay gehen, für Arissa sein sollte. Sollte Edmund nicht aus dem Spiegel befreit werden und das Erbe seines Vaters antreten können, würde Conrad de Fay darauf bestehen, dass Arissa den Familiennamen weitertrug. Indem sie das Kind des Mannes gebar, der laut ihrem Vater als nächstes Gildenoberhaupt infrage kam.

Zorn flammte in Arissa auf, doch sie rief sich zur Räson. Das hier war der Ball des Königshauses und sie würde keine Szene riskieren, nur weil sie ihrem Vater am liebsten die Hölle heiß machen wollte.

Darum nickte Arissa Lord Murray einfach zu, der jedoch ohnehin eher Augen für Darcy zu haben schien. Das waren ja vorzügliche Voraussetzungen für eine glückliche Ehe, die in Arissas Augen sowieso niemals stattfinden würde.

»Du trägst nicht die Uniform des Ordens? Haben sie dich hinausgeworfen?«, fragte ihr Vater mit hochgezogener Augenbraue.

Arissas Kiefer mahlten aufeinander. »Nein«, presste sie hervor. »Ich wurde nicht hinausgeworfen.«

»Dann wurdest du zum Ball geladen?« Die Missbilligung, aber auch der Unglaube waren deutlich aus seiner Frage herauszuhören.

»In der Tat«, war alles, was Arissa dazu sagte. Sie würde ihrem Vater gewiss nicht auf die Nase binden, dass sie die Mätresse des Königs war. Sie würde ohnehin in wenigen Augenblicken offiziell am Hofe begrüßt werden. Dann würde er es früh genug erfahren. Sie hoffte inständig, dass er dann mit seiner Wut nicht das Schloss zum Einsturz bringen würde.

»Verzeiht, Lord de Fay«, mischte sich Darcy in das Gespräch ein. »Seine Majestät ist eingetroffen, an der Seite der Königinmutter.« Darcy wirkte alles andere als glücklich, hier zu sein. Zumindest bis jetzt. Arissa wurde das Gefühl nicht los, dass Darcy darauf hoffte, dass der Abend nicht nach Plan verlief, damit sie etwas zu tun bekam. Die beiden Frauen drehten den Elementariern die Rücken zu, verabschiedeten sich nicht einmal von ihnen.

Seit Jasper den Saal betreten hatte, hatte Arissa nur noch Augen für ihn. Er sah fabelhaft aus. Seine langen Beine steckten in braunen Lederhosen und Stiefeln, darüber trug er eine goldgelbbestickte Weste, die perfekt zu seinen blonden Haaren passte. Der Mantel darüber wurde von zwei goldenen Broschen zusammengehalten, die das Emblem der Familie Warbeck zeigten: einen Wyvern. Und natürlich zierte die goldene Krone seinen Kopf.

»Er sieht atemberaubend aus«, hauchte Arissa, ohne darüber nachzudenken, dass sie es laut gesagt hatte.

Darcy neben ihr stöhnte auf. »Reiß dich mal zusammen. Er sieht aus wie immer. Du hast heute Abend eine Aufgabe zu erfüllen und die besteht nicht darin, dein Prinzchen anzuhimmeln.«

»*König*, Darcy, er ist der König, kein Prinz«, brummte Arissa und warf ihrer Leibwache einen bösen Blick zu. »Ich sehe ihn selten komplett zurecht gemacht, gönn mir den Moment.«

»Solange du nicht anfängst zu sabbern. Wir wollen doch nicht, dass du Lady Howards Meisterwerk ruinierst.« Darcy verdrehte die Augen und wickelte sich gelangweilt eine ihrer blonden Strähnen um den Finger.

Arissa wandte den Kopf wieder in Jaspers Richtung, der gerade Richtung Thron lief. An seinem Arm führte er seine Mutter durch den Raum. Lady Portia war in eine pompöse Robe gekleidet. Ein ausladender Rock aus schwerem, grünem Brokatstoff. Wo sie auch vorbeiliefen, verfielen die anwesenden Gäste in eine tiefe Referenz und begrüßten die Warbecks respektvoll und herzlich. Jasper geleitete seine Mutter zu ihrem Thron, bevor er sich den Anwesenden zuwandte und die Hände hob.

»In meinem Namen und dem Namen meiner Mutter heiße ich Euch alle willkommen. Der heutige Abend steht im Zeichen des Friedens. Des sicheren Friedens zwischen den Gilden der Magier und den Menschen.«

Beifall erklang und auch Arissa applaudierte. Ein strahlendes Lächeln erschien auf ihrem Gesicht, während sie Jasper betrachtete.

Doch dann stellten sich ihre Nackenhaare auf und ein Schauer lief ihr über den Rücken. Es war kein unangenehmes Gefühl und darum wusste sie genau, wer in diesem Moment hinter ihr stand. Sie sah schon, wie Darcy ihre Waffen ziehen wollte, und hielt ihre Kameradin mit einer knappen Geste davon ab. Darcys verwirrter Blick traf Arissas, doch die nickte der Kriegerin nur vertrauensvoll zu.

»Er genießt einen wahrhaft großen Auftritt«, wisperte eine Stimme in Arissas Ohr, die sie nur zu gut kannte. Hastig fuhr sie herum.

»Raz«, hauchte Arissa mit weitaufgerissenen Augen.

Er stand vor ihr. Nichts hatte auf sein Erscheinen hingedeutet. In absoluter Stille war er aufgetaucht. Ein wahrhaftiger Schattengänger, der sich lautlos durch die Dunkelheit bewegte.

Raz' Mundwinkel hoben sich. »Hallo, Rissa.«

»Du bist gekommen.«

Er nickte und ein Schmunzeln umspielte seine vollen Lippen. Auch wenn sie wütend auf ihn sein sollte wegen seiner List, konnte Arissa es nicht. In diesem Moment hatte sie sogar den Grund vergessen, weshalb sie aufgebracht sein sollte.

»Ich habe das Gefühl, dass ich die Einladung des Königs dir zu verdanken habe. Oder muss ich damit rechnen, jeden Augenblick verhaftet zu werden?«

Arissa lachte leise und schüttelte den Kopf. Ihre Finger friemelten an dem blauen Stoff ihres Kleides herum. »Das ist nicht der Anlass dieses Festes.«

»Und was ist der Anlass?«, wollte er wissen und beugte sich noch näher zu ihr. Arissas Herz schlug schneller. Sein Duft flog ihr entgegen und sie hielt den Atem an.

»Den Frieden zu bewahren, auch mit dem Mythos Erazmus Reys, der nach Britannia zurückgekehrt ist, natürlich.«

Seine Mundwinkel bogen sich noch weiter nach oben. »Du nimmst deine Aufgabe als Gesandte der Krone sehr ernst. Und doch trägst du gar nicht deinen Ring.«

Arissa schaute auf ihre nackten Finger. Es stimmte, sie trug keinen Fingerschmuck. Für gewöhnlich störte er sie nur beim Kämpfen. »Das war eine Ausnahme. Ich bin heute nicht als Gesandte des Königs hier.«

Sondern als seine Mätresse, dachte sie den Satz zu Ende.

Ein Schatten huschte über Raz' Gesicht und er trat noch einen Schritt näher an sie heran. Darcys Augen weiteten sich, doch sie blieb, wo sie war. Seine Stimme war gedämpft, als er weitersprach. »Was im Oakwood Forest geschehen ist, tut mir leid. Ich konnte dir nicht die Wahrheit darüber sagen, wer ich bin. Oder was ich vorhabe. Du hättest mir niemals geglaubt. Und falls doch, wärst du mit deinem Schwert auf mich losgegangen.« Er lachte leise, wurde jedoch sofort wieder ernst. »Jedenfalls tut es mir sehr leid, wie mein Geheimnis ans Licht gekommen ist. Und was ich den Mitgliedern der Zitadelle angetan habe. Sie hatten ihre Magie und Waffen gegen mich erhoben, ich musste reagieren. Mein Überlebensinstinkt war stärker als alles andere. Auch, dass dein Bruder nun dort gefangen ist, tut mir leid.«

Ein Stich fuhr Arissa durchs Herz bei dem Gedanken an Edmund. Sie wusste nicht genau, was sie darauf erwidern sollte. Die Aufrichtigkeit in seiner Stimme überraschte sie, doch Arissa war sich nicht sicher, ob er ihr erneut etwas vorspielte, um sie auf seine Seite zu ziehen. Sie schluckte schwer, versuchte aber seinem Blick standzuhalten.

»Ich kann mir nicht vorstellen, wie es gewesen sein muss, fünfzig lange Jahre allein in einem Spiegel gefangen zu sein«, begann sie und sah, wie die bloße Erwähnung des Spiegels ihm zusetzte. Seine Augen wurden schmal, doch in ihnen zeigte sich eine Verletzlichkeit, die Arissas Mitgefühl weckte. »Doch ich kann verstehen, dass du nach deiner ungewollten Befreiung durchgedreht bist. Der Drang, sich gegen Feinde zu verteidigen, kann uns zu unbeschreiblichen Dingen verleiten.« Sie konnte das zugeben, auch wenn es in diesem schrecklichen Fall die Opfer von Charles, Edmund und anderen unschuldigen Forschern gekostet hatte.

Arissa griff nach Raz' Hand und drückte sie leicht. Sie verstand ihn in der Tat. In aussichtslosen oder gefährlichen Situationen taten Menschen Dinge, von denen sie nicht wussten, dass sie dazu fähig waren. Auch unverzeihliche Dinge.

Raz sah sie erstaunt an, schaute hinab auf ihre ineinander verschränkten Hände und lächelte dann. »Danke, dass du es verstehst.«

»Ich verstehe es, aber vergeben kann ich dir noch nicht. Du hast in deiner Wut, in deiner Rage«, anders konnte sie sich nicht vorstellen, wie Raz fähig gewesen sein sollte, all diese Menschen ohne Anwendung von Magie zu töten, »Charles getötet. Er war mein Freund und er hat das nicht verdient. Und mein Bruder ist nun an diesem Ort gefangen, den du als düster und furchtbar beschreibst, ohne dass jemand so ganz genau weiß, wie man ihn wieder daraus befreien kann.« Ihre Finger glitten wieder aus den seinen und Arissa umschlang nun mit den Armen ihren Oberkörper, als sei ihr kalt.

Ein wehleidiger Ausdruck trat auf Raz' Gesicht und er nickte schwach. »Ich kann dir nicht sagen, wie leid es mir tut, dich verletzt du haben, Rissa.«

Rissa. Schon wieder dieser Kosename, der seltsame Dinge mit ihr anstellte.

»In diesem Moment habe ich meine gute Erziehung und die Regeln vergessen, nach denen ich lebe. War geblendet vom Hass, den Folgen der Gefangenschaft und der unbändigen Panik, erneut gefangen genommen zu werden.« Er fuhr sich mit der Hand durch die dunklen Haare und zerzauste sie dadurch. »Mein Vater hat mir beigebracht, zuerst immer freundlich zu sein, denn grausam kann man im Nachhinein immer noch werden. Ist man jedoch zuerst grausam, wird dir niemand glauben, dass du auch freundlich sein kannst. Also sei freundlich, solange, bis es an der Zeit ist, deine Feinde zu vernichten.«

Nun breitete sich wirklich Kälte in Arissas Körper aus und sie spürte, wie sich ihre Nackenhaare aufrichteten. »Du musst überhaupt nicht grausam sein«, wisperte sie. »Sei freundlich, Raz. Ich weiß, dass du das kannst.«

Er lächelte sie an, sodass das Grübchen in seiner Wange zum Vorschein kam. »Bei dir fällt mir das in der Tat sehr leicht. Du siehst übrigens heute Abend sehr schön aus.« Seine Augen wanderten über ihr Kleid, über die schwere Kette, die um ihre Hüfte lag, und zurück zu ihrem Gesicht. Ein Funkeln trat in seine braunen Augen, als wüsste er genau, was diese Kette in Wahrheit war.

»Danke«, brachte Arissa mit kehliger Stimme hervor. »Ich bin es nicht gewohnt, Kleider zu tragen. Und auch jetzt entspreche ich nicht dem Schönheitsideal des Hofes.« Sie hob ihren Rock an, der sanft durch ihre Finger glitt. Der Stoff war so weich und zart, dass Arissa ihn auf der Haut kaum spürte.

Raz sah sie noch einmal an, dann glitt sein Blick über die Menge und er musterte die Damen im Saal mit kritischem Auge. Als seine Augen zurück zu ihr gefunden hatten, schüttelte er den Kopf. »Wenn unsere Augen in der Lage wären, Seelen anstatt Körper zu sehen, wäre das Ideal von Schönheit ein anderes.« Sein Blick war bei diesen Worten so intensiv, dass Arissa nicht wegschauen konnte. Sie spürte, wie ihre Wangen heiß wurden und sie fühlte sich seltsam entblößt vor ihm. Doch nicht auf eine schlechte Art und Weise.

»Nicht einmal eine Woche ist sie die Mätresse unseres Königs und schon bandelt sie mit dem Feind an«, zischte da eine von Abscheu getränkte Stimme.

Der vertraute Moment zwischen ihnen wurde von Lord Thornton unterbrochen. Neben ihm standen Lord Duncan und Lord Carson, die Arissa mit gerümpfter Nase und Hass in den Augen ansahen. Als hätten sie dabei zusehen müssen, wie Arissa leibhaftig ihren König hinterging. Allerdings interessierte es Arissa nicht, wie die Lords sie ansahen. Sie schaute zu Jasper hinüber, der neben seinen Ratsmitgliedern stand. Ein harter Zug lag um seinen Mund, seine Augen waren schmal. Er starrte zwischen Arissa und Raz hin und her, als würde er dort etwas sehen, was ihm nicht gefiel. Ganz und gar nicht gefiel. Eine Ader auf seiner Stirn pochte bedrohlich. Dann stahl sich mit einem Mal ein Lächeln auf sein Gesicht – das jedoch sogar von weitem extrem aufgesetzt wirkte. Er führte etwas im Schilde, das merkte Arissa.

»Erazmus Reys!«, rief da der König. Im Saal kehrte augenblicklich Stille ein. Alle Augen lagen auf Jasper, der sich seinen Weg zu Arissa und Raz bahnte. »Ich habe es nicht für möglich gehalten, dass ich diesen Namen noch einmal hören würde. Die Zeiten, in denen meine Amme mir Schauergeschichten erzählte, sind schließlich lange vorbei.« Mit ausgebreiteten Armen, so, als würde Jasper einen alten Freund begrüßen, ging er auf Raz zu. Begleitet wurden seine Schritte von dem Gelächter der Gäste.

Die Sticheleien schienen an Raz einfach abzuperlen. Das Lächeln verrutschte nicht auf seinem Gesicht. Gegenüber Jasper wirkte Raz wie die wahrhaftige Dunkelheit. Oder wie eine dunkle Versuchung. Das Rot seiner Weste, die schwarzen Hosen und das dunkle Haar bildeten einen starken Kontrast zu Jaspers strahlendem Erscheinungsbild.

»Ihr seht Eurem Großvater ähnlich, Majestät«, sagte Raz und verneigte sich respektvoll vor dem König.

Ein düsterer Schatten huschte über Jaspers Gesicht. »Ihr müsst es wissen.

Wann seid Ihr ihm noch zuletzt begegnet? Unmittelbar vor Eurer Gefangennahme?«

Arissa stieß zischend die Luft aus, die sie angehalten hatte. Sie stand direkt zwischen Raz und Jasper und hatte das Gefühl, zwischen diesen beiden Männern und der Spannung, die sich aufgebaut hatte, zerrissen zu werden.

»Eure Majestät«, murmelte sie so leise, dass nur er und Raz sie hören konnten. »Vergesst den Anlass nicht, weswegen wir hier sind.«

Die Blicke beider Männer lagen nun auf ihr. Arissa hob den Kopf und sah Raz an. Neugierde lag in seinen braunen Augen, die sie voller Wärme ansahen.

»Ich sehe, Ihr habt meine Mätresse bereits kennengelernt, Lord Reys«, tönte Jasper und bot Arissa seine Hand.

Ein flaues Gefühl breitete sich in ihrem Magen aus, dennoch ergriff sie die stumme Einladung und legte ihre Hand über Jaspers. Die Stille im Saal wurde durch lautes Geflüster abgelöst. Arissa hatte sich diese Bekanntgabe anders vorgestellt. Das Lächeln auf ihren Lippen gefror und sie schluckte mühsam. In ihrer Vorstellung hatte Jasper sie voller Stolz präsentiert, voller Liebe in den Augen. Doch das hier war anders. Sie kam sich vor, als diene sie Jaspers Unterhaltung und als sei sie eine Art der Demonstration seiner Macht. Arissa fühlte sich aufgrund der stechenden Blicke und des Gemurmels der Leute umher mehr als unwohl.

Da ging ein Beben durch den Raum. Arissa wusste sofort, was oder besser wer dessen Ursprung war. Sie schaute schnell zu ihrem Vater, der alles andere als begeistert dreinsah. Sein Gesicht war vor Zorn gerötet und mit den Augen schien er Jasper und sie erdolchen zu wollen. Doch das kümmerte Arissa in diesem Moment nicht. Conrad de Fay würde in Anwesenheit des Königs niemals seine Fassung verlieren.

Sie schaute zurück zu Raz, dessen Augen sich kaum merklich weiteten, als er von Jasper zu Arissa und wieder zurücksah. »Eure Mätresse?«

»So ist es. Lady Arissa de Fay.« Jasper hob seine Hand hoch, die noch immer die von Arissa hielt. »Meine Mutter hat uns bereits ihre Einwilligung erteilt«, verkündete er nun vor den Augen und Ohren des gesamten Hofes.

Raz schaute nicht zum König. Sein Blick lag einzig und allein auf Arissa. »Ihr habt einen deutlich besseren Geschmack als Euer Vorfahre. Ich durfte die Bekanntschaft von Lady de Fay bereits machen und kann Eure Wahl nachempfinden. Sie ist eine erstaunliche Frau.«

Arissas Wangen wurden heiß bei Raz' Worten. Sie hörte ihr eigenes Blut in den Ohren rauschen, während ihre Kehle trocken wurde. Gleichzeitig bemerkte sie, wie sich Jaspers Griff um ihre Finger verstärkte.

»Das ist sie in der Tat«, murmelte Jasper und zog Arissa näher zu sich. Da war er wieder: Der Ausdruck in seinen Augen, den Arissa noch nie zuvor gesehen hatte. Wut, unbändige Wut und Eifersucht. Jasper starrte Raz mit aufeinandergepressten Kiefern an, während sich seine Finger in Arissas Seite bohrten. Sie warf ihm einen verärgerten Blick zu. Er verhielt sich wie ein Gockel. Was sollte dieses Benehmen? Sie war schließlich nicht sein Eigentum, das vor Dieben beschützt werden musste.

»Unverschämtheit, wie er über die Mätresse des Königs spricht«, hörte Arissa Lord Duncan in diesem Moment sagen. Jasper neben ihr musste es ebenfalls gehört haben, denn sein Blick wurde noch düsterer.

»Vielleicht hat *er* sie bereits auf seine Seite gezogen«, pflichtete Lord Thornton ihm bei.

Wut flammte durch Arissas Adern, doch sie riss sich zusammen, um nicht fuchsteufelswild zu den beiden Lords herumzufahren und ihnen laut und vor aller Augen die Meinung zu sagen. Stattdessen räusperte sie sich nur und zwang sich zu einem aufgesetzten Lächeln.

»Habt Ihr Lady Mavis Blackwood als Oberhaupt der Umbra abgelöst?«, wandte sie sich an Raz, um das Gespräch in eine andere Richtung zu lenken. Ihr war aufgefallen, dass die junge Umbra zwar anwesend war, aber stets hinter Raz zurückblieb.

»So ist es. Es war der Wunsch der Gilde.«

»Dann hoffe ich sehr, dass Ihr am nächsten Treffen des Senex teilnehmen werdet«, riss Jasper das Gespräch wieder an sich. »Ihr werdet feststellen, dass Magier und Menschen in friedlicher Koexistenz leben. Ich möchte, dass das so bleibt.« Das Lächeln auf seinem Gesicht wirkte aufgesetzt und Arissa hätte ihn am liebsten darauf hingewiesen, dass unausgesprochene Drohungen ihnen nicht weiterhelfen würden.

Raz' Augenbraue schob sich nach oben und er verschränkte die Arme hinter dem Rücken. »In Koexistenz? Wenn ich mich recht entsinne, sind die Angriffe auf die Animagen noch immer nicht aufgedeckt worden. Bezeichnet Ihr diese Art des Hinterhaltes etwa als friedlich?«

Das Gemurmel im Saal nahm zu. Arissa hörte deutlich die erstaunten und aufgebrachten Laute der anwesenden Adligen heraus. Und als ihr Blick über die Gäste glitt, sah sie, dass die Magier unter ihnen zustimmend nickten. Sie waren Raz' Meinung. Nervös schaute sie zu Jasper, dessen Kiefer angespannt war.

»Gewiss nicht. Diese Angelegenheit wird umgehend geklärt werden.«

Ein Lächeln, das seine Augen nicht erreichte, erschien auf Raz' Gesicht. »Wie schön. Ich bin mir sicher, dass die Gilde Eure Bemühungen zu schätzen wissen wird. Nachdem sie ihre Verluste betrauert hat, versteht sich.«

Arissa biss sich auf die Zunge und schloss die Augen. Wohin war die Absicht, den Abend friedvoll zu verbringen, nur verschwunden? Nun fing auch noch Raz mit den Sticheleien an.

Jaspers Miene verfinsterte sich, doch er hob herausfordernd das Kinn. »Ich bin gewillt, über Eure Vergehen in vergangenen Zeiten hinwegzublicken, Lord Reys. Zumindest, wenn Ihr lernt, Euch meinen Regeln anzupassen.«

»Ich habe kein Verlangen, mich anzupassen oder ein Teil der Menge zu sein. Ich bin der Herr meiner eigenen Gedanken, meiner Ideen und *Gefühle*«, beim letzten Wort wanderte Raz' Blick zu Arissa. »Ich bin ich und ich hatte fünfzig lange Jahre Zeit, um herauszufinden, wie wichtig das ist.«

Das Gemurmel um sie herum wurde lauter und Arissa hatte Mühe, Jaspers nächste Worte überhaupt zu verstehen. »In diesen fünfzig Jahren scheint Ihr verlernt zu haben, wie man in Anwesenheit seines Königs spricht.«

Raz schien keineswegs beeindruckt von diesen Worten oder seine eigenen zu bereuen. Er schüttelte nur den Kopf. »Ihr seid in der Tat der Enkel Eures Großvaters. Und nun: Habt Dank für die Einladung, Majestät. Die Umbra werden sich nun jedoch nach Belfarsad zurückziehen. Bei der nächsten

Sitzung des Senex werden wir uns gewiss wiedersehen.« Er neigte den Kopf vor dem König, dann blickte er abermals zu Arissa. Langsam griff er nach ihrer Hand. »Lady de Fay«, wisperte er und drückte ihr einen hauchzarten Kuss auf den Handrücken.

Arissa konnte ihn nur anstarren. Ihr Herz schlug laut und kräftig in ihrer Brust und sie hatte das Gefühl, keinen Ton herausbringen zu können. Darum nickte sie nur hölzern.

Raz schaute zu Mavis Blackwood hinüber und nickte kurz. Dann traten die Umbra in die Schatten des Raumes zurück, die nicht vom Kerzenschein erhellt wurden, und verschwanden lautlos. Raz schenkte Arissa einen letzten Blick, bevor auch er verschwand.

Neben sich spürte sie Jaspers Anspannung. »Wenn er dich noch einmal so ansieht wie gerade, vergesse ich mich und ramme ihm meine Faust ins Gesicht«, zischte er aufgebracht.

Fassungslos starrte Arissa ihn an. »Beruhige dich, es ist nichts passiert.«

»*Nichts passiert?* Reys zieht dich mit den Augen regelrecht aus und du sagst dazu nichts?«

Ungläubig schüttelte Arissa den Kopf. Jasper übertrieb maßlos. Raz hatte sie in keiner Weise unpassend angesehen, wie Jasper es hier darzustellen versuchte. Die Eifersucht sprach ganz deutlich aus ihm und Arissa wusste nicht, was sie davon halten sollte. Doch sie versuchte erneut, sich ihre Gefühle und Unsicherheit nicht anmerken zu lassen. Sie legte ihm stattdessen beruhigend eine Hand auf den Arm und deutete mit dem Kopf in Richtung Thron. »Gehen wir«, flüsterte sie und zog ihn mit sich. Sie wollte nicht weiterhin von allen angestarrt werden.

Die Blicke der Gäste folgten ihnen noch, doch die Gespräche und auch die Musik hatten wieder eingesetzt, sodass seine nächsten Worte nur Arissa erreichten.

»Er ist arrogant und unerträglich. Er hält sich für etwas Besseres und zollt mir nicht den mir zustehenden Respekt«, zischte er. Sein Kiefer war angespannt und rote Zornesflecken hatten sich auf seinem Hals ausgebreitet.

»Jasper, er war fünfzig Jahre lang gefangen. Versuche Geduld mit ihm zu haben.« Statt direkt zum Thron zu gehen, nahm Jasper ihren Arm und hakte Arissa bei sich unter. Sie liefen am Rande des Saals entlang, als wolle er sie jedem Gast einzeln präsentieren.

»Ich sollte ihn ins Gefängnis stecken lassen, anstatt mir weiter seine Unverfrorenheit anzutun und Unverschämtheiten gefallen zu lassen.« Seine Worte waren hart, doch das Lächeln auf seinem Gesicht verrutschte keine Sekunde. Jasper wusste, dass man sie beobachtete.

Arissa konnte ihre Gefühle nicht annähernd so gut verstecken. Sie merkte, wie sie blass wurde. »Wie bitte?«

»Lord Duncan und Lord Thornton hatten recht: Man kann Erazmus Reys einfach nicht trauen und er muss für seine Vergehen bestraft werden. Ich bin es außerdem Lord Magee schuldig. Und wer weiß schon, ob Reys wirklich aus Notwehr handelte in der Höhle. Ich traue ihm, ehrlich gesagt, alles zu.«

»Und was soll das nun heißen?«

Jasper blieb stehen und sah sie lange an. »Sollte er in irgendeiner Hinsicht Ärger machen oder Anhänger um sich scharen, werden Zachary Magee und ich ihn mit vereinten Kräften wieder in den Spiegel verbannen.«

Arissa löste ihren Arm von seinem, trat einen Schritt zurück und sah ihn fassungslos an. Sie öffnete den Mund, schloss ihn wieder und schüttelte dann den Kopf. Das durften sie nicht tun. »Wenn ihr ihn in den Spiegel bannt, was geschieht dann mit Edmund?«, stieß Arissa zwischen zusammengepressten Zähnen hervor.

Jasper legte ihr eine Hand auf die Schulter und sah sie beruhigend an. »Wir würden ihn gleichzeitig befreien. Zachary Magee versucht die Formel zu rekonstruieren, die für das Öffnen des Spiegels benötigt wird. Wir holen Edmund heraus, im selben Moment, in dem wir Erazmus Reys wieder dort einsperren.«

Für Edmund klang das beinahe zu schön, um wahr zu sein. Doch Arissa war mit diesem Plan nicht einverstanden. Natürlich wollte sie, dass Edmund befreit wurde, aber auf der anderen Seite war es ihr gar nicht recht, dass man Raz erneut in dieses Gefängnis sperrte. »Aber ...«

»Es gibt kein Aber, Arissa«, unterbrach Jasper sie harsch. »Erazmus Reys stellt eine Bedrohung für meine Herrschaft dar. Für alles, was wir uns in den letzten Jahren aufgebaut haben an Sicherheit und Verbindlichkeit zwischen Menschen und Magiern. Ich kann das Risiko nicht eingehen, dass er all das wieder zerstört mit seiner Machtgier.«

Sie verzog das Gesicht und runzelte die Stirn. »Warum habe ich bloß das Gefühl, dass du von Anfang an so gedacht hast? Ich frage mich, warum du ihn dann überhaupt empfangen hast?« Warum nur hatte er ihr gesagt, dass er versuchen wollte Raz zu verstehen, mit ihm auszukommen – wenn er es doch offenbar nie wirklich vorgehabt hatte?

Ein harter Zug legte sich um Jaspers Mund und er verschränkte die Arme vor der Brust. »Ich habe ihn empfangen, weil ich ihm eine Chance geben wollte. Aber er hat sie schon verspielt. Mir gefällt nicht, wie nah er dir gekommen ist auf eurer Reise – und erneut am heutigen Abend. Vor meinen Augen. Vor den Augen aller. Wer weiß, was du ihm alles anvertraut hast. Bis heute Abend hatte ich Reys noch nicht als meinen Feind angesehen, aber jetzt tue ich es.«

»Also hast du ihn aus Eifersucht dem gesamten Hof vorgeführt?«, fragte Arissa entsetzt. Gerade konnte sie nicht glauben, wer vor ihr stand. So kannte sie Jasper nicht, so war er nie gewesen.

Jasper neigte nur den Kopf und zwang sich zu einem Lächeln, als ein Paar an ihnen vorbeiging und knickste. Dann wandte er sich wieder Arissa zu. Seine Worte waren gedämpft, doch er sprach mit der Stimme des Königs. »Ich habe einem Feind meines Landes gezeigt, welcher Platz ihm gebührt, wenn er vorhat, weiterhin frei in Britannia zu leben.« Und damit war ihr Gespräch beendet.

Dieser Abend war nicht annähernd so verlaufen, wie Arissa es sich vorgestellt hatte. Nun musste sie fürchten, dass Jasper seinen drohenden Worten Taten folgen lassen würde, wenn er das nächste Mal auf Raz traf. Ihre Brust zog sich schmerzhaft zusammen und sie bekam kaum noch Luft. Arissa wollte nicht, dass Raz erneut seiner Freiheit beraubt wurde. Der Freiheit, die er gerade erst wiedergewonnen hatte – nach fünfzig langen Jahren. Womöglich noch dazu abermals durch den Spiegel von Albion. Dass er weiter einsam und allein darin sein Dasein fristen musste. Ein solches Schicksal war schlimmer als der Tod. Das wünschte sie niemandem. Darum hoffte sie auch so inständig, dass Edmund aus dem Spiegel befreit werden würde, und zwar so schnell wie möglich. Aber ohne ihn gegen Raz auszutauschen.

***

Auch wenn Jasper leise gesprochen und sich niemand in ihrer Nähe aufgehalten hatte, so waren sie dennoch nicht unter sich geblieben. Sie beide hatten für einen unachtsamen Moment vergessen, dass die Schatten alles hörten.

Kapitel 16

Sie war nicht aufgehalten worden, als sie erst den Orden und dann den Palast verlassen hatte. Auf der Tower Bridge herrschte reges Treiben. Kutschen reihten sich aneinander, sie wollten alle Richtung Schloss. Arissa betrachtete die vielen Wagen, vollgeladen mit Lebensmitteln, Seidenstoffen und Blumen. Sie war froh, dass keines der Fuhrwerke Waffen oder Rüstungen transportierte, die auf die Vorbereitung eines Krieges schließen lassen würden.

Arissa schob sich mit hastigen Schritten an den vielen Bürgern vorbei, die wie sie die Brücke überquerten. Da sah sie einen Schatten aus dem Augenwinkel. Abrupt blieb sie stehen und wurde von hinten von einem Mann angerempelt. Rasch entschuldigte sie sich bei ihm, bevor sie sich umdrehte.

Der Schatten war weg.

Stirnrunzelnd kniff Arissa die Augen zusammen. Ihr stellten sich die Nackenhaare auf – sie hatte das klare Gefühl, beobachtet zu werden. Wurde sie jetzt etwa schon paranoid? Sie rechnete damit, hinter jeder Ecke auf Raz zu treffen. Vielleicht *hoffte* sie auch darauf, denn sie hatte unzählige Fragen, die sie ihm stellen wollte.

Arissa ließ die Brücke hinter sich, aber nicht das Gefühl, verfolgt zu werden. Sie bog absichtlich unwillkürlich in irgendeine Seitenstraße ein, um herauszufinden, ob ihr wirklich jemand nachschlich. Sie beschleunigte ihre Schritte und verschwand schnell in einem Hauseingang. Dort drückte sie sich gegen den kalten Stein der Mauer und wartete.

Doch mit der Person, die nur einen Bruchteil später in der Gasse auftauchte, hatte sie nicht gerechnet.

»Darcy!«, schimpfte Arissa und trat aus dem Schatten. »Was tust du hier?«

Ihre Kameradin überging die Frage einfach. »Der gestrige Abend war ein wahres Spektakel.« Darcy trat in voller Rüstung und bewaffnet zu ihr heran. Ihre langen blonden Haare waren zu einem Zopf geflochten, die Arme hielt sie vor der Brust verschränkt.

Arissa verdrehte die Augen und seufzte. »Nicht jetzt, Darcy.« Sie hatte keine Lust, sich mit Darcy zu unterhalten. Sie wollte zur Zitadelle, um Bellamy Magee um Hilfe zu bitten. Wer weiß, ob sie ihren Bruder sonst jemals wieder in die Arme würde schließen können. Sie wusste einfach nicht mehr, wem sie trauen konnte.

Darcy beobachtete Arissa mit einem amüsierten Ausdruck auf dem Gesicht. Allein diese Andeutung eines Lächelns weckte die Wut in Arissa. Die saß heute zu nahe an der Oberfläche.

»Als du das Fest verlassen hast, kam ich nicht umhin, mich ein wenig umzuhören. Die Ratsherren und auch viele Hofdamen hatten einiges über dich zu sagen. Und ihre Worte waren nicht sonderlich nett. Du scheinst nicht besonders viele Freunde bei Hofe zu haben.«

Arissa biss die Zähne zusammen. Natürlich hatte sie keine Freunde am Hof. Sicherlich hatten sie viele von ihnen brüskiert mit der Verkündigung, dass sie als Immunda Jaspers Mätresse war. in den Augen des Königshauses und seiner Vertrauten war nur das reine Blut der Menschen gut genug. Selbst für eine Mätresse.

»Was willst du, Darcy?«, fragte Arissa mürrisch.

»Hast du einen schlechten Tag?«

»Wohl eher eine schlechte Woche.«

Denn in einer einzigen Woche war immerhin so viel geschehen, dass es ihr vorkam, als wäre ein ganzes Jahr vergangen. Müde fuhr Arissa sich mit beiden Händen über das Gesicht. Die Angriffe auf die Animagen waren noch immer nicht aufgeklärt worden. Die *Sache* mit Erazmus hatte eindeutig Vorrang in den Augen des Königs und seiner Berater. Aber Arissa hatte nicht vergessen, dass sie in der Zitadelle *zwei* Aufgaben zu erfüllen hatte: Sie musste mit Bellamy sprechen und sie hatte ebenso Hollis Arca ein Versprechen gegeben. Dann würde sie sich eben auch darum allein kümmern müssen und die Verantwortlichen auf eigene Faust ausfindig machen. Aber eins nach dem anderen. Erst musste sie wissen, ob die Magees die Formel gefunden hatten, die es zum Öffnen des Spiegelgefängnisses brauchte.

»Darcy, nichts für ungut, aber ich habe eine Menge zu tun und keine Zeit für einen Plausch. Kannst du mich also bitte einfach in Ruhe lassen?«

»Das kann ich leider nicht«, erwiderte Darcy trocken.

»Und warum nicht? Wenn du mir weiterhin auf die Nerven gehst, garantiere ich für nichts mehr.«

Darcy lachte leise und ihr Blick glitt zu Arissas Hüfte, an der kein Waffengürtel hing. »Deine armseligen Drohungen kannst du dir sparen. Glaubst du denn, dass ich dir auf Schritt und Tritt folgen *möchte?*« Ein genervter Ausdruck erschien auf ihrem hübschen Gesicht.

»Wenn du es nicht möchtest, dann lass es doch einfach.« Sie verschwendeten hier kostbare Zeit. Ohne Darcy wäre sie schon längst in der Zitadelle angekommen. Um nicht noch mehr zu trödeln, setzte Arissa einfach ihren Weg fort. Doch Darcy folgte ihr.

»Das geht nicht. Anordnung von oben.«

Arissa wäre beinahe über ihre eigenen Füße gefallen. »Wie bitte? Stehe ich etwa unter Beobachtung?«

Darcy neigte den Kopf zur Seite und verzog das Gesicht. »Nun ja, ich wurde dir zumindest als Leibgarde zugeteilt.«

Mit großen Augen sah Arissa ihre Kameradin an. Blinzelte mehrmals, sagte aber nichts. Dann kam der Zorn. »Als meine *was?* Ich brauche keine Leibgarde!«

»Ich sehe das genauso, Vos im Übrigen auch. Aber der König ist der Meinung, dass seine neue Mätresse eine benötigt. Glückwunsch zu diesem Titel im Übrigen. Dein Romeo scheint außerordentlich um dich besorgt.«

Wie Arissa es hasste, wenn Darcy Jasper »Romeo« nannte. Sie waren kein tragisches Liebespaar. Keiner von ihnen würde wegen einer unlösbaren Familienfehde sterben müssen.

Warum hatte Jasper ihr eine Leibgarde an die Seite gestellt? Er wusste ganz genau, dass Arissa sich verteidigen konnte. Besser als die meisten anderen. Es nagte sehr an ihrem Stolz, dass er der Meinung war, dass sie schutzbedürftig war, genauso wie die wohlerzogenen Damen des Hofes.

Darcy pfiff durch die Zähne. »Oh, da ist wohl jemand sauer.«

Arissa biss die Zähne zusammen. Ja, sie war sauer. Sauer auf Jasper. Sie atmete tief durch, um wieder Herrin ihrer Sinne zu werden. Dann sah sie Darcy finster an. »Ich werde jetzt zur Zitadelle gehen und du wirst mich nicht aufhalten.«

»Warum sollte ich dich aufhalten wollen?«, fragte Darcy verwirrt.

»Weil sowohl Vos als auch Jasper der Meinung sind, dass ich nicht dort hingehen sollte.«

Darcy schnaubte und machte eine wegwerfende Handbewegung. »So ein Unsinn. Der Spiegel mit deinem Bruder darin ist dort. Nichts würde mich an deiner Stelle davon abhalten, dorthin zu gehen. Wenn es eine Möglichkeit gibt, sein Schicksal zu ändern, solltest du alles versuchen. Und wenn jemand Informationen besitzt, die dir weiterhelfen können, dann ja wohl der alte Magee. Wir werden schon etwas aus ihm herausbekommen.« Mit einem Lächeln auf dem Gesicht klopfte Darcy auf den Griff ihres Schwertes.

»Du willst mir helfen?« Arissa konnte ihre Verblüffung nicht verbergen. Sie und Darcy waren keine Freundinnen. Sie waren die meiste Zeit über Rivalinnen gewesen.

Darcy zuckte mit den Schultern. »Warum denn nicht? Los, gehen wir, ich will zum Abendessen wieder im Orden sein.« Sie ging einfach an Arissa vorbei und schaute nicht einmal zurück, um sicherzugehen, ob diese ihr auch folgte. Eine vorbildliche Leibgarde! Arissa musste unvermittelt grinsen.

***

Zehn Minuten später hatten sie die Zitadelle erreicht und um eine Audienz bei Bellamy Magee gebeten. Sie wurden angewiesen zu warten, was weder

Arissa noch Darcy gefiel. Darcy lehnte mit verschränkten Armen gegen eine Wand. Mit der Fußspitze tippte sie ungeduldig auf den Boden. Arissa trieb dieses Geräusch beinahe in den Wahnsinn. Sie stand vor der Tür von Bellamy Magees Zimmer und rührte sich nicht.

»Warum dauert das denn so lange?«, schmollte Darcy und stöhnte auf.

Arissa verdrehte die Augen. »Du hättest ja nicht mitkommen müssen.«

»Ich widersetze mich doch keiner königlichen Anordnung.«

Da wurde die Tür geöffnet und – Zachary Magee stand überraschenderweise vor ihnen. Er wirkte müde und dunkle Schatten lagen unter seinen Augen. Auf Arissa wirkte der einst so stolze Magier wie ein gebrochener Mann. Offenbar war er zu Besuch bei seinem Vater. Er winkte sie in das Zimmer. Die beiden Kriegerinnen folgten ihm wortlos.

»Lord Magee«, begann Arissa leise zu sprechen, »lasst mich Euch mein tiefstes Beileid zum Verlust Eures Sohnes aussprechen. Charles war ein guter Freund von mir.«

Ein Schatten huschte über das Gesicht des Magiers, dann nickte er. »Danke. Wie kann ich Euch helfen?« In dem Zimmer war es dunkel, die Vorhänge waren bereits zugezogen. Arissa machte Bellamy Magee etwas weiter hinten im Zimmer aus, er saß eingesunken in einem Sessel, ein Buch auf dem Schoß. Hinter ihm stand der Spiegel von Albion.

Arissa spürte, wie ihr Herz schneller schlug. Edmund war nicht darin zu sehen. Sie verstand nicht, wie der Spiegel funktionierte oder wie groß das Gefängnis war, das er enthielt. Gerade sah der Spiegel aus wie ein einfacher Spiegel.

Sie räusperte sich, riss sich von dem Anblick los und wandte sich wieder Zachary Magee zu. »Der Zeitpunkt ist mehr als unpassend, dessen bin ich mir bewusst. Dennoch komme ich nicht umhin zu fragen, ob Ihr bereits einen Weg gefunden habt, meinen Bruder aus dem Spiegel zu befreien. Konntet Ihr Euch mithilfe der Notizbücher den Zauber erschließen?«

Der Lord schaute zu seinem Vater hinüber, der die Gäste gar nicht beachtete, sondern wortlos in dem Buch blätterte. »Seit meiner Rückkehr in die

Stadt liest er in seinen alten Tagebüchern. Ich hoffe, dass er sich erinnern wird. Aber bisher gibt es keinen Erfolg zu verzeichnen.«

»Verstehe«, sagte Arissa niedergeschlagen.

»Sind das die einzigen Aufzeichnungen über den Spiegel?«, fragte Darcy.

Lord Magee sah sie verwirrt an und blickte dann mit fragendem Blick zu Arissa, um zu erfahren, wer diese vorlaute Person war. Doch Arissa zog nur entschuldigend die Schultern zu den Ohren.

»Nein. Mein Sohn führte einige Tagebücher und Unterlagen mit auf seiner Expedition. Doch diese konnten nicht bei ihm aufgefunden werden. Vermutlich hat Reys sie an sich genommen und bereits vernichtet.«

Arissas Hoffnung sank. Langsam ging sie zu Bellamy Magee hinüber und setzte sich auf einen Stuhl ihm gegenüber. Im Hintergrund hörte sie, wie Darcy Lord Magee ausfragte. Das sollte nicht ihr Problem sein.

Da sah Bellamy Magee auf. Ein Lächeln erschien auf seinem faltigen Gesicht. »Erinnert Ihr Euch an mich?«, fragte Arissa leise. Während sie ihn ansah, versuchte sie Ähnlichkeiten zu Raz in seinen Gesichtszügen zu entdecken. Sie hatten dieselbe Augenfarbe. Ein dunkles, warmes Braun. Wenn das Sonnenlicht darauf fiel, sah es aus wie flüssige Schokolade.

»Ihr seid schon einmal bei mir gewesen, nicht wahr?« Bellamy Magee sah sie mit schiefgelegtem Kopf an. Arissa nickte. Ein Kloß im Hals verhinderte, dass sie die richtigen Worte fand.

Sie räusperte sich und schaute dann auf das Tagebuch in Bellamy Magees Händen. Darin musste irgendwo die Lösung stehen, um Edmund zu befreien. Eine Zauberformel, ein Ritual, irgendetwas. »Ich bin hier, weil ...«, begann Arissa, verstummte jedoch augenblicklich. Ihr Blick glitt in die Ecken des Raumes, deren Schatten plötzlich dunkler wurden, größer, als würden sie lebendig werden. Kälte breitete sich in Arissas Adern aus und ihre Augen weiteten sich.

»Umbra«, fauchte Darcy im selben Moment und zog ihr Schwert.

»Er ist hier«, erklang die angsterfüllte Stimme von Zachary Magee.

Arissa konnte sich nicht bewegen, sie starrte nur fassungslos auf den Schatten direkt neben einem schmalen Sofa, das in einer Ecke des Raumes stand, der sich nun verformte und Gestalt annahm. *Seine* Gestalt.

Raz sah genauso aus, wie sie ihn in Erinnerung hatte. Das dunkle Haar mit den zarten roten Strähnen war zerzaust, ein Bartschatten zierte seine Wangen und das Kinn. Er hatte die Arme hinter dem Rücken verschränkt und ein sanftes Lächeln umspielte seine vollen Lippen.

»Wie ich sehe, sind wir nicht die Einzigen, die auf einen Besuch aus sind.« Sein Blick glitt von Bellamy Magee zu Arissa und das Lächeln auf seinem Gesicht wurde breiter, sodass nun auch das Grübchen zum Vorschein kam.

»Hallo, Rissa«, flüsterte Raz und Arissa hielt den Atem an. Er kam einige Schritte auf sie zu. Ihre Finger schlossen sich fest um die Armlehnen des Stuhls.

»Raz«, sprach in diesem Moment Bellamy Magee seinen Spitznamen aus.

Arissas Kopf fuhr zu dem alten Mann herum, der Raz mit großen Augen ansah. Klarheit war in seinem Blick zu erkennen und stockend erhob sich Bellamy Magee aus seinem Stuhl.

»Bruder, du bist es wirklich.«

Das Lächeln verschwand von Raz' Gesicht und ein Schatten legte sich darüber. »So sehen wir uns wieder, Bellamy. Es ist lange her.«

»Lasst ab von ihm«, donnerte nun Zachary Magees Stimme durch den Raum. Er wollte zu seinem Vater eilen, doch mitten in der Bewegung blieb er wie erstarrt stehen. Raz hatte lediglich die Hand nach ihm ausgestreckt und der Sanitas konnte sich nicht mehr bewegen. »Schattenmagie«, zischte er und seine Augen wurden groß.

Aus den Schatten des Raumes lösten sich nun weitere Gestalten. Arissa erkannte eine von ihnen: Mavis Blackwood. Ihr schwarzes Haar war zu Locken gedreht und sie sah umwerfend aus wie immer. Ihr Blick aus stechenden grünen Augen taxierte Arissa neugierig.

»Lady Blackwood, Ihr habt dem König die Treue geschworen. Was auch immer Ihr vorhabt, lasst es bleiben. Die Magees und dieser Spiegel stehen unter dem Schutz der Krone. Ihr macht Euch des Hochverrats schuldig, solltet Ihr Böses im Sinn haben«, warnte Darcy die Magierin und kam mit erhobenem Schwert auf Arissa zu, um sie zu verteidigen.

Die Umbra lachte leise. »Ich diene Lord Reys, so wie meine Großmutter ihm bereits gedient hat. Wir Umbra kennen keinen anderen Anführer als ihn. Ihm allein gilt meine Treue.«

»Dann habt Ihr wohl kein Problem, für diese Treue Euer Leben zu lassen.« Mit diesen Worten stürmte Darcy auf die Magierin zu. Blackwood beschwor ihre Schatten herauf. Formte sie zu Klingen und hetzte diese auf Darcy.

Arissa schrie auf. »Nein!« Sie konnte Darcy ohne Waffen nicht helfen.

»Genug, Mavis!«, erklang Raz' Stimme. »Lass das Halbblut in Ruhe. Wir sind aus einem anderen Grund hier.« Blackwood zog ihre Schatten zurück und Raz schnippte mit den Fingern, um auch Darcy regungslos zu machen.

»Woher weißt du, dass sie ein Halbblut ist?«, fragte Arissa atemlos und sah von Raz zu Darcy, die wie eingefroren dastand.

»Wusstest du es etwa nicht?« Raz schmunzelte und fuhr sich mit der Hand übers Kinn. »Ich kann die Magie ihres Armreifes bis hierhin spüren. Welcher Gilde gehörst du an, Kriegerin?«, richtete er das Wort an Darcy. Die spannte nur die Kiefer an. Die Fähigkeit der allermächtigsten Umbra, jedes Wesen, das einen Schatten besaß, kontrollieren zu können, war verboten worden, genauso wie die Blutmagie der Sanitas. Wie viele Lebewesen konnte Raz wohl gleichzeitig kontrollieren und in seinem Bann halten, fragte Arissa sich.

»Der Gilde der Animagen«, zischte Darcy und funkelte Raz zornig an.

Raz nickte und wandte sich dann wieder seinem Bruder zu. »Aber ich bin deinetwegen gekommen, Bellamy. Wir haben noch eine Rechnung zu begleichen.«

Wie sie sich so gegenüberstanden, musste Arissa daran denken, was Raz ihr über seinen Bruder erzählt hatte. *In dem einen Moment habe ich noch mit meinem Bruder gestritten, im nächsten wachte ich allein im Wald auf.*

Sie hatte alles missverstanden. Bellamy Magee hatte Raz vor fünfzig Jahren im Spiegel von Albion eingesperrt. Raz war durch die ungewollte Hilfe von Charles Magee daraus entkommen. Und weil der Spiegel auf seiner Reise von Belfarsad nach Londinium im Oakwood Forest verschwunden war – warum zur Hölle auch immer! –, war er »allein im Wald« aufgewacht.

Und jetzt sah sie deutlich den Zorn in Raz' Augen, wohingegen Bellamy Magee ganz ruhig aussah. Als habe er sich mit seinem Schicksal bereits abgefunden.

»Ich habe dein Leben gerettet, Bruder«, war das Einzige, was er sagte.

Raz' Augen wurden schmal. »Wie das? In dem du mir meine Magie gestohlen hast? Mich eingesperrt hast? Mein Vermächtnis geraubt hast?« Er lachte hart auf. »Du hast mich fünfzig Jahre lang gefangen gehalten, *Bruder.*« Raz sprach das Wort voller Verachtung aus.

»Ich hatte keine andere Wahl«, erwiderte Bellamy Magee. Auf einmal ertönte die Stimme seines Sohns: »Verschwinde von hier, Vater! Er wird dich töten.«

Bellamy Magee sah zu Zachary hinüber und nickte langsam. »Das ist mir bewusst, mein Sohn. Ihm bleibt gar nichts anderes übrig. Deswegen bist du doch gekommen oder, Erazmus?«

Raz nickte. »Der König vertraut mir nicht und er wird es nie tun. Er sieht in mir eine Bedrohung und ich weiß um seinen Plan, mich erneut in den Spiegel zu sperren, falls ich mich ihm nicht ganz und gar unterordnen werde. Ich muss einfach sicher sein, dass das nie wieder geschehen wird.« Er schaute zu Arissa hinüber, die ihn mit großen Augen ansah. In seinem Blick lag das Wissen, dass sie es ebenfalls wusste, aber auch Traurigkeit. Er hatte ihr Gespräch mit Jasper während des Festes belauscht.

»Du könntest den Spiegel auch zerstören«, erwiderte Bellamy Magee und deutete dabei auf den Spiegel von Albion. »Dann muss niemand sterben.«

»Nein!«, rief Arissa. Sie sprang auf und baute sich vor dem Spiegel auf. Zerstörte man den Spiegel, tötete man damit vielleicht auch ihren Bruder. Das würde sie nicht zulassen!

Raz' Blick fand den von Arissa und sie konnte deutlich sehen, wie er weicher wurde. »Ich werde deinen Bruder nicht opfern, Rissa«, versprach er ihr. »Das würde ich dir nie antun.«

Erstaunt sah sie ihn an. *Ihretwegen* zerstörte er den Spiegel nicht? Sein Hass auf dieses Objekt musste endlos sein und trotzdem würde er ihn nicht vernichten, weil Edmund darin gefangen war?

»Befreit den Jungen aus seinem Gefängnis und geht«, brachte Zachary Magee aus zusammengebissenen Zähnen hervor. »Wir werden dem Senex nicht sagen, dass Ihr hier gewesen seid und was Ihr eigentlich im Schilde geführt habt.«

Raz fuhr zu seinem Neffen herum, der vom Alter her sein Vater hätte sein können. »Natürlich werdet Ihr das nicht.« Er hob die Hand, Schatten krochen aus seinen Fingerspitzen, schlängelten sich um seine Hände, bevor sie die Gestalt einer Klinge annahmen. »Es tut mir leid, dass es so enden muss. Ich hätte meinen Neffen wirklich gern kennengelernt«, sagte Raz mit Bedauern in der Stimme. »Aber jeder Magee verfügt über die Macht, mich erneut an den Spiegel zu binden. Blutmagie ist eine lästige Sache.«

Mit diesen Worten ließ er die Klinge aus Schatten fliegen. Arissa schrie auf. Auch Darcy und Bellamy Magee. Die Schneide fand unbeirrbar ihr Ziel und schlitzte Zachary Magees Kehle auf. Der Lord riss entsetzt die Augen auf, während Blut aus seinem Hals spritzte. Raz schnippte mit den Fingern und löste damit die Schattenfesseln, mit denen er seinen Neffen versteinert hielt. Dieser griff sich sofort an die Kehle, ging gleichzeitig zu Boden und begann zu röcheln. Wenige Sekunden später war Zachary Magee tot.

»Wie konntest du nur?«, Bellamy Magees Stimme bebte. Tränen rannen dem alten Mann übers Gesicht und er presste sich eine Hand vor den Mund. »Er war mein *Sohn!*«

»Du bist mein *Bruder.* Du sollst den Schmerz spüren, den ich verspürt habe, als du mich verraten hast«, erwiderte Raz. Doch seine Stimme klang belegt und der starre Ausdruck auf seinem Gesicht ließ darauf schließen, dass ihn diese Tat nicht kaltgelassen hatte.

Arissa konnte ihn nur anstarren. Das hier war nicht Raz. Das hier war Erazmus Reys. Ein grausamer und machtbesessener Magier, der für seine Ziele über Leichen ging. Sie blickte von Raz zu Bellamy Magee und weiter zu dem toten Körper von Zachary Magee, der nun das Opfer dieser brüderlichen Fehde geworden war.

»Du musst ihn nicht auch noch töten«, rief Arissa dann mit lauter Stimme und stellte sich beschützend vor den alten Magee.

Raz sah sie mit zusammengekniffenen Augen an. »Geh aus dem Weg, Arissa.«

»Nein!«

»Geh von ihm weg!«

»Nein«, wiederholte sie unnachgiebig. Sie mochte vielleicht keine Waffen bei sich haben und doch würde sie nicht zulassen, dass Raz seinen Bruder in ihrem Beisein tötete. Bellamy war der letzte Magee, der ihr noch dabei helfen konnte, Edmund aus dem Spiegel zu befreien.

Raz schüttelte den Kopf. »Stur wie ich dich kennengelernt habe. Manchmal frage ich mich, was dich schneller umbringen wird, deine Sturheit oder deine blinde Loyalität gegenüber der Krone.« Er sah sie enttäuscht an und ging dabei langsam auf sie zu.

»Lasst sie in Ruhe!«, zischte Darcy. Sie versuchte krampfhaft, sich aus Raz' Kontrolle zu befreien. Doch es gelang ihr nicht.

Raz beachtete die Kriegerin gar nicht, sondern sah weiterhin nur Arissa an. Dann hob er die Hände und augenblicklich sammelten sich wieder Schatten um ihn herum.

Arissa wich nicht zurück. Sie hatte keine Angst vor seiner Dunkelheit. Vor seiner Macht. Sie hatte ihn kennengelernt, als er nichts weiter gewesen war als ein Mann ohne Magie. Und auch, wenn er nun seine Magie zurückhatte, würde sie nicht vor ihm zurückschrecken.

»Ich sagte dir bereits, dass ich dich nicht töten werde.«

Arissa reckte das Kinn vor. »Das wirst du müssen, wenn du an Bellamy Magee gelangen willst.«

Raz hob erstaunt eine Augenbraue, lachte dann aber leise. »Lobenswert, wie du ihn verteidigst. Dabei bist du es gewesen, die mir geraten hat, ihm unter die Nase zu reiben, was für ein Held ich bin.«

»Damit habe ich aber nicht gemeint, dass du ihn töten sollst.« Arissa hatte nicht wissen können, worum es bei der Fehde zwischen Raz und seinem Bruder wirklich gegangen war. Sie hatte ihn nur trösten wollen.

»Du verstehst das nicht«, flüsterte Raz nun. Seine Stimme war sanfter geworden und Arissa hörte einen Schmerz heraus, der ihr einen Stich ins

Herz jagte. »Ich kann nicht zurückgehen. Niemals wieder werde ich in dieses Gefängnis gehen, wo mich nichts erwartet als Einsamkeit.« Seine Stimme brach am Ende des Satzes.

Sie wollte Mitleid mit ihm haben und wollte es gleichzeitig nicht. Seine Angst, seine Wut. Sie konnte beides verstehen und doch wieder nicht. Arissa ballte die Hände zu Fäusten. Sie wollte die Trauer von seinem Gesicht wischen. Ihre Hand an seine Wange legen und sagen, dass alles gut werden würde. Aber sie tat es nicht.

»Du musst das nicht tun«, wisperte sie stattdessen.

»Doch«, widersprach Raz. »Das muss ich. Und du hast etwas Wichtiges vergessen.« Er stand nun direkt vor ihr. Arissa konnte die hellen Sprenkel in seinen braunen Augen sehen. Konnte seinen Duft einatmen und die Wärme seines Körpers fühlen. Raz lehnte sich vor, sodass seine Lippen oberhalb ihres Ohres lagen.

»Schatten sind überall«, flüsterte er.

Arissa hörte nur noch den erstickten Schrei von Bellamy Magee, der hinterrücks von Raz' Schatten angegriffen worden war, ohne dass sie es hatte kommen sehen.

Raz trat einen Schritt von ihr weg. Die Hände hatte er wieder hinter dem Rücken verschränkt.

Arissa warf sich zu Boden und versuchte verzweifelt mit ihren Händen die Blutung an Bellamy Magees Hals zu stoppen. Dabei wusste sie, dass der Magier bereits tot war.

»Es tut mir leid«, hörte sie Raz sagen und blickte zu ihm auf. Er sah sie lange an und Arissa glaubte, Tränen in seinen Augen zu sehen. Dann sah er zum Spiegel. Ihr Herz blieb für einen kurzen Moment stehen – doch Raz machte keinerlei Anstalten ihn zu zerstören.

»Es tut mir wirklich leid«, wiederholte er, bevor er und seine Anhänger durch die Schatten wieder verschwanden.

Arissa wusste nicht, wofür er sich bei ihr entschuldigt hatte – dafür, dass er ihren Bruder in den Spiegel verbannt hatte oder dafür, dass er soeben ihre letzte Hoffnung, Edmund wiederzubekommen, ausgelöscht hatte.

Kapitel 17

»Hatte ich dir nicht untersagt, die Zitadelle aufzusuchen?« Jasper lief vor dem Sofa in seinem Gemach, auf dem Arissa saß, auf und ab.

Sie nickte langsam. »Doch, das hast du.«

»Und dass du den Magees Zeit zum Trauern geben sollst?« Ein tadelnder Blick traf sie, Arissa wandte den Kopf ab.

»Auch das«, murmelte sie.

Er war stehen geblieben und baute sich vor ihr auf. »Warum hast du dann nicht auf mich gehört?« Die Arme hielt er vor der Brust verschränkt.

Arissa war von den Ereignissen in der Zitadelle noch immer stark mitgenommen und sie würde sich nicht als Sündenbock darstellen lassen. »Weil mein Bruder in einem gläsernen Gefängnis feststeckt und die Magees die Einzigen sind, die ihn dort herausholen können. Deshalb!«

»Und jetzt ist die gesamte Familie tot.«

Ein Kloß bildete sich in Arissas Hals und sie merkte, wie ihre Augen feucht wurden. Schnell blinzelte sie die Tränen weg und ballte die Hände zu Fäusten. »Das ist nicht meine Schuld«, wisperte sie. Sie bekam die Bilder von Bellamy und Zachary Magee, wie sie mit aufgeschlitzten Kehlen vor ihr lagen, nicht aus dem Kopf.

»Zwei Kriegerinnen des Ordens waren absolut machtlos«, kam es von Jasper.

Arissa sah zu ihm auf, die Augen zusammengekniffen. »Es war auch nicht Darcys Schuld. Raz kann die Schatten jedweden Lebewesens kontrollieren.

Wir hatten keine Chance.« Sie erwähnte lieber nicht, dass Raz seine Magie nicht bei ihr angewendet hatte. Das würde Arissa nur in Erklärungsnot bringen.

Jasper sah sie lange an, dann seufzte er und ließ sich neben ihr auf dem Sofa nieder. »Vielleicht war Darcy doch nicht die richtige Wahl für deinen Schutz. Vos sollte das selbst übernehmen.«

Arissa rutschte von ihm weg und stand auf. »Hör auf damit«, zischte sie eine Spur zu scharf. »Ich brauche überhaupt keinen Schutz. Ich kann selbst auf mich aufpassen.« Sie wollte nicht, dass einer ihrer Kameraden – und schon gar nicht Vos selbst – auf sie aufpassen musste. Sie war eine stolze Kriegerin, verdammt noch mal!

Überzeugt schien Jasper von ihren Worten nicht zu sein. Eine Augenbraue hatte er hochgezogen und sein Mund zog eine Grimasse. »Du hättest von Reys entführt und als Druckmittel gegen mich benutzt werden können. Die Möglichkeit bestand. Du behältst den Personenschutz. Ich werde Vos bitten, dir jemand anderen zuzuteilen.«

Arissa atmete tief durch und versuchte sich zu beruhigen. Jasper hatte sein Leben lang jemanden an seiner Seite gehabt, der ihn beschützte. Für ihn war das normal. Er verstand nicht, dass er ihr mit einer Leibwache eine Schwäche vorwarf, die Arissa ihr Leben lang versucht hatte abzubauen.

»Dann Darcy oder keinen.« Seltsamerweise fühlte Arissa sich, seitdem sie wusste, dass Darcy ein Halbblut war, mit ihr verbunden. Ähnlich wie es bei Raz gewesen war. Und doch nicht annähernd so intensiv wie bei ihm. In ihrer neuen Position brauchte sie Verbündete an ihrer Seite. Die Lords des Rates mochten sie nicht und Vos allein reichte nicht aus. Auch wenn sie und Darcy Meinungsverschiedenheiten hatten, so waren sie doch Kameradinnen.

»Ich dachte, du kannst sie nicht leiden. Warum willst du sie auf einmal behalten?«

Arissa zuckte mit den Schultern. »Meine Leibwache, meine Angelegenheit.« Sie trainierte seit Jahren mit Darcy und hatte nicht gewusst, dass sie magische Wurzeln hatte. Wenn Darcy nicht wollte, dass es jemand wusste, würde Arissa diesen Wunsch respektieren.

Jasper seufzte leise. »Wie du willst. Auch wenn sie mir nicht sehr geeignet erscheint.« Er streckte die Beine von sich und lehnte sich zurück.

»Das ist sie aber.« Arissa hätte nie geglaubt, dass sie einmal Darcy in Schutz nehmen würde. Aber ihre Kameradin war eine ausgezeichnete Kriegerin und das konnte Arissa ihr bedenkenlos zugestehen.

Sie ging hinüber zum Fenster und lehnte sich dagegen. Draußen war es bereits dunkel, nur einige Sonnensteine erleuchteten den Innenhof. Wie oft hatte sie dort draußen gestanden und ihren Wachdienst absolviert, während sie zu Jasper hinaufgesehen hatte?

»Ein Mitglied des Senex ist tot und die restlichen Mitglieder sitzen mir nun im Nacken.« Er seufzte und fuhr sich müde über das Gesicht, Arissa konnte die verborgene Wut und den Frust hinter seinen Worten hören.

Sie kniff die Augen zusammen und drehte sich zu ihm um. »Gibst du nun uns etwa immer noch die Schuld an dem Ganzen?«

Jasper schüttelte den Kopf und hob abwehrend die Hände. »Nein, nein. Ich frage mich nur immer wieder, wie Reys es geschafft hat, dich zu manipulieren, dich auf seine Seite zu ziehen. Du bist schließlich eine ausgebildete Kriegerin des Ordens.«

Arissa zuckte kaum merklich zusammen. Offensichtlich war sie eine Versagerin. Niemals war ihr in den Sinn gekommen, dass Raz sie belügen oder hintergehen könnte. War sie wirklich so blind gewesen? So dumm? Dabei kannte sie ihn gar nicht. Sie hatte einige Tage mit dem bösartigsten Magier aller Zeiten verbracht, ohne es überhaupt zu merken. Bis zu dem Moment, wo Raz ... wo Raz nicht mehr Raz war, sondern zu Erazmus Reys wurde.

So schwer ihr Herz auch war, auf einmal schoss heiße Wut durch sie hindurch. Wut auf Raz, weil er sie benutzt hatte. Wut auf Jasper, weil er ihr indirekt die Schuld am Tod der Magees gab. Und Wut auf sich selbst, weil sie nichts von alledem hatte verhindern können.

»Die Lords fordern, dass ich zurückschlage, die Umbra empfindlich verletze«, sagte Jasper dann mit leiser Stimme. Er sah sie an mit einem Blick, als wüsste er bereits, was Arissa dazu sagen würde. Er wartete auf ihren Widerspruch, der auch nicht auf sich warten ließ.

»Das solltest du nicht tun, Jasper. Nicht jeder Umbra steht zwangsläufig auf Raz' Seite.«

Jasper sah sie mit gerunzelter Stirn an. »Du nennst ihn *Raz?*«, fragte er verwirrt.

Es war Arissa herausgerutscht. So hatte sie ihn kennengelernt. Für sie waren Raz und Erazmus Reys noch immer zwei unterschiedliche Personen. Solange sie von Raz sprach, gab es immer noch die Chance, dass sich alles zum Guten kehrte. Das flüsterte ihr zumindest ihr kleines, törichtes Herz ein. »Ich ... Ich meine natürlich *Reys*«, stotterte sie.

Jasper nickte, stand auf und kam zu ihr ans Fenster. Er wirkte angespannt. Rastlos. Ähnlich wie Arissa selbst. Sie hasste es, nichts tun zu können. Als er neben ihr stand, blickte er voller Wärme in den Augen zu ihr herab.

»Wir hatten seit unserer Rückkehr kaum Zeit füreinander.«

Ein zaghaftes Lächeln breitete sich nun auch auf ihrem Gesicht aus. »Ich weiß. Mir schwirren einfach zu viele Dinge im Kopf herum.«

»Du wirst Edmund wiederbekommen, das verspreche ich dir.«

Arissa nickte, glaubte ihm aber nicht. Es gab nur noch eine einzige Person auf der ganzen Welt, die Edmund aus dem Spiegel befreien konnte. Raz. Er war der letzte Verwandte der Magees, nur in ihm floss noch das Blut, das es brauchte, um den Spiegel zu öffnen. Und ausgerechnet Raz hatte den allergeringsten Grund, ihr zu helfen. Denn wenn er Edmund aus dem Spiegel befreite und der Spiegel schon mal offenstand, bestand die Gefahr, dass man ihn wieder genau in denselben einsperren würde.

Arissa hatte die Angst in Raz' Augen gesehen, als er von dem Spiegel gesprochen hatte. Die Angst vor der erneuten Gefangenschaft. Die Angst vor der Einsamkeit. Fünfzig lange Jahre war Raz dort eingesperrt gewesen. Ohne irgendjemanden, mit dem er hatte reden können, der ihm hätte Trost spenden können. Er allein mit seinen Gedanken. Sie konnte ihm seine Rache nicht wirklich verübeln. Wenn man so lange Zeit gehabt hatte, die eigene Wut anzustacheln, war die Vergeltung, die daraus erwuchs, eben gewaltig.

»Arissa?«, fragte Jasper mit leiser Stimme. Er streckte die Hand nach ihr aus, doch Arissa wich instinktiv zurück. Jasper sah sie erstaunt an und ließ seine Hand wieder sinken. »Ist alles in Ordnung?«

»Ja ... ja, ich bin nur durcheinander. Es tut mir leid.« Sie wusste selbst nicht, warum sie vor seiner Berührung zurückgewichen war. Auf ihrer Reise hatte sie nichts anderes gewollt, als Jasper wieder nahe zu sein. Doch jetzt ... Jetzt wusste Arissa nicht, wo ihr der Kopf stand. Ihre Gedanken waren von Edmund und Raz bevölkert.

Sie räusperte sich und fuhr sich mit der Hand über den Nacken. »Was willst du wegen der Animagen tun?«, war ihr kläglicher Versuch, das Thema zu wechseln.

Jasper hob erstaunt eine Augenbraue. »Die Animagen?«

»Hollis Arca verlässt sich doch darauf, dass wir herausfinden, wer es auf ihre Gilde abgesehen hat. Wie willst du ihnen also helfen?« Sie brannte darauf, etwas zu tun haben. Eine Aufgabe, einen Befehl zu bekommen. Irgendetwas, was sie davon abhielt, an Raz und Edmund in diesem Spiegel zu denken.

Jasper verschränkte die Arme vor der Brust und ein hartes Lachen entkam ihm. »Den Animagen helfen? So wie sie Reys geholfen haben? Ich denke eher nicht, dass ich das tun werde.«

»Jasper«, sagte Arissa in ruhigem Ton. »Hollis Arca ist dir treu ergeben. Sie hat sich nicht auf Erazmus' Seite gestellt, also lass sie jetzt nicht fallen.«

Er raufte sich die Haare und fuhr aufgebracht zu ihr herum. »Wie stellst du dir das vor?«

»Wir haben Hinweise. Die Knallkörper und Fallen, die benutzt wurden. Erstere wurden in der Zitadelle hergestellt. Da könnte man anfangen. Beauftrage jemanden damit, die Sache zu untersuchen.«

Arissa würde nicht lockerlassen, bis diese Angriffe endgültig geklärt waren. Sie hatte es Arca versprochen und dieses Versprechen würde sie halten.

»Und wen?«, fragte Jasper genervt.

»Mich.«

Seine Augen wurden groß. »Dich? Arissa, das geht nicht.«

»Und wieso nicht?«

»Du bist meine Mätresse.«

Sie hob erstaunt eine Augenbraue und verschränkte die Arme vor der Brust. »In erster Linie bin ich eine Kriegerin des Ordens. So wie du zuallererst König bist. Wir haben beide unsere Aufgaben zu erfüllen.«

»Ich hasse es, wenn du dich in Gefahr bringst.«

Sie seufzte tief. Früher hatten sie sich nie wegen ihrer Aufträge gestritten. »Das tue ich doch gar nicht. Außerdem habe ich mittlerweile eine Leibwächterin an meiner Seite.«

Jasper warf ihr einen kritischen Blick zu und schüttelte dann den Kopf. »Überzeugt bin ich trotzdem nicht. Du bist ein leichtes Ziel. Man könnte dich gegen mich benutzen.«

Ein leichtes Ziel? Arissa versuchte diese Aussage nicht an sich heranzulassen. Sie war nicht schwach. Stattdessen zwang sie sich zu einem Lächeln. »Du wusstest, worauf du dich einlässt.«

Er seufzte und fuhr sich durch die blonden Haare. »Das stimmt wohl. Also gut, du kümmerst dich um die Animagen, ich mich um Reys.«

Arissas Herz blieb kurz stehen. »Was hast du vor?«

Jasper lächelte jetzt von einem Ohr zum anderen. Doch statt dass es in Arissas Bauch die Schmetterlinge fliegen ließ, breitete sich ein ungutes Gefühl darin aus.

»Mein Feind, meine Angelegenheit«, wiederholte er ihre Worte.

***

Es herrschte eine verdammte Eiszeit.

So fühlte es sich neuerdings für Arissa an, wenn sie mit Jasper zusammen war. Sie hatten noch nie einen ernsthaften Streit gehabt. Belangloses Geplänkel, ja, aber nicht das hier. Er ging ihr aus dem Weg und Arissa ertappte sich dabei, wie sie das ebenfalls tat. Arissa war sich nicht einmal sicher, ob man ihren derzeitigen Zustand als Streit bezeichnen konnte. Denn sie schrien sich nicht an, wurden nicht laut oder gingen aufeinander los. »Eiszeit« beschrieb es genau richtig. Sie schwiegen sich an, die Stimmung zwischen ihnen war frostig und das Schlimmste war, dass Arissa davon überzeugt war, dass Jasper Geheimnisse vor ihr hatte. Er erzählte ihr nicht von seinen Plänen bezüglich Raz, als glaubte er, sie würde sofort nach Belfarsad reisen und ihm davon berichten. Als wäre sie nicht mehr vertrauenswürdig.

Das schmerzte am meisten. Jasper war immer der Mensch gewesen, dem Arissa bedingungslos vertrauen konnte. Und sie war der Meinung gewesen, dass es andersherum genauso war. Doch irgendetwas hatte sich verändert. Es war die Angst in Jaspers Augen, der sie die Schuld gab. Die Angst, die sich zeigte, sobald jemand die Worte »Raz«, »Verrat« oder »Magier« in den Mund nahm. Alles, was noch vor wenigen Wochen einfach an Jasper abgeprallt wäre, beeinflusste nun seine Taten. Leider nicht zum Guten.

»Hat dein Romeo tatsächlich eine Julia auserkoren? Oder wer ist die Rothaarige an seiner Seite?«, fragte Darcy, riss Arissa damit aus ihren Gedanken und stieß sie gleichzeitig in die Seite.

Ihr Blick flog zu den Treppen, die zu den Logen führten, die sie gemeinsam mit Darcy heute Abend bewachte. Sie waren für den Schutz der Königinmutter zuständig. Die letzten Gäste trudelten ein und es würde nicht mehr lange dauern, bis die Oper beginnen würde. Doch all das spielte gerade keine Rolle mehr.

Ein Stich traf Arissa mitten ins Herz bei dem Anblick, der sich ihr bot. Jasper erklomm die Stufen, an seiner Seite eine rothaarige Schönheit, die Arissa als Amberly Thornton erkannte. Porzellanhaut, ein bauschiges Kleid in Creme und Rot. Die roten Locken flossen wie Flammen hinab zu ihrer Taille und das Lachen, das wie ein Glockenspiel durch die Halle klang, ließ Arissa zusammenzucken.

Der Anblick von Jasper und Amberly verwirrte Arissa nicht nur, sondern verletzte sie auch auf eine Art und Weise, mit der sie nicht gerechnet hatte. Jasper hatte sie nicht gefragt, ob sie ihn heute Abend begleiten wollte. Er hatte den Opernabend nicht einmal erwähnt, was Arissa nur umso verletzender fand, jetzt, wo sie ihn an der Seite einer anderen sah.

Die Vernunft in ihr sagte ihr zwar, dass es vermutlich nichts weiter als ein neuer Versuch seiner Mutter war, ihm die Ehe schmackhaft zu machen. Doch jetzt, wo ihre *Beziehung* offiziell war, hinterließ es einen faden Beigeschmack.

Jasper und Amberly hatten die Galerie erreicht. In diesem Moment beugte er sich zu Amberly und flüsterte ihr etwas ins Ohr. Egal, was es war, es veranlasste sie dazu, voller Entzücken zu ihm aufzusehen, ihre Augen strahlten dabei und ihre Wangen zierte eine leichte Röte. Das Paar ging so nah an Arissa vorbei, dass sie nur die Hand hätte ausstrecken müssen, um sie zu berühren. Doch Jasper ging einfach an ihr vorüber, würdigte sie keines Blickes. Als wäre sie nichts weiter als eine namenlose Kriegerin des Ordens und nicht die Frau, der Jasper seine Liebe geschworen hatte. Es tat weh.

Doch Arissa war sich nicht sicher, was sie daran am meisten verletzte: dass Jasper sie seit ihrer Rückkehr nicht mehr so angesehen hatte wie in diesem Augenblick Amberly oder dass er ihr nicht mehr vertraute.

»Geht es dir gut?«, fragte Darcy leise. Sie hatte eine Augenbraue gehoben und musterte Arissa besorgt.

Sie selbst bekam in diesem Moment kaum Luft. Irgendetwas lief seit geraumer Zeit schief. Seit sie Londinium verlassen hatte, um nach ihrem Bruder zu suchen, um genau zu sein. Die Beziehung zu Jasper hatte sich seitdem verändert. *Sie* hatte sich verändert, ebenso wie er.

Manchmal glaubte Arissa, einem Fremden gegenüberzustehen. Doch sie wollte Jasper nicht die Schuld an allem geben. Angst war etwas, worüber man keine Kontrolle hatte. Als König musste er Entscheidungen treffen, die ein ganzes Land beeinflussten. Auf ihm lag ein gewaltiger Druck, doch teilte er seine Sorgen nicht mehr mit ihr.

»Ja«, hauchte Arissa, doch ihre Stimme hatte keine Kraft.

Es wurde schlimmer, als Arissa die Blicke spürte. Hinter Jasper und Amberly kamen weitere Mitglieder des Hofes die Treppen herauf. Hofdamen, Adlige und weiß Gott wer. Sie alle starrten sie an, dann glitten ihre Blicke zu Jasper und der Schönheit an seiner Seite. Hinter reichlich bestickten Fächern begann das Getuschel. Sie redeten über sie, das war ihr bewusst. Das Gefühl war erniedrigend.

Da kamen Lord Thornton und Lord Carson. Auch die Ratsmitglieder richteten ihre Augen auf Arissa. Während Lord Thornton sie mitleidig ansah, wirkte Lord Carson schadenfreudig. Er schien Arissa wirklich nicht ausstehen zu können. Die Gehässigkeit des Lords schnürte ihr nur noch weiter die Kehle zu.

Arissa zwang sich zu einem Lächeln. Sie war heute Abend nicht die Mätresse des Königs, sondern eine Kriegerin des Ordens. Tief durchatmen und weitermachen. Etwas anderes blieb ihr nicht übrig.

So hatte sie sich den heutigen Abend gewiss nicht vorgestellt. Sich fehl am Platz zu fühlen, war für Arissa nichts Neues, doch die stechenden Blicke und das hämische Gelächter hinter vorgehaltener Hand zehrten an ihren Nerven.

Der Gong ertönte, die Türen schlossen sich und die Oper begann. Nur wenige Augenblicke später erklang von drinnen ein Ton, der vermutlich Glas zum Zerbersten hätte bringen können. Arissa zuckte zusammen, Darcy neben ihr stöhnte auf.

»Himmel, wenn die Frau noch höher singt, brauchen wir hier neue Fenster. Das ist ja grausam. Meine Ohren fühlen sich beleidigt«, Darcy verdrehte die Augen und hielt sich die Ohren zu.

Ungewollt schoben sich Arissas Mundwinkel nach oben. »Liegt das vielleicht am Animagenblut in dir?«

»Würde ich den Armreif nicht tragen, ich hätte längst die Krallen ausgefahren.«

Ein zarter Hinweis auf den Tiergeist, den Darcy in sich trug, ohne ihn genau eingrenzen zu können. Darcy hatte ihr nicht verraten, welcher Tiergeist es war. Und Arissa hatte auch nicht danach gefragt, so neugierig sie auch war, denn ihre Leibwächterin hatte sich für ein *menschliches* Leben entschieden und Arissa akzeptierte das.

»Sei froh, dass du nicht da drinnen sitzen musst. Nicht, dass es hier draußen weniger langweilig wäre, aber wenigstens hörst du das Gekreische nur gedämpft.« Wenn das ein Versuch sein sollte, sie aufzuheitern, hatte Darcy nur wenig Erfolg. Aber Arissa rechnete es ihr trotzdem hoch an, dass sie es versuchte. Alles war eine willkommene Ablenkung.

»Wohin ist eigentlich William verschwunden?«, fragte Arissa, als sie sich nach ihrem Freund und Kameraden umsah und ihn nicht entdecken konnte.

»Er wollte eine Runde drehen«, erwiderte Darcy achselzuckend. »Vielleicht hat er sich verlaufen. Immerhin war er noch nie im Opernhaus.«

Irritiert hob Arissa eine Augenbraue, sagte aber nichts dazu. William würde schon wieder auftauchen. Sie hatten ohnehin nichts zu tun. Lady Portia saß gemeinsam mit Lady Howard in ihrer Loge und lauschte den sehr hohen Tönen der Sopranistin. Ihnen blieb nichts anderes übrig als zu warten, bis die Oper zu Ende war und sie die Königinmutter wieder zum Palast begleiten durften.

»Willst du darüber reden, was zwischen dir und Seiner Majestät ist?«

»Nein«, antwortete Arissa. Sie wollte ganz gewiss nicht über Jasper reden. Nicht jetzt, nicht später. Sie verzog das Gesicht. Dann schnupperte sie. »Riechst du das auch?«

Darcy sah sie verwirrt an, dann streckte auch sie die Nase in die Luft und atmete tief ein. »Es riecht nach Rauch.«

Panik kroch in Arissa hoch. Etwas stimmte hier nicht.

»Ich werde nachsehen, woher das kommt. Du solltest William suchen gehen, wir könnten Hilfe gebrauchen.«

»Du willst allein gehen?«

Arissa nickte. »Es riecht nach Rauch, das ist noch keine Katastrophe. Vielleicht nur ein kleiner Unfall in der Küche.« Mit diesen Worten lief Arissa bereits die Stufen hinunter. Immer dem Geruch des Qualms hinterher. Er führte sie jedoch nicht in die Küche des Opernhauses, sondern in Richtung der Umkleidekabinen.

Die Räumlichkeiten waren leer, die Darsteller alle auf der Bühne oder dahinter. Doch zu Arissas Entsetzen wurde nicht nur der Geruch nach Rauch schlimmer, sondern es traten auch dicke Rauchschwaden unter der geschlossenen Tür des Requisitenraums hervor, der an den Umkleideraum anschloss.

Arissa stieß sie mit einem Ruck auf. Dunkler Rauch kam ihr entgegen und ließ sie husten. Sie hielt sich den Arm vor den Mund und sah sich entsetzt um. Der Raum stand in Flammen.

Sie züngelten an Kleiderpuppen empor, deren Garderobe bereits lichterloh brannte. Die hölzernen Bühnenbilder waren kaum noch als solche auszumachen. Das Feuer musste bereits seit geraumer Zeit wüten.

»Ist hier jemand? Hallo?«, rief Arissa und ging weiter in den Raum hinein. Vielleicht brauchte jemand Hilfe.

Da erklang ein Ächzen und eine Leiter fiel durch den Qualm knarzend auf sie zu. Arissa warf sich geistesgegenwärtig zur Seite, um ihr auszuweichen. Hinter einem Vorhang konnte sie eine dunkle Gestalt ausmachen. Sie kniff die Augen zusammen, um besser sehen zu können.

»Du da, zeig dich!«, schrie sie und begann erneut zu husten. Die Flammen züngelten bereits bis hoch zur Decke, die nicht mehr lange standhalten würde, wenn das Feuer nicht bald gelöscht würde.

Die in schwarz gekleidete Gestalt sprang nun aus ihrem Versteck, rannte an ihr vorbei und zur offenen Tür. Arissa rappelte sich auf und wollte ihr folgen, doch sie war nicht schnell genug. Der vermeintliche Brandstifter floh in den Flur hinaus. Arissa folgte ihm.

»Stehen bleiben!«, verlangte Arissa, doch natürlich wurde sie nicht erhört.

»Arissa!«, bellte auf einmal Darcy, die im Flur auftauchte, der zu den Treppen führte. »Ich brauche dich, das Feuer hat den Raum unter der Bühne erreicht und wütet weiter. Wir müssen die Gäste evakuieren.«

Arissa schaute zu Darcy und zurück in die Richtung, in die die dunkelgekleidete Gestalt verschwunden war. Sie war hin- und hergerissen, ob sie ihr folgen oder Darcy helfen sollte. Doch letztendlich war sie hier, um Lady Portia zu beschützen. Das hatte Vorrang.

Sie rannte los, gemeinsam mit Darcy die Treppen hinauf. Von oben erklangen bereits die ersten Schreie, panischen Rufe und das Getrampel von hastigen Schritten.

»Wie konnte das Feuer so schnell ausbrechen?«, fragte Darcy schweratmend.

Arissa wusste es nicht. Es war ein Brandstifter am Werk gewesen, so viel stand fest, vielleicht mehrere. Doch Motiv und Identitäten lagen im Dunkeln. »Sind Elementarier anwesend?« Sie waren ihre einzige Chance, die Flammen schnell zu löschen. Nur Wasserelementarier konnten die Oper jetzt noch retten.

»Ich habe keine gesehen.«

Das war nicht die Antwort, die Arissa erhofft hatte.

Ihnen kamen bereits die ersten Gäste entgegen. Entsetzte Gesichter, Augen voller Furcht. Die aufwendigen Röcke bis zu den Knien hochgezogen, um besser laufen zu können, bahnten sich die feinen Damen der Gesellschaft ihren Weg die Treppen hinab nach draußen.

»Wo ist die Königinmutter? Falls das ein Anschlag ist, müssen wir sie von hier wegbringen!« Arissa hoffte inständig, dass das nicht der Fall war.

»Dort kommt sie.«

Lady Portia kam, dicht gefolgt von ihrer Hofdame, die Stufen hinabgerannt. Jasper und Amberly waren dicht hinter ihnen, doch dafür hatte Arissa jetzt keinen Sinn.

»Mylady«, schrie Darcy und griff nach Lady Portias Arm, um sie zu stützen. »Wir bringen Euch umgehend zurück zum Schloss, wo Ihr in Sicherheit seid.«

Arissa half Lady Howard. Ihr Blick traf dabei auf den von Jasper, der sie erleichtert ansah, als wäre er froh, sie zu sehen. Amberly in seinen Armen wirkte verstört.

»Der ganze Bühnenraum brennt«, sagte Jasper, als er zu Arissa aufschloss. »Das ist kein einfacher Brand«, waren seine letzten Worte, bevor sie nach draußen stürmten.

Die Straßen vor dem Opernhaus waren überfüllt. Schaulustige hatten sich hier versammelt, ebenso wie die verstörten und verängstigten Gäste der Oper. Alle starrten voller Entsetzen zu dem pompösen Gebäude, aus dem noch immer unaufhörlich Menschen strömten.

Die Oper stand in Flammen, brannte lichterloh. Schreie begleiteten das erschütternde Bild und das Knistern des Feuers. Es war ein Anschlag auf Londinium verübt worden, auf die Hauptstadt Britannias.

Und es war nicht der einzige.

Kapitel 18

Arissa hielt den Atem an. Ihre Handflächen waren trotz der Lederhandschuhe, die sie trug, feucht und mit der Fußspitze tippte sie unruhig auf den Boden. Schon lange war sie nicht mehr so nervös gewesen wie in diesem Moment. Sie lauschte auf Schritte, auf Stimmen, doch alles, was sie hörte, war das Rauschen der Themse unter sich. Die Tower Bridge war zu dieser Tages- oder besser Nachtzeit menschenleer. Vereinzelt wurde die Brücke von Sonnensteinen erleuchtet, doch sie spendeten nur gerade so viel Licht, um nicht blind umherzuirren.

Mit vor der Brust verschränkten Armen wartete Arissa. Vielleicht würde sie vergebens warten und hier ausharren müssen, bis die ersten Sonnenstrahlen Londinium erhellten. Dann wüsste sie, dass sie sich vergeblich hierherbemüht hatte.

»Du wolltest mit mir sprechen?«, erklang da die vertraute Stimme, auf die Arissa gewartet hatte.

Sie hatte Darcy damit beauftragt, ein Treffen zwischen ihr und Raz zu organisieren. Als Halbblut verfügte diese über Kontakte zu anderen ihrer Art und hatte Arissa ihre Hilfe angeboten. Arissa hatte stark daran gezweifelt, dass Raz überhaupt kommen würde, aber nun war er da.

Sie zückte ihr Schwert und machte sich kampfbereit. »Bist du allein gekommen?«, fragte sie statt einer Antwort.

»Das bin ich«, erwiderte Raz und trat in den zarten Schimmer eines

Sonnensteins. Mit hochgezogenen Augenbrauen betrachtete er das Schwert in Arissas Hand. »Und du bist, wie ich sehe, bewaffnet.«

»Ich werde nicht erneut den Fehler machen, dir unbewaffnet gegenüberzutreten.« Arissa umschloss den Griff des Schwertes fester. Sie würde nicht auf Raz losgehen, aber sie würde sich verteidigen. Und sollte sich ihre Vermutung bestätigen, dann würde sie Raz hier und jetzt festnehmen.

Sie schluckte den Kloß in ihrem Hals hinunter. Ihr war, als rieche sie noch den Gestank der Asche, als hörte sie noch das Schreien der Menschen. Langsam schüttelte sie den Kopf. »Wie konntest du nur?«, stieß sie zwischen zusammengepressten Zähnen hervor.

Eine Falte bildete sich auf Raz' Stirn und er verschränkte die Arme hinter dem Rücken. »In deinen Augen muss ich viele unverzeihliche Dinge getan habe. Für welche Tat soll ich mich rechtfertigen?«

Wut flammte in Arissa auf und sie machte einen Satz nach vorn. »Wie wäre es mit dem Anschlag auf Londinium?! Auf das Opernhaus, den Park, den Marktplatz! Vermutlich sollte ich froh sein, dass du es nicht direkt auf den Palast abgesehen hast!« Es gab so viele Verletzte, dass die Sanitas kaum mit dem Heilen hinterherkamen. Die Oper hatte es wohl am schlimmsten getroffen. Nie wieder würde das Gemurmel und Gelächter der Menge erklingen, während sie auf die Vorführung wartete. Der begeisterte Applaus zum Ende eines Stücks. Das Opernhaus Londiniums war zerstört.

»Ich weiß nicht, wovon du sprichst.«

Seine gespielte Unschuld trieb Arissa an den Rand des Wahnsinns. Für wie leichtgläubig hielt er sie? Er mochte sie für naiv halten, aber da irrte er sich. Arissa würde seinen Worten keinen Glauben schenken. Nicht mehr. »Stell dich nicht dumm, Raz! Ich lasse mich von dir nicht mehr manipulieren.«

Raz sah sie verständnislos an und schüttelte den Kopf. »Ich versuche nicht, dich zu manipulieren. Ich weiß nichts von irgendwelchen Anschlägen.«

Selbst jetzt tat er noch so, als habe er mit all diesen schrecklichen Taten nichts zu schaffen. Jasper hatte die ganze Zeit über recht gehabt. Raz *war* der bösartige Mann aus den Geschichten ihrer Kindheit.

»Du willst wirklich so tun, als wärest du unschuldig?«, fragte sie voller

Abscheu in der Stimme. Wenn er wenigstens zugeben würde, was er getan hatte. Das wäre zumindest nicht scheinheilig.

»Ich bin unschuldig!«, beharrte Raz weiter. »Ob du es mir glaubst oder nicht, ich habe niemanden angegriffen.« Er wirkte aufgebracht, beinahe verärgert, doch davon ließ sich Arissa nicht beirren.

»Die Orte, die den Menschen Londiniums am meisten bedeuten, wurden angegriffen und du willst nichts damit zu tun gehabt haben?« Es wurde Zeit, der Wahrheit ins Auge zu sehen.

»Warum sollte ich unschuldige Menschen angreifen?«, fragte Raz verwirrt.

»Weil du die Kontrolle über Britannia zurückwillst.« Das hatte er immer gewollt und wie Jasper gesagt hatte, würde Raz seine Absichten nicht ändern. Raz selbst hatte zugegeben, dass er nicht vorhätte, sich anzupassen.

Ein dunkler Schatten huschte über Raz' Gesicht und ein harter Zug legte sich um seinen Mund. »Mal angenommen, das wäre wahr – mir würde das Töten von unbedeutenden Menschen doch gar nicht dabei helfen. Wer ein Königreich erobern will, muss den König töten.« Raz sagte das, als hätte er bereits mit dem Gedanken gespielt, Jasper auszuschalten. Etwas, was Arissa niemals zulassen würde.

Sie kniff die Augen zusammen. Er musste es zugeben, musste seine Taten gestehen, nur so konnte sie ihn festnehmen. »Dann waren die vielen Anschläge vielleicht nur eine Ablenkung und du hattest es in Wirklichkeit einzig und allein auf Jasper abgesehen.«

Ein freudloses Lachen erklang und Raz hob trotzig das Kinn. »Hätte ich es auf den König abgesehen, dann wäre er jetzt tot«, erwiderte er mit kalter Stimme, die Arissa einen Schauer über den Rücken jagte. Sie zweifelte keine Sekunde an seinen Worten.

»Ich kann dir nicht vertrauen, kann dir nicht mehr glauben.« Sie hatte es gewollt, doch sie war eines Besseren belehrt worden.

»Ich weiß«, wisperte er und in seinen Augen konnte Arissa das Bedauern sehen. »Doch ich schwöre dir, dass ich Londinium nicht angegriffen habe.«

»Es waren Magier, und du bist für mich der Einzige, der infrage kommt.« Arissa war sicher, dass Raz seine Anhänger gegen die Bürger Londiniums aufgehetzt hatte. Und so war das, was Arissa unter allen Umständen verhindern wollte, eingetroffen: Magier gingen auf Menschen los. Britannia näherte sich einem weiteren Magischen Krieg.

»Woher weißt du, dass es Magier gewesen sind?«, fragte Raz und sie hörte den unterdrückten Zorn in seiner Stimme. Er trat einen Schritt auf sie zu und Arissa hob warnend das Schwert. Sie würde ihn nicht an sich heranlassen.

»Es gibt Augenzeugen.«

»Und sind diese Augenzeugen vertrauenswürdig?«

Arissa musste sich zwingen, das schnelle Schlagen ihres Herzens zu ignorieren. Sie war zwiegespalten. Wie so oft, wenn es um Raz ging. »Ich habe nicht persönlich mit ihnen gesprochen«, gab sie zu, doch William hatte es getan und ihm vertraute sie. Warum sollten die Augenzeugen auch lügen?

»Vielleicht solltest du das tun«, bemerkte er mit ruhiger Stimme. Er machte einen weiteren Schritt in ihre Richtung, als würde die scharfe Klinge des Schwertes gar nicht existieren. »Nur so wirst du in der Lage sein, den wahren Schuldigen zu finden. Und wenn dich deine Suche erneut zu mir führen sollte, weißt du, dass du mir nicht vertrauen kannst.« Die Spitze des Schwertes berührte nun seine Brust. Lag direkt oberhalb seines Herzens, doch Raz hatte nur Augen für Arissa.

Die schaute Raz entsetzt an. Durch die Dunkelheit konnte sie seine Augen nicht deutlich sehen, doch sie bemerkte die Anspannung seines Körpers. Sie biss sich auf die Innenseite ihrer Wange.

Stich zu! Tu es jetzt, bevor es zu spät ist!

Doch sie konnte es nicht. Ihr Arm verharrte regungslos in seiner Position, die Klinge lag federleicht auf seinem Körper. Nur ein bisschen Druck, eine kleine Bewegung und Raz' Blut würde den Boden der Brücke tränken. Die Aufstände wären vorbei und die Zwietracht hätte ein Ende. Aber Arissa konnte es nicht tun. Nicht, wenn das bedeutete, Edmund seinem Schicksal zu überlassen.

»Ich will dir vertrauen, Raz«, flüsterte sie und war erschrocken über ihre eigenen Worte, die der Wahrheit entsprachen. »Das will ich wirklich, aber ich kann es nicht. Du willst unser System stürzen, egal, was es dich und alle anderen kosten wird.«

Raz hob das Gesicht und das sanfte Leuchten der Sonnensteine fiel darauf. Seine braunen Augen waren sanft, als er sie betrachtete. »Du kannst mir vertrauen. Ich habe dich nie belogen und das werde ich auch nicht. Doch was das System anbelangt, in dem ihr lebt, hast du recht. Ich verabscheue es.«

»Ich bin eine Kriegerin des Ordens, Raz. Ich bin die Mätresse des Königs. Ich gehöre zu diesem System.« Wenn er das System verabscheute, musste er auch sie verabscheuen.

Seine Augen wurden schmal und er biss die Kiefer fest aufeinander. »Das tust du nicht, auch wenn du es nicht sehen kannst. Als Immunda wirst du nie ein Teil davon sein. Und allein darum verabscheue ich es.«

Arissa hörte ihr Blut in den Ohren rauschen, spürte das schnelle Schlagen ihres Herzens. »Ich ...«, begann sie, doch wurde sofort von Raz unterbrochen.

»Hast du dieses System etwa noch nie infrage gestellt? Auch nicht, als du noch davon ausgingst, eine Elementarierin sein zu können?«

Darüber musste Arissa nicht nachdenken. »Ich ... Nein«, brachte sie hervor.

Raz' Blick wurden finster. »Das glaube ich dir nicht.«

»Es ist, wie es ist.« Sie zuckte mit den Schultern.

»Dann hinterfragst du das Gesetz nicht, weil du es nicht anders kennst?« Unglaube mischte sich in seine Stimme, als würde er an ihr und ihrem Verstand zweifeln.

Arissa seufzte schwer und schloss die Augen. »Das meine ich nicht. Die Krone gehört den Menschen, so ist es eben.« Ihr Leben lang hatten die Menschen dieses Land regiert. Manche mit gutem Willen, andere nicht. So war der Lauf der Dinge, denn das Leben war nicht immer fair.

»Nur weil etwas so ist, bedeutet es nicht, dass es so bleiben muss. Es bedeutet nicht, dass es nicht besser werden kann. Besser werden *muss.*«

Sie hätte ihm gern zugestimmt, denn im Grunde hatte er ja recht. Aber Arissa wusste auch, dass Raz ihre Zustimmung zu seiner hehren Theorie als Bestätigung seiner Taten sehen würde. Und denen würde sie niemals ihr Einverständnis geben. »Es waren nicht die Menschen, die dieses Land beinahe in den Ruin getrieben haben. Die Magischen Kriege werden nicht umsonst so genannt. Es waren die Magier, die anfingen, und die Menschen, die es beendet haben.« So war es jedes Mal gewesen. Zwei große Kriege hatte dieses Land schon miterlebt, wobei der erste der schlimmere gewesen war und Britannia beinahe zerstört hatte. Die Gier der Magier war grenzenlos gewesen, ebenso wie ihr Streben nach Macht.

»Dann bist du ihnen *dankbar* dafür?«, fragte Raz sie entsetzt und riss die Augen weit auf.

Arissa kam es vor, als verdrehe er ihr die Worte im Mund. »Ich sage nur, dass die Menschen nicht ohne Grund über dieses Land und seine Geschicke herrschen. Vielleicht vertragen sich Magie und eine Krone einfach nicht miteinander. Magier besitzen doch so schon ausreichend Macht, auch ohne die Krone auf dem Kopf und das Zepter in der Hand.« Und wenn man ihnen mehr gab, war niemand mehr in der Lage sie aufzuhalten. Die Menschen und alle, die nicht so waren wie sie, wären ihren Launen ausgeliefert. Das hatte sie selbst schmerzlich erfahren müssen, als sie noch unter ihnen gelebt hatte.

»Bei dir klingt es so, als wären die Magier Monster.«

»Weil sie es sind. Zumindest einige«, wisperte sie.

Ihre Kindheit war Beweis genug dafür. Sie war für etwas bestraft und letztendlich verstoßen worden, wofür sie rein gar nichts konnte. Ihr war die Liebe ihrer Familie, ihr Erbe vorenthalten worden, weil sie anders war, unwürdig, nichtsnutzig. Und diesen Stempel vergaben die Magier.

»Und weil einige von ihnen Fehler begangen haben, soll unsere ganze Art auf immer schlechter gestellt sein? Es gibt gute und schlechte Magier, ebenso wie es gute und schlechte Menschen gibt. Du kannst doch die Masse nicht für die Vergehen Einzelner bestrafen.«

»Das stimmt. Allerdings ist der bedeutende Unterschied, dass die schlechten Menschen nicht die Möglichkeiten haben, die die schlechten Magier haben. Menschen werfen in ihrem Zorn nicht mit Flammen um sich, sie zerfetzen bei einem Streit nicht die Kehlen anderer oder verschlingen bei einer Unstimmigkeit den Schatten ihres Gegenübers.« Zu all dem waren nur Magier fähig. Ihre Magie war an Emotionen gebunden. Hatten sie diese nicht unter Kontrolle, lief ein jeder von ihnen Gefahr, eine enorme Bedrohung für andere zu sein. Zwei Magische Kriege waren Beweis genug dafür.

Raz schüttelte verärgert den Kopf. Sein Blick glitt zur Klinge des Schwerts, die noch immer gegen seine Brust drängte. Er legte eine Hand auf die Klinge und fuhr hauchzart darüber. Ein Blutstropfen rollte seinen Finger hinab. »Nein«, flüsterte er, seine Stimme war erfüllt von Schmerz und Wut. »Stattdessen tragen sie eine goldene Krone auf ihrem Haupt und beschneiden und unterdrücken die, die ihnen zahlenmäßig unterlegen sind, nur weil sie Angst vor deren besonderen Fähigkeiten haben.«

Sie konnte sich nicht vorstellen, wie das Leben in Britannia vor fünfzig Jahren gewesen war. Arissa hatte lediglich von den Taten von Jaspers Großvater gelesen. Über seine Vergehen an der magischen Bevölkerung. Doch Raz war ohnehin noch nicht fertig. »König James hat Animagen versklavt und sie wie Tiere im Käfig gehalten. Elementarier wurden zu Minenarbeitern und die Umbra mussten ihre Kräfte für unaussprechliche Gräueltaten einsetzen. Wer Magie beherrschte, gehörte der Krone und wer seine Magie ohne deren Zustimmung ausübte, der wurde ohne zu zögern umgebracht, um ein Exempel zu statuieren.«

Raz' Stimme bebte jetzt vor Zorn, wegen der großen Last seiner traurigen Erinnerungen. Er ging einen kleinen Schritt auf Arissa zu, die schnell das Schwert herunternahm, um ihn nicht wirklich zu verletzen. Sie spürte, wie sich ihre Augen mit Tränen füllten. Tränen um die Magier, die unter solch furchtbaren Umständen hatten leben müssen.

»Als ich zwölf Jahre alt wurde und sich meine Magie zeigte, sich die Schatten in mir offenbarten, hat mich mein eigener Vater an König James verkauft. Ich habe immer gedacht, ich als Bastard hätte es schon unter meinem Vater schwer gehabt. Aber der König war ein noch viel schlimmerer Mann. Jene, die gegen seine Gesetze verstießen, wurden nicht von ihm und seinem Gefolge hingerichtet. Nein, dafür waren einzig und allein wir Umbra zuständig. Für alles Schreckliche, Schmutzige, Grausame. Und so begannen die Menschen, unsere Schatten mit etwas Abartigem, etwas Bösem zu verbinden. Sie bekamen unbändige Angst vor uns. Sie hassten uns.«

Die ersten Tränen liefen Arissa über die Wange, ohne, dass sie sie hätte aufhalten können. Sie weinte um den Zwölfjährigen Raz, der von seiner Familie getrennt worden war und bei einem König hatte leben müssen, der ihn zu einem Mörder herangezogen hatte. Um ein Kind, das zu schnell erwachsen hatte werden müssen und niemals hatte Schwäche zeigen dürfen. Das im Grunde schon damals immer allein, nein, schlimmer noch, *einsam* gewesen war. Und sich falsch gefühlt haben musste.

Raz' Blick wurde sanfter, als er Arissas Tränen sah. Er hob die Hand und wollte sie wegwischen, doch Arissa wich vor ihm zurück.

»Jasper ist nicht so.«

Ein trauriger Ausdruck trat auf Raz' Gesicht. »Doch, ich fürchte, er ist es. Deine Gefühle für ihn trüben dein Urteilsvermögen.«

Hastig schüttelte Arissa den Kopf. Raz irrte sich. Er kannte Jasper nicht und er kannte auch sie nicht wirklich. »Du kennst meine Gefühle doch gar nicht!«, widersprach sie mit erstickter Stimme.

»Vielleicht erkenne ich sie sogar besser als du«, flüsterte er. Arissa war sich nicht einmal sicher, ob er das wirklich gesagt hatte. Erneut hob er die Hand und legte sie an ihre Wange. Sie ließ es diesmal geschehen. Mit dem Daumen wischte er ihr eine Träne vom Gesicht. Arissa schloss unter der Berührung die Augen. Auch wenn seine Hände rau waren, fühlten sie sich richtig an auf ihrer Haut.

»Raz …«

»Du hast mich ein bisschen zu lange angesehen, um behaupten zu können, dass du nichts für mich empfindest, Rissa.«

Arissa öffnete die Augen und sah ihn stumm an. Ihr Blick war noch immer tränenverhangen, ihre Lippen leicht geöffnet, doch kein Ton kam heraus. Kein Widerspruch. Sie schluckte schwer, bevor sie sagte: »Ich liebe ihn.«

»Dagegen sage ich auch nichts«, sagte er mit einem sanften Lächeln auf den Lippen. »Er ist deine erste Liebe. Das bedeutet nicht, dass er deine letzte sein muss.«

Und mit diesen Worten traf der erste Sonnenstrahl auf die Tower Bridge und spiegelte sich im kalten Wasser des Flusses. Raz löste sich von ihr und trat in die Schatten zurück. Das Lächeln auf seinem Gesicht verschwand nicht, als er sich langsam auflöste und Arissa allein zurückließ.

***

Jeder im Palast war angespannt, Angst hing wie ein schlechter Duft in den Gängen und wollte partout nicht verschwinden. Selbst über Arissas privaten Räumen hatte sich eine bedrückende Stille ausgebreitet – die jäh unterbrochen wurde, als die Tür schwungvoll geöffnet wurde, ein wütender Jasper ins Zimmer stürmte und die Tür mit einem lauten Knall hinter sich ins Schloss warf.

»Erazmus Reys hat mein Land angegriffen. Ich will seinen Kopf!«, donnerte Jasper und knallte seine Faust auf den Tisch, an dem Arissa gerade saß und in ihrer Morgenlektüre las.

Sie zuckte bei dem Knall zusammen und sah erschrocken zu ihm auf. »Jasper, beruhige dich bitte.« So aufgebracht kannte sie ihn gar nicht und die Wut in seinen blauen Augen machte ihr Angst.

Eine Ader pochte gefährlich auf der Stirn des Königs und er ballte die Hände so fest zusammen, dass die Knöchel weiß hervortraten. »Ich hätte bei diesem Anschlag getötet werden können, Arissa! Meine Mutter hätte sterben können, viele unschuldige Leute wurden verletzt.«

»Ich weiß«, hauchte sie. Nur zu gut waren ihr die gestrigen Ereignisse im Gedächtnis geblieben und man spürte ihr Nachbeben ja noch rundherum und bis in die Knochen. Arissa musste immer wieder an die dunkle Gestalt denken, der sie in der Oper begegnet war. Zu gern wäre sie ihr gefolgt und hätte herausgefunden, wer sie war. Doch die Sicherheit der Opernbesucher hatte Vorrang gehabt.

Jasper baute sich hinter Arissa auf, seine Hände umklammerten die Lehne ihres Stuhls. Seine dunkle Stimme ging ihr durch Mark und Bein, als er sprach. »Was gestern geschehen ist, darf nie wieder passieren. Reys muss aufgehalten werden.«

»Wieso bist du dir so sicher, dass er dahintersteckt?«, entkam es ihr. Eine Falte trat auf ihre Stirn, als sie an ihr nächtliches Treffen mit Raz dachte. Hatte er ihr doch ins Gesicht gelogen? Steckte er hinter den Anschlägen auf Londinium?

Hätte ich es auf den König abgesehen, dann wäre er jetzt tot, waren Raz' Worte gewesen und sie hatte ihm geglaubt. Erazmus Reys war kein Mann falscher Drohungen.

»Wer sollte es sonst gewesen sein?«

Das wollte und musste Arissa unbedingt herausfinden. Unbekannte Angreifer auf die Animagen, unbekannte Attentäter in Londinium ... Irgendwie waren das zu viele Unbekannte auf einem Haufen. Was wäre, wenn beides etwas miteinander zu tun hätte? In Arissas Kopf schienen sich die Gedankenfäden regelrecht zu verknoten. Eins nach dem anderen ... Erst einmal ging es darum, dem König seinen Verstand zurückzuholen. »Ich weiß es doch auch nicht, aber es gibt keine Beweise, dass er es war«, erwiderte sie leise, aber mit Überzeugung in der Stimme.

Jasper zog ihren Stuhl hastig zurück, was Arissa einen erschrockenen Laut entlockte. Er drehte sie zu sich um. »Nimm ihn nicht ständig in Schutz.« Der Zorn war deutlich in Jaspers Gesicht zu sehen. Es war zornesrot und seine Augen funkelten gefährlich.

Arissa biss die Zähne aufeinander. »Das tue ich doch gar nicht. Ich möchte nur nicht, dass du als König unüberlegt und voreingenommen handelst.« Sie wollte sich nicht so klein ihm gegenüber fühlen, also stand sie auf und drängte Jasper ein Stück zurück. Er mochte wütend sein und das zurecht, aber sie war hier nicht die Böse, also sollte er seinen Zorn ihr gegenüber in den Griff bekommen.

»Natürlich tust du das!«, herrschte Jasper sie an.

Vielleicht hatte sie Raz wirklich unbewusst in Schutz genommen ... Aber wie dem auch sei, im Moment klang Jasper wie ein bockiges Kleinkind und sie konnte ihn einfach nicht ernst nehmen. Worum ging es hier eigentlich? Arissa verschränkte die Arme vor der Brust und schüttelte den Kopf. »Reys sagt, er sei unschuldig.«

Jaspers Miene wurde, wenn das überhaupt möglich war, noch dunkler. Sie passte perfekt zu dem düsteren Regenwolkenhimmel draußen, der so häufig über Londinium schwebte. »Woher weißt du das?«

»Weil ich ihn gefragt habe.«

Im Raum wurde es gespenstisch still. Jasper sah sie an, als stünde ein Geist vor ihm. Fassungslos, verletzt. Doch dann kam die Wut. Arissa konnte sie beinahe spüren und sie bereitete sich auf den großen Ausbruch vor.

»Wie bitte?!«, brüllte Jasper sie an und blieb direkt vor ihr stehen. Seine Brust, die sich sehr schnell hob und senkte, berührte ihre verschränkten Arme, doch Arissa wich nicht zurück.

Sie war den Zorn von Conrad de Fay gewöhnt. Einem Mann, der, wenn er wütend wurde, die Erde zum Erbeben brachte. Arissa würde keine Angst vor Jasper haben, doch sein Verhalten war ihr in diesem Moment zuwider.

Also reckte sie das Kinn vor. »Ich habe ihn gestern Abend getroffen. Er beteuert seine Unschuld.«

»Warum hast du mit ihm gesprochen?«, verlangte Jasper zu wissen. Seine Schultern waren vor Zorn versteift, sein Mund zu einer schmalen Linie verzogen.

Wenn sie ihn so ansah, konnte Arissa kaum glauben, dass vor ihr der Mann stand, den sie liebte. Durch dessen weiche Locken sie mit ihren Händen gefahren war, dessen Lippen sie stundenlang hätte küssen können. Der ihr liebevolle Worte zugeflüstert hatte und den sie gegen alles und jeden verteidigt hätte. Wie viele Stunden hatten sie zusammen verbracht, voller Liebe, Leidenschaft und Hingabe? Doch gerade war ihr ehemals Liebster, ihr Seelenmensch erfüllt von Kälte, Misstrauen und Wut.

»Ich versuche einen Krieg zwischen Magiern und Menschen zu verhindern, also habe ich das Gespräch mit ihm gesucht«, gestand sie. Sie hatte von Raz hören wollen, dass er für die Übergriffe verantwortlich war. Dass er schuldig war.

Jasper schüttelte bei ihren Worten langsam den Kopf und fuhr sich dann mit beiden Händen über das Gesicht. Seine Wangen zierten Bartstoppeln und die Locken hingen ihm wirr in die Stirn. »Nur weil er behauptet, es nicht getan zu haben, kann er trotzdem dafür verantwortlich sein. Er hat inzwischen genügend Anhänger.«

»So ist er nicht.«

Überrascht hob Jasper eine Augenbraue. »Woher willst du das wissen?«

Arissa senkte den Blick und biss sich auf die Unterlippe. Wissen konnte sie es nicht, aber sie fühlte es. Nicht nur mit ihrem Herzen, sondern mit ihrem ganzen Sein. »Weil ich ihn *kenne.*«

Jaspers Miene wurde hart und ausdruckslos. Von Wut war keine Spur mehr – Arissa fürchtete die Ruhe vor dem Sturm. »Ist das so?«, wollte er flüsternd wissen.

Arissa nickte stockend und fuhr sich durch die dunklen Haare. »Wenn er will, dass etwas getan wird, dann macht er es selbst und beauftragt keinen anderen damit.« So hatte sie ihn kennengelernt, ganz gleich, welche Geschichten man sich über ihn erzählte. Raz brauchte keine Handlanger, er war ein Mann der Tat.

»Du hast wirklich eine sehr hohe Meinung von ihm.«

Hatte sie das? Arissa sagte nur die Wahrheit. Oder das, was sie für die Wahrheit hielt. Sie zuckte mit den Schultern. »Ich versuche nur objektiv an die Sache heranzugehen. Du bist aufgebracht und kannst nicht klar denken. Wer auch immer für die Angriffe verantwortlich war, Reys war es nicht.«

Ein freudloses Lachen entkam Jasper und ließ Arissa skeptisch zu ihm aufsehen. Seine Mundwinkel waren verächtlich nach unten gezogen und sein ganzer Körper bebte vor unterdrücktem Zorn. »Wie praktisch für ihn, dass die Person, die seine Unschuld beteuert, ausgerechnet meine Geliebte ist«, schnaubte er und drehte sich von Arissa weg, als könne er ihren Anblick nicht mehr ertragen. »Ich habe bereits einige Magier festnehmen lassen. Sie werden bestimmt bestätigen, dass Reys sie beauftragt hat.«

Und dann siehst du, dass ich recht gehabt habe, schwang seinen Worten stumm hinterher.

Arissa trat neben ihn, Adrenalin schoss durch ihren Körper.

»Die Täter wurden geschnappt?« Wieso hatte er ihr das nicht sofort gesagt? Dann hätten sie endlich Hinweise, denen sie als Kriegerin des Ordens nachgehen konnte.

Jasper sah zu ihr herab. Arissa erkannte so etwas wie Stolz oder Genugtuung auf seinem Gesicht. »Es wurden zwei Feuerelementarier, ein Luftelementarier und drei Umbra in der Nähe der Brandorte gesehen. Sie sitzen allesamt in meinem Kerker.«

Seine Wortwahl irritierte Arissa und sie hob erstaunt eine Augenbraue. »Sie wurden dort *gesehen*? Während sie das Feuer gelegt haben?« Sie hatte keine Magie an dem Mann gespürt, dem sie in der Oper begegnet war, allerdings war auch alles sehr schnell gegangen.

»Ein Gebäude geht nicht einfach so in Flammen auf. Es sei denn, man ist in der Lage, das Feuer zu befehligen und kann mit Schatten für Ablenkung sorgen.«

Arissa versteinerte bei seinen Worten. Mit weitaufgerissenen Augen starrte sie Jasper entsetzt an. »Du …«, begann sie, doch ihre Zunge klebte am Gaumen fest. »Du hast Magier ins Gefängnis sperren lassen ohne ernstzunehmende Beweise dafür, dass sie etwas verbrochen haben?«

So etwas würde Jasper doch niemals tun. Nicht *ihr* Jasper.

Er wandte sich erneut von ihr ab und lief durchs Zimmer. Sein Blick glitt überall hin, nur nicht zu ihr. »Die Orte können sich nicht selbst angezündet haben, Arissa. Es waren Magier in der Nähe – natürlich waren sie es!«

Das war seine ganze Rechtfertigung und Beweislage, um Unschuldige gefangen nehmen zu lassen? Arissa erkannte den Mann vor sich nicht wieder. Hilflos warf sie die Arme in die Luft und stöhnte auf. »Ich haben mich sogar mittendrin befunden, ebenso deine Mutter und vermutlich hundert andere. Das macht uns doch nicht automatisch zu Verdächtigen eines Brandanschlags.«

Seine Augen wurden schmal. »Ihr seid auch keine *Magier.*« Er spie ihr das letzte Wort regelrecht entgegen. Wie eine Beleidigung, eine Abscheulichkeit, die ausgelöscht gehörte.

Arissa schluckte schwer, ihr Körper zitterte. »Ich habe einen der Verantwortlichen mit eigenen Augen gesehen, im Requisitenraum. Ich habe jedoch keinerlei Magie an ihm gespürt.«

Jaspers Blick war etwas weicher, als er sie nun ansah. »Es ging alles sehr schnell, vielleicht hast du es nur nicht bemerkt. So schnell, wie sich die

Flammen überall ausgebreitet haben, *muss* Magie im Spiel gewesen sein.« Die Art, wie er mit ihr sprach, erinnerte sie an einen Vater, der seinem Kind die Welt erklärte.

Arissa stieß einen frustrierten Schrei aus und stürmte auf Jasper zu. Beide Hände legte sie auf seine Brust, um ihn daran zu hindern, sich von ihr abzuwenden. »Was ist denn nur los mit dir?«, fragte sie eine Spur zu hysterisch. »Du kannst nicht einfach Magier ergreifen, nur weil du einen Schuldigen brauchst. Haben deine sogenannten Verantwortlichen die Tat denn gestanden?«

Jasper umschloss ihre Handgelenke und hielt sie fest. Sein Griff war zu fest für Arissas Geschmack und wenn er noch härter zudrücken würde, würde sie morgen Abdrücke haben. »Natürlich behaupten sie, sie wären unschuldig! Aber das würde jeder in ihrer Situation tun.«

Arissa schüttelte langsam den Kopf. Konnte nicht glauben, was hier gerade geschah. Was Jasper getan hatte. »Vielleicht tun sie das aber auch, weil sie wirklich unschuldig *sind*«, donnerte sie ihm entgegen. Sie glaubte daran, dass jemand so lange unschuldig war, bis seine Schuld bewiesen wurde. Auch Jasper hatte das früher so gesehen. Doch jetzt …

»Sie werden früher oder später reden und dann werden sie gestehen, dass sie von Erazmus Reys beauftragt wurden.«

Verblüfft hielt sie inne und lachte auf. »Das klingt fast so, als würdest du sie foltern wollen.«

Jasper wich ihrem Blick aus, doch sein ganzer Körper war angespannt. »Wenn das nötig sein sollte.«

Ihr wurde schlecht. Arissas Magen begann zu rebellieren und sie wollte sich von Jasper losreißen, doch er hielt sie fest. »Jasper! Ein Geständnis unter Folter hat keinerlei Gültigkeit. Diese Magier sind rechtmäßige Bürger deines Landes, du darfst sie nicht foltern lassen.«

Er beschuldigte Raz, ein Monster zu sein, folterte aber selbst seine Untertanen, um ein falsches Geständnis zu erhalten? Die Welt war urplötzlich aus den Angeln gehoben, vollkommen aus dem Gleichgewicht geraten.

Ein Kopfschütteln war seine Antwort. »Ich foltere sie nicht grundlos. Sie stellen eine Gefahr für das Land und seine Bürger dar. Es geht um das Allgemeinwohl, die allgemeine Sicherheit.«

Genau genommen folterte er sie sogar gar nicht. Er ließ andere die Drecksarbeit machen. Etwas, was er doch eben noch Raz vorgeworfen hatte. Arissa schluckte die bittere Galle hinunter, die sich gerade ihren Weg durch den Körper bahnte. Sie ertrug Jaspers Anblick kaum noch.

»Siehst du eigentlich nur noch das, was du sehen willst?«

»Was willst du damit sagen?«

Arissa riss sich von Jasper los, dessen Arme nun schlaff an seinem Körper hinabhingen. Arissa fuhr sich über die schmerzenden Handgelenke. »Seit Erazmus Reys aufgetaucht ist, scheinst du in jedem Magier nur noch das Böse zu sehen. Als hätten sie alle sich gegen dich verschworen, auf einmal. Das ist doch Unsinn.«

Anklagend deutete Jasper nun mit dem Zeigefinger auf sie, sein Gesicht eine Maske aus Wut und Schmerz. »Bist du dir da sicher? Selbst du stellst dich doch auf seine Seite – meine eigene Mätresse.«

Dieses Gespräch raubte Arissa alle Kraft. Wie war es nur so weit gekommen? »Ich stehe auf *deiner* Seite. Doch das bedeutet nicht, dass ich dir verschweige, wenn du einen Fehler machst. So wie genau *jetzt.*« Sie war keine blinde Unterstützerin. Sie war seine Partnerin. Oder zumindest hatte sie das sein wollen.

Jasper verschränkte die Arme vor der Brust. Eine Abwehrhaltung, die Arissa bedeutete, dass er sich noch weiter von ihr distanzierte. Seine Stimme klang eigenartig, als er fortfuhr: »Amberly unterstützt mich in meinem Vorhaben. Warum kannst du das nicht ebenfalls tun?«

»Amberly?«, fragte Arissa verwirrt.

»Lady Amberly Thornton. Sie glaubt auch, dass die Magier seit Reys' Auftreten neue Hoffnung geschöpft haben, Britannia wieder an sich zu reißen.«

Verwirrung rauschte durch Arissas Adern. Der plötzliche Themenwechsel irritierte sie und sie konnte ihm kaum folgen. Sie kniff die Augen zusammen und fuhr sich mit der Hand über den Nacken. »Du sprichst über politische Angelegenheiten mit einer Hofdame? Warum? Ist sie in Diplomatie oder

Kriegsführung ausgebildet? Kennt sie die Bedürfnisse der Magier? Ich verstehe nicht, was sie mit dem Ganzen zu tun hat.«

Amberly Thorntons Vater gehörte zwar zum Senex und war ein Vertrauter von Jasper. Doch sie selbst war nur eine Frau. Und diese wurden bei den Menschen nicht in Kriegsangelegenheiten miteinbezogen. Warum erzählte Jasper ihr also diese Dinge?

Jaspers schob sein Kinn vor. Ein Mundwinkel hob sich kaum merklich und Arissa glaubte schon wieder etwas wie Genugtuung in seinen blauen Augen zu sehen. »Amberly wird meine Frau werden.«

Es war wie ein Schlag ins Gesicht. Arissa meinte, seine Finger regelrecht auf ihrer Wange spüren zu können. Das Brennen, das seine Hand darauf hinterlassen hatte. Sie konnte kaum atmen, brachte noch ein schwaches »Was?« hervor.

»Amberly Thornton wird die nächste Königin Britannias.«

IV

BESCHÜTZERIN DES VOLKES

Kapitel 19

»Hallo Edmund«, wisperte Arissa und zog die Beine enger an ihren Körper.

Er war da. Ihr Bruder. Den Mund zu einem traurigen Lächeln verzogen. Auf der anderen Seite des Spiegels.

Edmund war ganz nah, setzte sich ebenfalls und war somit auf Augenhöhe mit Arissa. Langsam legte er eine Hand auf das Glas. Arissa tat es ihm gleich. Der Spiegel war kalt unter ihren Fingern und sie spürte, wie die Magie ihn umgab. Es war dunkle Magie und auf ihrer Haut fühlte sie sich beschmutzt und unrein an.

Traurig starrte Arissa auf ihre Hand, die Edmund zu berühren schien. Doch von der Körperwärme ihres Bruders war nichts zu spüren. Sie konnte ihn sehen, ihn aber nicht berühren. Mit ihm sprechen, ihn aber nicht verstehen. Edmund war da und doch wieder nicht.

Die Magier der Zitadelle waren noch keinen Schritt weitergekommen. Sie forschten Tag und Nacht, probierten Zauber aus, experimentierten und doch war das Ergebnis erfolglos. Edmund war nach wie vor im Spiegel von Albion gefangen. Sein Anblick brach Arissa das Herz.

Edmund war ein aufgeweckter junger Mann. Er liebte die Gesellschaft anderer, wobei er nicht zwangsläufig mit ihnen reden musste. Doch seine gute Laune war ansteckend und sie hatte Edmund stets freundlich und mit einem Lächeln auf den Lippen erlebt.

Was sie jetzt im Spiegel sah, war nur noch ein schwaches Abbild ihres Bruders. Edmunds braune Haaren waren wirr, fast zottelig, könnte man sagen.

Unter seinen Augen lagen dunkle Schatten, als hätte er seit seiner Gefangenschaft nicht mehr richtig geschlafen. Auf Arissa wirkte er abgehetzt, verängstigt und ... einsam.

Nichts davon wollte sie im Gesicht ihres kleinen Bruders sehen. Rein gar nichts!

»Es tut mir so leid, Ed«, hauchte sie und spürte, wie sich ihre Augen mit Tränen füllten. Ihr Bruder war eingesperrt in einem gläsernen Gefängnis und es gab nichts, was Arissa tun konnte, um ihn zu befreien. Ein magisches Gefängnis benötigte einen magischen Schlüssel, um es zu öffnen. Magie – ausgerechnet das, was Arissa seit ihrer Geburt fehlte.

Auf Edmunds Stirn erschien eine tiefe Falte und er schüttelte den Kopf.

»Es ist meine Schuld, dass du noch immer da drin bist. Ich habe versprochen, dass ich dich rausholen werde, aber wie es aussieht, werde ich mein Versprechen nicht einhalten können.« Eine Träne rann ihre Wange hinab und Arissa wischte sie mit ihrem Handrücken weg. »Es gibt nur noch eine Person, die dich dort herausholen könnte – nur wird sie uns nicht helfen.« Sie benötigten für Edmunds Befreiung nicht nur Raz' Blut, sondern auch sein Wissen um die Zauberformel. Beides blieb Arissa verwehrt. Und sie konnte Raz sogar verstehen. An seiner Stelle hätte sie das Relikt, das ihm so viel Schmerz und Pein bereitet hatte, bei der ersten Gelegenheit zerstört und sie würde es ganz sicher nicht erneut öffnen, auf die Gefahr hin, selbst wieder darin zu landen. Die Zeichen standen ja nicht gerade gut für Erazmus Reys. »Es tut mir leid, Ed. Ich habe das Gefühl, ich habe alles verbockt.«

Edmund sah Arissa liebevoll an, als wollte er ihr sagen, dass sie aus seiner Sicht keinerlei Schuld traf. Arissa fuhr sich mit beiden Händen über das Gesicht und strich sich die dunklen Strähnen hinter die Ohren, sie trug ihr Haar heute ausnahmsweise einmal offen.

»Du hast hier einiges verpasst. Wobei das vielleicht auch besser ist«, lachte sie hart auf. In Britannia hatte sich in kürzester Zeit so viel verändert, dass sie nicht wusste, wo sie anfangen sollte, um Edmund davon zu erzählen.

Fragend hob Edmund eine Augenbraue. Es war so absurd. Sie hätten einander so viel zu sagen gehabt! Wäre die Situation nicht so aussichtslos, hätte Arissa womöglich sogar darüber lachen können. Immerhin: Es tat gut, ihren Bruder zu sehen. Auf eine Weise mit ihm zu kommunizieren.

»Ich bin Jaspers Mätresse«, sagte sie nun kleinlaut und spürte einen Stich in ihrem Herzen. Es hatte so vielversprechend geklungen – und war zu etwas ganz anderem geworden, in so kurzer Zeit.

Edmund schaute erstaunt. Er öffnete den Mund, schloss ihn wieder und schüttelte einfach nur ungläubig den Kopf. Seine Lippen bewegten sich, doch Arissa konnte die Worte nicht lesen.

»Ich hätte dir vielleicht vorher erzählen sollen, dass ich eine Affäre mit dem König habe. Schon seit Jahren.« Als sie es nun laut auszusprach, fühlte es sich falsch an, doch irgendwie auch befreiend. Es war das erste Mal, dass Arissa jemandem von ihrer Beziehung zu Jasper erzählte. Abgesehen von Raz – stellte sie resigniert fest.

Auf Edmunds Gesicht war der Ausdruck reiner Überraschung zu sehen. Etwas anderes hatte Arissa auch nicht erwartet. Niemand würde glauben, dass eine Kriegerin des Ordens, eine Immunda, die Geliebte des Königs war.

»Oh, und Jasper ist verlobt«, fuhr Arissa fort und musste an ihr letztes Gespräch mit dem König denken. Arissa hatte immer gewusst, dass Jasper eines Tages würde heiraten müssen. Er war der Herrscher über Britannia und von ihm wurde verlangt, einen Erben zu zeugen. Doch Arissa hatte nicht angenommen – oder sich vielleicht auch schlicht dagegen versperrt, weil sie es nicht wahrhaben wollte –, dass diese Entscheidung so bald getroffen werden würde. Vor wenigen Tagen – oder waren es bereits Wochen? – hatte Jasper doch erst offiziell bekanntgegeben, dass sie seine Mätresse war – und jetzt wollte er *heiraten*.

Edmund im Spiegel verzog noch immer das Gesicht und seine braunen Augen füllten sich mit Zorn. Arissa musste bei diesem Anblick schmunzeln. Sie war die Ältere von ihnen beiden und war es nicht gewohnt, dass Edmund ihr gegenüber beschützend reagierte.

Er hob hilflos die Hände und zuckte dabei mit den Schultern.

»Es ist Amberly Thornton«, beantwortete Arissa die stumme Frage. Prompt schossen ihre Gedanken zu der rothaarigen Schönheit, die fortan wohl auch Teil von Arissas Leben sein würde. Sie würde den Platz einnehmen, den sie selbst schon immer innehaben wollte. Amberly würde die *Frau* an Jaspers Seite sein. Keine Mätresse, keine Geliebte, der nur ein paar nächtliche Stunden mit dem König vergönnt waren. Schmückendes Beiwerk und Statussymbol in seinem ach so wichtigen Alltag als Herrscher. Amberly wurde Jaspers Königin und damit auch Arissas.

Edmund wedelte mit den Händen, um Arissas Aufmerksamkeit zu erregen. Sie blinzelte und legte den Kopf schief, während ihr Bruder versuchte, ihr über Pantomime etwas nahezubringen. Es sah aus, als wollte er ein hartnäckiges Insekt vertreiben.

»Ich weiß leider nicht, was du mir sagen willst. Aber du musst auch nicht versuchen, mich aufzumuntern.« Sie lächelte schwach. »Leider sind das nicht meine einzigen Sorgen und auch eher die geringsten«, sagte sie mit gesenktem Blick. Bevor sie weitersprach, schaute sie zur Sicherheit über ihre Schulter. Sie durfte den Raum der Zitadelle, der ehemals den Magees vorbehalten war und in dem noch immer der Spiegel stand, für ihre Besuche bei Edmund nutzen. Die Tür musste allerdings geöffnet bleiben und was sie Edmund nun zu sagen hatte, durfte nicht nach draußen dringen.

Also flüsterte sie: »Jasper hat Magier verhaften lassen. Er ist so geblendet von Angst und Zorn, dass er sie höchstwahrscheinlich foltern wird, um zu bekommen, was er will.« Edmunds Augen wurden groß, doch Arissa war noch nicht fertig. »Ich weiß nicht, was ich tun soll, Edmund. Er hört einfach nicht mehr auf mich.« Verzweifelt warf sie die Hände in die Luft. Es gab niemanden außer Edmund, mit dem sie darüber sprechen konnte, immerhin bestand nicht die Gefahr, dass er es weitergeben konnte.

In den Kreisen des Ordens wusste man, dass Verdächtige festgenommen wurden. Doch keiner war in Kenntnis gesetzt von Jaspers grausamen Absichten. Sollten die Gilden herausfinden, dass man ihresgleichen in den Kerkern des Palastes folterte, würden sie sehr bald – zu Recht – auf die Barrikaden gehen und ein Krieg zwischen Menschen und Magiern wäre unaufhaltbar.

Sie schaute auf und blickte in die besorgten Augen ihres Bruders. »Ich vermisse dich, Edmund«, brachte sie mit belegter Stimme hervor. Tränen sammelten sich in ihren Augen und liefen ihre Wangen hinab. Ein Schluchzen löste sich aus ihrer Kehle und sie presste sich die Handballen auf die Augen.

Ihr Bruder lächelte schwach und nickte. Er vermisste sie ebenfalls. Arissa legte wieder eine flache Hand auf das kühle Glas. »Ich wünschte, du wärst hier und könntest mich unterstützen. Ich könnte deinen klugen Kopf gebrauchen.« Es tat weh. So unendlich weh, ihn dort drinnen zu sehen.

Edmund lachte, auch wenn Arissa es nicht hören konnte. Ihr Bruder legte beide Hände gegen den Spiegel und sah sie lange an. Er hatte so viel verloren: seinen besten Freund, sein Leben in der Zitadelle, seine Freiheit.

Egal, wie hart Arissas Los war, das ihres Bruders war härter. Sie konnte etwas unternehmen, um ihre Probleme wenigstens anzugehen. Edmund konnte rein gar nichts tun. Ihm blieb nichts anderes übrig, als abzuwarten und zu hoffen.

Ein Klopfen an der Tür ließ Arissa herumfahren. Darcy stand im Türrahmen und schaute mitleidig zwischen Arissa und Edmund hin und her. »Es wird Zeit zurückzukehren. Man erwartet dich im Palast.«

Arissa hob irritiert eine Augenbraue. »Warum?« Sie stand auf und sah, dass Edmund es ihr gleichtat.

»Einige Side sind unerwartet aufgetaucht. Diese Sternengucker scheinen irgendetwas gesehen zu haben, was der König wissen sollte. Vesper Sellar verlangt deine Anwesenheit.«

***

Zu Arissas Erstaunen wurde sie jedoch nicht in das Ratszimmer geleitet, sondern in den Damensalon der Königinmutter. Und statt dass immerhin Lady Portia sie hier erwartet hätte, traf sie dort auf niemand Geringeren als Lady Amberly Thornton. Ihr gegenüber saß in strahlender Schönheit und erhaben, als gehörte die Macht ihr allein, das Gildenoberhaupt der Side. Ihr hellblondes Haar, das im Sonnenlicht fast weiß wirkte, war zu großen Locken gedreht. Ein weißes, sehr freizügiges Gewand umhüllte Vesper Sellars Körper. Sie hatte sich auf dem prunkvollen Sofa, auf dem sie allein saß, zurückgelehnt, ein Bein über das andere geschlagen, sodass sehr viel Haut ihrer Schenkel entblößt wurde. Lady Thornton hingegen saß anständig auf dem gegenüberliegenden Sofa. Die Hände demutsvoll im Schoß gefaltet, das Kleid hochgeschlossen. Ihr abschätziger Blick hing an der nackten Haut der Magierin.

Diese trug, wie so oft, ein wissendes Lächeln auf den vollen Lippen und nur zu gern wüsste Arissa, was die Sterne ihr zugeflüstert hatten.

Bei ihrem Eintreten fuhren beide Köpfe zu Arissa herum. Doch nur Sellar lächelte sie dabei an.

»Lady de Fay, wie schön, Euch wiederzusehen. Und wie ich sehe, seid Ihr in Begleitung«, stellte Sellar fest, wobei sie Darcy musterte, die nach Arissa eingetreten war.

»Lady Sellar, es ist mir eine Ehre. Es ist eine Weile her, dass wir uns gesehen haben. Gestattet, dass ich Euch meine Leibwächterin vorstelle: Darcy Astor.« Darcy nickte der Magierin kurz zu. Dann galt ihre ungeteilte Aufmerksamkeit wieder Arissa.

Sellar legte den Kopf schief und musterte Darcy interessiert.

»Wird der König uns nicht beehren?«, fragte Arissa und schaute mit gerunzelter Stirn über Sellars Schulter zu Amberly. Diese schüttelte den Kopf.

»Das, was ich zu sagen habe, ist nicht für die Ohren des Königs bestimmt. Eigentlich wollte ich nur mit Euch sprechen. Doch leider wurde mir das nicht gestattet«, bemerkte Sellar mit hochgezogener Augenbraue und warf einen abschätzigen Blick auf die nächste Königin des Landes.

»Ihr könnt nicht einfach in Londinium auftauchen, in den Palast marschieren und sprechen, mit wem Ihr wollt – das könnt Ihr nicht erwarten!«, platzte es da aus Amberly heraus.

Arissa hatte noch nie zuvor mit ihr persönlich gesprochen. Amberly war für ihre Schönheit, ihre Anmut und ihre tadellosen Manieren bekannt. Doch gerade Letzteres fand Arissa in diesem Moment nicht besonders überzeugend.

Vesper Sellar jedoch schien von den harschen Worten der jungen Frau keineswegs beeindruckt. Im Gegenteil: Sie sah Amberly nur gelangweilt an. »Und Ihr seid wer noch mal?«

»Lady Amberly Thornton, die zukünftige Königin Britannias. Und darum werde ich Eurer Unterredung mit Arissa de Fay beiwohnen.«

Die Magierin wirkte keinesfalls überrascht, vielleicht wusste sie bereits, wer Amberly war, oder besser gesagt, wer sie werden würde. Immerhin war sie eine Side und konnte in die Zukunft sehen.

»Zukünftige Königin Britannias«, wiederholte Sellar die Worte und legte den Kopf dabei schief, als testete sie den Geschmack auf der Zunge. Dann schmunzelte sie. »Eine Mätresse und eine Braut in nur wenigen Wochen. Seine Majestät hat, so scheint mir, alle Hände voll zu tun. Kein Wunder, dass er keinen Kopf für die Angelegenheiten der Magier hat.«

Amberly erhob sich und baute sich vor dem Oberhaupt der Side auf. Ihre roten Locken wirkten auf Arissa auf einmal wie Flammen, während Vesper Sellar das Eis verkörperte.

»Der König hat die Angelegenheiten der Magier nicht vergessen, Lady Sellar. Es gibt jedoch wichtigere Dinge, um die er sich kümmern muss. Erazmus Reys zum Beispiel und sein Komplott gegen die Krone. Warum seid Ihr hier?«

»Ich traue mich gar nicht wegzuschauen«, flüsterte Darcy Arissa ins Ohr. »Es wird ja richtig spannend.«

Arissa nickte nur. Sie wusste nicht, weshalb sie herbestellt worden war, doch das Wortgefecht zwischen Lady Thornton und Lady Sellar ließ auch sie mit Vergnügen sprachlos zusehen.

»Wie ich bereits sagte, hatte ich vor, mit Lady de Fay zu sprechen. Mit niemandem sonst. Ich wollte keine Audienz bei der *Verlobten des Königs.«* Die Side schienen ihre letzten Worte zu erheitern, ihre Mundwinkel hoben sich kaum merklich.

Amberly ballte die Hände zu Fäusten. Ihre Stupsnase rümpfte sich und sie trat einen Schritt vor.

Arissa reagierte schnell und trat zwischen die beiden Frauen. »Lady Sellar, wollt Ihr mich vielleicht in die königlichen Gärten begleiten? Ich bin gespannt, was Ihr mir zu sagen habt.«

Amberly warf ihr einen bösen Blick zu. »Ich bin auf Geheiß Seiner Majestät hier und soll die Magierin überwachen.« Im Damensalon wurde es gespenstisch still. Sellar, Darcy und Arissa starrten Amberly mit offenen Mündern an.

»Diese *Magierin*«, sagte Arissa dann in gefährlich ruhigem Tonfall, »ist ein Gildenoberhaupt und Mitglied des Senex. Sie steht in Rang und Namen über Euch, Lady Thornton.« Die Wut pulsierte durch Arissas Adern und sie hatte große Mühe, sie unter Kontrolle zu halten. »Lady Sellar ist *mein* Gast und muss von niemandem *überwacht* werden. Meine Leibwächterin wird uns nach draußen begleiten. Ihr werdet hierbleiben.«

»Aber ...«, wollte Lady Thornton widersprechen, doch Arissa fuhr ihr über den Mund.

»Alles Weitere kläre ich mit dem König persönlich.«

Amberly schäumte vor Wut. Doch das war nichts im Vergleich zu Arissas eigenem Zorn. So, wie diese *Hofdame*, die die Verlobte des Königs sein wollte, das Wort »Magierin« ausgesprochen hatte, war sie definitiv zu weit gegangen. Sie war respektlos, unverschämt und es war eindeutig, wie Amberly zu den Magiern stand. Sie verabscheute sie. Auch jetzt war in ihren Augen der Argwohn zu sehen, während sie Sellar ein letztes Mal von oben bis unten musterte.

»Ich werde dem König davon berichten«, kam es spitz von Amberly, bevor sie mit rauschenden Röcken den Damensalon verließ.

»Wollen wir?«, fragte Arissa die Side und deutete auf die Tür.

»Für nichts auf der Welt hätte ich das verpassen wollen«, flüsterte Darcy ihr zu, als sie die königlichen Gärten erreicht hatten. Arissa warf ihr einen tadelnden Blick zu und schaute schnell zu Vesper Sellar, die jedoch schmunzelte.

»Das war gut gesprochen, Lady de Fay.«

»Ich mag eine Immunda sein, doch erst kürzlich sagte mir jemand, dass ich trotz allem zu den Magiern gehöre. Und als eine solche werde ich nicht zulassen, dass jemand unsere Gattung beleidigt.«

Die Side nickte und strich sich eine weißblonde Haarsträhne zurück. »Ich bin hier, um Euch um einen Gefallen zu bitten und Euch gleichzeitig zu helfen.«

Arissa runzelte die Stirn und sah sich im Schlossgarten um. Niemand schien sie hören zu können, auch wenn sie die Blicke von Ordenskriegern und Höflingen im Rücken spürte.

»Worum geht es?«

Vesper griff in die Tasche ihres Kleides und zog etwas daraus hervor. »Zuerst einmal geht es um Euch. Lest die Briefe später, Ihr werdet wissen, was zu tun ist.« Sie überreichte Arissa ein geschnürtes Bündel an Briefen, die Arissa vertrauensvoll an Darcy weitergab.

Dann wurde das Gesicht der Side ernst. »Die Magier, die im Kerker des Königs sitzen, sind unschuldig. Die Sterne verrieten es mir. Sie werden zu Unrecht dort festgehalten und ungerechtfertigt ist damit auch die Strafe, die man über sie verhängen wird.« Wut zeichnete sich auf dem sonst immer so reinen und entspannten Gesicht der Magierin ab. Gleichzeitig war ein unsagbarer Schmerz in ihren braunen Augen zu sehen. Was hatte sie wohl in den Sternen gesehen, was diese Magier betraf?

Arissa griff nach Vesper Sellars Händen und drückte sie. »Das weiß ich. Ich werde mein Möglichstes tun, um sie dort herauszuholen«, flüsterte sie. Eine Magierin hatte Arissa um Hilfe gebeten. Zum wohl ersten Mal in ihrem Leben. Mit ihrem Einfluss am Hofe konnte sie nun die Sprecherin für die gesamte Spezies der Magier sein und dieser Aufgabe würde Arissa mehr als gewissenhaft nachgehen.

Lady Sellar nickte ihr dankbar zu. »Seid aber vorsichtig bei dem, was Ihr vorhabt. Ich bin auch gekommen, weil die Sterne mir etwas über Euch verraten haben.«

Schon wieder?, hätte Arissa am liebsten fragen wollen und unterdrückte ein Stöhnen. Sie konnte sich noch zu gut an Sellars letzte Prophezeiung erinnern.

Zwischen zwei Seelen, zwischen zwei Leben. Ob sie sich für eines von beiden entscheiden kann?

Zwischen zwei Stämmen, zwischen zwei Ären. Wer hier wohl den Krieg begann?

Zwischen zwei Welten, zwischen zwei Herzen. Rettung oder Verderben war ihre Wahl von Anfang an.

Schicksal mein, Schicksal dein.

Verbunden seid ihr, doch kannst du unterscheiden zwischen Wahrheit und Schein?

Inzwischen hatte sich Arissa auf das meiste davon einen Reim machen können. Sie wusste, zwischen welchen zwei Leben sie stand. Dem der Mätresse und dem der Kriegerin. Auch die Stämme waren klar – Menschen und Magier. Doch wer den möglichen dritten Magischen Krieg begonnen haben würde – Magier oder Menschen –, wusste Arissa noch immer nicht mit Sicherheit zu sagen. Sie kannte nur das, was alle Welt zu sehen schien und was aufgeschrieben stand und das, was ihr Herz ihr sagte. Und das war zumindest nicht ein und dasselbe. Der Teil mit den zwei Herzen wiederum beunruhigte Arissa. Von wem hier die Rede war, wusste sie zwar, doch wahrhaben wollte sie es nicht.

»Ihr seid in Gefahr«, unterbrach Lady Sellar ihre Gedanken. Sie sah Arissa besorgt an.

»Was meint Ihr damit?«, fragte Darcy und trat einen Schritt näher an die Side heran.

»Ihr werdet das Schicksal unserer Welt beeinflussen, Arissa de Fay. Das Schicksal aller Magier und unser zukünftiges Leben in Britannia. Diejenigen, die einen Krieg wollen, haben ihren ersten Schachzug getan, noch sind sie unerkannt, aber der nächste Zug wird nicht lange auf sich warten lassen.«

Kapitel 20

Die Sonnensteine an den Wänden erhellten die Treppen nur spärlich. Die Luft wurde mit jeder Stufe, die sie weiter nach unten gingen, modriger und Arissa atmete flacher, um so wenig wie möglich von dem Gestank nach Metall, Abwasser und abgestandener Luft einatmen zu müssen.

»Ich hätte nicht geglaubt, dass ich einmal in den Kerker des Palastes einbrechen würde«, murmelte Darcy, die neben ihr ging. Sie war bis unter die Zähne bewaffnet.

»Ich auch nicht.«

Darcy schloss zu Arissa auf und öffnete die Tür, die sie von den Kerkern trennte. Sie hatten den Wechsel der Wachen abgewartet, um hier herunterzukommen. »Ich kann es immer noch nicht fassen, was Jasper dort unten anstellt. Und dass du mir nicht früher davon erzählt hast.« Darcys Stimme vibrierte vor Wut und Arissa sah sie mit gerunzelter Stirn an.

»Bist du wütend auf *mich?*«, fragte sie verwirrt.

»Ja, verdammt!«, zischte Darcy leise. »Hier geht es nicht nur um dich und deinen Romeo. Jasper foltert dort unten Magier. Das verstößt gegen das Gesetz.«

Arissa biss die Zähne zusammen und ihre Hände ballten sich zu Fäusten. Sie wusste ganz genau, worum es ging. Was auf dem Spiel stand. Und darum hatte sie letztendlich ihr Geheimnis preisgegeben. Aber es war ihr alles andere als leichtgefallen, Jasper zu hintergehen.

»Glaubst du, das weiß ich nicht?«, flüsterte sie daher. »Ich habe versucht mit ihm zu sprechen, aber er hört nicht auf mich. Jasper hat mir im Vertrauen davon erzählt. Was hätte ich tun sollen?«

Arissa hatte nicht geglaubt, dass Darcy sich auf ihre Seite stellen würde, immerhin hatte sie der magischen Seite in ihrem Leben vor vielen Jahren den Rücken gekehrt. Vos war einer der loyalsten Menschen, die Arissa kannte, doch er war auch General des Ordens. Als sie ihn um Hilfe gebeten hatte, hatte Vos keine Sekunde gezögert. Er hatte ihr eine Kopie der Kerkerschlüssel anfertigen lassen und heute Abend nur wenige Wachen eingeteilt. Sie alle würden hierfür zur Verantwortung gezogen werden, doch das war ihnen egal. Es stand das Leben von Magiern auf dem Spiel – und der Frieden von Britannia.

»Du hättest früher mit jemandem darüber reden müssen! Du hast eine Stimme, Arissa. Benutze sie.«

Ein Schnauben entkam Arissa und sie schüttelte den Kopf. Natürlich hätte sie früher reagieren können, anstatt auf Sellars Warnung zu warten, doch so einfach wie Darcy es sich vorstellte, war es eben nicht. »Ich habe eine Stimme? Seit wann, bitte? Ich bin eine Immunda, mir hört niemand zu.« Das hatte sie früh begriffen und diese Lektion niemals verlernt. »Es sind immerhin die Anweisungen des Königs und seine Entscheidungen. Ich habe einiges zu verlieren.«

Darcy sah sie zweifelnd an. »Du bist aber mittlerweile auch die Mätresse des Königs. Heute hört man dir zu.«

Wer hatte sich ehrlich für sie interessiert, seitdem bekannt geworden war, wie nah sie an des Königs Seite stand? Niemand. Im Gegenteil: Die Lords des Rates hatten sie mit Abscheu in den Augen angesehen. Der Hof hatte sie belächelt und sich hinter vorgehaltener Hand über sie lustig gemacht. Niemand hatte sie ernst genommen. Immerhin war sie nur die Mätresse, nicht die zukünftige Königin.

Dabei war sich Arissa sicher, dass sie nach dem heutigen Abend auch diese Position nicht mehr bekleiden würde. Aber auch das war ihr einerlei. Das redete sie sich zumindest ein. Der Jasper von heute war ihr so fremd. Er war nicht mehr der Mann, in den sie sich vor Jahren verliebt hatte.

»Du hast wirklich wenig Ahnung vom höfischen Leben«, erwiderte sie mit leiser Stimme, als sie in den Gang zu den Kerkern einbogen. Jetzt war es nicht mehr weit. »Ich mag die Mätresse des Königs sein, aber für mich gelten dieselben Regeln wie für alle Damen des Hofes: gesehen, aber nicht gehört werden.« Es waren einfache Regeln, die dadurch aber nicht weniger Gewicht hatten. Positionen, wie sie Frauen wie Hollis Arca oder Vesper Sellar bei den Magiern innehatten, kamen bei den Menschen nicht infrage.

»Sagtest du nicht immer, dass Jasper dir zuhört?«, wollte Darcy wissen und runzelte die Stirn.

Ein Schatten legte sich auf Arissas Gesicht und sie wandte den Blick ab. »Nicht mehr«, gab sie zu. Seit ihrer Rückkehr aus Dyfflin schien Jasper ihr nicht mehr richtig zugehört zu haben. »Ich habe wirklich geglaubt, dass ich ihn zur Vernunft bringen kann.« Doch sie hatte – einmal mehr – kläglich versagt, wie sich Arissa eingestehen musste.

»Er scheint in den Klauen der rothaarigen Schlange gefangen zu sein. Ich kann die Frau schon jetzt nicht leiden. Immerhin ist ihr Vater für die Verhaftung der Magier verantwortlich.«

Lady Thornton hatten sich ihnen gegenüber nicht wie die feine Dame benommen, für die sie überall am Hofe gehalten wurde. Dennoch war sie nicht der Grund für Jaspers Misstrauen oder Handeln. Ihr Vater hingegen … Lord Thornton flüsterte Dinge ins Ohr des Königs, die dort nichts zu suchen hatten. Er manipulierte ihn nach Strich und Faden. Es war sein Ratschlag an den König gewesen, die Magier verhaften zu lassen. Das hatte Arissa aus den Briefen erfahren, die sie von Sellar bekommen hatte.

»Er hat Angst und diese Angst verleitet ihn zu großer Wut, von der er sich lenken lässt.«

»Er ist der verdammte König Britannias! Wenn er sich von einer Sache nicht leiten lassen darf, dann ist es Angst und Wut«, Darcy schüttelte heftig den Kopf. Um ihren Mund lag ein harter Zug und die Hände waren zu Fäusten geballt. Sie hätte in diesem Moment wohl keine Sekunde gezögert, eine dieser Fäuste in Jaspers Gesicht zu rammen, wenn er vor ihr gestanden hätte.

»Das sehe ich genauso. *Zorn macht uns blind und dumm und Dummheit bringt uns um.*« Sie konnte diese Worte einfach nicht aus ihrem Kopf vertreiben. Immer wieder diese Worte, die sie nicht losließen. Auch der Mann, der sie gesagt hatte, geisterte in Arissas Gedanken umher. Verfolgte sie bis in ihre Träume. In den letzten Tagen mehr denn je.

»Wenn er es schafft, jeden Magier Britannias gegen sich aufzubringen, wird diese Wut tatsächlich sein Tod sein. Und wenn der König so weiter macht, fehlt nicht mehr viel bis dahin. Jasper wird einen dritten Magischen Krieg heraufbeschwören, wenn herauskommt, was er mit diesen unschuldigen Magiern macht.«

Arissa nickte schwach. Das war genau das, was sie verhindern wollte. Ob das jedoch in ihrer Macht lag, wagte sie zu bezweifeln. Sie allein konnte das nicht bewerkstelligen.

»Die Hauptsache ist, dass wir sie befreien. Wenn die Side wissen, was im Kerker vor sich geht, ist es nur eine Frage der Zeit, bis die anderen Gilden davon erfahren.« Arissa wollte Jaspers Taten nicht verschleiern oder sie herunterspielen. Aber über die Konsequenzen konnte diskutiert werden, sobald sie die Gefangenen befreit hatten.

»Wie kam er überhaupt darauf, dass diese Magier schuldig sind?«, fragte Darcy mit einem Mal und stellte damit die Frage, die auch Arissa bis heute nicht beantworten konnte. Zumindest nicht zu ihrer Zufriedenheit.

»Lord Thornton hat ihm das eingeredet, so scheint mir. Er hat Augenzeugen aufgetrieben, die sie bei der Brandstiftung beobachtet haben wollen.«

Die Luft war inzwischen so abgestanden und stank nach Verwesung, dass sich Arissa beinahe der Magen umdrehte.

»Diese Familie hat das Böse im Blut. Lord Thornton stimmt seit jeher gegen jeden Erlass, von dem auch nur ein einziger Magier profitieren könnte. Zum Glück wird er meistens überstimmt. Ich war noch nicht einmal zu seinem Personenschutz eingeteilt, weil magisches Blut durch meine Adern fließt. Auf so jemanden darf ein König nicht hören!«

»Das habe ich ihm auch gesagt. Aber es ist nicht nur Lord Thornton. Jasper hat andere um sich, die ihm denselben Unsinn zuflüstern.« Immer wieder musste Arissa an den Abend denken, als Jasper ihr von den Magiern im

Kerker erzählt hatte. An den Hass in seinen Augen. Ein Fremder hatte da vor ihr gestanden. Vielleicht der Schatten seiner eigenen Vergangenheit, das Überbleibsel seines väterlichen Erbes. Wahrscheinlich fiel der Apfel wirklich nicht weit vom Stamm und Jasper war von Anfang an dieser angeborenen Feindschaft gegen die Magier ausgeliefert gewesen. Mit der Steigerung seiner Macht und seines Einflusses war offenbar auch dieses Erbe in ihm immer weiter angewachsen. Doch Arissa gab ihn noch nicht ganz verloren – noch glaubte sie daran, dass sie nicht in die Fußstapfen ihrer Eltern treten *mussten*, dass sie frei waren, ihre eigenen Entscheidungen zu fällen und ihre eigenen Wege zu gehen.

»Wenn Amberly Thornton im Namen ihres Vaters spricht und Jasper gegen die Magier aufbringen will, musst du die Interessen der Gilden vertreten.«

»Ich versuche es ja nach all meinen Kräften. Oder was, glaubst du, tun wir hier gerade?« Nicht umsonst fiel sie Jasper in den Rücken und gefährdete ihre Beziehung zu ihm für immer.

»Du meinst Gefangene befreien? Stimmt, wir verstoßen gegen unseren Eid als Kriegerinnen des Ordens.« Kopfschüttelnd sah Darcy sie an und stieß dann ein freudloses Lachen aus.

Arissa blieb stehen. Nur noch eine Tür und sie hatten die Zellen erreicht. Sie legte Darcy eine Hand auf die Schulter und sah ihre Kameradin lange an.

»Das tun wir nicht«, widersprach sie dann. »Wir halten ihn ein. Wir sind Kriegerinnen des Ordens und als solche sind wir die Beschützer des Volkes. Die Magier gehören ebenfalls zum Volk Britannias und keiner von ihnen verdient die Strafe, die einige von ihnen hier gerade erleiden müssen.«

Darcy nickte stumm und deutete dann mit dem Kopf auf die hölzerne Tür. Sie war bereit. Die Tür war unverschlossen und die beiden Kriegerinnen glitten lautlos hindurch.

Der Gang dahinter war nur mäßig beleuchtet. Arissa griff in die kleine Tasche an ihren Hüften und zog zwei Sonnensteine hervor, von denen sie einen an Darcy weitergab. Vor ihnen zeigten sich im schwachen Schein der Steine die Umrisse der Zellen der Gefangenen. Drei von ihnen waren besetzt mit jeweils zwei Personen.

Die Köpfe der Insassen hoben sich, als sie die Kriegerinnen entdeckten. Zwei Feuerelementarier, ein Luftelementarier und drei Umbra. Sechs Gefangene, die zu Unrecht hier unten hockten. Sie waren nicht gefesselt oder angekettet. Doch Arissa konnte die metallenen Armreife sehen, die man ihnen verpasst hatte. Ein Reif von der Art, der auch Darcys Handgelenk zierte und der von keinem Magier eigenständig wieder abgenommen werden konnte.

Ein Mann mit dunkler Hautfarbe und einem feindseligen Blick musterte die beiden Frauen argwöhnisch und erhob sich von seiner Pritsche. »Seid Ihr hier, um uns zur Wahrheit zu zwingen?«

Ein zweiter Mann lachte hart auf. Er saß in der gegenüberliegenden Zelle, hatte den Kopf gegen die kalte, steinerne Wand gelehnt. »Du meinst wohl, zur *Lüge*. Egal wie lange sie mich noch foltern werden, ich werde keine Tat gestehen, die ich nicht begangen habe.«

Arissa konnte den Trotz in seinen Augen sehen, den Stolz, aber auch das Wissen, im Recht zu sein. Sie trat an das Gitter heran und zog den Schlüssel hervor. »Und das ist auch richtig so. Wir sind hier, um Euch zu befreien.«

Eine junge Frau näherte sich nun der Zellentür und musterte Arissa mit schiefgelegtem Kopf. »Ich kenne Euch. Seid Ihr nicht die Mätresse des Königs?«

Die Köpfe der Gefangenen fuhren zu Arissa herum und aus dem Augenwinkel sah sie, wie Darcy den Kopf schüttelte und ihr zu verstehen gab, die Frage zu verneinen.

Doch Arissa würde nicht mehr verleugnen, wer oder was sie war. Sie wollte kein Teil des Gespinstes aus Lügen sein, das dabei war, sich unentwirrbar zu entspinnen. »Mein Name ist Arissa de Fay«, sagte sie mit fester Stimme und nickte.

Der Mann auf der Pritsche kniff die Augen zusammen. »Wie sollen wir Euch trauen? Ihr seid keine von uns.« Abschätzig musterte er sie. Es war ein Blick, den Arissa seit ihrer Jugend kannte.

Ihr seid keine Magierin, hatte er sagen wollen. Arissa schaute zu Darcy, die die Augen zusammengekniffen hatte. Keine von ihnen besaß Magie. Darcy nicht wegen des selbst gewählten Armreifs, Arissa hatte nie welche besessen.

Sie schob dennoch das Kinn vor, drehte den Schlüssel im Schloss und öffnete die Kerkertür, die sich mit einem lauten Quietschen öffnete. Sie trat einen Schritt in den Kerker hinein und griff nach dem Reif, der um das Handgelenk des Magiers lag. »Ich werde Euch als Erstes die Armreife abnehmen, denn das kann nur jemand, der keine Magie besitzt. Und im Übrigen: Euch wird gar nichts anderes übrigbleiben, als uns zu trauen. Entweder, Ihr lasst Euch von einer Immunda und einem Halbblut helfen oder Ihr verrottet hier unten.«

***

»Ihr geht durch die Gänge des Palastes, als wäret Ihr hier aufgewachsen. Oder habt Ihr alle Wachen ausgeschaltet?«, fragte einer der Umbra mit Namen Leander, wie Arissa erfahren hatte. Er war der, der für die Gruppe sprach.

Arissa führte die Gefangenen durch die schmalen, verwinkelten Gänge des Palastes. Sie musste einen Ausgang wählen, der zu dieser Uhrzeit nicht bewacht wurde. »Ich verhelfe Euch zwar zur Flucht, aber meine eigenen Kameraden würde ich deshalb nicht verletzen. Es sei denn, uns stellt sich jemand in den Weg.« An dieses Szenario wollte sie jedoch lieber nicht denken. Die Gefangenen zu befreien war eine Sache, gegen die eigenen Kameraden zu kämpfen eine ganz andere.

»Wie kommt es, dass Ihr Euch hier so gut auskennt?«, beharrte Leander.

Ein freudloses Lachen entkam Arissa. »Wenn Ihr eine Affäre mit dem König habt, lernt Ihr, welche Wege unbeobachtet sind und welche nicht.« Es schien eine Ewigkeit her zu sein, dass sie sich in Jaspers Gemächer geschlichen hatte. Gemeinsame Stunden voller Liebe und Zuneigung mit ihm verbracht hatte. Als wäre es ein anderes Leben gewesen.

Die junge Magierin trat an Arissas Seite, eine Luftelementarierin. Sie hatte seit ihrer Befreiung schon öfter Arissas Nähe gesucht. *Als würde sie sich mit mir verbunden fühlen, weil ich die Tochter ihres Oberhauptes bin,* schoss es Arissa durch den Kopf. Nicht mit einem gewissen Stolz. »Werdet Ihr nicht großen Ärger für Eure Taten bekommen?« Ihre Stimme zitterte leicht.

Arissa warf einen Blick über die Schulter zu Darcy. Sie bildete die Nachhut. Die Augen ihrer Kameradin waren zu Schlitzen zusammengezogen, doch sie zuckte nur mit den Schultern. Sie konnten ohnehin nichts mehr daran ändern. »Doch, ganz gewaltigen und ganz sicher sogar«, antwortete Arissa leise. »Aber das ist es wert. Vesper Sellar beschwört Eure Unschuld und auch ich habe nie daran geglaubt, dass Ihr für die Feuer in der Hauptstadt verantwortlich seid.«

Ein Feuerelementarier trat vor. Für das Befehligen seines Elements war er vermutlich am meisten bestraft worden, zusammen mit seinem Freund. Man hatte die beiden ganz explizit für die Brände verantwortlich gemacht. »Das sind wir auch nicht, Lady de Fay«, bestätigte er ihre Aussage und hob dabei das Kinn. »Keiner von uns. Wir waren nur zur falschen Zeit am falschen Ort.«

»Habt Ihr die Verantwortlichen gesehen?«, wollte Darcy nun wissen.

Der Elementarier senkte den Blick und schüttelte beschämt den Kopf. »Nein, haben wir nicht.«

»Jammerschade, es wäre hilfreich gewesen, einen brauchbaren Hinweis zu bekommen. Leider haben wir gar nichts und werden auch nichts in die Hände bekommen, was Euch offiziell entlastet, denn der König ließ alle Untersuchungen einstellen, nachdem er Euch hat verhaften lassen.« Darcy wirkte über Jaspers Entscheidungen gleichermaßen frustriert wie wütend. Arissa konnte es ihr nicht verdenken.

Gerade schlichen sie einen Dienstbotentrakt entlang, der an der Palastmauer entlangführte, den Innenhof mied, und hinaus zur Themse führte.

»Warum nur hat er es so sehr auf die Magier abgesehen? Der König war uns bisher im Vergleich zu seinen Vorgängern doch immer freundlich gesinnt gewesen.«

Arissas Blick wurde trüb. Er hatte recht. Jasper hatte sich bemüht, ein guter König zu werden. Nicht in die Fußstapfen seines Vaters oder Großvaters zu treten. Sie hatte so sehr daran glauben wollen, dass es ihm gelänge. Leider vergebens.

»Im Grunde seines Herzens ist er das auch weiterhin«, beteuerte Arissa.

Sie wollte Jasper noch nicht aufgeben. »Sein Herz und sein Verstand wurden vergiftet von Hass und Zwietracht.« Wut breitete sich in ihren Adern aus. Sie war wütend auf Amberly, die nun an Jaspers Ärmel hing, auf die Ratsherren, die ihm Unrecht zuflüsterten, aber auch auf Jasper selbst, dass er auf beide Parteien hörte.

»Ihr haltet noch immer so viel von unserem König?«, fragte Leander mit hochgezogener Augenbraue. Er hielt seine Handgelenke nach oben, an denen noch immer die Armreife hingen, die seine Magie unterdrückten. Als wollte er ihr damit zeigen, was für ein Ungetüm Jasper in Wirklichkeit war.

»Er trifft falsche Entscheidungen, das kann ich nicht leugnen. Aber tief im Herzen ist er ein guter Mensch. Er wollte das Leben der Magier besser machen, doch seit Erazmus Reys zurückgekehrt ist, ist etwas ins Rollen geraten, das unaufhaltsam scheint. Er glaubt nun, dass sich alle Magier gegen ihn verschworen haben.«

Es klang, als würde sie Raz die Schuld an allem geben. Aber darum ging es Arissa nicht.

Leander ergriff Partei für Reys, ohne dass er es musste. »Erazmus Reys hat Belfarsad nicht verlassen. Er hatte nie vor, einen Krieg zu beginnen. Er hat keine der anderen Gilden aufgesucht, um sie aufzustacheln, keine Anhänger um sich versammelt oder Reden geschwungen, um den König zu diskreditieren.«

»Warum seid Ihr Euch dessen so sicher?« Obwohl Arissa ihm jedes Wort glaubte, wollte sie es doch genau wissen.

»Ich selbst weilte bis vor kurzem noch in Belfarsad. Lord Reys wollte dem König eine Chance geben, warum auch immer. Das hat nicht allen Umbra um ihn herum gefallen, aber wir haben den Willen unseres Oberhauptes natürlich unterstützt. Jemand, dem er vertraut, scheint viel von Jasper Warbeck zu halten …«

Arissas Herz setzte für den Bruchteil einer Sekunde aus. Jemand, dem Raz vertraute, unterstützte Jasper? Meinte er etwa sie? Jemand anderes fiel ihr zumindest nicht ein. Sie hatte vor Raz beteuert, dass Jasper nicht so war wie seine Vorfahren. Sie hatte ihm einreden wollen, dass Magier und Menschen unter Jaspers Herrschaft friedlich miteinander leben konnten. Und Raz hatte auf sie gehört. Leider hatte Arissa sich geirrt.

»Auch Reys ist nicht unfehlbar«, erwiderte sie leise, »aber ich weiß selbst, dass er für diese Taten nicht verantwortlich ist. Jemand benutzt ihn als Sündenbock. So wie Euch.«

Die Gruppe hatte das Erdgeschoss erreicht. Zwei Wachen patrouillierten den Innenhof. Doch die äußere Mauer war unbewacht. Dafür hatte Vos gesorgt.

»Wer könnte daran Interesse haben? Andere Gilden?«, fragte einer der anderen Umbra alarmiert.

Arissa schüttelte den Kopf. »Das glaube ich nicht. So ungern ich das sage, ich vermute, es sind die Taten von Menschen.«

»Habt Ihr das dem König gesagt?«, fragte Leander aufgeregt.

Arissa hätte beinahe gelacht. Natürlich hatte sie das. Aber reden half nur dann etwas, wenn das Gegenüber auch bereit war zuzuhören. »König Jasper ist geblendet. Er hört nur noch das, was er hören will. Meine Stimme gehört nicht dazu. Das ist auch der Grund, warum ich Euch helfe. Etwas anderes bleibt mir nicht übrig.«

Sie ließen die Palastmauer hinter sich, verschmolzen beinahe mit den Schatten dahinter und bahnten sich ihren Weg hinab zur Themse und zur Tower Bridge. Arissa und Darcy würden sie auf die andere Seite bringen. Ab da wären sie auf sich gestellt.

Der Weg verlief ereignislos. Auf Vos war Verlass. Wie auch immer er es ohne Aufsehen zu erregen geschafft hatte, die Wachen anders zu positionieren. Im Schatten eines Gebäudes hielten sie an. Arissa sah sich die Magier an. Sie waren verlumpt, schmutzig und höchstwahrscheinlich halb verhungert. Sie reichte ihnen einen Beutel mit Proviant. »Ihr müsst Londinium verlassen. Kehrt zum Sitz Eurer Gilden zurück und sucht dort Zuflucht.«

Die Elementarier und Umbra nickten und Erleichterung breitete sich auf ihren Gesichtern aus. Sie hatten die Schrecken des Kerkers hinter sich gelassen.

»Das werden wir tun. Danke für Eure Hilfe, wir werden Euch das nie vergessen.« Leander reichte erst Arissa und dann Darcy die Hand.

Ein zögerliches Lächeln breitete sich auf Arissas Gesicht aus. »Vielleicht lernen auch die Magier eines Tages dazu. Auch Halbblüter und Immundas können Großes vollbringen und besitzen einen Wert.«

»Das habt ihr zwei mehr als bewiesen.«

»Danke«, sagten die Magier dann beinahe wie aus einem Mund.

Arissa tauschte einen Blick mit Darcy. Sie nickten.

»Verschwindet nun endlich!«, kam es ruppig von der blonden Kriegerin. Die Umbra verschmolzen mit den Schatten und verschwanden augenblicklich. Die Elementarier hasteten in die nächstgelegene düstere Gasse. Wenn sie Londinium sofort verließen, würden sie in wenigen Stunden außer Gefahr sein.

Arissa und Darcy kehrten langsam Richtung Tower Bridge zurück. Doch bevor sie die Brücke erreichen konnten, wurde die Straße, auf der sie sich befanden, von unzähligen Sonnensteinen erhellt.

»Halt! Was tut Ihr hier?«, rief ihnen eine dunkle Männerstimme entgegen.

Arissa hob irritiert eine Augenbraue und legte die Hand auf den Griff ihres Schwertes. »Wir sind Kriegerinnen des Ordens und auf Patrouille.«

Es näherte sich ihnen eine Gruppe von Männern. Sie alle waren bewaffnet, doch es waren keine Mitglieder des Ordens. Ihre Brustharnische zierte das Wappen der Warbecks: ein schwarzer Wyvern mit einem roten Auge und einer Krone.

Der Mann, der das Wort an sie gerichtet hatte, trat vor, das Schwert bereits erhoben. »Dieses Viertel wird nicht mehr vom Orden patrouilliert.«

Darcy neben ihr stieß ein heiseres Lachen aus. »Wie bitte?«, fragte sie belustigt und sah die Männer argwöhnisch an.

»Der Nexus hat diese Aufgabe übernommen.«

Arissa öffnete den Mund, schloss ihn wieder. *Lang lebe der Nexus!*, waren die letzten Worte des Attentäters gewesen, bevor er sich selbst vergiftet hatte. Waren diese Männer etwa auch für die Angriffe auf die Animagen verantwortlich? Bei ihnen hatte sie zum ersten Mal von diesem ominösen Nexus gehört. »Was bei allen Göttern soll dieser Nexus sein, von dem Ihr sprecht?«, fragte Arissa aufgebracht. Sie brauchte endlich Antworten.

Der Mann schlug sich mit der freien Hand auf die Brust, direkt auf das

Königswappen. »Wir wurden vom König selbst auserwählt und führen seine Befehle aus. Wir sind seine geheime Miliz.«

Unmöglich!, dachte Arissa. Sie hatte noch nie von diesem Nexus gehört. Niemand, weder Vos noch Jasper, hatte von der Gründung dieses Verbandes gesprochen, mehr noch, sie hatten ihr versichert noch nie etwas davon gehört zu haben. Arissa wollte einfach nicht wahrhaben, dass Jasper hinter ihrem Rücken eine Miliz gegründet hatte, die unabhängig vom Orden agierte. Dieser Mann musste lügen. Doch das Wappen auf seiner Brust sprach eine andere Sprache.

»Magier und Halbblüter dürfen nachts nicht mehr auf die Straßen.« Sein Blick glitt zu Darcys Handgelenk, an dem der Reif deutlich zu sehen war. »Ihr seid doch ein Halbblut, nicht wahr?« Ein hässliches Grinsen erschien auf seinem Gesicht. Es versprach Gewalt.

Darcys Augen wurden schmal und sie griff ihrerseits nach dem Schwert. »Das Einzige, was Euch interessieren sollte, ist, dass ich eine Kriegerin des Ordens bin. Mir ist egal, was dieser Nexus sein soll. Ihr habt mir nichts zu sagen.«

Das fassten die Männer wohl als Provokation auf, denn augenblicklich erklang das Klirren von Stahl. Etwa ein Dutzend Krieger des Nexus stand vor ihnen mit gezückten Schwertern, Messern und Äxten.

»Der Nexus steht nun über dem Orden«, erwiderte der Anführer herablassend. Aus seinem Mund klang das Wort »Orden« wie eine Beleidigung. »Kehrt umgehend zurück und wir werden Euch nicht belangen. Widersetzt Ihr Euch jedoch unserem Befehl, müssen wir Euch festnehmen.«

Arissa griff mit erhobenem Schwert nach Darcys Schulter und zog ihre Kameradin zurück. »Niemand wird hier festgenommen. Ich bin Arissa de Fay, die Mätresse des Königs. Lasst uns vorbei.«

Ein Lachen erklang und der Mann musterte Arissa. »Ihr seid Lady de Fay? Wie praktisch, dass Ihr uns in die Arme gelaufen seid. Man sucht Euch bereits.«

»Weswegen?«, wollte Arissa wissen, unbeeindruckt von dem widerlichen Blick des Anführers.

»Wegen Hochverrats.«

Arissa klappte der Mund auf. »Was redet Ihr da?«

»Ihr wurdet dabei gesehen, wie Ihr Gefangene aus dem Kerker befreit habt. Ebenfalls Verräter.«

Kälte breitete sich in Arissas Adern aus. Sie sah zu Darcy, die blutrünstig die Männer musterte, bereit, sich jederzeit auf sie zu stürzen, um sich den Weg freizukämpfen.

»Wer erteilte Euch diesen Befehl?«, verlangte Arissa zu wissen.

»Die Ratsherren Thornton und Duncan. Der König hat sich von Euch abgewandt, Lady de Fay.«

Arissas Augen wurden schmal. Jasper würde sie niemals verhaften lassen. Er hätte niemals so etwas wie den Nexus gegründet. »Ich glaube Euch nicht«, wisperte sie.

Da trat ein hässliches Grinsen auf das Gesicht des Anführers und er zog ein Pergament hervor. »Das ist der Befehl, Euch zu verhaften. Das königliche Siegel ist darauf. Seht es ein: Der König will Euren Kopf.«

»Endlich«, lachte ein anderer. »Es wurde auch höchste Zeit, dass der König auf Lord Thornton hört. Wie lange wollte er noch warten, um gegen die Magier vorzugehen?« Der Mann stieß einen geringschätzigen Laut aus und betrachtete Arissa und Darcy voller Hass in den Augen.

Ein unbändiger Schmerz fuhr Arissa durchs Herz. Sie hatte sich offenbar geirrt. In allem, was Jasper betraf, was sie jemals verbunden hatte. Sie sah deutlich das Siegel auf dem Dokument. Jasper wusste vom Nexus. Doch wie lange schon? Diese Männer sprachen davon, dass Lord Thornton ihn endlich hatte überzeugen können. Hatte der Lord Jasper auch davon überzeugt, sie gefangen nehmen zu lassen? War Jasper bewusst, was er mit dieser Einwilligung, mit diesem Befehl anrichtete? Dass er sie von fremden, groben Männern ohne Gewissen jagen ließ, die sie sofort ins Gefängnis stecken würden? Falls ja, hatte Arissa sich gründlich in Jasper getäuscht. Wie hatte sie dann jemals glauben können, dass sie eine gemeinsame Zukunft hätten haben können?

Vielleicht war es an der Zeit einzusehen, dass sie verloren hatte. Jasper, ihre Beziehung und wie es schien auch ihre Stellung im Orden und ihre Freiheit. Arissa schluckte schwer und blinzelte die Tränen weg. Sie durfte sich jetzt nicht ihrer Trauer hingeben, sie würde sie schwach machen. Und so hieß sie die Wut willkommen, die auch augenblicklich in ihr hochkochte.

»Ihr gehört hinter Gitter, Lady de Fay.«

Darcy neben ihr stieß ein Schnauben aus. »Dafür müsst Ihr aber erst an mir vorbei.«

Das Grinsen auf dem Gesicht des Mannes wurde breiter.

»Dann müssen wir wohl Gewalt anwenden. Es wäre nicht das erste Mal. Magier sind unsere liebste Beute.« Er hob sein Schwert und zielte damit auf Arissas Kopf.

Sie lächelte ihn süffisant an. »*Diese* Beute hier wird es Euch allerdings nicht leicht machen.«

»Sie sind in der Überzahl«, bemerkte Darcy trocken.

»Schreckt dich das etwa ab? So haben sie wenigstens den Hauch einer Chance gegen uns.«

Darcy lachte leise. »Das stimmt wohl.« Mit einem Satz schoss sie vor, griff den Mann, der ihr am nächsten stand, am Kragen und rammte ihm den Griff ihres Schwertes ins Gesicht. Knochen splitterten und mit einem hässlichen Knacken brach seine Nase. Stöhnend ging er zu Boden.

Ein Kampf brach aus. Arissa parierte den Schlag des Anführers und schob ihn unsanft zurück. Sie trat einem Weiteren in die Rippen, während sie Rücken an Rücken mit Darcy stand.

»Es sind mehr, als ich dachte. Wo kommen die auf einmal alle her und was sind das überhaupt für Leute?«, fragte Darcy nach einigen Minuten. Ihr Atem ging schwer. Der Nexus hatte einige Verluste hinnehmen müssen, wobei die beiden Kriegerinnen darauf geachtet hatten, niemanden ernsthaft zu verletzen. Sie hatten sich freigekämpft und beschlossen, sich einen günstigeren Angriffsort zu suchen. Sie hetzten durch die Straßen Londiniums, der Nexus war ihnen dicht auf den Fersen.

»Söldner«, zischte Arissa angewidert.

»Mistkerle«, erwiderte Darcy trocken und wischte sich über den Mund.

»Wir brauchen Hilfe oder wir beide landen heute noch im Kerker.« Was sie von dieser Aussicht hielt, zeigte sich deutlich auf ihrem Gesicht.

»Das werden wir ganz gewiss nicht.« Sie hatten gerade erst Unschuldige von dort befreit, Arissa würde ganz sicher nicht den Platz mit ihnen tauschen. Ganz egal, wessen Befehl das war.

Sie rannten weiter. In der Dunkelheit war es schwierig, den Weg eindeutig zu bestimmen. Nicht überall in Londinium erhellten Sonnensteine die Straßen.

»Haben wir Euch!«, erklang ein Ruf hinter ihnen. Sie drehten sich atemlos um. Der Nexus kam näher. Aber nicht nur von einer Seite. Sie waren dabei, sie einzukesseln. Die Männer waren nicht nur in der Überzahl, sondern auch besser ausgerüstet als sie.

»Wie sollen wir das schaffen?«, fragte Darcy mit gepresster Stimme.

»Indem du Hilfe holst.«

»Und dich allein lasse? Keine Chance. Ich käme hier sowieso nicht weg.«

»Nicht in dieser Form, nein. Kann deine Tiergestalt zufällig fliegen? Oder schnell rennen?«

Darcys Augen wurden schmal. »Wieso fragst du?«

»Ich weiß, dass du das Leben als Mensch gewählt hast, aber für heute Nacht musst du dein magisches Erbe annehmen, wenn wir es heil hier rausschaffen wollen.« Arissa griff nach Darcys Handgelenk. Der Reif lag kalt in ihrer Hand, als Arissa ihn löste.

Darcy, der es doch per Gesetz verboten war, den Armreif abzunehmen, schrie entsetzt auf. »Arissa, du kannst doch nicht einfach …«, begann sie, doch da fiel der Reif bereits zu Boden. Darcy sah Arissa erschrocken an – und dann wechselten ihre Augen bereits die Farbe. Die Iriden wurden golden und ein Feuerwerk explodierte um Darcy herum. Wo eben noch die stolze Kriegerin des Ordens gestanden hatte, saß nun eine hellgraue Katze auf dem Boden, fauchte Arissa an und fuhr ihre Krallen aus.

Arissa beugte sich zu ihr hinab und tätschelte ihr den Kopf. »Sei ein braves Kätzchen und hol Hilfe.«

Kapitel 21

Jeder Knochen in ihrem Körper schmerzte. Ihre Lungen brannten und sie spürte deutlich, wie die Kraft aus ihrem Körper wich. Arissa spürte den Schweiß auf ihrer Haut, das Schwert in ihrer Hand wurde so schwer, sie konnte es kaum noch halten.

Ihr stand noch immer ein knappes Dutzend Krieger des Nexus gegenüber. Zwar hatte sie einige von ihnen ausschalten können, weil sie im Kampf nicht so geübt und geschickt waren wie sie, doch das änderte nichts daran, dass sie ihnen nun ganz allein gegenüberstand.

»Nimm das, du dreckige Magierin!«, zischte einer der Männer ihr in diesem Moment entgegen und griff sie an. Arissa parierte den Schlag. Sie spürte das Aufeinanderprallen der Schwerter in jedem Knochen ihres Körpers. Lange würde sie nicht mehr durchhalten.

Ein dröhnendes Lachen erklang und Arissas Blick huschte zu dem Anführer, der sich bis jetzt zurückgehalten hatte. Die Drecksarbeit überließ er seinen Männern. »Sie ist keine Magierin, sie ist Schlimmeres als das. Sie ist eine *Immunda*. Selbst von den Magiern wurde sie verstoßen, habe ich gehört.« Erneut lachte er.

Arissa kniff die Augen zusammen. Nicht, weil sie seine Worte störten, sondern weil er glaubte, über ihr zu stehen. Er war ein Söldner, getränkt von Hass und dem Glauben, dass das königliche Siegel auf seiner Brust ihn zu etwas Besserem machte, als er war.

»Kein Wunder, dass Lord Thornton sie so hasst«, fiel ein anderer ein. »Und auch Lord Duncan. Beide Ratsherren wollen sie loswerden. Sie und alle Magier.«

Der Anführer fuhr zu dem Mann herum, der das gesagt hatte. »Pass auf, was du sagst!«, zischte er ihm bedrohlich zu.

Doch der Mann hob nur abwehrend die Hände. »Warum soll ich nicht die Wahrheit sagen? Es stimmt doch. Gäbe es diese verflixte Immunda nicht, hätten die Lords den König schon viel früher davon überzeugt, gegen die Magier vorzugehen. Sie hat ihm mit ihrer magischen Zunge falsch zugeredet. Außerdem bekommt die sowieso kaum noch was mit.«

Sie mochte vielleicht erschöpft und verwundet sein, doch Arissa bekam *alles* mit. Die Männer des Nexus kannten die beiden genannten Ratsherren offenbar schon lange. Arissa musste herausfinden, wie lange. Schnell warf sie sich nach vorn, schlug mit der Faust dem Mann, der die Pläne der Ratsherren angedeutet hatte, ins Gesicht und brachte ihn damit aus dem Gleichgewicht. Dann setzte sie ein Messer an seine Kehle.

»Sprecht oder ich schlitze Euch Euren dreckigen Hals auf: Was haben Duncan und Thornton mit Euch zu schaffen?«

»Kein Wort mehr!«, ertönte die wütende Stimme des Anführers. Doch Arissa konnte die Angst in den Augen des Mannes sehen, den sie festhielt. Sie drückte die Klinge fester gegen seine Haut, sodass erste Blutstropfen daraus hervorquollen.

»Redet!«, zischte sie drohend.

»Sie haben den Nexus vor Monaten gegründet«, antwortete der Mann leise und stockend. Er sah aus, als würde er sich jeden Moment einnässen. Verschwunden waren seine Arroganz und sein Hochmut.

»Sind sie auch für die Anschläge auf die Animagen verantwortlich?«, fragte Arissa weiter.

Der Mann nickte angsterfüllt.

»Weiß der König davon?«

Ein Kopfschütteln war die Antwort und Arissa biss die Zähne zusammen. »Und wer ist für die Brände in Londinium verantwortlich? Auch sie?«

»Sei jetzt still!«, schrie der Anführer seinen Kameraden fast schon hysterisch an und hob bedrohlich sein Schwert.

Arissa presste ihre Klinge weiter gegen den Hals des Mannes, bis er aufschrie. »Ja! Ja, sie waren es! Alles! Sie haben Zeugen bestochen, um den Magiern die Schuld in die Schuhe zu schieben.«

Aus den Augenwinkeln sah Arissa, wie in diesem Moment eine Klinge auf sie zuraste. Sie ließ den Mann los und hob blitzschnell den Arm, um sich gegen ihren Angreifer zu verteidigen. Der Singvogel kroch derweil eilig auf allen vieren von ihr weg und brachte sich hinter seinen Kameraden in Sicherheit.

Arissa sah den Anführer des Nexus, der sie angegriffen hatte, finster an. »Ihr seid also gar nicht die Miliz des Königs, sondern die der Lords.«

»Irrtum. Wir mögen vielleicht einmal als geheime Miliz der Lords begonnen haben, doch inzwischen dienen wir offiziell-inoffiziell dem König. Weil er endlich eingesehen hat, dass die Magier ein für alle Mal vernichtet werden müssen.« Mit einem kräftigen Stoß schob er Arissa von sich, die einige Schritte zurücktaumelte.

Sie fuhr sich mit der Hand über den Mund und atmete schwer aus. Lord Thornton und Lord Duncan waren also tatsächlich die Gründer des Nexus! Diese Männer dienten und gehorchten ihnen. Was die beiden Lords in Arissas Augen zu den wahren Verrätern Britannias machte. Für alles, was der Nexus getan hatte, trugen die zwei Ratsherren die volle Verantwortung. Die beiden Edelmänner hatten Jasper gegen die Magier aufgehetzt und sogar gegen Arissa.

»Nicht nur die Magier«, lachte ein anderes Mitglied des Nexus gehässig auf. »Auch alle Halbblüter und Immundas gehören ausgerottet. Allen voran Ihr, die Ihr es gewagt habt, unseren König zu verführen. Eine Schande für den Hof und den Orden seid Ihr!« Er spuckte vor ihren Füßen aus. Arissa zuckte zusammen. Es war lange her, dass ihr zuletzt solche Abneigung entgegengebracht wurde. Seine Worte waren hart und dennoch prallten sie an Arissa ab. Beleidigungen fremder Männer würden sie nicht verletzen können. »Seid Ihr fertig oder wollt Ihr noch länger mit Beleidigungen um Euch werfen?«

Ein süffisantes Grinsen lag auf den Lippen des Anführers, als er auf Arissa zukam. Sein Schwert zum Angriff erhoben. »Die Ratsherren wollen zwar, dass wir Euch lebendig zurückbringen, aber von *unverletzt* war nie die Rede, wenn ich mich recht erinnere. Das wollen wir jetzt ändern.«

»Was genau definiert Ihr als *unverletzt?*«, Arissa lachte ungläubig auf. Blut lief ihr bereits vom Kinn. Sie spürte ein Pochen in den Rippen und im linken Knöchel. Von unverletzt konnte schon jetzt bei weitem keine Rede mehr sein. Sie war froh, dass immerhin Darcy bis auf weiteres entkommen war und betete dafür, dass ihre Kameradin Hilfe holen würde.

Ein weiterer Anhänger des Nexus trat vor. Er war nicht sonderlich groß, aber drahtig gebaut. Dunkle, schmalzige Locken klebten an seiner Stirn. Seine Augen waren schmal und klein, die Lippen dünn und zu einem abartigen Grinsen verzogen. Er hielt zwei Messer in den Händen, die er in einer unglaublich schnellen Bewegung gegeneinander zischen ließ. Das Surren der Klingen hallte in Arissas Ohren und hinterließ eine Gänsehaut auf ihrem ganzen Körper.

»Ihre Haare gefallen mir«, sagte er in einem amüsierten Tonfall. »Vielleicht hole ich sie mir als Souvenir.«

Arissa schüttelte angewidert den Kopf. »Und Ihr nennt mich eine Schande?! Ihr seid nichts als Söldner, die ihre erkaufte Macht missbrauchen und sich dadurch wichtig fühlen.«

Die Klingen blitzten auf und ihr Angreifer stürmte auf sie zu. Arissa versuchte ihn abzuwehren, was ihr im ersten Moment auch gelang, doch hatte sie vergessen, dass es hier nicht um einen fairen Zweikampf ging. Jemand trat ihr von hinten in die Kniekehle und Arissa ging stöhnend zu Boden. Ihr wurde das Schwert aus der Hand gerissen.

Ein breites Grinsen tauchte in ihrem Sichtfeld auf. Der Mann mit den Messern stand direkt vor ihr. »Miststück!«, knurrte er und zog eine Klinge über Arissas Wange.

Blut lief warm ihr Gesicht hinab und tropfte auf den Boden. Arissa verzog keine Miene. Sie würde diesen Feiglingen nicht zeigen, dass sie Angst hatte oder Schmerzen. Das würde sie nur noch mehr anspornen. Sie schloss die

Augen, versuchte sich zusammenzureißen, ihre letzten Kräfte zu sammeln – und zuckte zusammen.

Ein markerschütternder Schrei erschallte. Kurz sorgte sich Arissa, dass es ihr eigener war, doch sie wurde eines Besseren belehrt, als sie die Augen wieder öffnete. Verwirrt hob sie den Blick. Der Mann, der sie eben noch verletzt hatte, wurde von Schatten umschlossen. Sie drangen in seinen Mund, in seine Augen und die Nase ein. Sein Schrei wurde zu einem Gurgeln und im nächsten Moment sackte er leblos in sich zusammen. Der Blick leer, ein Ausdruck des Entsetzens auf dem Gesicht.

Seine Kameraden schauten sich unruhig um. »Umbra«, schrie einer von ihnen dann panisch und fuchtelte hektisch mit seinem Schwert, wie um einen unsichtbaren Angreifer abzuwehren.

Umbra, das Wort hallte in Arissas ganzem Körper wider. Sie lag noch immer am Boden, doch Erleichterung breitete sich nun in ihrem Inneren aus, als sie sah, wie sich die Schatten in ihrem Sichtfeld manifestierten. Statt in die vertrauten braunen Augen, die sie sich so sehr erhofft hatte, starrte sie jedoch mit einem Mal in hellgrüne.

Eine Hand wurde ihr entgegengestreckt. »Lady de Fay, wir sind gekommen, um Euch zu retten.« Mavis Blackwood half ihr auf die Füße. Ein Schmerz zuckte durch Arissas Körper. Neben ihr stand Leander, die Hände erhoben. Um seine Fingerspitzen züngelten Schatten. Die Mitglieder des Nexus traten angstvoll zurück.

Blackwood stützte Arissa. Sie wirkte nicht im mindesten beeindruckt von den Angreifern, die sie anstarrten, als wäre sie weniger wert als Ungeziefer. »Ich kann Eure Schatten kontrollieren und wenn Ihr auch nur *ein* Schwert gegen uns erhebt, werde ich dafür sorgen, dass Ihr Euch gegenseitig abschlachtet.«

Gemurmel erklang, doch es drang nur wie durch Nebel zu Arissa. Sie blickte in die von Hass verzogenen Gesichter der Männer. In manchen von ihnen war tatsächlich Furcht zu sehen, Furcht vor den unheilvollen Fähigkeiten der Umbra. Sie wussten genau, dass sie gegen Magier, selbst wenn sie nur zu zweit waren, keine Chance hatten.

»Dann steht die Immunda also auf Eurer Seite?«, fragte der Anführer verächtlich und schaute dabei von Arissa zu Mavis Blackwood. Sein Kiefer war angespannt und er umklammerte fest den Griff seines Schwertes, obschon seine Klinge gen Boden geneigt war.

»Diese *Immunda*, wie Ihr sie nennt, ist unserem Herrn wichtig und er mag es nicht, wenn man die verletzt, die unter seinem Schutz stehen.«

Arissa sah verblüfft zu Blackwood auf. Raz hatte sie geschickt? Wie hatte Darcy das angestellt? Hatte sie Leander und seine Leute noch einholen können, bevor sie Londinium verlassen hatten?

»Euer *Herr?*«

Mavis Blackwood sah die Männer des Nexus eine Weile an, als würde sie erwarten, dass der Groschen von allein fiel, und nickte dann seufzend. »Erazmus Reys.«

Allein beim Klang dieses Namens bemerkte Arissa die größer werdende Angst in den Augen ihres Gegenübers. Sie selbst verspürte hingegen nichts dergleichen. Raz hatte Mavis Blackwood geschickt, um *ihr* zu helfen. Ihr Herz schlug schneller, die Schmerzen waren wie weggeblasen und Arissa atmete erleichtert auf.

»Reys ist ein Feind unseres Landes und jeder, der sich auf seine Seite stellt, ebenfalls. Die Immunda wird jetzt mit uns kommen und sich vor dem Senex verantworten müssen. Auf Befehl unseres, auch *Eures* Königs.«

»Das wird sie ganz sicher nicht. Sie kommt mit uns.«

»Ihr ...«, begann der Anführer einen Satz, doch Blackwood warf ihm nur einen warnenden Blick zu. Schatten tanzten um ihre zierliche Gestalt, umhüllten sie und Arissa. Wie eine sanfte Liebkosung spürte Arissa die Dunkelheit auf ihrer Haut.

»Überlegt gut, was Ihr als Nächstes sagt«, warnte die Umbra. »Auch wenn Ihr heute nicht sterben werdet, seid gewarnt: Jeder Tag Eures erbärmlichen Lebens könnte der Tag sein, an dem Erazmus Reys entscheidet, Euch für Eure Vergehen zu bestrafen. Jeder Tag könnte Euer letzter sein. Egal, wo Ihr seid, egal, wo Ihr Euch versteckt – er wird Euch aufspüren.« Die dunklen Schwaden krochen um sie herum und Arissa spürte eine große, angenehme Leichtigkeit in sich und um sich herum. Es fühlte sich an, als würde ihr Körper sich auflösen. Aber es machte ihr keine Angst – im Gegenteil, sie war voller Zutrauen und … Glück? Es war das erste Mal, dass sie durch die Schatten ging, wie es die Umbra zu tun pflegten.

Mavis Blackwoods Mundwinkel hoben sich kaum merklich, bevor sie mit Arissa im Arm verschwand. »Schatten finden immer ihren Weg«, waren die letzten Worte der Umbra, bevor alles um Arissa schwarz wurde.

***

»Rissa?«, hörte sie eine vertraute Stimme fragen, die sie damit aus der Dunkelheit zog.

»Jasper?« Ihre Augen flatterten. Der Raum, in dem sie sich befand, war auf einmal nicht mehr dunkel. Zaghafte Sonnenstrahlen drangen durch ein Fenster herein.

»Ich muss dich enttäuschen.« Die Stimme klang amüsiert und doch war ein Unterton darin, der Arissa stutzig machte. Sie kannte diese Stimme, sie gehörte nicht zu Jasper, und doch war sie ihr so vertraut. Diesen Namen aus ihrer Kindheit hatte Jasper nie benutzt. Ein anderer hatte sie so genannt. Sie kam nur nicht darauf, weil ihr Verstand offenbar noch irgendwo zwischen Ohnmacht und Delirium gefangen war.

Zögerlich drehte sie den Kopf in die Richtung, aus der die Stimme gekommen war. Eine Silhouette stand vor dem Bett, in dem sie lag. »Raz?«, entkam es ihr erstaunt.

»Schön, dass du dich auch noch an meinen Namen erinnerst.« Seine Mundwinkel schoben sich nach oben und das Grübchen wurde sichtbar. Das dunkle Haar wurde von der aufgehenden Sonne erfasst und fiel ihm wirr in die Stirn, als wäre er sich unzählige Male hindurch gefahren. Arissa konnte das Rot darin erkennen. Dunkle Ringe lagen unter seinen Augen. Das cremefarbene Hemd war am Kragen offen, Halstuch und Weste lagen über der Lehne eines Stuhls, der direkt neben ihrem Bett stand.

»Was ist passiert?«, wollte Arissa wissen und setzte sich ruckartig auf.

Verwirrt sah sie an sich herab. Sie trug ein einfaches schwarzes Nachthemd, das definitiv nicht ihr gehörte.

Ein verschlossener Ausdruck trat auf Raz' Gesicht und er setzte sich auf den Stuhl. Die Hände stützte er auf den Knien ab. Er sah sie lange an. »So einiges«, brachte er dann mit rauer Stimme hervor. »Geht es dir gut?«

Arissas Kopf war noch nicht vollends klar. Doch sie spürte keine Schmerzen, konnte keine Verletzungen an ihrem Körper entdecken. Hilflos zuckte sie mit den Schultern. »Warum sollte es mir nicht gut gehen?«

Raz' braune Augen wurden dunkel, sein Mund zu einer harten Linie. »Du kamst recht ramponiert hier an.«

»Was meinst du damit?«

Er erhob sich und kniete sich auf die Bettkante neben ihr. Zögernd legte er ihr die Hand auf die Rippen. Arissa hielt den Atem an. »Blaue Flecken«, sagte er und strich ihr federleicht über den dünnen Stoff des Nachthemdes, direkt unter ihren Brüsten. »Verstauchte Gelenke«, murmelte er und seine Finger tanzten über ihr rechtes Handgelenk. »Schnittwunden«, wisperte er mit zitternder Stimme und legte seine Hand an ihre Wange. Arissa spürte die Wärme seiner Haut und ihre Lider flatterten.

Eine Zeit lang sagte keiner von ihnen etwas, doch dann räusperte sich Raz und zog seine Hand zurück. Er erhob sich vom Bett und verschränkte die Arme hinter dem Rücken, als müsse er sie dort binden, um Arissa nicht erneut zu berühren. »Es war nicht leicht, einen Sanitas aufzutreiben, der dich heilt.«

Bilder der vergangenen Nacht tauchten vor Arissas innerem Auge auf. Die Befreiung der Gefangenen. Der Nexus. Darcys Animagenform. Ihre Rettung durch Mavis Blackwood und Leander. Arissa schüttelte den Kopf. Sie konnte sich kaum an die Verletzungen erinnern, die ihr zugefügt worden waren, doch wenn Raz nach einem Sanitas verlangt hatte, konnten es keine Kleinigkeiten gewesen sein.

»Aber das meinte ich nicht«, sagte sie leise und sah sich um. Sie kannte den Raum nicht, in dem sie sich befand. »Wo ist *hier?*«, wollte sie wissen.

»Du bist in Belfarsad.«

Arissa riss die Augen auf. »Was?!«, rief sie entsetzt.

Raz sah sie mit steinerner Miene an. Arissa wusste, dass er auf diese Weise versuchte, seine Emotionen zu verbergen. »Darcy Astor hat mich um Hilfe gebeten über zwei Umbra, die unverzüglich zu mir kamen und berichteten, dass ihr von einer Gruppe angegriffen wurdet, die sich *Nexus* nennt.«

Arissa sah, wie sich Raz' Körper anspannte, wie seine Kiefermuskeln hervortraten und er Mühe hatte, die Wut zu unterdrücken. »Darcy hat explizit nach dir geschickt?«

Er nickte. »War das etwa nicht in deinem Sinne?«

»Ich sagte ihr lediglich, dass sie Hilfe holen sollte.« Arissa hatte natürlich angenommen, dass Darcy auf direktem Wege zu Vos eilen würde. Ihr Lehrmeister hätte ihnen auf jeden Fall geholfen.

»Hättest du jemand anderen bevorzugt?«

Arissa hob den Blick und sah Raz an. »Ich …«, begann sie, biss sich dann jedoch auf die Lippe. Es war ein Moment der Wahrheit, wie sie feststellen musste. Arissa suchte Raz' Blick. »Als ich die Schatten sah, wollte ich, dass du es bist.«

»Warum?«, fragte er, ohne eine Regung im Gesicht.

Arissa kannte die Antwort, hatte sie unbewusst vielleicht die ganze Zeit über schon gekannt. »Weil ich weiß, dass ich dann in Sicherheit wäre.« Niemals hatte er ihr wehgetan. Niemals seine Magie gegen sie eingesetzt. Nicht einmal einen Finger gegen sie erhoben. Raz hatte sie beschützt, wann immer es ihm möglich gewesen war.

Sie sah, wie er schluckte. Sein Adamsapfel bewegte sich und er wandte den Blick von ihr ab. Fuhr sich mit einer Hand über den Mund. »Was ist heute Nacht passiert, Arissa? Warum wurdest du von Männern des Königs angegriffen?«

Ein Schmerz fuhr ihr direkt in die Brust. Sie hatte verdrängt, dass Jasper diese Männer geschickt hatte. Dass er sie des Hochverrates angeklagt hatte. Auch wenn es sich beim Nexus ursprünglich um Verbündete von Thornton und Duncan gehandelt hatte, gehorchten sie doch nun Jaspers Befehl. Irgendjemand musste dem König sagen, dass seine *Getreuen* ihn hintergingen. Dass

Thornton und Duncan für die Anschläge auf die Animagen und die Feuer in Londinium verantwortlich waren.

»Hat Darcy dir nichts erzählt?«

»Ich habe nicht persönlich mit ihr gesprochen. Aus sicherer Quelle weiß ich, dass sie in Londinium untergetaucht ist.«

Angst schoss durch Arissas Adern. »Sie ist *nicht* hier?« Sie hatte gehofft, dass Darcy ebenfalls hier Zuflucht gesucht hatte. Immerhin war sie ein Halbblut, was jetzt auch jeder wusste, und der Nexus machte Jagd auf sie.

Raz schüttelte den Kopf. »Sie wollte es nicht. Sie hat offenbar vor, noch einigen Dingen auf den Grund zu gehen. Erzählst du mir jetzt, was geschehen ist?«

Sie musste es laut aussprechen. Auch wenn sich alles in ihr dagegen sträubte, Jasper erneut in den Rücken zu fallen. Für das, was er getan und sie immerhin eine ganze Zeit lang zugelassen hatte. Sie musste es Raz sagen. »Darcy und ich haben die Magier aus dem Kerker befreit«, wisperte sie und schaute dabei auf die Bettdecke.

»Dann stimmt es also. Es gibt Gerüchte, dass der König Magier in seinen Kerker gesperrt hat, weil er ihnen die Schuld an den Bränden gibt.«

Arissa nickte. »Das ist leider wahr, ja.« Sie schaute zu ihm auf, ihre Kiefer fest aufeinandergepresst. »Sag es nicht, bitte.«

Erstaunt hob Raz eine Augenbraue. »Was soll ich nicht sagen?«

»Dass du es gewusst hast. Dass du wusstest, wie Jasper ist. Dass er genauso ist wie seine Vorfahren.« Das könnte sie jetzt nicht ertragen. Die Vorwürfe, die Schuld. Nicht von Raz.

Sein Blick wurde weicher, als er sie ansah und einen Schritt auf sie zumachte. »Du wolltest das Beste in ihm sehen. Daran ist nichts verwerflich.«

So sehr sie seinen Worten Glauben schenken wollte, konnte sie es nicht. Sie war mit schuldig. »Das ist es doch. Ich hätte nicht versuchen sollen, nur das Beste in ihm sehen zu wollen, sondern die Wahrheit.«

»Es gibt nicht nur eine Wahrheit, Rissa. Es gibt immer mindestens zwei Perspektiven auf dieselbe Geschichte. Die Legende kennt mich als den machtbesessenen Magier, der Britannia ins Unglück stürzen wollte. Und doch ist das nicht gänzlich wahr.«

Sie sah ihn an, spürte, wie ihre Augen feucht wurden. »Wer auch immer diese Geschichte über dich aufgeschrieben hat, hat gelogen.« Er war kein Monster, er war nicht der Böse.

Raz lächelte. Es war ein trauriges Lächeln. »Es ist keine Lüge. Nur eine andere Interpretation der Wahrheit. Wir sind alle der Bösewicht in der Geschichte eines anderen.«

Er hat sich damit abgefunden, stellte Arissa voller Bedauern fest. Er wusste, dass man ihn für den Bösen hielt und hatte es akzeptiert. Dabei stimmte das nicht. Egal, was die Geschichtsbücher oder Legenden über Erazmus Reys sagten, Arissa hatte ihn nicht so kennengelernt.

»Stört es dich nicht?«, fragte sie leise. »Jeder in Britannia sieht in dir den Inbegriff des Bösen. Die Menschen weigern sich, das Gute in dir zu sehen. Sie haben sich dazu entschieden, nur deine Fehler zu sehen, all das Schlimme, das du getan hast.« Das war nicht fair. Raz hatte gute wie schlechte Seiten. So wie jeder sie hatte. Nur wollte bei ihm keiner einsehen, dass neben der Dunkelheit auch Licht existierte.

Raz zuckte mit den Schultern. »Warum sollte es mich stören? Du schreibst keine Geschichte, indem du gemocht wirst.«

Arissa kniff die Augen zusammen. »Ist es das, was du willst? Geschichte schreiben?« Sie wusste, dass er arrogant sein konnte. Dass er mehr vom Leben erwartete. Doch sie wusste auch, dass Berühmtheit nicht seine wahre Ambition war.

»Ich will die Welt, wie wir sie kennen, verändern. Sie zu einer besseren machen, nicht nur für die Magier, sondern auch für die Halbblüter und für die Immundas.«

Es war ein schöner Gedanke, wie Arissa fand. Und doch war es ein Trugschluss. Sie glaubte nicht mehr daran, dass Menschen, Magier und alles dazwischen in Frieden koexistieren konnten. »Und diese Veränderung erfolgt durch Blut …«, flüsterte sie. Anders ging es nicht. Blut folgte auf Blut. Es würde niemals ein Ende finden.

»Das müsste es nicht, wenn Seine Majestät bereit wäre zuzuhören. Seine Angst steht ihm im Weg.«

Arissa nickte stumm. Sie wusste, dass Jasper Angst hatte und sich von dieser Angst leiten ließ. Sie konnte es ihm nicht einmal vorwerfen, denn Angst war etwas rein Menschliches. »Hast du denn *keine* Angst?«, fragte sie Raz.

»Doch, die habe ich. Schon lange«, er lächelte traurig. »Ich hatte Angst als Kind, als mein eigener Vater mich den Händen des Königs übergab, damit ich zu einer Waffe ausgebildet werden würde. Ich hatte Angst, als meine Lehrmeister von mir verlangten, meine Schatten zum Töten zu verwenden. Ich hatte Angst, als mein Bruder mich verriet und mir meine Magie geraubt wurde. Ich hatte Angst, als ich für fünfzig lange Jahre allein in der Dunkelheit saß.«

Arissa spürte, wie ihr eine Träne über die Wange lief. Raz weinte nicht. Sie sah den Schmerz in seinen Augen, aber er weinte nicht. Vermutlich hatte dieser Junge, dieser Mann, nie gelernt, dass er weinen durfte.

»Es tut mir so leid, Raz«, hauchte sie.

Er trat näher an sie heran. Setzte sich wieder zu ihr aufs Bett. »Ich hatte auch Angst, als man mir sagte, dass du durch die Straßen Londinium gejagt würdest und vermutlich verletzt seist.«

Ein leichtes Lächeln umspielte Arissas Mund und sie griff unwillkürlich nach seiner Hand. Sie drückte sie kurz, um ihn wissen zu lassen, dass sie da war. Dass es ihr gut ging. »Das ist wohl kaum zu vergleichen mit dem, was du schon erlebt hast.«

Raz zuckte mit den Schultern. Sein Daumen fuhr kleine Kreise auf ihrem Handrücken. »Es war anders. Früher hatte ich Angst um mich, um mein Leben und meine Zukunft. Gestern hatte ich zum ersten Mal Angst um jemand anderen.«

Arissa sah ihn an. Unfähig, die passenden Worte zu finden. Er hatte Angst um sie gehabt. Sie wusste nicht, was sie dazu sagen sollte. Vor ihr saß ein zutiefst verletzter Junge, der von seinem Vater und Bruder verraten und an die Krone verkauft worden war. Für den man sich geschämt hatte, seit sich seine Magie offenbart hatte, weil er ein Umbra war, kein Sanitas. Raz hatte mehr Leid erfahren als irgendwer, den sie sonst kannte – sich eingeschlossen.

Und gerade darum kämpfte er noch immer für das, woran er glaubte. Er war in den Augen der Krone das pure Böse, doch nicht in Arissas. Hätte sie das durchgestanden, was Raz durchgestanden hatte, wäre sie vermutlich genauso unnachgiebig geworden wie er. Er musste an irgendetwas glauben, auf irgendetwas hoffen, das anders war als das, was er in seinem Leben bisher kennengelernt hatte.

Sie wusste nicht, was er in ihrem Blick gesehen hatte. Was sich auf ihrem Gesicht gezeigt hatte. Doch in diesem Moment beugte er sich vor und küsste sie. Ohne Vorwarnung, ohne Erlaubnis. Vielleicht sogar ohne die wirkliche Absicht, sie zu küssen, einfach nur, weil er keine andere Wahl hatte. Er brauchte den Atem, den sie angehalten hatte. Als gehöre er ihm und er wollte ihn zurück.

Arissa schloss instinktiv die Augen. Spürte seinen Mund auf ihrem, den leichten Druck, die Weichheit seiner Lippen. Sie sollte sich schuldig fühlen, doch das tat sie nicht. Sie hatte es zu lange verleugnet. Geleugnet, was sie für Raz empfand.

Raz löste sich von ihr. Schock lag in seinen braunen Augen und er fuhr sich mit der Hand über den Mund. »Es tut mir leid, das hätte ich nicht tun sollen. Ich weiß, dass du ihn liebst.« Seine Stimme klang ehrlich entsetzt, doch seine Augen sahen sie dabei voller Bedauern an. Er bedauerte es, dass Arissas Herz einem anderen gehörte.

Gehört *hatte*, wie sie korrigieren musste. Sie schüttelte langsam den Kopf. »Er hat diese Männer auf mich gehetzt. Er wollte mich festnehmen lassen. Egal, ob er von Lord Thornton und Lord Duncan hinters Licht geführt wurde und nichts von ihren wahren Absichten und ihrer Schuld an den Anschlägen wusste. Eines lässt sich doch nicht leugnen: Er unterschrieb den Verhaftungsbefehl. Ich liebe den Menschen, der Jasper für mich war, das werde ich immer tun. Aber ich bin nicht verliebt in ihn. Nicht mehr.«

Ihr Blick fiel auf Raz' Lippen. Es hatte sich richtig angefühlt ihn zu küssen. Anders als es in der letzten Zeit bei Jasper gewesen war. Jede Faser ihres Körpers sagte ihr, dass Raz derjenige war, den sie brauchte. Den sie wollte.

Raz' Atem ging schwer. Die verschiedensten Gefühle huschten über sein Gesicht. Unglaube, Erleichterung, Begierde. Und dann war da noch etwas Neues. Raz sah sie an, als würde er in diesem Moment begreifen, was Liebe ist. Plötzlich griff er nach ihrer Kehle. Um sie so intensiv zu küssen, dass sie nicht mehr wusste, wo oben und unten war.

Kapitel 22

»Wie ich sehe, geht es Euch besser.«

Erschrocken fuhr Arissa herum, eine Hand über ihr viel zu schnell schlagendes Herz gelegt. Im Türrahmen stand eine zierliche kleine Frau mit schwarzem Haar und stechenden grünen Augen. »Lady Blackwood, ich habe Euch nicht kommen hören. Ja, mir geht es gut. Das habe ich Euch zu verdanken.«

Mavis Blackwood betrat das Zimmer, das Arissa zur Verfügung gestellt worden war. Sie war noch keinen Tag hier und trotzdem fühlte sie sich in Belfarsad wohl, fast heimisch. »Nicht nur mir. Lord Reys schickte mich. Ich habe lediglich dem Wunsch meines Herrn entsprochen.«

Arissas Blick wanderte zu dem gigantischen Bett, indem sie noch bis vor wenigen Stunden gemeinsam mit Raz gelegen hatte. Sie hatten danach nicht über das gesprochen, was zwischen ihnen geschehen war. Er war gegangen, weil er etwas Wichtiges zu erledigen gehabt hatte. Arissa wusste nicht, worum es ging.

»Trotzdem möchte ich mich bei Euch bedanken.«

Sie lächelte Blackwood an, die das Lächeln erwiderte. Ihre grünen Augen blitzten auf. »Nicht nötig. Ich tat es gern. So konnte ich Euch helfen und diesen miesen kleinen Ratten Angst einjagen.« Das Grinsen verschwand von Blackwoods Gesicht, stattdessen legte sich ein harter Zug um ihren Mund, während sie ans Fenster trat und sich gegen seinen Rahmen lehnte. »Der Nexus ist Abschaum. Immer mehr Geschichten erreichen unsere Tore. Wie der Nexus Magier verfolgt, sie vor ihren Familien demütigt, sie einsperren lässt und ihnen Verbrechen vorwirft, die sie nicht begangen haben. Diese Männer nutzen die Macht schamlos aus, die der König ihnen gegeben hat.«

Schweren Herzens schaute Arissa auf ihre Rüstung, die man ihr auf ihren Wunsch hin gebracht hatte. Sie war völlig ruiniert und nicht mehr zu gebrauchen. »Wüsste der König von den Verbrechen, die die Ratsherren begangen haben, hätte er ihnen niemals diese Macht gegeben.«

Blackwood nickte. »Das mag sein, aber nun haben sie sie inne. Warum schreitet der Orden nicht ein?«

Der Orden? Einschreiten? Das würde bedeuten, dass er sich gegen die Krone stellte. Arissa hatte das getan, gemeinsam mit Darcy. Ob noch weitere ihrer Kameraden diesen Weg wählen würden, konnte Arissa nicht sagen. »Ich habe das Gefühl, dass Jasper dem Orden nicht mehr vertraut, ansonsten hätte er der Existenz des Nexus niemals zugestimmt. Er weiß, dass ich und Darcy die Gefangenen befreit haben. Vielleicht weiß er auch von Vos' Beteiligung an der Aktion.« Darcy war untergetaucht und sie konnte gut auf sich selbst aufpassen. Aber sie musste unbedingt herausfinden, ob es Vos gut ging. Arissa konnte nicht sagen, wie weit Jasper gehen würde. Immerhin hatte er den Nexus geschickt, um sie zu verhaften. Damit hätte sie niemals gerechnet.

Sie schluckte schwer und fuhr mit den Händen über das Leder ihrer Rüstung. »Der Orden ist das Bindeglied zwischen Magiern und Menschen. Unsere Aufgabe ist es, beide Instanzen gleich zu behandeln und die Gesetze Britannias zu schützen. Das mag nicht immer gelingen, aber wir versuchen es. Ich kenne genügend Ordenskrieger, die nicht blind vor Treue irgendwelche Magier einsperren würden. Jasper weiß das ebenfalls, er hat eine lange Zeit im Orden trainiert.« Ob sich der Orden gegen den König stellen würde, war jedoch eine ganz andere Frage.

»Dann hat er also diese Miliz, die sich Nexus schimpft, gegründet, um gegen seine eigenen Gesetze zu verstoßen?« Mavis Blackwood kniff die Augen zusammen. Schatten züngelten um ihre Füße, ein Zeichen dafür, dass ihre Emotionen nahe an der Oberfläche brodelten und drohten auszubrechen.

»Nein, so ist es nicht«, entgegnete Arissa entschieden. »Der Nexus wurde von Lord Duncan und Lord Thornton gegründet. *Sie* stecken hinter alldem und haben Jasper mit ihrem Hass angesteckt. Wenn er wüsste, was sie wirklich im Schilde führen, würde er all das sofort beenden.«

Kopfschüttelnd fuhr Blackwood zu ihr herum. »Wer auch immer die Verantwortung dafür trägt, dem Ganzen muss Einhalt geboten werden.« *Auf welche Art auch immer*, schien in dem Satz mitzuschwingen, auch wenn die Umbra das nicht laut aussprach.

»Ihr habt recht. Deshalb muss ich zurück nach Londinium.« Hier in Belfarsad konnte Arissa nichts ausrichten. Sie musste dorthin, wo sie gebraucht wurde.

Blackwood zog eine ihrer schwarzen Augenbrauen nach oben. »Ich glaube nicht, dass Lord Reys das gutheißen wird.« Ihr Blick huschte von Arissa zu dem noch nicht gemachten Bett. Sie schien genau zu wissen, was hier vorgefallen war, auch wenn sie nichts dazu sagte.

Arissa folgte ihrem Blick zu den zerwühlten Laken. »Raz ist nicht mein Herr und Meister. Er hat mir nichts zu sagen.« Sie würde zurück in die Hauptstadt gehen und Jasper konfrontieren.

»Aber mir. Ich kann Euch nicht erlauben zu gehen.«

Blackwood sah sie entschuldigend an, doch Arissa lächelte nur. Sie trat auf die Magierin zu und blieb kurz vor ihr stehen. »Ich hatte nicht vor zu gehen, Lady Blackwood. Der Weg von Belfarsad nach Londinium dauert viel zu lange. Ich hatte vor, mich von einer überaus talentierten Umbra durch die Schatten geleiten zu lassen.« Das war der schnellste Weg zu reisen.

Der Mundwinkel der Umbra zuckte. »Verstehe. Aber was glaubt Ihr, gegen den Nexus, oder besser noch, den König ausrichten zu können?« Blackwood wirkte noch nicht überzeugt, geschweige denn so, als würde sie Arissa helfen wollen.

Arissa dachte an Jasper. An den *alten* Jasper, der unter keinen Umständen so hatte werden wollen wie sein Vater oder Großvater. Der versucht hatte, ein guter und gerechter König zu sein. Sie hatte an diesen Mann geglaubt. Ihm vertraut und ihn geliebt. »Ich bin davon überzeugt, dass Jasper zur Vernunft gebracht werden kann. Er muss dazu aber wissen, welches hinterhältige Spiel die Lords spielen und was sie für grausame Dinge hinter seinem Rücken getan haben«, sagte sie mit fester Stimme. »Vielleicht nicht von mir, aber er hört auf seine Mutter.«

Überrascht schaute Blackwood sie an. »Portia Warbeck soll Euch helfen? Glaubt Ihr denn, dass sie sich gegen ihren eigenen Sohn stellen wird?«

»Sie wird sich nicht gegen ihn stellen, sondern auf die Seite Britannias. Und ihm damit helfen. Denn das Wohl des ganzen Landes ist das, was ihm eigentlich und wirklich immer wichtig gewesen ist. Und ich bin mir sicher, das ist es noch immer. Lady Warbeck ist eine kluge Frau mit Weitsicht. Ich bin mir sicher, dass sie über die aktuellen Entwicklungen genauso schockiert ist wie die magische Bevölkerung Britannias.« Auf Arissa hatte Jaspers Mutter immer gütig und beherzt gewirkt. Sie war ihr gegenüber immer freundlich gewesen und Arissa hatte nie mitbekommen, dass sie einen Groll gegen die Magier oder die Halbblüter hegte. Im Gegenteil.

»Mich würde es mehr beruhigen, wenn es dafür Beweise gäbe, anstatt nur Spekulationen«, murmelte Blackwood und massierte sich mit Daumen und Zeigefinger die Nasenwurzel.

Arissa nickte. Das wäre sicherlich hilfreich. Nicht nur Jasper musste seine Fehler einsehen. Auch die Ratsmitglieder mussten verstehen, dass die Magier nicht ihre Feinde waren. Dass sie alle an einem Strang ziehen mussten, wenn sie Britannia in eine bessere Zukunft führen wollten.

»Würdet Ihr wenigstens eine Nachricht von mir überbringen?«, fragte sie die Umbra.

»An die Königinmutter?«

Arissa legte den Kopf schief. »Unter anderem.«

»Was habt Ihr vor?«

In Arissas Kopf nahm ein Plan Gestalt an. Der Senex war, abgesehen vom König, die mächtigste Instanz des Landes. Seine Mitglieder musste sie gewinnen – oder die, die ihr nicht folgen wollten, austauschen. Zwei Frauen saßen bereits dort, die Arissa sehr schätzte: Hollis Arca und Vesper Sellar. Bis vor kurzem hatte auch Mavis Blackwood noch dazugehört. Sie alle waren klug, offen und nicht auf ihren eigenen Vorteil aus. Sie würden auf ihrer Seite stehen, da war sie sich sicher. Wer seit dem Tod von Zachary Magee für die Sanitas sprach, wusste Arissa nicht, doch diese Gilde war dem König seit jeher treu ergeben gewesen. Oder besser gesagt, sie würde wahrscheinlich alles tun, um Raz zu vernichten. Aus Rache für den Mord an ihrem Oberhaupt und seiner Familie. Und dann war da noch ihr Vater … Conrad de Fay mochte als Erzeuger auf ganzer Linie versagt haben, aber die Elementarier führte er mit sicherer Hand an. Für seine Gilde würde er alles tun. Unter den menschlichen Ratsmitgliedern herrschten Unstimmigkeiten. Von ihnen allen schätzte sie Lord Howard am meisten, mitsamt seiner Frau. Lord Alderidge mochte ein Fähnlein im Wind sein, aber ihm war mit Vernunft beizukommen. Lord Carson war ein Choleriker, von dem Arissa nichts hielt. Seine aufbrausende Art war unberechenbar. Jedoch hatte Arissa gehört, dass seine Frau ihm in keiner Weise ähneln sollte. Vielleicht würden sie mit ihr sprechen können. Die wahren Probleme lagen bei Lord Duncan und Lord Thornton. Von ihnen ging die größte Gefahr aus. Sie stachelten Jasper immer weiter gegen die Magier auf, weil sie sich von ihnen bedroht fühlten. Diese beiden Männer mussten endlich für ihre Taten zur Verantwortung gezogen werden, damit das alles ein Ende nehmen konnte – und zwar ein gutes.

Arissa tigerte in dem kleinen Zimmer hin und her. »Bei den Magiern ist es längst gang und gäbe, dass Frauen machtvolle Positionen innehaben, ganz im Gegensatz zu den Menschen. Es wird höchste Zeit, dass sich das ändert. Kennt Ihr die Aufzeichnungen über die Gründung des Senex?«

Blackwood neigte den Kopf. »Ich habe sie nie gelesen, nein. Sie stammen aus der Zeit nach dem ersten Magischen Krieg und sind unter Verschluss, soweit ich weiß.«

Arissas Mundwinkel hoben sich. Bellamy Magee hatte so einiges in seinen privaten Aufzeichnungen gehabt, was eigentlich unter Verschluss sein sollte. »Ich hingegen schon. Der Senex wurde als Instanz des Friedens gegründet. Und es gibt da ein kleines Detail, das ich mir zunutze machen werde.«

Etwas blitzte in den Augen der Umbra auf. Schatten tanzten um ihre Füße, ein Zeichen der Aufregung. »Und welches Detail soll das sein?«

»So erschaffe ich den Senex, einen unabhängigen Rat, der Britannia mit seiner Weisheit und Stärke führen soll. In diesen Rat berufe ich die Oberhäupter der großen Familien des Landes, bestehend aus dem Adel der Menschen und den Gilden der Magier. Gemeinsam sollen sie ein Königreich erschaffen, glorreicher und ehrenvoller, als wir es vorgefunden haben. Mit der Befugnis, die Krone zu leiten und die Entscheidungen des Königs zu revidieren. Unter der Herrschaft des Hauses Warbeck soll Britannia gedeihen, in einem ewig andauernden Zeitalter des Friedens«, zitierte Arissa den Text auswendig, den sie vor einer gefühlten Ewigkeit gelesen hatte und der sich in diesem Moment in der Zitadelle befand.

Blackwood lachte leise. »Ich verstehe – es ist mit keiner Silbe davon die Rede, dass es sich auf Menschenseite nur um Männer handelt. Wenn ich Euren Gedanken folgen kann, dann wollt Ihr die Ehefrauen der Ratsmitglieder für Eure Sache gewinnen und sie gegen ihre Ehemänner aufbringen, nicht wahr?«

Arissa zuckte mit den Schultern. Sie wollte niemand gegen jemanden *aufbringen*. Sie hatte schmerzlich erfahren, wie viel Macht eine Frau über den König haben konnte. Warum sollte eine *einfache* Ehefrau also nicht auch Macht über ihren Ehemann haben? »Es ist einen Versuch wert.« Sie setzte sich an den kleinen Tisch und griff nach Papier und Feder.

»Findet Darcy Astor, sie wird Euch mit Freuden dabei helfen, die Frauen zu überzeugen.« Darcy würde es willkommen heißen, Jasper die Meinung zu geigen und ihr dabei zu helfen, den Nexus zu vernichten. Dabei dem ein oder anderen Ratsmitglied auf die Füße zu treten, wäre für ihre Kameradin nur die Kirsche auf der Torte.

Mavis stellte sich hinter Arissa. Schatten tanzten um ihre schmale Gestalt herum. Ein Lächeln lag auf den vollen Lippen. »Die menschlichen Frauen haben lange genug geschwiegen. Vielleicht wird es ihnen gefallen, endlich gehört zu werden. Ich jedenfalls bin gespannt, was sie zu sagen haben.«

***

Am Abend saß Arissa allein in dem Zimmer, in dem sie Zeit mit Raz verbracht hatte. Mit den Fingerspitzen trommelte sie auf die hölzerne Tischplatte vor sich. Da öffnete sich mit einem Quietschen die Tür und Arissa fuhr herum. Raz betrat den Raum, ein zaghaftes Lächeln auf den Lippen, als er Arissa erblickte.

Sie sprang auf und kam auf ihn zu. »Wo bist du gewesen?«

»In Londinium.«

Entsetzt starrte sie ihn an. »Was? Du begibst dich an den wohl gefährlichsten Ort jener Tage für jeden Magier, wo im Übrigen jeder Einzelne dich tot sehen will?«

Raz neigte den Kopf. Sein Blick huschte zurück zur Tür. »Ich hatte gute Gründe.«

Kein Grund konnte gut genug sein für Arissa, trotzdem war sie neugierig. »Was für Gründe sollen das gewesen sein?« Sie stemmte die Hände in die Hüften und konnte ihren Ärger kaum unterdrücken. Sie hatte sich Sorgen um ihn gemacht, verdammt noch mal!

Da öffnete sich die Tür erneut und Arissas Blick glitt zu der Gestalt, die den Raum mit zögernden Schritten betrat. Sie traute ihren Augen nicht, auch wenn sie ihn eindeutig sehen konnte. Kopfschüttelnd hob sie eine Hand vor den Mund. Das war ein Traum. Zu schön, um wahr zu sein.

Ihr Bruder lächelte sie schüchtern an und fuhr sich durch die längeren braunen Haare, die ihm lose in die Stirn fielen. »Hallo, Rissa«, sagte er und obwohl er die Stimme nicht erhoben hatte, zuckte Arissa bei ihrem Klang zusammen.

»Edmund«, hauchte sie fassungslos. Sie trat einen Schritt nach vorn, vorbei an Raz, der sie abwartend beobachtete. Die Hände hatte er hinter dem Rücken verschränkt, doch sein Blick folgte ihr. Arissa betrachtete ihren Bruder. Er trug andere Kleidung als zuvor. War gewaschen und der gehetzte und müde Ausdruck auf seinem Gesicht war verschwunden. Edmund wirkte noch mitgenommen, aber er stand vor ihr. Gesund und munter. Ohne ein weiteres Wort rannte sie auf Edmund zu und zog ihren jüngeren, wenn auch größeren Bruder in ihre Arme. Drückte ihn so fest an sich, dass sie kaum noch Luft bekam.

Ein leises Lachen entkam Edmund, doch er schlang seinerseits die Arme um Arissas Mitte und hielt sie ganz fest. Sie hatte ihn vermisst. So, so sehr. Wenn Arissa ehrlich war, hatte sie nicht daran geglaubt, dass der Tag je wiederkommen würde, an dem sie ihren Bruder in die Arme nehmen konnte.

Ein Schluchzen entkam ihrer Kehle und Arissa presste sich die Hand vor den Mund, während sie Edmund weiter festhielt. »Aber wie konntest du … Wie hast du …«, sie drehte sich zu Raz um und starrte ihn verständnislos an. Die erste Träne rann ihr bereits über die Wange.

Raz sah die Geschwister an. Seine Mundwinkel hatten sich zwar gehoben, doch Arissa konnte den Schmerz in seinen braunen Augen sehen. Den Schmerz um den Verlust seines eigenen Bruders. »Es war mein Blut, das ihn im Spiegel gefangen gehalten hat. Zusammen mit dem richtigen Zauberspruch war es ein Leichtes, ihn zu befreien. Es tut mir leid, dass ich mich erst jetzt getraut habe, den Spiegel erneut zu öffnen.« Raz sah zu Boden.

Arissa wusste, welche Überwindung es ihn gekostet haben musste. Welches Risiko er damit auf sich genommen hatte. »Ich danke dir«, flüsterte sie mit rauer Stimme. Niemals würde sie ihm gänzlich zeigen können, wie dankbar sie ihm dafür war.

Raz schüttelte den Kopf. »Du musst dich nicht bedanken«, widersprach er. »*Ich* muss euch beide um Verzeihung bitten. Ich hatte nie die Absicht, dich in den Spiegel zu sperren. Es war eine Aneinanderreihung unglücklicher Umstände.« Er sah Edmund an und neigte demutsvoll den Kopf. Die Reue stand ihm ins Gesicht geschrieben.

Edmund löste sich von Arissa, griff aber nach ihrer Hand, als benötigte er die Gewissheit, dass sie noch da war. Dass er wirklich hier war und nicht mehr im Spiegel und dass alles vielleicht nur ein schöner Traum war. »Immerhin waren es bei mir nur einige Wochen und keine fünfzig Jahre.«

Schmerz zeigte sich auf Raz' Gesicht und Arissa verspürte den Drang, zu ihm zu gehen und ihn zu halten. »Selbst diese Zeit reicht aus. Die Welt hinter dem Spiegel ist grausam und dunkel.« Raz' Kieferpartie spannte sich an, ebenso seine Schultern. Ein Schatten huschte über sein Gesicht.

»Das ist sie«, stimmte Edmund zu. »Ich kann verstehen, dass du verstört gewesen bist, als wir dich befreiten. Das wäre wohl jeder gewesen nach dieser langen Zeit der Gefangenschaft.«

Raz hob den Kopf und sah Edmund erstaunt an. Dann huschte sein Blick kurz zu Arissa. Sie sah die Scham darin. Er schämte sich für das, was er getan hatte. Den Kummer, den er ihr bereitet hatte. Ihr und vielleicht auch der ganzen Welt. »Danke, dass du das sagst. Aber es ist keine Rechtfertigung für meine Taten. Es tut mir leid wegen eures Freundes«, sagte er leise und Arissa musste an Charlie denken. Er war wegen einer Fehde unter Brüdern gestorben. Sein Tod war bedeutungslos und unnötig gewesen. Ein Opfer aus einem Jahre zurückliegenden Streit, mit dem er nichts zu tun gehabt hatte. »Charles sah Bellamy so ähnlich. Der Verrat meines Bruders hat mich schwer getroffen und meine Gefühle gingen mit mir durch. Ich habe den Magees Schlimmes angetan, nur um niemals wieder in den Spiegel zu müssen – und aus meinem unbändigen Schmerz heraus.« Raz hob seine Hände und starrte sie an, als klebe noch immer Blut an ihnen. Sie zitterten und Arissa trat einen Schritt vor und griff nach ihnen. Sie drückte sie und sah Raz dabei in die Augen. Er musste wissen, dass er nun nicht mehr allein war.

»Hast du den Spiegel zerstört?«, wollte sie wissen.

Raz' Miene wurde dunkel und er schüttelte den Kopf. »Nein. Ich wollte es, aber er ist schwerer zu vernichten, als ich dachte.«

Arissa blinzelte verwirrt. Sah von ihm zu ihrem Bruder und wieder zurück. »Dann kann er wieder benutzt werden?«

Raz nickte. »Aber nur mit meinem Blut. Ich bin der Letzte, durch dessen Adern das Blut der Magees fließt.«

»Und trotzdem hast du meinen Bruder befreit.« Wäre er in diesem Moment vom Nexus überrascht worden, hätte es übel enden und er erneut in den Spiegel von Albion gesperrt werden können. Und dann hätte es niemanden mehr gegeben, der ihn daraus hätte befreien können. Ein Kloß bildete sich in Arissas Hals und schnürte ihr die Kehle zu.

Raz neigte den Kopf und zuckte mit den Schultern. »Ich habe den Fehler, den ich begangen habe, korrigiert, soweit es mir möglich war.«

»Raz …«, hauchte Arissa, doch wurde von ihm unterbrochen.

Er hob die Hand und legte sie an ihre Wange. »Es freut mich, dass ihr zwei wiedervereint seid. Und ich unterbreche diesen Moment nur ungern, aber kann ich kurz mit dir unter vier Augen sprechen, Rissa?«

Arissa sah zu ihrem Bruder, der ihr zunickte. Sie verließ zusammen mit Raz das Zimmer und schloss leise die Tür hinter sich. »Was ist los?«, fragte sie besorgt.

Raz' Miene änderte sich schlagartig. Zorn war jetzt in seinen Augen zu sehen und ein harter Zug lag um seinen Mund. »Jasper Warbeck ist zu weit gegangen.«

Arissa nickte stockend. »Das weiß ich. Er muss zur Vernunft gebracht werden, auch wenn er nicht der Schuldige ist. Das sind und bleiben in meinen Augen die Ratsherren. Sie müssen gestoppt werden.« Anders würde diese Fehde zwischen Magiern und Menschen niemals ein Ende nehmen.

»Dafür ist es zu spät. Lord Thornton und Lord Duncan haben den König in ihrer Hand. Jasper hat einen Erlass unterzeichnet, der nur noch vom Senex abgesegnet werden muss. Demzufolge sollen die Rechte der Magier außer Kraft gesetzt werden. Keine Magie mehr, keine Stimme, gar nichts. Deswegen habe ich nun doch meine Anhänger um mich gescharrt. Er muss aufgehalten werden.«

Kälte schoss schlagartig durch ihre Adern. Was hatte sich Jasper nur dabei gedacht? Wie konnte er alles zunichtemachen, was er selbst während seiner kurzen Amtszeit geschaffen hatte? Das Schicksal der Magier sollte mit einem einzigen Federstrich besiegelt werden. Manchmal waren Worte mächtiger als die Klinge eines Schwertes.

Raz sah so entschlossen aus, dass Arissa Angst bekam vor den Plänen, die in seinem Kopf herumspukten. Wenn es so stand, würde er sich bedingungs- und rücksichtslos auf die Seite der Magier schlagen. Und er würde alles für sie zu tun, egal, welchen Preis er dafür zahlen musste. »Welche Anhänger?«, fragte sie leise.

Raz lief in dem schmalen Flur, der von einigen wenigen Sonnensteinen erhellt wurde, auf und ab. »Magier, die es leid sind, unter der Tyrannei der Warbecks zu leiden. Elementarier, Animagen und nicht zuletzt die Umbra.

Alle, die bereits schreckliche Dinge durch Menschenhand erlebt haben und deren Magie im Laufe der Jahre, der Jahrhunderte missbraucht worden ist.« In seinen Augen konnte Arissa die Schatten seiner Vergangenheit sehen. Den Hass auf Jaspers Großvater und die furchtbaren Dinge, zu denen er Raz gezwungen hatte.

Sie trat einen Schritt auf ihn zu und umklammerte seinen Unterarm. »Was hast du vor? Jasper stürzen?«

»Es gibt keine andere Möglichkeit, Arissa. Er hatte seine Chance, doch er hat sie verspielt. Selbst wenn er nur manipuliert wird, trägt er als König die Verantwortung für seine Entscheidungen und damit eine große Mitschuld an dem ganzen Schlamassel. Ich werde nicht weiter tatenlos zusehen, wie Magier unter Menschen leiden müssen. Das ertrage ich nicht noch einmal.«

Arissa konnte das verstehen, das konnte sie wirklich. Raz war in einer Zeit geboren worden und aufgewachsen, in der die meisten Magier noch wie Dreck oder Vieh behandelt worden waren. Durch Befehl der Krone ins Exil gesperrt und nach fünfzig Jahren endlich befreit, musste er feststellen, dass sich die Welt nicht sonderlich verändert hatte. Es waren Fortschritte gemacht worden. Doch in Raz' Augen reichten sie noch lange nicht aus. Für ihn würde Britannia erst besser sein, wenn die Magier als Minderheit die Geschicke des Landes leiten durften.

So sehr Arissa Jasper für seine letzten Taten auch verachtete, konnte sie doch nicht vergessen, wie er früher gewesen war. Er war freundlich und gütig gewesen. Das durfte sie nicht vergessen. »Lass mich mit ihm reden. Ich weiß genau, dass ich zu ihm durchdringen kann. Ich weiß es einfach.« Sie und Jasper hatte eine Liebe verbunden, eine wahre und aufrichtige Liebe. Arissa musste einfach versuchen, daran festzuhalten und Jasper zur Vernunft zu bringen.

In Raz' Augen loderte noch immer der unterdrückte Zorn und sein Körper spannte sich an. »Du willst mit ihm sprechen? Arissa, er hat dich jagen lassen und wollte dich einsperren. Wenn er dir das antun kann, ist niemand mehr in seiner Gegenwart sicher.«

Das konnte sie nicht leugnen. Und doch: Irgendetwas in ihrem Herzen sagte ihr, dass Jasper geglaubt hatte, keine andere Wahl zu haben. Jemand musste ihm zeigen, dass es sie doch gab. Dass er nur andere Entscheidungen treffen und sein Vertrauen anderen Beratern schenken musste.

»Vertraust du mir?«, fragte sie Raz.

»Mein Vertrauen in dich hat hiermit nichts zu tun. Jasper Warbeck ist nicht vertrauenswürdig. Ich kann das Leben und Wohl meiner Gattung nicht riskieren, nur weil du glaubst, ihn ändern zu können.«

Arissa nahm Raz' Hände in ihre und strich mit den Daumen über seine Handrücken. Das Braun seiner Augen leuchtete im Licht der Sonnensteine und sah aus wie flüssige Schokolade. »Ich weiß, was ich tue. Ich werde zurück nach Londinium gehen und die Sache klären, versprochen.«

Raz schien von ihren Worten nicht überzeugt. »Und wenn du es nicht schaffst? Wenn Jasper nicht gewillt ist, dich anzuhören? Wenn er dich gar gleich in den Kerker werfen lässt?«

Arissa drehte sich allein bei der Vorstellung der Magen um, doch sie riss sich zusammen. »Daran will ich nicht denken, aber falls es zum Äußersten kommen sollte, habe ich einen Plan.«

»Welchen Plan?«

»Der Erlass kann von einem Mehrheitsbeschluss durch den Senex vereitelt werden.« Sie hoffte, dass Mavis Blackwood Darcy gefunden hatte und sie auf ihrer hehren Mission Erfolg hatten. Menschen Hand in Hand mit Magiern. Frauen und Männer gleichgestellt, egal, ob magisches Blut durch ihre Adern floss oder nicht.

Raz zog Arissa näher an sich. Sie spürte seinen Atem auf ihrem Gesicht. »Nicht alle Gilden sind auf meiner Seite. Die Side enthält sich, wie immer, und die Sanitas sind dem Königshaus treu ergeben. Die anderen Magier werden selbstverständlich dagegen stimmen, aber die entscheidende Stimme wird die des Königs sein und er hat seine Wahl bereits getroffen. Uns bleibt keine Zeit für fixe Ideen oder Versuche. Wir müssen *jetzt* handeln. Der Beschluss, wie auch immer er ausfällt, würde ohnehin nichts ändern.«

Es stimmte. Es würde nichts daran ändern, dass die Magier auch in der

Unterzahl bis zu ihrem letzten Atemzug kämpfen würden. Für ihre Freiheit, für ihre Rechte und ein selbstbestimmtes Leben.

»So muss es nicht kommen, Raz«, hauchte sie.

Ein trauriges Lächeln schlich sich auf sein Gesicht und er beugte sich vor, lehnte seine Stirn gegen ihre. »Es lässt sich nicht mehr ändern.«

Arissa schüttelte den Kopf. Er mochte keinen anderen Ausweg mehr sehen, sie schon. Sie wollte nicht glauben, dass ein Krieg die einzige Lösung war. Dass Britannias Königshaus fallen musste, damit die Magier endlich frei waren. Jasper war der Schlüssel zum Frieden in diesem Land. Und auch wenn Raz in ihm das Böse sah, so, wie Jasper das Böse in Raz sah, wusste Arissa ganz genau, dass sich beide irrten. Keiner von ihnen war ausschließlich böse oder ausschließlich gut. Sie würde nicht zulassen, dass sich diese beiden Männer, die auf unterschiedliche Weise einen Weg in ihr Herz gefunden hatten, gegenseitig vernichteten, weil sie glaubten, keine Alternative zu haben.

»Das glaube ich nicht. Man muss selbst die Veränderung sein, die man sich für sein Leben wünscht.« Britannia brauchte eine Veränderung. Eine gewaltige sogar. Arissa würde alles in ihrer Macht Stehende tun, um diese Veränderung herbeizuführen. Doch das Leben von Raz oder Jasper würde sie dafür niemals opfern.

»Mavis Blackwood wird an deiner Seite bleiben. Wenn es nach mir ginge, dann hier in Belfarsad. Aber ich kann dich nicht zwingen zu bleiben, das würde ich niemals wollen. Sie hat den Befehl, dich überall hinzubringen, wohin du willst.« Raz löste sich von ihr, dann drückte er ihr einen Kuss auf die Stirn, bei dem Arissa die Augen schloss. Doch seine nächsten Worte lösten eine Gänsehaut bei ihr aus.

»Ich will nicht, dass ein weiterer Magier so leiden muss wie ich. Oder wie du. Es wird enden. Mit dem nächsten Sonnenaufgang und dem Tod von Jasper Warbeck.«

Kapitel 23

Ein paar Stunden später war Raz fort. Und mit ihm mehrere Dutzend Umbra. Die Stille in Belfarsad war erdrückend und die Schatten an den Wänden waren nicht mehr gefüllt mit der Magie der Magier, sondern der Verheißung eines bösen Omens.

Raz war ohne ein weiteres Wort nach Londinium aufgebrochen, um Jasper zu töten. Arissa musste sich beeilen, wenn sie das verhindern wollte. Nicht nur um Jaspers willen, sondern auch um Raz' willen. Sie wollte nicht, dass er noch ein weiteres Leben nahm.

»Was hast du vor?«, fragte Edmund hinter ihr.

Noch immer konnte Arissa es nicht wirklich glauben, dass ihr Bruder wieder bei ihr war. Dass Raz ihn ihr zurückgebracht hatte. Dass er sich freiwillig dem Spiegel von Albion genähert hatte, sich seiner Macht ausgesetzt hatte, um ihn zu befreien.

»Ich muss nach Londinium, und zwar sofort.«

»Willst du Reys aufhalten? Oder ihm helfen?«, fragte Edmund misstrauisch. Sie standen im Innenhof des Anwesens, das sich im Norden der Insel befand. Selbst hier konnte sie die Seeluft auf der Zunge schmecken.

»Beides«, erwiderte Arissa.

»Dann komme ich mit dir«, sagte Edmund in ernstem Ton.

Arissa sah ihn erstaunt an, schüttelte aber den Kopf. »Das wirst du nicht. Hier bist du in Sicherheit.« Sie konnte nicht erneut sein Leben riskieren. Nicht, wo sie ihn doch gerade erst zurückbekommen hatte.

»Ich mag vielleicht kein ausgebildeter Krieger sein wie du, aber ich bin ein Elementarier, Arissa. Ich kann mich und andere sehr gut verteidigen.«

Sie wollte widersprechen, wollte Edmund dazu zwingen, hierzubleiben, aber ihr Bruder hatte ja recht. Er besaß starke Magie, die ihnen im Notfall helfen konnte, auch wenn er sie niemals gern einsetzte. Außerdem wusste Arissa, dass sie ihn nicht davon abhalten könnte, sie zu begleiten, wenn es das war, was Edmund wollte. »Komm, wir brauchen Blackwoods Hilfe, anders gelangen wir nicht in die Hauptstadt.« Die Umbra war erst kürzlich nach Belfarsad zurückgekehrt, nachdem sie in Arissas Auftrag Darcy aufgespürt und ihr eine Nachricht hatte zukommen lassen.

»Ich kann nicht glauben, dass er dir seine treueste Anhängerin an die Seite gestellt hat. Blackwood war bestimmt nicht begeistert davon, hierbleiben zu müssen.«

Arissa war sicher, dass das Gegenteil der Fall war. Mavis Blackwood hatte auf sie nicht den Anschein gemacht, dass sie den König um jeden Preis ermorden wollte. Sie war Raz treu ergeben, keine Frage, doch das bedeutete nicht, dass sie mit ihm immer einer Meinung sein musste. Sie war eine Umbra, aber vor allen Dingen war sie eine kluge Frau.

»Lady Blackwood«, rief Arissa, als sie die Umbra in einem der Flure entdeckte. Die Magierin fuhr zu ihr herum. Das schwarze Haar fiel ihr locker über die Schultern und die grünen Augen musterten Arissa.

»Ihr solltet anfangen, mich beim Vornamen anzureden«, sagte Blackwood mit einem Schmunzeln auf den Lippen. »Benötigt Ihr etwas?«

»Eure Hilfe, mal wieder. Bringt uns bitte nach Londinium.«

Die Umbra sah zwischen den Geschwistern hin und her. Misstrauen und Sorge waren in ihrem Blick zu erkennen und sie biss sich auf die Unterlippe. »Lord Reys sagte mir, ich solle tun, was Ihr verlangt. Aber darf ich erfahren, was Ihr in der Hauptstadt zu tun gedenkt?«

»Jemand muss sie aufhalten.«

Eine lange Zeit sagte Blackwood nichts, dann seufzte sie. »Also wollt Ihr den König warnen?«

So einfach war das nicht. Natürlich wollte Arissa nicht, dass Jasper starb.

Geschweige denn Raz. Jasper musste klargemacht werden, dass er von Lord Duncan und Lord Thornton manipuliert wurde. Dass es niemals einen Aufstand der Magier gegeben hatte, sondern seine Ratsherren dafür verantwortlich waren, um die Magier in ein schlechtes Licht zu rücken. Raz wurde von ihnen zum Sündenbock gemacht und das konnte Arissa nicht länger zulassen.

»Ich will beiden helfen. Niemand soll heute sterben müssen.«

»Dann lasst uns gehen. Ich kann jedoch nur eine Person mit mir nehmen«, erklärte die Magierin.

»Dann nehmt zuerst mich und bringt mich in den Palast.«

Die Umbra legte den Kopf schief. »Ihr wollt in den Palast? Was, wenn ich Euch direkt in einem Kampf abliefere oder in die Arme der Verräter treibe? Fällt Euch kein sicherer Ort ein?«

Arissa könnte sich auch in ihr Zimmer bringen lassen, dann könnte sie sich gleich ihre Waffen besorgen. Das Problem war, dass Blackwood noch nie dort gewesen war – und das war Voraussetzung, um in den Schatten zu reisen. »Das Sitzungszimmer des Senex? Zu dieser Zeit werden die Lords bestimmt nicht dort sein.«

Blackwood nickte und hielt Arissa ihre Hände hin. Arissa drehte sich zu ihrem Bruder um. »Ich werde nicht auf dich warten. Wenn du angekommen bist, bleib am besten in Deckung. Ich weiß nicht, wie der Orden auf Magier reagiert. Es wäre möglich, dass du dich verteidigen musst.«

Sie umschloss die Hände der Magierin und nur Sekunden später tanzten dunkle Schatten um sie herum. Arissa schloss die Augen. Spürte das Kribbeln der Magie auf ihrer Haut, hörte das Surren in ihren Ohren. Dann war die Geräuschkulisse eine andere. Stimmengewirr. Fußgetrampel. Das Klirren von Stahl.

Arissa riss die Augen auf. Der Sitzungsaal war dunkel. Nicht einmal von einem Sonnenstein erhellt. Nur von unter der Tür drang ein schmaler Lichtstreifen zu ihnen herein.

»Seid Ihr sicher, dass Ihr nicht auf Euren Bruder warten wollt?«

»Edmund ist mir keine Hilfe«, erwiderte Arissa nur. Ihr Bruder konnte keiner Fliege etwas zuleide tun. Er wäre eher Hindernis als Unterstützung. »Ich gehe jetzt Jasper suchen.«

»Glaubt Ihr nicht, dass der König bewacht wird?«

Doch, vermutlich sogar sehr. Aber Arissa hatte es bisher noch immer geschafft, ungesehen zu Jasper zu gelangen. Sie hatte jahrelange Übung darin, sich unbemerkt durch die Gänge des Schlosses zu schleichen. Sie würde es auch jetzt schaffen.

»Danke für Eure Hilfe, *Mavis.*« Die Umbra nickte ihr lächelnd zu und verschwand dann in den Schatten.

Arissa atmete tief durch und näherte sich der Tür. Sie presste ihr Ohr gegen das kühle Holz und lauschte auf die Geräusche dahinter. Auf dem Flur war es still. Der Lärm kam von den Fenstern, die direkt in den Innenhof führten.

Sie griff nach dem Knauf und öffnete die Tür einen Spalt breit. Arissa brauchte Waffen und am besten auch eine funktionstüchtige Rüstung, falls sie auf der Suche nach Jasper einem Mitglied des Nexus begegnete. Diesen Menschen würde sie kein Erbarmen entgegenbringen. Aber sicherlich war das auch auf Gegenseitigkeit gestützt.

Arissa lief den Flur entlang. Die meisten Waffen befanden sich im Orden, das wusste sie. Der schnellste Weg zu Jasper führte jedoch in die andere Richtung. Arissa war sich sicher, dass er sich im Palast befand. Vermutlich in seinen eigenen Gemächern.

Durch die Fenster konnte Arissa einen Blick in den Innenhof werfen. Fackeln erhellten den steinernen Platz und was Arissa dort sah, raubte ihr für einen Sekundenbruchteil den Atem. Elementarier schufen Feuerbälle oder schleuderten Soldaten durch die Lüfte. Bewaffnete Männer gingen mit gezogenen Waffen auf die Angreifer los. Schatten wirbelten durch den ganzen Hof, formten sich zu Strudeln oder Klingen und verschlagen ihre Gegner. Raubvögel waren am Himmel zu sehen, die sich auf die Krieger des Königs stürzten. Vierbeinige Tiere huschten über den Hof, doch aus der Entfernung konnte Arissa nicht sagen, ob es sich um Wölfe oder Hunde handelte. Ebenso wenig, wie sie mit Sicherheit sagen konnte, ob es sich um Soldaten des

Ordens oder des Nexus handelte. Sie hoffte auf Letzteres bei der Zahl an Verletzten, die sie ausmachen konnte.

Ihre Augen huschten hin und her, versuchten einzelne Figuren in der Menge auszumachen, doch sie konnte niemanden genau erkennen. Arissa suchte unter den Kämpfenden nach Raz, nach Vos und Darcy. Doch keinen von ihnen konnte sie ausfindig machen.

Sie riss sich von dem Anblick los und rannte weiter. Es brachte niemandem etwas, wenn sie nur tatenlos zusah. Sie musste Jasper finden. Die Gänge des Palastes waren wie leergefegt. Wo die Bediensteten oder die Hofdamen und Höflinge waren, wusste Arissa nicht. Sie betete nur, dass sie alle in Sicherheit waren.

Arissa erklomm die Treppen, die hinauf in den zweiten Stock führten. Hier befanden sich die Gemächer des Königs. Ihr kamen drei Wachen entgegen, auf deren Rüstungen sie das Emblem des Ordens erkannte. Sie versteckte sich hinter einem Vorhang und wartete, bis die Männer an ihr vorbeigegangen waren.

Als sie den Flur vor Jaspers Gemächern erreichte, wurde sie aufgehalten. »Arissa!«, erklang eine vertraute Stimme in ihrem Rücken und Arissa fuhr herum.

Sie erkannte William in einiger Distanz. Er trug die Rüstung des Ordens, an seinem Waffengürtel steckten ein Schwert und eine Axt. Erleichtert rannte Arissa ihm entgegen. Bei ihm angekommen umschloss sie seine Unterarme und strahlte ihn an.

»Geht es dir gut?«, wollte William wissen und musterte sie besorgt. »Ich habe von dem Verhaftungserlass gehört. Wo bist du gewesen?«

Arissa atmete erleichtert auf. William zu begegnen war ein glücklicher Zufall. Er konnte ihr helfen, Jasper zu finden. Oder herausfinden, wo sich Darcy befand. »William, es freut mich, dich wohlauf zu sehen. Es handelt sich alles um ein großes Missverständnis! Jasper wurde in die Irre geführt und muss gewarnt und umgestimmt werden.«

William runzelte die Stirn und trat einen Schritt von ihr weg. »Seine Anordnungen waren sehr deutlich. Er ist davon überzeugt, dass du dich mit Erazmus Reys verbündet hast und ihn stürzen willst. Auch wenn ich das nicht glauben kann.«

Kopfschüttelnd biss Arissa die Zähne zusammen. Lord Duncan und Lord Thornton hatte ganze Arbeit geleistet. Jasper vertraute ihr nicht mehr.

»Es stimmt auch nicht. Ich habe mich mit niemandem verbündet«, widersprach Arissa. Zumindest nicht mit Raz. Sie würden nie vollends auf derselben Seite stehen. Dafür hatten sie zu unterschiedliche Erfahrungen gemacht.

»Dann hat man dich also nicht nach Belfarsad gebracht?«

»Doch, schon. Aber es ist nicht so, wie Jasper glaubt.«

»Wie ist es dann?«, fragte William, auf einmal argwöhnisch.

Arissa atmete tief durch. Sie musste William die Lage erklären, ansonsten würde er sein Misstrauen nicht ablegen. »Die Anschläge auf die Animagen, die Brandstiftung in Londinium – all das hatte nichts mit Raz zu tun. Dahinter stecken Lord Duncan und Lord Thornton und ihre neugegründete Nexus-Miliz.«

Ihr Kamerad kniff die Augen zusammen. Er schien ihr nicht zu glauben oder nicht glauben zu wollen. »Woher willst du das wissen?«, fragte er.

»Das haben mir die Mitglieder des Nexus höchstpersönlich erzählt, als sie mich durch die Straßen getrieben haben. Von den beiden kam der Befehl, mich zu verhaften. Der Attentäter im Oakwood Forest gehörte dem Nexus an und diese Miliz wurde von Lord Thornton und Lord Duncan gegründet. Jasper muss erfahren, dass er diesen Männern nicht trauen kann, dass er nicht mehr auf sie hören darf.« Dass sie nicht das Beste für Britannia im Sinn hatten, sondern, im Gegenteil, lediglich auf ihren eigenen Vorteil bedacht waren.

William fuhr sich mit der Hand über den Mund, schien über ihre Worte nachzudenken. Doch dann lachte er leise und schüttelte den Kopf. »Er ist gerade bei Lady Thornton. Ihre Hochzeit ist für die nächste Woche geplant. Sie wird die neue Königin Britannias und unter ihrer Herrschaft wird das Leben der Magie, wie es jetzt ist, anders werden.«

Arissa nickte heftig und trat einen Schritt auf ihn zu.

»Ja, es wird schlimmer. Amberly hegt einen Groll gegen alle Magier. Sie darf nicht Königin werden. Das muss ich verhindern.« Sie klang wie eine eifersüchtige Mätresse, das hörte sie selbst, dabei ging es nicht darum. Sie war aus ihrer Sicht gar nicht mehr mit Jasper zusammen und eifersüchtig auf Amberly war sie erst recht nicht. Arissa wollte nur verhindern, dass ein Mensch wie Amberly an Macht gewann, die sie missbrauchen würde.

»Das kann ich leider nicht zulassen, Arissa«, sagte William leise und sah sie entschuldigend an. Seine Hand legte sich auf den Griff seines Schwertes.

Arissa folgte seiner Bewegung mit den Augen und sie verzog den Mund zu einer schmalen Linie. »Ich weiß, dass du dem Orden und der Krone treu ergeben bist, William. Aber du musst mir vertrauen. Ich will nur das Beste für Britannia und das sind leider nicht Amberly Thornton und gewisse *Ratsherren* des Königs.«

William legte den Kopf schief und sah sie an. Etwas blitzte in seinen Augen auf. »Ich kann es nicht zulassen, weil ich nicht riskieren kann, dass du diese Hochzeit gefährdest.«

»Was meinst du damit?«, fragte Arissa verwirrt.

Ein schwerfälliges Seufzen entkam ihm und er legte sich eine Hand auf die Brust. »Was wäre ich für ein Bruder, wenn ich verhindern würde, dass meine Schwester Königin wird?«

Arissa starrte ihn mit offenem Mund an, schüttelte dann den Kopf und begriff doch nicht, was William meinte. »Wovon redest du da?«

»Amberly ist meine jüngere Schwester.«

»Das ist unmöglich!«, widersprach Arissa. »Dein Vater ist ein Farmer und du hast drei ältere Brüder.« Das hatte er ihr selbst erzählt. Jeder im Orden wusste davon. William war dem Orden beigetreten, weil er kein Erbe zu erwarten hatte.

Ein dunkler Schatten huschte über Williams Gesicht und sein Kiefer spannte sich an. »Dieser Mann hat mich aufgezogen, das stimmt. Aber mein Vater ist Lord Thornton. Ich bin ein Bastard, der nichts zu erwarten hatte – auch das entspricht der Wahrheit –, also schloss ich mich dem Orden an und gewann auf diese Weise den Respekt und die Liebe meines leiblichen

Vaters.« Als wäre er sehr stolz darauf, plusterte William sich regelrecht auf und schob die Brust vor.

Arissa konnte ihn nur fassungslos anstarren. Sie hatte sich in ihm geirrt. All die Jahre hatte sie geglaubt, dass William ihr Verbündeter war, ihr Freund, doch er war es wohl nie wirklich gewesen. Und Darcy, die sie immer für ihre Widersacherin gehalten hatte, war zu ihrer engen Vertrauten geworden. Wie konnten sich die Dinge doch ändern ... »Du machst gemeinsame Sache mit den Ratsherren ...« Ein weiteres Puzzle in dem gigantischen Bild des Verrats.

Seine Mundwinkel schoben sich nach oben und er nickte. »Schon von Anfang an. Ich habe ihnen die Bauanleitung für die Sprengkörper aus der Zitadelle beschafft. *Ich* legte das Feuer in der Oper«, gestand er und sah Arissa dabei kopfschüttelnd an. Mit beinahe tadelndem Unterton fuhr er fort: »Es hat mich gewundert, dass du mich nicht erkannt hast. Ich habe immer angenommen, du seist besser. So, wie Vos dich in den Himmel gelobt hat.«

Arissa wollte nach ihren Messern greifen, doch ihr Griff ging ins Leere. Sie war ja noch immer unbewaffnet! Und statt ihrer Rüstung trug sie einfache Lederhosen und ein weißes Leinenhemd. Zischend wandte sie sich an William. »Du wusstest, dass die Animagen und die inhaftierten Magier unschuldig waren! Warum hast du ihnen das angetan?«

Ein einfaches Schulterzucken war die Antwort. »Weil es *Magier* sind, Arissa. Sie sind eine Bedrohung für die Menschen und müssen dahin verbannt werden, wohin sie hingehören.«

Kälte schoss ihre Gliedmaßen empor und Arissa ballte ihre Hände zu Fäusten. Sie verspürte das Bedürfnis, William ins Gesicht zu schlagen, doch sie tat nichts. »Und wohin soll das sein?«, wollte sie mit gepresster Stimme wissen.

»Auf ihre Knie.«

Lachend schüttelte Arissa den Kopf. Es war ein hartes, freudloses Lachen. »Das kann nicht dein Ernst sein. Nicht sie sind hier die Bedrohung, sondern dein Vater und Ratsherr Duncan. Sie haben all diese schrecklichen Dinge getan.« Arissa würde sie dafür büßen lassen, so viel stand fest.

Williams Augen wurden schmal und er trat einen Schritt vor. »Sie haben es getan, um dem König die Augen zu öffnen. Aus keinem anderen Grund. Seine Majestät wollte nicht einsehen, dass die Magier vernichtet werden müssen. Seit du in sein Leben getreten bist, wollte er sie den Menschen gleichsetzen.« William lachte bitter auf. »Wärst du nicht gewesen, hätte der Plan meines Vaters schon viel früher Fuß fassen können. Die Befreiung Erazmus Reys' durch diese Dummköpfe der Zitadelle war ein glücklicher Zufall in seinem Marionettenspiel. Er war der perfekte Sündenbock für alles. Nun werden die Menschen daran erinnert, dass man keinem Magier je trauen darf.«

William glaubte wirklich, dass seine Worte der Wahrheit entsprachen, dabei waren es nicht die Magier, die sich gegen die Krone gewandt hatten und ihre Schwüre gebrochen hatten. Es waren die Menschen gewesen. Diese Kreaturen, denen nachgesagt wurde, dass sie nicht eigennützig handeln würden. Dass sie nicht von Machtgier beherrscht werden würden.

»Ihr seid es, denen man nicht vertrauen kann, William«, wisperte Arissa. »Ihr lügt, betrügt und schadet Unschuldigen. Du bist ein Krieger des Ordens, das, was du hier verteidigst, verstößt gegen alles, was wir geschworen haben zu beschützen.«

William funkelte sie wütend an. Seine Nasenflügel bebten. »Meine Treue gilt meiner *Familie,* Arissa. So wie deine offensichtlich deinem neuen Liebhaber gilt. Ich weiß von dir und Reys«, sagte er nur und verzog angewidert das Gesicht. »Abartig, wenn du mich fragst. Du hast etwas Besseres verdient als diesen magischen Abschaum.«

Sie war nicht mit Raz zusammen! Sie hatten sich geküsst und Arissa empfand etwas für ihn, das stimmte, aber sie würde diese Gefühle niemals über das Wohl Britannias stellen! Das würde sie niemals übers Herz bringen. »Er ist besser, als du es jemals sein wirst«, sagte sie trotzig – denn es war die Wahrheit.

Mit großen Augen sah William sie an und brach dann in schallendes Gelächter aus. »Besser? Erazmus Reys hat vor fünfzig Jahren gegen die Krone rebelliert. Er hat seinen Bruder, seinen Neffen und dessen Sohn *ermordet.* Er hat deinen Bruder in ein gläsernes Gefängnis verbannt. Was genau betrachtest du daran als *besser?*«

Nichts davon konnte Arissa leugnen. All das hatte Raz getan. Es waren schlimme Taten, unverzeihliche Taten, und trotzdem hatte sie das Bedürfnis, ihn zu verteidigen. Sie wusste von den Narben auf seiner Seele, von der Dunkelheit in seinem Herzen. Für die er nichts konnte. Doch Raz war mehr als das. Er hatte ihr geholfen, sie gerettet und ihr Edmund zurückgebracht. Ohne dafür je eine Gegenleistung verlangt zu haben. Raz war zu Güte fähig. Ebenso wie für die Liebe. Das wusste sie so gut wie niemand sonst.

»Er hat Fehler begangen, das leugne ich ja gar nicht. So wie wir alle. So wie du in diesem Moment. Aber er ist wenigstens so ehrlich, zu ihnen zu stehen. Und er hat aus der Vergangenheit gelernt.«

Fassungslos starrte William sie an. Als wäre sie nicht mehr bei Verstand. »Du hast es so gewollt. Du kannst ihm gern bei seiner Hinrichtung Gesellschaft leisten, wenn du so viel von ihm hältst«, seufzte er und zog sein Schwert. Die Klinge funkelte im Licht der Sonnensteine an den Wänden. »Arissa de Fay, im Namen Seiner Majestät, Jasper Warbeck, König von Britannia, klage ich dich des Hochverrats an. Die Strafe dafür ist der Tod.«

Langsam schüttelte Arissa den Kopf und atmete tief durch. »Ich werde heute nicht sterben, William, aber du darfst es gern versuchen.«

***

Arissa rannte. Den Flur entlang, weg von Jaspers Zimmer. Hinter sich hörte sie Williams Lachen, der sie für ihre Feigheit verspottete. Doch Arissa konnte nicht gegen ihn kämpfen, nicht *so*. Nicht ohne eine einzige Waffe.

William ging gemächlichen Schritts hinter ihr her. In der einen Hand ein Schwert und in der anderen eine Axt. Er würde sie töten, wenn er sie erwischte, da war sich Arissa sicher.

Ihr Herz schlug viel zu schnell und in ihrem Kopf rauschte es, doch Arissa versuchte sich den Lageplan des Palastes in Erinnerung zu rufen. Hier im zweiten Stock gab es die Gemächer des Königs und der Höflinge. Keines dieser Zimmer würde ihr helfen, denn sie konnte und wollte sich nicht vor William verstecken. Ihre einzige Möglichkeit war das alte Jagdzimmer König Henrys am Ende des langen Flurs. Sie war nur ein einziges Mal in diesem

Raum gewesen, an dessen Wänden antike Schwerter und Waffen hingen, die dem einstigen Herrscher gehört hatten.

»Wohin willst du denn, Arissa?«, lachte William hinter ihr. Seine Stimme schallte von den Wänden des Flures wider. Wenn er weiterhin so laut brüllte, würde bald Verstärkung für ihn eintreffen. Bis dahin musste sich Arissa bewaffnet haben.

»Du bist wirklich eine Schande für den Orden. Wegzulaufen ist nicht die feine englische Art, wenn du mich fragst. Oder hast du etwa Angst vor mir?«

Arissa stieß ein Schnauben aus, das William natürlich nicht hören konnte. Sie hatte keine Angst vor ihm. Noch nie hatte er sie in einem Zweikampf besiegt. Und das würde sich auch jetzt nicht ändern. Wenn sie nur endlich an eine Waffe kam. Dieser Bastard wusste genau, dass sie weder Waffe noch Rüstung trug. Ganz im Gegensatz zu ihm. William traute sich nur so mit ihr zu sprechen, weil er im Vorteil war. Wer war hier feige?

Erleichterung breitete sich in Arissa aus, als sie um die Ecke bog und das Jagdzimmer vor sich sah. Sie hechtete zur Tür und riss sie auf. Panische Schreie ertönten und Arissa zuckte zusammen. In dem Zimmer kauerten zwei Zofen hinter einem Sofa. Mit erschrockenen Mienen starrten sie Arissa an.

»Verschwindet von hier und bringt Euch in Sicherheit. Nehmt die Treppe am Ende des Flures, hinunter in den ersten Stock, und von da die Dienstbotengänge zur Küche.«

Die Mädchen rafften ihre Röcke und eilten verschreckten Blicks an ihr vorbei und aus der Tür. Arissa konnte nur hoffen, dass sie keinem Magier in die Arme liefen. Kriege waren schließlich dafür bekannt, dass die Kämpfenden in ihnen blind wurden für Unschuldige und Wehrlose.

Arissas Blick glitt hektisch über die Waffen an den Wänden. Sie alle waren verziert, mit Edelsteinen, Gold und Juwelen. Prunkvoller Schnickschnack, der an einer Waffe nichts zu suchen hatte und sie unnötig erschwerte. Nichts anderes hatte sie von Jaspers Vater erwartet.

Als sie die Schritte auf dem Flur hörte und das Schaben eines Schwertes über Marmor, zog Arissa blitzschnell einen Schild von der Wand und wog ihn in den Händen. Das war vermutlich die effizienteste Waffe im ganzen Raum. Trotzdem nahm sie sich auch eines der Schwerter. Sie betrachtete die Klinge, einige tiefe Kerben waren darin zu sehen, was bedeutete, dass das Schwert schon einige Angriffe erfolgreich pariert hatte.

»Hier bist du!«, erklang Williams amüsierte Stimme. Er betrachtete die Waffen in ihren Händen und kniff die Augen zusammen. »Kleines, gewitztes Ding. Ich hätte wissen müssen, was du vorhast, als du in diese Richtung gerannt bist.«

Arissa konnte ihn nur erbost anstarren. »Wärest du besser eher draufgekommen.« Sie wirbelte das Schwert durch die Luft, um ein Gefühl für sein Gewicht zu bekommen. Es war schwerer als ihre eigenen Waffen. Gerade, weil sie Messer bevorzugte anstatt Schwerter.

»Das wird dir nicht weiterhelfen, Arissa.« Auch William wusste um ihre Stärken – und Schwächen. Sie waren langjährige Trainingspartner beim Orden gewesen. Er hob seine Waffen und ging auf sie zu. »Ich kann dich nicht zum König lassen, tut mir leid. Das würde die Pläne meines Vaters vereiteln.«

Den Schild erhoben, schüttelte Arissa den Kopf. »Die Pläne deines Vaters interessieren mich nicht. Ich werde mit Jasper reden und diesen Unsinn beenden, koste es, was es wolle.« Sie wollte William nicht verletzen, doch er hatte sich ganz offensichtlich vom Orden und allem, wofür er stand, abgewandt.

»Dann sei bereit!«, schrie William und griff an.

Er schleuderte die Axt in Arissas Richtung. Sie riss den Schild nach oben und blockte die tödliche Waffe ab. Die Axt prallte an dem Schild ab und landete klirrend in einer Ecke des Raumes. William nahm sein Schwert in die rechte Hand und stürmte auf sie zu. Sein Schwert traf ebenfalls den Schild und Arissa spürte den Angriff in jedem Knochen ihres Körpers. Es war lange her, dass sie zuletzt mit Schwert und Schild gekämpft hatte.

Arissa setzte nun ihrerseits zum Angriff an und die Klingen trafen aufeinander. Da zog William ein langes Messer aus seinem Waffengürtel und parierte damit Arissas nächsten Hieb.

Sie stieß den Schild in seine Richtung, was William mit gekreuzten Waffen abblockte, doch Arissa stemmte ihr gesamtes Gewicht gegen ihn und brachte ihn damit aus dem Gleichgewicht. William taumelte zurück und sein Rücken war für den Bruchteil einer Sekunde Arissa zugewandt. Sie nutzte den Moment und hieb mit dem Schwert nach ihm.

William schrie auf, doch ernsthaft verletzt haben konnte Arissa ihn nicht. Die Rüstung des Ordens war zu robust, ihr eigenes Schwert zu stumpf vom jahrelangen Herumliegen.

Er fuhr zu ihr herum und knurrte sie an. »Miststück«, zischte er und konnte im letzten Augenblick Arissas nächsten Schlag abwehren. Doch sie ließ nicht locker. Sie musste seinen Fauxpas nutzen und ihn erneut ins Straucheln bringen. Immer wieder schlug sie mit dem Schwert nach ihm, drängte ihn zurück. Hinaus auf den Flur, wo der Kampflärm des Innenhofes zu ihnen empordrang.

Arissa stieß das Schwert gegen William, der unter der Kraft keuchte, doch er drehte sich unter ihrem Schwert weg und Arissa schlug ins Leere.

»So leicht mache ich es dir nicht.« Sein Gesicht war zu einer Maske des Zorns verzogen und die Ader auf seiner Stirn pochte bedrohlich. Mit erhobenem Schwert sprang er auf sie zu, steckte seine ganze Kraft in diesen Schlag. Arissa konnte nur noch das Schwert heben, da spürte sie bereits den Schmerz an der Schläfe, wo das Schwert sie gestreift hatte. *Nur gestreift.*

Arissa fiel auf die Knie. Ihr Schild war in der Mitte durchgebrochen und Blut rann ihr Gesicht hinab. Sie fuhr sich über die Schläfe und sah die roten Spuren auf ihren Händen. Mühsam richtete sie sich wieder auf, genau in dem Moment, in dem William sich schon wieder auf sie stürzte.

Mit nur einem halben Schild und einem stumpfen Schwert parierte sie den Angriff. Spürte erneut den Aufprall des Stahls in jedem ihrer Knochen. Arissa merkte die Anspannung, die Anstrengung und auch die Müdigkeit, die sich langsam in ihr ausbreitete. William musste sie ebenfalls spüren, denn er schnaufte schwer. Das gab ihr wieder ein bisschen Hoffnung. Arissa biss die Zähne zusammen und mobilisierte ihre Kräfte. Dann stürzte sie sich auf William. Den halben Schild donnerte sie gegen Williams Schwert, während sie mit ihrem Schwert zustach. Sie traf ihn am Oberschenkel. Der Rumpf der Rüstung war mit Stahl verstärkt, aber nicht so die Beine, damit sie genügend Bewegungsfreiheit hatten. Arissa musste die ihr bekannten Schwachstellen für sich nutzen. Williams Schmerzensschrei hallte in ihren Ohren wider.

»Gib auf und lass mich vorbei, William!«, verlangte sie von ihm, schwer atmend und mit brennenden Lungen.

»Niemals!«, knurrte William zurück und spuckte vor ihr auf den Boden. »Ich werde nicht gegen dich verlieren.« Der Hass hatte von ihm Besitz ergriffen. Eine gefährliche und unvorhersehbare Komponente in einem Kampf.

Arissa schüttelte den Kopf. »Wie du willst.« Sie griff ihn an, doch William blockte ihr Schwert ab, drehte sich unter ihrem Angriff weg – und Arissa hielt den Atem an. Sie wusste, was kommen würde, doch wappnen konnte sie sich dagegen nicht.

Die Klinge von Williams Schwert zog sich über ihren Rücken. Das dünne Hemd bot ihr keinen Schutz und Arissa spürte den Schmerz, der von ihrem Körper Besitz ergriff. Sie spürte, wie sich die Haut an ihrem Rücken öffnete und Blut daraus hervorquoll. Die Wunde war nicht tief, sie würde nicht daran sterben, aber die Verletzung würde sie langsam machen und der Blutverlust würde an ihren Kräften zehren.

Arissa stützte sich kurz auf ihren Knien ab, um tief Luft zu holen und den Schmerz wegzuatmen, und drehte sich über die Schulter William um. »Ich kann nicht fassen, dass ich dir vertraut habe. Du bist ein Verräter!«

»Sagt diejenige, die wegen Hochverrats angeklagt ist«, schrie William ihr entgegen. Auch er wurde müde, das konnte Arissa deutlich erkennen, die Waffen nicht mehr erhoben, die Beine zitternd.

Sie konnte ihn besiegen, in dem sie ihn müde machte, aber wie lange würde sie selbst durchhalten? Sie war verletzt, ohne Rüstung und sie hatte nicht die Zeit für einen solchen Plan. Sie musste auf der Stelle zu Jasper und ihn zur Vernunft bringen. Nur der König konnte den Nexus stoppen und die Magier davon überzeugen, dass es sich um ein Missverständnis handelte und das Magieverbot niemals in Kraft treten würde.

Im Flur hinter ihnen wurden Stimmen laut. Arissa sah entsetzt auf die vier

Männer, die kurz darauf um die Ecke bogen. Sie alle trugen den schwarzen Wyvern auf ihrer Brust. Soldaten des Nexus.

William stieß ein bösartiges Lachen aus. »Du hast verloren, Arissa.« Er sah erwartungsvoll zu den Männern und wischte sich den Schweiß von der Stirn.

Arissa atmete schwer, es glich mehr einem Keuchen. Sie würde unterliegen. Eine gegen fünf, da konnte sie nicht gewinnen. Aber sie würde es versuchen. Sie stieß ein Knurren aus und umklammerte den Griff ihres Schwertes fester.

Als William mit einem Grinsen auf sie losging, parierte Arissa seinen Angriff, stieß ihm den geborstenen Schild hart gegen die Rippen und wirbelte herum. Sie rammte ihm die Klinge mit Schwung in die Kniekehle.

William schrie auf und ging in die Knie, Blut spritzte aus der Wunde hervor. Doch Arissa konnte sich nicht darauf konzentrieren. Die Männer stürmten weiter auf sie zu.

Sie hob den halben Schild und bereitete sich auf den Angriff vor. Doch noch bevor die Männer sie ganz erreicht hatten, spürte sie das Kribbeln der Magie. Im nächsten Moment schoss eine Fontäne auf zwei der Männer zu und ließ sie im Bruchteil einer Sekunde zu Eis erstarren.

Edmund tauchte nun im Flur hinter den Männern auf, ein Trinkwasserschlauch an seinen Hüften, Darcy an seiner Seite. Erleichtert atmete Arissa aus. »Danke«, hauchte sie.

Die verbliebenen Angreifer sahen zwischen Arissa und ihren neuen Verbündeten hin und her. Unsicher, wem sie sich nun als Erstes zuwenden sollten.

Darcy trat vor, zwei Schwerter erhoben. »William, ich wusste immer, dass du eine kleine Ratte bist«, murmelte sie und betrachtete den am Boden Liegenden mit zusammengekniffenen Augen.

»Geht es dir gut?«, fragte Edmund, der zu Arissa geeilt war, und musterte sie voller Sorge.

Sie nickte. Von den zwei Wunden würde sie sich nicht aufhalten lassen. »Ich bin in Ordnung.«

Edmund hob die Hände und ein weiterer Wasserstrahl schoss aus dem

Schlauch an seiner Hüfte. »Wollt Ihr Euch Euren Freunden wirklich anschließen oder ergreift Ihr freiwillig die Flucht?«, fragte er die beiden Söldner.

»Dreckiger Magier!«, knurrte William und starrte Edmund finster an. Seine Augen sprühten vor Hass.

Arissa versetzte ihm einen Stoß mit dem Fuß, damit er den Mund hielt, da drehte William wutentbrannt den Kopf zu ihr herum. »Du bist auch noch dran, das verspreche ich dir. Dein Ende wird früher kommen, als du glaubst.«

Sie schnaubte. »William und seine Freunde würden gern in die Kerker gebracht werden«, sagte Arissa und nickte Darcy zu. »Danach könnt ihr euch auf die Suche nach Lord Duncan und Lord Thornton machen. Und weißt du, wo Jasper ist?«

Auf Darcys Stirn zeigte sich eine tiefe Falte. »Schon, aber es wird dir nicht gefallen.«

War er bei Amberly? Das störte Arissa nicht. Vor der rothaarigen Hexe würde sie nicht zurückschrecken. Jasper musste die Wahrheit erfahren. »Wo ist er?«, verlangte Arissa zu wissen.

»Auf der Terrasse«, sagte Darcy und Arissa setzte sich bereits in Bewegung. Sie hob das Schwert auf, das William fallen gelassen hatte. »Arissa, warte«, rief Darcy ihr nach. Arissa drehte sich noch einmal zu ihrer Freundin um. »Du kommst zu spät. Jasper liefert sich einen Kampf mit Raz.«

Arissas Herz hörte für ein paar Sekunden auf zu schlagen.

Kapitel 24

Sie war noch nie im Leben so schnell gerannt. Ihre Lungen brannten und Schweiß rann ihre Stirn hinunter. Das getrocknete Blut der Schnittwunde an der Schläfe spannte auf ihrer Haut. Ihr Rücken schmerzte bei jeder Bewegung höllisch.

Die Terrasse befand sich im Erdgeschoss im Westflügel des Schlosses. Vom großen Ballsaal aus erstreckte sie sich bis in den hinteren Teil der Gärten. Arissa erreichte keuchend das unterste Stockwerk. In den Fluren waren Söldner des Nexus und Magier in Kämpfe verwickelt. So sehr es Arissa in den Fingern juckte einzugreifen und den Magiern zu helfen, so sehr musste sie sich dazu zwingen weiterzulaufen.

Um sie herum wurden Feuerbälle geworfen, Schatten züngelten über den Boden und sie hörte das Knurren von Raubtieren. Schwerter prallten aufeinander und das Klirren von Stahl begleitete das Kampfgetöse.

Das Schwert in ihrer Hand wog schwer. Arissa hatte das Gefühl, dass es mit jedem Meter an Gewicht dazugewann. Trotzdem hielt sie es fest umklammert und bahnte sich ihren Weg Richtung Terrasse.

Sie erreichte den Ballsaal, der in Trümmern vor ihr lag. Zerbrochene Vasen, Büsten und Fenster. Zerrissene Vorhänge und Teppiche.

Da hörte sie einen Schrei und rannte auf die gläsernen Türen zu, die sie von der Terrasse trennten. Ihre Scheiben waren zerbrochen. Da schoss ihr ein dunkler Pfeil entgegen, unter dem sie sich blitzschnell wegduckte. Es war Raz' Schattenmagie gewesen, da war sie sich absolut sicher.

Als sie in den zersplitterten Türrahmen trat, sah sie ihn: Raz stand Jasper gegenüber. Sie umkreisten sich wie zwei Raubkatzen, die sich um ihre Beute stritten. Raz war in Dunkelheit gehüllt, seine Schatten tanzten meterweit um ihn herum, züngelten um seine Finger und er formte sie zu Klingen, die er eine nach der anderen auf Jasper schleuderte.

Arissa wollte schreien, doch Jasper wich jedem Angriff aus. Sie hatte vergessen, dass auch er die Ausbildung im Orden absolviert hatte. Dass er sich verteidigen konnte und sie keine Angst um ihn zu haben brauchte.

Jasper sah verändert aus. Sein Körper steckte in einer silberschwarzen Rüstung. Sie erkannte Symbole darin, ähnlich denen, die in ihre eigene Ordensrüstung eingewebt waren und die sie gegen Magie schützten. Ob das jedoch ausreichen würde, um Jasper vor Raz' Schatten zu schützen, konnte Arissa nicht sagen. Sie bezweifelte es.

Als Raz erneut die Hände hob, seine Magie herbeirief und wild eine Bola über Jaspers Kopf wirbelte, griff Arissa ein.

»Hört sofort auf!«, schrie sie und trat mit gezücktem Schwert ganz hinaus auf die Terrasse.

Beide Männer drehten den Kopf zu ihr und sahen sie erschrocken an. Doch wo sich Jaspers Miene nur noch mehr verfinsterte und sein Blick voll des Vorwurfs für ihren Verrat war, entdeckte sie in Raz' Augen Angst.

»Rissa, verschwinde von hier! Du kannst nichts tun, um diesen Kampf zu verhindern«, sagte er in ruhigem Ton.

Jaspers Kopf fuhr zu Raz herum und er bleckte die Zähne. »*Rissa?*«, fragte er höhnisch und sah verletzt wieder zu Arissa. »Ich wollte es nicht glauben, aber sie hatten recht. Du gehörst zu ihm.«

»Sie *gehört* mir nicht«, widersprach Raz und positionierte sich blitzschnell so, dass er nun zwischen Arissa und Jasper stand. »Sie gehört niemandem. Lasst sie aus dem Spiel, sie hat hiermit nichts zu tun.«

Was nicht der Wahrheit entsprach, wie Arissa und allen Anwesenden hier sicher klar war. Mit dem Kampf zwischen diesen beiden Männern hatte sie sehr wohl etwas zu schaffen. Sie hob eine Hand als Zeichen ihrer guten Absicht und wandte sich an Jasper.

»Bitte hör mir zu, Jasper. Ich habe dich nicht verraten, glaube mir das. Du wurdest hintergangen, das stimmt, aber nicht von mir.«

»Was redest du da?«, verlangte der König zu wissen.

»Lord Duncan und Lord Thornton haben sich gegen dich verschworen. Sie sind für die Aufstände unter den Animagen verantwortlich, sie haben die Brände in Londinium gelegt und es so aussehen lassen, als wären es Magier gewesen.«

Jasper schüttelte den Kopf und fuhr ihr über den Mund. »Hör auf, Arissa! Du willst in den Magiern immer nur das Gute sehen, aber du musst endlich begreifen, dass das nicht stimmt. Wir sind geblendet worden.« Er deutete mit der Spitze seines Schwertes auf Raz. »Sie sind hier eingedrungen, um mich zu töten.«

Arissa nickte. »Aber doch nur, weil du damit drohst, sie zu unterdrücken. Sie wissen von dem Erlass, dass du ihnen die Magie verbieten willst, Jasper. Das darfst du nicht tun. Sei besser als dein Vater und dessen Vater. Du wolltest immer über ein vereintes Britannia herrschen. Das hier ist deine Gelegenheit dazu. Sei besser als sie!«

Ein Ausdruck des Zweifels huschte über Jaspers Gesicht und er blickte von Arissa zu Raz. »Vielleicht hatte mein Vater recht und es gibt keinen friedvollen Weg. Magier und Menschen sind zu gegensätzlich, um miteinander auszukommen.«

»Das stimmt nicht, und das weißt du auch. Wie oft hast du schon Rat bei Hollis Arca gesucht? Du achtest und respektierst sie. Du hörst auf die Vorschläge von Vesper Sellar, weil du ihren Fähigkeiten vertraust. Sie sind Magierinnen und du bist ein Mensch. Das ist das beste Beispiel dafür, dass beide Gattungen friedlich miteinander leben können, sich sogar von Nutzen sein können.«

Jaspers Miene wurde wieder dunkel. »Und doch greift mich Hollis Arca nun an und von Vesper Sellar fehlt jede Spur. Sie weigerte sich, meinem Hilferuf zu folgen und an meiner Seite zu kämpfen.«

»Jasper, bitte«, hauchte Arissa und stand nun neben Raz. »Du musst einsehen, dass Krieg nicht die Lösung ist. Es wurden Fehler gemacht, aber du kannst sie wieder gutmachen. Sei der König, den Britannia braucht. Für Menschen *und* für Magier.«

Das hatte er doch immer sein wollen. Das war sein Traum von Britannias Zukunft gewesen und für diesen Traum hatte Arissa ihn gleichermaßen geliebt und bewundert.

»So einfach ist das jetzt nicht mehr«, erwiderte Jasper, doch Arissa hatte keine Zeit mehr, ihm bis zu Ende zuzuhören. Ein Keuchen entkam ihr und sie spürte, wie ihr das Blut aus dem Mundwinkel lief. Entsetzt wischte sie es weg und starrte auf ihre blutbeschmierten Finger. Ein stechender Schmerz fuhr durch ihren Rücken und Arissa fiel vorn über. Sie spürte Hände, die sie auffingen, und blickte in die schreckgeweiteten Augen von Raz. Schatten tanzten um sie herum und hielten Jasper auf Abstand, der einen Satz in ihre Richtung gemacht hatte.

»Arissa, geht es dir gut?«, fragte Raz panisch und musterte ihren Körper von oben bis unten, er suchte nach der Verletzung.

Arissa runzelte die Stirn. Das Atmen fiel ihr plötzlich sehr schwer. Eisige Schauer liefen über ihre Haut und trotzdem fühlte es sich so an, als hätte sie Fieber. »Die Wunden waren doch gar nicht so schlimm.«

Raz fuhr mit dem Finger über die Schläfe an ihrer Stirn, was Arissa zusammenzucken ließ. »Was ist das für ein Schwert?«, wollte er mit scharfer Stimme wissen und nahm ihr die Waffe aus der Hand.

»Williams. Wieso?«, fragte sie verwirrt.

»Ist das dein Blut an der Klinge?«

»Ja.«

»Die Schnittwunde an deiner Schläfe stammt von dieser Waffe?«

Arissa konnte sich keinen Reim auf all seine Fragen machen, sie nickte einfach nur. »Mhmm«, brachte sie noch hervor, für mehr fehlte ihr die Kraft. Ihre Sicht verschwamm und sie spürte kalten Schweiß in ihrem Nacken.

»Was stimmt nicht mit ihr?«, verlangte Jasper aufgebracht zu wissen. Er tigerte mit gezücktem Schwert vor den Schatten hin und her, die ihn davon abhielten, Arissa und Raz zu erreichen. Arissa sah die Verwirrung und das Entsetzen auf seinem Gesicht. Die Sorge in seinen Augen.

Raz strich ihr mit sanften Fingern über den Hals und legte schützend seine Arme um sie. Arissa spürte die Wärme seines Körpers, doch es machte ihr nur deutlich, wie kalt ihr eigener war. »Sie wurde mit einer vergifteten Klinge verletzt.«

Arissa verstand seine Worte, auch die Bedeutung dahinter, doch die Reaktion ihres Körpers oder Verstandes blieb aus.

Stattdessen hörte sie das entsetzte Luftholen von Jasper.

»Was?!«, brüllte er und schlug mit seiner Klinge wild in die Schatten, doch es half nichts.

Arissa sah zu Raz auf. Sein Kiefer war angespannt und seine Schultern bebten. Er hob den Kopf und blickte zu Jasper. Seine Finger krallten sich dabei in ihre Haut. »Stellt Euch nicht dumm, Majestät!«, knurrte Raz. »Es war der Nexus, der das angerichtet hat. Nur sie benutzen neben dem tödlichen Metall für die Magier zusätzlich Gift. Das hier ist *Euer* Werk.«

Sie wollte Raz widersprechen, schließlich war Jasper in diesem tödlichen Spiel auch nur ein Opfer. Er hatte den falschen Menschen vertraut und war hinters Licht geführt worden. Doch der König kam ihr zuvor.

»Ich wollte nie, dass so etwas passiert! Ich wollte ihr nur drohen. Arissa sollte nicht ernsthaft verletzt werden!«

Erleichterung breitete sich mit einem Mal in Arissa aus. Sie hatte darauf vertraut, dass Jasper im Grunde seines Herzens noch derselbe war. Der Mann, in den sie sich vor all den Jahren verliebt hatte und der immer einen Platz in ihrem Herzen haben würde. Es aus seinem Mund zu hören, war ein beruhigendes Gefühl.

Raz schien das nicht zu hören. »Und trotzdem ist es geschehen. Weil Ihr zu stur und kurzsichtig wart.«

»Ihr habt diesen Krieg begonnen, nicht ich«, widersprach Jasper knurrend. »Das hier ist Eure Schuld!«

»Meine Schuld?«, schrie Raz ihm entgegen und zog Arissa näher an sich. »Ich habe keine Unschuldigen in den Kerker gesperrt und eine Miliz gegründet, die Magier jagt. Das wart Ihr. Eure Angst hat uns hierhergeführt.«

»Hört auf damit, bitte«, brachte Arissa krächzend hervor. »Jasper«, sagte sie dann, an den König gewandt. »Bitte hör auf mit diesem Unsinn. Ruf den Nexus zurück und beende diesen Krieg. Raz ist nicht dein Feind. Lord Duncan und Lord Thornton sind es. Sie haben dich verraten zu ihrem eigenen gierigen Vorteil.«

Jasper sah sie mit großen Augen an. Noch immer lag eine Spur Unglaube darin. Dann schüttelte er den Kopf – und in Arissas eigenem begann sich alles zu drehen. »Das kann ich nicht.«

»Doch, das kannst du.« Sie wollte aufstehen, mit letzter Kraft, doch ihre Gliedmaßen gehorchten ihr nicht mehr. Sie spürte ein Kribbeln in ihren Fingerspitzen, doch sie konnte ihre Hand kaum heben.

»Wenn Ihr es nicht tut«, presste Raz hervor und seine Schatten wurden größer, bedrohlicher, »wird mir nichts anderes übrigbleiben, als Euch zu töten.«

Sie griff nach seinem Arm und zog am Stoff seines Hemdes, um seine Aufmerksamkeit zu erregen. »Raz, halte ein. Das hier muss ein Ende haben. Legt beide die Waffen nieder. Ein Krieg führt doch zu nichts, außer zu noch mehr Blutvergießen und schmerzlichen Verlusten auf beiden Seiten.« In ihren Ohren begann es zu rauschen und Raz musterte sie besorgt.

»Rissa, hör auf zu reden. Du brauchst Hilfe. Das Gift breitet sich sehr schnell aus für so eine kleine Wunde.« Erneut strich er ihr über die Wange und betastete die Wunde.

Arissa spürte seine Berührungen kaum noch. Sie wusste, dass es eigentlich hätte wehtun müssen. Ein trauriges Lächeln umspielte ihre Lippen. »Das liegt wohl daran, dass es nicht meine einzige Wunde ist«, hauchte sie. Natürlich war der lange Schnitt auf ihrem Rücken für ihren Zustand verantwortlich. Williams letzte Worte an sie fielen ihr wieder ein und nun verstand sie, was er damit gemeint hatte.

Jasper stieß ein Brüllen aus und schlug mit der Faust nach Jaspers Schattenwand. »Tut doch etwas! Sie sieht aus, als würde sie sterben.«

»Weil sie es tut. Während Ihr danach strebt, die Magier zu vernichten, stirbt sie.«

Raz' Stimme war ganz ruhig, doch Arissa spürte das Beben seines Körpers.

Sah die unterdrückte Wut in seinen Augen. Seinen Schmerz. Ihr Verstand begriff, dass Raz recht hatte. Sie starb. Ihr Körper war dabei, zu versagen.

»Dann unternehmt etwas dagegen!«, verlangte Jasper verzweifelt und warf die Arme in die Luft. Er sah verzweifelt aus und Arissa wollte die Hand nach ihm ausstrecken, doch obwohl sie ihrem Arm befahl, sich zu heben, blieb er schlaff an ihrer Seite liegen.

»Das kann ich nicht!«, presste Raz durch zusammengebissene Zähne hervor. »Ich bin ein Umbra. Zu heilen liegt nicht in meiner Macht. Wir brauchen einen Sanitas. Nur sie können sie retten.«

Hoffnung flammte in Jaspers Augen auf. »Die Sanitas unterstehen meinem Befehl.«

»Dann befehlt ihnen, sie zu retten«, verlangte Raz drängend.

Eine Weile blieb es still. Arissa atmete schwer. Es klang mehr wie ein Röcheln und sie stieß ein Husten aus. Ihre Brust schmerzte und brannte wie Feuer.

Jasper ließ sein Schwert sinken und trat näher an sie heran. Die Schatten wichen leicht zurück und erlaubten ihm, die Hand nach Arissa auszustrecken, obwohl er sie nicht berühren konnte. »Arissa, es tut mir leid«, sagte er mit leiser Stimme und sah sie entschuldigend an. Dann wandte er sich an Raz. »Ich werde ihr helfen. Ich werde einen Sanitas holen, der sie heilt. Doch dafür werdet Ihr Euch ergeben. Ihr werdet Euch jeder Strafe beugen, die ich für Euch wählen werde. Dafür, dass Ihr die Magees getötet habt. Dafür, dass Ihr ein Heer aus Magiern gegen mich aufgestellt habt und in meinen Palast eingedrungen seid. Und dafür, dass Ihr Euch gegen die Krone gestellt habt und den König töten wolltet.«

»Jasper«, unterbrach ihn Arissa, da zuckte ein Schmerz durch ihren Körper und sie stöhnte auf.

»Scht«, flüsterte Raz ihr zu und fuhr ihr in kreisenden Bewegungen über den Arm. »Nicht sprechen, spar dir deine Kraft.« Dann sah er zum König, seine Augen wurden schmal. »Ich werde mich ergeben, dafür werdet Ihr sie retten. Haben wir ein Abkommen?«

»Nein«, krächzte Arissa protestierend. Durch diesen Handel gewann Raz nichts. Die Magier gewannen dadurch nichts.

Doch da nickte Jasper schon. »Ich gebe Euch mein Wort als König.«

»Dann ist es abgemacht. Rettet sie«, sagte Raz und blickte hinunter auf Arissa.

Sie hörte, wie Jasper davonrannte. Auf der Suche nach einem Mitglied der Sanitas, das sie hoffentlich heilen würde, bevor das Gift ihren ganzen Körper durchströmt hatte. Arissa wäre lieber gestorben, als Raz so zu sehen. Er hatte verloren.

»Warum hast du das getan?«, fragte sie ihn mit brüchiger Stimme. »Du warst im Vorteil. Du hättest alles bekommen, was du wolltest. Mit Jaspers Kapitulation hättest du ein neues Zeitalter für die Magier beginnen können.« Das war es, was Raz immer gewollt hatte. Alles, was er getan hatte, hatte er für die Magier getan. Damit sie ein besseres Leben führen würden. Das war nun verwirkt.

Ein trauriges Lächeln erschien auf Raz' Gesicht und er zog sie behutsam näher an sich. »Der Preis dafür war mir zu hoch.«

»Raz ...«, setzte sie noch einmal an.

»Es ist in Ordnung, Rissa. Ich weiß, was mich erwartet. Ich weiß, was ich aufgebe. Doch dafür wirst du leben. Das ist es mir wert.«

Ihm mochte es dieser Schritt wert gewesen sein, doch Arissa nicht. Und sie hatte darin keinerlei Mitspracherecht, obwohl es doch um *ihr* Leben ging. Angst breitete sich in ihr aus. Angst um Raz. Diese Angst schnürte ihr die Kehle zu. »Er wird dich zurück in den Spiegel sperren«, hauchte sie.

»Davon gehe ich aus.«

Sie schüttelte den Kopf, was ihr einiges an Kraft abverlangte. »Warum hast du das getan? Jasper hätte mich nicht sterben lassen«, da war sie sich absolut sicher. Auch ohne diesen Handel hätte Jasper alles versucht, um sie zu retten.

»Du weißt, warum«, hauchte er und drückte einen Kuss auf ihre schweißnasse, kalte Stirn.

Arissa krallte ihre Finger in sein Hemd. Sie spürte, wie ihre Lippen trocken wurden. Wie ihr Herz langsamer schlug und doch so etwas wie Feuer durch ihre Adern schoss. Das Gift breitete sich weiter aus. Ihren Rücken entlang zu ihrem Steiß, hinab in die Beine, die sie schon nicht mehr spüren konnte.

»Welches ist das traurigste Wort, das du kennst?«, fragte Raz sie auf einmal, während er sie sanft in seinen Armen wiegte.

Sie sah zu ihm auf. Blickte in seine braunen Augen, in denen in diesem Moment so viele Gefühle zu sehen waren, dass Arissa sie unmöglich alle hätte benennen können. »Beinahe«, hauchte sie.

Raz runzelte verständnislos die Stirn. »Warum?«

Ein trauriges Lächeln erschien auf ihrem Gesicht und Arissa merkte, wie es ihr immer schwerer fiel zu sprechen. »Ich war *beinahe* gut genug. Sie hätten mich *beinahe* akzeptiert. Wir hätten es *beinahe* geschafft«, ihre Stimme brach am Ende des Satzes.

Ihr Leben in Auld Reekie, ihre Stellung am Hof. Beim letzten Satz hatte sie zu ihm aufgesehen und Raz wusste, dass sie die Worte direkt an ihn gerichtet hatte. Dass Arissa sie beide damit gemeint hatte. In jeder Silbe, die sie aussprach, schwang Bedauern mit. Bedauern und ein Schmerz, der so tief ging, dass es sie beide innerlich zerriss.

Raz schloss die Augen und presste seine Stirn gegen ihre. »Ich wünschte, du hättest mich vor fünfzig Jahren kennengelernt«, flüsterte er und Arissa meinte seine Tränen auf ihrem Gesicht zu spüren. »Wo ich noch nicht so zerbrochen war, wie ich es heute bin. Wo mich mein Bruder noch nicht verraten hatte und ich in die Einsamkeit gesperrt wurde. Du hättest mich rechtzeitig von allen Gräueltaten abhalten können. Vielleicht hättest du mich sogar gemocht.« Er sagte die Worte so leise, dass Arissa sich nicht sicher war, ob sie ihn richtig verstanden hatte.

Der Schmerz in ihrem Körper ließ nach, stattdessen breitete sich Müdigkeit in jeder Faser aus und riss sie mit sich. Sie spürte, wie sie an ihren Sinnen zerrte, wie ihr Blick trüb wurde und ihre Atmung schwer.

»Ich mag dich auch jetzt, Raz. Mehr als das«, presste sie noch hervor, bevor die Welt um sie herum schwarz wurde.

Kapitel 25

Arissa fuhr zaghaft über die Narbe auf ihrer Wange. Auch die Verletzung am Rücken spürte sie noch als leichtes Ziepen, wenn sie sich zu ruckartig bewegte. Rote Linien, die mit der Zeit verblassen, sie aber immer daran erinnern würden, was auf der Terrasse des Schlosses geschehen war. Was Raz für sie getan hatte.

»Ihr hattet recht, es funktioniert«, wisperte Mavis Blackwood neben ihr und lehnte sich zu Arissa.

Diese hob den Kopf und betrachtete die Szenerie vor sich. Im Sitzungszimmer des Königs saßen die wichtigsten Familien Britannias mit dem König zusammen – Menschen und Magier – und diskutierten über die Zukunft des Landes. Arissa sollte eigentlich froh sein, sie sollte sich darüber freuen, dass ihr Plan aufgegangen war.

Sie hob den Kopf und sah Jasper direkt in die Augen. Reue las sie darin. Er biss sich auf Unterlippe, bevor er den Blick von ihr abwandte. Als schaffte er es einfach nicht mehr, ihr in die Augen zu sehen. Arissa hatte ihm endlich alles sagen können. Über Lord Duncan und Lord Thornton. Über deren fiese Machenschaften und wie er von ihnen missbraucht worden war. Jasper hatte ihr geglaubt, war unendlich dankbar gewesen für diese Offenbarung – und doch war zwischen ihnen nichts mehr so, wie es gewesen war.

»Ich stimme dafür, alle Einschränkungen in Bezug auf die Magier und ihre Fähigkeiten umgehend wieder außer Kraft zu setzen«, erklärte gerade Lady Howard, die neben ihrem Mann saß. Er war der einzige Lord am Tisch, der voller Stolz und Wohlwollen auf seine Gattin blickte.

»Dem stimme ich zu«, verkündete Lady Carson. Sie war eine sehr große Frau, kräftig und etwas rund um die Mitte. Ihre Augen waren von einer Kälte, die Arissa einen Schauer über den Rücken trieb. Und dennoch: Sie hielt deutlich mehr von ihr als von ihrem Ehemann, dem Choleriker. »Wir müssen wieder lernen, einander zu vertrauen, und das funktioniert meiner Meinung nach nicht, wenn wir die Magier in ihren Fähigkeiten beschränken. Das gilt für reinblütige Magier, für Halbblüter ebenso wie für Immunda.«

Arissas Blick huschte zu Lord Carson. Er war rot angelaufen, als würde er jeden Augenblick platzen, und funkelte seine Frau zornig an. Doch als er den Mund öffnete, reichte ein einziger Blick von Lady Carson, sodass er nichts dazu zu sagen wagte. Um nicht lauthals loszuprusten, biss sich Arissa auf die Unterlippe. Dieser Anblick machte jede Erniedrigung, die sie durch Lord Carson erfahren hatte, wieder wett.

Die Abstimmung gegen die neuen Richtlinien der Magier war entschieden, auch wenn es nur eine Formalität war. Jasper hatte die neuen Gesetze sofort fallengelassen, als Arissa ihm in aller Ausführlichkeit erklärt hatte, was wirklich geschehen war. Wer seine wahren Feinde waren.

Statt Lord Duncan und Lord Thornton saßen nun deren Ehefrauen zusammen mit ihren Erstgeborenen am Tisch des Senex. Die beiden ehemaligen Ratsherren teilten sich hingegen eine Zelle unten im Kerker. Auf Hochverrat konnten viele schlimme Strafen folgen, von vielen Jahrzehnten Gefängnis bis hin zur Todesstrafe.

Bei dem Gedanken daran verschwand jedes Lächeln von Arissas Gesicht. Nicht wegen der Ratsherren, ihr Schicksal war ihr im Prinzip einerlei – wobei sie nichts von der grausamen Todesstrafe hielt, aus ihren Augen gehörte sie abgeschafft –, sondern wegen der Person, die sich ebenfalls im Kerker befand.

Raz hatte sich ergeben. Er hatte zugestimmt, jede Strafe anzunehmen, die Jasper für gerechtfertigt halten würde für seine Rebellion gegen die Krone. Dass *sie* wünschte, dass er für unschuldig erklärt werden würde, stand außer Frage, aber Arissa wusste auch, dass das nicht passieren würde. Sie war Realistin durch und durch.

»Dann ist es also entschieden«, verkündete Hollis Arca in diesem Moment feierlich und blickte freudestrahlend zum König. Die kleine, dunkelhäutige Magierin schenkte erst ihm und anschließend Arissa ein dankbares Lächeln.

Jasper erhob sich mit einem glücklichen Ausdruck auf dem Gesicht. »Die Beschränkungen in Bezug auf die *besonderen* Fähigkeiten der Magier werden mit sofortiger Wirkung aufgehoben. Außerdem wird der Nexus umgehend aufgelöst und seine Mitglieder entsprechend ihren Taten bestraft. Und zu guter Letzt: Kinder, die aus einer Verbindung zwischen Menschen und Magiern entstehen, müssen sich fortan nicht mehr für eine Seite entscheiden. Sie dürfen für ihre freie Wahl weder unterdrückt noch in irgendeiner Weise schlechter behandelt werden als alle anderen Bürger Britannias.«

Arissa dachte an Darcy. An ihre inzwischen treue Freundin, die das Leben als Magierin aufgegeben hatte, um als Mensch zu leben. Ohne ihre Kräfte, ohne ihre magische Familie. Ein jedes Halbblut war seit jeher vor diese schwierige Wahl gestellt worden. Arissa hatte nur eine Ahnung davon, was ihnen diese Entscheidung abverlangt hatte: einen Teil von sich zu unterdrücken und zu verleugnen, um überhaupt auf irgendeine Weise ein lebenswertes Leben zu haben. Oder aber sich unterzuordnen und zeitlebens das fünfte Rad am Wagen zu sein, nicht geachtet, nicht respektiert und nie dazu ermächtigt, ihre Wünsche zu realisieren. Das würde sich nun endlich ändern und Arissa war unglaublich dankbar dafür.

»Dann ist noch die Frage offen: Was geschieht mit Erazmus Reys?«, riss ihr Vater harsch das Wort an sich – Arissa schaute auf. Und blickte in die grimmigen Augen ihres Vaters. Conrad de Fay saß neben seiner Frau Morgana de Fay am Tisch. Ihre Mutter hatte bisher nichts gesagt, aber Arissa wusste, dass sie jede Diskussion, die hier geführt wurde, aufmerksam verfolgte und sich ihre kluge Meinung dazu bildete.

Im Raum wurde es still und auch Arissa wagte kaum zu atmen. Stattdessen sah sie nun Jasper an. Er wirkte müde und ausgezehrt. Dunkle Ringe lagen unter seinen Augen und die blonden Locken wirkten ungekämmt. Reue und Bedauern waren seit dem, was auf der Terrasse passiert war, nicht mehr aus seinem Blick verschwunden.

»Wir können nicht leugnen und nicht vergessen, was Reys getan hat.

Welche Pläne er verfolgte und welche Opfer das gefordert hat. Die Sanitas werden sich nicht so schnell von dem Verlust ihrer Oberhäupter erholen«, flüsterte Jasper und schaute zu einem älteren Herrn am Tisch hinüber, der als Stellvertreter der Gilde der Heiler sprach. Thomas Whiley. Er war es auch gewesen, der Arissa vor dem Gifttod gerettet hatte. »Der Mord an den Magees muss meiner Meinung nach gesühnt werden«, beendete Jasper seine Ansprache und sein Blick traf auf den von Arissa.

Sie verstand das. Das tat sie wirklich. Raz hatte unverzeihliche Dinge getan. Er hatte Charles, Bellamy und Zachary Magee getötet. Und damit eine ganze Familie ausgelöscht. Eine solche Tat durfte nicht unbestraft bleiben. Würde sie jetzt von Jasper verlangen, Gnade walten zu lassen, würde sie einmal ihre Glaubwürdigkeit aufs Spiel setzen – wie viel war davon überhaupt noch übrig? –, zum anderen aber würde es auch bedeuten, dass dasselbe auch für Lord Duncan und Lord Thornton gelten würde: Gnade vor Recht. Wogegen sich wiederum mit Sicherheit die Animagen aussprechen würden, die am meisten unter den Höllentaten der beiden Ratsherren hatten leiden müssen.

»Was habt Ihr mit Lord Reys vor, Majestät?«, fragte Mavis Blackwood. Sie hatte die Hände im Schoß ineinandergelegt und Arissa sah deutlich, wie sich Schatten um ihre Fingerspitzen bewegten.

Jasper stieß ein Seufzen aus. »Ich sehe keine andere Möglichkeit, als ihn wieder in den Spiegel von Albion zu verbannen.«

»Wenn das so ist, muss ich Euch sagen, was mir Lord Reys aufgetragen hat, Euch mitzuteilen. Solltet Ihr Euch für diese Strafe entscheiden, zieht er den Tod vor«, sagte Blackwood leise.

Arissa schloss die Augen. Sie hatte es erwartet und trotzdem rissen ihr diese Worte ein Loch ins Herz. Raz hasste diesen Ort. Er wäre lieber tot, als eine weitere Sekunde in dem gläsernen Gefängnis verbringen zu müssen.

»Nein«, brachte sie nur krächzend hervor. »Jasper, du wirst ihn nicht töten.« Sie sah den König an. Ihre Hände waren zu Fäusten geballt.

Jasper erwiderte kurz ihren Blick und nickte dann. »Das hatte ich auch nicht vor. Ich kann ihm aber auch nicht erlauben, in Britannia zu bleiben. Es tut mir leid, aber meine Entscheidung ist gefallen. Erazmus Reys wird zurück in den Spiegel gehen. Das ist mein letztes Wort.« Er erhob sich und die Ratsmitglieder taten es ihm gleich. »Ich danke Euch allen, dass Ihr mir als König eine zweite Chance gewährt. Ich werde alles in meiner Macht Stehende tun, um dieser Chance gerecht zu werden.« Jasper schob seinen Stuhl zurück und schaute dann zu Arissa, die noch immer stocksteif auf ihrem Platz sah. »Kann ich dich unter vier Augen sprechen?«

Arissa nickte stockend. »Ich komme gleich nach«, wisperte sie. Ihre Stimme klang belegt und ihre Hände zitterten. Sie würde nicht verhindern können, was geschehen würde. Hin- und hergerissen zwischen dem Wunsch, Raz zu beschützen, und ihrer Pflicht, Gerechtigkeit einzufordern, wusste Arissa nicht, was sie tun sollte.

Um sich herum hörte sie das Schieben von Stühlen und leises Geflüster. Die Mitglieder des Senex verließen nach und nach das Sitzungszimmer.

»Ihr seht nicht glücklich aus mit der Entscheidung des Königs.« Vesper Sellar hatte den Platz neben Arissa eingenommen und legte eine Hand auf ihre.

Arissa sah die Side stumm an. Sie sah tadellos aus, wie immer. Doch in ihren Augen konnte Arissa eine Spur von Mitleid erkennen. Sie zog ihre Hand weg und legte sie in ihren Schoß. »Ihr habt mich einfach ins Messer laufen lassen. Ich fühle mich wie eine Schachfigur in einem Spiel, dessen Regeln jemand anderes geschrieben hat.«

Es war ihr zuerst nicht aufgefallen, aber bei allem, was sie in den vergangenen Wochen getan hatte, hatte das Oberhaupt der Side ihre Finger im Spiel gehabt – oder zumindest davon gewusst. Sellar hatte gewusst, was Arissa tun würde.

Lady Sellar legte den Kopf schief, dachte einen Moment und nickte dann aber. »Ihr wart die Dame in diesem Spiel, Arissa. Als Side ist es uns untersagt, in den Lauf der Dinge einzugreifen. Wir sind die Zeugen der Sterne. Wir beobachten nur. Das Handeln überlassen wir anderen.«

Ein hartes Lachen entkam Arissa. Sie war sich jetzt sicher, dass die Side immer schon gewusst hatte, was Arissas Schicksal für sie bereitgehalten hatte. Wen Arissa auf der Suche nach ihrem Bruder auf der anderen Seite des Meeres finden würde. Was mit ihrem Bruder geschehen würde. Und wie sich ihr ganzes Leben verändern würde. Welchen Schmerz sie durchstehen und mit welchen Zweifeln sie zu kämpfen haben würde.

»Warum *ich?*«, fragte sie mit brüchiger Stimme.

»Ihr erfülltet alle Voraussetzungen«, erklärte Vesper Sellar und strich einen unsichtbaren Fussel von ihrem weißen Kleid. »Ihr stammt aus der richtigen Familie, doch besitzt keine Magie, sodass ihr das perfekte Bindeglied zwischen Magiern und Menschen seid. Ihr seid eine Kriegerin des Ordens, klug und talentiert mit dem Schwert. Dazu kam Eure Liaison mit dem König. Ihr habt sein Vertrauen genossen, und dieses Vertrauen war der Grundstein von allem.«

Ein Vertrauen, das in den letzten Wochen fast gänzlich zerbrochen war. Ihre Beziehung mit Jasper hatte sich grundlegend geändert. Etwas, was Arissa nie für möglich gehalten hätte. Sie hatte Jasper verloren und damit einen Teil von sich selbst.

»Dann habt Ihr meine Zukunft also die ganze Zeit über gekannt?«, wollte sie wissen. Warum hatte Vesper Sellar ihr nicht gesagt, was sie wusste? Warum hatte sie sie so lange im Dunkeln gelassen?

Doch die Side schüttelte den Kopf. »Wir Side sehen nur Bruchstücke der Zukunft. Ein jeder Mensch und ein jeder Magier kann sein Schicksal frei bestimmen, wir sehen nur den Weg, den er in diesem Augenblick gewillt ist zu beschreiten. Euer Weg lag schon immer klar vor Euch, auch wenn Ihr es noch nicht sehen könnt.«

Arissa verzog das Gesicht. Von welchem Weg auch immer Sellar da sprach, Arissa sah ihn nicht. Sie wusste nicht, was aus ihr werden sollte, was die Zukunft für sie bereithielt. Es war so viel geschehen, was sie erst einmal verarbeiten musste. Gleichzeitig hatte sie das Gefühl, dass sie sich rasch für irgendetwas entscheiden musste. Aber wofür? Sie hatte das Gefühl, ihren Weg und sich selbst ganz und gar verloren zu haben.

»Wieso habt Ihr es mir nicht gesagt?«, wagte sie das Oberhaupt der Side zu fragen.

»Weil Ihr immer eine Wahl hattet. Hätte ich Euch gesagt, was meiner Meinung nach zu tun ist, wäret Ihr nur *meine* Marionette gewesen. Wer weiß, ob das der richtige, Euer wahrer Weg gewesen wäre.«

Arissa kam sich in diesem Moment jedoch genauso vor: wie eine Marionette, eine Spielfigur. Und Vesper Sellar oder wer auch immer war die Puppenspielerin.

»Ihr aber, Lady de Fay, seid gewiss keine leblose Puppe. Den friedvollen Ausgang dieser brutalen Auseinandersetzung, dass sie nicht in den dritten Magischen Krieg gemündet hat, haben wir allein Euch zu verdanken.«

Das sah Arissa anders. Sie hatte lediglich den Senex reformiert. Der Frieden war nicht ihr Verdienst, diese Ehre gebührte Raz. Er hatte sich ergeben und damit sein Leben in Jaspers Hände gelegt, obwohl er die Chance gehabt hatte, selbst die Herrschaft über Britannien zu erlangen. Er hatte all das in den Wind geschlagen. *Ihretwegen.*

Arissa stieß einen tiefen Seufzer aus und fuhr sich mit der Hand übers Gesicht. Sie war müde. Nachts lag sie wach und zermarterte sich das Hirn nach einem Ausweg, wie sie Raz' Schicksal abwenden konnte, den sie nicht fand. Tagsüber kämpfte sie darum, zu Raz zu dürfen, was man ihr bisher verwehrt hatte.

»Warum fühle ich mich dann aber so, als hätte ich eine vorherbestimmte Rolle gespielt?«, fragte sie Lady Sellar und sah die Side direkt an.

Die Side zog mit ihrem Finger kleine Kreise auf der hölzernen Tischplatte. »Ihr habt in den vergangenen Wochen viele Rollen *gespielt,* Lady de Fay. Ihr wart eine Kriegerin des Ordens, eine Gesandte der Krone, die Mätresse des Königs und eine Beschützerin des Volkes. Alle diese Aufgaben habt Ihr für Euch selbst eingefordert. Weil Ihr all diese Rollen *seid.* Weil all das in Euch steckt. Niemand hat Euch dazu gebracht, das wart Ihr ganz allein, aus freien Stücken.«

»Dann hattet Ihr und niemand anderes damit zu tun?«

Ein Schmunzeln umspielte die Lippen der Side. »Ich habe Euch mit meiner Prophezeiung lediglich den Weg geebnet. Euch die Augen geöffnet für die Möglichkeiten, die dieses Leben für Euch bereithält. Damit Ihr hinterfragen konntet, ob der Weg, den Ihr eingeschlagen hattet, wirklich der einzig richtige war. Alles andere kam aus Euch. Ich wusste zu keinem

Zeitpunkt, wie Ihr Euch entscheiden würdet. Ich habe nur gesehen, dass all Eure Entscheidungen richtig waren.«

Arissa hatte die Magie der Side noch nie verstanden. Das wurde ihr in diesem Moment einmal mehr sonnenklar. Sie lasen in den Sternen und hatten Visionen der Zukunft. Aber sie konnten darauf keinen Einfluss nehmen. Und doch irgendwie Geschichte ganzer Völker allein durch Worte beeinflussen.

Nach einer Zeit der Stille erhob sich Vesper Sellar. Arissa sah zu ihr auf. Das Oberhaupt der Side blickte sie intensiv an und Arissa betete, dass keine weitere Prophezeiung folgen würde. Die Side legte ihr eine Hand auf die Schulter und lächelte wissend. »Es gibt noch eine letzte Rolle, die Ihr einnehmen müsst, Arissa de Fay.«

Stirnrunzelnd sah Arissa die Magierin an. »Welche?«

»Das kann ich Euch nicht verraten, das wisst Ihr doch jetzt.« Sellar lachte auf. »Wie so oft könnt Ihr zwischen zwei Pfaden wählen, doch die Wahl obliegt Euch allein.«

Arissa sah zu dem Platz, auf dem zuvor noch Jasper gesessen hatte. Sie musste zu ihm. Musste mit ihm reden. Einer der Wege, von denen Sellar sprach, führte zu ihm, da war sie sich sicher. Jasper war immer eine Möglichkeit ihrer Zukunft gewesen, eine Zukunft, für die sie bereit gewesen war, ihre Wünsche zurückzustellen.

Was den anderen Weg betraf …

Arissa dachte an Raz. Wie er allein im Kerker saß und sich darauf vorbereitete, ein Schicksal anzunehmen, das für ihn schlimmer war als der Tod.

Sie schaute noch einmal zu Sellar und senkte die Stimme. »Wisst Ihr, für welchen Weg ich mich entscheiden werde?«, wollte sie wissen.

Obwohl nach wie vor das wissende Lächeln auf Sellars Gesicht lag und ihre Augen zu leuchten begannen, schüttelte sie den Kopf. »Ich habe eine Vermutung.«

Arissa nickte, ihre Mundwinkel schoben sich nach oben. »Die Ihr nicht mit mir teilen werdet, habe ich recht?«

Lady Sellar lächelte zurück und neigte den Kopf. »Lebt wohl, Arissa de Fay«, sagte sie, bevor sie Arissa allein im Sitzungssaal zurückließ.

***

Arissa klopfte gegen die Tür und betrat anschließend Jaspers Arbeitszimmer. In ihrem Kopf schwirrte noch das Gespräch mit Vesper Sellar herum. Sie war ganz und gar nicht sicher, was sie davon halten sollte.

»Was wolltest du mit mir besprechen?«, fragte sie mit leiser Stimme.

Jasper stand am Fenster, die Arme hinter dem Rücken verschränkt, und sah auf, als sie eintrat. Er kam auf sie zu. Die Krone hatte er abgelegt, ebenso seine Weste. Mit den Händen fuhr er sich durch die blonden Locken. Kurz vor ihr blieb er stehen und Arissa runzelte die Stirn.

»Ich wollte mich entschuldigen«, stieß er dann hervor. Arissa konnte sehen, welch große Überwindung ihn das alles kostete. »Für alles, was ich dir in den vergangenen Wochen angetan und zugemutet habe. Ich war dir gegenüber nicht fair, habe dich von mir gestoßen und dich sogar verhaften lassen, weil ich auf Lord Duncan und Lord Thornton gehört habe. Ich werde mir das selbst nie verzeihen und ich verstehe, wenn du es auch nicht kannst.« Seine Stimme brach am Ende des Satzes und seine Augen füllten sich mit Tränen.

Erschrocken streckte Arissa die Hand nach ihm aus. »Jasper ...«

Er sah sie an, nahm ihre Hand in seine und schüttelte den Kopf. »Lass mich bitte ausreden«, bat er sie sanft. »Ich bin in den letzten Wochen nicht ich selbst gewesen. Meine Angst und die daraus entstandene Wut waren stärker als ich und ich habe auf die falschen Menschen gehört. Ich wollte ein besserer König sein als mein Vater und doch bin ich genauso geworden wie er. Ließ mich von meiner Angst und von Vorurteilen leiten. Ein Fehler, den ein wahrer König niemals begehen sollte.«

Arissa biss sich auf die Unterlippe. Sie spürte die Wärme von Jaspers Fingern auf ihrer Haut. Wie er kleine Kreise auf ihrem Handrücken zog. Sie beobachtete ihre ineinander verschlungenen Hände. Ein seltsames Gefühl breitete sich in Arissa aus. Wehmut.

Als sie den Kopf hob, um ihm in die Augen zu sehen, zwang sie sich zu einem Lächeln. »Auch ein König ist nur ein Mensch. Du hast Fehler gemacht, das stimmt. Aber das habe ich auch. Wenn wir nach vorn schauen wollen, wäre der beste Schritt in diese Richtung, die Vergangenheit hinter uns zu lassen.«

Ein Leuchten trat in Jaspers blaue Augen und er trat noch einen Schritt an sie heran. Nur noch wenige Zentimeter standen sie voneinander entfernt. »Dann verzeihst du mir?«

Arissa nickte. Es brachte nichts, ihm seine Taten vorzuhalten. Wütend auf ihn zu sein. Wut half auch ihr nicht weiter.

»Ich wollte noch über etwas anderes mit dir sprechen«, fuhr Jasper fort. Er schaute dabei zu Boden und schüttelte leicht den Kopf. »Wie du weißt, habe ich meine Verlobung mit Lady Thornton aufgelöst. Ihr Vater hatte mich davon überzeugt, dass es das Beste für das Land sei, sie zu heiraten. Aber ... Ich hätte sie niemals bitten sollen, meine Frau zu werden.«

»Warum nicht?«

Nun suchte Jasper ihren Blick. Wärme lag in seinen Augen, daneben die Reue für seine begangenen Fehltritte. »Weil ich nie jemand anderen an meiner Seite wollte als dich. Warum sollte ich heiraten, wenn die Frau, die ich liebe, bereits an meiner Seite ist?«

Ein Stich schoss Arissa durch Herz. Sie hatte Jasper geliebt, aufrichtig geliebt, und er hatte diese Liebe erwidert. Trotzdem hatten sie nie eine echte Chance gehabt. Es hatte eine Weile gedauert, bis sie eingesehen hatte, dass auch das Leben als Mätresse sie nie glücklich gemacht hätte. Dass sie viel zu viel von sich hätte aufgeben müssen, um diese Rolle richtig zu spielen.

Sie räusperte sich und fuhr mit der Zunge über ihre trockenen Lippen. »Weil du Pflichten nachzukommen hast, denen du mit mir an deiner Seite nicht gerecht werden kannst. Du brauchst eine Ehefrau an deiner Seite als König von Britannia. Eine starke Partnerin, die repräsentativ ist und die Stärke der Krone betont.« Arissa schwieg einen Moment, um ihre Worte wirken zu lassen. Dann fuhr sie fort: »Unsere Beziehung stand nie unter einem guten Stern. Inzwischen kann ich das sehen. Früher war ich blind vor Liebe und dachte, dass wir stärker wären als all die Gesetze und Vorurteile.«

Sie wollte ihre Hand aus seiner lösen, doch in diesem Moment zog Jasper sie an sich. Er legte ihre Hand auf seine Brust, wo Arissa sein Herz schlagen spüren konnte. »Aber nichts davon steht uns jetzt noch im Weg«, sagte er eindringlich und ein flehender Ausdruck trat auf sein Gesicht. »Bleib bei mir, an meiner Seite! Ich brauche dich, Arissa. Sämtliche Gesetze, die Magier je in ihren Möglichkeiten eingeengt haben, gelten nun nicht mehr. Demnach steht es auch mir frei zu heiraten, wen ich will. Wen ich liebe. Wenn du mich noch willst, gehöre ich dir. Werde die Frau an meiner Seite. Werde meine Königin.«

Und da lagen die beiden Wege, von denen Vesper Sellar gesprochen hatte, plötzlich klar vor ihr. Ganz deutlich konnte Arissa vor ihrem inneren Auge zwei Pfade sehen, die nur darauf warteten, dass sie sich für einen von ihnen entschied. Einer war getränkt in Licht und Lachen, der andere war steinig, dunkel und doch versprach er ihr dasselbe: Glück.

Der eine Pfad war ein Leben mit Jasper, ihrer ersten großen Liebe. Ein Leben als seine Frau und Königin. Sie könnte so viel Gutes tun für Britannia und sein Volk. Sie könnte ein sorgloses Leben führen an der Seite ihrer Familie und Freunde.

Und doch wollte ihr Herz etwas anderes. Wenn sie Jasper ansah, schaute sie in ein Gesicht, das sie einst geliebt hatte. Doch ihre Gefühle für ihn hatten sich verändert. Sie konnte die Verbindung zwischen ihnen nicht leugnen. Sie bestand vor allem aus gemeinsamen Erlebnissen und Erinnerungen. Und doch war sie von Anfang an nicht mit der zu vergleichen, die sie gespürt hatte, als sie Raz das erste Mal begegnet war. Dieses starke Band zwischen ihr und dem Magier war von Anfang an da gewesen, ohne dass sich Arissa auch nur im mindesten dagegen hatte wehren können.

Bei dem Gedanken an Raz wurde ihr Herz schwer und sie spürte, wie sich Tränen in ihren Augen sammelten, die sie wegblinzelte. »Ich will, dass du glücklich wirst, Jasper«, flüsterte sie und lächelte ihn an.

Er erwiderte das Lächeln, führte ihre Hand an seine Lippen und hauchte einen Kuss darauf. »Mit dir werde ich das.«

Arissa schüttelte den Kopf. Sie entzog ihm zaghaft ihre Hand. »Nein, das wirst du nicht. Ich kann dir verzeihen, was du getan hast, aber vergessen kann ich es nicht.« Es war einfach zu viel geschehen. Zu viel für einen so kurzen Zeitraum. Zu viele Vertrauensbrüche, zu viele Fehler. Ihr fehlte die Kraft, all das wieder in Ordnung zu bringen. Die Kraft und der Wille.

Jasper kniff die Augenbrauen zusammen und schluckte schwer. »Bitte,

Arissa, sag mir, wie ich es wiedergutmachen kann.« So sehr sie sein Anblick auch verletzte, wie er sie flehend ansah, mit der Angst in den Augen, sie für immer zu verlieren, schüttelte sie doch den Kopf.

»Das kannst du nicht. Ich bin nicht mehr dieselbe, ich habe mich verändert und diese Veränderung hat mir gezeigt, was ich wirklich will.« Was sie brauchte. Sie konnte sich ein Leben ohne Jasper zwar nur schwer vorstellen, aber sie würde es schaffen. Arissa war sich sicher, dass Jasper ein guter König sein würde. Dass er das Vertrauen seines Volkes zurückgewinnen konnte und eine Frau finden würde, die er über alles auf der Welt lieben konnte – und dass diese Liebe einfach und gut war. *Sie* konnte dieses Leben für ihn sehen.

Aber ihr eigenes Leben würde anders aussehen. Und das war der zweite Pfad. Arissa hatte sich entschieden.

Ein wehmütiges Lächeln trat auf Jaspers Gesicht und er zog Arissa ein letztes Mal fest in seine Arme. Sein Duft umfing sie und sie schloss die Augen. Schmiegte sich an seine Brust, ganz erfüllt von Nostalgie in diesem Moment.

»Ich verstehe«, flüsterte Jasper und Arissa konnte den Schmerz in seiner Stimme hören. Dann löste er sich von ihr, schob sie ein Stück von sich und legte die Hände auf ihren Schultern ab. »Es tut mir leid, dass ich ihn nicht retten kann. Ich würde dir ein glückliches Leben mit ihm gönnen, du hättest es verdient, aber …«

Arissa schüttelte den Kopf. Sie verstand ihn, wusste, dass er sich an seine eigenen Gesetze halten musste. »Du könntest mir trotzdem einen Gefallen tun.«

Jasper sah sie lange an, dann nickte er. »Alles, was du willst.«

Kapitel 26

Die Kerkerräume waren modrig und dunkel. Arissa hatte gehofft, diesen Ort nie wieder betreten zu müssen. Dies würde das letzte Mal sein. Sie erreichte die hinterste Zelle. Auf einer Pritsche saß eine dunkle Gestalt.

Raz hatte ein Bein angezogen und seinen Ellbogen darauf abgestützt. Sein Kopf war gegen den kalten Stein hinter sich gelehnt und seine Augen geschlossen. Er wirkte fast entspannt, wäre da nicht das Zittern seiner Hände gewesen.

Arissa umklammerte die Streben der Eisentüren. Er mochte ein Umbra sein, doch er fürchtete sich vor der Dunkelheit. Vielleicht, weil er mit ihr die jahrelange Einsamkeit verband.

»Raz«, hauchte sie und augenblicklich öffneten sich seine Augen.

Unglaube war darin zu erkennen. Er blickte von Arissa in den leeren Gang hinter ihr. Als erwartete er eine ganze Armee. Doch Arissa war allein gekommen. Er sprang auf und kam zu ihr an die Gefängnistür. Seine Finger legte er über ihre. »Rissa«, hauchte er und die Schatten auf seinem Gesicht verschwanden. »Geht es dir gut?«

Arissa nickte. Raz hatte nicht miterlebt, wie Thomas Whiley sie geheilt hatte. Sie fuhr mit den Fingern über seinen Handrücken. Seine Haut war eiskalt. »Ich wollte fragen, wie es *dir* geht.«

Eine heftige Welle von Gefühlen huschte über Raz' Gesicht. Trauer, unterdrückter Zorn und Angst. Arissa wusste, dass man ihn erneut seiner Magie beraubt hatte. Die Kräfte der Umbra waren für Raz nicht mehr zugänglich und Arissa konnte den Schmerz in ihm darüber nur erahnen. Als hätte man ihm einen Teil seiner Seele geraubt, die er nie wieder zurückbekommen würde. Die Geschichte von vor fünfzig Jahren wiederholte sich.

»Ich bin in Ordnung«, sagte er dann, doch seine Stimme war belegt, sein Kiefer angespannt und Arissa wusste, dass er log. »Ich bin froh, dass ich dich noch einmal sehen darf.« Seine Stimme brach am Ende des Satzes.

Arissa zerriss es beinahe das Herz. Ihre Finger schlossen sich fester um das kalte Eisen der Tür. »Ich werde mit dir gehen«, flüsterte sie dann.

Raz' Augenbrauen zogen sich zusammen. Verwirrung war auf seinem Gesicht zu sehen. »Du wirst was?«

Arissa schluckte schwer. Ihre Entscheidung war gefallen. Sie wusste, was sie zu tun hatte und welchen Weg sie gehen würde. »Wir werden gemeinsam in den Spiegel gehen.«

Erschrocken riss Raz die Augen auf und starrte sie an. Dann schüttelte er heftig den Kopf und trat einen Schritt von der Gittertür weg. »Auf gar keinen Fall!«

»Doch, Raz.«

Raz sprang so schnell einen Schritt vor, dass Arissa zusammenzuckte. Er umklammerte zwei Gitterstäbe und sah wütend zu ihr hinab. »Arissa, ich werde nicht zulassen, dass du an diesen Ort gehst. Hast du mich verstanden?«

Arissa biss sich auf die Unterlippe und neigte den Kopf. »Es ist bereits entschieden. Wir werden die Strafe zusammen antreten.« Niemand würde sie davon abbringen können. Niemand. Nicht Raz, nicht ihr Bruder, nicht Darcy oder sonst jemand.

Raz schüttelte panisch den Kopf. Unglaube war in seinen Augen zu sehen, gemischt mit Wut. »Das werden wir nicht. Ich will mit dem König sprechen!«, sagte er dann und reckte den Hals, als stünde Jasper irgendwo hinter ihr und würde sie beobachten. Aber das tat er nicht. »Er kann dich nicht für Dinge bestrafen, die *ich* getan habe.« Raz rüttelte an der schweren Tür.

Arissa legte wieder ihre Hände über seine und sah ihn eindringlich an. »Er bestraft mich nicht. Es war mein eigener Wunsch.« Ein Wunsch, den Jasper ihr nur höchst widerwillig gewährt hatte. Er hatte sie für verrückt und unzurechnungsfähig gehalten, vielleicht sogar verzaubert. Aber Arissa war nichts von alledem. Und nachdem auch Jasper das begriffen hatte, hatte er schweren Herzens eingewilligt.

Das Entsetzen auf Raz' Gesicht zeigte deutlich, dass auch er sie für verrückt hielt. »Wie bitte?«, fragte er tonlos. »Warum solltest du dir so etwas wünschen?«

Ohne, dass sie es wollte, schoben sich Arissas Mundwinkel nach oben. »Weil ich es nicht ertragen würde, wenn du allein gingest.« Das war ihr klar geworden. Sie wollte nicht, dass Raz erneut seinen schlimmsten Albtraum durchleben musste. Zumindest nicht allein.

»Du weißt nicht, worauf du dich einlässt, Arissa. Dieser Ort ist voller Dunkelheit. Ich will einfach nicht, dass du mit mir gehst.« Er kniff die Augen zusammen und schluckte schwer. Die Erinnerung an den Spiegel überkam ihn.

Arissa fuhr ihm sanft über die Finger. »Ich dachte, du wolltest mich niemals anlügen«, wisperte sie.

Raz riss die Augen auf. »Das tue ich auch nicht.«

»Doch. Ich weiß, wie sehr du dich vor dem Spiegel fürchtest. Wenn du die freie Wahl hättest, würdest du nicht allein gehen wollen.«

Wütend funkelte er sie an und stieß ein Schnauben aus. »Wenn ich die Wahl hätte, würde ich überhaupt nicht dorthin gehen. Aber ich habe einen Handel mit Jasper Warbeck abgeschlossen und an den werde ich mich halten. Ich werde in den Spiegel gehen – aber du bleibst hier.« Er sagte das in einem Ton, der keine Widerrede zuließ. Doch Raz war nicht ihr Herr und Gebieter und so würde auch er sie nicht von ihrem Vorhaben abbringen.

»Raz ...«, begann sie, doch er unterbrach sie direkt.

»Ich könnte es nicht ertragen, zu wissen, dass du meinetwegen dort feststeckst!«, schrie er verzweifelt. Er fuhr sich durch die dunklen Haare. Hier unten wirkten sie fast schwarz. »Für immer, wohlgemerkt. Ich gehe lieber allein in die Dunkelheit, als dich mit mir ins Verderben zu stürzen.«

»Und ich könnte es nicht ertragen, zu wissen, dass du dort bist und ich hier. Ich habe Jasper gebeten, mich mit dir gehen zu lassen. Er hat meinem Wunsch entsprochen. Also wirst auch du das tun müssen. Wir gehen zusammen.« Egal, wohin sie gehen würden, sie wären zumindest nicht allein. Sie würden ihren schlimmsten Ängsten gemeinsam gegenübertreten.

»Rissa ...«

»Nein, Raz«, beharrte sie. »Wir haben uns beide freiwillig für diesen Weg entschieden. Uns war bewusst, worauf wir uns einlassen. Du hast die Entscheidung getroffen, mich zu retten, statt deine Pläne zu verfolgen. Ich habe die Entscheidung getroffen, mit dir zu gehen.«

Arissa verspürte keine Angst. Schon als sie ihre Entscheidung getroffen hatte, war sie ganz ruhig gewesen. Tief in ihrem Herzen wusste sie, dass es richtig war. Dass sie Raz nicht allein gehen lassen durfte. Egal, wie schrecklich das Gefängnis hinter dem Spiegel auch sein mochte, er wäre bei ihr und sie bei ihm.

Raz' Augen wurden trüb und er fuhr sich mit der Hand über den Mund. »Du willst lieber in einem ewigen Gefängnis mit mir eingesperrt sein, statt in Britannia ein Leben zu leben, das du dir immer gewünscht hast? Mit deiner Familie, mit dem König als Gemahl und Kindern, als Teil des Ordens und Nachfolgerin von Vos?« Ja. Sie hatte sich dagegen entschieden. Ein solches Leben hatte ihr nichts mehr zu bieten.

Ein schwaches Lächeln umspielte ihre Lippen. »Selbst wenn ich in mein altes Leben zurückkehren könnte, ich gehöre da nicht mehr hin. Ich bleibe lieber an deiner Seite, egal, an welchen Ort es uns verschlägt.«

Raz drückte sich die Handballen auf die brennenden Augen und stieß einen verzweifelten Atemstoß aus. Seine Stirn lehnte gegen Arissas, nur durch das Gitter voneinander getrennt. »Tu das nicht«, protestierte er noch einmal mit tränenerstickter Stimme.

Arissa wischte sich verwundert über ihre nassen Wangen. Ihr war gar nicht aufgefallen, dass sie angefangen hatte zu weinen. »Erazmus Reys, ich liebe dich«, flüsterte sie und hauchte einen Kuss auf seine Fingerknöchel. »Lass mich bei dir bleiben. Lass mich das für dich tun. Für uns. Bitte, ich flehe dich an.«

Raz hob den Blick. Tränen brannten noch immer in seinen Augen, doch der Glanz des Staunens lag ebenfalls darin. Er öffnete den Mund, rang nach Worten. Schloss ihn wieder. »Auch wenn mich das zum egoistischsten Mann Britannias macht?«

Arissa nickte.

Seine Finger strichen sanft über ihre. »Ein solches Opfer hat noch nie jemand für mich erbracht. Ich danke dir, Rissa.«

Für sie war es kein Opfer. Es war eine Notwendigkeit, ein Instinkt, den sie nicht unterdrücken konnte. Und Arissa würde alle Zeit der Welt haben, auch ihn davon zu überzeugen, dass es das einzig Richtige war.

***

Am nächsten Morgen brachen sie zur Zitadelle auf. Dort stand in seiner ganzen Pracht der Spiegel von Albion im Innenhof und glänzte in der Sonne. Arissa sah ihn inzwischen in einem anderen Licht. Nicht mehr als das Gefängnis ihres Bruders, sondern als ihr eigenes. Wobei sie ihn genau genommen nicht als *Gefängnis* bezeichnen wollte, sondern als Abenteuer. Als eine Möglichkeit auf Glück.

»Ich kann nicht glauben, dass du das wirklich tust«, raunte Darcy neben ihr. Sie trug die Rüstung des Ordens, ihre blonden Haare waren zu einem Zopf geflochten und sie starrte abschätzig auf den Spiegel.

Arissa hob eine Augenbraue. »Willst du mich davon abhalten?«

Darcy wandte sich zu ihr um und schüttelte den Kopf. »Nein, ich kann es verstehen. Wirklich. Und doch ist es verrückt.« Sie fuhr sich mit der Hand durch die blonden Haare und Arissa kam nicht umhin zu bemerken, dass ihre Kameradin den Armreif nicht wieder angelegt hatte. Darcy konnte endlich ihre Magie anwenden und trotzdem unter den Menschen leben, weiterhin ein Mitglied und eine Kriegerin des Ordens sein, was sie so sehr liebte.

»Du bist mich endlich los, freu dich drauf.«

Ein Schnauben war die Antwort und Darcy funkelte sie böse an. »Das ist nicht lustig«, zischte sie.

Arissa schmunzelte. Noch vor Wochen war Darcy ihre ärgste Konkurrentin gewesen. Ihre Nemesis. Sie hatten sich nicht verstanden, nur miteinander gestritten und sich bei jeder Gelegenheit die Köpfe eingeschlagen. Doch das war jetzt anders. Sie hatten vieles gemeinsam durchgestanden. Über die letzten Wochen waren sie zu engen Freundinnen geworden.

»Darcy?«, sagte Arissa auf einmal leise.

»Ja?«

Ein Lächeln breitete sich auf Arissas Gesicht aus und sie griff nach Darcys Hand. »Danke. Für alles. Ich …«

Darcy blickte sie entsetzt an und schüttelte schnell den Kopf. »Wehe, du wirst jetzt sentimental! Das verkrafte ich nicht.«

Arissa lachte leise und zog ihre Freundin in eine feste Umarmung. »Pass gut auf alle auf, in Ordnung?«

»Das werde ich«, versprach Darcy und löste sich von ihr. In ihren Augen schimmerten Tränen und sie wandte schnell den Blick ab. Arissa hatte sie trotzdem gesehen. Darcy würde dem Orden noch gute und wichtige Dienste leisten. Da war sich Arissa sicher.

Sie nickte der Kriegerin zu und ließ sie stehen. Es waren nicht viele Menschen im Innenhof versammelt. Jasper hatte es untersagt, ein Schauspiel daraus zu machen. Neben ihren Freunden war ein Mitglied von jeder Magiergilde anwesend, weil sie alle darauf bestanden hatten, ein Teil hiervon zu sein. Weil sie Arissa und Raz gebührend verabschieden wollten.

»Ich werde dich vermissen«, sagte eine leise Stimme und Arissa blickte in die braunen, traurigen Augen ihres Bruders. Edmund war in die Zitadelle zurückgekehrt. Er würde noch Großes erreichen, auch wenn er sich einen neuen Partner und Gefährten für seine Forschungen suchen musste. Arissa zog ihn an sich und vergrub ihr Gesicht an seinem Hals.

»Ich dich auch, Edmund. Gib auf dich acht. Keine gefährlichen Forschungsreisen mehr, keine magischen Artefakte mit unbekannter Wirkung und keine unerprobten Experimente, verstanden?« Sie wäre nicht mehr da, um ihn zu retten. Doch er war ein neugieriger Magier und Arissa wusste genau, dass er sich, sobald sie fort war, trotz ihrer Warnungen in die nächste Dummheit stürzen würde.

»Du verbietest mir jeglichen Spaß«, maulte Edmund und lachte leise.

Arissa rann eine Träne über die Wange und sie wischte sie weg. Sie hatte nicht weinen wollen. Jede Träne würde einen Dolch in Raz' Herz treiben. Er hasste es noch immer, dass sie mit ihm gehen wollte. Sie wollte es ihm nicht noch schwerer machen.

»Ich habe dich lieb«, flüsterte sie und drückte einen Kuss auf Edmunds Wange.

»Ich dich auch.«

Weitere Verabschiedungen würde es nicht geben. Arissa hatte ihren Frieden mit Jasper geschlossen. Sie hatte sich von Vos verabschiedet. Ihren Eltern hatte sie einen Brief geschrieben, den Edmund ihnen bringen würde, sobald sie fort war.

Arissa löste sich von Edmund und schaute zu Raz, der neben Mavis Blackwood stand. Er sah sie stumm an, doch streckte seine Hand nach ihr aus, die Arissa, ohne zu zögern, ergriff. Seine Finger waren warm und als er sie an sich zog, verspürte Arissa ein Gefühl von Geborgenheit.

Neben dem Spiegel positionierten sich nun Vesper Sellar, als Oberhaupt der Side, Hollis Arca, als Anführerin der Animagen, und Mavis Blackwood, als Befehlshaberin der Umbra. Edmund trat zu ihnen. Er würde die Elementarier vertreten, da Arissa ihren Vater nicht hatte sehen wollen. Als stellvertretendes Oberhaupt der Sanitas trat Thomas Whiley, ihr Retter, vor.

»Seid Ihr so weit?«, fragte Jasper und stellte sich neben Arissa. Trauer war in seinen blauen Augen zu sehen und er beugte sich ein Stück zu ihr hinunter. »Und du bist dir ganz sicher?«

Arissa nickte und schloss die Finger fester um Raz' Hand. Sie war sich einer Sache noch nie so sicher gewesen. Sie lehnte ihre Stirn gegen Raz' Schulter und sah zu ihm auf.

»Wir sind bereit.«

Raz atmete schwer und nickte ebenfalls. Er war nervös, verängstigt. Arissa hingegen verspürte keine Angst. Sie wusste nicht, was sie erwartete, doch Raz war an ihrer Seite.

Arissa betrachtete die Oberhäupter der magischen Gilden und nickte ihnen zu. Auf Sellars Gesicht erschien ein Lächeln. Sie hatte den Ausgang von alldem natürlich bereits gesehen. Trotzdem hatte sie Arissa nichts gesagt und sie damit zu nichts gedrängt.

»Eraszmus Reys«, hallte Jaspers Stimme durch den Innenhof der Zitadelle. »Du wurdest wegen Hochverrats verurteilt. Deine Strafe ist die Bannung deiner Magie sowie ein Dasein im Spiegel von Albion.« Jasper schaute zu Raz. Der schaute stumm zu Boden.

»Arissa de Fay hat sich entschieden, die Strafe mit dir gemeinsam anzutreten. Sie tut es aus freiem Willen und ihrem Wunsch wurde stattgegeben.« Auf seinem Gesicht war deutlich zu sehen, was Jasper von dieser Entscheidung hielt, aber er maßte sich nicht an, darüber zu urteilen.

Arissa drückte Raz' Hand und er sah sie an. Angst schwamm in seinen braunen Augen und sie legte ihm beruhigend eine Hand an die Wange. »Ich bin bei dir. Du bist nicht allein«, flüsterte sie.

»Beginnt nun«, verlangte Jasper und machte den Weg frei.

Die fünf Gildenanführer versammelten sich um den Spiegel. Raz hatte sie die Worte des Zaubers gelehrt und ihnen verraten, was sie außerdem dafür benötigten. Die Luft um sie herum begann zu flimmern. Magie wurde heraufbeschworen und Thomas Whiley griff nach einem Beutel an seinem Gürtel. Er fasste hinein und holte eine Handvoll Asche hervor. Arissa wusste, dass es die Asche von Charles, Bellamy und Zachary Magee war. Man hatte die Mitglieder der Familie eingeäschert und etwas Asche von jedem von ihnen für diesen Zweck gesammelt.

»Asche der Gefallenen, gestorben im Kampf«, ertönte Thomas Whileys Stimme und er verteilte die Asche auf der glatten Spiegeloberfläche.

Der Spiegel von Albion pulsierte und Arissa hatte das Gefühl, als würde er anfangen zu summen. Als wäre ein Mechanismus in ihm in Gang gesetzt worden und zahlreiche Zahnrädchen würden beginnen, sich zu bewegen.

Hollis Arca war die Nächste. Sie hielt eine Phiole in den Händen, in der sich eine klare Flüssigkeit befand. Sie öffnete den Korken und gab ein paar Tropfen davon auf das Glas. »Tränen der Geknechteten, vergossen aus Schmerz.« Es waren gesammelte Tränen von Animagen, die in einer unsinnigen Auseinandersetzung geliebte Personen verloren hatten.

Der Spiegel begann zu leuchten und Arissa spürte die Magie, die von ihm ausging, mit jeder Pore ihres Körpers. Ebenso, wie sie das Zittern von Raz spürte.

Edmund stellte sich vor den Spiegel, ein Messer in der Hand. Er lächelte Arissa zu, bevor er die Klinge an Raz weitergab.

Mit zittrigen Händen nahm Raz die Waffe an sich. Sein Blut und Arissas waren vonnöten, um diesen Zauber durchzuführen. Sie beide mussten an den Spiegel gebunden werden. Raz sah Arissa an, Panik und Furcht in den Augen, sie jedoch nickte ihm aufmunternd zu. Er schluckte schwer, zog sich dann aber das Messer beherzt über die Handfläche. Ein wenig Blut quoll aus der Wunde hervor und benetzte die Klinge. Dann reichte er sie an Arissa weiter.

Sie zögerte nicht eine Sekunde. Schnitt sich in die Hand und sah dabei zu, wie sich ihr Blut mit dem von Raz vermischte. Dann reichte sie das Messer wieder ihrem Bruder.

Edmund tauchte seine Finger in das vermischte Blut und legte dann seine Handfläche auf das kühle Glas des Spiegels. »Blut der Seinen, gegeben aus Liebe.«

Arissa hielt den Atem an. Als Edmund seine Hand löste, war auf der Spiegeloberfläche ein blutiger Abdruck zurückgeblieben. Das Glas begann erneut zu leuchten. Die Erde erbebte und Wind kam auf.

Raz neben ihr zitterte inzwischen am ganzen Körper. Sein Blick war starr auf den Spiegel gerichtet. Arissa nahm seinen Kopf in ihre Hände und drehte ihn zu sich. Sie sah ihn sanft an. »Alles wird gut, hörst du? Alles wird gut.« Er nickte stockend und klammerte sich an ihren Händen fest.

Das Glas des Spiegels begann zu pulsieren. Es wirkte, als würde es flüssig werden, der Spiegel sah auf einmal aus wie die Oberfläche eines Teichs, in den man einen Stein geworfen hatte – Kreise entstanden, die immer größer wurden und über den Rand des Spiegels hinaustraten. Die Magie breitete sich wellenförmig im Innenhof aus.

Arissa spürte, wie die Macht des Spiegels Besitz von ihr ergriff. Durch ihr Blut war sie nun mit ihm verbunden und sie hörte ganz deutlich in ihrem

Kopf, wie der Spiegel nach ihr rief. Wie er sie zu sich lockte. Sie sah zu Raz hinauf und nickte ihm zu.

»Lass uns gehen«, flüsterte sie.

Raz sah sie stumm an. Arissas eigene Ruhe schien auf ihn überzugehen. Seine Atmung verlangsamte sich, sein Zittern hörte auf. Er nickte. »Gehen wir«, sagte er dann leise.

Gemeinsam traten sie auf den Spiegel zu. Blieben kurz vor dem Glas stehen und legten gleichzeitig ihre Hände darauf. Arissa hatte keine Augen mehr für die Anwesenden um sie herum, ihr Blick war einzig auf Raz gerichtet, der sie ebenfalls ununterbrochen ansah.

Sie würden zusammen gehen. Egal, was auf sie wartete, sie würden zusammen sein. Keiner von ihnen musste allein sein oder Angst haben, denn der jeweils andere war dort, um ihn zu halten.

Arissa lächelte Raz an, der das Lächeln mit Tränen in den Augen erwiderte. Wortlos machten sie einen weiteren Schritt und betraten den Spiegel.

Arissa schloss die Augen. Spürte die Magie um sich herum. Wie sie an ihrem Körper zog und zerrte. Wie sie sich auflöste und wieder zusammengesetzt wurde. Es war ein unbeschreibliches Gefühl, das nicht aufzuhören schien. Doch dann war es auf einmal vorbei.

Auf ihrem Gesicht spürte Arissa einen Windhauch und das Zwitschern von Vögeln drang an ihr Ohr. Sie riss die Augen auf.

Sie standen auf einer satten, grünen Wiese, umgeben von hohen Bäumen. Verwirrt drehte sich Arissa im Kreis. Sie hatte nicht gewusst, worauf sie sich einlassen würde, aber mit dem, was hier vor ihr lag, hatte sie definitiv nicht gerechnet. Arissa hatte geglaubt, dass sie an einen dunklen Ort gehen würden. Getränkt in Schatten und Verzweiflung, doch sie hatte offenbar sich geirrt.

»Wo sind wir?«, fragte sie Raz.

Raz starrte ebenso fassungslos auf die Idylle, die sich vor ihnen erstreckte. »Ich weiß es nicht«, wisperte er. Ein Schmetterling flatterte um ihn herum und Raz streckte zaghaft die Hand nach ihm aus. Als hätte er

Sorge, damit ein Trugbild zum Einstürzen zu bringen. Doch der Falter setzte sich auf seinen Finger, verweilte dort ein paar Atemzüge lang und flog dann wieder davon.

»Dann ist das nicht das Gefängnis, in dem du warst?«

Raz schüttelte den Kopf.

»Einen solchen Ort würde ich wohl kaum als Gefängnis bezeichnen.«

»Aber wo sind wir dann? Ist etwas schiefgelaufen bei dem Zauber?« Panik ergriff Arissa und sie fühlte sich hilflos, weil sie nicht wusste, was hier geschehen war.

Da erklang ein Lachen. Es war voller Freude. Arissa konnte in ihrer Verwirrung und tief in Gedanken versunken erst nicht einordnen, woher es kam. Doch dann sah sie zu Raz. Er war es, der lachte. Der aus vollem Herzen lachte und sich dabei den Bauch hielt.

»Dieser verdammte Mistkerl!«, sagte er unter Tränen. Arissa sah ihn bloß mit hochgezogenen Augenbrauen an.

»Klärst du mich bitte auf?« Sie hatte keine Ahnung, was hier vor sich ging oder ob Raz womöglich seinen Verstand verloren hatte.

Er trat auf sie zu und hob Arissa hoch. Sie stieß einen überraschten Laut aus und klammerte sich an seinen Schultern fest.

»Raz! Stopp! Was ist hier los?«, verlangte sie zu wissen.

»Er hatte recht, Rissa. Er hatte von Anfang an recht«, lachte Raz und stellte Arissa wieder auf die Füße.

»Wer denn?«, fragte sie verwirrt.

»Bellamy. Er hat den Spiegel von Albion erschaffen als ein Portal in fremde Welten. Doch seine Versuche waren immer wieder fehlgeschlagen. Das einzige Ziel, dass er Zeit seines Lebens hatte auftun können, war der düstere Ort gewesen, an dem ich fünfzig Jahre lang gehaust habe. Doch sieh dich jetzt um! Das hier ist nicht dieser Ort! Wir sind auch nicht mehr in Britannia. Ich habe keine Ahnung, *wo* wir sind, aber wir werden es mit der Zeit bestimmt herausfinden. Zusammen«, beendete er seinen Satz und sah Arissa voller Liebe und Zuversicht an. Seine braunen Augen leuchteten und er wirkte befreit. Befreit von seinen Ängsten und Zweifeln.

Arissa lächelte ihn an und faltete ihre Hände in seinem Nacken. »Vielleicht sind wir nicht dort, weil wir *freiwillig* gegangen sind ...«, überlegte sie.

Raz nickte. »Das wäre möglich. Aber wer wäre ich, dieses Wunder zu hinterfragen?«

Statt einer Antwort, zog Arissa Raz zu sich herab und presste ihre Lippen auf seine. Der Kuss war sanft, zärtlich und ein Versprechen. Ein Versprechen auf eine gemeinsame Zukunft, hier, an diesem fremden, aber offensichtlich so schönen Ort.

Als sie sich wieder voneinander gelöst hatten, hielt Raz ihr die Hand hin. »Lass uns sehen, was es hier zu entdecken gibt!«, forderte er sie auf und strahlte sie dabei an.

»Gehen wir«, hauchte Arissa und legte ihre Hand in seine. Seine Finger umschlossen die ihren und Arissa wusste mit Bestimmtheit, dass sie genau dort war, wo sie sein sollte. Bei Raz. »Zusammen«, fügte sie hinzu und zog ihn mit sich. In eine ungewisse Zukunft an einem unbekannten Ort. Doch das war jetzt egal, denn Arissa wusste, dass nun alles gut werden würde.

ENDE

Danksagung

Noch nie ist mir das Schreiben eines Buches oder einer Danksagung so schwer und gleichzeitig so leichtgefallen wie bei »Lies of Glass and Magic«. Es ist ein Buch des Wandels und des Umbruchs für mich geworden. Viele Höhen und Tiefen, viele Veränderungen. Gute sowie schlechte Nachrichten. Zwischen der Zusage für dieses Projekt und der Veröffentlichung ist einfach so viel passiert …

Am 2. August 2020 kam mir die Idee zu diesem Projekt. Ein magisches Artefakt, dem verschiedene Dinge nachgesagt werden. Ein Love Interest, der sowohl Held als auch Schurke ist, und ein mutiges Mädchen, das unbedingt ihren Bruder finden möchte, jedoch nichts Besonderes ist und es auch nicht werden wird. Ich hatte genug von den Außerwählten, die über einzigartige Fähigkeiten verfügen oder jenen Protagonisten, deren magische Kräfte in allerletzter Sekunde doch noch erwachen und damit den Tag retten. Das wollte ich nicht. Ich wollte eine Geschichte für jene Figuren erzählen, die so sind wie jeder andere. Das mag banal klingen, wenn nicht sogar langweilig, aber seien wir mal ehrlich: Normal zu sein in einem Fantasybuch ist so ziemlich das Unnormalste, was es gibt.

Zwei Jahre ist es nun her, seit mir die Idee gekommen ist, und in der Zeit ist viel passiert. Vier Veröffentlichungen, ein Agenturvertrag, ein neues Zuhause in einem Publikumsverlag, viele neue Projektideen, familiärer Zuwachs (ganz viel Liebe an meinen Neffen an dieser Stelle), gesundheitliche Probleme, aber auch neue Träume.

Mit diesem Buch werde ich wohl immer gute Sachen verbinden, wie meine Aufnahme in die Agentur Brauer, als auch schlechte, wie die Entfernung eines Tumors und die Endometriose-Diagnose im Sommer 2022. Ängste, Unglaube, Zweifel: Es war eine Achterbahn der Gefühle, kann ich euch sagen. Auch wenn ich nicht zu den Menschen gehöre, die diese Gefühle nach außen tragen, habe ich gemerkt, wie viel all das mit mir gemacht hat. Wie es mich verändert hat. Noch heute fällt es mir schwer zu begreifen, was alles in diesem Jahr passiert ist. Gerade, wenn es nicht gut läuft, wird einem bewusst, wie dankbar man für manche Menschen in seinem Leben ist. Auch bei diesem Buch hatte ich wieder Hilfe von ganz tollen Menschen, die mich auf diesem Weg begleitet haben.

»Lies of Glass and Magic« ist mein allererster Einzelband, der als solcher geplant wurde und auch einer geblieben ist. Es ist das erste Buch, bei dem der finale Titel von einer Autorenkollegin stammt – an dieser Stelle herzlichen Dank an Laura. Es ist auch das erste meiner Bücher, wo ich bei der Gestaltung des Covers mitwirken durfte. Meine gezeichneten Wappen für die Magiergilden dürfen dieses wunderschöne Cover zieren. Vielen Dank an Makita für diese grandiose Arbeit.

Ein gigantisches Dankeschön geht auch an meine Testleserinnen, die mir meine ersten hundert Seiten ganz schön aufgemischt haben: Lea, Marie und Anna. Vielen Dank für eure Hilfe, für euer Lob, aber auch für euren Tadel, der mir enorm geholfen hat.

Danke an mein großartiges Bloggerteam, für eure Unterstützung und die gemeinsame Planung von Aktionen. Jeder Schreibende kann sich glücklich schätzen, euch an seiner Seite zu haben.

Danke an Annika und meine Schwester, die sich all meine Ideen zum Plot angehört haben und kleine Löcher stopfen konnten. Es macht immer wieder Spaß, mit euch zu brainstormen.

Danke an Jessica und das Impress-Team für euer Verständnis, eure Ideen und die Umsetzungen.

Danke an meine Lektorin Nina, die den Text auseinandergenommen und mich damit an den Rand der Verzweiflung gebracht hat – nein, Spaß, dieses

Mal war es gar nicht so schlimm. Ich arbeite immer wieder gern mit dir zusammen und liebe dein geschultes Auge bei der Textarbeit!

Danke auch an meine Leser*innen, die Arissas Geschichte eine Chance geben und sie auf ihrem Abenteuer begleiten. Ich hoffe sehr, dass wir uns im nächsten Buch wiedersehen werden. Kleiner Hinweis: Das wird im Herbst 2023 sein, jedoch in einem anderen Verlag und einem anderen Genre.

Bis dahin alles Liebe,
Francesca

Impress

Die Macht der Gefühle

Impress

Ein Imprint der Carlsen Verlag GmbH

Februar 2023

Lektorat: Nina Schnackenbeck

Umschlagbild: Freepik.com / © avectorstudio / © rawpixel / Shutterstock.com / © delyrie / © Vall Radem / © Bro Crock / © getgg / © svfotoroom / © Ortis / © Chansom Pantip / © deckorator / © remuhin / © OlenaN / © Allexxandar

Umschlaggestaltung: M. D. Hirt

ISBN 978-3-551-30506-0

www.impressbooks.de